中国古典文学观止丛书

ZHONGGUO GUDIAN WENXUE GUANZHI CONGSHU

汉魏六朝乐府观止

HAN-WEI-LIUCHAO YUEFU GUANZHI

丛书主编 尚永亮

本书主编 赵光勇

陕西新华出版传媒集团

陕西人民教育出版社

·西安·

撰搞人（以姓氏笔画为序）：

文时珍　王魁田　牛生乔　可永雪　池万兴　刘生来

杜蔚蓝　李立炜　杨生枝　张　强　张秀贞　张采薮

张新科　吕培成　陈敏直　尚永亮　赵光勇　赵素菊

俞樟华　高益荣　喻　斌　景常春　焦　滔　潘世东

魏耕原

总　序

　　物华天宝,人杰地灵。在中华文明古国五千年的历史进程中,数不清的文人才士,经过代复一代顽强持续的努力,创作出了难以数计的各种体裁的文学精品,宛如取之不竭、用之不尽的昆山邓林。这些文学精品不仅极大地丰富了中华民族的文化宝库,而且以其超越时空的永恒魅力,在世界范围内发生着越来越深远的影响。作为当代的文化人,我们无比珍视这笔财富,为了做到既对得起昨日的历史,又无愧于今日的时代,使古典文学从高雅的殿堂走向千家万户,我们特在全国范围内约请数百位专家学者,共同编纂了这套大型《中国古典文学观止》丛书。

　　《中国古典文学观止》丛书分诗骚、先秦两汉文、历代小赋、历代小品文、汉魏六朝乐府、唐诗、唐宋八大家文、宋词、元曲、明清小说十册,收录作品2000 余篇,总计约500 万字。在编写体例上,它不同于时下流行的各类文学选本和鉴赏辞典,除传统的作者简介、注释外,另辟【今译】【点评】【集说】诸栏目。【今译】力求信、达、雅,便于读者对原作的阅读理解;【点评】避免了长篇赏析的空泛,抓住要点难点,既单刀直入、抽笋剥蕉,又提纲挈领、点到为止,给读者留下了广阔的思考空间;【集说】则荟萃了历代对每一作品的具体评说,便于人们从多角度、多层面理解原作,并具有较强的资料性。总之,通过这些方法,我们力争做到探幽抉隐,快人耳目,画龙点睛,开启思维,使得一册在手,专业读者不觉其浅,一般读者不嫌其深,雅俗共赏,老少咸宜。

丛书的顺利完成和出版,得力于各分册主编和作者的协作努力,也得力于陕西人民教育出版社的领导和综合编辑室诸位编辑的无私帮助。值此丛书修订、再版之际,我们谨对参与其事的各位同仁一并致以真诚的感谢! 并希望广大读者能在这套丛书数千篇文学精品的游弋中,获得"观止"的感受。

尚永亮

2017 年岁首于珞珈山麓

目　录

魏晋部分

3

南朝部分

5

前　言

一

继《诗经》《楚辞》之后,在汉魏六朝文学史上出现一种能够配乐歌唱的新体诗,叫作"乐府"。它曾大放异彩,成为中华民族优秀文化遗产的一个有机组成部分。

"乐府"本是官署的名称,负责制谱度曲,训练乐工,采辑诗歌民谣,以供朝廷祭祀燕享时演唱,并可用以观察风土人情,考见政治得失。我国的采诗制度有着悠久的历史,《夏书·胤征》已有"每岁孟春,道人(宣令之官)以木铎徇于路"而采诗的记载。《礼记·王制》说:"岁二月东巡狩,至于岱宗……命大师陈诗以观民风。"《汉书·艺文志》也说:"古有采诗之官,王者所以观风俗、知得失、自考正也。"《汉书·食货志》则说得更具体:"孟春之月,群居者将散,行人(使者)振木铎,徇于路以采诗,献之大师,比其音律,以闻于天子。"譬如流传至今的《诗经》,当初就要算是一部官方颁布的并为社会认可的标准选本。春秋以后,礼崩乐坏,征战不休,采诗制度无法贯彻。到了秦代,统一时间短暂,百废待兴,从 1977 年陕西秦始皇陵出土的秦篆"乐府"二字的编钟看,虽然已经有了乐府官署之名,仍然没有采诗之实。汉承秦制,经济凋敝,乐府机关也只能习常肄旧,无所更革,勉强维持下去。经过六七十年的休养生息,到汉武帝时,国力变得大为雄厚,乃扩大乐府的规模,采诗夜颂,"于是有代、赵之讴,秦、楚之风,皆感于哀乐,缘事而发,亦可以观风俗、知薄厚云。"(《汉书·艺文志》)到东汉,采诗成为政治生活中的一件大事。光武帝曾"广求民瘼,观纳风谣"(《后汉书·循吏传序》)。和帝则派遣使者,"皆微服单行,各至州县,观采风谣"(《后汉书·李邰传》)。灵帝还曾

1

"诏公卿以谣言举刺史二千石为民蠹害者"（《后汉书·刘陶传》）。此种风尚，在南北朝皆相沿袭，但各有侧重。萧梁时，社会上已把"乐府"从官署的名称转变而为诗体。刘勰《文心雕龙》于《明诗》篇外，另有《乐府》专章。昭明《文选》、徐陵《玉台新咏》也都开辟了《乐府》专栏。其中既有文人歌诗，又有民间歌诗，亦即凡是合过乐能够歌唱的歌诗，通通称为"乐府"。在这两类歌诗中，民间歌诗是精华所在，并且文人歌诗还是在民间歌诗的甘露滋润下而萌发和壮大起来的，所以我们对民间歌诗应给予高度重视，不过对文人乐府的成就也不能轻忽。

明末遗民顾炎武反对以"乐府"代替歌诗。他说："乐府是官署之名。其官有令、有音监、有游徼。《汉书·张放传》使大奴骏等四十余人，群党盛兵弩，白昼入乐府，攻射官寺。《霍光传》奏昌邑王大行在前殿，发乐府乐器。《续汉书·律历志》：元帝时郎中京房，知五声之音，六十律之数，上使太子太傅韦玄成、谏议大夫章杂试问房于乐府，是也。后人乃以乐府所采之诗，即名之曰乐府，误矣。"（《日知录·乐府》）他虽持之有故，言之成理，奈约定俗成，难以正名，直至今天，大家仍然沿袭旧说，还是把"乐府"当作诗体看待。

二

"感于哀乐，缘事而发"的两汉乐府民歌，是劳动人民唱出的自己的心声，最能反映当时的社会面貌。通过《妇病行》《孤儿行》等可以看出处于底层劳动人民那种朝不虑夕的痛苦生活。《罗敷行》则可看出以罗敷为代表的广大妇女，为维护自己尊严，不仅敢于斗争，而且也善于斗争。《东门行》更进一步揭示在饥饿线上挣扎的人民，由于饥寒交迫，竟至铤而走险，具有典型意义。《战城南》《东光》《十五从军征》等，从多方面反映战争给人民带来的苦难，《平陵东》又暴露出官府的强盗行径。《有所思》《上邪》把男女之间掺不得半点沙子的纯真爱情刻画得淋漓尽致。《焦仲卿妻》共一千七百八十五字，歌颂生死不渝的爱情故事，曲折离奇，催人泪下，富有浪漫色彩，成为长篇之圣。另外《蜨蝶行》《艳歌何尝行》《长歌行·青青园中葵》等都在启示人们如何直面人生，颇富哲理意味。类此乐府民歌，两汉搜集起来的一定很多，班固在著《汉书·艺文志》时，尚可看到一百多首，而留传至今的不过三十多首，这可能与东汉末年董卓之乱有绝大关系。《后汉书·儒林传》称："初，光武迁还洛阳，其经牒秘书，载之二千余两。自此以后，三倍于前。及董卓移都之际，吏民扰乱，自辟雍、东观、兰台、石室、宣明、鸿都诸藏典策文章，竞共剖散。其缣帛图书，大则连为帷盖，小则制为滕囊，及王允所收而西者，裁七十余乘，道路艰远，复弃其半矣。后长安之乱，一时焚荡，莫不泯尽焉。"今天我们所能看到的两汉乐府民歌，只能是劫后烬余，窥豹一斑，于此弥足珍异。之后的南北朝乐府民歌，成为另一份重要的文化遗产。

北朝于战乱间隙所奉行的采诗制度，与两汉一脉相承。如北魏孝文帝元宏"虑独见之不明，欲广访于得失，乃命四使观察风谣"（《魏书·张彝传》），不过常会遇到"其词虏音，竟不可晓"（《乐府诗集》）卷二十五《企喻歌辞·解题》）的情况。保存在郭茂倩《乐府诗集·梁鼓角横吹曲》中的北朝乐府民歌，有的是用汉语创作，有的则为译文，虽然只有六七十首，却内容深刻，题材广泛，也同样反映着广阔的社会生活。我们通过《雀劳利歌》《幽州马客吟歌辞·快马常苦瘦》《琅玡王歌·东山看西水》等，便可形象地看出广大劳动人民在阶级剥削和压迫下的悲惨现实。《折杨柳歌辞·腹中愁不乐》《捉搦歌·谁家女子能行步》《地驱歌乐辞·驱羊入谷》等写他们对爱情的追求，坦诚质朴，感情深沉，富有与南方大异其趣的粗犷豪放的气概，呈现出另外一种风情民俗的画卷。由于北方各族统治者长期混战，反映战争的题材就要多些，如《紫骝马歌辞·高高山头树》《陇头歌·陇头流水》《隔谷歌·兄在城中弟在外》《企喻歌·男儿可怜虫》等都是描写战争和徭役带给人民的苦难；但如《琅玡王歌·新买五尺刀》《折杨柳歌辞·健儿须快马》等，则是歌颂剽悍的尚武精神。特别是《木兰诗》，满怀激情地赞美花木兰女扮男装、代父从军，竟至"将军百战死，壮士十年归"，是个传奇英雄人物，与《焦仲卿妻》一起，被誉为乐府民歌中的"双璧"。

南朝偏安江南，经济比北方繁荣，统治阶级沉溺于纸醉金迷的生活。所搜民歌囿于城市，主要是《吴声歌》和《西曲歌》，留传下来尚有近五百首，并且大都为情歌。对这些狭隘的题材，我们不能认为就是南朝乐府民歌的全部，而应看作是经过上层分子淘汰的结果。即便如此，从中也可体会出其所蕴涵着的真挚感情，冲破封建罗网的决心，甚至以死相殉的情愫，绝非惯于玩弄女性的统治阶级所具有的品格。对那种内容不大健康的作品，也应采取分析态度，很可能是经过采辑者的改编或竟是拟作的混入。像著名的《子夜歌》与《子夜变歌》的组诗中，就有梁武帝萧衍的作品掺了进去。据《古今乐录》说，萧衍还曾以帝王之尊，令人将《懊侬歌》《上声歌》《三洲歌》改辞，以合自己的口味。于此，我们不难举一反三。对有些作品，要有所批判，分清精华与糟粕。

三

中国是一个诗的国度，民间传唱的诗歌不断给文坛输送新鲜的养分。鲁迅先生在《门外文谈》中说："旧文学衰颓时，因为摄取民间文学或外国文学而起一种新的转变，这例子是常见于文学史上的。"事实的确如此。

汉初出现刘邦的《大风歌》、项羽的《垓下歌》，以及汉武帝的《秋风辞》、乌孙公主刘细君的《悲愁歌》等等，都带骚体性质，无不脍炙人口，便是直接受到楚地民歌影响的产物，并从宫廷推向了社会。至于五言诗，也是起源于民间。早在先秦时代，四言诗为其主要形式之一，而秦始皇时的《长城歌》："生男慎勿举，生女哺用脯。不见长城下，尸骸相支拄"，已具备五言的形态。西汉文人仍习惯写四言诗，而《汉书·五行志》上所载《汉成帝时民谣》也成了完整的五言诗。东汉乐府民歌《陌上桑》《焦仲卿妻》的出现，标志着五言的形式已臻成熟。钟嵘《诗品·序》云："自王（褒）、扬（雄）、枚（乘）、马（司马相如）之徒，词赋竞爽，而吟咏靡闻。……诗人之风，顿已缺丧。东京二百载中惟有班固《咏史》，质木无文。"可是，由于文人竞相学习乐府民歌，使诗风获得巨大转变，并在文学史上打开了一个新的局面。像张衡的《同声歌》、辛延年的《羽林郎》、宋子侯的《董娇娆》等，都是在文学史上占有一席之地的五言乐府。被誉为"一字千金"的《古诗十九首》，也是无名文人的创作，其中的《明月皎夜光》《青青河畔草》《青青陵上柏》《冉冉孤生竹》《驱车上东门行》《去者日以疏》《迢迢牵牛星》等，被前人直指为乐府，甚至把十九首全包括进去。不容置疑，两汉的五言乐府歌诗，成了文人五言诗的先导。

到了建安时期，朝野上下、文人学士，无不倾心乐歌。曹操身为相王，借古乐府写时事，抒发他关心民瘼、统一天下的雄心壮志，开了风气之先。魏文帝曹丕时为太子，高倡"文章经国之大业，不朽之盛事"（《典论·论文》），也大写乐府。曹植认为"街谈巷说，必有可采，《击辕》之歌，有应《风》《雅》，匹夫之思，未易轻弃"（《与杨德祖书》），也很重视乐府创作。在当时，上行下效，纷纷运用乐府形式反映他们拯世济时、建功立业的情怀，因而赢得了"建安风骨"的千古美名。

魏晋时代的乐府机关没有采辑民歌，所以留传下来的几乎全是文人创作。虽然有人致力摹拟，显得苍白，缺乏血骨，但也不时冒出反映社会重大问题、个人情志及忧国忧民的上乘之作，如傅玄的《苦相篇》、张华的《轻薄篇》、刘琨的《扶风歌》、陶渊明的《怨诗楚调示庞主簿邓治中》等，即为传世名篇，各具特色。

在南朝，文人对情歌的拟作大量涌现。沈约认为："雕虫小艺，无累大道。"（《武帝集序》）梁简文帝萧纲《诫当阳公大心书》中也认为："立身之道与文章异。立身先须谨重，文章且须放荡。"当时文坛盛行讲求艺术形式、忽视思想内容的风气，伤于轻靡的作品大肆泛滥。但是，有些作家却反其道而行之，他们重视以乐府为武器，来鞭挞黑暗的政治现实，抒发自己的爱国激情。其代表人物要以刘宋的鲍照为"乐府第一手"（钟惺《古诗归》）。他的组诗《拟行路难》以及《代放歌行》《代东武吟》《代出自蓟北门行》等等，都用热情奔放的笔触，传达出下层人士的呼声，揭示其对世道不平的无比愤慨和对人生多艰的深刻体验，直接继承了汉魏风骨。萧梁的吴均在《胡无人行》中，以抗敌御侮、统一天下为己任，唱出了"男儿不惜死，破胆与君尝"的时代最强音；褚翔在《雁门太守行》中充满着胜利的信心，"寄语闺中妾，勿怨寒床虚"，将儿女情长服从于战场的需要，有着高亢的斗争精神。如孔稚圭的《白马篇》，伏知道的《从军五更转》等，也都反映出时代的脉搏，无论在思想性还是艺术性上，都应给予肯定的评价。

北朝诗人大都乐于向南朝学习。号称"北地三才"的温子升、邢邵、魏收，他们所写的乐府歌辞，短小精悍，质朴中时露俏丽，格调即近于南朝。苻秦时的赵整，还曾运用乐府的形式，在《琴歌》二首中对其主子苻坚进行委婉的讽谏，并且收到良好的效果。由南入北的王褒、庾信，他们的乐府和诗文一样，都融入了乡关之思，一洗轻艳，变得刚健质朴，产生了新的意境。他们与北朝文人一起，不仅促进了南北文化交流，而且对民族文化的发展，都做出了不同程度的贡献。

四

汉魏六朝乐府在中国文学史上是一枝奇葩，具有强大的生命力，直接影响了我国诗坛的面貌。它不仅开拓出了五言诗的新领域，而且对七言诗、歌行体以至律绝，都起了桥梁作用。

本书限于篇幅，共选乐府诗328首，其中属于民歌民谣者139首。民谣可能没有被乐府机关采辑，但它曾长期在人们的口头上传诵，爱憎分明，富有针对性，也属一份宝贵遗产，于是选录十多篇，聊备一格。

乐府民歌和民谣，都是精华所在。但文人和其他作家所创作的乐府，无论在思想性还是艺术性上也各有成就，其价值不容抹杀。仁者可以见仁，智者可以见智，我们对选录的每篇作品，都加"点评"，略抒一孔之见，不过借此抛砖引玉而已。凡古人或时贤已有评论，我们在"集说"中酌加采择，以便使读者开阔视野，有所启发。有些篇目向被尘埋，或者还没有人评点过，此项内容则聊付阙如。所有不妥之处，统希赐教。

赵光勇

两汉部分

刘邦

刘邦(前256—前195),即汉高祖,字季,沛郡丰邑(今江苏丰县)人。曾在今江苏沛县东任泗水亭长,主管治安、诉讼诸事。后起兵抗秦,受怀王派遣,攻入咸阳,又与项羽反复争战,垓下之围取得彻底胜利,乃即位称帝。

大风歌[1]

大风起兮云飞扬,威加海内兮归故乡[2],安得猛士兮守四方!

【注释】(1)本篇属琴曲歌辞。汉高祖于十二年(前195)十月,于会甄(今安徽宿县西南)平定淮南王黥布的叛乱后回师,路过沛县召集一百二十名儿童,教他们唱歌,自己亲自弹着乐器,并做了这首歌诗。高祖死后,在沛为之立庙,常令一百二十名儿童演奏《大风歌》以资纪念。 (2)海内:泛指全国。

【今译】大地起狂飙，天上云飞扬。神威定海内，凯歌回故乡。何处求得猛将啊，忠诚为我守四方！

【点评】刘邦以一个下层小吏，在翻天覆地的政治风云中，历尽艰险，竟至排除万难，战胜各方面的劲敌，登上皇帝宝座，奠定了汉朝的基业，的确是历史上不世出的英雄人物。他的《大风歌》能够站在时代高度，纵观全局，既为胜利而心怀喜悦之情，也因潜伏的危机而心怀隐忧之意，具有奇伟博大的气概。

"大风起兮云飞扬"，第一句就形象地描绘出一幅不平静的世界的图景，其中包含着反暴秦的卓越斗争，也包含着与项羽多次较量的艰苦岁月，自然还应包含着汉朝开国后各地迭起的叛乱场面。回顾往事，百姓无时不在经受血与火的考验，从没有真正享受过安定太平的生活。

"威加海内兮归故乡"，这第二句充满了胜利的喜悦与自豪感。刘邦能够首先攻入咸阳，推翻暴秦；垓下之围，打败项羽，逼其自杀。诸侯王虽然不断发生叛乱，但能各个击破，不致动摇自己打下的江山。而今衣锦还乡，踌躇满志，自会溢于言表。

最后一句"安得猛士兮守四方"，在情绪上却有着很大的变化。刘邦所面对的现实仍然是严峻的。昔日风雨同舟的战友、部属，开国后的封疆大吏，如韩王信、燕王臧荼、淮阴侯韩信、淮南王英布，等等，不但不去保卫江山，反而反目成仇，跳出来造反，几乎使得国无宁日。连这次自己出征，还身负重伤（不久因之死去）。想到自己年事已高，太子仁弱，难以左右大局，怎能不具有忧患意识而敢盲目乐观呢？正因为他感到缺乏可信赖的依靠力量，为未来担心，所以不禁悲从中来，乃至"慷慨伤怀，泣数行下。"他这是"忧世不治"的眼泪啊！后来太子继位，江山几乎变色，赖周勃等老将才使刘家天下重新安定下来，如刘邦地下有知，对他排斥和大肆杀戮老战友的行径，也该有所反悔的吧！

【集说】《大风》，安不忘危，其霸心之存乎。（王通《中说·周公篇》）

千载以来，人主之词，亦未有若是其壮丽而奇伟者也。呜呼，雄哉！（朱熹《楚辞后语》）

《大风》千秋气概之祖。……虽词语寂寥,而意象靡尽。(胡应麟《诗薮》)

神韵所不待论。三句三意,不须承转,一比一赋,脱然自致,绝不入文士映带,岂亦非天授也哉!(王夫之《古诗评选》卷一)

时帝春秋高,韩(信)、彭(越)已诛,而孝惠仁弱,人心未定。思猛士,其有悔心乎?(沈德潜《古诗源》卷二)

(赵光勇)

两汉部分

项籍

项籍(前232—前202),字羽,秦末下相(今江苏宿迁)人,秦末农民起义领袖之一。秦灭亡后,项羽自立为西楚霸王。此后,他与汉王刘邦展开了长达五年的楚汉战争。开始刘邦屡败,但垓下一战,项羽终于败北,自刎而死。

垓下歌⁽¹⁾

力拔山兮气盖世⁽²⁾,时不利兮骓不逝⁽³⁾。骓不逝兮可奈何⁽⁴⁾!虞兮虞兮奈若何⁽⁵⁾!

【注释】(1)这首诗是项羽被刘邦大军围困垓下时写的。当时,正值夜半,他听到汉军四面唱着楚歌,以为自己的根据地全部被汉占领,于是披衣起身,面对爱妾名马触景生情,便唱出这首慷慨悲歌。《乐府诗集》收于"琴曲歌辞"。 (2)拔山:形容力大。盖世:笼盖世间。 (3)时:时势。骓(zhuī):毛色青白相杂的马。不逝:不能奔驰向前。 (4)奈何:怎么办。(5)虞:项籍的爱妾虞姬。奈若何:对你怎么办。

【今译】力大可以拔起山，气概磅礴笼世间。今日时势不利我，骏马乌骓不肯前。骏马乌骓不肯前，对此我将怎么办？虞姬虞姬想一想，可该对你怎么办？

【点评】项羽是楚人，熟悉楚地的传统音乐和民歌。因此，这首小诗具有楚歌的一些特征：句法整齐，每句中用语气词"兮"舒缓语气，从而直抒胸臆。诗人在被围之中，面对爱姬名马，触景生情，吟咏成篇，没有丝毫雕琢的痕迹，全然是真情的自然倾诉，表现出英雄末路时那无可奈何的悲凉之情。

【集说】项王军壁垓下，兵少食尽，汉军及诸侯兵围之数重。夜闻汉军四面皆楚歌，项王乃大惊曰："汉皆已得楚乎？是何楚人之多也！"项王则夜起，饮帐中。有美人名虞，常幸从；骏马名骓，常骑之。于是项王乃悲歌慷慨，自为诗曰力拔山……歌数阕，美人和之。项王泣数行下，左右皆泣，莫能仰视。（司马迁《史记·项羽本纪》）

《垓下歌》正不必以"虞兮"为嫌，悲壮呜咽，与《大风》各自描写帝王兴衰气象。千载而下，惟曹公"山不厌高""老骥伏枥"，司马仲达"天地开辟""日月重光"语，差可嗣响。（王世贞《艺苑卮言》卷二）

项王不喜读书，而《垓下》一歌，语绝悲壮。"虞兮"自是本色。屈子孤吟泽畔，尚托寄美人公子，羽模写实情实事，何用为嫌。宋人以道理言诗，故往往谬庚如此。（胡应麟《诗薮·内编》卷三）

"可奈何"，"奈若何"，呜咽缠绵，从古真英雄必非无情者。（沈德潜《古诗源》卷二）

汉人诗未有无所为而作者，如《垓下歌》《春歌》《幽歌》《悲愁歌》《白头吟》，皆到发愤处为诗。所以成绝调，亦不论其词之工拙，而自足感人。后人绝命多不工，何也？只为杀身成仁等语误耳。（费锡璜《汉诗总说》三十）

上二，自表平素无敌，点清目下被围，顺插骓字三句。承上递下。末句，收到爱姬可惜，英雄气短，儿女情长。"可奈何""奈若何"，真极缠绵呜咽。（张玉毂《古诗赏析》卷三）

（高益荣）

四皓

四皓,指东园公、甪里先生、绮里季、夏黄公,皆河内之轵人,秦朝博士。秦末避乱世,隐居商山,当时,他们年皆八十余,须眉皓白,时称商山四皓。以后出山辅佐汉惠帝。

采芝操[1]

皓天嗟嗟[2]!深谷逶迤[3]。树木莫莫[4]!高山崔嵬[5]。岩居穴处[6]!以为幄茵[7]。晔晔紫芝[8]!可以疗饥。唐虞往矣[9]!吾当安归?

【注释】(1)《采芝操》,在《乐府诗集》中,属《琴曲歌辞》,一作《紫芝歌》。全诗反映了四皓对当时社会的不满,乐于隐居生活的思想感情。操,琴曲名。 (2)皓:白,明朗。嗟:叹词。 (3)逶迤:曲折迂远貌。 (4)莫莫:莫,同暮,指暮色苍茫。 (5)崔嵬:高山貌。 (6)"岩居"句:意谓在山洞居住。 (7)幄:帐幕。茵:席。 (8)晔晔(yè):闪光。紫芝:紫色灵芝。 (9)唐虞:指古代圣王盛世。唐,唐尧。虞,虞舜。

【今译】天空明明净净呵！深谷曲折而幽远。树木郁郁葱葱呵！高山巍峨难攀援。悬岩洞穴居住呵！当作帷帐、席子避风寒。紫色灵芝闪光呵！可以充饥当茶饭。尧舜盛世过去了呵！我当回到何处把身安？

【点评】《采芝操》的作者是商山四皓，为秦朝博士。他们对秦朝"焚书坑儒"的暴政不满，对当时天下大乱的时局不满。为了保全性命，就逃避到商山，过隐居生活，并写了这篇琴曲，来抒发他们的思想情感。唐朝崔鸿还有一篇同类主题的《歌》把这一思想表现得更明显。逯钦立说，这两篇"实为一篇"。把这抄出来，供评析：

　　莫莫高山，深谷逶迤。晔晔紫芝，可以疗饥。皇农世远，吾将

何归？驷马高盖，其忧甚大。富贵之畏人兮，不若贫贱之肆世。

这种"苟全性命""不求闻达"的思想，显然是受了老庄的影响。

《采芝操》的语言形式是四言，作者能够熟练地运用。在当时，五言诗还没有形成风尚。

【集说】南山四皓隐居，高祖聘之，四皓不甘，仰天叹而作歌。（释智匠《古今乐录》）

　　按《汉书》曰："四皓皆八十余，须眉皓白，故谓之四皓。即东园公、绮里季、夏黄公、甪里先生也。"（郭茂倩《乐府诗集·采芝操》序）

　　崔鸿曰："四皓为秦博士，遭世暗昧，坑黜儒术，于是退而作此歌，亦谓之《四皓歌》。"（郭茂倩《乐府诗集·采芝操》解题）

　　　　　　　　　　　　　　　　　　　　　　（焦　滔）

9

两汉部分

司马相如

司马相如(约前179—前118),字长卿,蜀郡成都(今四川成都)人。景帝时为武骑常侍,武帝时为郎,孝文园令。西汉著名的辞赋家。有《司马文园集》。

琴歌二首⁽¹⁾

(一)凤兮凤兮归故乡⁽²⁾,遨游四海求其凰⁽³⁾。时未遇兮无所将⁽⁴⁾,何悟今夕升斯堂⁽⁵⁾。有艳淑女在闺房⁽⁶⁾,室迩人遐毒我肠⁽⁷⁾。何缘交颈为鸳鸯⁽⁸⁾,胡颉颃兮共翱翔⁽⁹⁾？(二)皇兮皇兮从我栖⁽¹⁰⁾,得托孳尾永为妃⁽¹¹⁾。交情通意心和谐,中夜相从知者谁⁽¹²⁾？双翼俱起翻高飞⁽¹³⁾,无感我心使余悲⁽¹⁴⁾！

【注释】(1)《琴歌》二首,载于《乐府诗集》卷六十,属《琴曲歌辞》。《玉台新咏》卷九亦加选录,并有《序》曰:"司马相如游临邛(今四川邛崃市)。

富人卓王孙有女文君新寡,窃于壁间窥之,相如鼓琴,歌从挑之。"乃有这段佳话。 (2)凤:神鸟,祥瑞征兆,雄性,相如自喻。 (3)凰:神鸟,雌性,喻恋爱对象。 (4)时:时运。将:收获。 (5)何悟:没有料到。 (6)淑女:贤惠之女。 (7)迩:近。遐:远。毒:伤害。 (8)缘:缘分。交颈:颈与颈相交,喻夫妇情爱深厚。鸳鸯:水禽,雄曰鸳,雌曰鸯,相并而游,永不离分。人得其一,另一则相思至死。 (9)胡:何不。颉颃(xié háng):上飞曰颉,下飞曰颃。翱翔:两翼上下扇动而飞曰翱,两翼平直不动而回飞曰翔。 (10)栖(qī):鸟类止息。 (11)孳(zī)尾:雌雄交配。妃:配偶。 (12)中夜:半夜。 (13)翻:扇动。 (14)感:伤。

【今译】㈠凤鸟啊凤鸟返故乡,曾经遨游四海找对象。时运不佳啊配偶无望,谁会料到今晚登上这里的庭堂。竟有一位贤惠的美女处在闺房,咫尺天涯徒然使我心伤。有什么缘分能够同床共枕成鸳鸯,为何不去比翼齐飞同翱翔?㈡凰鸟啊凰鸟跟我栖息,能生儿育女啊永不分离。心意交融啊感情和谐,半夜出走啊有谁能知?共同展翅啊远走高飞,不要辜负我的心意啊使我伤悲!

【点评】司马相如是一代词宗,才气横溢,出类拔萃。在《琴歌》中,他以凤鸟自喻,很有超凡脱俗的气概。卓文君年轻新寡,他却倾心相爱,由于无缘面诉衷情,乃以琴歌传递信息,唱出了一出凤求凰的喜剧,充满着浓烈的浪漫主义色彩。虽然通篇都是以禽鸟作比,不是凤凰,就是鸳鸯,不是孳尾,就是翱翔,可是主人公的炽热的爱情却毫不隐晦,仍然淋漓尽致地表达了出来。比如"何缘交颈为鸳鸯""得托孳尾永为妃",是够大胆和直率了。再比如"胡颉颃兮共翱翔""中夜相从知者谁",不是要卓文君直接冲破传统礼仪的束缚,一起半夜逃跑吗?正因司马相如情真语挚,使文君深受感动和启发,果然摆脱了"父母之命,媒妁之言""妇女从一而终"的封建礼教的枷锁,没有辜负司马相如的一番苦心,半夜私奔,比翼齐飞,成为传颂千古的佳话。

【集说】《琴集》曰:"司马相如客临邛,富人卓王孙有女文君新寡,窃于

壁间见之。相如以琴心挑之,为《琴歌》二章。"按《汉书》,相如饮卓氏弄琴,文君窃从户窥,心悦而好之,乃夜亡奔相如,相如与驰归成都,后俱如临邛是也。(郭茂倩《乐府诗集》卷六十《琴歌·解题》)

琴心善感,好女夜亡,史迁形状,安能及此?(张溥《汉魏六朝百三家集·司马文园集题辞》)

这两首诗感情表达步步深入,循循引诱,用强烈的爱慕打动对方,措辞又那么可怜相,怎么能不叫刚死去丈夫的年轻寡妇动心呢。司马相如不愧为勾引妇女的能手。尽管他文才出众,为西汉一代词宗,然而其德行实在不敢推崇。(潘慎《汉魏晋南北朝隋诗鉴赏词典鉴琴歌二首》)

(赵光勇)

卓文君

卓文君,西汉临邛(今四川邛崃)人,是著名辞赋家司马相如的妻子。

白头吟(1)

皑如山上雪,皎若云间月(2)。闻君有两意,故来相决绝(3)。今日斗酒会(4),明旦沟水头。躞蹀御沟上(5),沟水东西流。凄凄复凄凄(6),嫁娶不须啼。愿得一心人,白头不相离。竹竿何嫋嫋(7),鱼尾何簁簁(8)。男儿重意气(9),何用钱刀为(10)?

【注释】(1)关于这首诗的作者,晋葛洪《西京杂记》中说:"相如将聘茂陵人女为妾,文君作《白头吟》以自绝,相如乃止。"故此诗为卓文君所作。余冠英先生根据《宋书·乐志》推断,此篇属汉代"街陌谣讴",与卓文君无关。(2)皑、皎:都是白的意思。 (3)两意:犹"二心"。决绝:断绝。 (4)斗:酒器。 (5)躞蹀(xiè dié):小步徘徊。御沟:流经御苑或环绕宫墙的水沟。

两汉部分

（6）凄凄：伤心的样子。　（7）嬲嬲：同"袅袅"，动摇貌。　（8）簁簁(shāi)：鱼尾很长的样子。古代诗歌中常用竹竿钓鱼隐喻男女爱情。　（9）意气：情义。　（10）钱刀：汉代的一种货币，也叫刀钱。

【今译】洁白犹如山上雪，皎洁就像云中月。听说您已生二心，故来与您相断绝。今日相会饮斗酒，明日沟边两分别。小步徘徊御沟上，沟水东西在流淌。孤寂凄凉又悲伤，我嫁您娶莫哭嚷。只愿诚得一人心，白头到老不相忘。竹竿柔弱有多长，鱼尾摇动多欢畅。男儿本应重情义，为何恃富将我忘？

【点评】这是一首描写女子对负心男子表示决绝的诗。起首四句，以高山白雪、云间皎月兴起，以象征女子纯洁的爱情，接着便写男子有二心，引起了女子的"决绝"。这是全诗的故事开端。"今日"以下四句写两人告别欢日，决绝于御沟之上。"凄凄"四句写女子从自己的不幸中引发了对理想爱情的向往。末四句直接对负心丈夫以钱为诱饵求得新欢的丑恶行径进行斥责。

全诗集中笔力描写女子的言行、思想、心理活动，突出其形象。整个诗的结构安排以女子跳动的意绪为线，一会儿写今，一会儿思往；一会儿写己，一会儿言彼；一会儿记现实，一会儿是理想之词，极其生动逼真地表现出被弃女子与负心丈夫决绝的复杂心态。此外，诗歌运用了灵活多样的比喻，增加了诗的形象性和艺术感染力。

【集说】相如将聘茂陵（今陕西兴平）人女为妾，卓文君作《白头吟》以自绝，相如乃止。（《西京杂记》卷三）

亦雅亦宕，乐府绝唱。……必谓汉人乐府不及三百篇，亦纸窗下眼孔耳。屡兴不厌，天才，欲比文园之赋心。（王夫之《古诗评选》卷一）

陆时雍曰："文君骄怨，《白头吟》意气悍然决裂殆尽。'愿得一心人，白头不相离'，此身已久属长卿，顾安所得而誓不离耶？鱼不受饵，竿长何为？'男儿重意气，何用钱刀为！'似诮长卿富易妻也。"陈祚明曰："明作决绝语，然语语有冀望之情焉，何其善立言也！钱刀以比颜色，将意气二字责之。"

（丁福保《汉诗菁华录笺注》）

首四，以山上雪，云间月之易消易蔽，比起有两意人，随以当与决绝，点清诗旨。今日四句，决绝正面，暂会即离，复借喻于沟水分流，以见永无重合。凄凄四句，脱接暗转，盖终冀其变两意为一心，而白头相守也，妙在从人家嫁娶时，凄凄啼哭，凭空指点一妇人同有之愿，不着己身说，而己身已在里许。用笔能于占身分中，含得勾留之意，最为灵警。末四，复接一喻，借鱼之贪饵，点明男子贪色之非，而以当重意气，收转贵乎一心，不用钱刀，破其所以忽有两意之故，真能使曾着犊鼻裈者，汗出如浆，不果娶妾，宜哉！（张玉毂《古诗赏析》卷三）

诗的语气决绝而又不舍，怨恨而又抱有期望，思想感情复杂而深沉，尤其是"凄凄复凄凄"四句，艺术手法很是巧妙。（江民繁、王瑞芳《中国历代才女小传·中夜相从知者谁》）

（高益荣）

两汉部分

刘彻

刘彻（前156—前87），即汉武帝，具有雄才大略。他凭借雄厚国力，北逐匈奴，西通西域，南定越地，又开辟西南夷。他独尊儒术，倡导辞赋，并加强乐府建设。不论辟疆拓土，文治武功，皆声威显赫，卓有成效。

瓠子歌二首[1]

㈠瓠子决兮将奈何[2]？浩浩盰盰兮闾殚为河[3]！殚为河兮地不得宁[4]，功无已时兮吾山平[5]。吾山平兮钜野溢[6]，鱼沸郁兮柏冬日[7]。正道弛兮离常流[8]，蛟龙骋兮方远游[9]。归旧川兮神哉沛[10]，不封禅兮安知外[11]？为我谓河伯兮何不仁[12]？泛滥不止兮愁吾人！啮桑浮兮淮泗满[13]，久不反兮水维缓[14]。㈡河汤汤兮激潺湲[15]，北渡污兮浚流难[16]。搴长茭兮沉美玉[17]，河伯许兮薪不属[18]！薪不属兮卫人罪[19]，烧萧条兮噫乎何以御水[20]？颓林竹兮楗石菑[21]，宣房塞兮万福来[22]！

【注释】(1)《瓠子歌》二首录自司马迁《史记·河渠书》,属杂歌谣辞。(2)瓠子:地名,亦称瓠子口,在今河南濮阳市南。决:决口。 (3)浩浩旰旰:水盛大貌。间:二十五家相聚称为间,此泛指村庄。殚:尽。 (4)地:指梁、楚之地,包括今河南商丘市及江苏徐州市一带地区。 (5)已:止。河自元光之中决口,二十多年中,多次堵塞,随即又冲开,似乎看不到工程结束时间。吾山:即鱼山,在今山东东阿西南,因大量采石堵口,于是大有铲平鱼山之势。 (6)钜野:即钜野泽,在山东巨野北部,已湮没。 (7)沸郁:纷纭繁多貌。柏:与"迫"通。 (8)弛:毁废。 (9)骋:恣意。 (10)旧川:指黄河故道。沛:安宁。 (11)封禅:指元封元年武帝去泰山举行祭祀天地的封禅大典。外:指外面河水泛滥的真实灾情。 (12)河伯:水神名。 (13)啮桑:地名,即啮桑亭,在今江苏沛县西南。淮泗:淮河、泗水。 (14)反:同"返"。水维:河水的纲维,指河堤。缓:断,指决口。(15)汤汤(shāng):水盛貌。激潺湲(chán yuán):激起很大的水声。 (16)污:弯曲。浚:疏导。(17)搴(qiān):取。茭:同筊,用薄竹片编的蔑缆以拉运土石。沉美玉:把玉璧沉入河底,是祭河神的一种隆重仪式。 (18)许:赞许,佑助。薪:堵决口用的柴草。不属:不能连续供应。 (19)卫:古地名,在今河南淇县。罪:罪过。因卫人用草作燃料之故,对堵决口则成为一种罪过。 (20)萧条:草木零落稀疏貌。噫乎:叹息声。御:抵制。 (21)颓:砍伐。楗:打木桩。石菑:固堤的石柱。 (22)宣房:指瓠子的决口处。以后在此筑宫,即取名宣房。

【今译】㈠瓠子大堤决了口啊,我们可该怎么办?水势汹涌一片汪洋啊,无数村庄院落全被淹!村庄院落全被淹啊,广大灾区丧失了宁静。堵口工程没有结束之日啊,鱼山上的石头要被用光铲平。铲平鱼山也是徒劳啊,巨野大泽跟着又四溢横冲。鱼群纷纷能够到处畅游啊,时令而今又迫近了严冬。河身故道已被破坏了啊,河水只好离开正常的线路。蛟龙得以纵情地奔腾啊,它们正在恣意地向远方游浮。河水如果回归故道啊,河神就不再能胡行乱闯。我若不去泰山封禅啊,咋能具体了解水灾状况?请替我告诉河伯这位尊神啊,他为什么竟会这样不仁?他使河水泛滥不止啊,他要想愁死

我们这些人！高高的啮桑亭已被淹没了啊，淮河、泗水的河床也都灌满。河水多年不能回故道啊，那是因为护河大堤被冲断。(三)冲决堤坝的河水浩浩荡荡啊，激起的声浪震天响。向北去的河道曲折辽远啊，全面疏浚就很难完成。取来长长的缆索运石块啊，沉下美玉祈求河神佑护。即令河神答应帮忙啊，堵塞决口的柴草都不能接续！堵塞决口的柴草不能接续啊，这应是卫地老百姓的罪。使用燃料过度以致田野荒凉啊，哎呀呀，拿什么去堵水！砍下卫地的树木和竹子啊，连同石头去打桩，瓠子决口堵塞住啊，幸福齐降万年长！

【点评】汉武元光三年(前132)夏五月，河决濮阳，淹没了十六郡，东南注入钜野泽，与淮河、泗水相通。元封二年(前109)武帝亲临决口，祭祀水神，沉白马玉璧于河，仪式十分隆重而虔诚。又令群臣和随从官员自将军以下，一律参加堵塞决口劳动。武帝鉴于仍然没有成功，于是运用质朴的语言，骚体诗的形式，写了这两首《瓠子歌》，以反映"泛滥不止愁吾人"的重大灾情以及"宣房塞兮万福来"的强烈愿望。武帝本来迷信鬼神，追求长生不死，在诗中竟敢呵斥"河伯兮何不仁"，并命令大批高级官员也参加堵口劳动，可见对民生疾苦并非完全漠不关心。"河汤汤兮激潺湲，北渡污兮浚流难"二句，承上启下，把两首诗联结成一个有机的整体。使水灾的严重，塞河的过程及其所遇到的困难，都能次第展开和描述，显得气势宏伟，给人以深刻的印象。

【集说】余从负薪塞宣房，悲《瓠子》之诗，而作《河渠书》。(司马迁《史记·河渠书》)

二歌悲悯为怀，笔力古奥，帝王著作，弁冕西京。(张玉毂《古诗赏析》卷三)

《瓠子》两歌，缠绵掩抑，格自沉雄。"归旧川"二句，仍从《封禅书》方士"河决可塞"一语附会神功生来。又云"不出巡封禅，亦安知外间水患"，如此甚言封禅之为益大也。忧民之中，仍寓文过之意，妙甚！(姚苎田《史记菁华录·河渠书》评注)

(赵光勇)

秋风辞⁽¹⁾

秋风起兮白云飞,草木黄落兮雁南归。兰有秀兮菊有芳⁽²⁾,怀佳人兮不能忘⁽³⁾!泛楼船兮济汾河⁽⁴⁾,横中流兮扬素波⁽⁵⁾。箫鼓鸣兮发棹歌⁽⁶⁾,欢乐极兮哀情多。少壮几时兮奈老何!

【注释】(1)《秋风辞》:乐府属杂歌谣辞。汉武帝于元鼎四年(前113)十一月,在今山西省万荣县立后土祠之后,多次前往祭奠。据《汉武帝故事》,在一次祠后土的途中,"顾视帝京,忻然中流,与群臣饮宴。帝欢甚,乃自作《秋风辞》。"(2)秀:花。 (3)佳人:贤臣。 (4)泛:浮。济:渡。汾河:在今山西省境,是黄河的支流。后土祠在其南,紧靠黄河。 (5)横:横断水流而渡。素波:白色波纹。 (6)棹:船楫,划船之意。

【今译】秋风萧萧啊吹大地,天空飘飘啊白云飞。草色枯黄啊树叶落,雁群排队啊向南归。兰花秋菊啊发幽香,深怀贤臣啊不能忘!高坐楼船啊过汾河,横渡中流啊扬白波。吹箫击鼓啊齐伴奏,引吭同唱啊撑船歌。乐极生悲啊哀情多,物盛而衰啊难摆脱。少壮几时啊如逝水,冉冉老至啊徒奈何!

【点评】本篇反映作者慨叹英雄迟暮而又无可奈何的内在感情,表现出对青春年华和忠臣贤士的眷恋与赞美。

"秋风"二句,一片肃杀的气氛迎面扑来。时值秋天,秋风一起,天地为之变色。天上白云翻滚,鸿雁南飞,地上草色枯黄,树叶凋落,活画出一幅萧瑟的秋景,也显示出大自然不可抗拒的威力。但是,笔锋一转,"兰有秀兮菊有芳,怀佳人兮不能忘"二句,又进入另外一种境界。兰花、秋菊,却能傲然屹立,继续散发出诱人的清香,不因严酷的外在条件而凋敝,这就与朝野的"佳人"——忠臣贤士一样,是特别值得赞许的。所以,汉武帝曾下过《求贤

诏》，亲自策问贤良，还运用了"进贤受上赏，蔽贤蒙显戮"的行政手段，都是他"怀佳人"的心声在政治上的具体体现。"泛楼船"三句，则是别有洞天。当他和群臣横渡汾河时，乘风破浪，箫鼓助兴，歌声悦耳，便把一切都置之度外，似乎只有兴高采烈可以概括。这是又一波澜。最后两句："欢乐极兮哀情多，少壮几时兮奈老何！"承上启下，重新出现一个特大波澜。物盛而衰，乐极生悲，物极必反，这些生活中的哲理给汉武帝打下了深深的烙印。他害怕丧失欢乐的世界，他害怕自己衰老和死亡。他明明知道这是无可奈何的事情，是不可抗拒的自然规律，可是，他在行动上却想求仙，找到长生不老之药，以致弄出许多笑话，多次上当受骗，受到不少人的讽刺。

《秋风辞》音韵流转，语言华美，波澜起伏，感情缠绵，能够反映作者的一个侧面。

【集说】汉武帝"秋风起兮白云飞"，出自"大风起兮云飞扬"；"兰有秀兮菊有芳，怀佳人兮不能忘"，出自"沅有芷兮澧有兰，思公子兮未敢言"。汉武读书，故有沿袭；汉高不读书，多出己意。（谢榛《诗家直说》）

《大风》三言，气笼宇宙，张千古帝王赤帜，高帝哉！汉武故是词人，《秋风》一章，几于《九歌》矣。（王世贞《艺苑卮言》卷二）

声情凉铣，无非秋者。宋玉以还，惟此刘郎足与"悲秋"。玉露凋伤之作，词有余而情不逮矣。王仲淹谓其为悔心之萌，试思悔萌之见于词者何在？岂不唯声情之用！（王夫之《古诗评选》卷一）

此辞有感秋摇落，系念求仙意。"怀佳人"句，一篇之骨。泛以为乐极哀来，惊心老至，未尽神理也。首二，就秋时景物，萧飒满前，飘然叙起，已为结处老至可衰，镜中取影。"兰有"二句，以兰菊比佳人，即指仙也。蒙上"草木黄落"作转，言于时惟有兰菊，独擅秀芳，犹世人易老，而仙人常好容颜，能无怀之而不忘哉！作辞之旨已揭。"泛楼"三句，突接本事铺叙，以见在非不欢乐，作一开势；末二，从乐递哀，点明时不我与，就"老"字凄然收住。兜应首二，是谓即景生情，却已为"兰有"二句添取一重注脚，求仙意未尝缴醒，而言下显然。妙妙！以佳人为仙人，似近乎凿；然帝之幸河东，祠后土，皆为求仙起见，必作是解，于时事始合而章，义亦前后一线穿去。友人卞近村，固具眼

者,质之适符其意,不觉相视笑来。(张玉毅《古诗赏析》)卷三)

　　武帝有雄才大略,……元光间亲策贤良,则董仲舒、公孙弘等出焉。又早慕词赋,喜《楚辞》,尝使淮南王安为《离骚》作传。其所自造,如《秋风辞》《悼李夫人赋》等,亦入文家堂奥。(鲁迅《汉文学史纲要·武帝时文术之盛》)

　　　　　　　　　　　　　　　　　　　　　　(张秀贞)

两
汉
部
分

刘安

刘安(前179—前122),西汉思想家、文学家。沛郡丰(今江苏丰县)人。汉高祖刘邦之孙,汉武帝刘彻的叔父。袭父封为淮南王。博学善文,好鼓琴。武帝亦好文艺,对安颇敬重。后阴谋叛乱,事泄,自杀。曾招宾客方术之士达数千人,编著《淮南鸿烈》,世称《淮南子》。

八公操[1]

煌煌上天[2],照下土兮[3]。知我好道[4],公来下兮。公将与余,生毛羽兮[5]。超腾青云[6],蹈梁甫兮[7]。观见瑶光[8],过北斗兮[9]。驰乘风云,使玉女兮[10]。含精吐气[11],嚼芝草兮[12]。悠悠将将[13],天相保兮。

【注释】(1)本篇属《琴曲歌辞》。《乐府诗集》:"一曰:《淮南操》。《古今乐录》曰:'淮南王好道,正月上辛,八公来降,王作此歌。'谢希逸《琴论》曰:'《八公操》,淮南王作也'。"八公:汉高诱《〈淮南子注〉·序》:"天下方术之士多往归焉。于是遂与苏非、李尚、左吴、田由、雷被、毛被、伍被、晋昌等八人,及诸儒大山、小山之徒,共讲论道德,总统仁义,而著此书。"由此观之,八公,是刘安的门客。唐司马贞《史记索隐》:"《淮南要略》云:安养士数千,高才者八人:苏非、李尚、左吴、陈由、伍被、毛周、雷被、晋昌,号曰'八公'也。"这里人名稍有出入。魏晋以后,《神仙传》《录异记》等书又附会以八公为神仙。操:琴曲名。如《猗兰操》《龟山操》之类。《后汉书·曹褒传》:"歌诗曲操"《注》引刘向《别录》:"君子因雅琴之适,故从容以致思焉。其道闭塞悲愁而作者名其曲曰操,言遇灾害不失其操也。" (2)煌煌:光辉貌。 (3)下土:天下;大地。《诗·鲁颂·閟宫》:"奄有下土,缵禹之绪。" (4)汉高诱《〈淮南子注〉序》:"其旨近《老子》,淡泊无为,蹈虚守静,出入经道。言其大也,则焘天载地,说其细也,则沦于无垠,及古今治乱存亡祸福,世间诡异瑰奇之事。其义也著,其文也富,物事之类,无所不载,然其大较归之于道,号曰《鸿烈》。鸿,大也;烈,明也,以为大明道之言也。" (5)生毛羽:道家认为得道成仙之人,就身生毛羽,可以飞升。《楚辞·远游》:"仍羽人于丹丘兮,留不死之旧乡。"王逸《注》:"《山海经》言有羽人之国,不死之民,或曰人得道,身生毛羽也。" (6)超腾:超越腾跃。 (7)蹈梁甫:踏越梁甫山。梁甫,山名,即梁父山,在泰山下。 (8)瑶光:北斗七星的第七星名。《淮南子·本经》:"瑶光者,资粮万物者也。"《注》:"瑶光谓北斗杓第七星也。"《宋书·符瑞志》上:"帝颛顼高阳氏,母曰女枢,见瑶光之星,贯月如虹,感己于幽房之宫,生颛顼于若水。" (9)北斗:在北天排列成斗形的七颗亮星,即今大熊星座的七颗较亮的星,道家书称为天罡。 (10)玉女,神女。《楚辞·惜誓》:"建日月以为盖兮,载玉女于后车。" (11)含精吐气:道家修炼的方法。含精,吸收精华;吐气,吐出废气。即吐故纳新之意。 (12)芝草:即灵芝草。菌类植物,古人以芝为瑞草,故名曰"灵芝"。 (13)悠悠:悠闲自得貌。将将,同"锵锵",象声词,如"玉佩将将","鼓钟将将"。

【今译】上天的光辉,照耀着大地。知道我喜欢道术,就派八公来相辅。八公和我,都将羽化飞升,到那时我们都是神仙之体。超越腾跃于青云之上,从梁父山上飞过。我们在天空飞行,看见瑶光之星,随之越过北斗。驾着风云飞驰,让玉女来听从支使。包育精髓,吐出浊气,咀嚼灵芝以延寿。悠闲自在,玉佩锵锵,天相保佑,长寿无极。

两汉部分
卷

23

【点评】这是一首好道者的狂想曲。全诗以想象作基础,展开想象的翅膀,尽情地在幻想的世界中翱翔。想象成仙,想象飞升,想象在天空飞翔遨游时所见到的群星,想象如何在修炼中长生不老,而又悠闲自在地与天齐寿。这种狂想在今天看来显然是幼稚可笑的,但当时的人们却以为是可以实现的,表现了一种浪漫精神。

【集说】淮南王安,厉王之子,好书鼓琴,故传有《八公操》。八公者,皆神仙也,以王好道术,乃往谒之。(朱长文《琴史》卷三《淮南王安》)

淮南王安好道术,设厨宰以候宾客。正月上午,有八老公诣门求见。门吏白王,王使吏自以意难之,曰:"吾王好长生,先生无驻衰之术,未敢以闻。"公知不见,乃更形为八童子,色如桃花。王便见之。盛礼设乐,以享八公。援琴而弦歌曰:"明明上天,照四海兮。知我好道,公来下兮。公将与余,生羽毛兮。升腾青云,蹈梁甫兮。观见三光,遇北斗兮。驱乘风云,使玉女兮。"今所谓《淮南操》是也。(干宝《搜神记》卷一)

开头两句说他虔诚好道之心,得到了光明上天的明鉴,故而有八公垂顾、降临。这里既有对光明上天的赞颂,也有对自己好道术信仰的肯定。这为以下驰骋想象奠定了基础。……当然啦,我们绝不相信人的血肉之躯能够达到那样的境界。但我们却不得不佩服他那想象之丰富、奇异,给人以如临其境、如见其景的感觉。(郭政《汉魏晋南北朝隋诗鉴赏词典·八公操》)

(王魁田)

李延年

李延年,西汉中山(今河北定州)人,懂音律,是汉武帝宠姬李夫人之兄。拜协律都尉,职掌校正乐律等音乐方面的事务。对各地收集来的民歌以及皇帝与文人的创作,也曾谱上新曲,在我国音乐发展史上有过一定的贡献。其生年不详,卒于征和三年(前90)。

北方有佳人⁽¹⁾

北方有佳人⁽²⁾,绝世而独立⁽³⁾。一顾倾人城⁽⁴⁾,再顾倾人国⁽⁵⁾。宁不知倾城与倾国⁽⁶⁾,佳人难再得。

【注释】(1)本篇录自《汉书》卷九十七(上)《外戚传》 (2)佳人:美人。(3)绝世:姿色举世无双。独立:独一无二。 (4)顾:回头观看。倾人城:全城的人出动。 (5)倾人国:全国的人出动。 (6)宁:岂。

【今译】在我国的北方,有一个最漂亮的姑娘。她的姿色出类拔萃,她的容貌举世无双。她只回头看一眼啊,就能使整个城市发狂。她若回头再看

一眼啊，就能使全国都出来瞻望。你怎能不知这个倾城倾国的美人呀，世上再也找不到第二个可以相当。

【点评】李延年能歌善舞，懂得音律，会谱曲，会创作。虽然他谱的曲子属于新声变曲，不落俗套，使闻者莫不感动，但早已失传。他的创作究竟有多少，史书没有记载，如今也只有这一首歌。仅此而论，他所塑造的美女形象却具有动人的魅力。难怪汉武帝听了之后，不禁赞叹道："好啊！难道世界上真会有这么漂亮的人吗？"他的姐姐平阳公主夤缘附会，把延年做歌伎的妹妹献了出来，由是得幸，是为李夫人。延年随之也沾了光。李延年是否唱的他妹妹，不得而知，不过他运用那些富有艺术特征的语言，如"绝世独立""倾城倾国"，却一直脍炙人口，盛传不衰；而且句法参差，音韵流转，朗朗上口，悦耳动听，已成为千古绝唱。我们应该给李延年这位音乐家以一定的历史地位。

【集说】延年性知音，善歌舞，武帝爱之。每为新声变曲，闻者莫不感动。（班固《汉书·外戚传》上）

《汉书》："李延年侍上起舞，歌曰云云，上曰：'世岂有此人乎？'平阳主因言延年有女弟。上召见之，实妙丽善舞，由是得幸。"注云："非不吝惜城与国，但以佳人难得，爱悦之深，不觉倾覆。"余谓此说非也。所谓"倾城与倾国"者，盖一城一国之人，皆倾心而爱悦之，非谓佳人解倾人城倾人国也。若果解倾人城倾人国，武帝虽甚昏蒙，其敢求之耶？且延年者亦晓人，方欲感动其君，故谆谆及之；而其言乃险巇如此，其欲人君之听也难矣，将何以成事乎？故余谓延年之言必不然，乃解注者之失也。唐刘梦得《牡丹》诗云："惟有牡丹真国色，花开时节动倾城。"若尽依注者之言，则牡丹亦解倾人之城也。（袁文《瓮牖闲评》卷二）

《汉书·李夫人传》载李延年歌："一顾倾人城，再顾倾人国。"旧注解作"倾覆"之"倾"，《瓮牖闲评》（二）极论其非。吾更为申之：注家泥于大匹哲妇倾城之句，故有此误。延年所云，即《登徒子好色赋》"嫣然一笑，惑阳城，迷下蔡"之意。若《项羽本纪》，汉王称侯公曰："此天下辩士，所居倾国。故号为平国君。"此又为倾动之"倾"，与歌意亦相合也。（周中孚《郑堂札

记》卷四)

　　说其可爱,却反说其可畏;说其可畏,正是说其可爱。妙在"宁不知"句,索性将可畏之疑团打破,而以"难再得"兜醒可爱意,用笔真有欲活故杀之奇。(张玉穀《古诗赏析》卷三)

　　全诗六句,只有第五句是八个字,其余都是五言。第五句"宁不知"三字是插入的衬字,留有歌唱的痕迹,因此这首诗也可看作是初具规模的五言诗。它是四言诗向五言诗发展,五言诗逐步趋向形成的产物,在诗体发展上有其地位。(朱碧莲《汉魏晋南北朝隋诗鉴赏词典·李延年歌》)

　　　　　　　　　　　　　　　　　　　　　　　　　(赵光勇)

两
汉
部
分

刘细君

刘细君之父是景帝的孙子江都王刘建。刘建与其父易王爱姬、妹妹徵臣通奸,杀害无罪的人三十五名,又私刻皇帝玺印,企图谋反。事发之后,刘建自杀,后等斩首。细君时尚幼小,得保留性命。十四五年之后,元封年间,以公主名义远嫁乌孙国王。王年老,死后又按当地习俗,嫁给其孙岑陬,生下一女死去。

悲愁歌[1]

吾家嫁我兮天一方[2],远托异国兮乌孙王[3]。穹庐为室兮毡为墙[4],以肉为食兮酪为浆[5]。居常土思兮心内伤[6],愿为黄鹄兮归故乡[7]。

【注释】(1)《悲愁歌》是刘细君自编自唱之歌。汉武帝为与乌孙联盟,协力对付匈奴,乃派细君远嫁乌孙之王。时乌孙王年事已高,又语言不通,生活很不习惯,愁闷无聊,便唱出了这篇感人肺腑的悲愁之歌。武帝听到后,每隔一年就派使者前去慰问一番。 (2)天一方:指遥远,类似天涯。

（3）乌孙：在今新疆西部伊犁河谷和赛里木湖周围地区。　（4）穹庐：圆顶帐幕，为游牧民族所居。　（5）酪：用马牛羊等乳汁做成的半凝食品，也有晒干的一种。浆：酒浆，比较浓的液体。　（6）土思：忧思而怀念故土。　（7）黄鹄：大鸟名，能够一飞千里。

【今译】我家属皇族，嫁我天一方。异国阻且远，托身乌孙王。圆帐为住室，毛毡围成墙。渴饮奶酪酒，肉食做主粮。经常念故土，黯然神自伤。诚愿变天鹅，展翅飞回乡。

【点评】这是一篇表达作者远嫁异域而怀土恋乡的诗歌，具有真情实感。开头四字："吾家嫁我"。立即揭示了自己托身异域，并非心甘情愿，而是奉诏办事。本来男大当婚，女大当嫁，好像是天经地义。但是把她一嫁嫁到"天一方"，撲违万里，远离故土，更非始料所及。"远托异国兮乌孙王"，看似平淡，直叙其事，其实，其中包含有无限的哀怨。这个乌孙王年事已高，语言又不通，形同槁木，以作者的豆蔻年华，如何能够相亲相爱地长期生活下去？接着，又从居住条件和饮食习惯两方面说明作者对这一切既陌生，又不能适应。"穹庐为室兮毡为墙"，住的不是宫室，而是像圆顶帐篷的穹庐；墙也是用毡代替。"以肉为食兮酪为浆"，整天吃肉，喝奶酪，和内地大相径庭。既然婚姻生活不满意，起居饮食又不习惯，所以怀念故土就是理所当然的了。"居常土思"四个字，可做这方面日常心理活动的最好注脚。不过想归想，事实归事实，那是不能改变的，所以也只能黯然伤神而已，"心内伤"三个字，就是自我心声的最好表达。但是，作者不愿屈从自己的命运，于是驰骋起想象的翅膀，"愿为黄鹄兮归故乡"。谁都知道，人是变不成黄鹄的，所以归故乡的愿望只能化为失望，这就越发增添了悲剧色彩。

【集说】汉元封中，遣江都王建女细君为公主以妻焉。赐乘舆服御物，为备官属宦官侍御数百人，赠送甚盛。乌孙昆莫以为右夫人。……昆莫年老，语言不通。公主悲愁，自为作歌曰云云。（班固《汉书·西域传》）

汉妇人为三言者，苏伯玉妻；四言者，王明君……八言九言者，乌孙公主、蔡文姬。皆工至合体，文士不能过也。（胡应麟《诗薮·外编》卷一）

两汉部分

歌词内容初看起来似乎单调,但若与细君只身异域的境况联系起来,就不难体味到作者的那种感叹自身孤独和眷念故土的复杂心情。(江民繁、王瑞芳《中国历代才女小传·愿为黄鹄归故乡——乌孙公主刘细君》)

(张秀贞)

刘弗陵

刘弗陵(前94—前74),汉武帝刘彻的少子,公元前87年即位为皇帝,当时只有8岁,由大将军霍光秉政,车骑将军金日䃅、左将军上官桀辅助。在位期间,执行武帝政策,移民屯田,多次打败匈奴、乌桓的攻扰。卒年二十一,葬平陵,谥号曰"孝昭"。

黄鹄歌[1]

黄鹄飞兮下建章[2],羽肃肃兮行跄跄[3],金为衣兮菊为裳[4]。唼喋荷荇[5],出入蒹葭[6]。自顾菲薄[7],愧尔嘉祥[8]!

【注释】(1)本篇属《杂歌谣辞》。《乐府诗集》:"《西京杂记》曰:'始元元年(前86),黄鹄下太液池,帝为此歌。'按,清商吴声曲有《黄鹄歌》,与此不同。"黄鹄,鸟名,天鹅。《汉书·昭帝纪》:"始元元年春二月,黄鹄下建章宫太液池中。"《注》:"黄鹄,大鸟也。一举千里者,非白鹄也。" (2)下建章:飞下落到建章宫。建章:建章宫,汉武帝太初元年建,位于未央宫西,故址在今西安市长安区西。《三辅黄图》:"武帝太初元年,柏梁殿灾。粤巫勇

之曰：粤俗有火灾，即复起大屋以压之。帝于是作建章宫，度为千门万户，宫在未央宫西长安城外。"《汉书·郊祀志》下："勇之乃曰：'粤俗有火灾，复起屋，必以大，用胜服之'。于是作建章宫，度为千门万户。前殿度高未央。其东则凤阙，高二十余丈。其西则商中，数十里虎圈。其北治大池，渐台高二十余丈，名曰泰池，池中有蓬莱、方丈、瀛州、壶梁，象海中神山龟鱼之属。其南有玉堂璧门大鸟之属。立神明台、井干楼，高五十丈，辇道相属焉。"　(3)羽肃肃：羽翅发出肃肃的响声。肃肃，象声词。此指鸟飞声。《诗·唐风·鸨羽》："肃肃鸨羽，集于苞栩。"行跄跄(qiàng qiàng)：步趋有节奏貌。(4)金衣菊裳：形容羽毛为金黄色。　(5)唼喋(shà zhá)：水鸟聚食貌。荷荇：荷花和荇菜丛。荇菜：一种多年生水生植物。《诗·周南·关雎》："参差荇菜，左右流之。"　(6)蒹葭：初生和没有长穗的芦苇丛。蒹，没有长穗的芦苇；葭，初生的芦苇。　(7)菲薄：微薄。此指自己的德行微薄。　(8)嘉祥：吉祥的征兆。

【今译】黄鹄啊，飞落到建章宫。飞落时羽毛肃肃响，走路时样子不慌不忙。金黄色的羽毛为衣，菊黄色的羽毛为裳，颜色真是漂亮。她们在荷花丛、荇菜丛中聚食，她们出没在刚刚长起来的芦苇荡里。自思——我的德行微薄，对于你们给我带来的吉祥征兆，我真是愧不敢当！

【点评】对于一个八九岁的孩子来讲，写这样的一首记事抒情的诗，也算难为他了。前五句记事：飞落、行走、毛色、聚食、出没，按事件发生发展的顺序，原原本本记录下来，只配以肃肃、跄跄、金、菊、荷荇、蒹葭等词，并没有刻意雕琢词句，但黄鹄的形象，已生动地浮现在读者的眼前，甚觉活泼可爱。最后两句抒情，虽然涂有一层封建色彩，但其自谦精神也是难能可贵的。

【集说】据《西京杂记》记载："始元元年，黄鹄下太液池，上为歌曰"云云。始元元年，即刘弗陵登帝位的第一年。太液池亦名蓬莱池，在长安建章宫北，即今陕西省西安市西北。这则记载有时间、有具体地点，可以判定这首诗是纪实性的咏物诗，并非想象中的形象。(郭政《汉魏晋南北朝隋诗鉴赏词典·黄鹄歌》)

(王魁田)

班婕妤

班婕妤,汉雁门郡班况之女。班固之祖姑母。成帝初,选入后宫,拜婕妤(汉宫中女官名,位同上卿)。后赵飞燕宠盛,婕妤被冷落,又惧赵氏陷害,乃请求供养太后于长信宫。成帝死后,充奉园陵以终。有集一卷。

怨歌行⁽¹⁾

新裂齐纨素⁽²⁾,鲜洁如霜雪。裁为合欢扇⁽³⁾,团团似明月。出入君怀袖,动摇微风发。常恐秋节至,凉飙夺炎热⁽⁴⁾。弃捐箧笥中⁽⁵⁾,恩情中道绝。

【注释】(1)怨歌行:《玉台新咏》将此属乐府《相和歌辞·楚调曲》。(2)齐纨素:齐国出产的丝绢。 (3)合欢扇:圆形薄扇。 (4)飙(biāo):暴风。 (5)箧(qiè),小箱子。笥(sì),盛饭或盛衣物的方形竹器。此处的箧笥指盛扇之箱。

【今译】齐国丝绢新裁剪,鲜明皎洁如霜雪。制成精美合欢扇,好似天上圆圆月。出入怀袖被人喜,轻摇慢动微风起。常恐秋天一来到,凉风萧瑟驱炎热。弃置箱底无人问,从前恩爱半途绝。

【点评】这是一首以象征的手法来自喻述怀的宫怨诗。《文选》及《玉台新咏》题为班婕妤作。班婕妤,出身名门,少有才学,品德贤淑。初选入宫时很受宠幸。然婕妤知礼守法,举止端方。成帝曾要和她同乘车辇游后庭,她辞谢道:"看古时图画,圣贤之君的身旁都是名臣,三代(夏商周)末年的帝王才宠爱美女,现在您要与我同车,是否与他们相近啊?"成帝赞许并接受了她的意见。然而好景不长,赵飞燕入宫后,妖媚惑主,渐渐夺宠,对成帝诬陷班婕妤。婕妤恐日久见害,乃自求退居东宫。"作赋及纨扇诗以自伤悼。"(《乐府解题》)。

开篇"新裂齐纨素"等四句,以美丽皎洁的团扇来比喻女子冰清玉洁的品质和端庄秀丽的容颜。

"出入君怀袖"两句,用团扇在炎炎夏日能摇风生凉而被人所喜爱,常置袖内怀中的景状来比喻女子受到男人宠爱时的情况。《玉台新咏》注此句曰:"此谓蒙幸恩之时也。"

而最后四句,则以秋天到来团扇即被弃置箱底来映射封建社会的妇女易遭抛弃的不幸命运。

此诗运用整体象征的手法,十分新颖而又比喻妥帖,以明快洗练的语言委婉细致地传达了封建贵族女性唯恐遭到恩断爱绝、冷落抛弃的凄怨之情。

【集说】其源出于李陵。《团扇》短章,词旨清捷,怨深文绮,得匹妇之致。侏儒一节,可以知其工矣。(钟嵘《诗品》卷上)

《歌录》曰:"《怨歌行》,古辞。"然言古者有此曲,而班婕妤拟之。婕妤,帝初即位,选入后宫,始为少使,俄而大幸,为婕妤,居增成舍。后赵飞燕宠盛,婕妤失宠,希复进见。成帝崩,婕妤充园陵,薨。(李善《文选注》卷二十七)

班姬《团扇》,文君《白头》,徐淑《宝钗》,甄后《塘上》,汉、魏妇人,遂与文士并驱,六代至唐蔑矣。(胡应麟《诗薮·内编》卷二)

说到"常恐"便止,但堪作今人半首古诗耳。晓人不当如是,而必侍之月斜人散哉?汉人有高过《国风》者,此类是也。(王夫之《古诗评选》卷一)

此通首用比诗也。前六,总言纨扇之盛。首二,质子美;三、四,制之工;五、六,则当时用事也。点逗"君"字,写得旖旎有情。后四,转到恐扇之衰。从秋飙夺热,引入弃捐情绝,隐指赵氏,而仍意婉音和,不流嘄杀。(张玉毂《古诗赏析》卷三)

(文时珍)

马援

马援(前14—49),字文渊,东汉初扶风茂陵(今陕西兴平)人。新莽末,为新城大尹(汉中太守)。后依附陇西的隗嚣,继归刘秀。南平交阯,拜伏波将军。建武二十四年,武陵蛮反,马援时年已六十二,自请将兵讨伐,不久染瘴疫卒于军中。

武溪深行⁽¹⁾

滔滔五溪一何深。鸟飞不度,兽不敢临。嗟哉!五溪多毒淫!

【注释】(1)武溪:《水经》云:"武陵有五溪,谓:雄溪、樠溪、沅溪、酉溪、辰溪。"武溪即沅溪。诗题"武溪深"由古民歌"武溪深复深"句而来。

【今译】滔滔五溪水,溪水深又深。飞鸟不敢飞过,走兽不敢临近。哎呀!五溪你为什么这么歹毒肆淫!

【点评】全诗只有四句，但却饱含悲壮深沉的情调。开头一句就感慨万端，用了"滔滔""一何深"的形容词与感叹语，充分表露了有怨、有恨、有无可奈何的复杂情感。第二、三句进一步描述五溪水之险深，致使鸟不敢飞渡，兽不敢走近。虽未写人，而人之情自不难想见。项羽面对乌江曾喊出了"天亡我，非用兵之罪也！"马援这位军功盖世、智谋夺人的英雄，此刻也不得不喊出同样的心声：不是用兵之过，而是五溪困境所致。根据史书记载，马援此时已是六十二岁的老人，但还抱着"死国事"的心愿，率兵征五溪蛮夷。当时进军道路有两条：一是从壶头入，路近而水险；一是从充入，途夷而运远。马援顾虑运输困难，为了争取时间，所以抄了近道，并且认为，这样可以"扼其喉咽，充贼自破"。然而到了壶头，贼乘高守隘，水疾，船不得上。又值暑热天气，不少士卒因瘴疫而死，马援自身也染上疫疾，虽百般设法，以避炎气，但终于疫死于军中。由这一段记载，可见马援把失利归之于不得"地利"是不无道理的。因之，他更把怨愤之情集于五溪的毒淫，用"嗟哉五溪多毒淫"作结，这是英雄悲愤之情的高峰。

传说这次南征，军中有个善吹笛的人在攻敌失利的情况下，吹起了哀怨的笛曲，马援听到了后，感慨万千，竟随口吟出了这首诗。这首诗可以说是马援的绝命之作。这首绝命之作，不写奋战不利，不言敌人猖狂，而从始至终只怨五溪之毒淫，我想这是有原因的。据史书记载，马援一生战绩辉煌，如佐光武，使嚣众大溃；武都参狼羌等为寇，援将四千余人击之，使羌穷困而降；卷人维汜的弟子李广作乱，援发郡兵，合万余人，击破广；交阯寇边，援将兵，缘海进与贼战，破之，斩首数千级，降者万人，如此等等。他确是一位常胜将军。最后战五溪，试想，如果不是五溪水深、染上瘴疫，这场战争，也许正如马援预言：扼敌喉咽，充贼自破，不是又要凯旋吗？所以马援之怨五溪，恰是充分地表现了这位英雄人物的倔强、坚强、自信的个性特征。

诗句长短不齐，正好表示了英雄面临险境不得致胜的悲壮慷慨情态。对险境的描写有些夸张，但不失实，全诗道出了对此次征战失利的恨怨，但不失英雄本色。总之，它是一首深沉激越的末路英雄的写照。

【集说】《武溪深》乃马援南征之所作也。援门生爱寄生善吹笛,援作歌以和之,名曰《武溪深》。其曲曰云云。(崔豹《古今注》卷中)

《御览》六十七引善《歌录》,歌曰:"武溪深复深,飞鸟不能渡,游兽不能临"云,殆别是一歌也。(逯钦立《先秦汉魏晋南北朝诗·汉诗》卷五按语)

(张采薇)

两汉部分

梁鸿

梁鸿,字伯鸾,扶风平陵(今陕西咸阳)人,生卒年不详,大概生活在东汉初期。少孤,受业太学,博览无不通。与妻孟光隐居霸陵山中,耕织为业,后居齐鲁,又到吴地,为人做雇工。今存诗三首。

五噫歌[1]

陟彼北邙兮[2],噫[3]!顾览帝京兮[4],噫!宫阙崔嵬兮[5],噫!民之劬劳兮[6],噫!辽辽未央兮[7],噫!

【注释】(1)《五噫歌》:属杂歌谣辞,系梁鸿由陕西霸陵去齐鲁,路过洛阳时所作。由于诗中对帝王的奢靡表示不满,章帝看到后立即下令逮捕他。他便改姓运期,字侯光,去齐鲁和吴地隐居起来。 (2)陟:登上。北邙:即今北邙山,在洛阳城东北。 (3)噫:叹息声。 (4)顾览:环视。帝京:指当时京师洛阳。 (5)崔嵬:高貌。 (6)劬:痛苦。 (7)辽辽:遥远。未央:未止。

【今译】登上北邙山啊，噫！环视洛阳城啊，噫！宫殿多高峻啊，噫！人民受劳累啊，噫！劳累没尽头啊，噫！

【点评】本篇揭示帝王以宫室为表征的豪华奢靡生活，是建立在劳苦大众无休止的徭役和痛苦的基础之上，切中要害。作者在每句诗之后，都用"噫"字结束，痛惜之情不绝于笔端，痛惜之声也就不绝于耳。不仅充分表达了对劳苦大众的同情，并且也特别加强了对最高统治者的批判色彩。以招致汉章帝要当作一桩严重的政治事件，立即下诏缉拿作者，迫使梁鸿携家带眷，隐姓埋名，混迹他乡，直到老死。

作品前三句是就帝京全貌发出的感慨。登上北邙，居高临下，才能环视一切，尽收眼底。洛阳自东汉光武帝定都，到明帝时已开始大规模地扩建。宫室分南北两大建筑群。南宫群有十九座大宫殿，北宫群有十三座大宫殿，其中德阳殿即可容纳万人。南北两宫相距七里，有三条道路，都用大屋覆盖。而且各个宫殿之间也有复道相连。规模的确宏伟，当时已为有识之士如尚书钟离意所反对。"宫室崔嵬兮"不是文学上的夸张，而是如实反映了当时的客观实际。但是，到了章帝手里，还不感到满足，仍在继续扩建。梁鸿深知这得虚耗劳动人民多少血汗啊，这无休止的劳役，非把劳动人民榨干不可。最后两句："民之劬劳兮，噫！辽辽未央兮，噫！"倾注了作者多么深厚的爱憎。《五噫歌》在形式上别开生面，富有独创性，在内容上也是投向最高统治者的一把匕首，将其糜烂生活与劳动人民的痛苦联结在一起，剖析得一清二楚。梁鸿唱出了人民的心声。

【集说】梁鸿，字伯鸾，扶风平陵人也。……仰慕前世高士，而为四皓以来二十四人作颂。因东出关，过京师，作《五噫之歌》云云，肃宗闻而非之，求鸿不得。乃易姓运期，名耀，字侯光，与妻子居齐鲁之间。（范晔《后汉书·逸民列传·梁鸿传》）

此感劳民兴造而作。首二，从登高望远说起。三、四是主句。末句，有

两汉部分

伊于何底之意。无穷悲痛,全在五个"噫"字托出,真是创体。(张玉毂《古诗赏析》卷六)

本篇是梁鸿经过当时京都洛阳时所作,内容旨在揭示统治者的奢侈,嗟叹人民的劳苦。章帝看到此诗,很不满,下令访拿他。他因此改姓运期,字侯光,和妻子避于齐鲁之间。(朱东润主编《中国历代文学作品选·解题》)

(张秀贞)

张衡

张衡(78—139),字平子,南阳西鄂(今河南南阳)人。历任太史令、河间相等职,是著名的科学家和文学家,有《张河间集》。

同声歌[1]

邂逅承际会[2],得充君后房[3]。情好新交接[4],恐慄若探汤[5]。不才勉自竭[6],贱妾职所当[7]。绸缪主中馈[8],奉礼助蒸尝[9]。思为莞蒻席[10],在下蔽匡床[11]。愿为罗衾帱[12],在上卫风霜。洒扫清枕席,鞮芬以狄香[13]。重户结金扃[14],高下华灯光。衣解巾粉御[15],列图陈枕张[16]。素女为我师[17],仪态盈万方[18]。众夫所希见[19],天老教轩皇[20]。乐莫斯夜乐,没齿焉可忘。

【注释】(1)《同声歌》列于《乐府诗集》卷七十六"杂曲歌辞"。 (2)邂逅(xiè hòu):不期而遇。际会:遇合。 (3)后房:姬妾所住的房屋。

两汉部分

(4)交接:接触。　(5)恐慄:恐惧战栗。探汤:手入沸水之中。　(6)不才:愚钝,自谦之辞。竭:尽力。　(7)贱妾:妇女自谦之辞。　(8)绸缪(chóu móu):殷勤。中馈(kuì):酒食。　(9)奉礼:遵奉礼仪。蒸:冬祭大典。尝:秋祭大典。　(10)莞(guān):蒲草,可编席。蒻(ruò):亦蒲草类,可编席。　(11)匡床:方正的大床。　(12)罗:轻软的丝织品。衾:大被。帱(chóu):床帐。　(13)鞮(dī):皮靴。狄香:香名,用以熏履。　(14)扃(jiōng):门闩(shuān)。　(15)御:进奉。　(16)列图:摆上房中术之图。陈:陈放。张:帷帐。　(17)素女:古善房中术者。　(18)仪态:姿态。盈:超过。　(19)众夫:普通男子。　(20)天老:轩辕黄帝的重臣。轩皇:即黄帝轩辕。

【今译】我偶然碰到一个机会,有幸补进君王的后房。情意美好,可是刚刚接触,我总战战兢兢地像试探开水那样怕烫。我虽本事不大却愿尽心竭力,这是分内之事理所应当。我殷勤地事先料理好酒食,按照礼仪准备秋冬祭祀的供馐。我想变成柔韧蒲草编织的平席,铺在下面遮住方正的大床。我愿变成丝绸做的大被和帷帐,放在上面挡住寒气和冰霜。我精心洒扫清洁枕席,用名香把皮靴熏得芬芳。我关好层层门户的金闩,上上下下都被华丽的灯烛照亮。我脱下衣服重新梳妆打扮,摆开房中专用的图画、枕头和床帐。我曾拜素女为师专学房中术,我能做出动人的姿态超过万千模样。社会上普通男子都很难见到,连轩辕黄帝还得请大臣天老去细细参详。一生经历过的喜悦都比不上这一夜欢乐,即就算是老掉了牙齿也不可能遗忘!

【点评】《同声歌》全部运用比兴手法。表面看来,张衡是用细致而委婉的笔触,精心刻画姬妾嫔妃事君王。只有兢兢业业,情真意切,倾注全部的爱,体贴入微,不惜牺牲一切,才能求得永世难忘的欢心。实质上是借此告诫世人,臣子之事君,也必须如此,才能获得终生最大的快乐和安慰。张衡处于外戚宦官专政的时代,社会黑暗,政治腐败,自己不愿"捷径邪至""干进苟容"(《应间》),对功名利禄一向看得很淡,并曾想到归隐。但他并不是不关心国家大事。他写的文学作品,大都意含讽谏。在《陈政事》及《论贡举》等疏中,对朝政议论得更为直接。他不仅揭露"诸生竞利,作者鼎沸",举用的人才都不合格,而且指斥"群臣奢侈,昏逾典式,自下逼上",已经闹得"怨蠲溢乎四海",都没有从为非作歹的宦官郑众、江京以及宠臣闳显的罪恶下场中汲取教训。《同声歌》就是运用比兴手法宣扬臣子的事君之道,具有针砭时弊的现实功能。

【集说】《乐府解题》曰:"《同声歌》,汉张衡所作也。言妇人自谓幸得充闺房,愿勉供妇职,不离君子。思为莞簟,在下以蔽匡床;衾裯,在上以护霜露。缱绻枕席,没齿不忘焉。以喻臣子之事君也。"晋傅玄《何当行》曰:"同声自相应,同心自相知。"言结交相合,其义亦同也。(郭茂倩《乐府诗集》卷七十六《同声歌·解题》)

寄兴高远,遣辞自妙。(陈绎曾《诗谱·张衡》)

《同声》丽而不淫,《四愁》远摹正则,蔡邕《翠鸟》,秦嘉《述昏》,俱出其下,谓之好色,谓之思贤,其曰可矣。(张溥《汉魏六朝百三家集·张河间集题辞》)

此篇首见《玉台新咏》,然《文心雕龙》已论及:"张衡怨篇,清典可味;仙诗缓歌,雅有新声。"所谓仙诗,即指此曲,以篇中有天老素女之言也。(萧涤非《汉魏六朝乐府文学史·东汉文人乐府》)

（赵光勇）

43

两汉部分

辛延年

44

辛延年(220—?),秦汉诗人。

羽林郎⁽¹⁾

　　昔有霍家奴⁽²⁾,姓冯名子都⁽³⁾。依倚将军势,调笑酒家胡⁽⁴⁾。胡姬年十五⁽⁵⁾,春日独当垆⁽⁶⁾。长裾连理带⁽⁷⁾,广袖合欢襦⁽⁸⁾。头上蓝田玉⁽⁹⁾,耳后大秦珠⁽¹⁰⁾。两鬟何窈窕,一世良所无。一鬟五百万,两鬟千万余⁽¹¹⁾。"不意金吾子⁽¹²⁾,娉婷过我庐⁽¹³⁾。银鞍何煜爚⁽¹⁴⁾,翠盖空踟蹰⁽¹⁵⁾。就我求清酒,丝绳提玉壶。就我求珍肴,金盘脍鲤鱼⁽¹⁶⁾。贻我青铜镜,结我红罗裙⁽¹⁷⁾。不惜红罗裂,何论轻贱躯!男儿爱后妇,女子重前夫。人生有新故,贵贱不相踰。多谢金吾子⁽¹⁸⁾,私爱徒区区⁽¹⁹⁾。"

【注释】(1)羽林:是汉家的禁卫军;羽林郎:羽林中的官员。这首诗并没有写羽林郎,疑为用乐府旧题。诗中的冯子都是西汉人,可诗是东汉诗。朱乾《乐府正义》认为此诗是借历史题材讽刺窦景而作,这是很有可能的。(2)霍家:霍光家。霍光是西汉昭帝时的大司马、大将军。 (3)冯子都:霍光家的奴仆头子。 (4)酒家胡:卖酒的胡女。汉代称西北少数民族为胡。(5)姬:古时对妇女的美称。 (6)当垆(lú):卖酒。垆:用土垒的卖酒柜台。(7)裾:衣服的前襟。连理带:两条对称的系衣服的带子。 (8)广袖:宽大的袖子。合欢襦:有合欢花纹图案的短袄。 (9)蓝田玉:蓝田出的美玉。蓝田:今陕西蓝田。 (10)大秦:指当时的罗马帝国。 (11)鬟:古时一种环形的发髻。 (12)金吾子:执金吾,京城卫戍长官的名称。 (13)娉婷(pīng tíng):柔媚的样子。这里是"卖弄姿态"貌。 (14)煜爚(yù yuè):光耀。 (15)空:"无缘无故"的意思。 (16)脍(kuài):切细的肉。(17)结:系。 (18)多谢:郑重告诫。 (19)徒区区:白献殷勤。区区:心意。

【今译】昔日霍家一奴才,姓冯名字叫子都。依仗将军的威势,调戏卖酒胡家妹。胡家美女年十五,春日独自在酒铺。前襟两条带子长,宽袖上有合欢图。头上佩戴蓝田玉,耳后鬟垂罗马珠。环形发髻多美丽,天上少有地下无。一鬟饰物五百万,两鬟价值千万余。"不料却逢执金吾,卖弄姿态过酒铺。银花马鞍多光耀,华丽车子停不走。到我面前要买酒,玉制酒壶提在手。到我面前要佳肴,金盘捧上脍鲤鱼。赠我一面青铜镜,系我红罗衣襟口。不惜衣襟被撕裂,岂可随意令人侮! 男子喜新常厌旧,女子更重初婚夫。人生各有新旧情,无论贵贱不轻忽。郑重告诫金吾子,对我殷勤无用处。"

【点评】这是一首文人学习乐府民歌而作的优秀五言诗,成功地塑造了一位敢于同调戏她的霍家豪奴冯子都抗争的酒家女子胡姬的形象。

全诗共三十二句,前四句为全诗的序曲,简要说明霍家豪奴依势调戏卖酒的胡姬。紧接十句,通过对胡姬的身份、装饰的渲染描绘表现出她的非凡机智。"不意金吾子"以下十句,描写金吾子调戏胡姬的丑恶行径。最后八句,是故事的高潮,写胡姬采用刚柔结合的策略,战胜了金吾子。

两汉部分

在写作方法上,诗人采用烘托的手法突出人物性格。比如,诗歌写胡姬的美丽,不是从正面描绘,而是从她头上饰环的华贵、服装的漂亮等侧面表现出她的窈窕姿态。另外,诗歌还有明显受民歌影响的痕迹,常常运用对话、夸张、铺叙等手法描写人物,又有汉赋重辞藻、求华丽、讲对偶等特色,表现出文人作品的风格。

总之,《羽林郎》是汉代文人乐府诗中的名篇佳作。它描绘的不畏强暴、敢于同恶势力斗争、具有反抗性的胡姬这一形象,将同《陌上桑》中的罗敷一样,具有永久的艺术魅力。

【集说】骈丽之词,归宿却极贞正,风之变而不失其正者也。(沈德潜《古诗源》卷三)

《陌上桑》《羽林郎》《东门行》《西门行》《妇病行》《孤儿行》等诗,有情有致,学者有径路可寻,的是诗家正宗,才人鼻祖。(费锡璜《汉诗总说》)

《羽林郎》《董娇娆》《日出东南隅行》诸诗,情词并丽,意旨殊工,皆诗家之正则,学者所当揣摩。唐之卢、骆、王、岑、钱、刘,皆于此数诗中得力。(费锡璜《汉诗总说》)

与《陌上桑》同一义严词丽,而运局迥殊,所宜参阅。(张玉毂《古诗赏析》卷六)

(高益荣)

宋子侯

宋子侯，东汉人，身世不详。

董娇娆⁽¹⁾

洛阳城东路⁽²⁾，桃李生路傍。花花自相对⁽³⁾，叶叶自相当。春风东北起，花叶正低昂⁽⁴⁾。不知谁家子⁽⁵⁾，提笼行采桑⁽⁶⁾。纤手折其枝⁽⁷⁾，花落何飘飏。请谢彼姝子⁽⁸⁾："何为见损伤⁽⁹⁾？""高秋八九月⁽¹⁰⁾，白露变为霜。终年会飘堕⁽¹¹⁾，安得久馨香？""秋时自零落，春月复芬芳。何如盛年去⁽¹²⁾，欢爱永相忘⁽¹³⁾。"吾欲竟此曲，此曲愁人肠。归来酌美酒，挟瑟上高堂⁽¹⁴⁾。

【注释】(1)此诗始见于《玉台新咏》，《乐府诗集》收入《杂曲歌辞》中。董娇娆，女子名。余冠英疑是乐府旧题。此诗感伤女子命不如花，或者是宋子侯为她所作的自伤之词。　(2)洛阳：东汉时的首都，是当时最繁盛的城

市。　（3）"花花"二句："当"与"对"同义，犹言"对称""相映衬"。两句意谓，众花盛开，花叶互相映衬，十分美丽。　（4）"花叶"句：言花叶被春风吹得高低摇动。　（5）子：指年轻女子。　（6）笼：篮子。　（7）纤（xiān）手：细长纤柔的手。　（8）请谢：请问。　（9）见：被。此句为花向折花女子的问话。　（10）"高秋"四句：为折花女子的答词。高秋：秋季天高气爽，故称高秋。　（11）终年：犹年终。　（12）何如：不像。一称"何时"。　（13）"欢爱"句：不再被人喜爱。以上四句是花答女子，意谓，拿秋的命运和你的比较，花落还能重开，不像你盛年一去，就不再被人喜爱了。　（14）"高堂"以上四句：是诗人自陈作意。大意是，我要把这只曲子唱完，可是这支曲子实在让人心里难过；只有饮美酒以消愁，挟瑟登堂弹奏以解忧了。

【今译】首都洛阳城东路，桃李百花生路旁。花朵自由自在生，枝叶自由自在长。春风东北徐徐起，花叶纷纷在摇荡。不知那是谁家女，提着篮子去采桑。纤手随意折花木，繁花飘落乱飞扬。请问这位好女子，"为何把我来损伤？""秋高气爽八九月，露水渐渐变成霜。年终寒冷就凋落；怎能长久有芬芳。""秋天虽然就凋落，春季又开复芳香。哪像女子盛年去，欢爱永远被人忘。"我要唱完这支曲，这曲实在愁人肠。归来饮酒好消愁，鼓瑟解忧上高堂。

【点评】这篇乐府诗，也是一篇完美的五言诗，作者是东汉人，《乐府诗集》把它收入《杂曲歌辞》。这诗以花拟人，设为问答，是乐府诗特有的境界，也是从民歌来的。乐府诗中的《枯鱼过河泣》《乌生》等，就是同类的例子。这种拟人手法，比单纯的叙述要生动、形象得多。这篇花人问答，把花落还能重开，而女人的盛年一去，就不再来就不再被人喜爱，女人命运不如花的印象，深深地印在人们心中。

女人的命运不如花，在这篇诗中是明显的。但是，作者在这篇诗中的思想倾向，却有些分歧。历来多认为是"及时行乐"，但也有人认为，饮酒是为了消愁，鼓瑟是为了解忧，作者就是要解除他对当时社会的不满和愁思。后一种看法是有道理的。

这篇诗的艺术性也很高，标志着五言古诗已经到了成熟阶段。

【集说】《董娇娆》，士不遇时，追慕盛世也。（《乐府广序》）

王尧衢说："嗟叹之下，愁肠郁结，不能终曲；且归而饮酒调丝以写我忧。盖自洛阳路旁，因所见而有感，故用'归来'二字以结之。"按，王说是。又按，前人解此诗，大都据末尾四句归结到及时行乐，并认为这是作者的正面主张。实则此诗相当深刻地反映了封建社会中妇女的悲惨命运，如仅看作"遣怀导饮之曲"（李因笃语），就把它的积极意义完全抽掉了。但末尾四句确带有浓厚的不健康的伤感情调，当是作者因感到无可奈何而产生的逃避现实的思想的表现。（北京大学中国文学史教研室《两汉文学史参考资料》）

《董娇娆》在唐诗中大都作为美人典故用，且是歌姬一类，如杜甫诗："细马时鸣金腰裹，佳人屡出董娇饶。"（《春日戏题恼郝使君》）温庭筠诗："香随静婉歌尘起，影伴娇饶舞袖垂。"（《题柳》）又："珠箔垂钩对彩桥，昔年于此见娇娆。"（《怀真珠亭》）（北京大学中国文学史教研室《两汉文学史参考资料》）

（焦　滔）

两汉部分

无名氏

明月皎夜光⁽¹⁾

明月皎夜光,促织鸣东壁⁽²⁾。玉衡指孟冬⁽³⁾,众星何历历⁽⁴⁾。白露沾野草,时节忽复易。秋蝉鸣树间,玄鸟逝安适⁽⁵⁾。昔我同门友⁽⁶⁾,高举振六翮⁽⁷⁾。不念携手好,弃我如遗迹⁽⁸⁾。南箕北有斗⁽⁹⁾,牵牛不负轭⁽¹⁰⁾。良无磐石固⁽¹¹⁾,虚名复何益!

【注释】(1)这是《古诗十九首》的第七首诗。《古诗十九首》是东汉时期的作品,因作者名字无可考究,诗歌的风格内容又比较接近,所以萧统编《文选》时将它们编为一组,题为《古诗十九首》,后来《古诗十九首》就成了这组五言诗的专称。《文选》卷二十六谢灵运《道路忆山中》注云:"古乐府有'明月皎夜光'"。　(2)促织:蟋蟀。　(3)玉衡:指北斗七星中的第五星。北斗七星形状像个酌酒的斗,第一星至第四星成勺形,叫斗魁;第五星至第七星为斗柄。由于地球绕日公转,从地面上看去,斗星每月变一方位。古人根据星辰所指方位的变换来分辨节令。本篇第一句说明时间是半夜,根据这时玉衡所指方位,知道节令已到孟冬(夏历十月)。　(4)历历:分明貌。

(5)玄鸟:燕子。　(6)同门友:同窗、同学。　(7)翮(hé):羽茎。振六翮:以鸟的展翅高飞比喻同学的飞黄腾达。　(8)迹:脚印。　(9)南箕:星名,形似簸箕。斗:南斗星,形似斗。　(10)牵牛:牵牛星。轭:车辕前横木,牛拉车则负轭。这两句用星宿徒有虚名而无实用来比喻朋友的有名无实。(11)磐石:大石。

【今译】明月皎皎照长夜,蟋蟀声声鸣东墙。玉衡流转指孟冬,群星分明闪闪亮。白露横染原野草,时令变换何匆忙。树间秋蝉凄切鸣,燕子展翅飞何方? 我念昔日同窗友,今日振羽九天翔。不念往日携手情,如弃脚印将我忘。箕星之北有南斗,牵牛并未拉曲木。友情没有磐石固,徒有虚名难久长!

【点评】这是一位失意文人面对秋夜凄凉景色而作的一首慨叹世态炎凉的诗。诗歌通过景物的描绘来抒情,景语即情语。前八句所写之景,都是诗人眼中看到的实景,但同时又加入了诗人的主观情感。"昔我同门友"以下四句,诗人由景物联想到自己往日的同窗好友,于是诗歌自然地过渡到对人情冷暖的慨叹上,从而表达了对那些不念旧交之人的愤慨之情。全诗写景逼真,比喻贴切,转换自然,首尾照应,结构完整,无雕琢痕迹,真可谓"如无缝天衣"。

【集说】南箕二语,言有名而无实也。此兴意与"玉衡指孟冬"正用者自别。(沈德潜《古诗源》卷四)

大凡时序之凄清,莫过于秋;秋景之凄清,莫过于夜,故先从秋夜说起。(朱筠《古诗十九首说》)

《明月皎夜光》感时物之变,而伤交道之不终,所谓感而有思也。后半奇丽,从《大东》来。初以起处不过即时即目以起兴耳,至"南箕北斗"句,方知"众星"句之妙。古人文法意脉如此之密。汉之孟冬,今七月也。"秋蝉"喻友之得志居高,"玄鸟"兴已失所,下四句点明之。"虚名"即指箕、斗、牛之名,写时景耳,而措语高妙。(方东树《昭昧詹言》卷二)

首八就秋夜景物叙起,然时节忽易,已暗喻世态炎凉;蝉犹鸣,燕已逝,

两汉部分

又暗喻己与友出处不同也。中四点明友之贵而弃我,作诗之旨,至此始揭。末四意谓朋友之交,当同磐石,今则虚有其名,真无益也。然直落则气太促,亦无意味,妙在忽蒙上文众星历历,借箕斗牵牛,有名无实,凭空作此,然后拍合,便顿觉波澜跌宕。(张玉毂《古诗赏析》)

(高益荣)

无 名 氏

青青河畔草⁽¹⁾

青青河畔草,郁郁园中柳⁽²⁾。盈盈楼上女⁽³⁾,皎皎当窗牖⁽⁴⁾。娥娥红粉妆,纤纤出素手。昔为倡家女⁽⁵⁾,今为荡子妇⁽⁶⁾。荡子行不归,空床难独守!

【注释】(1)这是《古诗十九首》中的一首。《合璧事类》卷三十八作古乐府。 (2)郁郁:浓密茂盛的样子。 (3)盈:通"嬴",指美好的仪态。(4)皎皎:本义指月光的白,这里指女子容貌白皙明洁。 (5)倡:歌妓。(6)荡子:在外乡漫游的人,与游子义近,和后世所谓的浪荡不务正业的人不同。

【今译】河畔两边草青青,园中绿柳郁葱葱。楼上女子仪态美,洁白容貌映窗中。脂粉装扮多娇艳,纤细双手多素净。昔日本是倡家女,今和游子成夫妇。游子在外长不归,难耐空床独凄清!

【点评】这是一首闺怨诗。诗中主人公凝妆登楼,凭窗眺望河畔两岸青

青的草、园中绿绿的柳，于是勾起了她对远游他乡的亲人的怀念、对自己孤寂独守生活的叹息。

全诗十句，结构有致。首两句以思妇远望所见的角度来写景，又是因物起兴之笔。中四句由"河畔草""园中柳"移到楼头的窗口，由环境描写过渡到对人物的描绘。末四句再写明思妇的身世和她的哀怨。此外，诗歌语言精美生动，尤其是前六句连用叠字组成的形容词开头，表情达意自然贴切，充分显示出诗歌语言回环复沓的音节美。

【集说】古诗"青青河畔草，……纤纤出素手"连用六叠字，亦极自然，下此即无人可继。（顾炎武《日知录》卷二十一）

用叠字，从《卫·硕人》"河水洋洋，北流活活"一章化出。（沈德潜《古诗源》卷四）

《青青河畔草》，草兴荡子，柳自比，二句横作影。案"盈盈"四句，始言自己，夹写夹叙。"昔为"四句，叙情归宿，用笔浑转精融。以诗而论，用法用笔极佳，而义乏兴寄，无可取。此诗以叠字为奇，凡三换势。（方东树《昭昧詹言》卷二）

此见妖冶而微荡游之诗。首二，以草柳青青郁郁，兴起芳年之女。"盈盈"四句，就所见之女，叙其不耐深藏、艳妆露手，已为末空床难守埋根。连用叠字，从《卫·硕人》末章化出。后四，点明履历，而以荡子不归，坐实空床难守。其为既娶倡女，而仍舍之远行者，致微深矣。（张玉毂《古诗赏析》卷四）

（高益荣）

无名氏

青青陵上柏⁽¹⁾

青青陵上柏，磊磊涧中石⁽²⁾。人生天地间，忽如远行客⁽³⁾。斗酒相娱乐⁽⁴⁾，聊厚不为薄⁽⁵⁾。驱车策驽马⁽⁶⁾，游戏宛与洛⁽⁷⁾。洛中何郁郁⁽⁸⁾，冠带自相索⁽⁹⁾。长衢罗夹巷⁽¹⁰⁾，王侯多第宅。两宫遥相望⁽¹¹⁾，双阙百余尺⁽¹²⁾。极宴娱心意，戚戚何所迫⁽¹³⁾？

【注释】(1)据《文选》编排次序，此诗为《古诗十九首》之第三篇。《书钞》卷一百四十八作古乐府。陵：高丘，也指坟墓。 (2)磊磊：众石聚集貌。涧：山沟。 (3)忽：速貌。此句与上文对照，言人生短暂易逝。 (4)斗酒：数量不多的酒。 (5)聊：姑且。张庚释此谓："斗酒本薄，我亦未尝不知其薄，而聊以为厚，不以为薄，真足娱乐矣。" (6)策：马捶，这里作动词用，指鞭打着驽马(笨拙迟缓的马)前进。 (7)宛：汉之南阳郡宛县，即今河南南阳。洛：即洛阳，东汉都城。 (8)郁郁：盛貌，形容洛中气象繁盛。 (9)冠带：指顶冠束带的富贵之人。索：探访。 (10)衢(qú)：四通的大道。罗：排列。夹巷：小巷。 (11)两宫：指洛阳城内的南北二宫。 (12)阙(què)：

宫门前的望楼。　　（13）戚戚：忧愁貌。迫：逼迫、压抑。

【今译】高丘上长着常青的翠柏，山沟里满是坚硬的石块。人生在天地间何其短暂，匆匆如远行的过客去来。姑且借饮酒来娱乐逍遥，酒虽少也足可适意畅怀。驾车驱赶着迟缓的笨马，为游乐我来到宛洛一带。洛阳城中真是繁盛热闹，达官贵人都在相互访拜。宽阔的街旁排列着小巷，到处能看到王侯的第宅。看那南北二宫遥遥相对，两座百尺望楼好不气派。在这样的处所尽情欢乐，何必整日抑郁愁眉不开？

【点评】此诗旧解纷纭，实则全为诗中主人公一人所感、所见、所思，表现了人物所处时代普遍的人生态度。首四句兴而兼比，借柏之常青、石之坚硬反衬人生之短暂不居；"斗酒"诸句承上宕开，表明唯有"娱乐""游戏"为排解人生苦短之方。"洛中"诸句写游洛所见，以京都豪富之生活暗示人生别有活法，中或微含讽意。结语以极宴娱意为旨归，自我解脱，愈见内心忧虑人生之苦闷。全诗古朴凝重，真切可感。

【集说】"驱车"以下，俱劝勉之词，知此方知结构。（王夫之《古诗评选》卷四）

起言柏与石长存，而人异于树石也。（沈德潜《古诗源》卷四）

言人不如柏石之寿，宜及时行乐。"驱车"以下衍承之，遂极其笔力，写到至足处。然今日已成陈言，后人多拟学之，无谓也。（方东树《昭昧詹言》卷二）

结语乃强作旷达，正是戚戚之极者也。"极宴娱心意"句总称"洛中"六句，言当时权贵无忧国之心，一味宴乐自娱，我独何所迫而戚戚乎？正打转"斗酒娱乐""策马游戏"四句意。曰"斗酒"、曰"驽马"，与"冠带""宫阙"相反；曰"聊厚"、曰"游戏"，与"极宴"句相反。若以"极宴"句为指"斗酒"四句言，非也。（黄节旧藏《古诗赏析》眉批）

本诗写东都的繁华，又是专从贵盛着眼。这是诗，不是赋，不能面面俱到，只能选择最显著最重要的一面下手。至于"极宴娱心意"，便是上文所谓凑热闹了。……戚戚，常忧惧也。一般人常怀忧惧，有什么迫不得已呢?——无非为利禄罢了。短促的人生,不去饮酒、游戏,却为无谓的利禄自苦,未免太不值得了。这一句不单就极宴说,是总结全篇的。(朱自清《古诗十九首释》)

这首诗上半从人生短促之感写到行乐的愿望,从行乐的愿望写到"游戏宛洛"的具体行动。下半写在京洛所见的繁华景象和最后得到的一个印象,就是那些权贵豪门原来是戚戚如有所迫的。弦外之音是富贵而可忧不如贫贱之可乐。(余冠英《汉魏六朝诗选》)

(尚永亮)

两汉部分

无名氏

冉冉孤生竹⁽¹⁾

冉冉孤生竹,结根泰山阿。与君为新婚,兔丝附女萝⁽²⁾。兔丝生有时,夫妇会有宜⁽³⁾。千里远结婚,悠悠隔山陂。思君令人老,轩车来何迟⁽⁴⁾！伤彼蕙兰花⁽⁵⁾,含英扬光辉。过时而不采,将随秋草萎。君亮执高节⁽⁶⁾,贱妾亦何为。

【注释】(1)此诗为《古诗十九首》之一,《乐府诗集》属"杂曲歌辞"。关于此诗有两种解释:一是认为写新婚久别的怨情,一是认为"当是怨婚迟之作。"关于作者,《文心雕龙》以为是东汉傅毅所作,非是。冉冉:柔弱下垂的样子。　(2)兔丝:一种蔓生植物,茎细长,此处是女子用以自比。女萝:即松萝,一种地衣类蔓生植物,比喻女子之夫。　(3)宜:适当的相会时间。(4)轩车:有屏障的车子,古时大夫以上的官员方可乘坐。　(5)伤彼:借伤彼以自伤。蕙、兰:都是古代文学作品中常见的香草名,此处女主人公用以自比,"此妇人喻己盛颜之时"(《文选》五臣注)。　(6)亮:同谅,想必。高节:高尚坚贞的节操。

【今译】柔弱青竹孤零零，根儿扎在泰山阿。千里与君结良缘，兔丝女萝紧相缠。兔丝柔弱及时生，夫妇欢会应有期。千里迢迢结同心，山隔路远又别离。想郎想得红颜老，为何不见车儿归！面对蕙兰心神伤，馨香艳丽空自放。堪采不采误芳时，将随秋草同枯萎。夫君想必好情操，苦苦期待可奈何。

【点评】这是一首写新婚久别之怨的作品。全诗结构完整，层次清晰。前八句叙新婚久别；后八句抒相思之情、怨别之苦。

首二句中"孤生竹"喻女子，恰切表现出封建社会女子的孤弱。"泰山"喻男子，"结根"云云既表现了这位女子终获依托的满足，也表现了封建社会的夫妇关系和女性的婚姻心态。"兔丝附女萝"喻其新婚之后的情深意笃。"千里"二句转折生波，叙及新婚离别及其怅然意绪。乐极而悲，情感跌宕，令人神伤。后八句先写相思，后抒怨情。相思两句中一个"老"字，状出相思带来的憔悴之态。一个"迟"字极传神地写出苦苦期待的怨恼。可谓"一字千金"。"伤彼"两句又以蕙兰自喻，表现其可人风采及对青春的珍视。"过时"两句再作跌宕，吐露出青春延误、韶华易逝的无穷感伤，也揭示出理想与现实的矛盾，极为哀婉动人。最后两句，极写女主人公复杂的情感心态，对丈夫信疑参半、铭心的思念与无可奈何的慨叹，使读者也感受到了那动乱时代生的艰难、命运之舟无力自主的苦恼，意绪无尽、颇耐品味。

这首诗歌以比喻为主要手段，允当贴切，含蓄蕴藉，情感真挚，婉曲动人，跌宕起伏，浪拍潮涌，具有动人的艺术力量。

【集说】起四句比中用比。"悠悠隔山陂"，情已离矣，而望之无已，不敢作决绝怨恨语，温厚之至也。（沈德潜《古诗源》卷四）

孤竹是兴，女萝是比。刘彦和云："古诗佳丽，或称枚叔。其'孤竹'一篇，则傅毅之词。"（何义门《文选评注》卷二十九）

方伯海曰：按古人多以朋友托之夫妇，盖皆是以人合者。首二句，喻以卑自托于尊。次二句，喻情好之笃。中六句，因汲引不至而怪之。后四句，

见士之怀才，当以时举，末则深致其望之词。大意是为有成言于始，相负于后者而发。（于光华《评注昭明文选》卷七引）

此自伤婚迟之诗，作不遇者之寓言亦可。首四，以竹生泰山，兔丝附萝，为结婚两层比起。然孤竹结根，有不移意，直贯章末，丝萝则为及时作引。"兔丝"六句，接兔丝指出夫妇之会有宜，点清路远婚迟令人老，又暗引下意。"伤彼"四句，顶婚迟来，伤盛年易逝也。然正说无味，妙就蕙兰凭空比出，是为实处能虚。末二，代揣彼心，自安己分，结得敦厚。（张玉毂《古诗赏析》卷四）

（吕培成）

无 名 氏

迢迢牵牛星[1]

迢迢牵牛星[2]，皎皎河汉女[3]。纤纤擢素手[4]，札札弄机杼[5]。终日不成章[6]，泣涕零如雨[7]。河汉清且浅，相去复几许[8]？盈盈一水间[9]，脉脉不得语[10]。

【注释】(1)本篇《昭明文选》作为《古诗十九首》之一,《玉烛宝典》引作《古乐府》。　(2)迢(tiáo)迢:遥远貌。牵牛星:即河鼓星,在银河南面,为天鹰星座的主星,南方俗呼为扁担星。　(3)皎皎:洁白明亮。河汉女:即织女星,在银河北面,为天琴星座的主星,与牵牛星隔河相对。河汉,即天河,又称银河。　(4)纤纤:柔长貌。擢(zhuó):摆动。　(5)札札:织机声。机杼(zhù):织布机。　(6)章:原指布帛上的经纬纹理,此乃指代织物。(7)泣涕:悲泣流泪。零:落。　(8)几许:意为距离不远。　(9)盈盈:水清浅貌。一水:指银河。　(10)脉脉:互相专情注视的样子。

【今译】在那遥远的地方,牵牛星闪闪发光。在银河的这一边,织女星洁白明亮。双手柔嫩又纤细,摆弄织机札札响。整天布帛织不出,只见眼泪在

流淌。天上银河实清浅，两岸相距有几丈？看来不过一汪水，含情无言徒凝望。

【点评】东汉末年，外戚、宦官专权，中下层知识分子的政治前途多被扼杀。他们为找出路，往往离乡背井，抛别妻子，"或身殁于他乡，或长幼而不归"（徐干《中论·谴交》），致使妻子独守空房，对远方游子自然牵肠挂肚，念念难忘。《迢迢牵牛星》乃触景生情，借天上牛女双星不得团聚的神话，来抒写人间夫妻生离死别的哀怨。这首诗本为流浪在外的丈夫思念妻子，却换了个角度，写成妻子思念丈夫。实则为两地相思，愈见情意缠绵，扣人心弦。这种手法，与《诗经·东山》极为相似。全篇共十句，其中就有六句用叠字，拟声状物，流畅自然，准确生动，极富表现力。虽然通篇用比，喻体并没有点出，但很能启发人们去观察和思考现实生活中夫妻分居的痛苦和原因，绝不会单单停留在牛郎织女的神话故事上。

【集说】陆时雍曰：末二语就事微挑，追情妙绘，绝不费思一点。（丁福保《汉诗菁华录笺注》）

东、西京兴象浑沦，本无佳句可摘，然天工神力，时有独至。搜其绝到，亦略可陈。如"相去日以远，衣带日以缓。浮云蔽白日，游子不顾返。""枯桑知天风，海水知天寒。入门各自媚，谁肯相为言？""青青陵上柏，磊磊涧中石。人生天地间，忽如远行客。""南箕北有斗，牵牛不负轭。良无磐石固，虚名复何益。""河汉清且清，相去复几许？盈盈一水间，脉脉不得语。"……皆言在带衽之间，奇出尘劫之表，用意警绝，谈理玄微，有鬼神不能思、造化不能秘者。（胡应麟《诗薮·内编》卷二）

终始咏牛、女耳，可赋、可比、可理、可事、可情。……全于若不尔处设色。（王夫之《古诗评选》卷四）

相近而不能达情，弥复可伤，此亦托兴之词。（沈德潜《古诗源》卷四）

欲写织女之系情于牵牛，却先用"迢迢"二字，将牵牛推远，以下方就织女写出许多情致。句句写织女，句句归到牵牛，以见其"迢迢"。"皎皎"句与首句是对起，故下虽就织女以写牵牛之迢迢，却句句仍只写织女之皎皎。盖"皎皎"光辉洁白之貌。今机杼之勤，所守之贞，不肯渡河，并不肯告语，皆织女之皎皎也。两两关写，无一笔牵缠格碍，岂非千古绝笔？又上既云"迢迢"，下复曰"相去复几许"，见得近在咫尺，似悖矣，不知神妙正在此悖也。盖从乎情之不得通而言，则见为迢迢；从乎地之相阻而言，则仍几许，故下一"复"字，若谓虽曰迢迢，亦复不远。愈说得近，则情愈切；情愈切，则境愈觉远矣，真善于写远也。更妙在以"盈盈"二句承结，遂将"迢迢""几许"两相融贯。谓为"迢迢"，则又"复几许"；谓之相去只此"几许"，则又限于"盈盈"而"不得语"；既限于"盈盈"而"不得语"，则虽"几许"之相去，已不啻千里万里矣，可不谓之迢迢乎！人但知"盈盈"二句，承河汉清浅来，不知其"迢迢""几许"两语也，真奇妙莫测。（张庚《古诗十九首解》）

孙（月峰）曰：全是演《毛诗》语。得末四句，直截痛快，振起全首精神，然亦是《河广》脱胎来。（于光华《评注昭明文选》卷七）

此怀人者托为织女忆牵牛之诗，大要暗指君臣为是。诗旨以女自比，故首二虽似平起，实首句从对面领题，次句乃点题主笔也。中四，接叙女独居之悲。既曰织女，故只就织上写。末四，即顶河汉，写出彼边可望而不可即之意，为泣涕如雨注脚；即为起手"迢迢"二字，隐隐兜收，章法一线。（张玉穀《古诗赏析》卷四）

（赵光勇）

两汉部分

驱车上东门行⁽¹⁾

驱车上东门⁽²⁾,遥望郭北墓⁽³⁾。白杨何萧萧⁽⁴⁾,松柏夹广路⁽⁵⁾。下有陈死人⁽⁶⁾,杳杳即长暮⁽⁷⁾。潜寐黄泉下⁽⁸⁾,千载永不寤⁽⁹⁾。浩浩阴阳移⁽¹⁰⁾,年命如朝露。人生忽如寄⁽¹¹⁾,寿无金石固。万岁更相送,圣贤莫能度⁽¹²⁾。服食求神仙⁽¹³⁾,多为药所误。不如饮美酒,被服纨与素⁽¹⁴⁾。

【注释】(1)这篇古诗,始见于梁萧统所编的《文选·杂诗·古诗》,共有十九首。以后,沿袭《文选》,专称这十九首诗为《古诗十九首》,本篇是其中之一。《乐府诗集》把它列入《杂曲歌辞》,题名《驱车上东门行》,没有作者姓名。本篇宣扬了消极颓废,及时行乐思想。但人生必有死,圣贤也难免,吃药求长生,只是徒伤身体,这些认识是对的。　(2)上东门:汉代洛阳城东门有三个,靠北的一个叫上东门。　(3)郭北墓:洛阳城北有邙山,是当时丛葬之地,郭北墓即指北邙山的墓群。　(4)萧萧:风吹树叶声。　(5)夹广路:广路,近人马茂元认为是富贵人家墓前的墓道。夹广路,指树木种植在墓道两旁。　(6)陈:久。　(7)杳(yǎo)杳:无踪无息。长暮,长夜。　(8)

潜:深藏。黄泉下:即地下。 (9)寤:醒。 (10)浩浩:无尽貌。阴阳移:指四季变化,春夏为阳,秋冬为阴。 (11)寄:寄居。 (12)度:越过。 (13)"服食"句:"食"与下句的"药"为互文见义,指吃药求神仙,想长生不老,结果反而伤身送命。 (14)纨与素:指丝绸衣服。素,绢;纨,细绢。

【今译】乘车出了上东门,遥望城北多坟墓。白杨迎风萧萧响,墓道两旁松柏树。地下埋着久死人,岁月幽幽永长暮。深沉长眠黄泉下,千年永远不醒寤。春去秋来无穷尽,生命短促如朝露。人生匆匆如寄居,寿命没有金石固。千秋万代互相送,圣贤不能逃过去。通过服丹求成仙,性命反被药耽误。不如开怀饮美酒,穿着丝绸心舒服。

【点评】《驱车上东门行》是一篇完美的五言古诗,但它与四言《诗经》的"首句标目,卒章显志"的手法却很类似,由此可见这篇诗与《诗经》的继承关系。

本篇的主题思想,多认为是在宣扬一部分人的及时行乐、消极颓废思想。这一部分人,有的认为是当时的都市市民,有的没有明指。但是,我们从"驱车""饮美酒""服纨素"看,当是权贵之人,而不能是贫贱者。再从他们有丰富的人生知识、历史知识看,他们当是文人。所以,这一部分人当是权贵文人。

这篇是《古诗十九首》之一,在艺术特色上,也与全部《古诗十九首》类似:叙事、写景、抒情融而为一,并极其自然和谐;语言朴实洗练、不假雕琢,却无一处不生动,无一处不妥帖。

《古诗十九首》非一人一时之作,但编选到一起,也可看出编者的良苦用心。

【集说】此诗另是一宗笔墨,一路喷波,不可遏抑,韩潮苏海,皆本于此。上东门在东北,故次句接曰"遥望郭北墓"。因"白杨""松柏",想到"黄泉""死人";"陈"字妙,"永"字妙。此处越说得狠,下文越感叹得透。"浩浩"二句,从上咏叹而出,言所以有生有死者,因阴阳换移所致,故危若"朝露",不能固同金石,虽万岁千秋,只是生者送死,生者复为后生所送;即至圣贤,莫

两汉部分

能逃度。言至此，将遥遥千古，茫茫四海，一扫净光矣。意者其神仙乎？然服食求仙，多为药误，夫复何益？"饮美酒"而"被纨素"，且乐现在罢了。（朱筠《古诗十九首说》）

此警妄求长生之诗。首八，即出门所见墓田，景象萧飒，以明人死不能复生，原自可怜。中六，承上递落，反复申明人必有死之理。末四，点清痴想求仙，俱为药误之有损无益。一诗之骨，而以不如甘饮华服，取适目前收足之。（张玉毂《古诗赏析》卷四）

此诗意激于内，而气奋于外，豪宕悲壮，一气喷薄而下。前八句夹叙夹写夹议，言死者。"浩浩"以下十句，言今生人。凡四转，每转愈妙，结出归宿。（方东树《昭昧詹言》卷二）

"生年不满百，常怀千岁忧。昼短苦夜长，何不秉烛游？""服食求神仙，多为药所误。不如饮美酒，被服纨与素"，写情如此，方为不隔。（王国维《人间词话》四一）

这篇反映乱世都市市民的颓废思想，从汉末到魏晋，这种意境在诗歌里是最普遍的。这篇是《古诗十九首》之一……所谓"古诗"，可能都是乐府歌辞。（余冠英《乐府诗选》）

古人迷信方术之士的求仙之说，往往吞服丹汞，以为可以延年永生。结果吃了之后反而伤身送命。诗人指出这一点，原很正确；但其本意乃在劝人追求眼前快活，所以结论是错误的。（北京大学中国文学史教研室《两汉文学史参考资料》）

（焦　滔）

无 名 氏

去者日以疏⁽¹⁾

　　去者日以疏⁽²⁾，来者日以亲⁽³⁾。出郭门直视⁽⁴⁾，但见丘与坟。古墓犁为田，松柏摧为薪。白杨多悲风，萧萧愁杀人。思还故里闾⁽⁵⁾，欲归道无因。

【注释】(1)这是《古诗十九首》中的一首，作者无法考究。《合璧事类》卷六十七作古乐府。　(2)去者：逝去的日子。疏：远。以：通"已"。(3)来者：将来的日子。亲：迫近。　(4)郭门：外城的城门。　(5)还：通"环"，环绕的意思。里闾：故居。

【今译】逝去时光日益远，衰老之期又迫近。走出城外凝目视，唯见荒丘与孤坟。古墓犁平变为田，古柏折毁成柴薪。白杨哗哗起悲风，叶落萧萧愁杀人。满怀思情系故里，欲归却难找原因。

【点评】这是诗人在城门看到累累坟墓而引发的感叹之词。起首两句以高度概括的语言抒写了对时光流逝、老暮将至的愁苦。接着，以目光所触对

两汉部分

环境进行描写，渲染气氛，突出愁绪。最后两句又由景物描写过渡到情感的抒发，诗人想回故乡而又无回家的原因，只能眼巴巴地任凭这种愁绪折磨自己。全诗层次分明，结构井然。尤其是对人物的内心活动刻画细致入微，贴切地表达出羁居他乡、有家难归者的真情实感，确有"深衷浅貌，短语长情"（陆时雍《诗镜总论》）的特点。

【集说】茫茫宇宙，去来二字概之；穰穰人群，亲疏二字括之。去者自去，来者自来。今之来者，得与未去者相亲；后之来者，又与今之来者相亲；昔之去者，已与未去者相疏；今之去者，又与将去者相疏。日复一日，真如逝波。（朱筠《古诗十九首说》）

古诗"白杨多悲风，萧萧愁杀人"，"萧萧"两字，处处可用，然惟坟墓之间，白杨悲风，尤为至切，所以为奇。乐天云："说喜不得言喜，说怨不得言怨。"乐天特得其粗尔，此句用"悲""愁"二字乃愈见其亲切处，何可少耶？诗人之工，特在一时情味，固不可预设法式也。（张戒《岁寒堂诗话》）

末二句一掉，生出无限曲折来。日月易逝，岁不我与，不如早还乡间。……安可蹉跎岁月，徒羁他乡？无如欲归虽切，仍多羁绊，不能自主，奈何奈何！此二句不说出所以不得归之故，但曰"无因"，凡羁旅苦况，欲归不得者尽括其中，所以为妙。（朱筠《古诗十九首说》）

诗中描绘的图景是阴森的，诗人一"出郭门""直视"到的是一座接着一座的"坟""丘"，一株株残缺不全的"松柏"。诗人唯恐自己笔下的阴冷气氛不足，又加上一笔："白杨"摇曳，"悲风""萧萧"。写出了活人的阴间，或者可以说是死人的"阳间"。这些象征着此时此刻被战乱、灾荒肆虐的大地实际上已和它下面的阴曹地府是同义词，这位多年被炮火驱于异乡的客子的心境也和"坟"与"丘"中死人的心情毫无二致。（马茂元、吴怀祖《先秦两汉魏晋南北朝诗歌鉴赏辞典·去者日以疏》）

（高益荣）

无名氏

饮马长城窟行⁽¹⁾

青青河畔草⁽²⁾，绵绵思远道⁽³⁾。远道不可思，宿昔梦见之⁽⁴⁾。梦见在我傍，忽觉在他乡。他乡各异县，展转不可见。枯桑知天风⁽⁵⁾，海水知天寒⁽⁶⁾。入门各自媚⁽⁷⁾，谁肯相为言！客从远方来，遗我双鲤鱼⁽⁸⁾。呼儿烹鲤鱼，中有尺素书⁽⁹⁾。长跪读素书，书中竟何如？上言加餐食⁽¹⁰⁾，下言长相忆⁽¹¹⁾。

【注释】(1)此诗最早见于《文选》，题为"乐府古辞"。《玉台新咏》载此诗，则题"蔡邕"作。《乐府诗集》收在《相和歌辞》中，属《瑟调曲》。此为妇人思念征戍者之词，从作品风格来看，当属民歌，不一定出于蔡邕之手。(2)青青：野草盛时的颜色。　(3)绵绵：双关语，既指青草绵延不绝，又指相思之情缠绵不断。　(4)宿昔：昨夜。　(5)(6)枯桑、海水：此二句为比兴，意思说：无叶的枯桑也能感到风吹，不冻的海水也能感到天寒，难道自己的孤凄、相思之苦自己不知道吗？　(7)媚：爱悦。　(8)遗(wèi)：赠予。鲤鱼：指书信。下句"烹鲤鱼"指打开书信。　(9)尺素书：即书简。　(10)上

言:前面讲。 （11）下言:后边说。

【今译】河边草色青又青,心意绵绵思亲人。道路遥远不可见,昨夜梦中在一起。梦他就在我身旁,醒来才知在异乡。他乡道路各不一,东转西转不见影。枯桑能知天风吹,海水能觉天变冷。各自回家相团聚,谁肯与我谈心曲。忽从远方来客人,送我两条大鲤鱼。呼唤儿子快煮鱼,鱼肚却有书信存。直身长跪读书信,信上到底说什么? 前面让我多吃饭,后面说要长相思。

【点评】这首诗最大的特点在于以变幻莫测的笔法,真切地描绘出了女主人公情感的流动过程。它时而在此,时而在彼;时而眼前,时而梦中;时而激动,时而失望。全诗共有七次大的情感转折。开始八句,以顶真的手法,表达出主人公感情的四次转折:由"思远道"到"不可思";由现实中的"不可思"到幻想中的"梦见之";由幻想的"梦见之"又到现实中的"在他乡";由"在他乡"归到"不可见"。接着,由"不可见"转入痛苦只自知,心情稍为平静。"柳暗花明又一村",下文急转直下,另辟蹊径,出现了奇迹。远方之人捎回书信,心里又一次掀起更大波澜:由痛苦只自知转到希望,再由希望转到更大的失望,最终又归结到"不可见"。全诗语言清新活泼,不假雕琢,富有浓厚的生活泥土气息,使人感受到那激荡着的诗情,跳跃着的脉搏。

【集说】此诗只作闺怨解。首八句,先叙我之思彼,而不得见。首句比兴兼有,以草况思,比也;即草引思,兴也。旋即撤思入梦,由梦转觉,既觉复思。八句四转,就"不可见"顿住。惝恍迷离,极其曲折。"枯桑"四句,顶上"各异县"来,言独居之苦,惟独居者知之,收上我之思彼,即为下彼之思我引端,却不用正说,突插枯桑海水二喻,凭空指点,更以有耦者之入门各媚不肯相慰以言,显出莫可告诉神理,即反挑下文彼边寄书来。后八句顶上相为言来,将己欲寄书慰彼之意,在彼寄书慰我中显出,然从客来遗鱼、烹鱼有书,闲闲叙入,是急脉缓受法。"长跪"两语,写出郑重惊疑,竟括彼书怀己之意,阒然而止,而我思彼愈不能已之意不缀一辞,已可想见,又是意到笔不到之妙境。一诗中能开无数法门,斯为杰构。(张玉毂《古诗赏析卷六》)

通首皆思妇之辞,缠绵婉折,篇法极妙。(丁福保《八代诗精华录笺注》引沈归愚语)

此等诗不能指其字句之工处,一片神行,非浅近者所可窥测。(同上书引邵子湘语)

（张新科）

两汉部分

两汉乐府

朱 鹭⁽¹⁾

朱鹭何食食茄下⁽²⁾,不食不吐将以问谏者⁽³⁾。

【注释】(1)本篇《乐府诗集》属"鼓吹曲辞",汉铙歌十八曲之一。朱鹭:红喙的鹭鸟,可助人捕鱼。古时常用作饰鼓的图案。本篇字多舛讹,这里原文据逯钦立先生《先秦汉魏南北朝诗》。对其题旨的理解亦分歧颇大,或谓刺上以利禄驭士,或以为纪祥瑞之颂歌,或以为讽刺时政、抨击谏官失职之作。权衡诸说,似应以后说为是。 (2)茄:古"荷"字。 (3)谏者:汉代专司纠举权贵奸猾之徒的官员,如御史、刺史之类。

【今译】朱鹭朱鹭翩翩飞,寻觅美食在哪里? 荷叶下面鱼儿肥。不是殷勤去捕鱼,不见吐鱼报主人,敢问当今谏官可相似?

【点评】这首作品以不捕鱼的朱鹭为喻,旨在抨击那纵奸养慝的失职的谏官。陈沆《诗比兴笺》云:"《魏书·官氏志》,以伺察者为侯官,谓之白鹭,取延颈远望之意。汉初内设御史大夫,外设刺史,纠举权贵奸猾,故取鹭为兴。"既指出了这篇作品所用之比兴手法,又颇得诗人之旨。"食茄(荷)下",是说朱鹭理应到鱼儿密集的荷叶下去捕鱼,接着一转则指出既看不到它去捕鱼,更看不到它把捕获的鱼儿吐给主人。简直是一伙白受主人豢养的无用之物。形象简明而寓意豁然。"将以"句则明确把朱鹭与那些谏者相提并论,类比之中点破题旨,矛头直指那些食君禄而不奉君事的"谏者"。不平之气,讽刺之意于此尽然流出。这首作品采用民谣形式,短小活泼,比喻形象而意蕴深厚。

【集说】《魏书·官氏志》,以伺察者为侯官,谓之白鹭,取延颈远望之意。汉初内设御史大夫,外设刺史,纠举权贵奸猾,故取鹭为兴。……荷下鱼所聚,故鹭当食于荷下。苟不之捕食,又不以吐者告,则纵奸养愿,所司何事乎!诗曰:"维鹈在梁,不濡其翼。彼其之子,不称其服。"将以问谏者之谓也。(陈沆《诗比兴笺》)

《朱鹭》旧曲,汉初颂美福应之歌也。考《潜确类书》,汉有朱鹭之祥……梁元帝《放生池碑》"朱鹭晨飞,当张罗于汉后"。……若武帝白麟赤雁之歌。其时不可考,诗亦亡矣。乐府存其篇目,后人因旧曲易新词,遂为历代拟古之祖。(王先谦《汉铙歌释文笺正》)

(吕培成)

战城南⁽¹⁾

战城南,死郭北⁽²⁾,野死不葬乌可食。为我谓乌:"且为客豪⁽³⁾!野死谅不葬⁽⁴⁾,腐肉安能去子逃!"水深激激⁽⁵⁾,蒲苇冥冥;枭骑战斗死,驽马徘徊鸣。梁筑室⁽⁶⁾,何以南,何以北?禾黍不获君何食?愿为忠臣安可得?思子良臣⁽⁷⁾,良臣诚可思,朝行出攻,暮不夜归!

【注释】(1)本篇在《乐府诗集》中属"鼓吹曲辞",汉铙歌十八曲之一。是一首诅咒战争的作品。 (2)郭:外城。 (3)豪:同嚎,哀号之意。(4)谅:揣度之词,犹言"想必"。 (5)激激:水清澈的样子。 (6)梁:桥

两汉部分

梁。梁筑室:在桥上盖房子。一说在桥上筑堡垒。 （7）良臣:对战死者的美称。

【今译】城南城北皆恶战,城北城南尸连片。抛尸荒野无人葬,任凭乌鸦饱肚肠。我怀悲痛劝乌鸦:"先吊死者为哀伤! 想必无人来安葬,腐尸岂会去躲藏!"清清河水似泪流,蒲苇遍地暗幽幽。善战骏马横僵尸,驽马悲鸣声凄厉。堡垒筑在桥梁上,道路无法通南北。五谷无收君何食? 想做忠臣也无力。日夜盼望壮士归,忠勇可嘉令人思。谁料早晨去征战,日落夜深人不归!

【点评】这是一首悼念阵亡士卒的悲歌,也是对战争罪恶的诅咒和控诉。作品充满了悲愤沉郁之情,读来令人黯然神伤。作品大约产生在西汉时代,是汉乐府中控诉战争罪恶的著名作品。

开头两句,互文见义,概括出战争的频繁和激烈。"野死"句则突出战争的残酷和士卒们遭受的惨重牺牲,尸横遍野而无人安葬,成为嗜食腐尸的乌鸦们的饕餮对象。何等的触目惊心!"谓乌"几句,想象出奇、出语沉痛,深刻表现了对战死者的同情。"水深"二句则借助景物描写,渲染了那充乎天地之间的悲愁。"梁筑室"五句转为议论之笔,指陈战争对社会生产的破坏以及因此而引起的恶果:国家仓廪无输,百姓难以存活、难以尽忠。沉痛不满之情溢于言外,也隐隐包含着对最高统治者的警告,从而有力地深化了作品的主题。最后四句,回应开头,再次表达对那些无辜的战死者的同情和惋惜,也使整篇作品浑然一体,沉郁动人。

这首诗歌语言质朴通俗,颇具民歌特色。作品感情浓烈,想象新奇,叙述、抒情、议论、写景交错使用,体现了劳动人民高度的艺术创作才能。

【集说】"水深激激、蒲苇冥冥"八字,浑如一幅古战场。（顾茂伦《乐府英华》卷三）

"水深"八字沉郁,"枭骑"二语壮,末段淋漓凄楚,"暮不夜归"句劲。朝望军士而动感怆之心,死者诚可哀,而偷生者多,忠臣不可得,而思良臣,全师早归为上,亦《大风》之意,颇、牧之怀也。（陈祚明《采菽堂古诗选》卷一）

此伤用人不当,使太平良佐徒死于战之诗。旧解支离,都无是处。首三,叙战死不葬事直起。"为我"四句,顶第三句申写野死之惨,作晓乌语,痛极奇极。"水深"四句,插叙战场苦景,宽以养民,而"战斗死",已补出效命之勇。"徘徊鸣",又引下惋惜意。以上俱属铺叙题面。"梁筑室"以下,皆致己惋惜之意。"梁筑"三句,惜用时之君不明也。"禾黍"句,惜死后之君无倚也。两层比喻,正反递落。良臣可思意,已隐隐逗起。"愿为"句,复就死者欲忠不得,推原其心,恰好以忠臣跌出良臣。"思子"二句,点明良臣,深致景慕。末二,收转用违其才,以致败亡,兜应篇首,截然竟住。五层意思,都在空处折旋,且多以比喻出之。古诗岂易读哉。(张玉穀《古诗赏析》卷五)

《战城南》思良将帅也。武帝穷武扩土,征伐不休,海内虚耗,士卒死伤相继。末年乃下诏弃轮台,陈既往之悔,故思伊吕之将焉。(庄述祖《汉短萧铙歌曲句解》)

此犹屈子之《国殇》也。《国殇》自愤其力尽死,此则恨其死于误国庸臣之手。夫死非士所惜,但恐非其所耳。(陈本礼《汉诗统笺》)

(吕培成)

巫山高[(1)]

巫山高,高以大。淮水深,难以逝。我欲东归,害梁不为[(2)]?我集无高曳[(3)],水何梁汤汤回回[(4)]。临水远望,泣下沾衣。远道之人心思归,谓之何!

【注释】(1)本篇《乐府诗集》属"鼓吹曲辞",汉铙歌十八曲之一,是汉乐府中一首抒写游子怀乡思归的作品。 (2)害,曷之借字。 (3)集,止。高曳,即篙桅,桅同桅,篙桅,船桨。 (4)回:波涛回旋。

【今译】巫山高高眼望穿,又高又大行路难。淮水深深不见底,身无双翼难回还。含辛吞悲想东归,为何夙愿总成空?我想渡水无舟楫,为什么水势浩荡波涛急。临水远望家乡地,伤心的泪儿湿衣襟。远方游子心思归,一腔怨苦无法提!

【点评】从作品来看，主人公是一位家在东方而羁旅蜀地的游子。作品开头四句先以简捷突兀之笔道及两地之间的山水阻隔，揭示其回归之难。叙述之中已使怀乡思归的愁绪萦回于高山长水的广阔空间，渲染出一种悲凉而压抑的气氛，景中含情，情景相生，动人心魄。"我欲东归，害梁不为？我集无高曳，水何梁汤汤回回？"笔法变化，由描述而转为抒情，且迭出两个词句：为什么回归之梦总难实现？我欲渡江无舟楫，为什么浩浩汤汤的江水还波回浪急？连连呵问之中，强烈地表现出诗人几近绝望的痛苦。最后四句，写其无可奈何之际，只能临水远望，寄托其难以抑制的思乡之情。任那不可名状的隐痛，化作滴滴泪珠，打湿衣襟，滴落水中，随着东去的流水，带去游子深沉痛楚的离情。诚所谓"悲歌可以当泣，远望可以当归。"作品感情真挚强烈，手法富于变化，表达曲折尽意，具有深沉动人的感情力量。

【集说】古词言，江淮水深，无梁可度，临水远望，思归而已。（郭茂倩引《乐府解题》）

此诗显然写归思，《乐府古题要解》（卷上）说得好，"在其词大略言江淮水深，无梁可渡，临水远望，思归而已！"陈本礼《汉诗统笺》以为武帝时防守七国之戍卒思归，王先谦《汉铙歌释文笺正》以为高祖时寶民思归，皆嫌附会，庄述祖《汉鼓吹铙歌曲句解》以为咏楚襄王，则更荒谬。对于诗的时代，应该阙疑。（陆侃如、冯沅君《中国诗史》）

（吕培成）

上　陵(1)

上陵何美美(2)，下津风以寒(3)。问客从何来(4)，言从水中央。桂树为君船，青丝为君笮(5)，木兰为君棹(6)，黄金错其间(7)。沧海之雀赤翅鸿(8)，白雁随。山林乍开乍合，曾不知日月明。醴泉之水(9)，光泽何蔚蔚(10)。芝为车(11)，龙为马，览遨游，四海外。甘露初二年(12)，芝生铜池中(13)。仙人下来饮，延寿千万岁！

【注释】(1)本篇录自《乐府诗集》,为汉《铙歌》之一,属鼓吹曲辞。陵是帝王陵墓的意思。　(2)美美:壮美貌。　(3)津:渡口。　(4)客:神仙。(5)笮:竹索。　(6)棹:长桨。　(7)错:装饰。　(8)沧海:岛名,神仙所居。雀:神雀。凤凰之属,乃祥瑞之物。鸿:鸿鹄,似雁而大,翼黑褐色,或为白色。此而红色,乃为珍异的祥瑞之物。　(9)醴泉:水泉味甜如甜酒,是一种祥瑞的征兆。　(10)蔚蔚:旺盛。　(11)芝:又称灵芝,古以为瑞草,服之可以成仙。　(12)甘露:汉宣帝年号;初二年,为公元前52年。　(13)铜池:殿屋檐下铜制的水道。《汉书·宣帝纪》:"金芝九茎,产于函德殿铜池中。"

【今译】登上帝王陵,美哉好风景;下到渡口边,风急天气冷。请问仙客何处来?自称"来自水中央"。桂树制舟船,绳索青丝纺;长桨木兰造,上用黄金镶。沧海仙岛来凤凰,鸿鹄扇动红翅膀,白雁排成行,紧随闪银光。翻山越岭沿树林,自由自在同飞翔。时而散开,时而聚合;遮天蔽日,呈现吉祥。地上甜水称醴泉,光波闪闪泉眼旺。灵芝作为车,飞龙当成马;遨游四海外,饱览天之涯。甘露二年间,皇宫函德殿,金芝有九茎,长在铜池间。仙人正好降临饮美酒,祝福我皇长寿万万年!

【点评】这是一篇赞颂祥瑞的乐歌。在《汉书·宣帝纪》中,祥瑞之物屡见不鲜,单是凤凰、神雀诸物,降集山林郡县甚至皇宫之中者,将近二十次之多。古人以此为吉祥,朝廷就曾几次下诏显扬,乐府收集和创制歌诗进行赞美,当在意料之中。"上陵何美美",开门见山,说明宣帝受祖宗在天之灵的福庇,才享有这壮丽的河山。"下津"句与首句鲜明对比。在此风急天冷的环境下,却来了一位仙人。"问客"六句,对仙人的居处和所坐的船只作了具体解释。他的交通工具,不论桂木船、青丝绳、木兰桨,都是那么不凡。"沧海"六句,是要大力歌颂的主要对象。那铺天盖地的神雀、红翼之鸿鹄,和世上罕见的白雁,都是祥瑞之鸟,那川流不息的醴泉,也是人间代表吉祥的难得的新事物。面对这些纷至沓来的祥瑞,使人不由得不引吭高歌。"芝为车"四句,又点出仙人的游踪,与前相呼应。"甘露"四句,又转入亦实亦幻的

两汉部分

境界。"芝生铜池中"是真,但仙人正好下来饮酒,却是幻想的产物;"延寿千万岁"的颂语,不仅是仙人的祝愿,更是广大歌者的心声。这种虚实结合,就更为增强了祥瑞之物的灵异气氛。这篇乐歌音韵流转,朗朗上口;时断时续,浑然一体,的确别具匠心。

【集说】客,即仙也。山不一山,林不一林,山忽开而林忽合,惟视禽鸟之飞舞翔集以为开合也。至于日月蔽明,益见禽鸟之多。(陈本礼《汉诗统笺》)

《上陵》一篇尤奇丽。微觉断续。后半类《郊祀歌》,前半类东京乐府,盖《羽林郎》《陌上桑》之祖也。(胡应麟《诗薮》)

陈沆曰:"世祖庙立于宣帝,此时多言神仙瑞应之事。盖上世祖陵作也。宣帝郊见泰畤,数有美祥,修武帝故事,颇作诗歌。"谭仪曰:"宗庙食举侑食之乐也。此当为诸曲之一,故独咏神仙福应。诸家之说,皆疑为无与上陵固已。陈氏以为上世祖陵,亦无显证。"(谭仪《汉铙歌十八曲集解》)

(赵光勇)

有所思[1] 上邪[2]

有所思,乃在大海南。何用问遗君[3]?双珠玳瑁簪[4],用玉绍缭之[5]。闻君有他心[6],拉杂摧烧之[7],当风扬其灰[8]。从今以往,勿复相思!相思与君绝!鸡鸣狗吠[9],兄嫂当知之。妃呼豨[10]!秋风肃肃晨风飏[11],东方须臾高知之[12]。

上邪[13]!我欲与君相知[14],长命无绝衰[15]。山无陵[16],江水为竭[17],冬雷震震[18],夏雨雪[19],天地合[20],乃敢与君绝!

【注释】(1)《有所思》:乃《汉鼓吹铙歌十八曲》古辞之一,载《乐府诗集》卷十六。 (2)《上邪》:亦为《汉鼓吹铙歌十八曲》古辞之一,同载《乐府诗集》卷十六。 (3)何用:用什么东西。问遗(wèi):赠送。 (4)玳瑁(dài mào)：龟类，其甲光滑带有花纹,可用作装饰品。簪(zān)：是用来绾住头发的一种首饰,古时也用来把帽子别在头髻上,两头露到外面。双珠：即系在簪头的宝珠,作为饰物。　(5)绍缭：缠绕。即挂珠的链,套上玉环,作为装饰。　(6)他心：二心,即别有他欢。　(7)拉杂：折碎。摧烧：摧毁焚烧。(8)当风：迎风。　(9)鸡鸣狗吠：鸡叫狗吠,预示天将黎明。　(10)妃呼豨(xī)：叹息声。　(11)肃肃：风之声。晨风：鸟名,即野鸡。飔(sī)：同"思",悲鸣。野鸡黎明悲鸣,有求偶之意。　(12)须臾：一会儿。高：同"皜",即皓,天亮之意。　(13)上：上天,苍天。邪：同"耶",语气词。　(14)相知：相爱。　(15)命：使。绝衰：断绝衰减。　(16)陵：山峰。　(17)竭：干涸。(18)震震：雷声。　(19)雨：动词,降落。　(20)天地合：天塌下来与地相合。

【今译】有一位性如烈火的姑娘,总在怀念大海南边的情郎。常想赠送一件什么信物,坚定地表达自己的一片痴心。突然情郎好像从天而降,时间已是夜阑人静的晚上。小伙子询问要赠他什么东西,姑娘的回答却像炸雷轰响！"我拿什么赠给你？玳瑁簪头系双珠。挂珠的链儿费心思,一圈一圈镶美玉。可是听说你变了心,我就折断砸碎烧了去。一烧了事恨未消,对风把灰扬得无踪迹。从此我就横下一条心,打这以后再也不想你！"小伙子认为是说气话,忙问"你真能再也不想我？"姑娘回答说："有时也想,就是想跟你如何断得彻底啊！"小伙子身正不怕影子歪,再三向姑娘去辩白："我要不是真心爱着你,怎能从海南半夜奔你来！"姑娘的误会全消除,传闻之事本来不能当事实。积冰溶解成春水,万条杨柳化柔丝,"鸡鸣狗叫天破晓,你今来临兄嫂会知道。请你先到屋里来,再说我的看法好不好！"哎呀呀！秋风呼呼添凉意,雉鸟求偶鸣声悲。姑娘到底态度怎么样,片刻东方一亮就会知。

"老天爷在上监督啊,我要跟你相亲相爱,永使爱情不遭破裂和衰败。除非高山变平地,长江水流干,冬天雷声起,夏天降大雪,天塌下来与地合,才敢跟你不亲爱！"

【点评】《有所思》与《上邪》虽都在《汉鼓吹铙歌十八曲》之中,但却是不

两汉部分

相连属的两个各自独立的乐章。两首乐府诗都是感情炽烈的民间情歌。《上邪》为表达始终不渝的爱情，突发奇想，连用五个在正常情况下不可能发生的自然现象，作为附加条件，进行海誓山盟，感人肺腑。《有所思》的女主人公的思想活动，则写得波澜起伏。先是执着的热爱，还精心准备礼品作为信物，以后听说情郎对己不忠，就把礼品砸碎、焚烧、扬灰，表示一定要坚决断绝关系。像这么一个暴烈的姑娘，后来怎么又动摇了？很难从字面上得到合理解释。庄述祖在《铙歌句解》中认为此诗和《上邪》是男女问答之辞，应合为一篇。闻一多说这是"妙悟"（《乐府诗笺》），非常赞赏，余冠英也极力推崇。不过，如果联系上下文，女主人公从热恋——拒绝——动摇——海誓山盟，跳跃性很大，缺乏必要的内在联系，还是有点费解。只有当男主人公突然回来，连夜找到了姑娘，反复申说，才得消除误会，化掉嫌疑，恢复旧好，感情弥笃。我们应补充上这个情节，想象到男主人公有着许多潜台词，才能把上下文串连成一首动人的恋歌。诗圣杜甫在《石壕吏》中，也曾运用潜台词的手法，略掉了官吏呵叱的语言，丰富了内涵，增加了感染力，给人留下想象空间。《有所思》和《上邪》也具有同样的效果。

【集说】怨而怒矣。然怒之切，正望之深。末段余情无尽。此亦人臣思君而托言者也。"鸡鸣"二句，即《野有死麕》章意。"山无陵"下共五事，重叠言之，而不见其排，何笔力之横也。（沈德潜《古诗源》卷三）

"闻"者，虚实未定之词，况远在海南，何所据而遽信之乎？"妃呼豨"人皆作声词读，细玩其上下语气，有此一转，便通身灵豁，岂可漫然作声词读耶？"绝"下复赘一"衰"字，是欲其命无绝而恩无衰也。望之切，故不觉其词之复。"乃敢"二字婉曲。（陈本礼《汉诗统笺》）

庄述祖谓此（指《有所思》与《上邪》）为男女问答之辞，当合为一篇。案庄说允为妙悟。然细玩两篇，不见问答之意；反之，以为皆女子之辞，弥觉曲折反复，声情顽艳。（闻一多《乐府诗笺》）

《有所思》《上邪》各自独立时虽然也是名篇，但各有缺陷。前者结尾过于含蓄，有欠明朗，和前幅不相称，……后者最精彩处在后幅的誓言，连举五事，一气贯注，像一条飞流直下的瀑布。瀑布必有来路，来路是更高处盘纡曲折的泉流。《上邪》的来路就在《有所思》中。源流合观，更成奇景，不见全景,能无遗憾?因此我对两诗分合问题的看法是合之则双美,离之则两伤。
(余冠英《有所思》《上邪》,载《先秦汉魏六朝诗鉴赏辞典》)

(赵光勇)

雉子斑⁽¹⁾

雉子,斑如此!之于雉梁⁽²⁾。无以吾翁孺⁽³⁾,雉子!
知得雉子高蜚止⁽⁴⁾。黄鹄蜚,之以千里,王可思⁽⁵⁾。雄来
蜚从雌,视子趋一雄。雉子,车大驾马腾,被王送行所
中⁽⁶⁾。尧羊蜚从王孙行⁽⁷⁾。

【注释】(1)本篇属鼓吹曲辞。雉:野鸡。雉子,小野鸡。 (2)之:去,
往。梁:通"粱"。 (3)吾:同"晤"。 (4)蜚:同"飞"。 (5)王:同"旺"。
思:羡慕。 (6)行所:天子所在的地方,也称"行在"或"行在所"。 (7)尧
羊:同"翱翔"。

【今译】雉鸟此刻是这样得意,她赞叹小雉子的羽毛斑斓美丽。她叮咛
小雉子要格外留意,只可到有粟粱的地方觅食嬉戏。千万不要过分淘气,更
不要碰上万恶的人类。小雉子刚离开就被人捉去,雌雉焦急地到处寻觅。
她羡慕黄鹄有旺盛的力气,振翅翱翔可一飞千里。雄雉得知这不幸的消息,
赶来和雌雉飞翔在一起。"小雉子呀!"伴随着呼喊是悲哀的哭泣。小雉子
被关在华贵的车里,被王孙朝天子所在的地方送去。雉鸟知道再也无法和
小雉子相聚,还是紧随着车子不舍依依。

【点评】这是我国早期的一首寓言诗。诗歌通篇借用比兴的手法,哀叹
亲子生离死别之情。作品不只是来反映鸟虫间的悲剧,而是曲折地来借喻
人类社会中的强权、暴虐和迫害。
　　诗歌开头写雉鸟对小雉亲昵的呼唤和谆谆告诫,充满了深切的情爱。
接着写小雉被人捉走之后雉鸟到处寻觅的行动和焦灼不安的心态,以及对
天鹅气力旺盛,一飞千里的羡慕,烘托了它对小雉的爱之深切。当明知再也

两汉部分

无法与小雉子团聚时,雉鸟悲哀地呼叫,苦苦地追寻,把那种依依不舍、生离死别的悲伤气氛表现得十分缠绵凄楚。诗歌中饱含着对那些依靠强暴蹂躏无辜、戕害弱小的王孙的沉痛谴责,但这种谴责却是那样软弱无力,甚至只是一种无可奈何的哀怨。这就进一步增加了作品的悲剧力量。

【集说】《乐府解题》曰:"古词云'雉子高飞止,黄鹄飞之以千里,雄来飞,从雌视'。若梁简文帝《妒场时向陇》,但咏雉而已。"宋何承天有《雉子游原泽篇》,则言避世之士,抗志清霄,视卿相功名犹冰炭之不相入也。(郭茂倩《乐府诗集》)

《铙歌》词句难解,多由脱误致,然观其命名,皆雅致之极。如《战城南》《将进酒》《巫山高》《有所思》《临高台》《朱鹭》《上陵》《芳树》《雉子斑》《君马黄》等,后人一以入诗,无不佳者。视他乐府篇目,尤为过之。意当时制作,工不可言。今所存意义明了,仅十二三耳,而皆无完篇,殊可惜也。(胡应麟《诗薮·内编》卷一)

母雉本来是一种鸟,可在诗中完全人格化了,她的动作,她的感情,都已是人格化的形象再现。正是这种动物的人格化展现,起到了较高的艺术作用,人们从这人格化的动物描写中,既领略了母雉因小雉遭难而痛苦的内心世界,读者的思想感情也得到了升华。(张巨才《先秦两汉魏晋南北朝诗歌鉴赏辞典·雉子斑》)

诗歌语简意长,幽伤含蓄。乐府民歌"缘事而发",作品的目的未必只是写虫鸟间的悲剧,而是借喻人类社会的迫害。这首诗实际上是通篇借用比兴的手法,哀叹亲子离别之情,揭露了统治者的残暴。这是我国早期出色的寓言诗之一,奇特的构思和想象,充满着浪漫主义的文学色彩。(梁荫众《汉魏晋南北朝隋诗鉴赏词典·雉子斑》)

(景常春)

公无渡河⁽¹⁾

公无渡河⁽²⁾,公竟渡河! 堕河而死,当奈公何!

【注释】(1)此歌是汉乐府里最短的歌辞,和最长的《孔雀东南飞》同是写夫妇殉情之作。据魏代崔豹《古今注》记载,一天早晨,朝鲜津卒霍里子高正在撑船,见到一个白发狂夫披发提壶横渡急流,他的妻子在后面追赶,来不及阻拦,狂夫就堕河而死。他的妻子就弹着箜篌唱出了这首哀歌,唱罢也投河而死。子高的妻子所创作的《箜篌引》曲调极为动人,其歌声甚为凄怆,听到的人无不掉泪。　(2)公:对年长男子的尊称。无:不要,不可以。

【今译】孩子爸哟,你不要渡河呀,不要渡河,孩子爸呀,你硬是渡河,硬是去渡河,到底去了,河水到底拥着你去了,我还能再对你有什么办法,有什么办法哟……

【点评】这首歌辞总共只有四句,明白简洁,但其情调则悱恻凄怆,蕴藉深厚,直入于人类心灵的深处,表达了一位妇女对亲人的真挚感情。面对着咆哮的无情河水,她长歌当哭,继以身殉。这个惨剧,似乎能够向人们提供一个具有普遍意义的启示:要慎所往,尤其是在世态无常、前路莫测的关头,切不可轻举妄动,以免招致祸殃。这也是能引起人们共鸣的重要原因。

【集说】旧说,朝鲜津卒霍里子高妻丽玉所作也。子高晨起刺船,有一白首狂夫,被发携壶乱流而渡,其妻随呼,止之不及,遂溺死,于是其妻援箜篌而鼓之,作歌云云,声甚凄怆,曲终,亦投河而死。子高还,以其声语丽玉,丽玉伤之,乃引箜篌写其声,闻者莫不堕泪饮泣。丽玉以其声传邻女丽容,名曰《箜篌引》。旧史称汉武帝灭南越,祠太乙后土,令乐人侯晖依琴造坎,言坎坎节应也。侯,工人之姓,后语讹坎为空也。(吴兢《乐府古题要解》卷下)

只二句便有千声万声,声情相感,不知其所止。(李因笃《汉诗音注》卷六)

一句一转,一转一哭,节短调悲,其音自古。(王尧衢《古唐诗合解》卷一)

缠绵悽恻,《黄牛峡谣》音节相似。(沈德潜《古诗源》卷三)

不增一语,其哀无比。(陈祚明《采菽堂古诗选》卷二)

逐句停顿,一气旋转,尤妙在末四字,拖得意言不尽。(张玉毂《古诗赏析》卷六)

(潘世东　喻　斌)

83

两汉部分

江 南⁽¹⁾

江南可采莲,莲叶何田田⁽²⁾,鱼戏莲叶间。鱼戏莲叶东⁽³⁾,鱼戏莲叶西,鱼戏莲叶南,鱼戏莲叶北。

【注释】(1)本篇属《相和歌辞·相和曲》。 (2)田田:荷叶新鲜碧绿貌。 (3)"鱼戏"四句:形容鱼在荷叶下面往来游动。

【今译】江南莲花开,莲花惹人采。莲叶一片绿,仿佛成碧海。鱼儿知戏乐,寻踪觅芳来。鱼儿畅游莲叶东,鱼儿畅游莲叶西,鱼儿畅游莲叶南,鱼儿畅游莲叶北。

【点评】这是一首采莲曲,充满着欢快的情调。在江南水乡,莲花处处,荷叶嫩绿,鱼群穿梭;青年男女,嬉戏其间,你唱我和,生机盎然。虽然作品本身并没有正面描写过一个人物,但从相和歌辞的字里行间以及描绘的特定环境,都能引发读者的联想,也可窥见歌者的心态。这种含而不露的艺术手法,非常耐人寻味。作品韵散结合,自然流畅。前三句有韵,后四句无韵;前为领唱,后为和声。尤其落脚到"东、西、南、北"四个方位词上,仿佛歌唱者从四面八方应答,场面既宏大而又热烈,使人也随之心旷神怡,具有很强的感染力。

【集说】《江南曲》古词云:"江南可采莲,莲叶何田田。"又云"鱼戏莲叶东,鱼戏莲叶西,鱼戏莲叶南,鱼戏莲叶北。"盖美其芳晨丽景,嬉游得时。若梁简文"桂楫晚应旋",唯歌游戏也。又有《采菱曲》等,疑皆出于此。(吴竞《乐府古题要解》卷上)

钟云:章法奇。(钟惺、谭元春《古诗归》卷五)

此采莲曲也。前三,叙事。不说花,偏说叶,叶尚可爱,花不待言矣。鱼戏叶间,更有以鱼比己意,诗旨已尽。后四,忽接上"间"字,平排衍出东、西、南、北四句,转见古趣。(张玉毂《古诗赏析》卷五)

笺曰：刺游荡无节，宛邱、东门之旨也。言之不足，故长言之，长言之不足，故永叹之。孔子曰："书之重，词之复，呜呼，不可不察。其中必有美者焉。"是之谓也。（陈沆《诗比兴笺》卷一）

（李立炜）

东　光⁽¹⁾

东光乎⁽²⁾，仓梧何不乎⁽³⁾？仓梧多腐粟⁽⁴⁾，无益诸军粮⁽⁵⁾。诸军游荡子⁽⁶⁾，早行多悲伤。

【注释】(1)此篇在《乐府诗集》属于"相和歌辞"。朱乾《乐府正义》卷五："汉武以元鼎五年，遣伏波将军路博德等击南越，下濑将军甲下仓梧，于时列侯以百数，皆莫求从军击越，至以酎金夺爵者百有六人。卜式上书请往，爵关内侯，而天下莫应，则其时之民之不欲可知也。虽有九郡之置，而孤人之子，寡人之妻，穷兵远方，籍此无用之地，亦独何哉！此诗所谓'仓梧多腐粟，无益诸军粮'也。"击南越事，见《汉书·武帝纪》和《食货志下》。诗题是以篇首二字为名，这是汉乐府的常例。　(2)东光：东方亮了。"光"用如动词。　(3)仓梧：地名，一般写作"苍梧"，在今广西梧州。此句"不"后承上省略"光"字。不：即古"否"字。　(4)腐粟：指在仓库里腐烂了的粮食，仓有腐粟，就是说粮食多得吃不完。　(5)诸军：指当时征南越的汉军二十多万人。汉军兵分四路，自湘、赣、黔、桂分道出击。其中一路取道苍梧。(6)游荡子：离家远游的人称"游子"或"荡子"。当时征越军队的半数，是"赦天下囚"的"罪人"，任官方驱遣，故言"游荡子"。

【今译】东方明亮了罢，苍梧为什么还不亮？苍梧粮多多腐烂，不会增加汉军粮。被遣诸军"游荡子"，雾晨早行多悲伤。

【点评】汉武帝前期外开疆域，内兴功利，轰轰烈烈地折腾了几十年，搞得"天下虚耗，人复相食"（《汉书·食货志上》）。元鼎五年（前112年）是武帝在位的第30个年头，正在"武皇开边意未已"的兴头上。不过这次征越倒

不是"侵略战争"。据《汉书·武帝纪》,是年"夏四月,南越王相吕嘉反,杀汉使者及其王、王太后",而且此前"粤(南越)欲与汉用船战逐",武帝也造作战船,做了准备。南越内部政变,祸及汉使,自是武帝大肆进击的机会。但六年前第三次大击匈奴,损失严重;元鼎三年山东又遭灾"方二三千里"。发兵南越的同时还西击侵边的羌人。臣民疲于军役,武帝以关内侯的高爵和重赏,也刺激不了臣子的热情。至于被迫上前线的战士和犯人,怨苦就更大了。这诗即反映了当时军人的厌战情绪。

诗的主意在中间两句,意思是说:"尽管苍梧有吃不尽的粮,对于诸军是毫无用处的。因为苍梧这么远,道路这么艰难,谁知道能不能顺利到达呢?"(余冠英《乐府诗选》)所谓"无益诸军粮",话虽说得温和,对于这次战争的不满和怨恨还是看得出的,因为把这种情绪转移到"早行多悲伤"了。南方卑湿之地,又正值夏秋之交,炎夏未尽,湿热难耐。早晨行军,瘴浓雾重,不见日光,必然没有不以为苦的。这"多悲伤",不仅包括"早行",显然含这次"无益诸军粮"的征越在内,要不然,何必受这番折磨。何况他们又都是那多事年月每被驱遣的不幸者。这诗起首两句就含有悲伤语气,与末二句前呼后应,合起来使中间的主意愈加显明。诗的语调沉重悲凉,简朴明晰的口语本色,具有民歌晓畅而又含蓄的特色。无多几句,把史书简略的记载,以悲伤的哀唱留下了历史深沉的叹息。

【集说】不必多,不必深,气自幽凉。(钟惺、谭元春《古诗归》)

只一语(按,指末句)点意,悲凉在目。(朱嘉征《乐府广序》)

"东光"者,东方明也。梁简文诗:"鸡鸣天尚早,东乌定未光。"言东方明乎?而仓梧何不明乎?盖早行触瘴,朝不见日,故接云"早行多悲伤"。明赵宗德《浮金亭》诗:"瘴云不雨烟濛溟。"《寰宇记》云:"民多架木为巢,以避瘴气",是其证也。(朱乾《乐府正义》)

(张超英)

薤　露⁽¹⁾

薤上露,何易晞⁽²⁾!露晞明朝更复落,人死一去何时归！

【注释】（1）薤（xiè）露：在《乐府诗集》属"相和歌辞"。其"题解"说："崔豹《古今注》曰：'《薤露》《蒿里》泣丧歌也。本出田横门人，横自杀，门人伤之，为作悲歌，言人命奄忽，如薤上之露，易晞灭也。亦谓人死魂魄归于蒿里。至汉武帝时，李延年分为二曲：《薤露》送王公贵人，《蒿里》送士大夫庶人。使挽枢者歌，亦谓之挽歌。'"薤：草名，叶细长，状如韭，花紫色。 （2）何：多么。晞（xī）：晒干。《诗经·秦风·蒹葭》："白露未晞。"

【今译】薤草上的露水呀，多么容易被晒干啊！露干明年还又落，人死一去永不归！

【点评】这首挽歌是对死者的哀悼，也是生者自己的反思。可用于出殡，亦可用于上流社会的作乐。东汉大将军梁商郊宴会宾，酣饮极欢，则"继以《薤露》之歌，座中闻者皆为掩涕"（《后汉书·周举传》），而宋玉《对楚王问》即说过国中能唱此歌者仅数百人。由此看来，这是"王公贵人"的丧歌，也是他们的乐歌。悲歌可以当泣，亦是属于由来已久的审美范畴，这也是东汉晚季曹氏父子依此古题抒写时哀人怨的原因。追求人生最大价值而又充斥悲剧的西汉草创至汉武帝时代，不得其命的王公贵人、侯卿将相不可数计。这个宏放而充斥功利的社会，人人都想表现，人人都没有好下场；愈无好下场，愈是顽强表现。此即这类丧歌普遍流行而被乐府机关加以整理的社会原因。

诗的前面两个三字句，语意递接，调急气促。一种时光、生命——现实的存在——转瞬易逝的感喟，充溢句间。朝露晶莹、透亮，闪动光彩和活力，然其生命的历程何其短暂，而细如韭叶的薤草的朝露，尤去得更快。这两句是兴而兼比，在"何易晞"的咏叹中寄托时间和人生的审思和反省。其比喻的本体，用汉代人自己的话来说，就是："人生非金石，岂能长寿考""浩浩阴阳移，年命如朝露"（《古诗十九首》）。生命的强者如曹操，亦云"譬如朝露，去日苦多"。后两个七字句，语转句长，慨然无限。第三句的跌转，逼出冷酷的结句，意味悲凉至极。两个程度副词"何"，前后含裹一气，哀吟长续，属引

两汉部分

凄厉。人生如露，本即痛苦的体悟，而露晞复落、人死不归的"人不如露"的大彻大悟，则陷入悲恸忧患的深渊。说这是消极颓唐，亦可；是悲哀中蕴蓄增加生命的密度——追求人生存在价值，亦无不可。用于送丧则属前者，用于自乐自省则属后者。至于"掩涕"以后是及时行乐，还是及时进取，那就由人们自己选择了。

【集说】此挽贵者，下歌挽贱者。此歌稍温和，如雍门琴，微微入人。下歌甚严急，如水火刀剑铁围诸狱，活捉人衣裾。愚人浓睡中，非此唤不醒。（谭元春评，见钟惺、谭元春《古诗归》）

上二，易死之喻，下二，接喻意翻进一层，说向后去，言易死而更不能复生也。（张玉毂《古诗赏析》）

亦曰《薤露行》，亦曰《天地丧歌》，亦曰《挽柩歌》，田横门人作。按，《左传》"齐将与吴战于艾陵，公孙夏使其徒歌虞殡。"注云："送葬歌也"，是古有丧歌矣。使挽柩者歌之，故谓丧歌，亦谓挽柩歌。……当其时，声亦自有别，所以为二曲。后人通谓之挽歌，以其声无异也，故不复存其名。《薤露》亦谓之《泰山吟行》者，言人死则精魂归于泰山。（汪汲《乐府标源》）

《古今注》……附会田横事迹部分，固未必可信，然其谓以《薤露》挽王公贵人，以《蒿里》挽士大夫庶人，则验以作品的具体内容，还是比较切合实际的。……一般说来，王公贵人，贪生怕死的多。因为他们不劳而获，坐享安富尊荣，所以妄想长生不老。即使他们活得年岁较长，也总是嫌寿命短促。这就是这首诗头两句："薤上露，何易晞"的感叹所由生。正是因为这样，所以古人有时很自然地把"薤露易晞"的感叹和富贵无常的杞忧联系在一起，如杜甫《送孔巢父谢病归游江东》诗："惜君只欲苦死留，富贵何如草头露"就是这样。（王汝弼《乐府散论》）

（公炎冰）

蒿　里[1]

蒿里谁家地？聚敛魂魄无贤愚。鬼伯一何相催促[2]！人命不得少踟蹰[3]。

【注释】(1)蒿里:古挽歌,参见《薤露》注(1)。本地名,在泰山之南,为死人之葬地。《汉书·广陵厉王传》:"蒿里召兮郭门阅,死不得取代庸,身自逝。"颜师古注:"蒿里,死人里。"陶渊明《从弟敬远文》:"长归蒿里,邈无还期。" (2)鬼伯:鬼王,即阎王。白居易《二月五日花下作》:"羲和趁日沉西海,鬼伯驱人葬北邙。" (3)少:稍微。踟蹰:犹言逗留。

【今译】蒿里蒿里啥地方?不分贤愚葬成丘。阎王催促多么急!人命不得稍逗留。

【点评】如果说《薤露》是乐府诗中的"雅"诗,那么《蒿里》就属于"风"歌,是将下里巴人的魂魄送向"乱葬冈子"的哀曲。这诗不用比兴,径直对着榛莽丛生阴森凄冷的葬地,哭唱着使人毛骨悚然的"死人歌"。头两句是说,这蒿里不是哪一家的茔地,不分穷富贤愚都可以找一块草丛安身,这似乎是对死去的穷哥儿的灵魂的一种抚慰,劝其不要犯愁,不要以为没有个存身的去处。爽直冷隽的问答中,人生最后听不到的宽慰中,饱含着悲凉和辛酸。这是就死后说,后二句倒过来则就死前说。生前穷于奔忙,急急忙忙苦了一辈子,到临死也不能喘口气,鬼伯阎王也太没有人情了。这依然是对死者的安慰,充满了同情。倘若说前二句是人生廉价的句号,那么这两句就是急促的叹号,匆匆地归到廉价的地方,真是人生的悲哀啊!而活着的人也只能以这短促的哀歌送走负荷沉重的去者。死时如此凄凉,生前的多少悲凉也就一一可知了。

【集说】此等皆至到语,无迹可寻。林公着尘尾贴几日:"到否",此便是诗中至到义,尽人心中同然餍足,更无能哀过于此。(陈祚明《采菽堂古诗选》)

上二,慨贤愚同尽,就既死后说。下二,逆溯临死时不得少延。前章比体,写得悽婉欲绝。此章赋体,写得惨刻尽致。(张玉穀《古诗赏析》)

《薤露》和《蒿里》都是东齐产生的谣讴,《蒿里》比《薤露》更普遍些。宋玉《对楚王问》说:有人唱《下里》(就是蒿里),几千人和着他唱,等他唱《薤

两汉部分

露》，只有几百人和他。（余冠英《乐府诗选》）

崔豹《古今注》说："李延年以《蒿里》送士大夫庶人。"这个说法从内容看，是切合实际的。因为这首挽歌写墓主，即使到死，魂魄还要受鬼伯的追逼，连一点人身自由都没有，这不是奴隶们永世甚至死后不得翻身的悲惨命运的写照吗？（王汝弼《乐府散论》）

（公炎冰）

乌 生(1)

乌生八九子，端坐秦氏桂树间。喈我(2)！秦氏家有游遨荡子，工用睢阳强(3)，苏合弹(4)。左手持强弹两丸，出入乌东西。喈我！一丸即发中乌身，乌死魂魄飞扬上天。阿母生乌子时，乃在南山岩石间。喈我！人民安知乌子处，蹊径窈窕安从通(5)？白鹿乃在上林西苑中，射工尚复得白鹿脯。喈我！黄鹄摩天极高飞，后宫尚复得烹煮之；鲤鱼乃在洛水深渊中，钓钩尚得鲤鱼口。喈我！人民生各各有寿命，死生何须复道前后。

【注释】(1)此首《乐府诗集》属"相和歌辞·相和曲"。以寓言形式哀叹世路艰险，人生无常。 (2)喈(jiē)我：乌鸦的哀叹之声。喈，感叹词。我，语尾助词。 (3)睢阳强：睢阳产的一种强弓。 (4)苏合弹：用苏合香和泥制作的一种弹丸。苏合，香料名。 (5)窈窕：山径曲折幽长的样子。

【今译】乌鸦生子八九个，安然筑巢桂树梢。哎呀！秦家有个浪荡儿，使用强弓硬弹手段高。手持两丸苏合弹，左瞄右瞅动弓弦。哎呀！一弹发出中乌身，魂灵儿悠悠上九天。当初老鸦生子山岩间，而今栖息桂树遭祸端。哎呀！人们怎知当初乌鸦栖息处，山道幽曲怎能通？白鹿儿安然上林游，射手们尚且得鹿脯。哎呀！黄鹄展翅摩天飞，帝王后宫能烹煮。鲤鱼深藏洛水中，鱼钩儿钓住了鲤鱼口。哎呀！人生命运早有定，生死何须论先后。

【点评】这是一首别出心裁的寓言诗。它通过对栖息桂树的乌鸦、遨游上林苑的白鹿、高飞摩天的黄鹄、藏身深渊的鲤鱼都无法摆脱惨死厄运的咏叹，表达了对时俗险恶，以致弱者命运无常的感慨，唱出了一曲那个时代人们对人生充满悲忧恐惧的哀歌。是一首"悲时俗之迫厄"（朱乾《乐府正义》）的作品。

"乌生"两句，叙述一老鸦族类繁衍之兴盛。它们筑巢于馨香醉人的桂树梢头，乐居融融。接着以"唶我"的叹词一转，道及倏忽之间祸从天降，饮弹身亡的悲惨遭遇。对于乍临之厄运，开始后悔不该从山岩迁徙桂树之上，继而放眼天地之间，则慨叹无已："白鹿乃在上林西苑中""黄鹄摩天极高飞""鲤鱼乃在洛水深渊中"，均无法逃脱冥冥之中的厄运：成为人们猎杀的对象，化作饕餮者盘中的美味。天地之间似乎处处布满陷阱、遍藏杀机，从而淋漓尽致地表现出对命运的惶惑、恐惧和无可奈何。最后三句，水到渠成，画龙点睛，揭示全诗主旨：命运无主、人生险恶。道出了作者在那政治腐败、弱肉强食的时代对人世的喟叹，这也是对那个时代充满悲苦的控诉。

作品采用寓言形式，形象生动而意蕴丰厚，富于浓厚的哲理色彩，从形式、技巧到内容都颇具特色。

【集说】"乌生八九子，端坐秦氏桂树间"，言乌母生子本在南山岩石间，而来为秦氏弹丸所杀；白鹿在苑中，人得以脯；黄鹄摩天，鲤鱼在深渊，人可得而烹煮之。则寿命各有定分，死生何叹前后也。（吴兢《乐府古题要解》卷上）

《乌生》，寓言也。《满歌行》"祸福无形"一语写照。（朱嘉征《乐府广序》卷一）

弹乌、射鹿、煮鹄、钓鱼，总借喻年寿之有穷，世途之难测，以劝人及时为乐，而章法奇横伸缩，妙不可言。唶托乌语以发之，白鹿、鲤鱼二段，不用唶字，甚细。（李因笃《汉诗音注》卷六）

奇绝之调。"唶"字读嗟叹之音也，"端坐"字妙，自以为无患，与人无争也。"出入乌东西"，写人有致。"魂魄飞扬"语奇，正是哀其寿命。"阿母生乌"故反言一段，若追怨乌不知避患。下乃引白鹿等，畅言之，见患至本不可

两汉部分

避。"蹊径"句，生动。（陈祚明《采菽堂古诗选》卷二）

（吕培成）

平陵东⁽¹⁾

平陵东，松柏桐，不知何人劫义公⁽²⁾。劫义公，在高堂下⁽³⁾，交钱百万两走马。两走马，亦诚难，顾见追吏心中恻⁽⁴⁾。心中恻，血出漉⁽⁵⁾，归告我家卖黄犊⁽⁶⁾。

【注释】(1)本篇在《乐府诗集》中属"相和歌辞·相和曲"，最早见于《宋书·乐志》。平陵，汉昭帝陵，在今陕西咸阳东北十余里处。崔豹《古今注》、吴兢《乐府古题要解》说这是王莽时，翟义门人悲悼翟义起兵讨伐王莽，不克而死的诗。显然，这与诗义殊不相合。　(2)义公：对被劫持者的敬称。(3)高堂：指官府。　(4)追吏：追逼的吏人。恻：痛心。　(5)漉：流尽，心中伤痛，仿佛血已流尽。　(6)犊：小牛。

【今译】平陵东边树森森，松柏梧桐成密林。谁人竟敢起歹意，绑架义公索赎金。公然劫持一路行，劫到大堂逼赎身。索钱百万还不算，另外又加两骏马。两匹骏马非小可，实实在在难筹措。凶官恶吏相逼迫，内心痛苦对谁说。内心痛苦可奈何，心头滴血如刀割。只好求归告家人，卖掉小牛来凑齐。

【点评】这是一首揭露凶官恶吏公然绑架良善、勒索钱财的作品，控诉了官吏们的强盗行径。全诗用叙事手法。"平陵东，松柏桐"，叙述了发生绑架事件的地点及环境特征。"不知"句明知官府绑架而却说不知，叙述中见出作者对这种社会现象的惊愕和不可思议。接着则通过交代出威逼被绑架者的地点和索财数目之巨，揭露绑架者的身份及其凶残狠毒。由"两走马"句到完，叙述了被绑架者痛苦无奈的心理以及忍痛卖掉牛犊而破产的不幸遭遇。作品通过这一事件，深刻地揭露了当时政治的腐败，官吏们无法无天的强盗行径，弱肉强食的社会现实，以及善良的弱者痛苦而悲惨的命运。诗歌选材典型,叙事精当,虽未加议论,但叙事中却成功地表现出诗人褒贬爱憎的全部感情。清淡朴拙而意蕴深厚,是一篇充满现实主义精神的优秀作品。

【集说】"平陵东,松柏桐,不知何人劫义公。"此汉翟义门人所作也。义,丞相方进之少子,字文中,为东郡太守,以王莽篡汉,起兵诛之,不克而见害,门人作歌以怨之。(吴兢《乐府古题要解》卷上)

劫之不得而思之无穷,末语其感人深矣。(李因笃《汉诗音注》卷六)

人怀救赎之心,伤力不及,其情甚哀。"血出漉"字,新,亦健亦活。(陈祚明《采菽堂古诗选》卷二)

(吕培成)

陌上桑⁽¹⁾

日出东南隅⁽²⁾,照我秦氏楼⁽³⁾。秦氏有好女⁽⁴⁾,自名为罗敷⁽⁵⁾。罗敷喜蚕桑,采桑城南隅。青丝为笼系⁽⁶⁾,桂枝为笼钩⁽⁷⁾。头上倭堕髻⁽⁸⁾,耳中明月珠⁽⁹⁾。缃绮为下裙⁽¹⁰⁾,紫绮为上襦⁽¹¹⁾。行者见罗敷⁽¹²⁾,下担捋髭须⁽¹³⁾。少年见罗敷,脱帽著帩头⁽¹⁴⁾。耕者忘其犁,锄者忘其锄。来归相怒怨,但坐观罗敷⁽¹⁵⁾。使君从南来⁽¹⁶⁾,五马立踟蹰⁽¹⁷⁾。使君遣吏往,问是谁家姝⁽¹⁸⁾。"秦氏有好女,自名为罗敷。""罗敷年几何?""二十尚不足,十五颇有余⁽¹⁹⁾。"使君谢罗敷⁽²⁰⁾,"宁可共载不⁽²¹⁾?"罗敷前置辞⁽²²⁾:"使君一何愚⁽²³⁾!使君自有妇。罗敷自有夫。"东方千余骑,夫婿居上头⁽²⁴⁾。何用识夫婿⁽²⁵⁾?白马从骊驹⁽²⁶⁾;青丝系马尾,黄金络马头;腰中鹿卢剑⁽²⁷⁾,可直千万余⁽²⁸⁾。十五府小吏⁽²⁹⁾,二十朝大夫⁽³⁰⁾,三十侍中郎⁽³¹⁾,四十专城居⁽³²⁾。为人洁白皙⁽³³⁾,鬑鬑颇有须⁽³⁴⁾。盈盈公府步⁽³⁵⁾,冉冉府中趋⁽³⁶⁾。坐中数千人,皆言夫婿殊⁽³⁷⁾。

【注释】(1)这诗叙述了一个太守调戏采桑女子遭到严词拒绝的故事。赞美了女主人公的坚贞和智慧,暴露了太守的丑恶和愚蠢。这篇在《乐府诗集》中属《相和歌辞·相和曲》。《宋书·乐志》题为《艳歌罗敷行》,《玉台新咏》题为《日出东南隅行》。这里用《乐府诗集》的题名。　(2)隅:方。(3)我:我们的省称。这句是作者的口吻,用以引起下文。　(4)好女:美女。(5)自名:自称姓名。罗敷:古美人名,汉代女子常取以为名。　(6)青丝:青色丝绳。笼系:系笼的绳子。　(7)桂枝:桂树枝。　(8)倭堕髻:即堕马髻,发髻偏在一边,呈欲堕之状,是当时女子的一种时髦发型。(9)明月珠:宝珠名。　(10)缃:浅黄色。绮:有花纹的绫子。　(11)襦:短袄。　(12)行者:过路的人。(13)下担:放下担子。捋(lǚ):用手指抚捋。髭:口上边的胡子。(14)著:显露。帩头:即绡头,古人束发用的纱巾。　(15)坐:因。(16)使君:汉代对太守或刺史的称呼。　(17)五马:五匹马,汉代太守驾车用五匹马。立:停下。踟蹰:徘徊不前。　(18)姝:美女。　(19)颇:稍。(20)谢:问。　(21)宁可:即"愿意"的意思。不:同否。　(22)置辞:犹致辞。　(23)一何:多么地。　(24)上头:前头。　(25)何用:何以。(26)骊(lí)驹:深黑色的马驹。　(27)鹿卢剑:即辘轳剑,古人将长剑的剑把子做成辘轳形,以便把握。　(28)直:同值。　(29)府小吏:太守府中下级的官吏。　(30)朝大夫:朝廷中大夫的官职。　(31)侍中郎:在皇帝左右侍奉的官。汉制侍中是在原官职上特加的荣衔。　(32)专城居:为一城之主,即州牧、太守一类的官。　(33)皙(xī):白。　(34)鬑鬑(lián):形容须发稀疏而长。　(35)盈盈:轻盈貌。公府步:古代的"官步"。　(36)冉冉:舒缓貌。　(37)殊:出众的意思。

【今译】太阳升起东南方,照在秦氏高楼上。秦家有位好姑娘,自名罗敷美名扬。罗敷喜欢务蚕桑,经常采桑城南方。青色丝绳作笼系,桂枝作钩拴笼上。头上发髻一边垂,宝珠耳环戴两旁。黄色丝绸作下裙,紫色丝绸作上装。来往路人见罗敷,放下担子捋胡须。少年男儿见罗敷,脱帽露着束发布。耕者忘了去耕田,锄者忘了把地锄。他们回家相怨怒,只是为了看罗敷。太守乘车从南来,五马不前立踟蹰。太守派人去打听,问是谁家采桑女。"秦家有个好姑娘,自名罗敷美名扬。""罗敷姑娘年几何?""年龄二十还不足,大致十五稍有余。"太守前往问罗敷:"是否愿意同车去?"罗敷立即前致辞:"太守你是多么愚!太守自有太守妇,罗敷自有罗敷婿。"东方快马千余骑,夫婿在前数第一。用何标记识夫婿,白马带着黑马驹。青色丝绳系马尾,金丝络头价无比。鹿卢宝剑腰上挂,价值足有千万余。十五府中做小史,二十朝中做大夫,三十就做侍中郎,四十州官专城居。天生肤色洁白皙,长长鬓发略有须。熟练轻盈官府步,舒舒缓缓府中趋。官庭座中数千人,都说夫婿最突出。

【点评】这一篇汉代乐府古辞,既是完美的五言诗,又是可以配乐歌唱的歌辞。在宋人郭茂倩的《乐府诗集》中,把它编入《相和歌辞》,并说它是"街陌讴谣""丝竹更相和,执节者歌"的民歌。民歌属于民间文学,它是人民口头的集体创作,所以作者是"无名氏"。从故事情节、题目与有些词句不同来看,说明它经过长期的流传、多人的修改。因此,这篇诗歌,就更加成熟、完美,更受到历来人们的喜爱。

这篇叙事诗的故事内容,主要可分两部分,一部分写罗敷惊人的美貌,另一部分写罗敷巧妙拒绝太守的调戏。作者描写罗敷的美丽形象,不落俗套,别出心裁。他不是主观在述说罗敷如何美,而是用环境烘托来显示罗敷的美丽动人:"行者见罗敷,下担捋髭须。少年见罗敷,脱帽著帩头。耕者忘其犁,锄者忘其锄。来归相怨怒,但坐观罗敷"。尤其像太守这样有权有势的高官,也被罗敷美貌的引力所动心,并进行调戏。故事中,真是人人都在赞赏罗敷美,都为罗敷的美貌所倾倒。

故事的另一部分写罗敷坚决拒绝太守的调戏,写罗敷坚贞、智慧的思想品格。封建社会,高官调戏妇女是平常事,妇女反抗、拒绝调戏,并且取得胜利,却很不平常。罗敷坚决拒绝太守调戏的方法,非常巧妙,这就是夸夫,就是以有权有势、人才出众、"专城居"的高官夫婿,来压倒"使君",并义正词严地斥责他"使君一何愚!使君自有妇,罗敷自有夫。"在此情况下,使君只得灰溜溜地走,别无他路。罗敷的聪慧,令人钦佩。至于她的夫婿是实是虚,读者就无执意追究的必要。

两汉部分

【集说】陌上桑者,出秦氏女子。秦氏,邯郸人,有女名罗敷,为邑人千乘王仁妻。王仁后为赵王家令,罗敷出,采桑于陌上,赵王登台,见而悦之,因置酒欲夺焉。罗敷巧弹筝,乃作《陌上桑》之歌以自明。赵王乃止。(《乐府诗集》卷二十八引崔豹《古今注》)

按其歌词,称罗敷采桑陌上,为使君所邀,罗敷盛夸其夫为侍中郎以拒之,与旧说不同。(吴兢《乐府古题要解》)

按古辞《陌上桑》有二,此则为罗敷也。……别有《秋胡行》,其事与此不同,以其亦名《陌上桑》,致后人差互其说……盖合为一事也。(郑樵《通志》)

前后同一铺陈浓至,然前属作者正写,后乃就罗敷口中说出,故不觉堆垛板重。(张玉毂《古诗赏析》卷五)

《陌上桑》云:"日出东南隅,照我秦氏楼。秦氏有好女,自名为罗敷。"四语极平淡,而首句起兴,下三句出落详尽,简括似古谣,后半篇皆此二十字注释也。(李调元《雨村诗话》卷上)

(焦　滔)

长歌行(1)

青青园中葵(2),朝露待日晞(3)。阳春布德泽(4),万物生光辉。常恐秋节至(5),焜黄华叶衰(6)。百川东到海(7),何时复西归? 少壮不努力(8),老大徒伤悲!

【注释】(1)《长歌行》:属《相和歌·平调曲》,可以长声歌唱。 (2)青青:状园中蔬菜绿葵之色。 (3)晞:晒干。 (4)阳春:温暖的春天。(5)秋节至:秋天到来。 (6)焜(kūn)黄:枯黄衰败貌。 (7)"百川"二句:以河中流水比喻光阴和人的年龄,都是一去不返。 (8)"少壮"二句:勉励人要在青少年时就努力不懈,免得老年后悔莫及。

【今译】青青的菜园啊绿葵儿青青,清晨的露珠啊要在阳光下消失。和煦的春光啊普遍赐给了恩泽,大地上的万物啊都焕发出了蓬勃生机。谁都

害怕肃杀的秋天降临啊,将会威逼得叶黄枝枯花朵儿憔悴。时光如东流大海的无数江河啊,不论什么时候有哪一条能够再西归?人在少壮之年啊不去及时努力,到了老大一事无成啊只能白白地去伤悲!

【点评】这是一首激励人们要及时努力、奋发向上的乐府民歌。不仅语言朴素,深入浅出,而且饱含哲理,意味深长,具有强烈的感染力。

世界万事万物都是处在发展变化过程中,月有阴晴圆缺,时有春夏秋冬,人也有生老病死,从来没有停止过。《长歌行——青青园中葵》告诉人们,特别是青年,别看园中的葵菜青翠繁茂,也将如清晨的露水,太阳一晒就干,并非常盛不衰。正像广大自然界的其他植物一样,只有在春天才能欣欣向荣,到秋天就会花落叶枯、丧失昔日的风采。这就暗示人们:要抓紧有利时机,尽量充实自己,发展自己。机不可失,时不再来。最后两句"少壮不努力,老大徒伤悲!"是点睛之笔。不要老唱"悔不该!"陶渊明就讲:"盛年不重来,一日难再晨。及时当勉励,岁月不待人。"朱熹也讲:"少年易学老难成,一寸光阴不可轻。"可以互相发明。

当然,在现实生活中,有的人由于某种原因,没有抓紧时间,就算到了晚年,仍应振作精神,不可自暴自弃。颜子推说:"人有坎壈(处境不顺利),失于盛年,犹当晚学,不可自弃。……老而学者,如秉烛夜行,犹贤乎瞑目而无见者也!"千里之行,始于足下,不论是谁,如果不抓住今天,也就丧失了明天。

【集说】全于时光短处写长。人有一日之时,有一年之时,有一生之时。一日之时在朝,一年之时在春,一生之时在少壮。之三时者,以为甚长而玩愒则短,以为甚短而勤修则长也。……苟自甘暴弃,谓今日不修而有来日,今年不修而有来年,乃日复一日,年复一年,冉冉老至,恰如逝水赴海,岂有复西之日哉!轻弃重宝,那不悲伤!(吴淇《六朝选诗定论》)

春和布泽,万物俱生光辉;殆秋节至而华叶衰,其色焜黄矣。人生盛年之难再,不犹是乎!故又以百川东逝、不复西归为比,而叹少壮蹉跎,至老大而自伤者,真徒然耳。(王尧衢《古唐诗合解》)

劝学之语,千古至言。(陈祚明《采菽堂古诗选》)

两汉部分

此警废学之诗。首六以园葵比少壮之易成老大，布德生光，正形容及时绩学，不可怠荒。"百川"二句，以百川比老大之难复少壮。末二，点清勉励本旨，可当晨钟。(张玉毅《古诗赏析》)

(赵光勇)

相逢行⁽¹⁾

相逢狭路间，道隘不容车。不知何少年，夹毂问君家⁽²⁾。君家诚易知，易知复难忘。黄金为君门，白玉为君堂。堂上置樽酒，作使邯郸倡⁽³⁾。中庭生桂树，华灯何煌煌⁽⁴⁾。兄弟两三人，中子为侍郎⁽⁵⁾。五日一来归⁽⁶⁾，道上自生光⁽⁷⁾。黄金络马头，观者盈道傍。入门时左顾⁽⁸⁾，但见双鸳鸯。鸳鸯七十二，罗列自成行。音声何噰噰⁽⁹⁾，鹤鸣东西厢。大妇织绮罗⁽¹⁰⁾；中妇织流黄⁽¹¹⁾；小妇无所为，挟瑟上高堂⁽¹²⁾："丈人且安坐⁽¹³⁾，调丝方未央⁽¹⁴⁾。"

【注释】(1)本篇是乐府古辞。始见于《玉台新咏》。《乐府诗集》收在《相和歌辞》中，郭茂倩说："《相逢行》一曰《相逢狭路间行》，亦曰《长安有狭斜行》"。这首诗反映了封建社会富豪之家的生活。 (2)"不知"二句：意谓不知车上的谁家少年，向另一车上的人打听一个人家。毂(gǔ)：指车轮中心部分。"夹毂"：即"夹车"。指两人各在车的一边，夹车而问答。(3)"作使"句：作使犹役使。邯郸倡：邯郸，赵地，今河北邯郸一带；倡，女乐。《汉书·地理志》：赵俗女子多习歌舞，游媚富贵之家。 (4)华灯：指雕琢镂刻得极其精巧而有光华的灯。 (5)"中子"句：此言兄弟三人中，惟中子出入禁宫，最为显贵。"侍郎"：官名，负责皇宫宿卫工作。一作"中子侍中郎"。(6)"五日"句：汉代朝官每五日有一次例休，叫作"休沐"。 (7)生光：增加光彩。 (8)时：偶然、偶尔之意。左顾：即"左顾右盼"，有"回顾""环顾"之意。 (9)噰噰：鸟鸣声，象声词。 (10)绮罗：有花纹更轻软的丝绸。(11)流黄：或作"留黄"，是黄紫间色的丝绸。 (12)瑟：古代弦乐器，像琴。(13)"丈人"二句：是诗人拟小妇的语气。丈人：对公婆的尊称。 (14)未央:未尽,未完。一作"未遽央",为古时成语,与"未央"同义。

【今译】狭路中间两相逢,道路狭窄车难行。不知谁家一少年,车上把人来打听。那个人家最易知,容易知道更难忘。他家大门黄金镶,白玉修建大庭堂。庭堂里面设酒宴,邯郸女乐供欣赏。院中桂树飘芳香,庭里花灯极辉煌。这家兄弟两三人,次子官职为侍郎。五日一次回家来,路上也自显荣光。黄金丝绳络马头,群众围观满道旁。进入大门一环顾,只见鸳鸯各成双。鸳鸯足有七十二,排列整齐自成行。听见噌噌鸟鸣声,鹤鸣来自东西厢。大媳善于织绫罗,二媳善于织流黄。三媳悠闲无所为,挟瑟慢步上高堂。"公公婆婆且安坐,歌曲未完再弹唱"。

【点评】这篇乐府诗,客观地反映了封建社会富豪人家的享乐生活。关于它的内容,历来就有不同的看法。郭茂倩引《乐府题解》曰:"文意与《鸡鸣曲》同。"但是,《鸡鸣曲》虽与本诗字句有些相仿,而内容却有明显的讽刺和揭露,如最后一章:"桃生露井上,李生桃树傍。虫来啮桃根,李树代桃僵。树木身相代,兄弟还相忘。"即揭露了他们"相忘"的兄弟之情。因此,本篇在反映社会生活上,还比较客观。另外,在《乐府诗集》中,还有一篇《长安有狭斜行》与本篇雷同,就是词句有些简略,这正是民歌在流传中长期修改的结果。

这篇乐府民歌,经过长期流传,在艺术上已很完美。首先,作者通过问答形式,把一个富贵人家的生活,作了具体的描写,这样就比单纯的叙述生动得多;其次,作者还摹拟"小妇"的口吻说:"公公婆婆且安坐,歌曲未完再弹唱。"这样,"小妇"的多种情态,就引人想象。此外,本篇也具有优美的音韵和夸张的技巧。

【集说】古乐府歌词,先述三子,次及三妇,妇是对舅姑之称,其末章云:"丈人且安坐,调丝方未央。"古者子妇供事舅姑,旦夕在侧,与儿女无异,故有此言。丈人亦长老之目,今世俗犹呼其祖考为先亡丈人。(颜之推《颜氏家训·书证》)

《相逢行》歌"相逢狭路间",刺俗也。俗化流失,王政衰焉。曲中游侠相

两汉部分卷

过,侈富踰制,有《五噫歌》"辽辽未央"意,雅斯变矣。一曰,此《国风》之赋"邂逅"也。汉周子居尝云:"吾时月不见黄叔度,则鄙吝复生;戴良少所服下,见宪辄自降薄,怅然曰,瞻之在前,忽焉在后,岂古辞所谓'君家诚易知,易知复难忘'者耶?疑是好贤之什。"第辞列清调,则讽义为长。(朱嘉征《乐府广序》卷四)

狭路,《离骚》所云"路幽昧以险隘"者也。"不知何年少",绝之之词,备陈其家之侈靡,以刺权要也。(张琦《宛邻书屋古诗录》卷一)

此见少年富贵者而赋之。健美之中,富有讽意。首四,以逢车夹问叙起,已含气焰逼人意。"君家"二句,暗顶问明,以易知难忘,显出平素声名表表,特笔总挈。"黄金"六句,承"家"字先叙宫室之美,并宫室中置酒挟倡,植树转灯之华。"兄弟"六句,补写其贵,随就归道争观,指出赫奕,起处未详,盖留此处地也。"入门"六句,述归家耳目之娱。门堂等项,前已说过,故只就所见所闻,鸳鸯鸣鹤以该珍奇之集,而罗列嗈嗈,即以引起三妇。末六,以妻妾之奉终之,绮罗流黄,皆害女红,而挟瑟调丝,更是娇痴满眼。美之乎,抑讽之也?(张玉穀《古诗赏析》卷五)

(焦　滔)

塘上行(1)

　　蒲生我池中,其叶何离离(2)!傍能行仁义(3),莫若妾自知。众口铄黄金(4),使君生别离。念君去我时,独愁常苦悲。想见君颜色,感结伤心脾。念君常苦悲,夜夜不能寐。莫以豪贤故(5),弃捐素所爱。莫以鱼肉贱(6),弃捐葱与薤(7)。莫以麻枲贱(8),弃捐菅与蒯(9)。出亦复苦愁,入亦复苦愁。边地多悲风,树木何修修(10)。从君致独乐,延年寿千秋。

【注释】(1)这篇乐府诗的作者,众说纷纭。《文选》李善注引《歌录》云:"《塘上行》古辞,或云甄皇后造,或云魏文帝,或云武帝。"余冠英认为,这是一篇古辞。它的内容是弃妇的申诉。　(2)离离:下垂也。　(3)傍:旁人。

（4）众口铄金：成语。比喻众口的力量能熔化像黄金一样坚固的东西。

（5）豪贤：一作豪发。豪贤，指优秀人物；豪发，指琐碎小事。两词意思不同，但都可以讲通。　　（6）莫以鱼肉贱："鱼肉贱"，是指当时鱼肉价钱低廉，容易得到。所谓"贱"，是指鱼肉新价和旧价的比较，不是和"葱薤"比较。"莫以"六句：都是说不要因为较好的东西易得，就把较差的丢弃，也就是不要为新欢而弃旧好的意思。　　（7）薤(xiè)：多年生草本植物，地下有鳞茎，可以吃。　　（8）枲(xǐ)：即麻。　　（9）菅与蒯：菅(jiān)：多年生草本植物，可做绳索。蒯(kuǎi)：蒯草，多年生草本植物，茎可用来编席、造纸。　　（10）脩脩：或作翛翛(xiāo)，鸟羽残破貌。这里形容树木被风吹得像干枯的鸟尾。

【今译】草生在池塘里，片片绿叶把头低。别人能否行仁义，谁也不如我知悉。众口可以熔黄金，使你变心生别离。想你离别远行时，使我孤独常苦悲。总想与你再见面，难以如愿伤心脾。思你念你常苦悲，夜夜漫长不能寐。莫要因为有新欢，就把旧好来抛弃。莫要因为鱼肉贱，就把葱薤来抛弃。莫要因为麻枲贱，就把菅蒯来抛弃。出门苦闷又忧愁，回来苦闷又忧愁。边疆之地多狂风，树木遭殃多枯朽。唯你如愿独欢乐，愿您延年寿千秋。

【点评】这篇乐府诗，是一篇弃妇之辞。它的特点是怨，是诉。怨她的丈夫弃她而去，怨她的丈夫"二三其德""喜新厌旧"，也怨"众口"挑拨中伤，"使君生别离"，使她遭受痛苦。诉苦是这篇诗的中心，她反复诉说了她被遗弃的愁思和悲伤，同时，她还以三个"莫以"再三诉说她的丈夫爱情不专的心肠和嘴脸。当然，诉苦仅仅是诉苦，若和其他弃妇诗，如《氓》《谷风》等的愤怒、愤恨之情比较起来，就显得软弱无力了。不过，从她的诉苦中，可以引起人们的认识和警诫作用。这也当是本诗的一点意义所在。

这篇诗的"后六句是入乐时拼凑，和上文不相连"，这种看法，很有见地。另外，三个"莫以"并列句，运用得巧妙、有力，如同《谷风》的"采葑采菲，无以下体"，读后都使人难忘。

【集说】魏文帝甄后，中山无极人，袁绍据邺，与中子熙娶后为妻。后太

两汉部分

祖破绍,文帝时为太子,遂以后为夫人。后为郭皇后所谮,文帝赐死后宫,临终为诗曰:"蒲生我池中,绿叶何离离……"。(《邺中故事》)

《前志》云:"晋乐奏魏武帝'蒲生我池中',而诸集录皆言其词魏文帝甄后所作,叹以谮诉见弃。犹幸得新好,不遗故恶焉。"(吴兢《乐府题解》)

此遭谗间被斥,冀君一悟之诗。因篇首以"蒲生池中"比起,故名《塘上行》。首六,以池能养蒲,比起己之待下本厚,折落到人反谮己,致与君乖,以见冤抑,诗旨全提。"念君"四句,备陈离后独居,念念在君情事。又八句,顶"苦悲"申明不可信谗之意。上二正意,下四喻意也。先正后喻,古人章法。末六,以出入苦愁,凭空叠喝,因己之愁,遥念君于边地,从军亦多劳悴,而以行乐延年祝辞,陡作收束,更不兜转己边,略露怨怼,是为敦厚得体。(张玉毂《古诗赏析》卷十)

(焦 滔)

陇西行(古辞)[1]

天上何所有,历历种白榆[2]。桂树夹道生[3],青龙对道隅[4]。凤凰鸣啾啾[5],一母将九雏[6]。顾视世间人,为乐甚独殊。好妇出迎客[7],颜色正敷愉[8]。伸腰再拜跪,问客平安不。请客北堂上,坐客毡氍毹[9]。清白各异樽[10],酒上正华疏[11]。酌酒持与客,客言主人持。却略再跪拜[12],然后持一杯。谈笑未及竟,左顾敕中厨[13]。促令办粗饭,慎莫使稽留[14]。废礼送客出[15],盈盈府中趋。送客亦不远,足不过门枢[16]。取妇得如此,齐姜亦不如[17]。健妇持门户[18],亦胜一丈夫。

【注释】(1)《陇西行》一名《步出夏门行》,乐府古辞,属《相和歌辞·瑟调曲》。汉陇西郡治狄道,在今甘肃临洮西南,是通西域的要道。当时沿途住户,多兼营客店、酒肆生意。 (2)历历:分明貌。白榆:星名,在北斗星旁。 (3)桂树:指星。道:指"黄道",又称"光道"。古人认为黄道是太阳绕地运行的轨道。 (4)青龙:星名,指东方七宿。隅:旁。 (5)凤凰:星名,就是鹑火。　(6)一母将九雏:此句疑暗用汉代流传的"九子母"的故事。"九子母"就是《楚辞·天问》里"女岐无合夫焉取九子"中的女岐,王逸注:"女岐,神女,无夫而生九子也。"　(7)好妇:美貌的妇女。好:美也。(8)敷愉:同"敷蒲",花开貌。一说"敷愉"犹"怤愉",和悦貌。　(9)氍毹(qú shū):毛织的地毯。　(10)清白:清酒和白酒。　(11)华疏:犹敷疏,同扶疏,此处盖用以形容酒的热气上腾。　(12)却略:即"略却",稍稍退后。(13)敕:命令。　(14)稽留:久留。　(15)废礼:罢礼。　(16)枢:门扇的转枢,此代指门口。　(17)齐姜:周朝齐侯的女儿。古人以"齐姜"作为高贵和美好女子的代称。　(18)健妇:精明能干的女子。

【今译】高天之上何所有,株株白榆高悠悠。芬芳桂树夹道生,道旁青龙雄赳赳。凤凰对对啾啾唱,一母养育九只雏。回头俯视世间人,幸福欢乐甚悬殊。单身美妇接旅客,一脸和悦似花出。伸腰跪拜邀客入,问寒问暖样样顾。请客来到北堂上,坐上毛织毡氍毹。清酒白酒两种杯,酒气腾腾直扑鼻。满斟一杯先请客,客人多礼强推辞。稍微后退再跪请,然后才肯拿一杯。说说笑笑时光过,回头布置嘱厨子:抓紧备办家常饭,免得留客过了时。礼数完毕送客出,利利爽爽府中趋。送客不近也不远,大门门槛是限制。娶得夫人能如此,就是齐姜也不如。如此健妇主门户,也能胜过大丈夫。

【点评】与其说这是一首歌颂陇西妇女持家应客,泼辣质朴的诗,莫若说这是一幅古朴淳真的陇西古代风俗画。精明强干、美丽大方的健妇,有条不紊、有节有制的礼数,有规有矩、有理有情的客套,甚至待客的摆设、器具,还有那作者自觉不自觉地流露出来的倾慕艳羡,无不使这幅风俗画放射出古代陇西风情的浓烈淳厚而又诱人的艺术魅力,不禁令人心驰神往。因为这里蕴含着一种对于生活扑面而来的腾腾热气,昭示着一种对于人生的执着和热情,以及对于世界雄健的大丈夫气概的感慨。

"起八句言天上物物成双,凤凰和鸣,惟有将雏之乐,以反兴世间好妇,不幸无夫少子,自出待客之不得已来,似与下文气不属,却与下文意境相关"(《古诗赏析》);而以树喻星的手法,则更是旷代绝思。

【集说】一曰《步出夏门行》。《乐府解题》曰:"古辞云:'天上何所有,历历种白榆。'始言妇有容色,能应门承宾;次言善于主馈;终言送迎有礼。"此篇出诸集,不入《乐志》……《通典》曰:"秦置陇西郡,以居陇坻之西为名,后魏兼置渭州。《禹贡》曰:'导渭自鸟鼠同穴',即其地也。"今首阳山亦在焉。(郭茂倩《乐府诗集》卷三十七《解题》)

此篇之辞前后不属。首四句乃与《步出夏门行》同,而辞意复备。必如此诗,方可谓《国风》好色而不淫。陇西都护五凉,乃群姓杂居之地,其俗自古如此,正于喧聚中写出贞女矫然独立之情,故为奇绝。(李因笃《汉诗音注》卷六)

起八句若不相属,古诗往往有之,不必曲为之说。"却略",奉筋在手,退而行礼,故稍却也。写得婉媚。通体极赞中,自有讽意。(沈德潜《古诗源》卷三)

此必当时实有其事,故作诗以讥之,题作《陇西行》,或其地人也。起八句与下不属,详意旨只是兴起。"甚独殊"三字,天上谁能见之,从空结撰,写得俨然如睹,大奇。其中景物总欲写令殊。"历历"字,"种"字,"夹"字,"生"字,"对"字,"啾啾"字,"将"字,"一"字,"九"字,并生动,且若极确,天上之殊如此,今此陇西事亦大殊也。(陈祚明《采菽堂古诗选》卷二)

凡诗有有题者,有无题者。有题是诗之正面,无题是诗之反面。如乐府《陇西行》,何篇中无陇西之意?为尊者讳也。立是名,补诗之不足也。"陇西"二字是题正面,全诗却是反射旁击。汉武有事于西南,穷兵黩武,陇西男子,无不荷戈从戎,巨室细民莫敢匿。故篇中备言妇人待客,委曲尽礼,以见家中无男子也。言豪富者何无男子,贫穷者岂容燕息乎?夫劳苦疆场,必餐风露宿,今反写欢乐,其劳苦却在言外,使后人于无字处默会也。写陇西以反衬天下,写豪富反衬贫苦,写妇人反衬男子,写闺门反衬边廷,可悟作文之法。若唐以后人作《陇西行》,必备写山川风景,有何妙意?《善哉行》乃仓卒弃家,最不堪事,而反曰"善哉",盖事拙而自慰之词也。故诗贵反用,诗题亦然。(李调元《雨村诗话》卷上)

(潘世东　喻　斌)

折杨柳行⁽¹⁾

　　默默施行违⁽²⁾，厥罚随事来：末喜杀龙逢⁽³⁾，桀放于鸣条⁽⁴⁾。（一解）祖伊言不用⁽⁵⁾，纣头悬白旄⁽⁶⁾。指鹿用为马⁽⁷⁾，胡亥以丧躯。（二解）夫差临命绝⁽⁸⁾，乃云负子胥。戎王纳女乐⁽⁹⁾，以亡其由余。璧马祸及虢⁽¹⁰⁾，二国俱为墟。（三解）三夫成市虎⁽¹¹⁾，慈母投杼趋⁽¹²⁾。卞和之刖足⁽¹³⁾，接舆归草庐⁽¹⁴⁾。（四解）

【注释】（1）此篇《乐府诗集》列《相和歌辞·瑟调曲》，为魏晋乐所奏。（2）默默：即墨墨，昏暗也。违：不正。施行违，干是非颠倒的事。　（3）末喜：即妹喜，夏桀之妻。龙逢：即关龙逢，夏桀之臣。　（4）鸣条：在今山西安邑县西。《史记·夏本纪》："汤修德，诸侯皆归汤。汤遂率兵以伐夏桀，桀走鸣条，遂放而死。"　（5）祖伊：纣的贤臣，在周人战胜黎国的时候，曾告诫纣说："惟王淫戏，用自绝"，因此天命人心都不顺殷。　（6）白旄：竿头上有牦牛尾的旗子。周人入商，纣王自焚而死，周武王斩下纣的头悬在有白旄的旗杆上。　（7）指鹿用为马：《史记·秦始皇本纪》："太子胡亥袭位为二世皇帝……赵高欲为乱，恐群臣不听，乃先设验，持鹿献于二世，曰：'马也'。二世笑曰：'丞相误耶？谓鹿为马'。问左右，左右或默，或言马，以阿顺赵高。"　（8）夫差：春秋时吴国的国王。他在伍子胥的辅佐下强大起来，伍子胥看出越国是吴的心腹威胁，因而反对与越讲和，屡谏夫差，夫差不听，反因太宰嚭的谗言，赐伍子胥死。夫差后来被越国打败，临死时才悔悟，说"吾无面以见子胥也。"　（9）戎王：春秋时秦国与戎为邻，其国有贤臣由余，秦穆公要离间其君臣，便送女乐二八给其王。由余因被疏远，终于归秦。　（10）璧马祸及虢：春秋时晋献公要伐虢国，向虞国借路，以好马好玉送给虞君，虞君贪这两件礼物，许晋军借路，结果，晋军灭虢后，回头又把虞国灭了。　（11）三夫成市虎：古代成语，是说如果连续有三个人都说市上有虎，无论有没有，人们都信为真的了。　（12）慈母投杼趋：鲁国有个和曾参同姓名的人杀了人，有人赶紧告诉曾参的母亲，说"曾参杀了人"。曾参母亲相信儿子的品行，不理会这

个报告。一会儿又有人报告,她仍不相信,安安静静地织布。但等到第三个人又来报告时,她也慌了,扔下织布的杼跑了。　(13)卞和:人名,他曾献了一块璞玉给楚厉王,厉王给其他玉工看,都说是石头,厉王一怒,砍去卞和的左脚。楚武王即位,他又去献这块玉,人家还说是石头,武王又把他的右脚砍了。直到楚文王时才证明他所献的是一块美玉。　(14)接舆:楚国的一个高士,他不接受楚君的聘任而狂放耦耕。

【今译】昏聩糊涂干下颠倒是非的事啊,那惩罚自然要随之而来:嬖幸妹喜杀掉关龙逢,夏桀因此被放逐到鸣条。商纣听不进祖伊的谏言,人头便被悬挂在旗杆。赵高指鹿说成马,胡亥因而把命搭。夫差临死才醒悟,说他再无面目见子胥。戎王接纳女乐十六个,致使贤臣由余也失却。贪图好马和玉璧,虞虢因此变废墟。三人说市上有虎就成真,仁慈的母亲也不免惑众论。既然卞和献玉反被砍掉足,就难怪接舆要佯狂归草庐!

【点评】民歌的特点之一,是不避直露,其中有首句即标示主旨以领起全文一格,这篇《折杨柳行》就采用了这种表达方式。此诗头两句开宗明义便点明:如果昏昏聩聩干了是非颠倒的事,那么惩罚便会随之而来。下面列举有关夏桀、商纣、秦二世、吴王夫差、戎王、虞君等这一连串的历史事实,都在说明这一点、证实这一点,回应开头两句。

诗里特别突出了事物之间因果关系的必然性——干了错事、坏事,就必然要受到惩罚,休想逃脱;必然要自食恶果,承担后果。强调这种必然性,把这种历史经验、人生体悟加以聚焦、升华,便具有了警戒和警醒作用。

这篇作品鉴戒意味颇浓,但并没有令人生厌的面目,反倒富于精警的哲理味。其原因不但在于诗中饱含着作者的人生思考,凝结着丰富的历史经验;而且得力于所选事例自身因果关系的真实、显明,论旨与例证之间又呼应贴切。

【集说】乐府惟二意,非祝颂则规诫。此应是贤者谏不得行,而作诗以讽。其言危切。(陈祚明《采菽堂古诗选》卷二)

汉末乐府多伤乱离,或叙风情;此独歌咏历史,别树一格。(罗根泽《乐

府文学史》第 65 页)

本篇开头说人君糊涂一定有不良后果，下文就列举故事作为证明。第四解说众口一词，混淆是非，最为可怕，楚国既发生过卞和刖足那样的事，就难怪产生接舆那样的人了。因为从政总有危险，逃世才能远祸，这是感慨话。这篇虽是规诫而有浓厚感情，和箴铭不同。结构极像《韩非子·内储说经》，在汉乐府里很显得别致。（余冠英《乐府诗选》）

（可永雪）

西门行(1)

出西门，步念之(2)：今日不作乐，当待何时？（一解）夫为乐，为乐当及时；何能坐愁怫郁，当复待来兹(3)？（二解）饮醇酒，炙肥牛，请呼心所欢(4)，可用解愁忧。（三解）人生不满百(5)，常怀千岁忧。昼短而夜长(6)，何不秉烛游？（四解）自非仙人王子乔(7)，计会寿命难与期(8)（五解）人生非金石，年命安可期？贪财爱惜费，但为后世嗤。（六解）

【注释】(1)此篇《乐府诗集》列《相和歌辞·瑟调曲》，为晋乐所奏。(2)步念之：就是步步念之，"之"字指下文行乐事。 (3)来兹：来年。(4)心所欢：指志同道合之人。 (5)人生不满百：《古诗十九首》有《生年不满百》一篇，内容与诗意与此诗相仿，可参看。 (6)而：一作苦。 (7)王子乔：传说中的仙人名。刘向《列仙传》："王子乔者，周灵王太子晋也，好吹笙，作凤凰鸣，游伊洛之间道士，浮丘公接以上嵩高山。" (8)计会：算也。

【今译】出得西门，步步寻思：今天不作乐，还要等何时？说行乐，行乐讲究要及时；哪能愁眉又苦脸，等了今日复明日。喝美酒，烤肥牛，招呼来志同道合的朋友，这样的欢会解忧愁。人生难得活百岁，偏偏忧虑千载后。既然白天短促黑夜长，何不点起蜡烛连夜游？我们并非仙人王子乔，寿命长短难计算；人的生命不比金石，享年多少哪可预料？贪财惜费的守财奴啊，只会招来后世的嗤笑。

两汉部分

【点评】这是一首劝人及时行乐的诗,也是一首最全面、最充分、最为淋漓尽致地宣扬享乐人生的诗。

鼓吹及时行乐,似涉游戏人生之嫌,然而作者却并非一时心血来潮,他是十分郑重的。你看:"出西门,步念之"——独出西门,踯躅徘徊,步步而念之。如此聚精会神,甚或焦思苦虑,所思虑的是什么? 一切思绪集中于一点:"今日不作乐,当待何时?"这既是他思考的结论,又是一种迫不及待要付诸实践的意念。于是下文用"夫为乐"领起,畅发"为乐当及时"的宏论,并批判一切与之相反的人生态度。

他批判"生年不满百,常怀千岁忧"这种普通的社会心态,在他看来,人们年促而忧长——生命短促而忧虑过多,这是可悲而又可怜的。为求弥补,他贡献出一条得意的发明:"昼短苦夜长,何不秉烛游?"人生短促,夜晚又占去一半,那么何不秉烛夜游,以夜继日,以纾(延长)我之生命? 这真可以说把及时行乐思想发挥到了极致。并且含有与有限的生命相抗衡的味道。

念及生命有限,有人幻想突破年命的局限,便想修炼成仙。诗人对此也加以批判,因为一来这是虚妄的,成仙根本不可能;二来修炼起来太过苦寂,不如及时行乐来得现实,所以便用"自非仙人王子乔,计会寿命难与期"一笔抹掉。

诗里还批判那些寄希望于长寿的人,最后还批判那些"贪财爱惜费"者,说这般看财奴,只会被后世所嗤笑,更不可取。总之他列举出种种态度一一加以否定,为其及时行乐思想廓清通路,所以我们说这首诗不愧是享乐思想的有力鼓吹者。

本来,"生年不满百,常怀千岁忧",能够为长远打算,乃是人类区别于动物,作为万物灵长的根本优长。然而在及时行乐、享乐人生者眼里,却成了"为儿孙作马牛"的傻事。因此诗中所宣扬的这种人生观,除去其对生命的深沉思考,除去其旷达一面以及某些与有限生命相抗衡的因素之外是并不足取的。

【集说】此勉人及时为乐,且谓仙人难可与并,使之省悟。盖为贪客无厌者发也。(刘履《古诗十九首旨意》)

"年不满百",人岂不知? 忧及千岁者,为子孙作马牛耳……"昼短"二句

最警策。人生既不满百年，夜且去其半矣，以夜继昼，将以纾吾之生年也。（吴淇《古诗十九首定论》）

《西门行》歌"出西门"，君子悼时之作。悼时为无益之忧也。夫忧与乐反，任道体素，不为忧端，而乐以至焉。问达人所乐何事，曰请呼心所欢者是。古诗云："贵与愿同俱"，非邪？本辞曲终，"游行去去如云除，弊车羸马为自储"，二语略见。盖用之身者不期丰，取于世者不求备，如列子御风而行，卷舒在我，彼且乌乎待哉。按，曲与《善哉行》同指，来日大难，叠调甚促，所谓甚促，所谓长言之不足，故嗟叹，《西门行》嗟叹之不足，又舒声缓节以和之欤？（朱嘉征《乐府广序》卷五）

结语妙绝，正与《唐风·山有枢》篇意同，言自恣游遨则虽弊车羸马为自储而适用矣，不然虽有车马弗驰弗驱，将他人是愉，甚足悲也。（李因笃《汉诗音注》卷六）

（可永雪）

东门行（本辞）

出东门⁽¹⁾，不顾归；来入门，怅欲悲。盎中无斗米储⁽²⁾，还视架上无悬衣⁽³⁾。拔剑东门去，舍中儿母牵衣啼⁽⁴⁾："他家但愿富贵，贱妾与君共铺糜⁽⁵⁾。上用仓浪天故⁽⁶⁾，下当用此黄口儿⁽⁷⁾。今非！""咄⁽⁸⁾！行！吾去为迟！白发时下难久居。"⁽⁹⁾

【注释】(1)东门：指诗中主人公所居城市的东门。 (2)盎(àng)：小口大腹的瓦瓮。 (3)还视：回头看。架，衣架。 (4)儿母：孩子之母。(5)铺糜：吃粥。 (6)用：为了。仓浪天：犹言苍天、青天。 (7)黄口儿：幼儿。 (8)咄：拒绝妻子劝告而发出的呵责声。 (9)下：脱落。

【今译】愤出东门外，决然不回来。回来入家门，惆怅心中悲。米缸空空无粒米，回看架上又无衣。拔剑又想出门去，孩子他妈手牵衣角眼含泪："休管人家大富大贵，我愿和你吃粥受饥。上看老天情面，下为这怀中幼儿。千

109

两汉部分

万别铤而走险凭意气！""别啰唆，放开我！如今我去已太迟！头上白发根根落，已难和你长久居。"

【点评】这首诗写一个男子因家庭生活濒临绝境，走投无路而欲铤而走险，以求生存的情景，反映了当时黑暗残酷的社会现实，在乐府诗中是一篇具有丰富内容和斗争精神的作品。

开头几句写主人公出而复归，归而又出，表现了他内心激烈的矛盾斗争。仗剑出门，毕竟风险莫测，弄不好，不仅自己身首异处，而且还会使家人遭殃。所以他犹豫彷徨，放心不下，出而又归。但面对家徒四壁，衣食皆无的凄凉处境，主人公又只好横下一条心，与其坐而待毙，不如铤而走险，故又归而复出。接着写夫妇之间的对话，妻子的担忧、善良，丈夫的断然、坚决，两人的不同神态心情，写得形神毕现，颇为动人。全诗虽短，但它有情节，有对话，有行动举止的描写，也有复杂心理的揭示，因而诗中的人物形象鲜明生动，感人至深。

【集说】古词云："出东门，不顾归。"言士有贫不安其居者，拔剑将去，妻子牵衣留之，愿共铺糜，不求富贵。且曰"今时清，不可为非"也。（吴兢《乐府古题要解》）

此亦《西门行》之意，出门则欲不顾归，入门则又怅然以悲。"他家"四句，妻子之辞。（张琦《宛邻书屋古诗录》卷一）

这首诗从一开头就抓住了读者的心，使人不禁一看开头就想知道为什么他一定要"出东门"。诗篇运用多种的表现方法，既有言谈举止的描写，又有复杂心理的揭示，还有简短有力的对话，从而既揭示了人民反抗的正义性，又揭示了官逼民反、民不得不反的必然性。（万宁《乐府诗鉴赏辞典·东门行》）

作为诗歌语言，《东门行》好像不如魏晋以后的古诗、律诗那样和谐流畅，但它同《国风》一样，参差错落，挥洒自如，行所当行，止所当止，在顿挫之间，以韵字调节，朗朗上口，疾徐相继，另有一番韵致。（费振刚《先秦汉魏六朝诗鉴赏辞典·东门行》）

（俞樟华）

妇病行⁽¹⁾

妇病连年累岁,传呼丈人前一言⁽²⁾。当言未及得言,不知泪下一何翩翩⁽³⁾。"属累君两三孤子⁽⁴⁾,莫我儿饥且寒⁽⁵⁾,有过慎莫笪笞⁽⁶⁾,行当折摇⁽⁷⁾,思复念之⁽⁸⁾!" 乱曰⁽⁹⁾:抱时无衣⁽¹⁰⁾,襦复无里⁽¹¹⁾。闭门塞牖⁽¹²⁾,舍孤儿到市⁽¹³⁾。道逢亲交⁽¹⁴⁾,泣坐不能起。从乞求与孤买饵⁽¹⁵⁾。对交啼泣⁽¹⁶⁾,泪不可止。"我欲不悲伤不能已。"探怀中钱持授交⁽¹⁷⁾。入门见孤儿,啼索其母抱。徘徊空舍中⁽¹⁸⁾,"行复尔耳⁽¹⁹⁾,弃置勿复道⁽²⁰⁾"。

【注释】(1)《妇病行》是一篇乐府古辞。《乐府诗集》把它载入《相和歌辞·瑟调曲》。写一个病妇将死,留下她的丈夫和孤儿继续在死亡线上挣扎的悲惨情况,是一篇具有深刻社会意义的叙事诗。 (2)丈人:指病妇的丈夫。前,上前来。 (3)一何:见《陌上桑》注。翩翩:不停貌。 (4)属:同嘱,嘱托。累:牵累,拖累。 (5)莫我儿:不要使我儿。 (6)慎莫笪(jū)笞(chī):慎莫,千万不要。笪笞,鞭打。 (7)行当:恐将。折摇:即折夭,短命而死之意。 (8)思复念之:即常想念着。复:又。 (9)乱曰:见《孤儿行》注。 (10)衣:长衣。 (11)襦复无里:短袄衣没有里子。襦:夹袄,短衣。(12)塞牖(yǒu):堵上窗户。 (13)舍:离开。 (14)亲交:亲近的友人。(15)从:就。饵:糕饼一类食物。 (16)对交:对着友人。 (17)持授交:交给友人。 (18)空舍中:空荡荡的家里。 (19)行复尔耳:行,即将。复:又。尔:那样。全句意谓,过不了多久,孩子的命运也将像他妈那样了!(20)弃置勿复道:放到一边,不要再提它。余冠英说,最后两句不属正文,是乐工口气,古乐府诗常有这样的例子。

【今译】病妇害病一年又一年,传呼丈夫前来进一言。想说还没说出口,不觉眼泪流不断。"两三个孤儿嘱托你,切莫使儿受饥寒。儿有错,千万别鞭打,我将天折命归天。这些话,你可要思念再思念。"(尾声)抱儿时,儿无

长衣,只有短袄还没里。关上房门堵上窗,离开孤儿到市上去。路上碰见好亲友,坐下哭泣不能起。顺便乞求好亲友,与儿买饼来充饥。对亲友哭泣,泪流不能止息。"我想不悲伤,不能由自己。"从怀中掏出钱币交好友,托他给儿买饼去。我又转回家里来,看见孤儿哭着要他妈妈抱自己。空屋里我只能空徘徊,左思右想无主意。"孤儿的命运,也将步他妈妈的后尘。放置一旁不忍想,凄凄渗惨莫再提。"

【点评】这篇诗,充分体现了"感于哀乐,缘事而发"的乐府民歌特色。妻子"连年累岁"长期害病,接近死亡边缘。幼儿无衣无食,啼饥号寒。丈夫除了求人给幼儿买饼充饥外,只能守在空荡荡一贫如洗的家中,无可奈何地徘徊,"悲伤不能已"。这样悲惨的情景,已够人伤感了。若是为他们再想一想,幼儿的命运,也将会像他妈妈那样,免不了夭亡的下场。想到这里,真是伤感得不忍再提了。

这篇哀乐之哀,以及它的社会意义,已普遍地感染着人们。但是,这篇诗真切的母爱,生死不渝的深情,临死前还念念不忘幼儿的痴心,我们也应当肯定和体会。

这篇乐府诗,只有一百三十多字,却写了四个场面:一妻子嘱托,二丈夫离家,三路遇亲友,四回家徘徊。文字不多,却把人物的真实情感,生动地表现了出来,深深感人。这篇诗的语言简洁朴素,不加雕饰,表现人民生活中的普通事件,富有强烈的生活气息。

【集说】钟云:人情自爱其子,亦随妇人之存亡盛衰转脚,可感可悲。(钟惺、谭元春《古诗归》卷五)

道逢从乞一段,真有是事之理。至探钱授孤,入门见啼以下,男儿爱后妇,万古一辙矣。人情反复,父子犹然,托病妇垂诀之词,伤心刺骨矣,终乱之以弃恩背故,谓之何哉!(李因笃《汉诗音注》卷六)

情深至语,极高古。"折摇"犹俗言折倒,言摧折之也。"闭门塞牖舍",似言逐儿在外,"两三孤儿入市"其大者索母,其小者昧。"行复尔耳"句,与"行当折摇""行"字意同,乃是妇病时口中语,预料他日必如此,乃今无可奈何,故曰"勿复道"。(陈祚明《采菽堂古诗选》卷二)

人伦不明,则背死亡生者众,后代如此者,正复不少,诗中并无一语及后母,顾父母之爱天性也,乃今临终遗托,漠然不顾,至于闲之空舍,衣襦不完,亲交求乞,父子之恩绝矣。非其妇有长舌,亦何至此,使人想见于言外也。"丈人",夫子之称。(朱乾《乐府正义》卷八)

此刺人不恤其无母孤儿之诗。然不恤意,都在病妇口中、亲交眼中,空际两面显出,绝不一语正写,盖斥父不慈,非以教孝。避实就虚,固是文家妙诀,亦其忠厚得体处也,良工心苦,晓者实难。(张玉毂《古诗赏析》卷五)

(焦 涵)

孤儿行⁽¹⁾

孤儿生,孤子遇生,命独当苦⁽²⁾。父母在时,乘坚车⁽³⁾,驾驷马⁽⁴⁾。父母已去⁽⁵⁾,兄嫂令我行贾⁽⁶⁾。南到九江⁽⁷⁾,东到齐与鲁⁽⁸⁾。腊月来归,不敢自言苦。头多虮虱,面目多尘。大兄言办饭,大嫂言视马。上高堂,行取殿下堂⁽⁹⁾。孤儿泪下如雨。使我朝行汲,暮得水来归。手为错⁽¹⁰⁾,足下无菲⁽¹¹⁾。怆怆履霜⁽¹²⁾,中多蒺藜。拔断蒺藜肠月中⁽¹³⁾,怆欲悲。泪下渫渫⁽¹⁴⁾,清涕累累⁽¹⁵⁾。冬无复襦⁽¹⁶⁾,夏无单衣。居生不乐,不如早去⁽¹⁷⁾,下从地下黄泉⁽¹⁸⁾。春气动,草芽萌。三月蚕桑,六月收瓜。将是瓜车⁽¹⁹⁾,来到还家。瓜车反覆⁽²⁰⁾,助我者少,啖瓜者多⁽²¹⁾。"愿还我蒂⁽²²⁾,兄与嫂严,独且急归⁽²³⁾,当兴校计⁽²⁴⁾。"乱曰⁽²⁵⁾:里中一何譊譊⁽²⁶⁾:"愿欲寄尺书,将与地下父母⁽²⁷⁾。兄嫂难与久居。"

【注释】(1)《孤儿行》,又名《孤子生行》《放歌行》,是一篇乐府古辞。在《乐府诗集》中,属《相和歌辞·瑟调曲》。这篇诗叙述孤苦伶仃的孤儿,备受兄嫂虐待,痛不欲生的故事。写的虽然是家庭问题,但也反映了封建压迫,具有社会意义。这首诗的产地当是九江之北,齐鲁之西,河南境内。

两汉部分

(2)"孤儿生"三句：生，出生；遇生，遭到不幸生活；命，命运；独，偏。

(3)坚车：坚固完好的车子。　(4)驷马：四匹马拉一辆车。　(5)已去：已经去世。　(6)行贾(gǔ)：经商，做生意。汉代社会商人地位低下，当时有些商贾，就是富贵人家的奴仆。兄嫂让孤儿经商，也是把他当奴仆驱使。

(7)九江：西汉九江郡，治寿春，即今安徽寿县；东汉治陵阴，在今安徽定远县西北。　(8)齐：西汉置齐郡，治临淄，即今山东淄博市，东汉为齐国。鲁：汉县名，即今山东曲阜。　(9)行：复。取：古同趋，急走。殿：即高堂，正屋，大厅。全句意谓上下奔走。　(10)错：读为皵(què)，皮肤皴裂。　(11)菲：亦作扉，草鞋。　(12)怆怆：悲伤。履：践踏。　(13)肠：腓肠，即脚胫骨后的肉。月：即肉字。　(14)漯漯：流泪不断貌。　(15)累累：连续不断。　(16)复襦：夹袄。　(17)早去：早死。　(18)"下从"句：意谓跟随父母于地下。黄泉：即地下。　(19)将：推。　(20)反覆：同"翻覆"。　(21)啖：吃。　(22)蒂：指瓜蒂。　(23)独：将。且：语助词。　(24)校计：即计较。　(25)乱曰：古代乐曲的最后一段，可能是合唱。以下是乱辞。　(26)里中：家中，此指孤儿家中。诪诪(náo)：喧叫怒骂声。　(27)将与：带给。

【今译】孤儿出生，孤儿出生多不幸，苦命又逢苦家庭。父母在时，要是走路乘坚车，四匹快马套车上。父母死后，兄嫂叫我经商去他方。南到九江地，东到齐、鲁各城乡。腊月才能回到家，受苦情况不敢讲。头发里面多虮虱，污垢尘土脸上脏。大兄叫我去做饭，大嫂叫我喂马去马房。又得上大厅，又得急忙跑下堂，孤儿泪落如雨多悲伤。早晨叫我去打水，傍晚得水转回家。双手冻得皮皴裂，脚上没有鞋和袜。心里悲伤脚踩霜，霜中蒺藜把脚扎。拔掉蒺藜，刺留脚跟，疼痛伤心咬紧牙。眼泪流不断，鼻涕一把又一把。冬天夹袄都没有，夏天单衣也难身上挂。活在世上没欢乐，不如早死，跟从父母到地下。春风吹，草发芽，三月养蚕忙，六月去收瓜。推着这瓜车，远道推回家。半路瓜车翻，帮忙的人少又少，许多人都是乘机白吃瓜。"要把瓜蒂还给我，兄嫂厉害难说话，即使急忙赶回去，一场麻烦已惹下。"(尾声)家中的吼声怒骂多可怕！愿寄封书信，带给父母到地下：难与兄嫂生活在一家。

【点评】这篇乐府民歌,在宋人郭茂倩编的《乐府诗集》中,属于《相和歌辞》。它是一篇古辞。朱秬堂《乐府正义》说:"宋玉《笛赋》曰:'歌《伐檀》,号《孤子》',则此曲来已久矣。"无作者姓名,是古代人民的集体口头创作。

这篇诗用血泪文字叙述了孤儿的痛苦生活,反映了封建社会的残酷压迫。《乐府诗集·孤儿行》序上说:"言孤儿为兄嫂所苦,难与久居也。"这说法是对的。全诗写孤儿的痛苦生活,主要选取了三个故事,一经商,二打水,三收瓜。汉代实行"重农抑商"政策,商人的社会地位很低。《史记·货殖列传》上说:"行贾,丈夫贱行也。"《后汉书·舆服志》上说:"贾人不得乘马车"。兄嫂让他整年在外面经商,做下贱的工作,实际上是对孤儿进行虐待。孤儿是"头多虮虱,面目多尘","腊月来归,不敢自言苦"。到家后,还要不停奔忙,做奴仆,做家务劳动。孤儿自然要"泪下如雨"了。第二个故事写孤儿"行汲"。他早晨出外打水,晚上才能回来。"冬无复襦,夏无单衣""手为错,足下无菲",蒺藜刺扎在脚上,疼痛难忍。这样的痛苦生活,真是"不如早去"。第三个故事主要写孤儿"收瓜"。路上瓜车翻覆,帮忙的少,吃瓜的多。孤儿乞求大家:"愿还我蒂,兄与嫂严,独且急归,当兴校计",写出了孤儿的精神负担,心理恐惧。

这篇诗的语言很简洁朴素、通俗、口语化。句式自由,三、四、五、六言都有体现。韵律自然和谐,便于配乐歌唱。"乱曰"是配乐歌唱的标志。全诗极其简练概括,只有二百多字,就把孤儿被兄嫂虐待的痛苦生活,生动地反映了出来。尤其最后,愿寄书与地下父母,哀诉"兄嫂难与久居",读后牵动人心。

【集说】《孤子生行》,一曰《孤儿行》……《歌录》曰:"《孤子生行》亦曰《放歌行》。"(郭茂倩《乐府诗集》卷三十八)

钟云:"极俚、极碎,写得极奇、极古、极奥。""看他转节落语,有崎岖历落不能成声之意,情泪纸上。"谭云:"予每读唐人'为长心易忧,早孤意长伤',触着痛处,终日不乐。又复诵《孤儿行》一过,汗下、泪下,非至性人身当其苦,笔动不来。"(钟惺、谭元春《古诗归》卷五)

历叙兄嫂之虐,只得"兄嫂令我行贾"六字与"大兄言办饭,大嫂言视马"二句正写耳,先后只就孤儿苦况痛切言之,兄嫂之威不寒而栗矣。不曰孤弟

115

两汉部分

而曰孤儿，直判其子于父母，痛绝兄嫂之辞也。（李因笃《汉诗音注》卷六）

极琐碎，极古奥，断续无端，起落无迹，泪痕血点，结撰而成，乐府中有此一种笔墨。（沈德潜《古诗源》卷三）

笔极高古，情极生动，转折变态，备尽形容。"南到""东到"，极言远道劬劳；"办饭"犹饭人。"视马"寓不问人之意，"行取殿"言不敢在人前，"使我"以下，曲折，极写手"为错"，或言其龟；"下从"至"黄泉"为句下，忽起一端，另写时令，从气及草，从草及桑，从桑及瓜，来脉迢迢，几许宛曲。"春气动"三字又微，若跟"地下黄泉"，此段文情甚奇。味通篇前后，"将瓜车"似是实事，诗正咏之。前此行贾、行汲，乃追写耳。不然，何独于"将车"一小事如此细细咏叹耶！（陈祚明《采菽堂古诗选》卷二）

（焦　滔）

艳歌何尝行⁽¹⁾

飞来双白鹄⁽²⁾，乃从西北来。十十五五⁽³⁾，罗列成行。妻卒被病⁽⁴⁾，行不能相随。五里一反顾⁽⁵⁾，六里一徘徊。吾欲衔汝去⁽⁶⁾，口噤不能开。吾欲负汝去⁽⁷⁾，毛羽何摧颓。乐哉新相知⁽⁸⁾，忧来生别离。踌躇顾群侣⁽⁹⁾，泪下不自知。念与君离别⁽¹⁰⁾，气结不能言。各各重自爱⁽¹¹⁾，远道归还难。妾当守空房，闭门下重关⁽¹²⁾。若生当相见⁽¹³⁾，亡者会黄泉。今日乐相乐⁽¹⁴⁾，延年万岁期。

【注释】(1)《艳歌何尝行》属《相和歌·瑟调曲》。　(2)鹄：即鸿鹄，俗谓天鹅。下句"乃从西北来"，《宋书·乐志》《乐府诗集》皆作"乃从西北来"，通行本作"西北方"，疑为后人据今韵所改。　(3)"十十五五"二句：写从西北方来的一群天鹅，或十只一行，或五只一排，罗列着从天空飞过。(4)"妻卒被病"二句：卒，同"猝"，暴，突然。行：即将。此二句意为，其中有一对天鹅，雌的忽然暴病，眼见无法随着雄的继续飞行。　(5)"五里一反顾"二句：写雄鹄实在舍不得丢下雌的，因而不时反顾、徘徊，不忍独自飞去。(6)"吾欲衔汝去"二句：意为，我想用嘴衔着你一道飞去，但嘴闭着张不开来。噤:口闭。　(7)"吾欲负汝去"二句:意为,我想背负着你一道飞去,但毛羽毁损脱落,无法用力飞行。摧:毁损。颓:犹"秃",指翅上羽毛因毁损而脱落。　(8)"乐哉新相知"二句:上句,"新相知"指其他的同伴们,即下面所说的"群侣"。它们是这一对鸟的新伴侣,但它们都成双作对,所以在这只雄鸪看来,它们是非常快乐的。下句,雄鸟自指,说自己与雌鸟生生别离,不胜悲愁。上下两句中"乐哉"与"忧来"相对,"来"是语气助词。　(9)踯蹰:即"蹰踯",犹豫、徘徊。群侣:指那些成双成对的同伴们。　(10)前面写鸟是比兴,自"念与君离别"以下八句,便转到写人。结:堵塞。　(11)"各各"二句:意为,希望我们彼此各自珍重。因为这样远道分别,你归来重新相会是很不容易的。　(12)下:加上,插上。重关:两道门闩。比喻闭门独居,不与他人交往。　(13)"若生"二句:意为,如果我们都活着,我们一定还能相见;如果死了,那就要到黄泉之下去相会了。　(14)"今日"二句:这二句是乐工所加的套语,与全篇文义不相关。

【今译】一双天鹅翩翩飞,它们来自大西北。一群天鹅在前飞,或十或五成双对。雌性天鹅突生病,眼看不能相伴飞。雄性五里一回顾,飞出六里又返回。我欲衔你同飞行,无奈口闭不能张。我欲背你同飞去,羽毛脱落难远翔。新婚之爱何其乐,转眼分离令人悲。遥望别人成双对,踯蹰徘徊泪沾衣。如今与君生离别,令我气结不能言。前途珍重各自爱,远道归还实在难。妾当从今守空房,关门闭户绝来往。今生不死当相见,如果死亡会黄泉。今日相会多快乐,延年万岁无绝期。

【点评】这首古辞是描写这样一个故事:一对新婚夫妇在向东南方长途跋涉的过程中,妻子骤然生病,不能相携同行,在生离死别之际,夫妻二人各自表明心迹,永不相负。不难理解,这是一首歌颂坚贞爱情的民歌。

此诗分五解,按意思可分为两大段,前四解为一段,是用比兴手法写男方的心志。"念与"以下八句是妻子的回答,不用双鸪作比兴了,"妾当守空房,闭门下重关"表现了妻子的无比坚贞。"今日乐相乐,延年万岁期",这是乐工配乐时所加的套语,与故事内容无关。

两汉部分

【集说】"十五五"与下"群侣"相应,言它皆双。"五里、六里",写反顾情殷。此应夫有远行,妇病不能随,故赋此诗。新相知,指群侣。此章是夫口中语。(陈祚明《采菽堂古诗选》卷二)

此人将挈妻远行,其妻病不能随,诀别之诗。前三解以白鹄本自成双,十五五,莫不如此,今因雌病,难以随雄,致使其雄反顾徘徊,欲衔不可,欲负不能,将一时情事,皆于比意中显出。运实于虚,笔饶古趣。第四解,方着人说,生离顾群泪下之痛,从新相知之乐,反面跌出,愈觉难堪。以上皆夫语妇之辞。"念与"以下八句,妇答之辞,接言离别痛心,旋以各自爱劝慰一句,点清远道还归之难,然后以己虽静守空房,将来生死未卜,会见难期,暗兜被病难随咽住,曲折之极。末二,仍是夫辞,死别之惨,刺耳刺心,不忍出口,故反以今日且乐,尔定延年,欢期正久,劝慰作结,真达得无可奈何,心口相违意出。(张玉榖《古诗赏析》卷五)

此为夫妇相离别词,妻子指白鹄,便下得妙。(朱乾《乐府正义》卷八)

(池万兴)

艳歌行(其一)⁽¹⁾

翩翩堂前燕⁽²⁾,冬藏夏来见。兄弟两三人,流宕在他县⁽³⁾。故衣谁当补⁽⁴⁾?新衣谁当绽⁽⁵⁾?赖得贤主人⁽⁶⁾,览取为吾绽⁽⁷⁾。夫婿从门来⁽⁸⁾,斜柯西北眄⁽⁹⁾。"语卿且勿眄⁽¹⁰⁾,水清石自见⁽¹¹⁾"。石见何累累⁽¹²⁾,远行不如归。

【注释】(1)《艳歌行》古辞二首,属《相和歌辞·瑟调曲》,这是其中的第一篇。 (2)翩翩:疾飞的样子。 (3)流宕:同"流荡"。他县:外县。(4)谁当补:"谁给补"的意思。当:担当。 (5)绽:同"组绽",原义是"裂缝",这里是"缝补""缝制"的意思。《说文解字》段玉裁注云:"古者衣逢解(裂开)曰组,见衣部,今俗谓绽也。以针补之曰组……引申之不必故衣亦曰缝组。" (6)贤主人:指女房东。 (7)览:是"揽"的假借字,取。这二句是说多亏好心的女房东给我补旧衣,缝新衣。 (8)夫婿:女房东的丈夫。(9)斜柯:叠韵联绵字,犹今口语"歪斜"。一作"斜倚",疑是依义改字。眄:

斜着眼。这句是说丈夫发生了猜疑。　　(10)卿:古人相互之间的尊称,犹今口语的"您"。　　(11)水清石自见:比喻事情真相终能弄清楚。这二句是说请您别怒目相待,真相终可大白。　　(12)这二句是说事情真相虽然已清清楚楚了,但还是不如回自己的家好。累累:是说在外遇到的麻烦多。

【今译】翩翩飞舞堂前燕,冬去夏来令人羡。兄弟三人不如燕,流落漂泊在他县。旧衣破败谁为补? 新衣欲添何人换? 幸得贤德女主人,新衣旧衣帮补绽。不料丈夫从外来,斜眼怀疑怒目看。"劝君切勿冷眼观,水清石出真相见。"在外麻烦堆成串,漂泊不如将家还。

【点评】此诗写游子思乡。一、二两句,以写景兼比兴的艺术手法,将思乡之情一开始便表露出来,形象生动。三、四两句,紧承上句,将流落在外的"兄弟两三人"与自由去归的燕子作比较,燕子往来自由而人久滞不能归。这一层意思是说人不如燕,二是说我恨不能变作燕子,展翅归故里。"故衣"四句,本来流落他乡,百事求人,要写的事极多,但诗人却从中拈出一件来,专写缝补,从而便引出"夫婿从门来,斜柯西北眄"二句。真是一波未平,一波又起。这样环环相扣,几经跌宕,最终得出"远行不如归"的结论,将思乡归里之情写得形象、传神,自然而又余味无穷。

【集说】起二句如"六义"之兴,既以见久旅忘归不及梁燕之知时,又起贤主人盈盈堂上,遂动夫婿之疑也……"石见何累累"承之曰"远行不如归",接法高绝,非远行何以有补衣之举,故触事思归也。(李因笃《汉诗音注》卷六)

客子情事,曲笔写出,甚新异。"冬藏夏见"兴客倏忽去来,贤主人乃居停妇,怜客,莫为补绽,故为之组,而妇之婿疑之,客与妇在室,而婿从门来,固应大疑,斜倚眄状且怒且疑,无实可指,侧立睨视,极生动,极肖。"水清石见"比其无它,累累则石见之,甚情实。幸既白,然若此岂如归。(陈祚明《采菽堂古诗选》卷二)

此客子倩居停妇缝衣,主人见疑,诗以晓之,且自伤不得归也。首四,以燕之冬藏夏见皆有安巢,反兴起己之流宕不归。"故衣"六句,正叙客久衣敝,感妇组衣,其夫见而生疑之事,斜倚而盼,形容如画。"语卿"二句,客晓

其夫之辞,以喻出之,言简言括。末二,其夫答辞,蒙上喻接口而下,言心迹虽明,不如归去之嫌疑自释。远行思归本旨,反在对面醒出,亦奇变。(张玉毂《古诗赏析》卷五)

(池万兴)

蛱蝶行⁽¹⁾

蛱蝶之遨游东园,奈何卒逢三月养子燕⁽²⁾,接我苜蓿间。持之我入紫深宫中⁽³⁾,行缠之傅樟栌间⁽⁴⁾。雀来燕,燕子见衔哺来,摇头鼓翼何轩奴轩⁽⁵⁾。

【注释】(1)本篇属杂曲歌辞。蛱蝶:蝴蝶。蛱:"蝶"的本字。 (2)卒:同"猝"。养子燕:正在哺雏的燕子。 (3)紫深宫:阴森森的屋子里。宫,室。 (4)缠:围绕。傅:附着或逼近。樟栌:古代指"斗拱"。 (5)何轩奴轩:高举貌。

【今译】阳春三月艳阳天,蝴蝶飞舞在东园。忽逢哺雏觅食燕,捕捉我于苜蓿间。持我宫中斗拱边,雏燕见状尽开颜。摇头扇翅舞翩跹,欢呼雀跃争上前。

【点评】这是一首寓言诗。诗中以自由飞舞的蝴蝶被哺雏的燕子捕食这一出人意料的题材,揭示了自然界的生存竞争中存在着以强凌弱、弱肉强食的现象,提出了一个发人深思的问题,即人们应居安思危,时刻保持高度的警惕,否则将会有不测之祸患及身。

诗歌构思奇妙,新颖别致。布篇行文处处用蝴蝶的目光来观察,用蝴蝶的口吻来叙述,以朴实无华的语言,来交代自己的不幸遭遇。依次写了蝴蝶在东园里悠闲地飞舞,蝴蝶在苜蓿间被燕子捕捉,燕子把蝴蝶带到筑有燕巢的方木斗拱间,雏燕见老燕衔来蝴蝶欢乐雀跃。四幅生活画面,生动形象地表现了蝴蝶被燕子捕食的全过程。既有诉诸读者视觉的具体内容,又揭示了抽象的心理,让人在享受美的同时得到生活哲理的启迪。

【集说】通篇就蜻蝶自言,妙!妙!蝶为燕攫,傅于樽栌,而雀乃欲从旁取之,又虑为燕所制,故未来蝶侧先翱翔于燕前也。"雀来燕"……尔时雀燕眈眈相视,惟蝶傍观,为能得其情也。写来神妙。末又带出燕子待哺急情,总在蝶眼中传其阿堵,不可思议。石生云:"雀来燕"句汉人神手,无问津者。(李因笃《汉诗音注》卷七)

孤臣孽子,操心危虑患深,故达祸机之伏,从未有不于安乐得之。蜻蝶之遨游东园,又何异燕之巢于幕上。按旧说多为雀字所误。雀善踊跃,故云雀跃雀跃。《战国策》"雀立不转",注:"雀立,踊也。"言燕见蝶傅樽栌间,雀跃而来,于是燕子见衔哺而鼓舞争食之也。(朱乾《乐府正义》卷十二)

"雀来燕",黄节谓雀为雀跃,形容词,形容雀来之状。《庄子·在宥》"方将拊髀雀跃而游"。《战国策》"雀立不转"。注"雀立,踊也。"可见雀有踊跃义,引申为勇。"来"犹哉也,"雀来燕",即勇哉燕。《古微书》引《春秋考异邮》:"雀者,赏也。"《管子·霸言》注:"赏为乐玩也。",则"雀来燕",又谓乐哉燕。"轩奴轩","奴"为表声之字。乐府重叠词中多有表声之字。(徐仁甫《古诗别解》三八)

此诗写蝴蝶自叙被燕子捉去喂乳燕的悲惨遭遇。……一件细事被写得抑曲婉转,生意盎然,非对自然生活与叙写对象有细致观察与深切了解者断不能写出。这正是乐府民歌取得生动感人的艺术魅力之所在。(何权衡《两汉乐府诗欣赏》第18页)

(景常春)

梁甫吟[1]

步出齐城门,遥望荡阴里[2]。里中有三坟,累累正相似[3]。问是谁家墓?田疆古冶氏[4]。力能排南山[5],文能绝地纪[6]。一朝被谗言[7],二桃杀三士。谁能为此谋?国相齐晏子[8]。

【注释】(1)梁甫吟:乐府楚调曲名。也作"梁父吟"。梁甫,山名,即梁

父,在泰山下。梁甫吟是说人死葬于此山,为葬歌。歌词悲凉慷慨。这首古辞本是悼念三士无罪被杀之作,后来才流传为一般葬歌。一说今传古辞为诸葛亮所作。 (2)荡阴里:一名"阴阳里",在齐城(临淄)东南,有三壮士冢。 (3)累累:丘陵起伏之貌。此指三墓相邻之貌。 (4)田疆古冶子:据《晏子春秋·谏下篇》载,公孙接、田开疆和古冶子三人,是齐景公养的三壮士,以勇力闻名于世。因为他们得罪了齐国相晏婴,晏婴向景公进言除去三人,于是设计让景公送去两个桃子,要他们论功大小领取桃子。三人为此争论起来,先后自杀。后来往往用此语比喻施用阴谋杀人。 (5)南山:指齐国的牛山。排:推倒。 (6)绝:毕、尽。地纪:犹"地纲"。"天纲"与"地纪"指天地间的大道理,如"仁""义""智""信"等。这两句是说三士文武兼备,既有排倒南山的勇力,又能深明天地纲纪的真谛。 (7)一朝:一旦。 (8)晏子:齐国大夫晏婴,历任灵公、庄公、景公三世,为齐国名相。

【今译】走出齐国城门,远远望去有个地方名叫荡阴里。荡阴里有三座坟墓,墓堆儿一般大小,分不出高矮尊卑。若要问这是谁家的坟墓?这里葬的是齐国三位壮士。壮士文武兼备,能把南山推移,又深明天纲地纪的真谛。一旦被谗言伤害,两个桃子竟使三勇士死于非命。这是谁设计的圈套?此人就是齐国的国相晏婴!

【点评】这是一首葬歌,诗中叙述了春秋时公孙捷、田开疆、古冶子三人臣事齐景公,因其勇力过人,遭齐相晏婴嫉妒,向齐景公进谗言,设计杀死三人的故事。作者爱憎分明,对三勇士的勇力、品格给予热情赞颂,对他们不幸被害寄予深切同情;而对借刀杀人,阴谋残害三勇士的齐相晏婴则指名道姓予以谴责。表现了作者维护正义、仇视邪恶势力的强烈思想感情。

这首诗的叙事风格带有明显的民歌特点。诗的开头从三勇士的坟墓写起,叙事方式由远及近,先写出了齐国城门,远望有个地方叫荡阴里,再写荡阴里中有三座相似的坟墓,然后再点明这三座坟里葬的是齐国的三位勇士。这种叙事方式,娓娓动听,既增加了故事的吸引力,使人感到亲切,同时也流露出作者对三勇士崇敬、仰慕的感情。接下来用极概括的语言描述三勇士的勇力、品格以及他们被设计谋害的经过。最后以自问自答的方式点出谋害三勇士凶手的姓名。这里虽然没有直接谴责的字句,但这种指名道姓,将谋害者的姓名公之于众的写法,其分量却比任何直接谴责要重得多。应当说明的是,这里表达的只是诗作者在诗中的特定的感情,至于晏婴作为历史人物的功过是非则另当别论。

【集说】亮躬耕陇亩,好为梁父吟。(《三国志·诸葛亮传》)

梁甫,山名。在泰山下。《梁甫吟》盖言人死葬此山,亦葬歌也。又有《泰山梁甫吟》,与此颇同。(郭茂倩《乐府诗集》卷四十一)

武侯好吟《梁父》,非必但指此章,或篇帙散落,惟此流传耳。(沈德潜《古诗源》卷三)

《古文苑》作《古梁父吟》,不题诸葛亮名字。《类聚》《乐府诗集》等均题蜀诸葛亮作。按李勉《琴说》曰:"《梁甫吟》,曾子撰。"《琴操》曰:"曾子耕太山之下,天雨雪冻,旬月不得归,思其父母,作《梁山歌》。"蔡邕《琴颂》曰:"《梁甫》悲吟,周公《越裳》。"按梁甫,山名,在泰山下。据此,《梁甫吟》不始于孔明,而此辞亦与孔明无关,今附入汉杂曲歌辞中。(逯钦立《先秦汉魏晋南北朝诗》卷十《梁甫吟·解题》)

(赵素菊)

满歌行(1)

为乐未几时(2),遭时崄峨(3),逢此百离(4)。伶丁荼毒(5),愁苦难为。遥望极辰(6),天晓月移。忧来填心,谁当我知? 戚戚多思虑,耿耿殊不宁(7)。祸福无形,惟念古人,逊位躬耕。遂我所愿,以(兹)自宁。自鄙栖栖(8),守此末荣(9)。暮秋烈风,昔蹈沧海,心不能安。揽衣瞻夜,北斗阑干(10)。星汉照我(11),去自无他。奉事二亲,劳心可言。穷达天为,智者不愁,多为少忧。安贫乐道,师彼庄周(12)。遗名者费,子遐同游(13)。往者二贤,名垂千秋。饮酒歌舞,乐复何须。照视日月,日月驰驱。坎轲人间(14),何有何无? 贪财惜费,此一何愚! 凿石见火(15),居代几

时⁽¹⁶⁾？为当欢乐,心得所喜。安神养生,得保遐期⁽¹⁷⁾。

【注释】(1)本篇属《相和歌辞》,是一首"感于哀乐,缘事而发"的汉乐府民歌。　(2)为乐:指踏入仕途。　(3)崄巇:山路危险,喻时世倾危。(4)离:同"罹",忧也。　(5)荼毒:毒害,此指苦痛。　(6)极辰:极星,即北极星。　(7)耿耿:心中不安貌。　(8)栖栖:匆忙,指官场公务繁忙。(9)末荣:言其爵微禄薄。　(10)阑干:纵横交错貌。　(11)星汉:银河。(12)庄周:战国中期著名的思想家,道家学派的重要代表人物。　(13)子遐:情况不详,一说指惠施。　(14)坎轲:车行不利,喻人事不顺。　(15)凿石见火:喻人生短暂,像石头上敲出的火星一闪即灭。　(16)居代:居世。(17)遐期:高龄。

【今译】当官没多久,即遭时世危,千忧万患尽相遇。孤苦伶仃,痛愁难已。遥望北极星,直到天晓月沉西。满腹恼人事,谁是我知己? 悲伤多疑虑,惶恐难安宁。祸福旦夕事,来去无踪影。惟念古贤人,辞官返里去躬耕。遂我平生志,求得心宁静。何苦忙公务,守住禄位哪里有光荣! 深秋刮大风,情如漂泊大海上,心中七上八下不能安。揽衣出户看夜空,北斗七星光芒四射正灿烂。银河照我行,归田无他念。奉侍父母两老人,再劳再累心自甘! 穷困通达皆天意,聪明的人不去愁;努力耕作,身劳少烦忧。安贫乐道,学习庄周。何须枉求名,乐与子遐一类的人去同游。昔日两贤人,圣名垂千秋。饮酒伴歌舞,行乐须及时。抬头看看天上的太阳和月亮,太阳、月亮不停驱驰如过隙。坎坷人间世,何必论得失? 贪财惜富贵,岂不太愚痴! 人生短暂如石火,在世能几日? 当欢乐时且欢乐,只要合心意。既安神来又养性,得保长寿无限期。

【点评】东汉后期,社会动乱,战祸遍及各地,人们普遍感到人生无常,而趋向消极悲观。封建官吏为摆脱政治斗争的旋涡,远祸晋身,便趋奉老庄的隐逸思想。这首诗正是反映了这样的社会现实。

"感于哀乐,缘事而发"是汉乐府民歌的特色,这一特色也充分地体现在这首《满歌行》中。用铺陈的手法,通过对诗人自己的遭遇、志趣、思想、认识

的叙述,剖白、刻画了抒情主人公的这个远祸晋身、向往隐逸的封建士大夫的精神世界。

全诗共分为五解。从开头到"谁当我知"为第一解,写自己乱世逢忧不被人理解的遭遇。踏入仕途没几时,便遇上乱离的世道。家国、自身、前途抱负,各种忧患一起向自己袭来。孤独痛苦,就如同难治的病无法摆脱,无人理解。诗人在铺叙的过程中,抓住表现主人公心理活动的细节描写,"遥望极辰,天晓月移",对深刻地展现人物内心世界起到了很好的效果。

第二解自"戚戚多思虑"到"守此末荣",倾吐辞官归隐、躬耕陇亩之志。动荡的时局,多变的官场,使诗人对"祸福无形"的仕途生涯充满忧虑和恐惧,以致使他"耿耿殊不宁",真有点惶惶不可终日的情形。担惊受怕,就为那微爵薄禄,有何不可割舍呢?他要像古代许由一类隐士一样淡泊功名,躬耕陇亩,满足平日愿望,以此来求得内心的平静。

从"暮秋烈风"到"劳心可言"为第三解,写归隐前的思想顾虑。"暮秋烈风""昔蹈沧海"(昔,恐为误字),诗人借助比喻、象征的手法,形象含蓄地表现归隐时的顾虑。正值暮秋烈风天气,漂泊大海上,心潮滚滚,犹如汹涌起伏的海涛一样难以平静。这种艺术手法,令人联想,耐人寻味。"揽衣瞻夜,北斗阑干",既是对诗人动作的具体描写,又是对诗人心理活动的剖析。诗人内心忧虑,夜不能寐,揽衣出户,瞻星斗。银河照着诗人,使他辞官归隐,不再忧虑。奉养父母双亲,使心劳累何待言。

第四解自"穷达天为"到"名垂千秋",集中抒发安贫乐道的思想感情。诗人面对战祸遍地的社会无能为力,但却不甘心,又要达到内心平衡,只好借助于"天命",再加上颇具"圣名"的先行者,为消极悲观的人生态度寻找堂皇的理由。他认为一个人处境的穷困和通达是由天决定的,因此明白穷达之理的"智者"就不会因处境困顿而犯愁。虽知躬耕之劳辛苦,但"身虽多为",而"心自少忧"。"安贫乐道"以下六句,明确指出"安贫乐道"的主张,并且把庄周和子遐奉为榜样,要像他们那样处世。

第五解从"饮酒歌舞"至篇末,写如何处世,才能长寿。这一解,诗人主要以议论的方式,抒写了人生在世如"凿石见火",应及时行乐,修身养性,以保长寿,抒写了消极悲观的远祸晋身的处世态度。

强烈的现实主义内容,对人生态度自然直率的表达是这首诗的一大特

125

两汉部分

色。语言精练,富有理趣。无意塑造形象,但一个封建士大夫、忠臣、孝子、隐士的形象却跃然纸上。

【集说】中多达语,每单作一句,往往生姿。"守此末荣"下入"暮秋烈风"句,甚妙,景物凄惨,动几许思归之心。……"凿石见火",逆散忽灭,比寿命,语甚奇。"居代"字亦新。(陈祚明《采菽堂古诗选》卷二)

(陈敏直)

伤歌行⁽¹⁾

昭昭素明月⁽²⁾,辉光烛我床⁽³⁾。忧人不能寐,耿耿夜何长⁽⁴⁾!微风吹闺闼⁽⁵⁾,罗帷自飘扬。揽衣曳长带,屣履下高堂⁽⁶⁾。东西安所之⁽⁷⁾?徘徊以彷徨。春鸟翻南飞⁽⁸⁾,翩翩独翱翔。悲声命俦匹⁽⁹⁾,哀鸣伤我肠。感物怀所思⁽¹⁰⁾,泣涕忽沾裳。伫立吐高吟⁽¹¹⁾,舒愤诉穹苍⁽¹²⁾。

【注释】(1)本篇属乐府古辞。《乐府诗集》收入《杂曲歌辞》。 (2)昭昭:明也。 (3)烛:照也。 (4)耿耿:心不宁。 (5)闺闼(tà):指内室。(6)屣履(xǐ lǚ):穿鞋而不拔鞋跟,形容走得急遽。 (7)之:往也。(8)翻:翻覆、翻腾。 (9)命俦匹:呼唤伴侣。俦(chóu),伴侣,同类。(10)感物:有感于物。 (11)伫立:久立。 (12)穹苍:指天。天形穹隆,天色青苍,故云穹苍。

【今译】窗外一片洁白的月光,月儿把清辉洒在我的床上。心中忧烦难入眠,难以入眠更觉夜漫长。微风吹进卧房内,罗帐随风自飘扬。穿起衣裳系上带,趿着鞋儿下高堂。下了高堂何处去?左右徘徊心彷徨。春鸟翻飞向南方,孤孤单单独翱翔。声声呼唤觅伴侣,凄楚的悲鸣断人肠。此情此景引起我对远行人的思念,不觉眼泪沾湿了衣裳。久久站立倾吐自己心声,一腔郁愤只有对着苍天诉讲。

【点评】这是一首写忧人不寐,怨恨丈夫远行不归的诗。作者以细腻的笔触,由室内而室外,通过一系列富有特征的动作、景物和心理描写,形象地表现了女主人公对远行在外的丈夫难以排解的思念、忧伤、痛苦以至怨恨的复杂思想感情。

前六句写室内的景物。以明月、清风衬托主人公内心的不平静。中心是写忧人不寐的情感状态。从"揽衣"起,以下四句,写主人公急匆匆揽衣、趿鞋,由室内来到室外,到室外后却茫然不知所往,无目的地走来走去。这一系列动作描写,极生动地刻画出主人公恍惚不安的情绪和近于神经质的变态心理,从而更增加了诗中孤独、悲哀的气氛。"春鸟"以下六句,又回到写景。由春鸟南飞、独自翱翔,联想到自己的处境,内心更加痛苦。最后两句写主人公由哀伤、痛苦而发展为对丈夫远行不归的激愤、怨恨。总览全诗,由思念到哀伤怨恨,层层递进,把主人公丰富复杂的内心世界描绘得淋漓尽致。

【集说】《伤歌行》,侧调曲也。古辞伤日月代谢,年命道尽,绝离知友,伤而作歌也。(郭茂倩《乐府诗集》卷六十二)

与苏李诗同一感兴,而语亦相配。(李因笃《汉诗音注》卷七)

杂用景物入情,总不使所思者一见端绪,故知其思深也。(王夫之《古诗评选》卷一)

不追琢,不属对,和平中自有骨力。(沈德潜《古诗源》卷三)

此思妇人之诗。前十,以明月烛床,引起夜长难寐;微风飘帷,引起下堂彷徨。写情带景,迤逦而来。"春鸟"四句,赋见闻也,然即以自比,春时思匹,借此点清,诗境开展空灵,全赖此处。末四,顶上醒出怀人本旨,即以见在吟诗吐愤收住。(张玉毂《古诗赏析》卷六)

(赵素菊)

悲　歌⁽¹⁾

悲歌可以当泣⁽²⁾,远望可以当归。思念故乡,郁郁累累⁽³⁾。欲归家无人,欲渡河无船。心思不能言⁽⁴⁾,肠中车轮转。

两汉部分

【注释】（1）本篇载《乐府诗集》卷六十二，属《杂曲歌辞》。 （2）当：代替。泣：无声流泪。 （3）郁郁：愁思蕴结。累累：重重叠叠。 （4）思：悲痛。

【今译】悲歌一曲，可以代替哭泣。登高远望，可以充当回去。对故乡的怀念，日积月累永难消释。想回家吧，家里没人把谁看。想回家吧，江河阻隔也无船。心中的痛苦简直无法言传，只能像车轮般在肚里回转。

【点评】古谚云：在家千日好，出门事事难。人们在正常情况下，尚有如此这般的感受，若被迫背井离乡，其苦况则更可想而知。《悲歌》中的作者是一个身遭乱离、备尝艰辛的流浪汉，从歌中"欲归家无人"便可体味得到。他虽怀乡情，可是有家难归，只能把满腔思念之情和不可言状的痛苦，通过一曲悲歌和登高望远聊以宣泄。不过，这犹如李白"抽刀断水水更流，举杯消愁愁更愁"一样，徒然增添伤感，却又没有一个知心人可以倾诉。《悲歌》最后两句"心思不能言，肠中车轮转"，写得非常形象、传神，能够很好地表达出作者郁结在心底里的无可名状的悲痛之情。

【集说】起最矫健，李太白时或有之。（沈德潜《古诗源》卷三）

"当"字妙。"可以当"，不可以当也，看下接句自明。（李因笃《汉诗音注》）

《悲歌》，不得志于时之所作也。声若可传，虽痛不悲，此无声之哀也。（朱嘉征《乐府广序》卷十三）

或邦国丧乱，流寓他乡，或负罪离忧，窜身绝域，故词极凄楚，而无可怨恨，李陵似之。（朱乾《乐府正义》卷十二）

此客子思归之诗。首二，凭空突喝而起，在通章为得逆势，而以悲歌置远望之前，又是逆中之逆，不曰"聊以"，而曰"可以"，造句亦奇。中四，顶次句作解，惟不能归，所以远望。末二，顶起句作收，惟其欲泣，所以悲歌。（张玉毂《古诗赏析》卷六）

思，悲也。难言的悲感回环在心里，好像车轮滚来滚去。这是极好的比

喻。不但"转"字关合得自然,同时能传达痛苦之感给读者。(余冠英《乐府诗选》)

末句以车轮为喻,意含双关。言外谓自己无法乘车归家,只能让心中的愁思像车轮一样在转动。(北京大学中国文学史教研室选注《两汉文学史参考资料》)

(张秀贞)

焦仲卿妻(并序)⁽¹⁾

汉末建安中⁽²⁾,庐江府小吏焦仲卿妻刘氏⁽³⁾,为仲卿母所遣⁽⁴⁾,自誓不嫁。其家逼之,乃投水而死。仲卿闻之,亦自缢于庭树⁽⁵⁾。时人伤之,为诗云尔⁽⁶⁾。

孔雀东南飞,五里一徘徊⁽⁷⁾。"十三能织素⁽⁸⁾,十四学裁衣。十五弹箜篌⁽⁹⁾,十六诵诗书。十七为君妇,心中常苦悲。君既为府吏,守节情不移⁽¹⁰⁾。贱妾留空房,相见常日稀。鸡鸣入机织,夜夜不得息。三日断五匹,大人故嫌迟⁽¹¹⁾。非为织作迟,君家妇难为。妾不堪驱使⁽¹²⁾,徒留无所施⁽¹³⁾。便可白公姥⁽¹⁴⁾,及时相遣归。"府吏得闻之,堂上启阿母⁽¹⁵⁾:"儿已薄禄相⁽¹⁶⁾,幸复得此妇。结发同枕席,黄泉共为友⁽¹⁷⁾。共事二三年,始尔未为久⁽¹⁸⁾。女行无偏斜,何意致不厚⁽¹⁹⁾?"阿母谓府吏:"何乃太区区⁽²⁰⁾!此妇无礼节,举动自专由⁽²¹⁾。吾意久怀忿,汝岂得自由!东家有贤女,自名秦罗敷。可怜体无比⁽²²⁾,阿母为汝求。便可速遣之,遣去慎莫留!"府吏长跪告,伏惟启阿母⁽²³⁾:"今若遣此妇,终老不复取⁽²⁴⁾!"阿母得闻之,捶床便大怒⁽²⁵⁾:"小子无所畏,何敢助妇语!吾已失恩义,会不相从许⁽²⁶⁾!"府吏默无声,再拜还入户。举言谓新妇⁽²⁷⁾,哽咽不能语:"我自不驱卿⁽²⁸⁾,逼迫有阿母。卿但暂还家,吾今

且报府⁽²⁹⁾。不久当归还，还必相迎取。从此下心意⁽³⁰⁾，慎勿违吾语。"新妇谓府吏："勿复重纷纭⁽³¹⁾！往昔初阳岁⁽³²⁾，谢家来贵门⁽³³⁾。奉事循公姥⁽³⁴⁾，进止敢自专？昼夜勤作息，伶俜萦苦辛⁽³⁵⁾。谓言无罪过，供养卒大恩⁽³⁶⁾。仍更被驱遣，何言复来还？妾有绣腰襦，葳蕤自生光⁽³⁷⁾。红罗复斗帐，四角垂香囊⁽³⁸⁾。箱帘六七十，绿碧青丝绳⁽³⁹⁾。物物各自异，种种在其中。人贱物亦鄙，不足迎后人⁽⁴⁰⁾。留待作遗施，于今无会因⁽⁴¹⁾。时时为安慰，久久莫想忘。"鸡鸣外欲曙，新妇起严妆⁽⁴²⁾。着我绣夹裙，事事四五通⁽⁴³⁾。足下蹑丝履，头上玳瑁光⁽⁴⁴⁾。腰若流纨素，耳著明月珰⁽⁴⁵⁾。指如削葱根，口如含朱丹⁽⁴⁶⁾。纤纤作细步，精妙世无双。上堂谢阿母，母听怒不止⁽⁴⁷⁾。"昔作女儿时，生小出野里⁽⁴⁸⁾。本自无教训，兼愧贵家子。受母钱帛多，不堪母驱使。今日还家去，念母劳家里。"却与小姑别⁽⁴⁹⁾，泪落连珠子："新妇初来时，小姑始扶床；今日被驱遣，小姑如我长。勤心养公姥，好自相扶将⁽⁵⁰⁾；初七及下九⁽⁵¹⁾，嬉戏莫相忘。"出门登车去，涕落百余行。府吏马在前，新妇车在后。隐隐何甸甸⁽⁵²⁾，俱会大道口。下马入车中，低头共耳语："誓不相隔卿⁽⁵³⁾，且暂还家去。吾今且赴府，不久当还归，誓天不相负。"新妇谓府吏："感君区区怀⁽⁵⁴⁾。君既若见录⁽⁵⁵⁾，不久望君来。君当作磐石，妾当作蒲苇。蒲苇纫如丝，磐石无转移。我有亲父兄，性行暴如雷，恐不任我意，逆以煎我怀⁽⁵⁶⁾。"举手长劳劳，二情同依依⁽⁵⁷⁾。入门上家堂，进退无颜仪⁽⁵⁸⁾。阿母大拊掌："不图子自归⁽⁵⁹⁾。十三教汝织，十四能裁衣，十五弹箜篌，十六知礼仪，十七遣汝嫁，谓言无誓违⁽⁶⁰⁾。汝今无罪过，不迎而自归？"兰芝惭阿母："儿实无罪过。"阿母大悲摧⁽⁶¹⁾。还家十余日，县令遣媒来。"云有第三郎，窈窕世无双⁽⁶²⁾。年始十八九，便言多令才⁽⁶³⁾。"阿母谓阿女："汝可去应之。"阿女含泪答："兰芝初还时，府吏见丁宁⁽⁶⁴⁾，结誓不别离。今日违情义，恐此事非奇⁽⁶⁵⁾。自可断来信⁽⁶⁶⁾，徐徐更谓之。"阿母白媒人："贫贱有此女，始适还家门⁽⁶⁷⁾。不堪吏人妇，岂合令郎君？幸可广问讯，不得便相许。"媒人去数日，寻遣丞请还⁽⁶⁸⁾。"说有兰家女，承籍有宦官⁽⁶⁹⁾。云有第五郎，娇逸未有婚。遣丞为媒人，主簿通语言⁽⁷⁰⁾。直说太守家，有此令郎君⁽⁷¹⁾。既欲结大义，故遣来贵门。"阿母谢媒人："女子先有誓，老姥岂敢言⁽⁷²⁾？"阿兄得闻之，怅然心中烦。举言谓阿妹："作计何不量⁽⁷³⁾！先嫁得府吏，后嫁得郎君。否泰如天地⁽⁷⁴⁾，足以荣汝身。不嫁义郎体⁽⁷⁵⁾，其往欲何云？"兰芝仰头答："理实如兄言。谢家事夫婿，中道还兄门。处分适兄意⁽⁷⁶⁾，那得自任专？虽与府吏要，渠会永无缘⁽⁷⁷⁾！登即相许和⁽⁷⁸⁾，便可作婚姻。"媒人下床去，诺诺复尔尔。⁽⁷⁹⁾还部白府君⁽⁸⁰⁾："下官奉使命，言谈大有缘。"府君得闻之，心中大欢喜。视历复开书⁽⁸¹⁾，便利此月内，六合正相应。"良吉三十日⁽⁸²⁾，今已二十七，卿可去成婚。"交语速装束⁽⁸³⁾，络绎如浮云。青雀白鹄舫，四角龙子幡⁽⁸⁴⁾。婀娜随风转⁽⁸⁵⁾，金车玉作轮。踯躅青骢马，流苏金镂鞍⁽⁸⁶⁾。赍钱三百万⁽⁸⁷⁾，皆用青丝穿。杂彩三百匹，交广市鲑珍⁽⁸⁸⁾。从人四五百，郁郁登郡门⁽⁸⁹⁾。阿母谓阿女："适得府君书，明日来迎汝，何不作衣裳？莫令事不举⁽⁹⁰⁾！"阿女默无声，手巾掩口啼，泪落便如泻。移我琉璃榻⁽⁹¹⁾，出置前窗下。左手持刀尺，右手执绫罗。朝成绣夹裙，晚成单罗衫。晻晻日欲暝⁽⁹²⁾，愁思出门啼。府吏闻此变，因求假暂归。未至二三里，摧藏马悲哀⁽⁹³⁾。新妇识马声，蹑履相逢迎。怅然遥相望，知是故人来。举手拍马鞍，嗟叹使心伤。"自君别我后，人事不可量。果不如

两汉部分

先愿，又非君所详。我有亲父母，逼迫兼弟兄。以我应他人[94]，君还何所望？"府吏谓新妇："贺卿得高迁！磐石方且厚，可以卒千年；蒲苇一时纫，便作旦夕间[95]。卿当日胜贵[96]，吾独向黄泉。"新妇谓府吏："何意出此言！同是被逼迫，君尔妾亦然[97]。黄泉下相见，勿违今日言！"执手分道去，各各还家门。生人作死别，恨恨那可论！念与世间辞，千万不复全[98]。府吏还家去，上堂拜阿母："今日大风寒，寒风摧树木，严霜结庭兰[99]。儿今日冥冥[100]，令母在后单。故作不良计[101]，勿复怨鬼神！命如南山石，四体康且直[102]。"阿母得闻之，零泪应声落[103]："汝是大家子，仕宦于台阁[104]。慎勿为妇死，贵贱情何薄[105]！东家有贤女，窈窕艳城郭。阿母为汝求，便复在旦夕。"府吏再拜还，长叹空房中，作计乃尔立[106]。转头向户里，渐见愁煎迫[107]。其日牛马嘶，新妇入青庐[108]。奄奄黄昏后，寂寂人定初[109]。"我命绝今日，魂去尸长留。"揽裙脱丝履，举身赴清池[110]。府吏闻此事，心知长别离。徘徊庭树下，自挂东南枝。两家求合葬，合葬华山傍[111]。东西植松柏，左右种梧桐。枝枝相覆盖，叶叶相交通[112]。中有双飞鸟，自名为鸳鸯。仰头相向鸣，夜夜达五更。行人驻足听，寡妇起彷徨。多谢后世人，戒之慎勿忘[113]！

【注释】(1)此诗最早见于南朝陈人徐陵所编的《玉台新咏》，题为《古诗为焦仲卿妻作》。《乐府诗集》收入《杂曲歌辞》，题为《焦仲卿妻》。后人取此诗首句，名之为《孔雀东南飞》。　(2)建安：东汉献帝刘协的年号(196—220)。　(3)庐江：汉郡名，郡治初在今安徽庐江县西，汉末移至今安徽潜山县。　(4)遣：指赶回娘家。　(5)缢(yì)：用绳子勒死，吊死。　(6)云尔：句末语助词。　(7)孔雀：鸟名。原产印度，相传是鸾鸟的配偶。这两句是起兴，有暗示全诗基调的作用。汉代乐府中描写夫妻离散往往借鸟飞起兴。

如《艳歌何尝行》："飞来双白鹄,乃从西北来……五里一反顾,六里一徘徊。"

(8)十三:指刘兰芝的年龄。下几句同。素:白色丝绢。这句起至"及时相遣归"止,是刘兰芝向仲卿诉说她的委屈。 (9)箜篌(kōng hóu):古代的弦拨乐器。有卧式、竖式两种,二十三弦。 (10)守节:指仲卿忠于职守,常宿府中。此句下,一本有"贱妾留空房,相见常日稀"二句。 (11)断:从织机上把布割截下来。大人:刘兰芝对婆婆的敬称。故:故意。 (12)妾:古时女子谦称自己。不堪:不能胜任。 (13)施:用,作为。 (14)白:禀告。公姥(mǔ):公婆。这里是偏义复词,指焦母。 (15)启:陈述,禀告。阿:词头,经常用在称谓的前面。 (16)薄禄相:从相貌上已注定是福小禄薄的人。 (17)结发:古代男子二十岁束发加冠,女子十五岁束发加笄,表示成年。黄泉:地下的泉水。指人死后埋葬的地方,即阴间。 (18)尔:这样。指代词。 (19)偏斜:不正当。厚:厚爱、厚待。 (20)太区区:太小见,太固执认真。 (21)自专由:自作主张。 (22)可怜:可爱,招人怜爱。体:体态。 (23)伏惟:旧时下对上有所陈述的发语词,表谦恭。 (24)取:同"娶"。 (25)搥:用拳头敲打。床:今指卧具,古时也指坐具。 (26)会:该当。这里是必定的语气。从许:依从,允许。 (27)举言:发言。新妇:古代对媳妇的通称,不专指新嫁娘。 (28)卿:古时夫妻或好朋友之间表示亲爱的称呼。 (29)报:同"赴"。报府:上衙门。 (30)下心意:安心,低心下气。这句说:因此你先安心忍耐吧。 (31)重纷纭:再找麻烦。 (32)初阳岁:冬末春初的季节。 (33)谢:辞别。贵门:指焦家。 (34)奉事:行事。循:顺着,遵循。 (35)伶俜(líng pīng):孤单。萦:缠绕。 (36)谓言:自认为。供养:侍奉、孝敬。卒大恩:尽情报答公婆的恩德。 (37)绣腰襦:绣花的齐腰短袄。葳蕤(wēi ruí):草木茂盛状。 (38)复:双层的。斗帐:上狭下宽的一种帐子。香囊:装有香料的小袋子。 (39)帘:同"奁",小匣子。绿碧句:箱子上结扎着各色丝绳。 (40)迎:接待。后人:指仲卿日后再娶的妻子。 (41)遗施(wèi shī):赠送。因:机会。 (42)严妆:隆重地装扮起来。 (43)四五通:四五遍。 (44)蹑(niè):踩、踏。这里是穿鞋的意思。丝履:丝织品做的鞋。玳瑁:海中动物,形似龟,其背上的角质板可制装饰品。这里指用玳瑁做的簪子。 (45)若:或是"著"字之误。纨素:二者都是质地轻柔的丝织品。这里是说腰际纨素的光彩流动如水波。明月

133

两汉部分

珰:用明珠做的圆形耳坠。 (46)朱丹:红色的宝石。此处比喻嘴唇的红艳小巧。 (47)听:任凭。止:留。 (48)野里:乡下。这里指门第低微。(49)却:退。指从堂上退下。 (50)扶将:照应。 (51)初七:农历七月七日。下九:古代以每月二十九日为上九,初九日为中九,十九日为下九。七夕及下九,是古代妇女祭祀、欢会的日子。 (52)隐隐、甸甸:都是形容车声的象声词。何:语气助词。 (53)隔:断绝。 (54)区区:犹拳拳,忠爱专一之意。 (55)录:收留、记取。 (56)逆:预料。这句说:一想到这种情形心里就如油煎一样。 (57)举手:分别时动作。劳劳:忧怅伤悲之意。依依:恋恋不舍。 (58)无颜仪:没有脸面。 (59)大拊掌:重重地拍手,表惊怒。不图:不料。 (60)誓:是"愆"(qiān)的误字。"愆",古"愆"字。愆违:过失。 (61)悲摧:悲伤。 (62)窈窕:美好。 (63)便(pián)言:有口才。令才:美好的才能。 (64)丁宁:即叮咛。 (65)非奇:不妙、不好。奇:嘉,美好。 (66)断:回绝。信:指使者。 (67)适:嫁。始适:刚出嫁不久。(68)寻:不久,随即。丞:县丞,乃是职位仅次于县令的官。请还:请示后回来。请,指向太守请示。 (69)承籍:承继祖先仕籍。这两句是县丞向县令建议,说有兰家女儿,是世代官宦人家,要县令改向兰家求媳。 (70)第五郎:指太守的第五个儿子。主簿:掌管文书档案的官吏。 (71)以下四句是县丞以媒人身份直接向刘家说亲的话。 (72)老姥:老妇。刘母自称。(73)作计:打主意。量:思量,考虑。 (74)否(pǐ)泰:《易经》中两个卦名。否:表示坏运气;泰:表示交好运。如天地:言高下有如天地之别。 (75)义郎:义,美称;郎,郎君。 (76)处分:处置,安排。适:顺从。 (77)要(yāo):订盟约。渠:他,指仲卿。 (78)登即:登时,立刻。和(hè):答应。(79)诺诺:连声答应。尔:如此。 (80)部:衙门。府君:太守。 (81)视历复开书:即开视历书。据《隋书·艺文志》:古时供结婚选时日的书有《六合婚嫁历》《阴阳婚嫁书》等。 (82)六合:古人选择吉日时,月建和日辰的干支都相适合叫作六合。即子丑合、寅亥合、卯戌合、辰酉合、巳申合、午未合。良吉:良辰吉日。 (83)交语:传话给手下的人。装束:筹办婚礼物事。(84)鹄(hú):天鹅。舫(fǎng):船。龙子幡:绣龙的旗帜。 (85)婀娜(ē nuó):轻柔飘动的样子。 (86)踟蹰(zhí zhú):徘徊。骢(cōng):青白毛色相间的马。流苏:用五彩丝绒或羽毛制成的下垂的穗子。金镂鞍:用金属雕花以为装饰的马鞍。 （87）赍(jī)：付给，送给。此指送给女家的聘礼。
(88)杂彩：各式绸缎。交：交州。今两广及越南一带。市：买。鲑(xié)：鱼菜的总名。鲑珍：泛指山珍海味。 （89）郁郁：人多势众的样子。登郡门：齐集在郡衙侍候。 （90）举：筹办。 （91）琉璃榻：镶有琉璃的坐具。
(92)晻晻(àn)：日色昏暗。暝(míng)：天黑。 （93）摧藏："凄怆"的假借字。 （94）应：许给。 （95）旦夕间：早晚之间。 （96）日胜贵：一天比一天富贵高升。 （97）尔：这样，如此。亦然：也如此。 （98）全：保全。指活着。 （99）这句是说：浓霜凝结在庭院中的兰草上。 （100）日冥冥：日暮。比喻生命就要结束。 （101）故：故意。不良计：不好的打算，指自杀。
(102)这两句是诀别时祝福他母亲的话。 （103）零泪：不停滴落的眼泪。
(104)台阁：古代尚书的官署称台阁。此处泛指官府。 （105）贵贱：贵指仲卿。贱指兰芝。这句说：你出身高贵，她门第低微，休弃她怎么能说是薄情呢？ （106）作计：指决定自杀的主意。乃尔：就这样。立：打定了。
(107)这句是说：心中越来越被忧愁所煎熬逼迫。 （108）青庐：用青布幔搭成的棚，即喜棚。 （109）奄奄：同"晻晻"。人定初：指夜深人静时刻。
(110)举身：纵身。 （111）华山：庐江郡小山名，地址不详。有说指今安徽舒城县南的华盖山。 （112）交通：交接相连。 （113）多谢：敬告。戒之：引此事为警戒。

【今译】 孔雀举翅东南飞，只飞五里就徘徊。"我年十三能织绢，我年十四学裁衣。我年十五弹箜篌，我年十六诵诗书。我年十七嫁给你，心常痛苦暗伤悲。您在官府做小吏，忠于职守情不移。我在家中守空房，和您相见日子稀。鸡叫我就去纺织，直到晚上难安息。三天织成五匹布，婆母挑剔嫌我迟，不是因我织得慢，您家媳妇实难为。我今不堪受驱使，纵然留下也无益。即可禀告婆婆知，及早遣我娘家去。"府吏听到这些话，走上庭堂见老母："儿已生就福命薄，幸而娶得称心妇。青春少年成眷侣，生生死死不分手。共同生活二三年，仅是开始不算久。她的行为无偏错，为何母亲不宽厚？"母亲就对府吏讲："怎能固执竟如此！这个女人没礼节，行动全是自做主，我心久已生闷气，这事怎容你插手！东邻有个好姑娘，本名就叫秦罗敷。姿态可爱无人比，妈妈为你把婚求。尽快休掉你的妻，叫她回去不要留！"府吏闻言跪在

两汉部分

地,恭敬恳切求老母:"现在若是赶她走,孩儿终生不再娶!"母亲听了这句话,手拍坐床大发怒:"你这小子太大胆,怎敢帮腔为媳妇!我已跟她断恩义,你的要求定不许!"府吏默然不吭声,再行一礼回房中。开口要对媳妇讲,喉头哽咽难为情:"我绝不想赶你走,无奈母亲逼迫凶,你可暂回娘家住,我到府衙去办公。不久就会返回来,回来一定迎接你。因此你要暂忍耐,万勿违背我心意。"新妇就对府吏说:"不要再次起纠纷!回想当年初春时,辞别娘家来贵门。行事遵循婆婆意,进退岂敢由己身?白天黑夜勤劳作,孤单一人受苦辛。自问没有什么错,一心尽孝报大恩。不料仍然被驱赶,回还二字从何谈?我有齐腰绣花袄,枝繁叶茂光闪耀。还有双层红罗帐,四角玲珑吊香囊。大箱小匣六七十,结扎绳子各色丝,件件东西都不同,样样俱备在其中。人不值钱物亦贱,不够资格待新人。留下随你作施舍,从此相见再无因。但愿时刻有安慰,天长地久莫相忘。"雄鸡高叫天欲明,新妇起身细梳妆。穿上绣花夹罗裙,整装几遍方妥当:脚下穿着绸缎鞋,头上玳瑁簪儿亮。腰间白绸如波荡,耳系珍宝明月珰。指如葱根白又嫩,唇若含丹发红光。婀娜多姿步轻盈,清妙绝伦世无双。走上堂前辞婆母,婆母任去不阻止。"从前我当姑娘时,自小生长乡野里,本自未受好教育,惭愧辱没贵家子。接受您的彩礼多,未能满足您差使。今天回转娘家去,挂念婆母多劳苦。"回头又与小姑别,泪落好似断线珠:"当年我刚到来时,小姑身量才过床;我今不幸被驱遣,小姑个头如我长。望你尽心养婆母,相互保重度时光。每月十九和七夕,游戏不要把我忘。"言罢出门登车去,泪落百行好心伤。府吏骑马在前走,新妇乘车跟在后。车轮滚滚不断响,夫妻相会大道口。府吏下马入车中,低头向妇耳边语:"誓不与你相断绝。你且暂时回家去,我亦暂且去官府,不久我就回家来,指天为誓不相负。"新妇回答府吏说:"感谢您的真挚情。既然蒙你收留我,望君不久就回程。郎君好比大磐石,我便是棵蒲苇草。蒲苇柔韧如蚕丝,磐石不动极坚牢。只是我有亲哥哥,性情暴躁如雷霆。恐怕不能遂我意,想到此处心煎熬。"举手告别心悲怅,依依不舍情如胶。回到娘家上厅堂,进退都觉无光彩。母亲惊得拍手掌:"不料你竟自归来!十三教你学织布,十四你就会裁衣。十五便能弹箜篌,十六你已知礼仪。十七把你嫁出去,料想你定无过失。如今你若无罪过,怎会不接自己回?"兰芝惭愧答老母:"女儿实是无过错。"阿母听了大伤悲。回到家中十多天，县令派遣媒人访。言道"家有三公子，丰神俊朗世无双。年龄刚刚十八九，能言善讲有美才。"阿母就对女儿讲："你把婚事应下来。"女儿含泪回了话："兰芝当初还家时，府吏再三相叮咛，共誓永远不分离。现在要我背情义，恐怕此事不相宜。可以回绝媒人去，慢慢再把婚事提。"阿母即向媒人说："贫贱人家有此女，出嫁不久被休弃。府吏之妇尚不配，岂能适合贵公子？望你多方去物色，我们不便答应你。"媒人去后不几天，县丞被派府里行。请得太守指示还，遂向县令来说明："有个姑娘是姓兰，家中世代都为官。（公子可向她提亲，刘家婚事再莫谈。）太守有个五公子，娇美文雅未结婚。主簿传达太守意，派我县丞做媒人。"县丞直向刘家去，告诉兰芝阿母听："太守有个五公子，人品优雅传美名。愿与你家结连理，派我做媒当先行。"阿母谢绝媒人说："小女先前立过誓，老妇再也不敢谈。"阿兄听到这件事，心里失望不耐烦。开口向他妹妹讲："做事为何不思量！先嫁丈夫是小吏，后嫁太守贵儿郎。好坏相差如天地，足以使你享荣光。不嫁这个美少爷，以后你将怎么样？"兰芝抬头回了话："道理实如哥哥言。从前离家嫁丈夫，谁知中途又回还。一切处理随兄意，哪能由我自专权？虽和府吏有誓约，跟他重会永无缘。哥哥立刻就应允，双方即可成婚姻。"媒人离座忙站起，连声答应即如此。回到府里禀太守："小官奉命去说媒，言谈之中大有缘。"太守听了这番话，不觉心中大喜欢。打开历书仔细看，吉利时辰此月间，好年月日正相配，"就是三十这一天。现在已经二十七，你们紧把婚事办。"相互传话速准备，人流穿梭如云烟。青雀白鹄船头画，四角悬挂龙旗幡。旗幡轻扬随风转，玉轮金车路上连。青骢宝马缓缓行，身驮流苏金镂鞍。送上聘钱三百万，都用青丝绳儿穿。各色绸缎三百匹，南方买来海味全。随行仆从四五百，密密云集府门前。阿母告诉女儿说："才得太守送信息，明天就要来迎娶。何不赶快做嫁衣？莫叫事情来不及。"女儿默默不作声，拿起手巾掩口啼，两眼泪流如落雨。搬动我的琉璃榻，放在前面窗口下。左手拿起剪和尺，右手握着绫罗缎。早晨做成绣夹裙，晚上做好单罗衫。日色暗淡天将暮，满腹愁绪出门哭。府吏听到这变化，请假暂时回家来。离家还有二三里，心情凄怆马嘶哀。新妇熟识马叫声，连忙穿鞋出门迎。心怀惆怅遥相望，知是丈夫有故情。举起手来拍马鞍，悲叹声声不忍听："自您和我分别后，人事变化难估量。果然不能如先愿，内中曲折您不详。我有老母来

两汉部分

相劝,更兼哥哥威逼狂。已经把我许他人,郎君还有何指望?"府吏回答新妇说:"祝贺你得上青天!磐石端正又牢固,稳稳当当过千年。蒲苇坚韧只一时,变化就在瞬息间。你将越来越富贵,我自孤身赴黄泉。"新妇听罢回言道:"哪想你竟出此言!你我同是被逼迫,你既不活我亦然。你我都到地下见,今日誓言莫推翻。"二人握手分道走,各自回到家里边。人虽活着作死别,愤恨之情怎说完!想到将与人世别,无论如何难保全。府吏回到家中去,走上堂前拜阿母:"今天风大气候冷,寒风呼啸折树木,院中兰草严霜凝。儿今命已不长久,留您在后受孤单。是我自作坏打算,莫怨鬼怪和神仙!愿您寿比南山石,身体健康永平安。"阿母听到这番话,眼泪串串应声落:"你是大户人家子,为官做宦前程阔。千万莫为贱妇死,本当休她怎情薄。东邻有个贤淑女,美好艳名满城播。母亲为你去求婚,媒人很快就说合。"府吏再拜回屋里,空房长叹无奈何,自杀之计已定妥。回头再向堂内看,悲愁愈益苦折磨。结婚之日牛马嘶,新妇被拥入喜棚。暮色沉沉黄昏后,四处悄悄静无声。"我命终结在今日,尸体长留魂永离。"提起衣裙脱丝鞋,纵身跳入清水池。府吏听到这消息,心知也该绝人世。徘徊院中大树下,自己吊上东南枝。焦刘两家求合葬,一同葬在华山傍,东面西面栽松柏,梧桐树木种两边。枝干条条相覆盖,树叶片片紧相连。树中有对双飞鸟,它们名字叫鸳鸯。仰着头儿相对叫,夜夜长鸣到天亮。行人停步侧耳听,寡妇起坐心彷徨。多多敬告后世人,引以为戒不要忘!

【点评】这是我国最长的一篇民间叙事诗。全诗共有三百五十七句,一千七百八十五字。它的出现,标志着两汉乐府民歌的最高成就。

此诗最早见于南朝徐陵编辑的《玉台新咏》,作者姓名不可知。从诗前小序里,我们知道此诗及所叙故事均产生于汉末建安时期。被收录在《玉台新咏》之前,已在民间流传了三个多世纪。由于诗的故事动人并反映了封建时代的普遍社会问题而为广大人民所喜爱,自然会在长期流传中得到不断丰富和加工,最后才成为徐陵所录的定本。

《焦仲卿妻》生动而细致地描写了一对相亲相爱的青年夫妇,由于受到封建礼教和封建家长制的残酷压迫而双双殉情、以死向封建制度抗争的悲剧故事。

全诗大致可分为三个部分和一个尾声。

第一部分开门见山地揭示了具有浓重封建家长意识的焦母与维护自主爱情的兰芝、仲卿之间的矛盾。内容从兰芝主动请遣,仲卿向母力争未果而到兰芝仲卿二人忍痛分手并誓约为止。

第二部分描写了二人的厄运并未因为被迫分手而结束,反而在封建势力的压迫下有了进一步的发展。内容从兰芝回家到县令、府君相继求亲而兰芝在兄长的逼迫下佯为允婚、再做嫁衣止。

第三部分,悲剧故事的发展达到高潮。兰芝和仲卿为维护真挚纯洁的爱情,用自己宝贵的生命与黑暗的封建势力作了强烈的抗争。内容从仲卿重会兰芝,相约共死直到二人殉情为止。

尾声具有浓厚的浪漫主义色彩。饱含着人们对兰芝和仲卿的深切同情,寄托了人民向往自由幸福的愿望。

汉末魏初的兰芝和仲卿的爱情婚姻悲剧,具有普遍深刻的社会意义:在封建社会里,封建礼教和家长制是占绝对支配权的。它像山一样重压在青年男女的头上,即使在焦、刘二家这种比较普通的家庭里,仍不免被它深深地侵蚀、毒害。慈母爱因之而扭曲,手足情因之而逆转。女子没有独立的人格和社会地位,命运只能任人主宰。这一切深刻地揭示了封建礼教的愚昧、落后和残忍,暴露了封建社会的吃人本质。与此同时,诗作歌颂了刘兰芝、焦仲卿二人忠贞不渝的爱情和他们对封建制度的反抗,赞美了他们"贫贱不能移,富贵不能淫,威武不能屈"的崇高品德。反映了广大人民对封建礼教和封建家长制的痛恨不满,代表了人民追求自由爱情的美好意愿。具有积极的思想意义和深远的影响。

诗作通过塑造鲜明的人物形象,达到了具有强烈感染力的艺术效果。

作品集中描绘的刘兰芝是个知书达理、富有才气、聪明善良并勤劳能干的女子,具有坚强不屈、沉着冷静的性格。对于挑剔刻薄的焦母,她曾委曲求全,任劳任怨,以求缓解矛盾来维护她与仲卿和谐美满的伉俪生活。然而她终于痛苦地意识到自己一片苦心付之流水,焦母的目的就是要将她驱赶出家门。此时兰芝便毅然主动请遣,维护自己的人格尊严。在以后面对一系列逼迫时,她始终保持冷静,忠贞不渝,决不屈服,坚定地实践了以死相殉的誓言。这就是兰芝最富光彩的性格——刚强。同时,她对丈夫的体贴谅

两汉部分

解，对小姑的爱护关照，都显示出她是一个温柔、善良的女性，而且十分聪慧，对自己的处身立命有深刻理解并处置得当。清代张玉穀《古诗赏析》中对兰芝答复其兄的话如此评论："此时兰芝竟不与兄一辩，具有深心。盖未仰头答时，其俯首沉思已久：太守上官，属吏实难与抗，阿兄戾性，大义更难与争。胸中判定一死，索性坦然顺之，不露圭角，为后得以偷出，再会府吏地也。兰芝机警，正赖此神到之笔达之。"

另一个主要人物焦仲卿，是一个善良温厚、多情倔强的青年。对于爱情，他与兰芝一样忠诚执着。他郑重而又明确地向母亲表示："今若遣此妇，终老不复取（娶）！"并一再对兰芝认真地发愿："誓不相隔卿""誓天不相负"。在误以为兰芝变心时，一往情深的他以讥言相责，但并未因此而改变意志，仍然要"吾独向黄泉"。最后，他不惜违背孝义，将生命奉献给了纯洁的爱情。但是焦仲卿又有与兰芝不同的个性特征。他对母亲存有幻想，欲以屈从退让来缓转冲突，以期后日相机迎归。在讥笑兰芝和殉情前别母时，出言多有使气，不如兰芝沉着而变通自如。

此外，暴戾骄横、愚昧固执的焦母，善良软弱、没有主见的刘母，势利自私、偏狭专横的刘兄，都在作者笔下栩栩如生，呼之欲出。

诗作的艺术手法还有其他一些特色：它篇幅宏伟而结构完整紧凑；情节婉转曲折，波澜丛生而引人入胜；描写场景铺张排比；刻画人物心理细致入微；语言朴质明朗，对话个性鲜明。

总之，《焦仲卿妻》以它深刻的思想内容和杰出的艺术成就，赢得了永恒的艺术生命力。

【集说】质而不俚，乱而能整，叙事如画，叙情若诉，长篇之圣也！（王世贞《艺苑卮言》）。

此古今第一大篇，亦第一绝作，如对大羹玄酒，又如临宗庙百官，叙事数词，俱臻神品可以怨、可以兴、可以群、可以观，诸美俱备。最妙处出绣腰襦、别小姑、媒人议婚、太守迎妇，偏于闲处着色，《北征》《山果》《晚妆》数段，正祖此篇。篇中有详有略，总非可以常法求也。高古朴淡，亦复天娇离奇。（李因笃《汉诗音注》卷七）

"共一千七百八十五字，古今第一首长诗也。淋淋漓漓，反反复复，杂述十数人口中语,而各肖其声音面目,岂非化工之笔!""长篇诗若平平叙去,恐无色泽,中间须点染华缛,五色陆离,使读者心目俱炫。如篇中新妇出门时'妾有绣罗襦'一段,太守择日后'青雀白鹄舫'一段是也。""作诗贵剪裁,入手若叙两家家世,末段若叙两家如何悲恸,岂不冗漫拖沓,故竟以一二语了之。极长诗中有剪裁也。""别小姑一段,悲怆之中,复极温厚。风人之旨,固应尔耳。"(沈德潜《古诗源》卷四)

长篇淋漓古致,华采纵横,所不俟言。佳处在历述十许人口中语,各各肖其声情,神化之笔也。(陈祚明《采菽堂古诗选》卷二)

古来长诗,此为第一,而读去不觉其长者,结构严密也。男家无公,乃云公母;女家无父,乃云父母。共事二三年,而云新妇初来,姑始扶床;今被驱遣,姑如我长。府吏小役,而方仕宦于台阁。皆是诗人故露渗露处,勿泥可也。(张玉穀《古诗赏析》卷七)

(文时珍)

枯鱼过河泣⁽¹⁾

枯鱼过河泣,何时悔复及。作书与鲂鱮⁽²⁾,相教慎出入⁽³⁾。

【注释】(1)本篇在《乐府诗集》中属《杂曲歌辞》。杂曲是汉族各地的俗乐,歌辞多是民间的巷里歌谣。　(2)作书:写信。鲂(fáng):鳊鱼。鱮(xù):鲢鱼。　(3)相教:指枯鱼对鲂鱮的教育开导。

【今译】枯鱼过河思过去,悲伤哭泣泪如雨。行动不慎成干鱼,醒悟追悔来不及。写信告诫鲂与鱮,沉痛教训要牢记。精心开导众伙伴,出入千万别大意!

【点评】这是一首别开生面的寓言诗。诗中采用浪漫主义的表现手法,借枯鱼过河泣而作书,相告同类慎出入的故事,曲折地表现了被压迫人民在封建统治者高压政策下朝不保夕的命运,控诉了封建统治者对人民的残害。

两汉部分

想象奇特丰富,是这首诗的主要特点。开头两句写枯鱼过河不慎而成于鱼,并为此而"泣",追悔莫及,不仅写了枯鱼的遭遇,同时也写了她悲切的情感和内心的痛苦。尤其是一个"泣"字,极传神生动,起着活化枯鱼的作用。接下来两句,写枯鱼作书,以自身的遭遇告诫同类,免遭与己同样的命运,既体现了作者深厚的人道主义精神,同时也更反衬出环境的险恶。

【集说】无限。(王夫之《古诗评选》卷一)

《枯鱼过河泣》悔过之诗也。古人知进退存亡而不失其正,只争先著耳。作书鲂鲇,使豫为慎焉。(朱嘉征《乐府广序》卷十三)

似是弱人必笑疠怜王也。"作书"甚新。语云悔之何及,今已矣,并无悔之不及之一日矣。(陈祚明《采菽堂古诗选》卷二)

这诗以鱼拟人,似是遭遇祸患者警告伙伴的诗。枯鱼作书,的确是奇想,汉乐府里所有寓言体的歌辞无不表现极活泼的想象力。(余冠英《乐府诗选》)

(赵素菊)

猛虎行[1]

饥不从猛虎食[2],暮不从野雀栖。"野雀安无巢,游子为谁骄?"[3]

【注释】(1)本篇入《乐府诗集》中《相和歌辞·平调曲》。 (2)从:跟随。 (3)这二句为野雀讥笑游子的话。

【今译】肚子虽是饿得饥又饥,但不跟着老虎夺人食。流浪到晚无处宿,却不愿同野雀住。野雀反在讥笑我:"我难道没有舒适的窝巢,你游子到处流浪无着落,那你还要跟谁骄傲?"

【点评】寥寥四句,却生面别开。前二句以猛虎和野雀起兴,吐露出游子的一片真情。猛虎,乃喻盗匪凶徒一类的歹人;野雀,乃喻品格低下的得意小人。后二句单承野雀,以拟人化的手法,写出野雀对游子的反唇相讥,洋洋自得,大有蔑视游子之气魄。诗戛然而止,韵味无限,一个在动荡年代流落他乡而具有独立人格的下层知识分子形象矗立在人们面前!

【集说】《猛虎行》歌猛虎,谨于立身也。《记》曰:"君子不失足于人,不失色于人,不失口于人。"咏游子,士穷,视其所不为,义加警焉。(朱嘉徵《乐府广序》卷三)

语语转上,是择地而蹈,不轻傍人也。乃即拈野雀,言安往而不得巢,如此则何得骄我哉!(陈祚明《采菽堂古诗选》卷二)

此客游不合,思归之诗。首二,不苟食栖,双提突起,不可寄托意,说得决然。末二,转到当归,语虽单项,意实双承,言野雀则安分无巢,游子何为辞家久客,徒致人怪不苟栖食之以贫贱骄人也。自嘲之中,仍带人不知我意,章法极其诡变。(张玉毂《古诗赏析》卷五)

(张新科)

上留田行⁽¹⁾

里中有啼儿⁽²⁾,似类亲父子⁽³⁾。回车问啼儿⁽⁴⁾,慷慨不可止⁽⁵⁾。

【注释】(1)上留田:地名。此曲从《古乐苑》入《相和歌辞》。 (2)里:古代居民区。古时二十五户为里。 (3)亲父子:同父之子。 (4)回车问:他人问。 (5)慷慨:悲叹。

【今译】驱车过里中,忽闻有人啼。兄弟貌似父,当是同胞体。停车仔细问,原是兄弃弟。如此悖理事,令人悲难已。

【点评】孤儿遭受兄嫂的遗弃、残酷欺凌和压迫,过着痛苦不堪、哀告无门的生活,这在东汉时期是一种比较普遍的社会现象。以反映现实著称的汉乐府,对此曾有多方面的描写。如《孤儿行》就具体详尽地写了孤儿在凶

恶的兄嫂的严厉监督下,吃的猪狗食,干的牛马活,过着奴隶般生活的悲惨情境。《上留田行》没有《孤儿行》那么多的细节描写,诗人只用简短朴实的四句话,展现了虽为一父之子,但作为兄长的哥哥却不肯照顾年幼的弟弟这样一个有违情理的生活片断。从幼弟的哭泣和路人的感叹中,兄虐其弟的情境,使人自然领悟。全诗语言明白如话,情节跳跃,给人留下了颇多的想象余地,当与《孤儿行》比照阅读。

【集说】上留田,地名也。人有父母死,不字其孤弟者,邻人为其弟作悲歌以讽其兄。(崔豹《古今注》)

《上留田》歌"里中有啼儿",讽时也。成人兄则死而子皋为之衰。《上留田》兄不字其孤弟而行,国为之谣,风雅不坠地,以此。(朱嘉征《乐府广序》卷五)

观其诗意似讽父之听后妇而不恤前子,《古今注》未合。既曰里中,又云似类,责其父而不以为子也。回车一问中,有无限不可言者矣,以慷慨二字括其不平。慷慨二字用得好,前《妇病》篇交语絮絮一段只是此二字。(李因笃《汉诗音注》卷七)

事与《孤儿行》相似,恐是其本辞。(江邮绶《乐府类解》卷八)

(俞樟华)

古　歌(1)

秋风萧萧愁杀人(2)！出亦愁,入亦愁。座中何人,谁不怀忧,令我白头！胡地多飙风(3),树木何修修(4)。离家日趋远,衣带日趋缓(5)。心思不能言,肠中车轮转(6)。

【注释】(1)本篇为乐府古辞,张玉穀《古诗赏析》收入《汉杂曲歌辞》。(2)萧萧:风声。　(3)飙风:狂风。　(4)修修:光秃貌。　(5)缓:宽松,表示身体消瘦。　(6)"肠中"句:喻内心极为痛苦。

【今译】凄厉的秋风冷飕飕,征人忧愁袭心头。出去销愁还是愁,回来仍然愁加愁。愁的岂是我一个？满座谁个不忧愁！我那个愁呀剪不断，真真叫我白了头！胡地经常刮狂风，树木叶落光溜溜。离家一天更比一天远，腰身一天更比一天瘦。心里的乡愁没法说出口，揪心的痛苦叫我咋忍受！

【点评】《汉杂曲歌辞·古歌》"愁"字当头，贯彻始终，音节急促，情调深沉，把一个离乡背井、远征胡地的游子忧伤心声，刻画得淋漓尽致。劈头一句，就用萧萧秋风的凄凉景象，烘托出一个令人忧伤的氛围。跟着"愁杀人"三字，更从正面渲染出悲愁的气氛。"出亦愁，入亦愁"，进一步说明了这种忧愁简直无可摆脱。"座中"二句，虽是陪衬，但却点出人人怀忧，不是只有自己故作多情，给典型环境又增加了分量。"令我白头"直与"愁杀人"前后呼应，也是"愁杀人"的鲜明生动的注脚。以下的"胡地"，揭示了特定的地点，象征着艰难困苦；"飙风"，揭示了比萧萧秋风还要给人以更大的震撼和创痛；"离家日趋远"，揭示出了产生无法排遣的所有忧愁的根本原因。不仅离了家，还要越来越远，看不到归期，看不到尽头，而且又是胡地，又是狂风怒吼的秋天，怎不陡添乡愁呢？由于思乡情殷，吃不下饭，睡不好觉，身体一天天消瘦下去，自然"衣带日以缓"了。可是，满怀忧伤，无处申诉，只能默默地忍受着煎熬，那怎能永无止境地忍受下去呢？恐怕不只是"秋风萧萧愁杀人"，即令是百花盛开的春天，也不会给在胡地的游子带来欢乐，仍然会是"愁杀人"的吧？全诗前后呼应，浑然一体，句法参差，错落有致，中心明确，感情充沛，具有比较强的感染力。

145

【集说】此歌态生于情，情生于调，微吟自知之，其故难言。（钟惺《古诗归》卷五）

《古歌》歌"秋风"。正人去国之思也。昔钟仪楚奏，庄舄越吟，君子谓其乐操土风，不忘旧也。此歌宜为怨雅。（朱嘉征《乐府广序》卷十三）

通首言旅愁。首句特以愁字起。夫出入皆愁，而座中皆怀忧之客人，将往何处消得这许多愁哉！其白头宜也。因念故乡之风未必不似此地，而树木何其修修，则不似此地之萧萧也。

趋，进而不已也。缓，宽也。带宽则身瘦削矣，愁，故也。不能言愁，思也，如轮转，愁肠也。不曾远别离者，不知此也。（王尧衢《古唐诗合

两汉部分

苍莽而来，飘风急雨，不可遏抑。（沈德潜《古诗源》卷三）

此作客胡地思归之诗。前六，就秋风引入愁思，亦是逆起，而用笔有惊飙骤至之势。首句是纲。出愁、入愁，顶"愁"申说；再用"座中"二句推开作陪，然后折出"令我白头"来。一气直下，句句顿挫，妙绝。后六，点明胡地久淹，愁心莫诉。"飘风""树木"，照应起处。带缓而肠终转，是所以白头之故也。（张玉毂《古诗赏析》卷六）

全诗十二句，以"愁"字作骨，统领全篇。前六句明写"愁"，后六句暗写"愁"。眼中所见，耳中所闻，身上所受，心中所感，无不贯穿一个"愁"字。且语言三、四、五、七言杂用，句法参差错落，节奏缓急相间，既有整齐谐调之美，又有灵活变化之妙，确是一首抒写乡愁的名作。（何权衡《两汉乐府诗欣赏》）

这是在"胡"地作客者思念故乡的诗，汉乐府诗里像这样苍苍莽莽、急风骤雨似的调子为数不多。（余冠英《乐府诗选》）

（赵光勇）

十五从军征[1]

十五从军征，八十始得归[2]。道逢乡里人[3]，家中有阿谁[4]？遥看是君家[5]，松柏冢累累[6]。兔从狗窦入[7]，雉从梁上飞[8]；中庭生旅谷[9]，井上生旅葵[10]。舂谷持作饭[11]，采葵持作羹[12]。羹饭一时熟[13]，不知饴阿谁[14]。出门东向看，泪落沾我衣。

【注释】（1）本篇载《乐府诗集》卷二十五，一名《紫骝马歌辞》，属《横吹曲辞·梁鼓角横吹曲》。 （2）始：才。 （3）乡里人：家乡的人。 （4）阿：语助词。 （5）君：对人的尊称，相当于"您"。 （6）冢（zhǒng）：坟墓。累累：一个连着一个。 （7）狗窦（dòu）：狗洞。 （8）雉（zhì）：野鸡。（9）中庭：庭中，即院落之中。旅谷：未经播种而长成的谷子。 （10）葵：菜名，又名冬葵。 （11）舂（chōng）谷：把谷壳捣掉。 （12）羹（gēng）：稠汤。　（13）一时：即刻。　（14）饴(yí)：同"贻"，送给。

【今译】十五少年郎，被征去打仗；直到八十岁，才让回故乡。音讯早断绝，不知啥情况。半路问乡人："我家怎么样？""请你往远看，松柏已成行。坟墓个挨个，老少都死光。"摸索到家里，满眼皆凄凉：兔子钻狗洞，雉飞绕屋梁；院中生野谷，葵菜长井上。拾谷舂成米，采葵作羹汤。饭菜马上熟，不知叫谁尝。出门东向看，人已葬黄壤。剩个孤老头，泪落湿衣裳。

【点评】汉朝旧制，男年二十三岁（景帝改为二十岁）开始服役，到五十六岁年老体衰，得以免除。从这首乐府民歌看，以上规定完全是一纸空文。"十五从军征，八十始得归"，整整服役六十五年，其间经过多少磨难曲折，虽未置一词，却尽在不言之中，真可"于无声处听惊雷"了。类此典型事例，并非出自杜撰，在现实生活中不是没有的。如西汉景帝时吴王刘濞谋反，就征发了从十四岁到六十二岁的人去当兵（见《史记·吴王濞列传》），南朝刘宋时甚至有的士兵"年几八十而犹伏隶，或年始七岁而已从役"（见《宋书·自序》）。举凡这些，无不说明不合理的兵役制度以及战争给老百姓带来了很大的不幸。更为可悲的是，穷老归来，孤苦无依，田园荒芜，没有任何抚恤，晚境凄凉困苦，如何得以维持生活，真能令人也"泪落沾我衣"了。作品善于把景物和刻画人物的心理活动结合起来，更具有震撼心灵的感染力。不论眼前景象是"松柏冢累累"，还是"兔从狗窦入，雉从梁上飞；中庭生旅谷，井上生旅葵"，以及饭菜做好以后不知拿给谁吃，种种情节，再次烘托出八十岁老人的悲惨命运。老人落泪是内心痛苦的流露，就是读者，面对此情此景，也不能不一掬同情之泪了。

【集说】陆时雍曰："直而肆，似乐府语意。"（丁福保《汉诗菁华录笺注》）
《十五从军征》，此只是叙述本事，而状乱离之景象，令人不堪想。此盖《小雅》之遗响，后来杜公时学此。（方东树：《昭昧詹言》卷二）
本篇见于《乐府诗集·梁鼓角横吹曲》，名《紫骝马歌辞》，前面还有四句是："高高山头树，风吹叶落去，一去数千里，何当还故处。"但郭茂倩在解题中引《古今乐录》说："'十五从军征'以下是古诗。"现在一般都把它作为古

两汉部分

诗来看。这是一首暴露封建社会中不合理的兵役制度对于劳动人民的残酷奴役和损害的诗,杜甫的《无家别》实受此诗影响。(北京大学中国文学史教研室选注:《两汉文学史参考资料》)

（张秀贞）

两汉谣谚

淮南王歌[1]

一尺布[2]，尚可缝。一斗粟[3]，尚可舂[4]。兄弟二人不相容[5]。

【注释】(1)本篇录自《乐府诗集》卷八十四，属"杂歌谣辞"。 (2)布：麻布。 (3)粟：带壳的谷子。 (4)舂(chōng)：用臼捣米以去壳。(5)兄弟二人：指汉文帝刘恒与淮南王刘长。二人同父异母，都是汉高祖刘邦的儿子。

【今译】一尺麻布，还可拿来缝衣。一斗谷子，还可捣成精米。可叹兄弟两个人，骨肉相残不容忍！

【点评】这是一首讽刺汉文帝的歌谣。淮南王刘长是汉文帝异母弟，骄恣不法，组织人马，阴谋造反，并且还南连闽越，北连匈奴，以加强自己的力量。事被发觉，文帝六年(公元前174年)，把刘长从淮南迁蜀，刘长在途中绝食而死。后来民间就编唱出了这首歌谣，用来讽刺皇室的兄弟关系，还没

有一尺布、一斗粟有实际意义。布能缝衣,粟能做饭,兄弟关系呢,不但不能互相依存,彼此帮助,反而视为仇敌,成为势不两立的异己力量。这岂非咄咄怪事!文帝听到以后,赶紧为自己辩解说:"古代尧舜放逐同姓骨肉鲧和共工,周公杀了亲兄弟管叔、蔡叔,天下都赞美他们是圣人,因为他们都不假公济私,以私害公。现在民众唱歌批评我对刘长的处理,难道是说我贪图淮南的土地吗?"为了洗刷自己,文帝徙城阳王刘喜管辖淮南王的故地,以后又让刘喜回到原来封地,把淮南一分为三,封了刘长的三个儿子。文帝此举,名为开恩,宽宏大量,实则进行削藩,分化诸侯王的实力,仍然潜藏着统治集团的明争暗斗。"兄弟二人不相容"的本质,不过是换了另外一副面目出现。民歌的确像一把匕首,可以使最高统治者感到莫大的威胁,总想千方百计消除其影响,我们从文帝的行动中就可略见一斑。

【集说】孟康曰:"尺帛斗粟,犹尚不弃,况于兄弟,而更相逐乎?"臣瓒曰:"一尺帛可缝而共衣,一斗粟可舂而共食,况以天下之广而不相容也。"师古曰:"瓒说是。"(《汉书·淮南衡山济北王传》颜师古注)

此两层反比,一句正拍格也。而比意言小物尚可成就,以见人本无弃材。跌落不相容,是责帝平日不能教训以致轨法。(张玉毂《古诗赏析》卷六)

(赵光勇)

成帝时歌谣[1]

邪径败良田,谗口乱善人。桂树华不实[2],黄爵巢其颠[3]。故为人所羡,今为人所怜。

【注释】(1)这是西汉成帝时的歌谣,原载《汉书·五行志》,《乐府诗集》题为《汉成帝时歌谣》,《玉台新咏》题作《汉成帝时童谣歌》。 (2)桂树华不实:《汉书·五行志》曰:"桂,赤色,象汉家。华不实,无继嗣也。"按:桂树当中有一种红皮的叫丹桂,而刘邦建立的汉朝色尚赤,所以赤色是汉家的象征。华即花,花不结果,隐喻汉室无继嗣。 (3)黄爵巢其颠:《汉书·五行志》又曰："王莽自谓黄象,黄爵巢其颠也。"所谓"王莽自谓黄象",是说王莽篡汉建立新朝,自己说他是土德,色尚黄,所以黄是王莽的象征;"黄爵巢其颠"者,爵通雀,黄雀在桂树上作巢,隐喻王莽篡汉而代之。

【今译】一条斜道会把好庄稼毁掉,背后的坏话足以叫好人遭殃。丹桂开花不结果,反被黄雀做了巢。过去皇子王孙受人羡,如今却落魄失魂惹人怜。

【点评】这首歌谣前两句以人们最熟悉的日常经验作譬喻,具有起兴性质,与全谣的主旨似联非联:邪径可以把良田毁掉,谗言可以把好人毁掉,王莽这样的奸贼自然可以把汉朝毁掉。然而,这首歌谣的重点却不在这里,这首歌谣的重点是放在哀叹汉家皇帝没有继嗣——赵飞燕得宠不育,另外的后妃有了子嗣也被飞燕姊妹害死,给王莽篡位造就了机会;愤恨王莽这个奸贼像雀占燕巢那样篡夺霸占了汉朝天下;同时还对汉室皇子王孙的衰落表示哀怜和叹惋。——这些代表了当时善良的老百姓对于"王莽篡汉"这桩历史事件的政治的、道义的和感情的态度和评价。

这首歌谣在表现方式上最显著的特点是运用隐语。之所以要用隐语,是因为所要揭露讽刺的对象王莽当时还当权得势,炙手可热,对他的篡夺阴谋不便直指。隐语而欲人明晓,就需苦心而巧妙地寻取指代形象。桂树,是很高贵的树种,桂音谐贵,桂皮又是赤色,所以桂树便借来做汉室的象征。说桂树开花不结果,自然使人联想到因赵飞燕得宠引起的汉家皇室继嗣危机的社会问题。"黄雀巢其颠"更是巧妙,王莽篡汉野心勃勃,又很迷信,"自言代汉者得土,色尚黄",所以黄就成为他的象征。而"雀占燕巢",是人们所熟知的篡夺霸占的成语,把这个成语和黄挂钩,再与"桂树华不实"联系,组成"桂树华不实,黄雀巢其颠",王莽篡汉的喻意便非常明确了。

【集说】成帝时歌谣云云。桂,赤色,象汉家。华不实,无继嗣也。王莽自谓黄象。黄爵巢其颠也。(班固《汉书·五行志》)

谣言汉末之将乱也。首二,一比一赋,显述乱源。中二,托为隐语,实指乱象。后二,惋惜作结,却就昔美跌出今怜,曲甚。(张玉毂《古诗赏析》卷六)。

(可永雪)

城中谣(1)

城中好高髻(2),四方高一尺(3);城中好广眉(4),四方且半额(5);城中好大袖(6),四方全匹帛(7)。

【注释】(1)这是西汉时期长安流行的歌谣,原载《后汉书·马援列传》所附之马廖传,《乐府诗集》收入《杂歌谣辞》,题为《城中谣》。《东观汉记》载:明德皇后美发,为四起大髻,尚有余,绕髻三匝。又赵王好大眉,见《风俗通义》;赵婕妤为石华广袖,见《飞燕外传》。 (2)城中:指西汉京城长安。髻:梳在头上的发结。 (3)四方:四面八方,这里指全国各地。 (4)广眉:画宽眉毛。徐陵《玉台新咏》里广作大。 (5)且半额:几乎画满半个前额。(6)大袖:宽大的衣袖。《玉台新咏》里大作广。 (7)全匹帛:整匹的布帛。

【今译】京城喜好挽高髻,四乡髻高高一尺;京城喜好画宽眉,四乡宽到半额头;京城喜好大衣袖,四乡敢用整匹布。

【点评】大凡一些时髦的风气,往往有这样两个特点:一是上行下效。一些奢靡新奇的货色,常常由达官贵妇"发明",而后波及四方,其发源地又往往是京城。歌谣所指的高髻、广眉、大袖之风,都由皇后、婕妤、王子发端就是证明;二是凡时髦的玩意儿,都想"竞于使人不能加也",一个攀比一个,非达到荒唐的地步不止。所以"上有所好,下必甚焉",这要算是许多歪风邪气的一条定律。这首歌谣,运用排比的句式,形象的语言,以及"高一尺""且半额""全匹帛"这样夸张手法讽刺的,正是这种现象。

【集说】斯言如戏,有切事实。(冯惟讷《古诗纪》卷十八《城中谣》)

《后汉书》曰《前世长安城中谣》,言改政移风,必有其本,上之所好,下必甚焉。(吴兆宜《玉台新咏笺注》卷一《城中谣》按语)

这是西汉长安歌谣,言京城的时妆往往被各地仿效而且加甚,比喻上行下效,和墨子所说"楚灵王好细腰而国多饿人"意思相同。(余冠英《乐府诗这是汉代京都长安的歌谣,写京城风尚对全国各地的影响。"高髻""大眉""广袖"都是京城的时髦打扮。传说汉明德皇后头上起"四方大髻",赵王喜欢画宽阔眉毛,赵婕好好为石华广袖。这些打扮和时装,往往被各地所仿效而且加甚。喻指社会风气也是上行下效,如春秋战国时,"吴王好剑客,百姓多创瘢。楚王好细腰,宫中多饿死。"(陈鼎如、赖征海《古代民谣注析》第 28 页)

(可永雪)

桓帝初天下童谣[1]

小麦青青大麦枯,谁当获者妇与姑[2]。丈夫何在西击胡[3]。吏买马[4],君具车[5],请为诸君鼓咙胡[6]。

【注释】(1)本篇录自《后汉书·五行志》,属杂歌谣辞。 (2)当:担当。获:收获。妇与姑:儿媳与婆母。 (3)丈夫:男子的通称。胡:原为北方的少数民族,此指西方的羌人,时西方羌人屡屡寇边。 (4)吏:朝廷下级官员。 (5)君:指上层官员。具车:准备车辆以应征赋。 (6)鼓:鼓动。咙胡:喉咙。胡与喉,同音相假。鼓咙胡:意为敢怒而不敢言。

【今译】小麦青青未上场,大麦焦枯收割忙。谁来肩负此重任?只有婆媳去担当。男人如今在何处?都到西边击胡羌。官吏买马充赋役,贵族也得备车辆。想为大家鸣不平,只是敢怒不敢讲。

【点评】东汉时,西方羌人崛起,屡屡闹事,史不绝书。桓帝即位的第二年,白马羌寇广汉属国,杀长吏;西羌与湟中胡反叛,被斩首招降二十万人。第五年,凉州诸羌一时俱反,动摇数州地域,遣将出征,每战常负,于是益发增加甲兵。面对这种严峻形势,"壮悍则委身于兵场"(《后汉书·西羌传》),把有战斗力的男子都派到前方打仗,自是司空见惯。如此这般,必然影响生产,留下来的妇女老弱,也只得肩负起耕作收割的重担。"谁当获者

153

两汉部分

妇与姑。丈夫何在西击胡"二语，自问自答，就是如实地反映了当时的现实生活。由于军用浩大，赋税繁重，也波及下层官吏和上层贵族，这就引起了他们的不满，最后三句，就是运用艺术语言，反映出了这个侧面。童谣也是"感于哀乐，缘事而发"的，连官吏和贵族都有了不满情绪，广大人民将更难以忍受了。

【集说】案元嘉(汉桓帝年号)中，凉州诸羌一时俱反，南入蜀汉，东抄三辅，延及并冀，大为民害，命将出征，每战常负，中国益发甲卒，麦多委弃，但有妇女获刈之也。"吏买马，君具车"者，言调发重及有秩者也。"请为诸君鼓咙胡"者，不敢公言，私咽语。(《后汉书·五行志》)

上三句，言从军者众而田将荒，却从麦青麦枯用逆笔逐句推原出来，便不平顺。"吏买"二句，就有秩者推广言之。末句，则以不敢明言咽住，造句奇。(张玉毂《古诗赏析》卷七)

(张秀贞)

桓灵童谣[1]

举秀才[2]，不知书[3]。察孝廉[4]，父别居。寒素清白浊如泥[5]，高第良将怯如鸡[6]。

【注释】(1)本篇属《杂歌谣辞》。桓、灵：是汉末桓帝刘志、灵帝刘宏的省称。　(2)举：推选。秀才：从汉武帝时开始设立的一种选举科目，凡才学优异者始可应选。　(3)书：字。　(4)察：选拔。孝廉：指事亲尽孝道、办事能廉洁的人。　(5)寒素：清贫。清白：奉公守法，不搞邪门歪道。　(6)高第：武将的选举科目，凡高贵门第者始得应选。

【今译】选举的人号称才学优异，可是却连字都不认识。选举的人说是能尽孝道，可是竟让年迈的父亲分开另住。名为清贫守法的官吏，却贪赃枉法像一摊污浊的烂泥，武将出自高门大第，最卓越的也只是胆怯如鸡。

【点评】这是一篇讽刺东汉末年选举制度名实相悖的民谣。通篇运用正反两方面的对比手法,入木三分地揭露和抨击了腐朽透顶的选举制度。名曰秀才,却目不识丁;名曰孝廉,却同父母不能一起生活;名曰寒素洁白,却贪墨烂污;名曰高门良将,却胆小如鸡。似此名不符实的选举,必然害国害民。那时民变蜂起,不久就给东汉王朝敲了丧钟,从这篇民谣中也可得到某些启示。着墨虽然不多,但形象鲜明,鞭辟入里,不仅能给人留下深刻的印象,并且也具有极其深刻的现实意义。

【集说】灵献之世,阉官用事,群奸秉权,危害忠良,台阁失选用于上,州郡轻贡举于下。夫选用失于上,则牧守非其人矣,贡举轻于下,则秀、孝不得贤矣。故时人语曰:"举秀才,……"(葛洪《抱朴子·审举篇》)

《后汉书》曰:桓灵之世,更相滥举,人为之谣。(郭茂倩《乐府诗集》卷八十七《解题》)

名不副实,说来真可破涕为笑。本四事也。后二,句法变换,便不嫌板。(张玉毂《古诗赏析》卷七)

(赵光勇)

魏晋部分

曹操

曹操(155—220)，字孟德，沛国谯(今安徽亳州)人。在汉末军阀混战中统一了中国北方，为统一全国打下了基础。他是汉末杰出的政治家、军事家、文学家。其诗文慷慨沉雄、直抒胸臆，开建安诗文风气之先，既是杰出作家，又是文坛领袖。曹丕称帝，追尊其为武帝，有《魏武帝集》传世。

度关山⁽¹⁾

天地间，人为贵。立君牧民⁽²⁾，为之轨则⁽³⁾。车辙马迹，经纬四极。黜陟幽明⁽⁴⁾，黎庶繁息。於铄贤圣⁽⁵⁾，总统邦域。封建五爵⁽⁶⁾，井田刑狱⁽⁷⁾。有燔丹书⁽⁸⁾，无普赦赎⁽⁹⁾。皋陶甫侯⁽¹⁰⁾，何有失职？嗟哉后世，改制易律。劳民为君，役赋其力。舜漆食器，畔者十国⁽¹¹⁾。不及唐尧，采椽不斫⁽¹²⁾。世叹伯夷⁽¹³⁾，欲以厉俗⁽¹⁴⁾。侈恶之大⁽¹⁵⁾，俭为共德。许由推让，岂有讼曲⁽¹⁶⁾？兼爱尚同⁽¹⁷⁾，疏者为戚。

魏晋部分

【注释】(1)这是曹操自创的乐府新题,《乐府诗集》收入《相和歌辞》。(2)牧民:统治人民。 (3)轨则:准则,法度。 (4)黜陟幽明:黜,斥退。陟,提拔。幽,暗,指坏人。明,与幽相对,指有德有才者。 (5)於(wū):感叹词。铄,美好。 (6)封建:封国土,建诸侯,指分封制。 (7)井田:指周朝实行的井田制。 (8)燔:烧。丹书,卖身的契约。 (9)赦赎:赦免和用钱赎罪。 (10)皋陶(gāo yáo):传说中远古东夷族的首领,舜时掌管刑法。甫侯,又作吕侯,周穆王时为司寇(主管刑法的官)。此二人都以执法严明而著称。 (11)畔:同叛。《说苑·反质篇》说:尧为天子,用土碗吃饭,土瓶饮水,天下臣服。舜继位之后,则刻木为食器,并涂以黑漆,有十三国诸侯背叛了他。 (12)《韩非子·五蠹》:"尧之王天下也,有茅茨不剪,采椽不斫。"

(13)伯夷:殷朝末年,孤竹君的长子,因与其弟叔齐互相让国而逃走,孟子称之为"廉"和"圣之清者","世叹伯夷"即指此。 (14)厉:同励,勉励。(15)"侈恶"二句:《左传·襄公二十四年》:"俭,德之共也;侈,恶之大也"。 (16)讼曲:打官司。 (17)兼爱、尚同:均是墨翟的主张,兼爱要求爱人如爱己,尚同即上同,"天下之百姓,皆上同于天子。"

【今译】天地之间广又阔,人最尊贵胜万物。设立君主治民众,制订法令作准则。车辙马迹通天下,海内得治四方乐。摒弃恶人用贤明,百姓安居生息多。圣贤君主堪赞赏,统治天下无风波。分封诸侯设五等,井田刑狱安邦国。卖身契约可烧毁,赦罪赎身须斟酌。皋陶甫侯掌刑法,一生尽心无失职。可叹后世治人者,轻改制度与律科。役使百姓为君主,横征暴敛民力耗。舜漆木器讲豪华,诸侯叛离十国多。不比唐尧尚节俭,茅屋俭朴无雕饰。世人同声赞伯夷,提倡廉洁淳浊世。奢侈风气恶最大,应求节俭共为德。都学许由能推让,那有诉讼相争驳?上下同心人相爱,非亲非故亦相乐。

【点评】这是一首表达曹操的政治理想、政治主张的诗歌。开头即提出"天地间,人为贵",表现了曹操对民的重视,也体现了其政治主张的核心和治理天下的最终目的是为了天下安定、人民安居。由此出发,他热情地肯定和赞美了古代君主治国的经验:以法令制度"经纬天下",摒除坏人而重用贤明,要求官吏尽职尽责以天下为任。这些,无疑是具有进步意义的。接着又批评了后世某些君主轻易抛弃了行之有效的律令制度,只知横征暴敛、劳民伤财、追求奢侈享受而导致天下叛离的做法。一正一反,交相为用,使其政治主张极其明晰而颇具说服力。最后,则又重点突出地从广泛的人际关系、君民关系的角度,强调了节俭、推让、兼爱、尚同等主张对于实现社会安定的积极作用,表达了曹操对百姓安居、上下和乐的理想社会的向往。

曹操的诗歌创作,深受汉乐府的影响,语言通俗、形式灵活、直抒胸臆,是其显著特色。此外,全诗主要以议论之笔,引经据典、正反相济、映衬对比,都增强了作品的说服力。

【集说】《乐府解题》曰:"魏乐奏武帝辞,言人君当自勤苦,省方黜陟,省刑薄赋也。"(郭茂倩《乐府诗集》卷二十七)

莽莽有古气。"嗟哉"四句,造感慨然,末语便欲笼盖四海。孟德作用出申、商。"有燔丹书",言非功不赎罪。"舜漆食器"一段言俭。"许由推让"句,不与人讼曲也。一以严毅行之。"兼爱尚同",正是虽亲者亦不假借耳。其造国之大概尽此矣。(陈祚明《采菽堂古诗选》卷五)

魏武乐府诸题,必踞第一等议论。如《度关山》便想到陟方、巡狩、考侯、省农、正刑等事,而归本于俭,意在简省舆从资粮之费,可谓有志于民事者。故能芟刈群雄,几平海内。史称操用法峻急,有犯必戮,或对之流涕,终无所赦。而雅性节俭,不好华丽,故于用刑持俭,独惓惓言之。(朱乾《乐府正义》卷五)

(吕培成)

魏晋部分

蒿露行[1]

惟汉廿二世[2],所任诚不良[3]。沐猴而冠带[4],知小而谋强[5]。犹豫不敢断,因狩执君王[6]。白虹为贯日,己亦先受殃。贼臣持国柄[7],杀主灭宇京[8]。荡覆帝基业,宗庙以燔丧[9]。播越西迁移[10],号泣而且行。瞻彼洛城

廓,微子为哀伤[11]。

【注释】(1)薤露行:亦作"薤露",乐府旧题。原是挽歌,曹操用来叙述时事。薤,多年生草本植物;薤露,即薤叶上的露珠,因其易干,故用以比人生短暂。郭茂倩《乐府诗集》列入《相和歌辞·相和曲》。 (2)廿(niàn)二:指汉朝第二十二代皇帝,即灵帝刘宏。 (3)所任:所任用的人,是外戚何进。 (4)沐猴:猕猴。《史记》:"人言楚人沐猴而冠耳。"这里讥讽何进如猴子着衣冠,智谋短浅。 (5)知:同智。 (6)狩:天子外出巡视。这里是宦官张让挟持少帝出走小平津的讳说。 (7)贼臣:指董卓。 (8)指董卓杀死少帝刘辩,放纵士兵在京都肆意烧杀。 (9)燔丧:烧毁。 (10)播越:流离失所。西迁移:指董卓挟迫献帝、百官及洛阳一带数百万百姓迁徙到长安,途中死亡甚多,积尸盈道。 (11)微子:殷纣王的哥哥。周武王灭商以后,封箕子为诸侯,箕子朝见武王路过殷朝故都,见宫室毁坏,长满了庄稼,就作了《麦秀歌》,以抒发对故国的哀思,《尚书大传》则以此诗为微子所作。

【今译】二十二代汉帝王,任用何进真不良。犹如猕猴着衣冠,智浅难把大事当。犹豫不敢当机断,奸贼趁机劫君王。白虹贯日呈天象,何进自己先遭殃。贼臣董卓窃大权,毒死少帝烧洛阳。汉家帝业遭颠覆,宗庙社稷被烧光。君民西迁苦流离,一路号泣闻断肠。帝京洛阳飞烟灰,微子见此亦哀伤。

【点评】东汉中平六年(189),灵帝去世而少帝刘辩即位,何太后听政。太后兄何进密召董卓进京谋诛专权的宦官,事泄被杀。大军阀董卓入京之后,废少帝立献帝刘协,独揽大权,肆意滥杀无辜,其他军阀则纷纷起兵讨伐董卓。董卓焚毁洛阳,胁迫天子、大臣及洛阳百姓西迁长安。这首作品就真实地记述了这一事实,并抒发了诗人伤时悯乱的悲愤心情。作品前八句从汉帝所任非贤良写起,揭示了当时政治之腐败以及因此而引起的董卓入京、天子遭劫持、天下陷入动乱的惨痛事件。后八句则写大军阀董卓横行洛阳、肆意烧杀、挟迫献帝和百姓西迁的罪恶行径以及百姓流离失所、一路号哭连天的悲惨景象。不愧为一首反映汉末动乱现实的实录,被人誉为"诗史"。全诗融叙事、议论、抒情为一炉,深刻并生动地反映了那个动乱时代的特征,饱含着诗人哀婉悲切的感情,确属饮誉古今的现实主义佳作。

【集说】汉末实录,真诗史也。(钟惺《古诗归》)

此指何进召董卓事,汉末实录也。(沈德潜《古诗源》卷五)

老笔直断。禾黍之思,不须摹写,而悲感填胸。此第一高手。此首言何进、董卓。(陈祚明《采菽堂古诗选》卷五)

前言何进犹豫不断,自贻害也。后言董卓弑逆,宗社邱墟也。(朱乾《乐府正义》卷五)

此叹何进召董卓以致乱也。首二,就上任不良说起,直探乱源。"沐猴"六句,先叙何进召乱身死。知小谋强,犹豫不断,断案平允,珪等执君,本在进死之后,此用倒叙法。"贼臣"六句,正叙董卓乱事。末二,结到感伤,重在帝业倾覆。(张玉穀《古诗赏析》卷八)

(吕培成)

蒿里行⁽¹⁾

关东有义士⁽²⁾,兴兵讨群凶。初期会盟津⁽³⁾,乃心在咸阳⁽⁴⁾。军合力不齐,踌躇而雁行⁽⁵⁾。势利使人争,嗣还自相戕⁽⁶⁾。淮南弟称号,刻玺于北方⁽⁷⁾。铠甲生虮虱,万姓以死亡⁽⁸⁾。白骨露于野,千里无鸡鸣。生民百遗一⁽⁹⁾,念之断人肠!

【注释】(1)《蒿里行》属古乐府《相和歌辞·相和曲》,是送士大夫、平民出殡时唱的挽歌。蒿里,古代迷信称人死后魂魄的去处,即死人居住的地方为蒿里。这里是曹操借用乐府古题写时事,揭露的是初平元年袁绍等人兴兵讨伐董卓、内部混战的情形,以及战乱带给人民的深重苦难。 (2)关东:函谷关以东的广大地区。 (3)盟津:即孟津(今河南孟津县南)。 (4)乃:同"其",他们。代指关东诸军。 (5)雁行:雁群飞行时排列成阵,此处

形容讨伐董卓的各军互相观望,只是列阵,谁也不先攻击。　(6)嗣:后来不久。戕(qiāng):残杀。　(7)玺(xǐ):金玺或玉玺,皇帝的印章。　(8)万姓:老百姓。　(9)百遗(wèi)一:百人里只剩下一人。

【今译】关东各州郡仗义执法的人们,为讨伐董卓贼帮而联合起兵。本指望像孟津之盟牢不可破,万众一心直捣陷于贼的京城。联军集结貌合神离,各怀心事,观望犹豫,谁也不愿带头冲锋。权势私欲往往令人见利忘义,会盟者不久便自相生死斗争。袁术擅立名号在淮南称皇帝,袁绍刻金玺蠢蠢欲动在北方。连年战乱将士铠甲生满虮虱,生民涂炭百姓无辜倍遭祸殃。原野上到处横陈着死人白骨,千里内听不见鸡叫,一片荒凉。百姓幸存下来不到百分之一,想到这等惨事怎不悲愤满腔!

【点评】《蒿里行》围绕一个真实的历史事件,融情、景、事、理于一体,一气呵成。用叙事再现出军阀的你争我夺,用议论指出军阀混争的实质,用写景勾画出人民的灾难,用抒情昭示出自己的爱憎与褒贬。语言质朴流畅,情调沉重悲凉。

全诗共分四段。段与段之间,环环紧扣,层层剥笋,自然形成了起、承、转、合的意脉,既表现了气势沉雄的超凡文采,又表现了诗人悯时伤乱、俯瞰一切的博大胸襟。这也正应了萧涤非评论曹诗的话:“其高处似纯在以气胜,前人谓为跌宕悲凉、沉雄俊爽,殆即以此。盖其雄才大略,足以骄其气,其势位之隆高,足以吐其气,而其生活之变动……又足以充其气也。”

【集说】此咏关东诸侯。“军合”四句,足尽诸人心事。“白骨”四句,悲哀。笔下整严,老气无敌。(陈祚明《采菽堂古诗选》卷五)

此指本初、公路辈,讨董卓而不能成功也。借古乐府写时事,始于曹公。(沈德潜《古诗源》卷五)

“铠甲”四句,极言乱伤之惨,而诗则真朴雄阔远大。(方东树《昭昧詹言》卷二)

(潘世东　喻　斌)

对　酒⁽¹⁾

対酒歌，太平时。吏不呼门⁽²⁾，王者贤且明，宰相股肱皆忠良⁽³⁾。咸礼让⁽⁴⁾，民无所争讼⁽⁵⁾。三年耕有九年储⁽⁶⁾，仓谷满盈⁽⁷⁾。班白不负戴⁽⁸⁾。雨泽如此⁽⁹⁾，百谷用成⁽¹⁰⁾。却走马⁽¹¹⁾，以粪其土田⁽¹²⁾。爵公侯伯子男⁽¹³⁾，咸爱其民，以黜陟幽明⁽¹⁴⁾，子养有若父与兄⁽¹⁵⁾。犯礼法，轻重随其刑⁽¹⁶⁾。路无拾遗之私。囹圄空虚⁽¹⁷⁾，冬节不断⁽¹⁸⁾。人耄耋⁽¹⁹⁾，皆得以寿终。恩泽广及草木昆虫。

【注释】(1)本篇录自《乐府诗集》卷二十七。　(2)吏不呼门:指官吏不向百姓催逼赋税。　(3)股肱(gōng):股为大腿,肱是臂膀,指代辅佐皇帝的大臣。　(4)咸:都。礼让:遵礼守法和谦让。　(5)争讼:打官司。(6)三年耕有九年储:《礼记·王制》说:"国无九年之蓄曰不足。"本句意谓经过多年耕种使国家富裕。　(7)仓:粮库。　(8)班白:头发花白的老人。负戴:指从事肩扛、头顶等繁重体力劳动。　(9)雨泽:雨水普降,没有旱涝之灾。　(10)用成:因而丰收。　(11)却:转。走马:善于奔驰的战马。(12)粪:动词,使运肥料。　(13)爵:动词,分封爵位。公侯伯子男:古代诸侯的五种大小不等的爵位。　(14)黜(chù):贬退。陟(zhì):升进。幽明:指德才的劣和优。　(15)子养:养育子弟。　(16)轻重随其刑:犯罪轻者判轻罪,重者判重罪。　(17)囹圄(líng yǔ):监狱。　(18)冬节不断:冬季不再处决犯人。汉代规定处决犯人要在冬天,春季就停止行刑。　(19)耄(mào):人年九十称耄。耋(dié):人年八十称耋。

【今译】面对着美酒放声歌唱,歌唱这太平盛世的大好时光。官府吏役不骚扰百姓,国君圣明有主张。宰相以及左膀右臂的大臣们,个个尽心竭力为忠良。黎民百姓知礼谦让,无人为了争吵找官衙。三年耕作,仓满囤流,九年不怕有灾荒。老有所养,安度晚年,不再辛辛苦苦头顶或肩扛。老天能降及时雨,五谷丰登喜洋洋。战马得退役,田间地头送粪忙。爵分公侯伯子

魏晋部分

男,都把百姓放心上。斥退邪恶分子,提拔忠正善良,对人民如同爱护子弟的父母和兄长。触犯礼法要惩处,或轻或重没人喊冤枉。社会道德淳厚,路不拾遗成风尚。监狱不再关犯人,一年到头空荡荡。冬季无案可审理,没人为了处决人犯而心伤。人人活到八九十岁,健康长寿不夭亡。恩德普及天下,草木昆虫也能茁壮成长。

【点评】曹操雄才大略,戎马倥偬,亲冒矢石,扫平北方群雄,继而又向江南进军,企图统一全国。只因遭到孙刘联军的抵抗,才使锐气受挫。但仍老骥伏枥,壮心不已。其目的就是为了把那"白骨露于野,千里无鸡鸣"的悲惨世界,变成人人安乐的太平盛世。作者在《对酒》中,借饮美酒,直抒胸臆,具体而形象地描绘出了他所理想的治世蓝图。诸如吏不呼门,君明臣贤,五谷丰登,粮食满仓,战马退役,没有战争,路不拾遗,个个长寿,都能终其天年等等。虽然只是个长远的奋斗目标,离现实还很远很远,甚至在封建社会是个根本不可能条条落实的幻想。但他能大声疾呼,充满自信,富有积极浪漫主义精神,仍然具有振奋人心的巨大力量。

曹操治军一向是很严厉的,临死时,在《遗令》中还肯定"吾在军中持法是也"。他认为平时和战时治理的办法应该有所不同,"夫治定之化,以礼为首;拨乱之政,以刑为先。"(建安十九年《以高柔为理曹掾令》)可是在他的理想国里,还继续提出"犯礼法,轻重随其刑",仍然没有摒弃运用刑法作为治世的武器,这应是他的政治思想中的另一个原则。

【集说】魏武《度关山》《对酒》等篇,古质莽苍。(胡应麟《诗薮》内编卷三)

序述太平景象,极尽形容,须知反言之,并以衰世也。笔古无俟言。(陈祚明《采菽堂古诗选》卷五)

魏武乐府好为有道之言。观其所云,不言文王、周公,便言齐桓、晋文;不言唐尧、虞舜,便言许由、伯夷。其意不过欲粉饰汉征西张本,留汤武、太公为子丕做也。后人被其所欺,谓魏武才高,善翻用古题,独步建安。不知处心积虑,实在于此。但其所翻用者,九变复贯,不离本宗。于此见其才高,不似后人粘则胶柱调瑟,纵则飘蓬离根,二者胥失之矣。《对酒》歌太平,得

乐民之乐意，不嫌假借。中有一部《酒诰》，是其本领。（朱乾《乐府正义》卷五）

曹操在《对酒》篇里描写了理想的太平时代。他想象那时候执政的人都能像父兄对子弟一样地爱护百姓，同时赏罚严明。社会上都讲礼让，没有争讼。农民安心地从事农业，不必奔走四方，人人过着和平丰足的生活，终其天年。作者在这里所表现的政治理想似乎是儒家和法家的混合——但曹操在具体的设施和作风则显出浓厚的法家色彩。（余冠英《三曹诗选·序》）

（赵光勇）

短歌行⁽¹⁾

对酒当歌⁽²⁾，人生几何？譬如朝露，去日苦多⁽³⁾。慨当以慷⁽⁴⁾，忧思难忘⁽⁵⁾。何以解忧？唯有杜康⁽⁶⁾。青青子衿，悠悠我心⁽⁷⁾。但为君故，沉吟至今⁽⁸⁾。呦呦鹿鸣⁽⁹⁾，食野之苹。我有嘉宾，鼓瑟吹笙。明明如月，何时可掇⁽¹⁰⁾？忧从中来，不可断绝。越陌度阡⁽¹¹⁾，枉用相存⁽¹²⁾，契阔谈宴⁽¹³⁾，心念旧恩。月明星稀⁽¹⁴⁾，乌鹊南飞。绕树三匝，何枝可依？山不厌高⁽¹⁵⁾，海不厌深。周公吐哺⁽¹⁶⁾，天下归心。

【注释】（1）《短歌行》：乐府旧题，属《相和歌辞·平调曲》。曹操《短歌行》共二首，这里选的是第一首。 （2）对酒当歌：面对着酒和歌。当，也是面对的意思。 （3）苦：患、恨或苦于的意思，作动词用。 （4）"慨当以慷"：是"慷慨"的间隔用法，即"当慨而慷"，应当慷慨高歌。 （5）忧思：一作幽思。 （6）杜康：相传是最初造酒的人，这里作为酒的代称。 （7）青青子衿：衿是衣领，青衿是周代学子的服装。"悠悠"，长远的样子，形容思念之情。"青青"两句用《诗经·郑风·子衿》篇成句，表示对贤才的思慕。（8）沉吟：低声的吟哦、吟味。 （9）呦呦：鹿鸣声。"呦呦"以下四句，是《诗经·小雅·鹿鸣》篇成句，《鹿鸣》本是宴客的诗，这里借来表示招纳贤才的热诚。 （10）掇：通辍，停止也。一作辍。 （11）"越陌度阡"："阡""陌"，

魏晋部分

田间小道,南北叫"阡",东西叫"陌"。古谚有"越陌度阡,更为客主"的话,这里用来表示贤才远道而来。 (12)枉用相存:枉,枉驾、屈尊;存,问候、看望。 (13)契阔谈宴:契是合、投合;阔是离、疏远。这里"契阔"是偏义复词,偏用"阔"的意思,即久别。"契阔谈宴"是说久别重逢,在一起谈心食宴。(14)月明星稀:沈德潜《古诗源》说:"'月明星稀'四句,喻客子无所依托。"(15)山不厌高:厌,犹嫌。《管子·形势解》:"海不辞水,故能成其大;山不辞土石,故能成其高;明主不厌人,故能成其众。" (16)周公吐哺:吐哺,吐出口中正在咀嚼的食物。《韩诗外传》卷三记载周公曾说:"吾,文王之子,武王之弟,成王之叔父也,又相天下,吾于天下亦不轻矣。然一沐三握发,一饭三吐哺,犹恐失天下之士。"曹操引周公自比,说明求贤建业的心思。

【今译】面对美酒与欢歌,感慨这人生能几何? 好比清晨的露珠,只恨逝去的时光太多。歌声慷慨激昂,胸中的愁绪难忘;用什么来排解忧思? 唯有美酒杜康。你那青青的衣领,引起我绵绵的思情;就是为了你的缘故,我低低地吟哦不停。鹿儿呦呦鸣叫,呼唤伙伴同吃艾蒿。我有嘉宾来到,自当弹瑟吹笙相邀。就像那皎洁的明月,什么时候能停止运转? 我渴慕贤才的忧思,永远不会中断。跨越田野多少路程,枉劳你盛情探慰。久别重逢欢宴畅叙,心中思念往日的情谊。月明星稀之夜,鸦鹊匆匆南飞;绕树转过三遭,哪棵枝条可以依栖? 山不嫌泥土才高,海不嫌水滴才深,我愿像周公一饭三吐哺那样,使天下贤才输诚归心。

【点评】曹操的这首《短歌行》,是建安时期"志深笔长,梗概多气"诗风的代表作。由于作品内容丰厚深沉,有感伤乱离,怀念朋友,叹息时光消逝和希望贤才帮助他建立功业的多层意思,表现方式上又跌宕吞吐,思路不是很连贯,且多化用《诗经》成句入诗,故而读起来只觉音韵铿锵而诗意真谛不大容易把握。但是,蕴含深厚不是没有中心与基点,思路不够连贯不是没有内在脉络,把握住中心,理清了脉络自会有助于领会诗意真谛。下面试为梳理:

此诗的基点和重心是抒发作者统一天下的壮志,亦即渴望延揽人才以建立功业的壮志。而曹操的这个壮志,是一位饱经沧桑的"幽燕老将"的壮志,是一位成熟的政治家的壮志,它自然不同于"挥斥方遒"的少年意气。所以,诗的开头,从"对酒当歌"的歌舞场面写起,却撇开对歌舞场景的空间描绘而转为对时间的思索,转为慨叹人生的短促和年华的消逝。而感叹年华易逝,正在激发和激励及时及早建立功业,这便通向诗意的核心了。接下倾吐慷慨激昂的心曲,表露深沉的忧患意识,正是他"忧世不治"思想的折射,而这也正是"渴望延揽人才以建立功业"这个中心主题的根。——这是诗的前八句("对酒"至"杜康")。

继八句("青青"至"吹笙"),前四写求贤不得时的日夜思慕;后四,写求贤既得后的竭诚欢迎。诗意进入中心。

再八句("明明"至"旧恩"),前四写因求贤才不得而忧;后四写因贤才远道来归而喜。一忧一喜,忽忧忽喜,正充分表现思贤若渴的主题。这也是主题旋律的复现和变奏。

后八句("月明"至"归心"),上四写怜贤才无所依托;下四写求贤才不懈的耿耿赤诚和要使天下归心的抱负。"周公吐哺,天下归心"乃披肝沥胆之言,也等于为全诗点题。

【集说】魏武"对酒当歌"……已乖四言面目,然汉人乐府本色尚存。(胡应麟《诗薮·内编》卷一)

四言至此,出脱《三百篇》殆尽。此其心手不粘带处。"青青子衿"二句,"呦呦鹿鸣"四句,全写《三百篇》,而毕竟一毫不似,其妙难言。(钟惺《古诗归》卷七)

从来真英雄,虽极刻薄,亦定有几分吉凶与民同患意思;其与天下贤才交游,一定有一段缱绻体恤情怀。观魏武此作,及后《苦寒行》,何等深,何等真。所以当时豪杰,乐为之用,乐为之死。今人但指魏武杀孔融、杨修辈,以为惨刻极矣,不知其有厚道在。(吴淇《六朝选诗定论》卷五)

此叹流光易逝,欲得贤才以早建王业之诗。(张玉穀《古诗赏析》卷八)

(可永雪)

169

魏晋部分

苦寒行[1]

北上太行山[2],艰哉何巍巍!羊肠坂诘屈[3],车轮为

之摧。树木何萧瑟,北风声正悲。熊罴对我蹲[4],虎豹夹路啼。谿谷少人民[5],雪落何霏霏。延颈长叹息,远行多所怀。我心何怫郁[6],思欲一东归。水深桥梁绝,中路正徘徊。迷惑失故路[7],薄暮无宿栖。行行日已远,人马同时饥。担囊行取薪,斧冰持作糜[8]。悲彼《东山》诗[9],悠悠使我哀。

【注释】(1)《苦寒行》:乐府曲调名,属《相和歌·清调曲》。建安十一年(206)正月,曹操翻越太行山,讨伐叛变了他的袁绍外甥高干。三月,高干败亡。此诗大概就写于此时。 (2)太行山:蜿蜒在河南、山西、河北境内的大山。当时高干屯兵在壶关口(今山西长治),曹操从邺城(今河北临漳)率兵征讨,途经太行山。 (3)羊肠坂:地名,在今山西省壶关县东南。诘屈:山路盘回纡曲的样子。 (4)罴(pí):棕熊。 (5)谿谷:谿同溪。谿谷指山谷中低洼近水之处。 (6)怫郁(fú yù):愁闷不乐。 (7)故路:原来走过的路。 (8)斧冰:用斧头砍冰。 (9)东山诗:指《诗经·豳风》中的《东山》,是一首描写久戍在外的士兵在回归途中的思念家乡的诗。

【今译】向北行至太行山,路途艰难山峻险!曲曲弯弯羊肠坂,车轮常常被撞散。满山树木尽萧条,北风呼呼声凄惨。熊罴竟敢对我蹲,虎豹号叫路两边。山间溪谷居民少,纷纷大雪落满山。抬头远望长叹息,出征远行多怀念。我心惆怅难安宁,只想东归早凯旋。水深流急桥梁断,大军徘徊不能前。迷途难寻来时路,黄昏人马无处眠。天天行军日日远,人马俱饥不忍言。肩负行囊去砍柴,凿冰取水做稀饭。痛心忆起《东山》诗,忧郁令我肠欲断。

【点评】这首诗共二十四句,前十二句着重写景,间或抒情,总写太行山的高耸,山路的崎岖,树木的萧条零落,北风的阵阵怒吼,猛兽的挡道,溪谷的少人,大雪的纷飞等画面,构成一幅山地风雪行军图。

后十二句是重在抒情,既以抒情开端,又以抒情结尾。中间写行军的困苦:河深桥断,身无栖处,人马饥渴,凿冰做粥。句句突出军旅的困苦,表现出曹操积极进取的精神,从侧面反映了他渴望削平割据、实现统一的愿望。

全诗借景抒情,选材精炼。诗人选取具有特征的景物和典型的生活片断加以提炼,使之巧妙结合,构成了太行山上雪中行军的壮阔图景。全诗格调悲壮,带有建安诗歌的特征。

【集说】凡诗人写寒,自有一应写寒事物,大要曰风,曰雪,其余事物皆倘然夹凑,倍写其苦耳。此诗未写风雪,先写太行之险,所谓骇不存之地,进退两难,则寒无可避,方是苦也。然于太行山上,拈出"北上"二字者,魏武欲以周公自拟,为下文东归暗伏线索耳。……"熊黑"云云,喻当时外有群雄,内有诸臣,以致事不克济。于是乃思退步,如周公之归东山也。然周公当周室之初,故有东山可归,今日当汉室之末,宁有东山可归耶?呜呼!当此徘徊中道,欲求一夕之栖宿而莫能,况乃如《东山》之诗云云哉?此所以喟然而悲。(吴淇《六朝选诗定论》卷五)

绝好。(王夫子《古诗评选》卷一)

此诗盖孟德屯兵于外,正值苦寒而作。前半言山溪之险也。……言山既崔巍,道复纡折,车轮为之摧毁。而木落风悲,猛兽怒号,是以路少人迹。当此寒雪霏霏之际,远行者莫不长望叹息,而多所伤怀也。后半言行客之苦,"东归"思归。谯郡,今亳州也。路途艰阻,人马疲敝,至担囊以樵薪,敲冰以作粥,车行之苦如此。因悲夫《东山》之诗,周公劳军士而悯惴惴之不归。今悠悠思之,而令我哀也。格调古朴,开唐五言之端。(王尧衢《古唐诗合解》卷三)

此因行役苦寒而作,观末用《东山》诗,应是北讨乌桓时也。首四,就行役所至,先叙山路崎岖之苦,为"寒"字预作衬托。"树木"六句,正写萧条寒景。"熊黑"二语,更插得可畏。"延颈"四句,介入远行思归心事,局势一拓。"水深"四句,叙还辕迷路之苦。"行行"四句,就苦饥中带转苦寒,极便极密。末二,援古醒出所以行役之故作收,更得恤下大体。(张玉毂《古诗赏析》卷八)

此诗盖孟德屯兵於外,正值苦寒而作,前半言山溪之险,后半言行路之苦,情景历历,格调古朴,开唐五言之端。(王文濡《历代诗评注读本》上册)

(高益荣)

魏晋部分卷

观沧海⁽¹⁾

东临碣石⁽²⁾，以观沧海。水何澹澹，山岛竦峙⁽³⁾。树木丛生，百草丰茂。秋风萧瑟，洪波涌起。日月之行，若出其中。星汉灿烂，若出其里。幸甚至哉！歌以咏志⁽⁴⁾。

【注释】（1）这首诗是《步出夏门行》的第一章，属《乐府诗集·相和歌辞》，是曹操在207年北征乌桓取得胜利回师后写的一个组诗。全诗分五部分，最前是"艳"（序言），下面是《观沧海》《冬十月》《土不同》《龟虽寿》四章，每章均可独立成篇。　（2）碣石：碣石山，位于右北平郡骊成县西南（今河北乐亭县西南）　（3）何：多么。澹澹：浩荡起伏的样子。山岛：海岛。竦峙（sǒng zhì）：巍然耸立的样子。　（4）"幸甚"二句：是乐工合乐时加上去的，无实际意思。幸：高兴，庆幸。至：极。咏：吟咏，表达。志：志向。

【今译】向东登上碣石山，面对大海凝目望。浩瀚海水波荡漾，山岛高耸大海上。树木葱茏茂密生，百草旺盛满山长。忽然秋风嗖嗖吹，大海澎湃翻巨浪。灿烂日月空中行，犹似运行大海上。繁星闪烁银河间，仿佛出自海中央。十分庆幸多欢快！用诗抒发我志向。

【点评】这首诗前八句写诗人登山观海时所见到的自然景物，既形象地描绘出一幅壮观的山海奇异风景图，又借此抒发了自己要削平割据、统一国家的壮志宏图。后四句，诗人通过丰富的想象，极写大海的宽阔、包容一切的气势，表现出诗人对统一大业的实现充满了信心。

全诗借景抒情，情景交融，境界壮阔，风格豪迈，表现出曹操"诗豪迈纵横、笼罩一世"（胡应麟《诗薮》）的特征。

【集说】不言所悲，而充塞八极无非愁者。孟德于乐府，殆欲踞第一位，惟此不易步耳。不知者但谓之霸心。（王夫之《船山古诗评选》卷一）

今以观海而言山水之流峙，草木之丛茸，风波之汹涌，日月星汉，出没其

中,积水无极,真大观也。我幸而至此,安得不托之歌咏以言志哉!(王尧衢《古唐诗合解》卷三)

有吞吐宇宙气象。(沈德潜《古诗源》卷五)

浩漾动宕,涵于淡朴之中。(陈祚明《采菽堂古诗选》卷五)

(高益荣)

龟虽寿⁽¹⁾

神龟虽寿,犹有竟时⁽²⁾。螣蛇乘雾⁽³⁾,终为土灰。老骥伏枥⁽⁴⁾,志在千里。烈士暮年⁽⁵⁾,壮心不已。盈缩之期⁽⁶⁾,不但在天;养怡之福⁽⁷⁾,可得永年。幸甚至哉!歌以咏志⁽⁸⁾。

【注释】(1)曹操《步出夏门行》共四章,本篇是其中第四章。《龟虽寿》:取诗首句为题。龟的寿命很长,古人将它作为长寿动物的代表。　(2)竟:终了。　(3)螣蛇:传说中一种能乘雾而飞的蛇。　(4)骥:一日可行千里的良马。枥:马槽。　(5)烈士:胸怀高远、心性激切的人士。　(6)盈缩:指生命的长短。　(7)养怡:保养身心健康。　(8)此二句为合乐时所加,与正文无关。

【今译】神龟虽然长寿,生命仍有终时;螣蛇乘雾飞行,最后化为土灰。老马伏在槽下,志向远在千里;烈士到了暮年,壮志慷慨不已。人的生死期限,决定不全由天;注意养生之道,就可健体延年。实在是吉庆呵!作歌表达心愿。

【点评】人称曹操"四言乐府,立意刚劲,造语质直",洵非虚语。此诗以生命问题为主线,比喻、说理、抒怀交相并用,而绝不芜杂,言辞精警,格调沉雄。首四句借"神龟""螣蛇"以明万物生命皆有尽期之理,暗寓及时建功立业之意;"老骥"四句奇文郁起,突兀壁立,古直苍劲,气势非凡,突现了诗人阔大的胸襟抱负及其对生命的昂扬态度,给人以强烈的力的震撼。末四句

借"不但"二字扳转一笔,文势稍缓,而内力仍健,将对生命的热爱、珍惜,指向对生命的利用,令人读来,感慨系之。

【集说】王处仲赏咏"老骥伏枥"之语,至以如意击唾壶为节,唾壶尽缺,即玄德悲髀肉生意也。(王世贞《艺苑卮言》)

"盈缩之期,不独在天",言己可造命也。曹公四言,于《三百篇》外,自开奇响。(沈德潜《古诗源》)。

名言激昂,千秋使人慷慨。孟德能于《三百篇》外,独辟四言声调,故是绝唱。(陈祚明《采菽堂古诗选》)

言自古有死,同有尽日,是以志士及时建功,虽暮年而壮心不已。盖自喻也。(朱乾《乐府正义》)

(尚永亮)

汉魏六朝乐府观止

陈琳

陈琳(？—217)，字孔璋，广陵(今江苏江都)人。初为大将军何进主簿，复为冀州牧袁绍典公文。归曹操后，为司空军谋祭酒，管记室，徙门下督。擅长章表书记，为"建安七子"之一。有《陈记室集》。

饮马长城窟行[1]

饮马长城窟[2]，水寒伤马骨。往谓长城吏[3]："慎莫稽留太原卒[4]！""官作自有程[5]，举筑谐汝声[6]！""男儿宁当格斗死[7]，何能怫郁筑长城[8]！"长城何连连[9]，连连三千里[10]。边城多健少[11]，内舍多寡妇[12]。作书与内舍[13]，"便嫁莫留住。善事新姑嫜[14]，时时念我故夫子[15]。"报书往边地[16]："君今出语一何鄙[17]！""身在祸难中[18]，何为稽留他家子[19]？生男慎莫举[20]，生女哺用脯[21]。君独不见长城下，死人骸骨相撑拄[22]！""结发行事君[23]，慊慊心意关[24]。明知边地苦，贱妾何能久

自全⁽²⁵⁾？"。

【注释】(1)本篇乐府旧题,属《相和歌辞·瑟调曲》。　(2)窟:泉眼。(3)长城吏:监督修筑长城的官吏。　(4)慎:恳请注意。稽留:延迟。太原:在今山西中部一带。　(5)官作:官府修筑长城。程:期限。　(6)筑夯,乃筑城奋夯土的工具。谐:和谐一致。声:指打夯号子声。　(7)格斗:短兵相接的战斗。　(8)怫(fú)郁:憋着闷气。　(9)连连:绵延不绝。(10)三:乃泛指多数。　(11)健少:健壮的年轻人,指筑城者。　(12)内舍:指筑城者的家里。寡妇:指丈夫死于筑城的妇女。　(13)作书:写信。(14)姑:婆母。嫜:公公。　(15)故夫子:原先的丈夫,是作书者自指。(16)报书:妻子复信。　(17)鄙:见识浅陋。　(18)祸难:指修筑长城生还无望。　(19)他家子:别人家的女子,此指其妻。　(20)举:养育。　(21)哺:喂养。脯:腌制的肉干。　(22)骸骨:尸骨。拄(zhǔ):支撑。　(23)结发:指成年。古时女子十五用笄结发。　(24)慊慊(qiàn):怨恨失意貌。关:牵挂。

(25)此句意谓自己也不能活得长久。

【今译】饮马长城侧畔泉中水,水寒一直伤透马骨髓。前去哀求监长城吏:"恳请不要再留我这太原来的服劳役了。""官府修筑长城从来有限期,速去打夯,注意谐调你的号子声!""男儿甘愿沙场短兵相接格斗死,怎能忍气吞声在此筑长城!"筑的长城连绵不断长又长,长城工事连绵不断难返乡。边地筑城多壮男,家中室内多寡妇。索性写信寄妻子:"立即改嫁别延误。好好侍奉新公婆,常常记挂边地曾有一个原配夫!"妻子回信给边地:"您今说话见识低!""我正处在患难中,怎忍拖住人家女子不放松? 生下男孩切勿再养育,生下女孩可以喂肉脯。您难道不曾看见边地长城下,男儿的尸骨一个一个往上压!""十五岁结婚本想好好事夫君,怨恨两地分居心中常挂牵。明明知道您在边地活遭罪,为妻在家苦熬怎能长久保平安?"

【点评】作品直以汉乐府旧题开篇,重在叙事,情节的发展变化多从人物的对话中自然地体现出来,这些都是继承了汉乐府民歌的表现手法。据《史记·匈奴列传》说,秦始皇统一天下后,使蒙恬带十万大军北击胡人,全部控制今内蒙古河套黄河以南地区，不仅依靠黄河为边塞，还因山险堑谷，西起临洮，东至辽东，修筑长城万余里。又据晋杨泉《物理论》所记，秦筑长城，死者不可胜数，乃有民歌云："生男慎勿举，生女哺用脯。不见长城下，尸骸相支柱！"陈琳将这首民歌融入作品，借以更深刻地揭露无休止的徭役给人民带来的灾难是多么的沉重，既突出了主题，又加强了悲剧色彩与感染力。太原卒与妻子书信往来及心态，虽笼罩着浓烈的悲剧气氛，却渗透了双方挚爱的感情。太原卒的"男儿宁当格斗死，何能佛郁筑长城"，虽是愤慨语，却能看出以天下为己任的建安风骨。全篇语言参差，韵律多变，质朴无华，流畅自然，无论是思想性还是艺术性，都属上乘之作。

【集说】吴旦生曰：秦筑长城时，死者相属，民歌云："生男慎勿举，生女哺用脯。不见长城下，尸骸相支柱。"则孔璋乃用其时之谚语也。（吴景旭《历代诗话》卷二十四）

"举筑谐汝声"，言同声用力也。"作书与内舍"，健少作书也。"报书往边地"二句，内舍答书也。"身在祸难中"六语，又健少之词。"结发行事君"四句，又内舍之词。无问答之痕而神理井然，可与汉乐府竞爽矣。（沈德潜《古诗源》卷六《饮马长城窟行》）

孔璋《饮马》一篇，可与汉人竞爽。辞气俊爽，如孤鹤唳空，翩堪凌霄，声闻于天。（陈祚明《采菽堂古诗选》卷七）

此伤秦时役卒筑城，民不聊生之诗，……首二，点题直起。"水寒伤骨"，就苦寒引出归思。"往谓"六句，先设为卒往告吏求归，吏惟饬急筑，卒再与吏析辩。三层往复之辞，第一层用明点，下二层皆用暗递，为久筑难归立案，文势一顿。"长城"四句，振笔重复提起，言如此工程，宁有尽日，将来与妻团聚，真绝望矣，引起下文两次作书回绝来。"作书"六句，第一番书信寄答，俱用明点，而去书但嘱"便嫁"，来书但责"何鄙"，以不忍斥言必死边地也。"善事"二语，就嘱妻中并含父母意。"身在"至末十句，第二番书信寄答，俱用暗递。"寄辞"六句，以在祸难，点清所以不忍稽留之故。复借彼之生男不如生女，跌醒己之必死边城，语本汉诗，神理恰合。答辞四句，表白己之亦当从死，而彼死终不忍言，只以苦字代之，又得体。此种乐府，古色奇趣，即在汉古辞中，亦推上乘，自魏而降，勘嗣音矣。（张玉穀《古诗赏析》卷九）

（张秀贞）

王粲

王粲(177—217)，字仲宣，山阳高平(今山东邹县)人，是"建安七子"中成就最高的作家。十七岁时，因长安扰乱，避难荆州，依附刘表十五年，不被重视。刘表死，归附曹操，曾任丞相掾、侍中等职。擅长诗赋，情调悲凉。今存诗二十多首。有《王粲集》行世。

七　哀[1]

西京乱无象[2]，豺虎方遘患[3]。复弃中国去[4]，委身适荆蛮[5]。亲戚对我悲，朋友相追攀[6]。出门无所见，白骨蔽平原[7]。路有饥妇人，抱子弃草间。顾闻号泣声[8]，挥涕独不还。"未知身死处，何能两相完?"[9]驱马弃之去，不忍听此言。南登霸陵岸[10]，回首望长安。悟彼《下泉》人[11]，喟然伤心肝。

【注释】(1)《七哀》:《乐府古题要解》云:"七哀起于汉末"，把它当作乐府新题。王粲的《七哀》诗共传三首，这里选的是其中的一首。此诗所记，是初平四年(193)王粲离开长安(西京)往荆州途中所见的乱离景象。 (2)"西京"句:长安乱得不成样子。 (3)豺虎:指董卓的部将李傕、郭汜等人。当时董卓被杀,李傕、郭汜等在长安作乱。方:正在。遘:同"构",制造。(4)中国:指西京。 (5)委身:托身。适:往。荆蛮:指荆州。 (6)追攀:追随而攀辕依恋。 (7)蔽:遮蔽。 (8)顾:回头看。 (9)"未知"句:李善注:"此妇人之辞也"。完:保全。 (10)霸陵:在今西安市东,是汉文帝的陵墓所在地。岸:高地。 (11)"悟彼"二句:悟,懂得。《下泉》,是《诗经·曹风》的一首诗。《毛诗序》云:"《下泉》,思治也。曹人……思明王贤伯也。"王粲见到这乱离的景象,又登上霸陵看到本朝贤君文帝的陵墓,就懂得作《下泉》诗的作者为什么要"思治"的心理了。喟然:叹息的样子。

【今译】西京混乱的样子不堪看,豺虎一般的人们在作乱。我只得又避难离开西京,为了安身而南下荆蛮。临行时亲戚含泪和我离别,朋友们难舍追拉着车辕。走出城门眼前凄惨一片,只见尸骨纵横盖满平原。途中见到一位饥饿的妇人,把亲生的婴儿抛弃在路旁草间。回头听着孩子哇哇的哭声,她泪流满面不愿再回转。"我自己还不知葬身何地,怎能母子二人两相保全。"赶着马儿我快快离开这场面,不忍再听这痛心的语言。向南登上霸陵原,回头远眺京城长安。这才悟到《下泉》作者的心意,不禁长叹不已肝肠痛断。

【点评】本诗通过作者自己欲避难荆州而初离长安时的见闻,真实地反映了东汉末年,由于军阀混战而造成的悲惨的乱离景象,表现了对人民苦难的深切同情。选材典型,发语悲恻,具有极强的艺术感染力。

诗的前半,写自己将离长安与亲朋好友作别的场面,带着明显的乱离色彩。因为在动乱的年代里,死生难料,生离往往会变成死别,所以才会出现"亲戚对我悲,朋友相追攀"的极其悲伤的景象。"出门"二句,则是对当时鲜血淋漓的现实更为广阔、更为深刻的艺术概括,也是对李傕、郭汜之流的罪行更为无情的揭露。尤其是"白骨蔽平原"五个字展现的艺术形象,不正是"人民饥困,二年间相啖食略尽"惨象的典型反映吗?"路有饥妇人"以下六句的细节描写更为精彩:一个衣衫褴褛、面黄肌瘦、挣扎在死亡线上的妇人,迫于无奈,把自己亲生的婴儿抛在道旁草丛中。"顾闻号泣声,挥涕独不

还"，当她听到孩子的哭声后，她的心碎了、软了，她的眼泪不禁夺眶而出，她失神地站在那里，陷入了极度的悲痛之中。接下去是她似解释、又似哀叹的两句自言自语的话："未知身死处，何能两相完。"只三十个字，就把这位妇人声容之凄惨、内心之矛盾全都写了出来。这种以少见多、由个别见一般的方法是值得学习的。

"驱马弃之去，不忍听此言"，诗人由于不忍再看下去而驱马继续前行了。然而从末四句却不难看出，他是内心怀着强烈的悸动、纷繁的思虑在行进着。"南登霸陵岸"，文帝是本朝的明君，当时是史家所艳称的"文景之治"时期。"回首望长安"，而此刻长安一带却是满目凄惨。抚今思昔，诗人自会有无限感慨。《下泉》是《诗经·曹风》中的一篇，主题是"思明王贤伯"，作者最后说："悟彼《下泉》人，喟然伤心肝"，此时此刻作为一个年轻文人，只能满怀痛苦地表达他一点思治之心的善良愿望而已。

【集说】王粲，家本秦川，贵公子孙，遭乱流寓，自伤情多。（谢灵运《拟魏公子邺中诗序》）

仲宣以西京肇乱，既不就仕而又避地荆楚，因道途所见，感彼在昔遭乱思治之人哀而作是诗也。（刘履《选诗补注》卷二）

首章言西京之乱，乃弃中国而去之由。"亲戚"二句不是写亲友之厚，乃写亲友之难舍。"出门"以下，正云"乱无象"，兵乱之后，其可哀之事，写不胜写，但用"无所见"三字括之，则城郭人民之萧条，却已写尽。复于中单举妇人弃子而言之者，盖人当乱离之际，一切皆轻，最难割者骨肉，而慈母于幼子尤甚，写其重者，他可知矣。此所以决于去国而不返也。"南登"字紧跟"驱马"而来。"回首望长安"，是不忍遽去之意，然有感焉。霸陵者，汉文之所葬也。长安者，汉文之故都也。使在长安者犹汉文也，岂有白骨蔽野母子不相顾之事，而己亦何至舍弃中国而去哉？故取"下泉"，伤天下之无王，盖有今日之乱罪累上之意。（吴淇《六朝选诗定论》卷六）

落笔刻，发音促，入手紧，后来杜陵有作，全以此为禰祖。"未知身死处，何能两相完"，居然杜句矣。"南登霸陵岸"，一转，取势平远，则非杜所及也。（王夫之《古诗评选》卷四）

乱世之苦，言之真切。"委身"字可悲，本以避乱，然此身终莫必。闻泣不能不顾，顾而终不还，情哀至此。（陈祚明《采菽堂古诗选》卷七）

（张采薇）

从军行⁽¹⁾

悠悠涉荒路⁽²⁾,靡靡我心愁⁽³⁾。四望无烟火,但见林
与丘。城郭生榛棘,蹊径无所由。萑蒲竟广泽⁽⁴⁾,葭苇夹
长流。日夕凉风发,翩翩漂吾舟。寒蝉在树鸣,鹳鹄摩天
游⁽⁵⁾。客子多悲伤,泪下不可收。朝入谯郡界⁽⁶⁾,旷然消
人忧。鸡鸣达四境,黍稷盈原畴,馆宅充廛里⁽⁷⁾,士女满庄
馗⁽⁸⁾。自非贤圣国,谁能享斯休⁽⁹⁾。诗人美乐土⁽¹⁰⁾,虽客
犹愿留。

【注释】(1)从军行:属《相和歌辞·平调曲》。王粲《从军行》共五首,这
里选的是其第五首。此诗《文选》题作《从军诗五首》,李善注:"《魏志》曰:
'建安二十年三月,公(曹操)西征张鲁,鲁及五子降。十二月,至自南郑。是
行也,侍中王粲作五言诗以美其事。'"又于第二首注:"《魏志》曰:'建安二
十一年,粲从征吴,作此四篇。'"逯钦立《先秦汉魏晋南北朝诗》按语说:"五
首非一时一地之作,《魏志》说未赅。" (2)悠悠:行貌,远行的样子。
(3)靡靡:犹迟迟,走路缓慢的样子。 (4)萑:即萑字,荻也。 (5)鹳:指
鹳鸡,就是鹍鸡,和鹄同类。 (6)谯郡:曹操的故乡。黄节《汉魏乐府风笺》
卷十:"《魏志》:'建安二十一年冬十月,治兵征孙权,十一月至谯。'盖其时
也。" (7)廛里:人民居住的区域。 (8)庄馗:大道也。《尔雅》:"六达谓
之庄,九达谓之馗。" (9)休:美也。 (10)乐土:《诗经·魏风·硕鼠》有
"逝将去女,适彼乐土"之句,"乐土"是诗人所向往的安居乐业的理想地方。

【今译】远行踏上荒凉的路,步履迟迟心怀忧。抬头四望不见人间烟火,
眼前只有林莽和土丘。城郭遍地生荆棘,大小道路都没法下脚走。荻叶蒲
草弥漫沼泽地,芦苇丛生夹河流。日落之时凉风吹起,把我的小船吹得晃晃
悠悠。树上寒蝉不住地噪,天边鹳鹄拼命地游。异乡之客见此多么悲伤,痛
苦的泪水止不住地流。今晨进入谯郡界,忧戚郁闷一笔勾。鸡鸣狗吠四境
闻,丰收的黍稷满田畴,新宅旧馆布满市镇,街道上士女往来人烟稠。假若

魏晋部分

不是在圣贤国,谁能有此福分好享受。诗人我赞美这片乐土,就是作客也愿在此长留。

【点评】这是一首在战乱年代对乱世福地所发的衷心的赞歌。诗的前半写征吴途中从邺到谯之所见,即写汉末受兵祸最厉害的河南东部地区荒凉破败的景象;后半从"朝入谯郡界"起,写进入曹操家乡所见的在曹操治下谯郡一片安居乐业的景象。两相对照,反差强烈,再以作为客子的诗人之目击心感发之,无论题材,内容和情调,都给人耳目一新之感。

《从军行》这个曲调,从传统上看,"皆军旅苦辛之辞"(《乐府解题》),而王粲却用它来赞美从军,赞美曹操的征张鲁、征孙权。《从军行》第一首开头四句——"从军有苦乐,但问所从谁;所从神且武,焉得久劳师",就表明了他根本不同的立意。

三曹七子生当战乱频仍的年代,所以感伤乱离是他们诗歌的主调。提起王粲,人们更会很自然地在眼前浮现他在《七哀诗》里所描绘的那幅"出门无所见,白骨蔽平原",那幅"路有饥妇人,抱子弃草间"的难民图。然而只有饱经乱离的人才更知道和平安宁的可贵,对和平安宁的生活才有更强烈的向往。因此当王粲在战乱的荒漠中像发现绿洲一样发现还有这样一片乐土时,便真心加以赞美,这有什么奇怪呢?因此而给我们留下精神为之一爽之作,有什么不好的呢?于此还要指责他"多阿谀语",未免过于苛刻了吧!

【集说】此独写大兵之后,千里萧条,烟火断绝,分明画出一群败兵抱头鼠窜周周章章光景,以形谯国之美。(吴淇《六朝选诗定论》卷六)

王仲宣《从军》五首,紧健处,杜公时效之,《出塞》诸作可见。(方东树《昭昧詹言》卷二)

《从军诗》惜多阿谀语,然尚有沉郁顿挫之致。(陆侃如《中国诗史》)

(可永雪)

阮瑀

阮瑀(约 165—212),字元瑜,陈留尉氏(今河南开封市尉氏县)人。"建安七子"之一。始为曹操司空军谋祭酒,管记室,后为仓曹掾属。善作书檄,存诗不多,以《驾出北郭门行》最著名。有《阮元瑜集》。

驾出北郭门行

驾出北郭门(1),马樊不肯驰(2)。下车步踟蹰,仰折枯杨枝。顾闻丘林中,嗷嗷有悲啼(3)。借问啼者出,"何为乃如斯?""亲母舍我殁(4),后母憎孤儿。饥寒无衣食,举动鞭捶施。(5)骨消肌肉尽,体若枯树皮。藏我空室中,父还不能知。上冢察故处(6),存亡永别离。亲母何可见,泪下声正嘶(7)。弃我于此间,穷厄岂有赀!"(8)传告后代人,以此为明规(9)。

【注释】(1)郭门:外城门。 (2)樊:马止不行。 (3)嗷嗷:哭声。

(4)殁：死亡。　(5)"举动"句：动不动就用鞭子抽打。　(6)冢：指亲母的坟墓。　(7)嘶：声破。　(8)穷厄：穷困。赀，限量。　(9)规：教训。

【今译】驾车出城北，马停不肯驰。我乃下车自徘徊，抬头折下枯杨枝。忽闻山林中，有人在悲啼。寻声问啼者，"为何如此泣？""生母离我死，继母把我嫌。饥寒无衣食，举动常挨鞭。饿得身无肉，瘦成老树皮。常被关空房，父回也不知。上坟祭生母，生死两分离。亲母哪可见，嗓哑无声唯有泪。如今独自活世上，苦海无边哪有限！"劝诚后来人，虐待孤儿不可为。

【点评】汉魏之际，军阀混战，天下大乱，吃苦的是平民百姓。无数人妻离子散，家破人亡，出现了"白骨露于野，千里无鸡鸣"的悲惨景象。社会的极度不安，使得孤儿问题也成为一个日趋严重的普遍的社会问题，阮瑀此诗，就具体细致地记述了受后母残酷虐待的孤儿的不幸遭遇，表现了诗人对这一社会问题的热切关心，和对于受害者的无限同情。

全诗自然朴实，感情真挚。诗人把孤儿控诉后母的虐待放在他生母的坟前来写，环境典型，情节集中紧凑，孤儿如泣如诉的指控，读来真切感人，催人泪下。最后以"传告后代人，以此为明规"结语，含有不要让此类悲剧重演的满腔希望，加深了作品的社会意义。其风格内容，又可与汉乐府《孤儿行》前后辉映。

【集说】乐府往往叙事，故与诗殊，盖叙事辞缓则冗不精，"翩翩堂前燕"，叠字极促乃佳。阮瑀《驾出北郭门》视《孤儿行》太缓弱不逮矣。（徐祯卿《谈艺录》）

古诗自质，然甚文；自直，然甚厚。"上山采蘼芜""四座且莫喧""翩翩堂前燕""洛阳城东路""长安有狭邪"等，皆同巷口语，而用意之妙，绝出千古。建安如应璩《三叟》，殊愧雅驯；阮瑀《孤儿》，毕露筋骨；汉魏不同乃尔。（胡应麟《诗薮》内编卷二）

《驾出北郭门行》，质直悲酸，犹近汉调。（清陈祚明《采菽堂古诗选》卷七）

按此篇亦自平实可法，又魏世作者，或述酣宴，或伤羁旅，其能留意下层社会，敷陈民间疾苦，如此作者，殆如麟角凤毛，未可以文艺之末事少之。结作劝诚语，亦乐府之体宜尔也。（萧涤非《汉魏六朝乐府文学史》）

人生多艰难,孤儿尤悲苦。诗人在对于孤儿苦楚的叙写中,满溢着一腔对人间不平和艰辛的悲凉情怀。"传告后代人,以此为明规",诗人欲以诗为箴来诫示后人,于是诗歌成了规世的工具。建安诗人们对民瘼的关心和积极干世的态度,在这儿得到了最为清楚的反映。(王钟陵《中国中古诗歌史》)

(俞樟华)

魏晋部分

曹丕

曹丕（187—226），字子桓，曹操次子。建安二十五年（220），代汉自主为帝，国号魏，死后谥文帝。他的诗歌细腻委婉，风格清丽。他的《典论·论文》是我国文学批评史上最早的专篇著作。有《魏文帝集》。

燕歌行二首[1]
其一

秋风萧瑟天气凉，草木摇落露为霜，群燕辞归雁南翔。念君客游思断肠，慊慊思归恋故乡[2]，君何淹留寄他方？贱妾茕茕守空房[3]，忧来思君不敢忘，不觉泪下沾衣裳。援琴鸣弦发清商[4]，短歌微吟不能长[5]。明月皎皎照我床，星汉西流夜未央[6]。牵牛织女遥相望，尔独何辜限河梁。[7]

【注释】(1)《燕歌行》：属乐府《相和歌辞·平调曲》。燕是北方边地，时常发生战争,所以《燕歌行》常用来描叙征人、怨妇的离别之情。 (2)慊慊(qiàn):不满、不平的样子。 (3)茕茕(qióng):孤独的样子。 (4)清商:乐府曲调名,以悲惋凄清为特色。 (5)微吟:低吟。不能长:意思是说由于内心悲凄,不可能弹唱节奏舒慢的歌曲。 (6)星汉:天河。夜未央:夜未尽,夜正长。 (7)何辜:有何罪过。

【今译】秋风萧瑟天气渐转凉,草木零落白露变为霜。群燕天鹅都向南飞翔,您在异地令我愁断肠。您也深深难过思家乡,为何还要久留在他方。我孤零零一人守空房,愁上心头总是把您想,不知不觉泪水湿衣裳。弹奏琴弦曲调是清商,短歌低吟难以表忧伤。月光皎洁照在我床上,银河西转黑夜正漫长。牛郎织女隔河遥相望,你们何罪被限河两旁?

【点评】这首诗写征人的妻子感物伤怀,想起在外的丈夫。全诗风格清丽婉转,情韵悠扬,是一首优美的抒情佳作。它也是现在我们所见到的最早、最完整的七言《燕歌行》乐府诗。

开端两句,描绘景物,点明时节,渲染出一种孤寂气氛。继而由景即情,写少妇对久留他乡的丈夫的怀念和她独守空房的孤寂之情。最后,以牵牛织女的故事比喻自己的分离之苦。

诗歌构思精巧,讲求章法。写景、叙事与抒情有机结合,用景物渲染气氛,把人物的活动安排在深秋月夜,使景与情高度交融。此外,语言浅显,形象性强。读之,深秋的景物,忧愁的少妇,无不现于眼前,从而也增加了诗的诱人魅力。

【集说】和柔巽顺之意,读之油然相感。节奏之妙,不可思议。句句用韵,掩抑徘徊,短歌微吟不能长,恰似自言其诗。(沈德潜《古诗源》卷五)

首三,突叙秋景,即将燕北雁南,皆知时序,反兴而起,笔势飘忽。"念君"三句,先就彼边,揣度其客游定亦怀归,何久淹留之故,文势一曲。贱妾五句,方就己边,正写望归无聊情事,文势一展。末四,补写夜景也。然就双星银河遥望,为之代惜何辜,以赋寓比,阒然收住。(张玉毂《古诗赏析》卷八)

187

魏晋部分

此七言一句一韵体，又与《柏梁》不同。《柏梁》一句一意，此连绪相承。后人作七古，句句用韵，须仿此法。盖句句用韵者，其情掩抑低徊，中肠摧切，故不及为激昂奔放之调，即篇中所谓"短歌微吟不能长"也。故此体之语，须柔脆徘徊，声欲止而情自流，续相寻而言若绝。后人仿此体多不能佳，往往以粗直语杂于其间，失靡靡之态也。（陈祚明《采菽堂古诗选》卷五）

此诗情词悱恻，为叠韵歌行之祖。（王尧衢《古唐诗合解》卷三）

（高益荣）

其 二

别日何易会日难，山川悠远路漫漫。郁陶思君未敢言(1)，寄声浮云往不还(2)。涕零雨面毁容颜，谁能怀忧独不叹？展诗清歌聊自宽(3)，乐往哀来摧肺肝。耿耿伏枕不能眠(4)，披衣出户步东西，仰看星月观云间。飞鸧晨鸣声可怜(5)，留连顾怀不能存(6)。

【注释】(1)郁陶：思念聚结的样子。 (2)声：信息、音书。 (3)清歌：没有伴奏的独唱。 (4)耿耿：总是想着，不能忘怀的样子。 (5)鸧(cāng)：白顶鹤，也叫鸧鹒。 (6)存：存想、思念。

【今译】分别时容易可见面时难，相隔的山川道路多悠远。思念您闷在心里不敢言，寄书信犹如浮云去无还。泪长流毁坏了我的容颜，谁能够独怀忧不寻喜欢？展诗篇来歌唱姑且自宽，欢乐过哀伤来毁我肺肝。常想您躺床上也难入眠，披上衣走出门来到庭院。抬头看星与月出没云间。清晨间黄鹂鸣令我哀怜，留恋情眷恋义不堪再念。

【点评】此篇仍是描写少妇思念在外丈夫之诗。起句不凡，以别易和见难相对，状出临别与别后的心情。紧接着三句具体描绘别后的哀伤。以下九句直写少妇愁苦的情况，层层描绘，时时渲染，情感之波，一澜高于一澜，

"留连顾怀不能存"为最高境界,故戛然而止。

全诗结构紧密,全部情节按照少妇的感情变化逐层展开。人物形象生动,刻画细微,既状其外形,又写其心理变化。

【集说】子桓《燕歌》二首,开千古妙境。(胡应麟《诗薮》内编卷三)

所思为何者,终篇求之不得。可性可情,乃《三百篇》之妙用,盖唯抒情在己,弗待于物,发思则虽在淫情亦如正志,物自分而己自合也。呜呼!哭死而哀,非为生者,圣化之通于凡心,不在斯乎!二首为七言初祖,条达谐和,已自尔尔。始知蹇促拘鞭,如宋人七言,定为魔业。(王夫之《船山古诗评选》卷一)

不及首篇之婉约,然犹不失风韵。(陈祚明《采菽堂古诗选》卷五)

诗中各句前后相因,全部的情节按着少妇的感情变化逐次开展,动作和景色、音响和谐地糅合在一起,交替呈现起伏变化,似行云流水难解难分。这样写来,就使读者感情的潮水,随着诗句的起伏波澜,层递高涨,更加受到深刻的感染。(邱英生、高爽《三曹诗译释》)

(高益荣)

陌上桑⁽¹⁾

弃故乡,离室宅,远从军旅万里客。披荆棘,求阡陌,侧足独窘步⁽²⁾,路局苲⁽³⁾。虎豹噪动,鸡惊禽失,群鸣相索。登南山,奈何蹈磐石,树木丛生郁差错⁽⁴⁾。寝蒿草⁽⁵⁾,阴松柏,涕泣雨面沾枕席。伴旅单,稍稍日零落,惆怅窃自怜,相痛惜。

【注释】(1)陌上桑:乐府旧题,属于《相和歌辞·相和曲》。 (2)窘步:谓步履艰难,道路难行走。 (3)局苲(zhǎ):言道路狭窄。 (4)郁差错:谓树木茂密,郁郁葱葱,差参错落。 (5)"寝蒿草"二句:卧于蒿草之上,歇于松柏荫下。

189

魏晋部分

【今译】抛弃了故乡离开了家,从军万里去天涯。披荆斩棘求道路,双腿难挪足难跨。小道又窄又崎岖,虎豹吼叫禽鸟怕。南山之上石累累,丛林昏暗藤蔓挂。入夜宿在草窝中,白天栖身松柏下。泪流满面湿枕席,单身在外愁更加。伙伴日渐丧亡尽,自痛自怜无办法。

【点评】这是一拟乐府诗。诗人以古朴的语言,深沉的语气,表现了从军者的艰难处境和痛苦心情。诗中分别写了征人的行和住两个方面。行进的道路是崇山峻岭,荆棘满途,羊肠小道,且一路虎吼豹嗥,一派阴森气象,令人不寒而栗。而住的则是"寝蒿草,阴松柏",席地而眠。这样的处境多么难以忍受,而且眼看伙伴又一个个在倒下,于是郁结在征人心中的只能是惆怅和痛惜。

这一篇作品应该说是社会的真实写照。建安之际,天下大乱,军阀混战,征人的痛苦也就代表了人民的痛苦。这篇作品描绘了具体的生活画面,为我们了解那个时代提供了可贵的材料。

【集说】子桓小藻,自是乐府本色。(明·王世贞《艺苑卮言》卷二)

奇调、奇思、奇语,无所不有。(谭元春《古诗归》卷七)

此作思路嵌崎,有武帝节奏。(钟惺《古诗归》卷七)

极仿孟德,荒荒苍苍,其情苦悲。"稍悄"句佳,足知从军之久。(陈祚明《采菽堂古诗选》卷五)

(喻 斌 潘世东)

饮马长城窟行[1]

浮舟横大江[2],讨彼犯荆虏[3]。武将齐贯甲[4],征人伐金鼓[5]。长戟十万队[6],幽冀百石弩[7]。发机若雷电,一发连四五。

【注释】(1)本篇属《相和歌辞·瑟调曲》。 (2)大江:长江。 (3)荆:指长江以北旧有的楚地,时为魏的版图。虏:指吴兵。 (4)贯甲:穿铠甲。

（5）伐金鼓：敲鼓。鸣金为收兵号令，敲鼓为进军号令。此为偏义辞。

（6）队：百人为队。十万队，喻持长戟战士之众多。　　（7）石：一百二十斤。弩：用机械发射的弓，在当时有强大的攻击力和杀伤力；有的还可连发，称为连弩。百石弩：喻强有力的弩箭。

【今译】战船密密扎扎横在长江中，准备讨伐侵犯荆地的敌虏。将军们人人都是顶盔贯甲，出征健儿擂响了进军战鼓。手执长戟的队伍不计其数，幽冀的百石劲弩令人侧目。弩机一扣连发四五支利箭，迅如雷电叫敌人低头认输。

【点评】作者处在三国鼎立时代，相互之间经常兵戎相见。本篇是写魏伐吴的军事盛况；另有一篇《董逃行》"晨背大河南辕，跋涉遐路漫漫，师徒百万哗喧。戈矛若林成山，旌旗拂日蔽天。"亦为同一主题，可称得上是姊妹篇。《三国志》记载，黄初三年（222）冬十月，曹丕自许昌南征，诸军种并进，斩首四万，获船万艘，只因瘟疫流行，无法控制，才不得不收兵。黄初五年，又举军远征，因水旱连年，后勤供应困难，才又临江而还。曹丕并不是不愿统一天下，以完成父亲曹操未竟的遗志，从《饮马长城窟行》中就可窥见他的心态。不过限于实力，而且死得太早，只能赍恨以殁。全诗写得豪气逼人。前两句，一个"横"字，一个"讨"字，既显示了浩大的声势，又有居高临下，以正统自居的韵味。再加上士气旺盛，装备精良，自然会所向披靡，有我无敌。在诗中注意运用数量词，如"十万队""百石弩""一发""四五"，通俗易懂，自然畅达，更增强了表现力。

【集说】魏文帝《饮马长城窟行》曰"泛舟横大江"，因以为题也。（《乐府诗集》卷三十八梁简文帝《泛舟横大江·解题》）

此以大江当长城，以浮舟当饮马，备言兵士危险，而家人之思，自在言外。后简文帝拟之为《泛舟浮大江》。（朱乾《乐府正义》卷八）

本诗一扫曹丕建安时期乐府诗的朴素清丽的民歌特点和婉约的抒情特征，变轻俊为豪迈，恰当地表现了魏军的威势和力量，同时展示了身为一国之主和领兵统帅，顾盼自雄的不凡气概。在曹丕诗中风格比较独特，近似于

魏晋部分卷

文人五言古诗。"武将齐贯甲,征人伐金鼓。长戟十万队,幽冀百万弩。"对句颇为工整有力。这种粗壮之气在曹丕诗中是难得的。(韩文奇《汉魏晋南北朝隋诗鉴赏词典·饮马长城窟行》)

(张　强)

左延年

左延年，三国时魏人，生平不详，晓声律，善新声。《晋书·乐志》称其"黄初中……以新声被宠。"今存诗三首。

秦女休行⁽¹⁾

始出上西门，遥望秦氏庐⁽²⁾。秦氏有好女，自名为女休。休年十四五，为宗行报仇。左执白杨刃⁽³⁾，右据宛鲁矛⁽⁴⁾。仇家便东南，仆僵秦女休⁽⁵⁾。女休西上山，上山四五里。关吏呵问女休，女休前置辞："生为燕王妇，今为诏狱囚⁽⁶⁾。平生衣参差⁽⁷⁾，当今无领襦⁽⁸⁾。明知杀人当死，兄言快快⁽⁹⁾，弟言无道忧。女休坚辞为宗报仇，死不疑。"杀人都市中，徼我都巷西⁽¹⁰⁾。丞卿罗列东向坐，女休凄凄曳梏前⁽¹¹⁾。两徒夹我持刀⁽¹²⁾，刀五尺余。刀未下，朣胧击鼓赦书下⁽¹³⁾。

魏晋部分

【注释】(1)此诗本事已不可考,一般认为是左延年根据汉末以至三国时期流传于当时都城洛阳一带的民间传说而改写的。曹植《精微篇》:"女休逢赦书",也提到此女。 (2)庐:即楼,房屋。 (3)白杨刃:似白杨叶形状的刀,一说白杨是刀名。 (4)宛鲁:地名,二地所产的矛特别锋利。 (5)仆僵:倒毙。 (6)诏狱:拘囚朝廷要犯的地方。 (7)参差:长短不齐。此处指穿着讲究,里外不等。 (8)无领襦:无领无襟的囚衣。 (9)快快:郁郁不乐貌。此处言兄见女休杀人,恐惧不安。 (10)徼(jiào):徼巡,巡察捕获。 (11)曳:拖拉。梏:木制手铐。 (12)徒:狱卒。 (13)朣胧:象声词,击鼓声。

【今译】刚出家园到西门,抬头远望秦氏楼。秦家有位好女子,自幼取名叫女休。女休今年十四五,为了宗亲去报仇。左手执把白杨刀,宛鲁利矛持右手。仇人就在城东南,却被女休断了头。女休向西登上山,行程约有四五里。关吏责斥问女休,于是女休前置辞:"平生作为燕王妇,今日已成杀人犯。平生着衣多考究,而今囚衣身上穿。杀人当死我明知,家兄郁郁甚恐惧。小弟劝我别烦忧,女休为宗要报仇。深知不会白杀人,死去无疑也甘心。"杀人事发在城中,围捕却在出城后。丞卿排列面东坐,女休凄然戴枷锁。狱卒持刀夹我走,所持之刀五尺余。大刀挥起未落下,咚咚鼓声传赦书。

【点评】这是一首叙事诗,叙说了一个女子持刀复仇的故事。全诗可分为三层,前十句为第一层,概述女休手持刀矛为宗复仇之事,勾画出一位烈义女子的英雄形象。中间十三句是第二层,作者变化写作方法,借助人物对话来推动情节发展,既具体补叙了复仇的全过程,又突现出女休勇毅果敢的性格。最后八句是第三层,作者又用女休口吻叙事,运用对比映衬方法,一方面写女休的刚烈,一方面讽刺了那些严阵以待的丞卿。他们本想大施淫威,无奈在咚咚的鼓声中传下了赦书,于是诗歌戛然而止,达到了言止而意无穷的艺术效果,仍可诱发人的遐思。

总之,此诗叙事角度富于变化,选材详细得当,人物形象生动鲜明,尤其是寓褒贬于叙事的方法运用得极为成功。作者没有直接对女休行侠杀人复仇、丞卿审问进行一个字的正面评价,但通过叙事其意自明,表现出作者具有高超的叙事功力。

【集说】左延年闲于增损古辞。(曹植语,转引自刘勰《文心雕龙·乐府》)

关东有贤女,自字苏来卿。壮年报父仇,身没垂功名。女休逢赦书,白刃几在颈。俱上列仙籍,去死独就生。(曹植《鞞舞歌·精微篇》)

左延年辞,大略言女休为燕王妇,为宗报仇,杀人都市,虽被囚系,终以赦宥,得宽刑戮也。晋傅玄云"庞氏有烈妇",亦言杀人报怨,以烈义称,与古辞义同而事异。(郭茂倩《乐府诗集》卷六十一《解题》)

(高益荣)

曹植

曹植(192—232),字子建,曹操的儿子,曹丕的同母弟。植天资聪敏,很受曹操宠爱,曾欲立为太子,但由于行为任性,渐渐失宠。曹丕称帝后,他备受猜忌迫害,一再贬爵徙封。曹睿即位后,仍未重用,忧郁而死。曾被封陈王,死后谥"思",故世称"陈思王"。曹植是建安时期最有才华的诗人。清朝丁晏《曹集诠评》是较好的评校本。

白马篇[1]

白马饰金羁[2],连翩西北驰。借问谁家子?幽并游侠儿[3]。少小去乡邑,扬声沙漠垂[4]。宿昔秉良弓,楛矢何参差[5]。控弦破左的[6],右发摧月支[7]。仰手接飞猱[8],俯身散马蹄[9]。狡捷过猴猿[10],勇剽若豹螭[11]。边城多警急,虏骑数迁移。羽檄从北来[12],厉马登高堤[13]。长驱蹈匈奴,左顾凌鲜卑[14]。弃身锋刃端,性命安可怀[15]?父母且不顾,何言子与妻!名编壮士籍,不得中顾私。捐躯赴国难,视死忽如归。

【注释】(1)本篇一作《游侠篇》,是曹植自己创造的乐府新题。 (2)羁(jī):马络头。 (3)幽并:幽州和并州,为今河北、山西等省的部分地区。游侠儿:行侠仗义之人。 (4)垂:同"陲",边远之地。 (5)楛(hù)矢:用楛木做箭杆的箭。参差(cēn cī):不齐貌。 (6)控弦:拉弓。的:目标。(7)月支:射箭用的靶子,又名素支。 (8)接:迎射。猱(náo):猿类动物,体矮小,攀缘树木,轻捷如飞,故称飞猱。 (9)散:射碎。马蹄:一种箭靶子的名称。 (10)狡捷:灵巧敏捷。 (11)剽(piāo):轻疾。螭(chī):一种传说的动物,似龙而黄。 (12)羽檄(xí):用于征召的军用文书,插上羽毛,以示紧急。 (13)厉马:催马。 (14)凌:压制、践踏之意。鲜卑:我国古代东北方的少数民族。 (15)怀:惜。

【今译】白马带着那金饰的络头,奔腾跳跃着向西北飞驰。要问这马上是谁家少年?原是那幽并的游侠子弟。他少小离开自己的故乡,在沙漠边上把威名传扬。常秉持着精弓扬鞭跃马,身挂良箭显露高强武艺。把弓向左张能射透箭靶,向右张便能将靶心穿击。抬手可迎射奔跑的飞猱,俯身能射碎作靶的马蹄。灵巧敏捷足以赛过猿猴,又如同豹螭般勇猛轻疾。眼下边城的军情很严重,入侵之寇在频繁地迁移。火急的情报从北方传来,侠士又催马登上了高堤。长驱踏入了匈奴的军营,回身又击退了鲜卑侵袭。他置身刀枪中毫不畏惧,哪会将自己的生命顾惜?他连老父母都无暇照管,更何谈家中的儿子娇妻?名字已编入壮士的名册,便不能再来把私事顾及。为奔赴国难愿献身疆场,他视死如归有满腔正气!

【点评】以"白马""西北驰"领起全篇,发端精警,如狂飙突起,先声夺人。"借问"四句由马及人,交代来历,"游侠儿",见出与纨绔子弟之别;"去乡邑",为后文"弃身"诸句张本。此后八句,以铺叙排比之法,反复渲染,极写人物的不凡身手;"边城"以下承上而别开新境,波澜迭起,诗情高昂,大笔濡染健儿抗击寇敌之壮举;"弃身"诸句更就人物之心性志节着墨,揭示其崇高的精神境界,每二句皆层层递进,力透纸背,至"捐躯赴国难,视死忽如

魏晋部分

归",则已满纸豪气,无以复加矣。

【集说】"白马"者,见乘白马而为此曲。言人当立功、立事,尽力为国,不可念私也。(郭茂倩《乐府诗集》)

(首四句)此类盛唐绝句。(谢榛《四溟诗话》)

辞极赡丽,然句颇尚工,语多致饰。视东西京乐府,天然古质,殊自不同。(胡应麟《诗薮》内编)

前半幅敷衍处是赋体,人可能之。至"俯身散马蹄"以下,少陵前后《出塞》数语足以该之。且辞藻精警,结句一语未完复作一语,何等力量!(宝香山人《三家诗》曹集)

"参差",字活。"左的""右发",变宕不板。"仰手""俯身",状貌生动如睹,而"俯身"句尤佳。"散马蹄","散"字活甚,有声有势,历乱而去,而马上人身容飘忽,轻捷可知。缀词序景,须于此等字法尽心体究,方不重滞。"弃身"以下,慷慨激昂。(陈祚明《采菽堂古诗选》)

此寓意于幽并游侠,实自况也。子建《自试表》云:"昔从武皇帝,南极赤岸,东临沧海,西望玉门,北出玄塞,伏见所以用兵之势,可谓神妙。而志在擒权馘亮,虽身分蜀境,首悬吴阙,犹生之年。"篇中所云"捐躯赴难,视死如归",亦子建素志,非泛述矣。(朱乾《乐府正义》)

(尚永亮)

泰山梁甫行[1]

八方各异气[2],千里殊风雨。[3]剧哉边海民[4],寄身于草墅。妻子象禽兽,行止依林阻[5]。柴门何萧条,狐兔翔我宇[6]。

【注释】(1)梁甫:泰山旁边的小山,它和泰山都是古代统治者祭祀的地方。《泰山梁甫行》原是汉乐府曲调名,这里是曹植按旧题写的新辞,内容不一定与题目有关系。 (2)异气:气候冷热不同。 (3)殊风雨:天气不同。言这里有风,那里有雨。 (4)剧:甚。这里指艰难困苦之甚。 (5)依林阻:依赖山林险阻之地。　　(6)翔:本义是盘旋而飞,这里是自由地绕行的意思。宇:房屋。

【今译】八方气候各不同,远近地区殊阴晴。海边贫民多困苦,只能存身野草中。妻子儿女无人样,依赖山林度毕生。柴门萧条多冷落,狐兔绕我屋檐行。

【点评】这首诗从边海村民的破落凄凉生活这一侧面,反映了汉末以来军阀混战给人民带来的痛苦,表现了诗人对人民的深切同情。

首联以"各异气""殊风雨"点出各地的不同情景,为全诗起兴。继而直接感叹边民生活的艰苦。随之五句,从边民的日常起居逐层描绘他们的困苦生活。诗歌采用写实的方法,选用富有特征的生活细节,真实地再现人民的生活状况,是一首极佳的叙事短诗。如用"草墅"表现出边民环境的荒凉,用"禽兽"突出其生活的极端艰苦,用狐兔绕屋行,更表现出他们生活的孤寂。

全诗风格慷慨悲壮,内容深厚,具有建安诗歌关切现实的特点,是曹植诗歌中的珍品。

【集说】写得萧瑟,岂徙封临淄时作耶?(陈祚明《采菽堂古诗选》卷六)

亦以咏齐之风土也。此诗殆作于封东阿、鄄城之日乎?吾闻君子不鄙夷其民,斯民也,三代之所以直道而行也。山泽之民,木石鹿豕为伍,盖其常然。顾性非有异也,得贤君而治之,皆盛民也。今无矜恤之心,而有鄙夷之意,子建亦昧于素位之义矣。(朱乾《乐府正义》卷九)

此诗是曹植早期的诗作,可能写于随曹操北征乌桓途中。它描写社会下层的海边贫民的艰苦生活,是建安时期难得的作品。作者在诗中直述所见,直抒所感,笔致苍劲凝练,晓畅明白。(聂文郁、郭定功《汉魏六朝诗鉴赏辞典·泰山梁甫行》)

《泰山梁甫行》原是挽歌,曹植这篇用旧题写边远地区贫民的困苦生活。(朱东润主编《中国历代文学作品选》)

(高益荣)

199

魏晋部分卷

野田黄雀行⁽¹⁾

　　高树多悲风，海水扬其波⁽²⁾。利剑不在掌⁽³⁾，结友何须多？不见篱间雀，见鹞自投罗⁽⁴⁾？罗家得雀喜，少年见雀悲。拔剑捎罗网⁽⁵⁾，黄雀得飞飞⁽⁶⁾。飞飞摩苍天⁽⁷⁾，来下谢少年。

【注释】(1)《野田黄雀行》属乐府《相和歌辞·瑟调曲》。曹植以此自命新题，大约写于黄初元年(220)。由于曹植的朋友被打击和杀戮，诗人写下了此诗。　(2)开首两句用自然现象比喻社会环境的险恶。　(3)利剑：借喻权力。　(4)鹞：一种凶猛的鸟。罗：罗网。　(5)捎：砍破。　(6)飞飞：高飞空中。得：能够。　(7)摩：擦过，迫近。

【今译】树高常招凄厉风，海阔浪涛澎湃涌。锋利宝剑我未握，交友再多有何用？你没见到篱间雀，见鹞恐慌逃网中？张网之人得雀喜，少年看见悲填膺。拔剑割破捕雀网，黄雀展翅翔天空。高飞入云又飞还，感谢少年大恩情。

【点评】这首诗通过黄雀陷罗网和少年削网救雀的描述，反映了作者对自己的朋友被残害的同情，对黑暗势力的不满。由于这首诗是失势时的作品，因此诗人不能直抒胸臆，而只能采用比兴的方法，借助形象来曲折地表达他的哀怨衷情。

　　起首二句，以"高树多悲风，海水扬其波"比喻环境的险恶，为全诗渲染出悲凉的气氛。接着以"利剑"比喻权力，特别是诗人勾画了一个误投罗网的黄雀和一个进取精神的少年，这组形象寄托了诗人欲摆脱束缚，实现理想的愿望。

　　全诗语言质朴，格调明快，感情悲怨中带有激昂。加之比喻的成功使用，增加了诗歌的形象性，贴切地表达出诗人内心的情感。

【集说】思王《野田黄雀行》,坦之云:"词气纵逸,渐远汉人。"昌谷亦云:"锥处囊中,锋颖太露。"二君皆自卓识。然此诗实仿《翩翩堂前燕》,非《十九首》调也。第汉诗如炉冶铸成,浑融无迹。魏诗虽极步骤,不免巧匠雕镂耳。(胡应麟《诗薮》内编卷一)

储光羲《野田黄雀行》以外数首,皆出于此。无君子心肠,无仙佛行径,无少年意气,而长于风雅者,未之有也。(谭元春《古诗归》卷七)

是游侠,亦是仁人,语悲而音爽。(沈德潜《古诗源》卷五)

"高树"句,言在高位者竟不为善也,"海水"句,言天下骚动也,"利剑"句,言己无权柄,不能去恶人也,"结友"句,言同志虽多而无益也。(吴汝纶《古诗钞》)

(高益荣)

鰕䱇篇⁽¹⁾

鰕䱇游潢潦⁽²⁾,不知江海流。燕雀戏藩柴⁽³⁾,安识鸿鹄游⁽⁴⁾?世士此诚明⁽⁵⁾,大德固无俦。驾言登五岳⁽⁶⁾,然后小陵丘。俯观上路人⁽⁷⁾,势利惟是谋⁽⁸⁾。高念翼皇家⁽⁹⁾,远怀柔九州。抚剑而雷音⁽¹⁰⁾,猛气纵横浮。泛泊徒嗷嗷⁽¹¹⁾,谁知壮士忧?

【注释】(1)《鰕䱇篇》:《乐府解题》说:"曹植拟《长歌行》为《鰕䱇》。"(2)鰕:通虾,即鱼虾之虾;䱇同鳝,即黄鳝。潢潦:潢,小水洼;潦,道路雨后积水。潢潦泛指积聚不流之水。 (3)藩柴:用柴荆做的篱笆。 (4)鸿鹄:就是天鹅。《史记·陈涉世家·索隐》:"鸿鹄是一鸟,若凤凰然,非鸿雁与黄鹄也。" (5)此诚明:诚明乎此,即真的懂得这个道理。一作诚明性。

(6)驾言:驾,驾车;言,句中语气词。 (7)上路人:指走上仕宦道路的达官贵人。 (8)势利惟是谋:即唯势利是谋。"惟是谋"一作"是谋雠"。

(9)高念:崇高的信念。翼:辅佐。皇:指魏国。此句一作"雠高念皇家"。

(10)抚剑:按剑。雷音:宝剑发出雷一般的声音。《庄子·说剑》:"诸侯之剑,以智勇士为锋,以清廉士为锷,以贤良士为脊……此剑一用,如雷霆之震

201

魏晋部分

也，四封之内无不宾服而听从君命者矣。"　（11）泛泊：泛，浮貌；泊，止也。泛泊，指世上那般飘飘荡荡混日子的人。

【今译】虾鳝在洼潦中悠游，不晓得江海横流的滋味。燕雀在篱笆间嬉戏，哪了解鸿鹄翔翔云天的志趣？世人如果真的懂得这个道理，其道德之高必定无可比拟。驾着车子登临过五岳，眼里自然要把丘陵看低。俯首且看那班当政人物，一心只打权位势利的主意。我的远大抱负是想安定天下，崇高的理想在于辅佐皇室。按剑挥斥威势雷霆震吼，猛气纵横充贯宇宙。那帮随俗浮沉之辈只知嗷嗷呼叫，哪个知道报国壮士的隐忧？

【点评】曹植以善喻著称，毛虾黄鳝，家燕麻雀，这是人们最常见也是最熟悉的。这首诗以满足于升泥斗水的虾鳝和耽乐于柴篱的燕雀喻指卑琐凡庸之辈，用虾鳝不知江海、燕雀不识鸿鹄志在云天，比喻凡庸之辈难以了解自己冲天的壮志。这里比喻贴切，意象显豁，不但一下子分辨出云泥，同时给全诗定下了基调。

"驾言登五岳，然后小陵丘"还是一种比喻，它是用登过五岳的人自然要把丘陵看低作譬喻，以表明：他这个几乎继承王位的人，自然不把一般的功名利禄放在眼里，许多人营营逐逐，所追求的不过是个人的势利得失，而他所忧虑的却是国事，是以皇家和九州为念的。

全诗始终以抒发难以实现的报国壮志和讥讽凡庸之辈的卑琐不堪两条线索交叉并行。它所讽刺的究竟是"溺燕安而忘远图"的天族，还是"奉身寡过，禄爵而已"的宗藩，或者是"随风转逐，不能止自立"的风人，我们可不必拘泥，反正是指向他心目当中那般"占着茅坑不拉屎"的当权者。而游潢潦的鰕鲔，戏藩柴的燕雀，以及徒嗷嗷的泛泊之流，正以绝妙的喻寓形式为他们画了像。

至于诗人的愤慨为什么如此激烈，我们知道，曹植才华横溢，又从小跟着曹操在军旅中长大，他壮怀激烈，总想干出一些惊世垂名的大事业（请看他的《求自试表》）。然而曹丕、曹睿的疑忌和迫害，却使他怀高才而不见用，抱利器而无所施。这是一桩可叹的悲剧，正是这种悲剧的深沉悲哀集结成了这篇梗概多气的诗作。

【集说】子建自以宗臣，每怀忧国伤人，不识是时宗藩，奉身寡过，禄爵而已。起语浩然，抒此壮慨。（陈祚明《采菽堂古诗选》卷六）

此诗笔仗警句，后惟韩公常拟之。……观子建胸次如此，亦是功名中人。（方东树《昭昧詹言》卷二）

（可永雪）

美女篇⁽¹⁾

美女妖且闲⁽²⁾，采桑歧路间。柔条纷冉冉⁽³⁾，落叶何翩翩⁽⁴⁾。攘袖见素手⁽⁵⁾，皓腕约金环⁽⁶⁾。头上金爵钗⁽⁷⁾，腰佩翠琅玕⁽⁸⁾。明珠交玉体，珊瑚间木难⁽⁹⁾。罗衣何飘飘，轻裾随风还⁽¹⁰⁾。顾盼遗光彩，长啸气若兰。行徒用息驾⁽¹¹⁾，休者以忘餐。借问女何居，乃在城南端。青楼临大路⁽¹²⁾，高门结重关。容华耀朝日⁽¹³⁾，谁不希令颜⁽¹⁴⁾。媒氏何所营，玉帛不时安⁽¹⁵⁾？佳人慕高义，求贤良独难。众人徒嗷嗷⁽¹⁶⁾，安知彼所观。盛年处房室，中夜起长叹。

【注释】(1)本篇《乐府诗集》属杂曲歌辞。无古辞，以首二字名篇。篇中以美女盛年而不嫁喻志士怀才不遇，寄壮志难酬之怅恨。　(2)妖：艳冶美丽。闲，优雅娴静。　(3)冉冉：柔软。　(4)翩翩：飘飞的样子。(5)攘袖：挽起衣袖。　(6)约金环：戴着金镯子。　(7)爵：同雀。金爵钗，一种雀形的金钗。　(8)琅玕：一种类似玉的美石。　(9)间：间杂。木难："金翅鸟沫所成碧色珠也。"（《文选》李善注引《南越志》）　(10)还：音义同旋。　(11)行徒：行路的人。用，因而。息驾，停车。　(12)青楼：本指显贵之家涂饰青漆的高楼，齐梁以后多指倡女所居之处。　(13)容华：容颜。(14)令：好。希令颜：慕其美貌。　(15)玉帛：指珪璋和束帛，古时订婚用的聘礼。安，定。　(16)嗷嗷：乱叫，喻其无见识。

【今译】美女娴雅又漂亮，小道旁边采桑忙。细枝嫩条多柔软，叶儿翻飞落竹筐。卷起袖儿露白手，金镯戴在玉腕上。金雀钗儿头上插，翠绿美玉佩

203

魏晋部分

腰间。周身明珠交相映,夹杂珊瑚和木难。绫罗衣衫飘飘起,长裙飘逸随风旋。秋波顾盼流光彩,长吁舒气香如兰。行路之人停车驾,用膳之人竟忘餐。请问美人居何处,城南之地有家园。青楼巍峨靠大路,重重高门插上闩。华貌朝日相辉映,美貌倾倒多少人。不知媒人何所营,早送玉帛聘佳人。佳人期慕高洁士,一时难得良愿侣。市升众人空聒噪,怎知谁个能中意。美妙年华守空闺,夜半难眠长叹息。

【点评】这是曹植后期生活中创作的一篇重要作品。曹操去世,曹丕继位是其后期生活的开始。他备受猜忌压抑,壮志难酬,内心苦闷。他创作了这篇作品,借美女盛年不嫁、独守空闺抒发自己失意的痛苦与愤懑之情。

作品前二十二句为第一层。篇中美女由《陌上桑》中罗敷形象脱化而来,塑造了一位美艳动人的佳人形象,以喻诗人才德之盛。但在手法、形象特征及艺术推敲上较之《陌上桑》更为细腻,更富神韵。比如以"柔条"两句写其采桑,由《陌上桑》静态的用具描写而变为动态描写。美女的服饰穿戴也做了次序上的调整:先写手、腕,再及于头、腰身、衣裾。这正是采桑之际特定的顺序。可见作者观察之细致、推敲提炼之匠心。吴淇说:"乍见美人,何处看起,因其采桑,即从手上看起,次乃仰观头上,次看中间;又从头中间看过,然后看脚下,已备见其容貌矣。却再细看其丰韵光泽,妙有次第。"又出以"顾盼"两句,更见其秋波动人,气韵高雅。由"媒氏"至篇末八句为第二层,谴责媒人误事、众人饶舌,暗寓讥刺。借佳人之高标难求、盛年不嫁的怨愤自抒其压抑之苦,颇多失志之叹,篇中兴寄,于此毕见。

这篇作品形象生动、推敲细腻、文辞华美流畅,婉曲含蓄,富于兴寄。既见作者之情怀,又见其艺术之特色,堪称曹植富于代表性之佳作。

【集说】美女者,以喻君子。言君子有美行,愿得明君而事之。若不遇时,虽见征求,终不屈也。(郭茂倩《乐府诗集》卷六十三)

子建《名都》《白马》《美女》诸篇,辞极赡丽,然句颇尚工,语多致饰,视东西京乐府天然古质,殊自不同。(胡应麟《诗薮·内篇》)

子建求自试而不见用,如美女之不见售,故以为比。……彼佳人者,求贤慕义,不妄从人,宁守十年不字之贞,而难于苟合。嗷嗷众口,安知彼之所

见哉？徒负芳华，独处自叹，亦所不惜耳。诗中虽有怨望之情，而不失之浅露，此立言之妙也。（王尧衢《古唐诗合解》卷三）

美女者，以喻君子，言君子有美行，愿得贤君而事之，若不遇时，虽见征求，终不屈也。写美女如见君子品节，此不专以华缛胜人。（沈德潜《古诗源》卷五）

此篇佳处在"容华耀朝日"以下，低徊有情。"罗衣飘摇"数句，亦复生动。华腴无侯言。夫华腴亦非细事也。诗质而能古，非老手不能。质而不古，俚率不足观矣，无宁遁而饰于华。要之立言贵雅，质亦有雅，华亦有不雅。汉、魏诗质而雅者也，温、李诗华而不雅者也。自然而华则雅矣，强凑而华则不雅矣。（陈祚明《采菽堂古诗选》卷六）

（吕培成）

七 哀⁽¹⁾

　　明月照高楼，流光正徘徊⁽²⁾。上有愁思妇，悲叹有余哀。借问叹者谁？言是宕子妻⁽³⁾。君行逾十年，孤妾常独栖。君若清路尘⁽⁴⁾，妾若浊水泥⁽⁵⁾。浮沉各异势，会合何时谐？愿为西南风，长逝入君怀⁽⁶⁾。君怀良不开⁽⁷⁾，贱妾当何依？

205

【注释】（1）《七哀》一名《怨诗行》，属《相和歌辞》。　（2）流光：恍然如流水的月光。　（3）宕子：同荡子，即游子。　（4）清路尘：路上扬起的尘土。（5）浊水泥：水底沉积的淤泥。　（6）长逝：长驱、长飞。　（7）良：很久，早已。

魏晋部分

【今译】皎洁月光照高楼，月光如水到处流。楼上少妇常苦闷，连声悲叹无尽头。请问叹声谁发出？自称游子是配偶。离开家园十多年，我在空房独自守。他似路上尘飞扬，我像浊水沉淀泥。浮沉形态各不同，何时会合在一起？我愿化作西南风，长驱直入夫怀里。夫怀早已不张开，贱妾还有啥可依？

【点评】这是曹植后期的作品，表面上是写一位思妇对长期在外的丈夫的思念所产生的哀怨之情，实际上是诗人对其兄曹丕对他的打击和迫害的愤怒与不平的曲折表露。

全诗十六句，可分为三层。前六句为第一层，诗人由明月着笔，即景生情，由物至人，交代时间、人物、环境，奠定了全诗的基础。中间六句为第二层，写明少妇愁思的原因，表达了她欲团聚的热望。结尾四句写少妇既表示想向宕子送去温暖，但又担心宕子变心，不接受自己的感情，从而使她更加痛苦、怨尤。诗之情感，达到顶点。

在艺术上，这首诗很有特色。首先，比兴方法的运用，显得生动形象、贴切清新。全诗既是写实之笔，又是讽喻之词。其次，结构讲求章法，前六句对时间、地点、人物、环境的叙述是全诗的基础，后十句少妇的自叙是全诗中心所在。前后过渡自然，天衣无缝。再次，语言朴素优美、委婉含蓄，具有曹植诗"词采华茂，情兼雅怨"（《诗品》）的特色。

【集说】子建为汉末征役别离，妇人哀叹，故赋此诗。（吕向《六臣注〈文选〉》）。

《七哀》诗，比也。……子建与文帝同母骨肉，今乃浮沉异势，不相亲与，故特以孤妾自喻，而切切哀虑之也。（刘履《选诗补注》）

《七哀诗》，此种大抵思君之辞，绝无华饰，性情结撰，其品最工。（沈德潜《古诗源》）

明月喻君，徘徊比恩之易移，而修冀其远照。……（会合何时谐）盖望文帝之悔悟，复为兄弟如初也。（何焯《义门读书记》）

（高益荣）

当墙欲高行⁽¹⁾

龙欲升天须浮云，人之仕进待中人⁽²⁾。众口可以铄金⁽³⁾，谗言三至，慈母不亲⁽⁴⁾。愦愦俗间⁽⁵⁾，不辨伪真。愿欲披心自说陈⁽⁶⁾。君门以九重⁽⁷⁾，道远河无津⁽⁸⁾。

【注释】(1)墙欲高行:原属乐府《杂曲歌辞》旧题,古辞已失。当:代替、当作之意,亦即以此诗代替古辞《墙欲高行》。 (2)中人:指君主左右受宠信之人,如贵戚、宦官、佞臣之流。 (3)铄(shuò)金:使金熔化。铄:熔化。(4)此二句用"曾参杀人"典故。据《战国策·秦策二》载:费人有与曾参同名者杀人,有人三次告诉曾母这一消息,曾母起初不信,后信以为真,逾墙而逃。这里借用此典故比喻谗言可畏,足以离间君臣关系。 (5)愦愦(kuì):混乱。 (6)披心:披露心迹。 (7)君门九重:指皇帝居所高远深邃,难以见到。 (8)津:渡口。这里引申指渡船。

【今译】龙要升天,须乘驾空中飘浮的云;人要仕进,须借皇帝宠信的人。众口所毁可以熔金,谗言一多,慈母也会疑心。混乱的世俗呵,不辨伪真,我真想将心里话向皇帝披陈。可皇帝离我那么远,无船渡过河,真是愁煞人!

【点评】曹植后半生备受压抑,欲诉无门,本诗即表现了他由此产生的怨愤苦闷心情。开篇以"龙欲升天"兴起"人之仕进",借"浮云"比"中人",谓其乃君臣之中介,为末句埋下伏笔。"众口"诸句化用典故,揭露并控诉"中人"的邪恶和世俗的昏暗。"愿欲"句见出冤情之深;末二句陡转,回应篇首,以"道远河无津"喻指"中人"从中作梗,并暗示出君主的昏聩。全诗立意深切,文辞古朴,格调沉重。

【集说】骨肉之间,仕进犹如此:"谗言三至,慈母不亲",毫无谤讪其上语。(宝香山人《三家诗》曹集)

明明自慨,切至浏亮。起句托兴警动。(陈祚明《采菽堂古诗选》)

《春秋传》曰:"人之有墙,以蔽恶也。"今以蔽明,喻君门九重不得自申也。《启颜录》载:温彦博令裴略嘲屏墙,略曰:"空兀当厅坐,几许遮贤路。"虽屏墙与垣墙不同,意正如此。(朱乾《乐府正义》)

此伤谗间不能获上之诗。首二,先言获上,必先推荐,反振而起。一句比,一句赋,笔势突兀。"众口"五句,转落众谗惑听之可畏,醒出篇主。末二着身致慨,无路自明,独用长句,愈觉矫健。陈王诗多词条丰满者,如此与《野田黄雀》等篇,则又以短劲胜。(张玉毂《古诗赏析》)

(尚永亮)

魏晋部分

薤露行⁽¹⁾

　　天地无穷极⁽²⁾，阴阳转相因⁽³⁾。人居一世间，忽若风吹尘。愿得展功勤⁽⁴⁾，输力于明君。怀此王佐才，慷慨独不群。鳞介尊神龙⁽⁵⁾，走兽宗麒麟⁽⁶⁾。虫兽犹知德，何况于士人⁽⁷⁾？孔氏删诗书⁽⁸⁾，王业粲已分⁽⁹⁾。骋我径寸翰⁽¹⁰⁾，流藻垂华芬⁽¹¹⁾。

【注释】(1)《薤露》是汉代乐府古题名，属《相和歌辞·相和曲》。据崔豹《古今注》称："《薤露》送王公贵人，《蒿里》送士大夫庶人，使挽柩者歌之，世亦呼为挽歌。"这里是曹植用乐府旧题咏怀言志。　　(2)极：尽头。(3)阴阳：阳阴之气，又指日月。转相因：互为因果，互相转化。　　(4)愿：希望。得：能够。功勤：功劳，引申为才智。　　(5)鳞介：鳞，有鳞的水族。介：有甲的水族。　　(6)宗麒麟：以麒麟为宗。麒麟，古代传说中象征吉祥的兽。(7)士人：读书知礼的人。　　(8)孔氏：指孔子。删诗书：指孔子整理儒家的经典。　　(9)王业：圣王的事业，即指虞、夏、商、周各圣帝圣王的功业。粲已分：粲烂地分别表现于各篇诗书之中。　　(10)径寸翰：不大的笔，这里是谦辞。翰：毛笔。　　(11)流藻：写文章。

【今译】天地和日月无穷无尽，阴阳二气相克又相生。人寄居世间一辈子，就像微尘忽然遇狂风。但愿能驰骋我的才智，竭力献给贤君得美名。怀抱经世济民佐王才，就该慷慨激昂冲天鸣。水中鱼鳖都尊重龙王，山上走兽都追踪麒麟。水族野兽尚且知恩德，何况高风亮节的士人？孔子删诗书制定五经，王道复兴由此无垢尘。我要挥动那寸楷毛笔，让锦绣文章永留芳芬。

【点评】生活愈是压迫，心境愈是追求自由与解脱；壮志愈是难酬，情怀就愈激发越悲壮。这是曹植后半期绝多诗作留给读者的一个深层注脚。而《薤露行》则是对这一注脚的一个绝好印证。此诗诗情澎湃，曲折起伏，既有人生苦短、转瞬即逝的隐忧和悲伤，又有驰骋才志、建功立业的期盼和渴望；既有怀才不遇、报国无门的忧愁和苦闷，又有寄身翰墨、流藻垂芳的愿望和自慰。这些复杂而又矛盾的情感，痛苦地扭结在一起，便形成了此诗悲凉而又激昂的意绪。这意绪，似深秋的夕阳，覆盖在温热表面之下的，则是漫漫无边的透骨悲凉。这意绪，既是曹植整个人生悲剧的缩影，又是一颗满怀悲愤、痛苦挣扎的心灵的折光。其中，有希望，有幻想，有自励和自慰，然而，更多的则是不甘和悲伤。这是一支用高亢的调子唱给自己的人生挽歌。

以议论直接而详尽地抒怀言志，以对比的多处运用衬托中心，则是此诗在写作手法上尤值被效仿的两大特点。

【集说】其源出于《国风》。骨气奇高，词采华茂，情兼《雅》怨，体被文质，粲溢古今，卓尔不群。（钟嵘《诗品》）

他一生热烈追求的是"戮力上国，流惠下民，建永世之业，流金石之功。"……他的诗歌的主要内容之一，便是表现这种雄心壮志。《薤露篇》……《鰕䱇篇》（等）……都表现了他追求理想和脱颖不群的性格。（游国恩等《中国文学史》）

《薤露》《蒿里》，皆汉丧歌，子建用之，有借以自挽之意。（萧涤非《魏晋六朝乐府文学史》）

（潘世东　喻　斌）

209

魏晋部分

曹睿

曹睿(205—239),即魏明帝,字元仲,沛国谯(今安徽亳州)人,曹丕之子,黄初七年即位,在位十三年。其能诗文,但文学成就远不及曹操、曹丕。原有集,已散佚。后人辑有散文二卷,乐府诗十余首。

长歌行(1)

静夜不能寐,耳听众禽鸣。大城育狐兔,高墉多鸟声(2)。坏宇何寥廓(3),宿屋邪草生(4)。中心感时物,抚剑下前庭(5)。翔佯于阶际(6),景星一何明(7)!仰首观灵宿(8),北辰奋休荣(9)。哀彼失群燕,丧偶独茕茕(10)。单心谁与侣,造房孰与成?徒然喟有和,悲惨伤人情。余情偏易感,怀往增愤盈(11)。吐吟音不彻(12),泣涕沾罗缨(13)。

【注释】(1)《长歌行》本为乐府旧题,此篇是曹睿依据乐府旧题而写的一篇乐府诗。诗的主要内容是,触景生情,感怀往事而悲伤。 (2)墉

（yōng）：城墙。　（3）"坏宇"句：坏宇，指荒凉的旷野。寥廓，高远广阔。全句意谓：荒凉的旷野很广阔。　（4）邪草：杂草。　（5）抚剑：拿剑，提剑。（6）翔佯：翔，安舒貌。佯，即徜徉，徘徊。　（7）景星：指星光闪烁。景，古同影。　（8）灵宿：有神灵的星宿。　（9）"北辰"句：意谓北极星发着亮光。北辰：北极星。奋：发扬。休：美好。荣：草之花。奋休荣：这里指北极星发着亮光。　（10）茕茕（qióng）：形容孤独。　（11）怀往：怀念往事。（12）彻：完，尽。　（13）罗缨：指有缨络装饰之绫罗衣服。罗：指绫罗衣服。缨：缨络，服饰。

【今译】夜深人静不能寐，耳听众鸟啼叫声。大城荒芜有狐兔，高高城墙多鸟鸣。旷野荒凉又广阔，房舍四周杂草生。触景生情多感慨，起身抚剑到前庭。石阶之旁慢徘徊，满天星斗多么明！抬头远望大星座，北极星辰亮晶晶。可怜那只失群燕，丧偶只身孤零零。孤孤单单谁做伴，有谁共同来造巢？徒然具有同情心，悲惨能使人伤情。我心偏偏易感动，怀念往事忧愤生。吟诉往事还未尽，衣襟沾湿泪纵横。

【点评】这篇是帝王写的乐府诗，反映了帝王的生活和情感。作者写了孤独凄凉的环境和他触物伤情的感慨，也写了他怀念往事的忧愤和悲伤。什么往事，他没有说。但是，三国时期是我国历史上动乱的年代，即令宗室之间、宫廷内部，也是矛盾重重，像其母甄后就是被文帝曹丕遗弃而赐死的。作者又是易动感情的人，自然要触景生情，为往事而悲伤了。因此，本诗还是有时代色彩和真情实感的，不能说是"无病呻吟"。同时，这篇诗在艺术技巧上，也具有特色。比如，生活画面鲜明，全篇用一韵，和谐优美等。

【集说】《乐府题解》曰："古辞云：'青青园中葵，朝露待日晞'，言芳华不久，当努力为乐，无至老大乃伤悲也。魏改奏文帝所赋曲'西山一何高'，言仙道茫茫不可识，如王乔、赤松皆空言虚词，迂怪难信，当观圣道而已。"（《乐府诗集》卷三十，《长歌行》序）

崔豹《古今注》曰："长歌短歌，言人寿命长短各有定分，不可妄求。"按《古诗》云："长歌正激烈。"魏武帝《燕歌行》云："短歌微吟不能长。"晋傅玄

魏晋部分

《艳歌行》云："咄来长歌续短歌。"然则歌声有长短,非言寿命也。(《乐府诗集》卷三十《长歌行》序)

明帝于三祖特为深至,有含蓄。(王夫之《古诗评选》卷一)

(焦　滔)

种瓜篇⁽¹⁾

种瓜东井上,冉冉自逾垣。与君新为婚,瓜葛相结连⁽²⁾。寄托不肖躯,有如倚太山⁽³⁾。菟丝无根株⁽⁴⁾,蔓延自登缘。萍藻托清流,常恐身不全。被蒙丘山惠,贱妾执拳拳⁽⁵⁾。天日照知之,想君亦俱然。

【注释】(1)这是一篇乐府诗,属于《乐府诗集·杂曲歌辞》。这篇主要写新婚良缘,新妇遂心如愿,无限感激之情。　(2)瓜葛:指瓜与瓜藤。(3)太山:即泰山。　(4)菟丝:即菟丝子,一年生草本植物,多寄生在其他植物上。　(5)拳拳:形容恳切之情。

【今译】种瓜种在东井旁,瓜蔓延伸过墙垣。与你良缘新为婚,如瓜牢牢结在蔓上边。有了寄托遂心愿,终身好似依泰山。兔丝本是无根草,还得爬高自攀缘。浮萍寄托清流水,常恐风波身不全。承蒙丘山作依靠,感激之情说不完。一片赤心天日知,你之情意想亦然。

【点评】这篇乐府诗,当是一篇贺新婚之乐章。全诗以新妇之口气,将她新婚良缘,遂心如愿,无限感激,心满意足之情倾吐无遗,颇具特色。在艺术上,这篇诗继承了《诗经》的比兴手法,并运用得贴切、自然,无斧凿痕迹。一开头,就用比兴开篇,"种瓜东井上,冉冉自逾垣。"并以"瓜葛相结连"来比喻她的新婚。继而,觉得诗不尽意,就又用"倚太山"来比喻她的美满新婚。接着,为了表达她的心满意足,就又用兔丝、萍藻的"自登缘""身不全"两个对比,来充分表达她的欣喜心情。像这样的比喻妙用,耐人寻味,对主题有完美的表现力。

【集说】此篇即《春游曲》。（冯惟讷《古诗纪》卷二十二）

怨诗不作怨语，足知甫一把笔，即早已分雅俗于胸中，不待词之波及也。（王夫之《古诗评选》卷一）

此拟定情之诗。首六，先以瓜葛结连，比起新婚相乐，两边总领。"寄托"十字，则到己身，以有所寄托；比之如倚太山，醒出仰望之重。"兔丝"四句，意以妇人从夫，幸则受其庇护，不幸则或至弃捐；作诗腰开宕之笔，却又不用正说；再入"兔丝""萍藻"两喻，凭空指出，便觉灵动。后四，遥应太山，以蒙惠拳拳，天日可质，就己边兜转，彼边收住，意在防其不然，却偏说想亦必然，尤得敦厚之旨。（张玉毂《古诗赏析》卷八）

（焦　滔）

213

魏晋部分

嵇康

嵇康(224—263),字叔夜,谯国铚(今安徽宿州)人。三国魏文学家、思想家、音乐家。曾做过中散大夫,故世称嵇中散。他是曹操孙沛王曹林的女婿。崇尚黄老,讲求养生服食之道。为"竹林七贤"之一。因与司马氏不合作,被司马昭杀害。著有《嵇康集》。

秋胡行⁽¹⁾

富贵尊荣⁽²⁾,忧患谅独多⁽³⁾!富贵尊荣,忧患谅独多!古人所惧,丰屋蔀家⁽⁴⁾,人害其上,兽恶网罗⁽⁵⁾。惟有贫贱,可以无他。歌以言之,富贵忧患多!

【注释】(1)《秋胡行》一作《重作四言诗七首》,乐府为《相和歌辞·清调曲》。郭茂倩《乐府诗集》曰:"《西京杂记》曰:鲁人秋胡,娶妻三月而游宦,三年休,还家,其妇采桑于郊,胡至郊,而不识其妻也,见而悦之,乃遗黄金一镒。妻曰:'妾有夫,游宦不返,幽闺独处,三年于兹,未有被辱于今日也。'采桑不顾,胡惭而退。至家,问妻何在,曰:'行采桑于郊,未返。'既归还,乃向所挑之妇也。夫妻并惭，妻赴沂水而死。"但嵇康此诗与秋胡本事无关。
(2)富贵尊荣:《孟子·尽心上》:"君子居是国也，其君用之，则安富尊荣"，
此句出于此。　　(3)谅:信，诚。　　(4)丰屋蔀(bù)家:丰屋，大屋。蔀，遮
蔽。《易·丰·上六》:"丰其屋，蔀其家。"高亨注:"既大其屋，又蔀其家，其
为巨室可知矣。"　(5)人害其上，兽恶网罗:《国语·周语中》:"谚曰:'兽恶
其网，民恶其上。'"韦昭注:"兽恶其网，为其害己;民恶其上，为其病己。"

【今译】富贵尊荣，忧患真是多！富贵尊荣，忧患真是多！自古有识之
士，惧怕身居高屋巨室。因为人民对此痛恨，就像禽兽憎恶网罗。只有身为
贫贱，才能不惹是非。作诗吟唱，确实是富贵忧患多！

【点评】这是一首说理诗，它直接道出了作者的观点——富贵忧患多。
全诗分三个层次。第一层开头写道:"富贵尊荣，忧患谅独多!"且重复言之，
可见作者对此体会之切，感慨之深。一般人都希望能名显位尊，生活富丽豪
华，可作者却一反常情，慨叹富贵忧患多，这是为什么呢？第二层四句回答
了这个问题。"古人所惧，丰屋蔀家，人害其上，兽恶网罗。"丰屋蔀家，为什
么古人惧怕呢？因为，富贵尊荣多来自民脂民膏，这就很自然要引起民众的
不满与怨恨，甚至起而反抗，也就是"人害其上"，忧患也就由之而生。"兽恶
网罗"是比喻，说明人之恶上就如同兽之憎恶网罗一样。网罗为了捕兽，所
以兽恶之，官吏为了统治压迫民众，所以民众恶之。有识之士绝不希望如
此。正如《孟子·尽心下》云:"堂高数仞，榱(cuī)题(椽头)数尺，我得志弗
为也;食前方丈，侍妾数百人，我得志弗为也;般乐饮酒，驱骋田猎，后车千
乘，我得志弗为也。"诗句到此，可以说已完成了说明原由的任务，但作者在
第三层又进一步从反面说明，"惟有贫贱，可以无他"，只有贫贱才可免于忧
患。最后一句"富贵忧患多"，稍变首二句之语而再申前意，明明白白的语言
中颇具殷勤郑重之情。

　　全诗重在说理，但这一道理是来自作者对生活的深切感受，其中甚至不
无血的教训。因之，虽文字不加修饰，明白如话，而情意诚恳，感慨极深。

【集说】嵇康人品胸次高，自然流出。(陈绎《诗谱》)
　　叔夜婞直，所触即形，集中诸篇，多抒感愤，召祸之故，乃亦缘兹。……

魏晋部分

叔夜衷怀既然，文笔亦尔，径遂直陈，有言必尽，无复含吐之致，故知诗诚类乎性情，婞直之人，必不能为婉转之调审矣。（陈祚明《采菽堂古诗选》卷八）

《秋胡行》别为一体，贵取快意，此犹有魏武遗风。（同上）

（张采薇）

张华

张华(232—300)，字茂先，范阳方城（今河北固安）人。魏末曾为太常博士、佐著作郎、中书郎。入晋，为黄门侍郎，因与武帝、羊祜共谋伐吴有功，进封壮武县侯。惠帝时为太子少傅，官至司空，进封壮武郡公。后因拒绝参与赵王伦的篡权阴谋，被害。他的诗辞藻华美，有《张司空集》，另有《博物志》传世。

轻薄篇⁽¹⁾

末世多轻薄，骄代好浮华。志意既放逸，赀财亦丰奢。被服极纤丽，肴膳尽柔嘉。童仆余梁肉，婢妾蹈绫罗。文轩树羽盖⁽²⁾，乘马鸣玉珂⁽³⁾。横簪刻玳瑁，长鞭错象牙⁽⁴⁾。足下金鑮履⁽⁵⁾，手中双莫耶⁽⁶⁾。宾从焕络绎⁽⁷⁾，侍御何芬葩⁽⁸⁾！朝与金张期⁽⁹⁾，暮宿许史家⁽¹⁰⁾。甲第面长街⁽¹¹⁾，朱门赫嵯峨。苍梧竹叶清⁽¹²⁾，宜城九酝醝⁽¹³⁾。浮醪随觞转⁽¹⁴⁾，素蚁自跳波⁽¹⁵⁾。美女兴齐赵，妍唱出西巴。一顾倾

城国[16]，千金不足多[17]！北里献奇舞[18]，大陵奏名歌[19]。新声逾《激楚》[20]，妙妓绝阳阿[21]。玄鹤降浮云，鳣鱼跃中河[22]。墨翟且停车，展季犹咨嗟[23]。淳于前行酒[24]，雍门坐相和[25]。孟公结重关[26]，宾客不得蹉。三雅来何迟[27]，耳热眼中花。盘案互交错，坐席咸喧哗。簪珥或堕落，冠冕皆倾邪。酣饮终日夜，明灯继朝霞。绝缨尚不尤[28]，安能复顾他？留连弥信宿[29]，此欢难可过。人生若浮寄，年时忽蹉跎。促促朝露期，荣乐遽几何？念此肠中悲，涕下自滂沱。但畏执法吏，礼防且切磋[30]。

【注释】（1）轻薄篇：《乐府诗集》入《杂曲歌辞》。《乐府解题》说："《轻薄篇》，言乘肥马，衣轻裘，驰逐经过为乐，与《少年行》同意。"张华《轻薄篇》旨在讽刺和暴露当时贵族的荒淫生活。　（2）文轩：有彩饰的车子。羽盖，用彩色的羽毛装饰的车盖。　（3）玉珂：用玉做的马勒上的装饰。　（4）错象牙：镶嵌着象牙。　（5）金镂履：就是贴金箔的鞋。　（6）莫耶：即莫邪，吴国著名的宝剑，因铸剑的人得名。　（7）焕：显赫之意。　（8）芬葩：盛多的样子。　（9）金张：指汉宣帝时的显宦金日磾（音觅滴）和张安世。　（10）许史：许指汉宣帝许皇后的娘家，许皇后之父许广汉及广汉两弟均封侯；史指汉宣帝祖母史良娣的娘家，史良娣之侄史高等三人均封侯。他们都是当时有名的贵戚。　（11）甲第：第一流的住宅。　（12）苍梧：今广西梧州市。竹叶清：酒名，一名竹叶青。　（13）宜城：今湖北宜城县。九酝醝（cuō）：经过多次酝酿的白酒。　（14）醪（láo）：酒带糟为醪。　（15）素蚁：酒面上的浮沫。　（16）倾城国：本集作"城国倾"。　（17）不足多：本集作"宁足多"。（18）北里：《史记·殷本纪》："纣使师涓作新淫声，北里之舞，靡靡之乐。"（19）大陵：地名，在今山西文水县东北。《史记·赵世家》："王游大陵，他日王梦见处女鼓琴而歌。"　（20）激楚：歌曲名。　（21）阳阿：古代名倡。（22）鳣（xún）鱼：即鲟鱼。　（23）展季：即柳下惠，是著名不好色的人。（24）淳于：即淳于髡，是战国时有名的滑稽家。　（25）雍门：指雍门周，善鼓琴。　（26）孟公：西汉人，《汉书·陈遵传》："陈遵字孟公……每大饮，宾客满堂，辄关门，取客车辖投井中，虽有急，终不得去。"结重关：是说闭门留客。

（27）三雅：三种酒器。《典论》："荆州牧刘表跨有南土，子弟骄贵，以酒器名三爵：上者曰伯雅，受七升；中雅受六升；季雅受五升。" （28）绝缨尚不尤：楚庄王和群臣饮酒，大家都喝醉了，殿上烛灭，有人扯王后的衣裳，王后将他冠上的缨索扯断，然后请楚王查绝缨的人。楚王却令群臣都将冠缨扯断，使对王后不敬的那个人不会被查出来。"不尤"，不以为过失也。 （29）弥信宿：连日不停。再宿叫信。 （30）礼防：礼制的约束。

【今译】王朝的末世趋向轻佻浅薄，骄纵的时代爱好浮艳放荡。思想上既要无拘无束，物质上更求豪华排场。穿戴要拣细软华丽，吃喝也必特别考究。小厮仆人弃粱肉，丫头姨太也穿着绫罗丝绸。彩饰的车上竖起羽盖，马勒上的玉饰叮当作响。横簪用玳瑁雕刻，鞭柄用象牙镶嵌。脚下穿就金箔履，手拿莫邪名剑还成双。显赫的宾朋络绎不绝，侍卫听差有众多在应答。清早和金张一类权贵约会，夜晚就住许史勋戚人家。一流的宅院面临长街，红漆的门楼威严高大。苍梧产的竹叶青，宜城出的九酝醴，酒中的醪糟随杯转动，酒面的浮沫跳荡泛波。艳冶的美女来自齐赵，动听的歌唱出于西巴。回眸一顾便足倾城倾国，赏赐千金又哪算多！北里地方献上奇妙的舞蹈，大陵处女前来演奏名歌。时兴的乐曲胜过《激楚》，悠邈的舞姿压倒阳阿。玄鹤被吸引从云端降下，鲟鱼从河心跳出来听。墨翟都要停车欣赏，柳下惠也发出啧啧赞叹声。淳于髡走上前去敬酒，雍门周在座位上抚琴相和。孟公把重重大门都关上，众宾客休想能"逃脱"。"三雅"杯还没来得及往上摆，客人们早已喝得耳热眼发花。杯盘狼藉往又来，席上人人声喧哗。发簪耳坠都掉地，头巾礼帽也倾斜。没日没夜狂饮烂醉，明灯红烛接续朝霞。扯断的缨索尚不见怪，除此之外还管什么？连日不停沉湎其中，这种欢乐何处能比得过。人生好比浮萍与过客，岁月时光白白消磨。它短促得就像早上的露水，繁华享乐的日子能有几多？想到这里心急如焚，不禁涕泪交下雨滂沱。他们只怕执法的官吏，要用礼制约束和切磋。

【点评】"末世多轻薄，骄代好浮华"——这既是作者对他所面对的社会病态、时代症状的观察与诊断，又包括作者对历代王朝兴衰治乱规律及其通病的认知和概括。是的，"末世多轻薄，骄代好浮华"，这几乎形成了一个定

律,似乎还不独封建社会为然。对于"末世"轻薄,"骄代"浮华的具体表现——亦即具体症状,诗人先提纲挈领总括出两条:"志意既放逸,货财亦丰奢",即不止有物质上的"穷奢",而且有思想上的"极欲"。以下就循着这两个方面,用夸张铺陈的赋法一一加以描绘。写穷奢,从穿戴、吃喝、车马、剑履、高宅大院、童仆婢妾、宾从侍御,总之从衣食住行的各个方面,以至社会交往都讲到;写极欲,从玩呀、乐呀,什么美女妍唱,奇舞名歌,以至酣饮终日、醉生梦死等等,一直写到"绝缨不尤"等恣意放浪的行为。透过这种种病症,此种社会风气和社会心态的特点也显露无遗,这就是夸富比阔,以交结权贵为荣,以淫逸放纵为乐,纯乎是一种挥霍、享乐、颓废、纵欲的人生,根本没有一丝建设、创造、进取、贡献的影子。

自然,由于作者把全诗的着力点是放在暴露病状方面,并未深究病源,所以他最后所开出的药方——"但畏执法吏,礼防且切磋",寄希望于有执法严正的官吏和礼制的约束,便显得苍白无力了。

纵然未开出理想的药方是个遗憾,但谁都知道,症状的暴露可以引起疗救的注意,症状暴露的充分、显豁、真切,具有典型性,便有它一定认识和启发意义,能帮助人们辨识社会风气,帮助人们学会通过社会风气、社会心态透视社会本质。

【集说】这篇诗的内容,是当时贵族荒淫生活的暴露,上半写'浮华',下半写'放逸'。《宋书·五行志》云:'晋惠帝元康中贵游子弟相与为散发保身之饮,对弄婢妾。逆之者伤好,非之者负讥。'就是这诗真实的背景。(余冠英《乐府诗选·轻薄篇解题》)

本篇是写当时统治阶级上层的奢侈荒淫生活。《宋书·五行志》说:"晋惠帝元康中,贵游子弟相与为散发保身之饮,对弄婢妾。逆之者伤好,非之者负讥。"本篇反映了这种历史事实。(朱东润主编《中国历代文学作品选·轻薄篇解题》)

他的乐府诗往往能够针砭当时的社会,例如《轻薄篇》就对于当时贵族社会骄奢荒淫的生活作了详尽的暴露。可惜的是用典和用偶句太多,不免呆板和平弱,虽有讽刺,却少力量。(中国科学院文学研究所中国文学史编写组《中国文学史·魏晋南北朝文学》第二章第三节)

(可永雪)

壮士篇(1)

天地相震荡,回薄不知穷(2)。人物禀常格(3),有始必有终。年时俯仰过(4),功名宜速崇。壮士怀愤激,安能守虚冲(5)?乘我大宛马(6),抚我繁弱弓(7),长剑横九野,高冠拂玄穹。慷慨成素霓(8),啸咤起清风。震响骇八荒(9),奋感曜四戎(10)。濯鳞沧海畔,驰骋大漠中。独步圣明世,四海称英雄。

【注释】(1)壮士篇:《乐府诗集》入《杂曲歌辞》。郭茂清有按语:"燕荆轲歌曰:'风萧萧兮易水寒,壮士一去兮不复还。'《壮士篇》盖出于此。"(2)回薄:谓循环相迫。回,反;薄,迫。 (3)禀常格:禀赋常性,保持一定之规。 (4)年时:岁月、时光。俯仰:低头抬头,形容时间短暂。 (5)虚冲:内心的虚无冲和状态。守虚冲,即安于无所作为。 (6)大宛:汉西域诸国之一,其地自古以产良马著名。《史记·大宛列传》:"大宛在匈奴西南……多善马,马汗血,其先天马子也。" (7)繁弱:弓名。《荀子·性恶》:"繁弱、钜黍,古之良弓也。" (8)素霓:白霓也。虹霓的内环为虹(或称正虹),外环为霓(或称副虹),虹色浓,霓色淡,所以称素霓。"慨慷成素霓",即气贯长虹之意。 (9)八荒:即八方荒远之地。 (10)四戎:即四夷,四夷为东夷、西戎、南蛮、北狄,是古代华夏族对四方少数民族的统称。

【今译】天地万物彼此激荡啊,循环相迫变化无穷。人们需要秉持常性,做事一定贯彻始终。时光俯仰之间便要逝去,功名可要及早有建树。壮士怀抱愤发的志向,怎能奉守什么虚无和清静?跨上大宛产的骏马,手持名为繁弱的良弓。掌中长剑可以横扫九州,头上的高冠几乎拂触苍穹。慷慨壮志足使白霓呈现,啸傲叱咤激扬清风。声威足使八方震骇,更向周边民族炫曜光荣。在沧海之滨洗濯鳞爪,在大漠之中驰骋奔腾。龙骧虎步于盛明之世,五洲四海称英雄。

221

魏晋部分

【点评】张华的《壮士篇》，如题目所标示，是抒发壮士的凌云壮志的。抒壮志，论抱负，从"天地"与"人物"两方面着眼，从宇宙万物的搏击变化与人们应有的处世态度着笔，格高韵壮，雄阔开张。起首"天地相震荡，回薄不知穷"两句，便气势不凡，并带有哲理意味；紧接"人物禀常格，有始必有终"两句，依据壮士特有的心性，昭示：不管天地如何震荡变化，人类、人们，特别是作为壮士，应有自己坚定的信念、原则和目标。这目标是什么？便是：岁月时光极其短暂，事业功名必须早早建树；壮士所怀抱的是激昂的意气，绝不信奉什么虚无冲和之道。——这里跃动着一种奋发进取的人生追求。下文跨马、挽弓、横剑、拂冠、嘘气成霓、啸吒起风、震响八荒、奋威四戎，以及濯鳞沧海、驰骋大漠等等，都是为壮士点染形象、抒发豪情的。最后两句明白吐露壮士的全部追求和最高理想——"独步圣明世，四海称英雄"，因以作结。而点透此笔，更使得全诗神完气足。

总之，此诗洋溢着一种雄阔开张之气，表现出一种奋发进取的精神。这篇作品可与他的《轻薄篇》合看，如果说《轻薄篇》是暴露和抨击社会上骄奢浮华、淫逸放纵之风的话，那么这篇作品则是正面抒发自己的理想和追求。而读过这两篇作品，便觉得《诗品》给他的诗所下那个'儿女情多，风云气少"的评语，似乎并不尽然。

【集说】华的诗，钟嵘颇贬之，以为"置之中品疑弱，处之下科恨少，在季孟之间矣。"……然华诗实能以平淡不饰之笔，写真挚不隐之情。……他所作，意未必曲折，辞未必绝工，语未必极新颖，句未必极秾丽，而其情思却终是很恳切坦白，使人感动的。（郑振铎《插图本中国文学史》第148页）

（可永雪）

傅玄

傅玄(217—278),字休奕,北地泥阳(今陕西铜川耀州区)人。其性刚峻,敢直谏,而使"贵戚敛手"。魏末官至弘农太守,进爵为子,入晋,累迁至司隶校尉。博学善文,精通音乐。今存诗百首左右,乐府诗居多,有不少关心妇女命运的作品。著《傅子》,有《傅鹑觚集》。

豫章行苦相篇[1]

苦相身为女[2],卑陋难再陈。男儿当门户,堕地自生神。雄心志四海,万里望风尘。女育无欣爱[3],不为家所珍。长大逃深室,藏头羞见人。垂泪适他乡[4],忽如雨绝云[5]。低头和颜色,素齿结朱唇[6]。跪拜无复数,婢妾如严宾[7]。情合同云汉[8],葵藿仰阳春[9]。心乖甚水火,百恶集其身。玉颜随年变[10],丈夫多好新。昔为形与影,今为胡与秦[11]。胡秦时相见[12],一绝逾参辰[13]。

【注释】(1)豫章行:属于乐府《相和歌辞·清调曲》,古辞首二句有"白杨初生时,乃在豫章山",故名。豫章:汉郡邑,今属江西南昌县。此题多写流年易逝,容华不久。清吴兆宜说:"傅玄以《苦相篇》当古之《豫章行》"(《玉台新咏笺注》)。 (2)苦相:骨相不好,命运多艰。此犹言薄命。(3)女育:生女。 (4)适:出嫁。 (5)绝:离开。此句言分别在转瞬间。张载《述怀诗》:"云乖雨绝,心乎怆而。" (6)结:紧闭。 (7)此句言待夫家下人如临对严宾,意谓事无巨细,必须小心谨慎。 (8)汉:天河。此句和刘妙容《宛转歌》:"愿为星与汉,光影共徘徊。"意致相仿。一说感情投合的时候便如牛郎、织女会于银河。 (9)仰:仰赖。此句隐喻女子仰依丈夫的爱情如向日葵仰赖春风暖日。藿:豆叶。此连类而及。《淮南子·说林篇》:"圣人之于道,犹葵之与日也。虽不能与终始哉,其乡之诚也。"后来诗文多葵藿连文,是"复词偏义"。 (10)色衰爱弛的不幸,作者《明月篇》亦有同情:"玉颜盛有时,秀色随年衰。常恐新间旧,变故兴细微。浮萍本无根,非水何能依!忧喜更相接,乐极还自悲。" (11)胡与秦:西域和中国。汉时西域人称中国为"秦"。此句指身心疏远。旧传苏武《别诗》其一:"昔者长相近,邈若胡与秦。" (12)时:有时。 (13)逾参辰:彼此隔绝,邈不相交,超过西方参星和东方辰星(又名商星)出没两不相见的程度。旧传苏武《别诗》其一:"昔为鸳与鸯,今为参与辰。"

【今译】命苦不幸生为女儿身,卑微下贱难细陈。男儿能够顶门又立户,落地凛凛自有神。雄心勃勃志远大,纵目万里迈风尘。生女欢爱无些微,无人爱怜不足珍。长大躲进深闺里,藏头隐面怕见人。含泪怀悲嫁他乡,忽然如同雨离云。低头小心扮笑脸,双唇紧闭不敢言。跪拜请安无次数,面对婢妾如严宾。若还情好如牛女,也如葵花朝阳春。若还情乖甚水火,百般辱骂聚一身。青春容颜随年老,丈夫厌旧多喜新。往昔形影不分离,今日成为异域人。异域有时还相见,一绝胜过参与辰。

【点评】"男尊女卑"这条与阶级社会同日俱生愈拧愈粗的绳索,捆勒女子数千年。把这条缫缫的长索所造成的血泪伤痕——揭露,就是这首"女儿薄命曲"的内容。分为"三部曲":在家——初婚——背弃。首二句为总领,

"苦相卑陋"摄一篇酸辛。为不幸者代言，未语哽咽。"难再陈"者，所语仅以下数端，其余屈辱，非能尽之。"男儿"四句为题前映照作衬：一堕地生辉，来日无限；一出世无色，不死(溺女婴为过去恶习)即为大幸。上下床之分，经典早有宣示："乃生男子，载寝之床""乃生女子，载寝之地"(《诗经·小雅·斯干》)。长大则闺范严拘，不能抛头露面，见人要"逃"要"藏"。不然就是"惹是生非"，诒罪父母，为人不齿。父命媒言决定的"他乡"，无论多么陌生而为之"垂泪"，也得如"雨绝云"，非"适人"不可。若不垂泪倒成了"反常现象"。待字闺中虽"不为所珍"，可还算家庭成员。一出嫁"大姑娘"就成了"小媳妇"，还不够"新成员"的格儿，所以要"低头"，还要温"和颜色"，当然不能笑，更不许"露齿"，把个"素齿朱唇"折磨得连大气也不能出。请安跪拜，拨弄得像个机械人。倘若运气不赖，丈夫还有个"阳春"好脸色；否则情同水火，百恶集身，风折雨摧，"葵藿"非残枝败叶不可。待到"玉颜"衰退，价值观念即变："形影"化作"胡秦"——"素齿朱唇"到了"老物可憎"(司马懿语)时，弃之唯恐不及，故隔绝甚于胡秦，陷入"一绝逾参辰"的悲境，最为凄凉，而结束一篇苦情。这诗真实记录了"女性被男性奴役"(马克思语)的一生，对旧时代司空见惯的弱女子，给予深切的同情。采取汉乐府民歌常用的"说话人"语气，愈显得言者的关切和问题的普遍性。如"情合"四句，可以是"女儿苦难小史"中的过脉，亦可看"作一过峡"——"说话人"的直接议论。朴实确切的动词，随时而施的"雨绝云""严宾""云汉""葵藿""水火""形影""胡秦""参辰"诸多比喻吻切世态事理，处处扣住人物的苦态苦情苦境。概括类型化的手法，从更广阔的角度反映了普遍的社会问题，使见惯了的现象，产生过目不忘的震动的感受。虽然作者不可能认识悲剧的根源，但其客观效果催人寻求酿造不幸的根源，也是这首诗重要的价值。作者还有《短歌行》《青青河边草篇》《历九秋篇》《昔思君》，题材与此相近，亦可参看。

【集说】《古今乐录》曰："《豫章行》，王僧虔云《荀录》所载《古白杨》一篇，今不传。"《乐府解题》曰："陆机'泛舟清川渚'，谢灵运'出宿告密亲'，皆伤离别，言寿短景驰，容华不久。傅玄《苦相篇》云：'苦相身为女'，言尽力于人，终以华落见弃。亦题曰《豫章行》也。"豫章，汉郡邑地名。(郭茂倩《乐府诗集》卷三十四《豫章行题解》)

225

魏晋部分

此代女子明其苦也,设身处地,入理入情。首二擒题总领。"男儿"四句,借男子之乐,对面翻入。"女育"四句,先叙自幼至长,在家不为亲喜,长逃深屋之苦。"垂泪"六句,叙出嫁后,远弃家乡,及必事妆饰,不敢放逸之苦。"情合"四句,泛论夫妇之间,合固倾心,乖则集恶,大都如此,作一过峡,局势凌空振起。后六叙年衰易于见弃。合而忽乖,已乖难合,盖女子伤心,惟此为甚,以之取束通章,为"苦"字大结穴。(张玉毂《古诗赏析》)

出生后为娘家嫌弃,长成后婚姻不得自立,出嫁后受婆家虐待驱使。随着玉颜日衰,还随时会被丈夫遗弃。读其诗,仿佛有一妇人如泣如诉,历历在目前。(赵以武《试论傅玄的乐府诗》)

(公炎冰)

秦女休行[1]

庞氏有烈妇[2],义声驰雍凉[3]。父母家有重怨,仇人暴且强[4]。虽有男兄弟,志弱不能当[5]。烈女念此痛,丹心为寸伤[6]。外若无意者,内潜思无方[7]。白日入都市,怨家如平常[8]。匿剑藏白刃,一奋寻身僵[9]。身首为之异处,伏尸列肆旁[10]。肉与土合成泥,洒血溅飞梁。猛气上干云霓[11],仇党失守为披攘[12]。一市称义烈,观者收泪并慨慷:"百男何当益[13],不如一女良!"烈女直造县门[14],云"父不幸遭祸殃,今仇身以分裂,虽死情益扬。杀人当伏法,义不苟活豁旧章[15]。"县令解印绶[16]:"令我伤心不忍听!刑部垂头塞耳[17]:"令我吏举不能成[18]!"烈著希代之绩[19],义立无穷之名。夫家同受其祚[20],子子孙孙咸享其荣。今我作歌咏高风,激扬壮发悲且清[21]。

【注释】(1)郭茂倩《乐府诗集》卷六十一"解题"说:此为"左延年辞,大略言女休……为宗报仇,杀人都市。虽被囚系,终以赦宥,得宽刑戮也。晋傅玄云'庞氏有烈妇',亦言杀人报怨,以烈义称,与古辞义同而事异。"傅玄借左延年乐府诗旧题写庞烈妇故事，与左氏所咏本事有别。　（2）庞烈妇：赵氏，名娥亲，酒泉人，为庞氏妇。其父被同县李寿所杀，"自伤父仇不报，乃帏车袖剑，白日刺寿于都亭前，讫，徐诣县，颜色不变，曰：'父仇已报，请受戮。'禄福长尹嘉解印绶纵娥，娥不肯去，遂强载还家。会赦得免，州郡叹贵，刊石表闾。"(《三国志·魏书·庞淯传》)事又见《后汉书·列女传·庞淯母传》，两书都据《三国志注》引皇甫谧《列女传》。　（3）雍、凉：都是州名。东汉凉州治所在陇县（今甘肃张家川），魏雍州治所在长安（今西安西北）。此泛指陕西中部、北部，甘肃东南部、宁夏南部及青海黄河以南的一部分。赵娥亲的故乡属凉州。　（4）皇甫谧《列女传》说李寿"凶恶有素"。　（5）赵娥亲父被害，兄弟三人"会遭灾疫"而死（同上），与此稍异。　（6）寸伤：意谓悲伤如寸断肝肠。　（7）内潜：指暗地行刺。　（8）《列女传》：娥亲在光和二年(179)"以白日清时，于都亭之前，与寿相遇"。　（9）一：加强语气的助词。寻：随即。　（10）肆：店铺。　（11）干：冲。　（12）披攘：犹言披靡，倒伏。　（13）何当：何尝。　（14）造：到。　（15）隳(huī)：毁坏。　（16）解印绶：解印去官，驰法纵娥亲。绶：印带子。　（17）刑部：此指主管治安的县尉。塞耳：即塞耳不听。　（18）吏举：吏业。　（19）希代：希世，指世所少有。　（20）祚(zuò)：福。　（21）壮发：勇壮奋发。

【今译】庞家有烈妇，义名西北扬。娘家有深怨，仇人暴且强。虽有兄和弟，荏弱不能当。烈女怀此痛，丹心揪断肠。外装无事貌，暗杀无良方。白日入都市，怨家不提防。藏剑怀白刃，击杀身即僵。身首分异处，尸体横街旁。血土合成泥，洒血溅飞梁。猛气冲云霄，仇党惊逃亡。满街称义烈，观者慨而慷："百男有何用，不如一女强！"烈女直到县堂，说"父不幸遭祸殃，今日仇人刀下亡，虽死志昂扬。杀人当伏法，义不活命毁宪章。"县令解印去："使我伤心不忍听！"县尉低头捂耳朵："使我吏业不能成！"世所少有烈绩著，永垂后世大义名。婆家同受她的福，子孙都享她的荣。今我唱歌吟高风，悲壮奋发动人情。

【点评】汉魏之际，手刃仇人，史载甚多：《后汉书》记苏不韦、缑玉（《申屠蟠传》，亦见袁宏《后汉纪》、杜预《女纪》，《太平御览》卷441引），《三国

魏晋部分

志》记韩暨,皆报父仇。《东观汉记》记郅恽代人报仇。包括名流,一时称誉,引为美谈。这种风尚不仅"和当时重孝的道德标准有关系"(余冠英语),也是两汉尚侠观念所影响的一种反映。命案的肇事者多是"贪暴为民患"者,复仇的弱女子就尤其受到同情,动人文思。左延年所写的"秦女休"复仇后判为死刑,虽被"赦宥",但仍发配充边,仅减死一等,故诗中充满同情。赵娥亲则显名受祚:凉州刺史、酒泉太守等"共表上,称其烈义,刊石立碑,显其门闾","海内闻之者,莫不改容赞善,高大其义"(皇甫谧《列女传》)。秦、赵二事都是轰动性新闻,后者却产生震动各阶层的效果,盖缘于于父为孝,于夫为福,对封建秩序伦常没有什么"破坏性"负作用,何况又自首"伏法"而"不隳旧章";其本身又带有明显的以弱抗暴的正义性。关切治道的傅玄就自然充满赞扬的激情。从政府不惩办行凶的强暴而把治裁凶手的弱者判罪充边来看,则左诗的题材更有意义。此诗可分两个乐章:前章写复仇经过,"一市称义烈"以下是事件的处置和颂扬。傅玄是言情的作手,不以叙事见长。叙写其人始末拘泥于史实,可以说是一篇诗体《庞烈妇》传。后章刻画县令、刑部,渗入想象,烘托烈妇,还较生动。全诗语言古拙质朴,悲壮奋劲,颇能再现事件进程各个片断的情态,造成总体激昂的氛围。平铺直叙的安排,呆板少变。间见层出的散文化句子,气势为之不畅。比起纵放从心、流畅自然的左诗,就显得有些逊色了。清人陈祚明说"休奕乐府力摹汉魏,神到之语,往往情长,时代使然,每沦质涩,然矫健之气,亦几几优孟之似叔敖矣。"(《采菽堂古诗选》)以此诗观之,"质涩""矫健"之论颇中肯綮。

【集说】"傅玄《秦休女行》,其事甚奇,而写之不失尺寸。夫情生于文,文生于情,未有事离而情合者也。"又云:"语语生色,叙赞两工,式得其体。"(陆时雍《古诗镜》)

这首诗最突出的艺术特点,是对惨杀的正面描写。……当仇人"身首为之异处,伏尸列肆旁。肉与土合成泥,洒血溅飞梁"时,这血淋淋的仇杀场面并未给人带来恐怖——人们已忘却了恐怖,占据人们感情的是大悲、大喜,不如此描写似乎就不足以宣泄出郁积在人们心头的狂怒。这种描写毫不损害作品的审美价值,相反却加强了诗歌的艺术表现力。(宋庆光《汉魏晋南北朝隋诗鉴赏词典·秦女休行》)

（张超英）

车遥遥篇⁽¹⁾

车遥遥兮马洋洋⁽²⁾，追思君兮不可忘。君安游兮西入秦，愿为影兮随君身。君在阴兮影不见⁽³⁾，君依光兮妾所愿。

【注释】(1)《乐府诗集》编入《杂曲歌辞》，作梁代车骏诗，今从《玉台新咏》卷九。　(2)遥遥：言所去已远。洋洋：舒缓的样子。　(3)阴：暗处。下句的"光"指明处。

【今译】车儿遥遥去得远啊，马儿缓缓看不见。整日想着远去的您啊，时时在心难忘记。您到长安漫游啊，(我)愿化影子随身边。您在暗处影消失呀，您处明处我所愿呀。

【点评】这首言情短章，婉转清巧，新颖别致，熟见的题材产生忘却不得的印象。看来"善言儿女之情"（陈沆语），确实是作者的本领。前四句看似无多起色，实则平中见巧，一出手即空中取影，微情远境，一怀心思已随君入秦。"遥遥""洋洋"，有着真的可视性，说是挂念在外客游的人也好，说是追叙当初离别情景也好，或说是由昔别而思今离也好，总之，在牵肠挂肚、凝神结构她的"幻化镜头"，所以平淡的此句就显得不平淡了。"追思"醒透首句取意，然后方点出"游秦"，而生出"为影随君"的痴想。两句因果连属，回映首句。复从"影"字展开想象，往复申意，摇曳宕漾出一片绵绵不断的情思。夫妇形影之喻，不见诸前之篇什，故傅意每得意于笔下，而此处由新入颖，含蕴丰富：如果你在秦楼楚馆的"阴处"攀花折柳，我就不会再想你这个负心人；若能洁身自好，在光明磊落处，那我就"愿为影兮随君身"。"阴""光"隐喻的多边性，也可能有立身处世的叮咛劝诫的用意（参见"集说"）。由想生喻，喻中复又生喻，原本新鲜的比喻，一经跌宕对衬，新中出新，起情生思，具有活泼如才脱唇吻的生命力。全诗数句，凭空设想，一意盘旋，语语生色。

229

魏晋部分

出入乐府，自出机杼，和他那些模拟之作迥然不同。

【集说】乐府中极聪明语，开张、王一派。然出张、王手，语极恬熟。（沈德潜《古诗源》）

亦赋闺情也。前四追叙别景，正述离怀，犹此夫人能道。妙在后二竟接"影"字，惧其在阴而不得随，愿其依光而得长随，反复模拟以摇曳之，真传得一片痴情出。（张玉毂《古诗赏析》）

末二句不一定只是痴情话，也可能有所喻，似乎说：你如果走正大光明的路，是我所希望的；你如果不义，我也就绝情，不再"愿为影兮随君身"了。（余冠英《汉魏六朝诗选》）

（张超英）

陆机

陆机(261—303),字士衡,吴郡吴县(今江苏苏州)人。祖逊,父抗,皆为东吴名将。吴亡入洛,太傅杨骏辟为祭酒。后卷入八王之乱,为成都王司马颖后将军、河北大都督,率兵攻长沙王司马乂,战败,为颖所杀。其诗文讲求辞藻和排偶,开六朝文学的风气。有《陆士衡集》。

门有车马客行

门有车马客,驾言发故乡⁽¹⁾。念君久不归,濡迹涉江湘⁽²⁾。投袂赴门途⁽³⁾,揽衣不及裳⁽⁴⁾。抚膺携客泣⁽⁵⁾,掩泪叙温凉。借问邦族间⁽⁶⁾,恻怆论存亡⁽⁷⁾。亲友多零落,旧齿皆凋丧⁽⁸⁾。市朝互迁易⁽⁹⁾,城阙或丘荒。坟垄日月多⁽¹⁰⁾,松柏郁芒芒⁽¹¹⁾。天道信崇替⁽¹²⁾,人生安得长?慷慨惟平生⁽¹³⁾,俯仰独悲伤。

【注释】(1)驾:驾车。言:语词。 (2)濡(rú):渍湿。 (3)投袂:奋袖

而起的意思。门途:门径。 (4)不及裳:来不及整理好下面的衣服。形容欲见故乡来客时的迫切心情。古时衣服上面的叫衣,下面的叫裳。(5)膺:胸。 (6)邦族:乡亲。 (7)恻怆:悲伤的样子。 (8)旧齿:耆老,老年人。凋丧:死亡。 (9)市朝:市街。 (10)垄:坟墓。 (11)郁芒芒:茂盛的样子。 (12)信:诚然。崇替:兴废,盛衰。 (13)慷慨:叹息。惟:思。

【今译】门外来的车马客人啊,驾车来自遥远的故乡。只因念你久不还乡啊,才沾满霜露渡过江湘。一片深情令人激动啊,奋袖而起直奔出门房。欲见乡亲分外急迫啊,揽衣不顾整理好衣裳。拉着客人抚胸哭泣啊,擦着泪水忙寒暄温凉。询问地方家族的事啊,谈生论死无限地凄怆。亲友飘零不知下落啊,尊敬的老人全都死亡。家乡市街变化很大啊,城阙有的已经变荒凉。日月消逝坟茔日增啊,墓地的松柏茂密粗壮。天道诚然有盛有衰啊,人生又怎能保持久长?叹息中思索着平生啊,俯仰天地我独自悲伤。

【点评】有客自遥远的故乡来,对于羁旅在外、久不还乡的游子来说,无疑是件令人振奋的事情。所以"投袂赴门途,揽衣不及裳"的行动自在情理中。这样,对故乡的一片深情便成功地跃然于纸上。从诗透露的内容来看,诗人的故乡似经过兵火,遭到了严重的破坏。因此,诗人十分珍惜与客的相见,不分巨细地打听家乡的每一件事,其情感表达得十分细腻。然而,家乡的变故毕竟给诗人带来沉重的压力。因此,诗人对故乡的热恋之情又显得十分沉郁,其风格笼罩全诗。最后,诗人由对故乡的体察转向对人生世界内部的求索,既深化了对家乡的深厚情谊,也传达出宇宙人生的苍凉之气。

【集说】惊心事,刻意语。所少者,气韵流动。(陆时雍《古诗镜》)
　　士衡乐府,金石之音,风云之气,能令读者惊心动魄。虽子建诸乐府,且不得专美于前,他何论焉!(刘熙载《艺概·诗概》卷二)
　　悲壮古直。(《昭明文选集评》引何焯语)

(张　强)

猛虎行⁽¹⁾

渴不饮盗泉水⁽²⁾，热不息恶木阴⁽³⁾。恶木岂无枝？志士多苦心。整驾肃时命⁽⁴⁾，杖策将远寻。饥食猛虎窟，寒栖野雀林⁽⁵⁾。日归功未建，时往岁载阴⁽⁶⁾。崇云临岸骇⁽⁷⁾，鸣条随风吟⁽⁸⁾。静言幽谷底⁽⁹⁾，长啸高山岑⁽¹⁰⁾。急弦无懦响，亮节难为音⁽¹¹⁾。人生诚未易，曷云开此衿⁽¹²⁾？眷我耿介怀⁽¹³⁾，俯仰愧古今。

【注释】(1)猛虎行：乐府调名，属《相和歌辞·平调曲》，古辞尚存。(2)盗泉：水名，在今山东泗水县东北。据《尸子》记载，孔子过盗泉，因厌恶其名，虽口渴不饮其水。 (3)恶木：坏的树木。《文选》李善注引江邃《文释》：“《管子》曰：‘夫士怀耿介之心，不荫恶木之枝。’” (4)肃：敬。时命：时君之命。 (5)“饥食”两句：《猛虎行》古辞：“饥不从猛虎食，暮不从野雀栖。”这里反用其意，说为时势所迫，饥不择食，寒不择衣。 (6)“日归”两句：说时光一天天过去，功名仍未建立。日归：日屡西归。岁载阴：岁暮。载：则。 (7)崇：高的样子。骇：起。 (8)鸣条：由风吹而发出响声的树枝。 (9)静言：沉思。语本《诗经·邶风·柏舟》：“静言思之。”言：语助词。 (10)岑：山小而高。这句是说登高山而长啸。 (11)急弦：上得很的弦。懦响：缓弱的声音。亮：信。亮节：贞信的节操。这两句用音乐作比，是说弦急则调高，犹如怀贞信之节的人讲话一定慷慨激昂，但慷慨直言却不为时君所喜，所以说“难为音”。 (12)这两句说人生处世诚然不易，如何能够放宽我的胸怀呢？曷：何。衿：同襟，怀抱。 (13)眷：顾。耿：光。介：大。耿介怀：坚正独立的抱负，即上文的志士之苦心。

【今译】渴了不喝盗泉水，热了不乘恶木荫。不是恶木无枝条啊，也不是盗泉不能饮。坚守操行的志士啊，不愿因此把声名损。奉君命整顿车马啊，挥动马鞭将远行。饥饿了就餐于猛虎窟，天寒了栖息于野雀林。时光飞逝日西归，功业未成岁暮临。高天浓云临岸起，枝条随风有鸣音。途经深谷静

魏晋部分

思忖,登山长啸发悲吟。弦急调高不柔弱,操行贞信处处真。正直耿介为君主,君主不喜难为音。人生旅途多艰难,如何解开胸中懑? 一腔抱负不得展,有谁眷顾志士心。俯仰天地恨悠悠,至今愧对古来人。

【点评】起句用典,言志士操行高洁,然时命不可违,志士被迫违背初衷出仕于乱世之中。"饥食猛虎窟,寒栖野雀林",既是写景言行役艰难,又是用典与"渴不饮盗泉水,热不息恶木阴"呼应,活现出志士复杂矛盾的心境,即初不愿为的而现在不得不为,为了建功立业不得不委曲求全的心境。"日归"二句言时光流逝,壮志难酬。"崇云"二句写景抒情,为无法排遣的一腔愤懑蓄势,导出"静言幽谷底,长啸高山岑"二句,将一腔悲愤在大自然中释放。接下以"急弦"作比,发出"难为音"之语。将一事无成、欲罢不能、身陷其中的苦闷彷徨在"眷我耿介怀,俯仰愧古今"声中延长、生发。全诗一气呵成,纡徐之中见沉郁,不但是陆机的代表作,也是六朝之优秀篇什。

【集说】"崇云临岸骇,鸣条随风吟",此成何语?"饥食猛虎窟,寒栖野雀林。"亦矜作太过。(陆时雍《古诗镜》)

起语奇峭。六字句甚矫健。(《昭明文选集评》)卷七引孙月峰语)

起手反古人之意。宋人翻案实祖于此。(《昭明文选集评》引何焯语)

其略具新意者,惟《猛虎行》耳:(引诗文,略。)虽从汉曲"饥不从猛虎食,暮不从野雀栖"化出,尚不失为一自我表现之作。然在当时已绝不多见矣。(萧涤非《汉魏六朝乐府文学史》)

(张　强)

张载

张载(生卒年不详)，字孟阳，安平(今河北安平)人。两晋文学家，与弟协、亢齐名，世称"三张"。太康初，到四川，经剑阁时见其人恃险好乱，于是作《剑阁铭》以诫之，见赏于益州刺史张敏，将铭镌刻在剑阁山上。他又作过《濛汜赋》，受到傅玄的赏识，因此显名一时。他始任佐著作郎，出补肥乡令，转太子中书舍人，迁乐安相、弘农太守。长沙王乂请为记督，拜中书侍郎，复领著作。后因世乱，托病告归，卒于家。有《张孟阳集》。

七哀诗⁽¹⁾

北芒何垒垒⁽²⁾，高陵有四五。借问谁家坟？皆云汉世主。恭文遥相望⁽³⁾，原陵郁膴膴⁽⁴⁾。季世丧乱起，贼盗如豺虎。毁坏过一抔⁽⁵⁾，便房启幽户⁽⁶⁾。珠柙离玉体⁽⁷⁾，珍宝见剽虏。园寝化为墟⁽⁸⁾，周墉无遗堵⁽⁹⁾。蒙茏荆棘生，蹊径登童竖。狐兔窟其中，芜秽不复扫。颓陇并垦发，萌隶营农圃。昔为万乘君，今为丘中土。感彼雍门言⁽¹⁰⁾，凄

怆哀今古！

【注释】(1)张载《七哀诗》共二首,这里选的是其第一首。汉代乐府中没有《七哀》这个题目,吴兢《乐府古题要解》说"《七哀》起于汉末。"郭茂倩《乐府诗集》则以曹植《七哀》为《怨诗行》本辞,入《相和歌辞·楚调曲》。七哀,表示哀思之多。六臣注《文选》引吕向曰:"七哀,谓痛而哀、义而哀、感而哀、怨而哀、耳目闻见而哀、口叹而哀、鼻酸而哀也。"　(2)北芒:山名,即邙山,在洛阳市东北,汉代王公贵族多葬于此。垒垒:形容坟头一个连着一个的样子。　(3)恭文:指恭陵和文陵。《后汉书·孝安帝纪》:"葬孝安皇帝于恭陵";《孝灵帝纪》"葬孝灵皇帝于文陵"。　(4)原陵:光武帝陵。《后汉书·显宗孝明帝纪》:"葬光武皇帝于原陵。"膴膴:肥美,引申为草木茂盛。　(5)一抔:喻少也。一抔,即一捧。《史记·张释之传》:"假令愚民取长陵一抔土,陛下何以加其法乎?"　(6)便房:《文选》李善注:"《汉书》注曰:'便房,冢圹中室也。'古代帝王贵族墓葬中象征生人卧居之处的建筑,棺木即置其中。　(7)珠柙:《西京杂记》曰:"汉帝及王侯送死,皆珠襦玉匣,玉匣形如铠甲,连以金镂。"按此匣即金镂玉衣。　(8)园寝:园陵和寝殿。　(9)周墉:指园陵的院墙。　(10)雍门:桓谭《新论》:"雍门周以琴见孟尝君曰:'臣窃悲千秋万岁后,坟墓生荆棘,狐兔穴其中,樵儿牧竖踯躅而歌其上,行人见之凄怆:孟尝君之尊贵,如何成此乎?'孟尝君喟然叹息,泪下承睫。"

【今译】北邙山的坟头个个相连,四五座高冢大陵在其间。请问这是谁家的坟墓? 都说是汉代的君主。恭陵和文陵遥遥相望,原陵之上草木葱苍。王朝末世丧乱发生,盗贼蜂起如豺似虎。掘墓发冢岂限"一抔",阴宅地室也被撬门启户。金镂玉衣剥离尸体,珍宝葬器劫掠无数。园陵寝殿化为废墟,周围墙垣也没留下一堵。茂密的荆棘遍地丛生,爬高上低的只有樵儿牧竖。狐兔在那里打洞作窠,芜秽不堪再没守卫清除。废地颓垄都被开垦,平民百姓要在那里经营农圃。可叹往日千乘万骑的君主,如今都成了荒丘野地的粪土。感慨雍门周说过的那些话啊,我深深为这今古沧桑悲怆凄楚!

【点评】这是一首为北邙山汉代帝王陵墓被盗掘、遭毁坏而引发人生感悟的诗。写丧乱,这在魏晋诗歌中是相当普遍的主题,但作者把笔触集中在掘墓、毁陵这一个中心点上,显得新颖独到。

诗的题旨有二,一是哀叹一个朝代到了末世,往往丧乱随之而起,而丧乱一起,就连已经入土为安的祖先尸骨也不能幸免;二是感叹世事沧桑,昔日在世显赫,死后尊荣的帝王,也不免化为丘土!诗篇所吐露的人生感叹是深沉的,诗人的心是极为悲凉的。

此诗在表现方式上并无奇僻之思,只采取纪实与议论结合,如实道来。全诗自然形成三个段落:首写原来陵墓的壮盛;次写丧乱中被盗被毁的过程;最后写由此引发的慨叹。其中写陵墓被掘被毁的过程,从墓室被撬发、尸衣被剥离、珍宝被剽掠,依次写到园寝、墙垣被毁,终至"颓陇并垦发,萌隶营农圃"——老百姓忙着耕他的田、种他的菜,什么帝王的荣华、陵墓的肃穆,都如云烟一缕,成为过去了。

诗中化用一些历史典故,不止有助于透润地传达诗意,而且扩展和深化了诗的意蕴容量。像"毁坏过一抔",用了张释之所说"假令愚民取长陵(汉高祖陵)一抔土"的典故,意思就包涵着:当年有谁动长陵一把土都是大罪,可如今盗墓者却不管这些,他们已经大大超过"一抔土"的界限了。又如"感彼雍门言"句,用了雍门周说孟尝君的故事,看过注解我们知道,雍门周对孟尝君说的那些话,把"千秋万岁后,坟墓生荆棘"的凄怆可叹,真是讲到了令人不忍卒听的程度,用到这里,不是可以使诗句的意蕴大大充盈吗?

【集说】孙月峰曰:"笔力明净,平叙中寓描写之致。句句真切,点注有神,其妙处亦只在本色。"(《昭明文选集评》卷五)

董卓使吕布发诸帝陵及公卿以下诸冢墓,收其宝玉,故孟阳哀之。(王文濡《历代诗评注读本》)

(可永雪)

魏晋部分

刘琨

刘琨(271—318),字越石,中山魏昌(今河北无极县)人。晋怀帝时出任并州刺史,愍帝时拜大将军,都督并、冀、幽三州诸军事。后为石勒所败,投奔幽州鲜卑部落酋长段匹䃅,后以嫌隙为段所杀。因其长期参加边境战争,作品中常有效忠国家的豪情,也有英雄末路的悲哀。诗风慷慨激昂,刚健清新,在形式主义泛滥的西晋诗坛,显示了他独特的风貌。现存诗三首,有《刘中山集》传世。

扶风歌[1]

朝发广莫门[2],暮宿丹水山[3]。左手弯繁弱[4],右手挥龙渊[5]。顾瞻望宫阙,俯仰御飞轩[6]。据鞍长叹息,泪下如流泉。系马长松下,发鞍高岳头[7]。烈烈悲风起,泠泠涧水流[8]。挥手长相谢,哽咽不能言。浮云为我结,归鸟为我旋。去家日已远,安知存与亡。慷慨穷林中,抱膝独摧藏[9]。麋鹿游我前,猿猴戏我侧。资粮既乏尽,薇蕨安可食(10)。揽辔命徒侣(11)，吟啸绝岩中(12)。君子道微矣(13)，夫子固有穷。惟昔李骞期(14)，寄在匈奴庭。忠信反获罪，汉武不见明。我欲竟此曲(15)，此曲悲且长。弃置勿复陈(16)，重陈令心伤。

【注释】(1)本篇在《乐府诗集》卷八十四中，属《杂歌谣辞》。以四句为一首，故题为《扶风歌九首》。本篇作于永嘉元年(307)出任并州刺史时。《晋书·刘琨传》："琨在路上表曰：'……九月未得发，道险山峻，胡寇塞路。辄以少击众，冒险而进。顿伏艰危，辛苦备尝。即日达壶口关。臣自涉州疆，目睹困乏，流移四散，十不存二。……婴守穷城，不得薪采，耕牛既尽，又乏田器'……琨募得千余人，转斗至晋阳。府寺焚毁，僵尸蔽地，其有存者。饥羸无复人色。荆棘成林，豺狼满道。"条件极端艰苦而朝廷又不热心抗敌，使作者既怀忠愤而又感忧危。　(2)广莫门：晋都洛阳之北门。　(3)丹水山：即丹朱岭，在今山西高平市北。　(4)繁弱：大弓名。　(5)龙渊：古宝剑名。(6)飞轩：飞快的车子。　(7)发鞍：卸下马鞍。　(8)泠泠：泉流声。(9)摧藏：悲伤。　(10)薇蕨：野菜名。　(11)揽辔：挽住马缰绳。(12)吟啸：歌唱。　(13)君子道微：微，衰微。连同下句是说，君子之道衰微不行，连孔子也有穷困的时候。这里用孔子之事比喻自己遭受的困厄。(14)李：指李陵。骞：通愆，过。这里指李陵兵败被俘未归汉朝。　(15)竟：结束。　(16)弃置：丢在一边。

239

魏晋部分

【今译】早上出发于洛阳广莫门，日暮宿于丹水山。左手用力挽大弓，右手挥动龙渊剑。回首瞻望洛阳城，飞车颠簸俯仰行。对此据鞍长叹息，泪如泉涌伤心脾。大松树下把马拴，高山顶上卸马鞍。悲风四起透骨寒，涧水清越声潺潺。挥手辞别京都地，令人哽咽不能言。浮云睹此为我停，飞鸟忘归绕我旋。离家辞亲日日远，生死存亡未卜间。恶山深林怀慷慨，抱膝独坐心黯然。麋鹿漫游我之前，猿猴嬉戏我身边。物资粮饷俱断绝，薇蕨野菜怎够食用？紧催鞍马命徒众，绝岩荒谷起歌声。君子之道虽衰落，孔子守穷节更高。昔日李陵误归期，暂寄匈奴被人疑。一腔忠信反获罪，汉武未能识此

心。我想唱完《扶风歌》，此歌曲长又悲切。停下不要重新唱，重唱令人心悲伤。

【点评】这首作品写诗人在晋怀帝永嘉元年（307）从洛阳出发赴任并州刺史时沿途所遇所见的情况以及诗人对时势前途的诸多感慨。

"朝发"两句交代其离洛阳的时间及去处。"左手"两句形象地抒发自己的才力志向。"顾瞻"四句写其对时势的忧虑感伤和心情之沉痛。"系马"八句写途中所见，唯有悲风寒泉相伴，浮云飞鸟亦为之心恻，含蓄蕴藉、烘衬有致地表现出当时社会的衰落破败及诗人的忧时之情。"去家"十二句收束笔墨，写眼前军中资粮匮乏、生活艰苦并以此衬托其百折不回的报国壮志以及与徒属相勉的高尚品质。最后八句引用李陵忠而获罪的遭遇托古喻今，道出诗人对统治集团昏昧不明的不满，对个人前途的忧虑和恐惧，并在悲咽自慰中结束全诗。

这篇作品把叙事、抒情、写景、议论诸多手法结为一体，沉郁顿挫、婉曲跌宕，烘映有致，极为悲壮动人，"气猛神王、意概不凡"，在西晋诗坛上实为不可多得的现实主义杰作。

【集说】刘琨雅壮而多风，……亦遇之于时势也。（刘勰《文心雕龙·才略篇》）

越石英雄失路，满衷悲愤，即是佳诗。随笔倾吐，如金箈成器。本擅商声，顺风而吹，嘹飘凄戾，足使枥马仰歔，城乌俯咽。（陈祚明《采菽堂古诗选》卷十二）

苍苍莽莽、一气直达，即此便不可及，更不必问其字句工拙。气猛神王，意概不凡，作者一生气象，于此亦可见一斑。（成书倬《多岁堂古诗存》卷四）

刘公干、左太冲诗壮而不悲，王仲宣、潘安仁悲而不壮。兼悲壮者，其惟刘越石乎？（刘熙载《艺概》）。

（吕培成）

孙绰

孙绰(314—371),字兴公,晋太原中都(今山西平遥)人。官至永嘉太守、散骑常侍、领著作郎,廷尉卿等职。博学善文,有《至人高士传赞》二卷、《列仙传赞》三卷、《孙子》十二卷、《集》二十五卷。

碧玉歌二首[1]

一碧玉小家女[2],不敢攀贵德[3]。感郎千金意[4],惭无倾城色[5]。二碧玉破瓜时[6],郎为情颠倒[7]。感郎不羞郎[8],回身就郎抱[9]。

【注释】(1)《碧玉歌》:一名《千金意》,录自《玉台新咏》卷十。其作者《乐苑》又说是宋汝南王,但刘宋却无其人。 (2)碧玉:人名。小家:贫贱之家。 (3)贵德:显贵之人。 (4)千金意:深厚的情意。千金喻代价极高。(5)倾城色:倾动全城的姿色。 (6)破瓜:指十六岁。 (7)颠倒:心神错乱。 (8)羞:羞涩。 (9)就:趋向。

241

魏晋部分

【今译】㈠碧玉是个普通人家的女儿,不敢高攀你这显赫的公子。感谢你的深厚的情意,我惭愧没有动人的魅力。㈡碧玉刚到十六岁的妙龄,你就热恋得神魂颠倒。我感激你的情意,忘记羞涩,转过身就投进你的怀抱。

【点评】在两晋南朝时期,门阀制度风靡社会,孙绰却运用生花的妙笔,热情讴歌了一双青年男女,能够冲破门当户对的偏见,不但倾心相爱,而且获得了美满的结果,的确是别开生面。本来作者惯于写玄言诗,常常充满着抽象的说教,简直味同嚼蜡。可是,《碧玉歌》一扫玄言诗的影响,语言清新流畅,感情大胆泼辣,"感郎不羞郎,回身就郎抱",完全撕掉了道貌岸然的面具,创作成美丽动人的情歌,千百年来,不时为文人墨家所涵泳。唐吴融《月夕追事诗》中的"曾听豪家《碧玉歌》,云林冰簟落秋河",唐元稹《会真记》与宋苏轼《定风波》中的"为郎憔悴却羞郎",都不难发现因袭或借鉴的蛛丝马迹。至于像"小家碧玉""破瓜"等语言,至今仍活在人们的口头上或者笔底下,依然有着坚强的生命力。

(集评)宋谢幼槃词:"破瓜年纪小腰身。"按俗以女子破身为破瓜,非也。瓜字,破之为二八字,言其二八十六耳。(翟灏《通俗编·妇女·破瓜》)

破瓜时,或解以为月事初来如瓜破,则见红潮者,非也。盖将瓜纵横破之,成二八字。(袁枚《随园诗话》)

《乐苑》曰:《碧玉歌》者,宋汝南王所作也(按:刘宋查无此人。唐杜佑《通典》则认为是晋汝南王,似亦不确)。碧玉,汝南王妾名,以宠爱之甚,所以歌之。(郭茂倩《乐府诗集》卷四十五《解题》)

《碧玉歌》虽然写的是贵族阶级的事,但语言浅易生动,风格接近民歌。东晋中叶,源于民间,经贵族、文人改制的"吴声歌曲"进一步流行。著名的《子夜歌》正是于此时开始风行。孙绰的《碧玉歌》,就是在这种社会风气下产生的。(王运熙《汉魏晋南北朝隋诗鉴赏词典·碧玉歌三首》)

(赵光勇)

王献之

王献之(344—386),字子敬,琅玡临沂(今山东临沂)人。王羲之之子,晋简文帝之婿。其少负盛名,曾任州主簿、秘书丞、建威将军、吴兴太守,后拜中书令,世称"王大令"。精于书法,与其父并称"二王"。明人辑有《王大令集》一卷。

桃叶歌三首⁽¹⁾

　　㈠桃叶映红花,无风自婀娜⁽²⁾。春花映何限,感郎独采我。㈡桃叶复桃叶,桃叶连桃根⁽³⁾。相连两乐事⁽⁴⁾,独使我殷勤⁽⁵⁾!㈢桃叶复桃叶,渡江不用楫。但渡无所苦,我自迎接汝。

【注释】(1)这组诗是王献之为其爱姜桃叶而写的。《古今乐录》载:"晋王子敬之所作也。桃叶,子敬姜名。缘于笃爱,所以歌之。"今从其说。(2)婀娜:摇曳多姿貌。 (3)桃根:一说桃叶之妹曰桃根,而笔者以为此处为隐字谐声,桃叶、桃根对举,顺乎自然,也言其情意笃深,为下句"相连(相

魏晋部分

怜)"设境。 （4）相连：即相怜。怜，爱。 （5）殷勤：情意深厚。

【今译】㈠桃叶桃花交相映，无风摇曳更动人。桃花烂漫春无限，谢郎对我独倾心。㈡满树桃叶绿婆娑，扶疏枝叶连桃根。相亲相爱无限乐，怎不叫我献殷勤！㈢青青桃叶系我情，渡江没有用船桨。大着胆子别恐惧，我自接你破风浪。

【点评】这是一组情诗，作者以隐字谐声、托物言情的手法，巧妙地抒写了对其爱妾的爱慕之情。

诗的第一首，先以"桃叶""桃花"谐声双关，切入题意。从字面上看是写桃树叶绿花红，交互掩映，姿态妖娆，实则写爱妾桃叶脸若桃花，楚楚动人。因而作者面对桃花烂漫的无边春色，竟因己及妾，生出美好惬意的想象：桃叶姑娘一定会对我的一腔笃爱发出"感郎独采我"的心声。第二首以桃叶、桃根相连不分设境，赞美他们彼此的情爱，珠联璧合，举案齐眉，其乐无穷。因此让作者那样痴情不已。第三首紧承前意，作者似乎在向爱妾表白自己爱的心迹，为了迎回心爱的人儿，他能"渡江不用楫""但渡无所苦"，竟把吃苦甚至生命置之度外，其爱得深挚，分外感人。

组诗旨在抒写情意，但不取直言，而借歌咏自然之桃叶、桃花发之，立意新奇，情致绵邈，深得"体物之妙"。

【集说】陈时，江南盛歌王献之《桃叶词》。（《隋唐·五行志》）

兰亭罚觥，大令首坐。今其诗存者，《桃叶》二歌，辞甚拙朴，与六朝不类，信知非所长也。（胡应麟《诗薮·外编》卷二）

金陵有"桃叶渡"，相传王献之送爱妾桃叶之处。（王运熙《六朝乐府与民歌》）

（刘生来）

桃叶

桃叶,晋书法家王献之之妾。

答王团扇歌三首[1]

　　一七宝画团扇,灿烂明月光。与郎却暄暑[2],相忆莫相忘。二青青林中竹,可作白团扇。动摇郎玉手,因风托方便。三团扇复团扇,持许自障面[3]。憔悴无复理,羞与郎相见。

【注释】(1)王献之曾作《桃叶歌》三首赠爱妾桃叶,本诗是桃叶的"答夫之辞"(见《玉台新咏》)。　(2)却:退。暄暑:暑天之炎热。暄,温暖。(3)持许:即许持,让(我)拿着。障面:遮面。

【今译】一七宝书画饰团扇,光泽灿烂如月明。给郎驱走暑天热,但求牢记一片情。二林中长满青青竹,它做成白团扇儿了。今在郎手轻轻摇,天凉也别负我情。三白团扇呀白团扇,让俺拿来遮颜面。当初如花今憔悴,含羞

怕与郎再见。

【点评】汉班婕妤曾作《怨歌行》(一名《团扇歌》),通过团扇被始用终弃的命运,抒写了对封建制度下女子由于色衰貌弛而遭男子遗弃的不幸的哀怨和叹惋。本诗乃是班氏诗意的进一步发挥。全诗以团扇自喻,委婉含蓄地表达出女主人公忧虑自己会被所钟情的男子遗弃或希望不被遗弃的深衷。

组诗前两首用拟人手法,以团扇自白的口吻,写自己天生丽质,高洁华美,因而赢得郎暂时的青睐,摇于"玉手",借以驱暑。然而暑去天凉,又是否会遭"弃捐箧笥中"的命运呢?故深情呼唤郎不要中道绝情,忘恩负义。巧妙婉转地表达了女主人公担心那些轻薄男子今天倾心自己的才貌,待自己芳年已逝,他又见异思迁,从而对可能红颜薄命的未来忧心忡忡。诗的第三首,是女主人公出来自道隐忧。从上文看,这儿是写这位女子对未来生活情景的拟设,那时,女主人已是美人迟暮,芳颜难再,而郎还会再爱她吗?所以以扇遮面,反倒害怕见到自己日夜思慕的郎君,由此不难窥见女主人公此时复杂微妙的内心世界。

这组诗立意高妙,达意屈曲缠绵,咏物而不滞于物,言情而不露于情,用语通俗传神,遣词每以双关,典型地显示了吴声民歌的特色。

【集说】《乐府》以前二首作古辞,后二首(另一首为"手中白团扇")作王金珠。(冯惟讷《诗纪》)

桃叶答大令《团章》四章,甚足情致。晋人谓方回奴但小有意,不知大令婢乃压倒主人翁耶!一笑。(胡应麟《诗薮·外编》卷二)

桃叶答献之歌,以直见古,以浅见情,乃乐府上乘语;《答团扇》虽小逊,而风调自远,思致入婉,作家所未易办。(《清诗话续编·诗辩坻》第二)

(刘生来)

陶渊明

陶渊明(365—427），字元亮，后更名潜，江州寻阳柴桑（今江西九江）人。他出身于没落的官僚家庭，自幼博览群书，有济世之志。曾任江州祭酒、镇军参军、彭泽县令。四十一岁辞官归隐，躬耕田园，谥为"靖节"。他开创了田园诗一体，其清淡自然的风格，情与景会、意与境合的艺术境界，对后世产生了深远影响。有《靖节先生集》。

怨诗楚调示庞主簿邓治中⁽¹⁾

天道幽且远⁽²⁾，鬼神茫昧然⁽³⁾。结发念善事⁽⁴⁾，僶俛六九年⁽⁵⁾。弱冠逢世阻⁽⁶⁾，始室丧其偏⁽⁷⁾。炎火屡焚如⁽⁸⁾，螟蜮恣中田⁽⁹⁾。风雨纵横至，收敛不盈廛⁽¹⁰⁾。夏日抱长饥⁽¹¹⁾，寒夜无被眠。造夕思鸡鸣⁽¹²⁾，及晨愿乌迁⁽¹³⁾。在己何怨天，离忧凄目前。吁嗟身后名，于我若浮烟。慷慨独悲歌，钟期信为贤⁽¹⁴⁾。

【注释】(1)怨诗楚调：清商三调有楚调，《楚调曲》中有《怨歌行》。主簿、治中：官名，州设有此等官职。此诗为陶渊明五十四岁作，时晋义熙十四年。　(2)天道：天意。幽：隐而不明，这里说天意难测。　(3)茫昧：渺茫幽隐。　(4)结发：古时男子二十岁把头发束起来，表示已为成年。　(5)僶俛(mǐn miǎn)：勤劳谨慎。六九年：即五十四年。　(6)弱冠：二十岁为弱冠。世阻：指家庭生活艰难。　(7)始室：《礼记》："三十而有室，始理男事。"谓三十岁。丧其偏：即丧妻。　(8)炎火：指旱天的烈日。　(9)螟蜮：吃庄稼的两种昆虫。恣：无所顾忌，随意而行。　(10)廛(chán)：古时指农夫住室，引申为粮仓，这里指装粮的器具类。　(11)长饥：夏日天长，饥饿的时间也就长。　(12)造夕：刚到夜晚。　(13)乌迁：太阳移动，意谓天黑。(14)钟期：钟子期，伯牙的朋友，后为知音者的代称。

【今译】老天的安排叫人不可捉摸，鬼神的意图更是难以探寻。从束发之时我就想着积德行善，可五十多年一直是困苦艰辛。弱冠时家道已经衰落，三十岁遭到丧妻的不幸。大旱之年太阳如烈火炙烤着大地，该死的螟虫又在稻田里横行。狂风暴雨连连摧残着庄稼，收获的粮食又能有几斗几升。漫长的夏日忍受着饥饿，到冬天又没棉被抵御寒冷。天一黑就巴不得雄鸡报晓，天刚亮又盼着太阳西沉。不怨天不怨地只怪自己无能，才落得无衣无食百虑煎心。还谈啥立功立业留名后世，这一切只不过是过眼烟云。我还是要高声唱出心中的愤懑，知心人总能听出我那弦外之音。

【点评】陶渊明这首诗是写给自己两位朋友的，全诗二十句，前一部分向朋友倾诉了自己大半生的艰难处境，后一部分抒发了自己的满腹感慨。

起首两句以幽愤的感叹开头，这是诗人回首往事后的结论。对天道鬼神的否定产生于自己的痛苦经历中，下面一连十二句诉说自己的不幸，从结发开始，到现今"六九年"，诗人以善为事，却偏偏屡遭厄运。家庭的破败，妻子的早逝，天灾不断，庄稼无收，冬寒夏饥，使诗人大半生都挣扎在困境之中。最后六句则向朋友坦露自己对人生的看法。对眼前的局面，诗人也想探寻其原因，为何"念善"之人却无善遇，"在己何怨天"一句包含着极其辛酸的潜台词，也包含了丰富的内容。连生活都无保障，功名事业又从何谈起。

这种内心的隐痛,恐怕只有知心的朋友才能理解了。

作品的意义在于,从诗人个人遭遇中,透漏出时代的折光,诗人在似乎不经意的诉说中,将行善与受苦联系在一起,这就揭示了天道的不公、社会的黑暗。陶渊明怨的并不在己,也不在天,其寓意庞、邓二友人可以领悟,其他读者想必也能领悟。

【集说】文体省净,殆无长语,笃意真古,辞兴婉惬,每观其文,想其人德,世叹其质直。(梁·钟嵘《诗品》)

渊明之诗,质而自然耳。(宋·严羽《沧浪诗话》)

"丧室"至"乌迁",叠写苦况,无所不怨。忽截一语曰"在己何怨天",又无一可怨;"何怨"后复说"离忧凄目前",又无一不怨矣。(明·黄文焕《陶诗析义》)

(喻　斌　潘世东)

拟挽歌辞三首[(1)]

其一

有生必有死,早终非命促。昨暮同为人,今旦在鬼录。魂气散何之,枯形寄空木。娇儿索父啼,良友抚我哭。得失不复知,是非安能觉。千秋万岁后,谁知荣与辱。但恨在世时,饮酒不得足。

其二

在昔无酒饮,今但湛空觞[(2)]。青醪生浮蚁[(3)],何时更能尝。肴案盈我前,亲旧哭我傍。欲语口无音,欲视眼无光。昔在高堂寝,今宿荒草乡。荒草无人眠,极视正茫茫[(4)]。一朝出门去,归来夜未央。

其三

荒草何茫茫,白杨亦萧萧。严霜九月中[(5)],送我出远郊。四面无人居,高坟正嶕峣[(6)]。马为仰天鸣,风为自萧

条。幽室一已闭⁽⁷⁾，千年不复朝。千年不复朝，贤达无奈何。向来相送人，各自还其家。亲戚或余悲，他人亦已歌。死去何所道，托体同山阿！

【注释】(1)《挽歌诗》一作《拟挽歌辞》，共三首。挽歌相传最初是为死者拖挽枢车的人所唱，所以叫挽歌，借此以表达对死者的哀悼。这三首诗是作者生前所作的自挽之辞。《乐府诗集》列入《相和歌辞·相和曲》。(2)觞：酒杯。　(3)浮蚁：酒熟，酒糟上浮而似蚁。　(4)茫茫：广远迷茫，形容一片荒草，无边无际。　(5)严霜：寒霜。　(6)嶕峣：高。　(7)幽室：墓室。

【今译】　　　　　　其一
世人有生就有死，早死不算命短促。昨夜同样是活人，清晨就收进录鬼簿了。魂灵消散何处去？干尸装殓在棺木中。娇儿啼喊找老父，好友抚着我痛哭。生前得失忘干净，死后是非怎觉悟！时光流过千万年，哪个还知荣或辱。只是遗憾在世时，饮酒没有得满足。

　　　　　　其二
生前遗憾没酒喝，而今清酒空满觞！初酿美酒生泡沫，何时能够再品尝！丰盛供品摆我前，亲戚故旧哭我旁。我想说话口无声，我想观看眼无光。过去我在高堂住，现在安葬荒野上。荒草野地没人睡，极目远眺皆茫茫。一旦出门离开家，要想回来无指望。

　　　　　　其三
荒草茫茫无边际，白杨迎风声萧萧。天降寒霜九月时，送我棺木出远郊。四面凄凉没人住，坟头越堆越显高。马为哀痛仰天鸣，风也动情自悲号。墓穴一旦被封闭，千秋万载不破晓。千秋万载不破晓，贤人君子没奈何！当初前来送葬人，各自回家各有窝。亲戚有的还悼念，别人或许已高歌。死去还要说点啥？永把尸骨托山河！

【点评】《挽歌诗》三首，是诗人暮年自感不久于人世时的自挽之辞。它体现着诗人对人生的诸多感慨以及对生死问题豁然达观的哲理性思考，也坦露了作者迥绝尘俗的胸怀和接受道家自然观而形成的朴素的唯物主义的生死观、宇宙观。但冷静的道理之下，也掩盖着炽热的情感，作品也处处流露着对生之留恋，死之凄恻。

其第一首头两句"有生必有死，早终非命促"，坦然自陈自己对生死寿夭的看法。在当时佛教、道教、封建迷信泛滥成灾之际，诗人此语体现着对人生、对宇宙深思熟虑的精警，有着哲理的凝重。这正是他能够平静洒脱、严肃认真对待人生的思想基础。"昨暮"两句是对由生而死的形象陈述；"魂气"两句则是深入地表达出由生而死，形尽神灭的朴素的唯物主义观点。"娇儿"四句道及亲友虽然不能忍受失去死者的痛苦，但对死者来说则已一了百了，一切不复知了。任你不论何等旷达，也难以斩断生之情结，在作者内心，同样也有情与理痛苦的冲突。作品最后四句就集中抒写其对人生的透悟、对荣辱贫富的淡泊，也纠缠着人生的遗憾。尤其"但恨在世时，饮酒不得足"两句，似乎平生唯以酒为意，功名富贵均不屑一顾，何等潇洒超然。若从诗人平生以为"酒能祛百虑"，"酒云能消忧"来看，则又流露出诗人内心深重的痛苦和无力摆脱的怅恨。此两句可谓语平而意警。清人方东树说："结句收转，倒具奇趣。"斯言不谬。

第一首是三首中的核心，二、三两首均依此而生发。

第二首紧承"但恨"两句之意，再陈"在昔（生前）无酒饮"的缺憾。也以偏概全地言其生前之困窘艰辛，失意潦倒。而死后不能饮酒之际家人祭奠却是酒肉丰盈，这岂不是对人生的捉弄？生前死后，一"无"一"盈"，比对映衬之中，蕴含着几多惆怅！

第三首着重渲染死之凄凉，风声马嘶之中尸归荒野，惟有茫茫野草、萧萧白杨相伴，墓室一闭，永离人间，任何贤达之士也无奈其何！丝丝缕缕的恋生之情又纠缠着豁达冷静的理性的思考，困扰着诗人那痛苦的心灵。读来令人神伤，令人叹惋。但诗人毕竟有着难得的洒脱，在"死去何所道，托体同山阿"的吟唱之中，以释然自慰之语而结束了全篇。

【集说】昔人自作祭文挽诗者多矣，或寓意骋辞，成于暇日。宽考次靖节诗文，乃绝笔于祭挽三篇。盖出于属纩之际者。辞情俱达，尤为精丽。（祁宽语，见李公焕《笺注陶渊明集》）

魏晋部分

首篇乍死而殓，次篇奠而出殡，三篇送而葬之，次第秩然。（清邱嘉穗《东山草堂陶诗笺》卷四）

呜呼！死生之变亦大矣！而先生从容闲暇如此，平生所养，从可知矣。（清钟秀编《陶靖节纪事诗品》卷一《洒落》）

言理极尽，故言哀极深。末故以放语引令远，可知一息尚存，得失是非不泯泯也。（清陈祚明《采菽堂古诗选》卷十四）

（吕培成）

魏晋歌谣

吴孙皓时童谣[1]

宁饮建业水[2]，不食武昌鱼[3]。宁还建业死，不止武昌居。

【注释】(1)孙皓：吴国末代皇帝。晋兵陷京师，出降，废为归命侯。(2)建业：吴国京城，在今南京市。　(3)武昌：在今湖北鄂州市。孙皓曾迁都于此。

【今译】宁愿只喝建业水，不愿享受武昌鱼。宁愿返回建业死，不愿留在武昌居住。

【点评】童谣是为反对吴国末代皇帝孙皓将京师由建业迁到武昌而产生的。孙皓初即位，以宫室败坏为借口，乃于第二年九月迁都到武昌。而武昌土地瘠薄、物产贫乏，需让建业百姓逆江而上，运输供给，颇为扰民，并且许多人也不愿搬家，才产生了这首童谣。童谣成功地运用了对比手法，强烈地表示了对建业的无比眷恋，对武昌的深恶痛绝。前两句说明了武昌鱼再鲜

魏晋部分

美,也不如建业之水喝起来有滋味。后两句又把在武昌定居说成比在建业死掉还要可怕。怨愤之情,溢于言表,具有震撼人心的力量。同年十一月,还不到一百天,在群众的反对声中,孙皓又把京师迁回建业。这个事实本身,正可说明群众的威力有多大!

【集说】皓徙都武昌,扬土百姓溯流供给,以为患苦,又政事多谬,黎元穷匮。凯上疏曰:"臣闻有道之君,以乐乐民;无道之君,以乐乐身。乐民者,其乐弥长;乐身者,不乐而亡。夫民者,国之根也,诚宜重其食,爱其命。民安则君安,民乐则君乐。……今邻国交好,四边无事,当务息役养士,实其廪库,以待天时。而更倾动天心,骚扰万姓,使民不安,大小呼嗟,此非保国养民之术也。……又武昌土地,实危险而墝确,非王都安国养民之处,船泊则沉漂,陵居则峻危,且童谣言:'宁饮建业水,……'臣闻翼星为变,荧惑作妖,童谣之言,生于天心,乃以安居而比死,足明天意,知民所苦也。"(《三国志·吴书·陆凯传》)

《宋书·五行志》曰:"吴孙皓初童谣。按皓寻迁都武昌,民溯流供给,咸怨毒焉。"(《乐府诗集》卷八十八《解题》)

(张秀贞)

并州歌⁽¹⁾

士为将军何可羞⁽²⁾,六月重茵披豹裘⁽³⁾。不识寒暑断人头。雄儿田兰为报仇⁽⁴⁾,中夜斩首谢并州⁽⁵⁾。

【注释】(1)本篇属《杂歌谣辞》。并州:地名,在今山西中、北部。(2)士:对男子的称呼,指西晋成都王司马颖的部将汲桑。颖死,汲桑聚众劫掠,残忍成性,自封大将军。他在暑天坐着厚垫,穿着豹皮大衣,让人扇风取凉,一觉得热,就将打扇的人杀掉,后被豪俊田兰斩首。何可羞:何等可耻。(3)重茵(yīn):几条坐褥。豹裘:豹皮大衣。 (4)雄儿:英雄汉。田兰:并州富豪。 (5)谢:宣告。

【今译】恶棍自封将军真可耻,似乎冷热不分像个白痴。六月还坐厚垫穿皮衣,叫人扇风不凉就杀死。有个田兰真是好汉子,半夜独自暗暗去行刺。为民报仇除害斩首级,公告并州百姓都知悉。

【点评】这是一篇揭露和鞭挞汲桑暴虐无道、嗜杀成性的罪恶行径的诗,同时也是为除暴安良、报仇雪恨的田兰所献上的一曲颂歌。汲桑"六月重茵披豹裘"的行为是多么的反常,又是多么的愚昧,要摆阔气哪有这么个摆法!"不知寒暑断人头"更是残忍至极,令人发指,真是个嗜血成性的暴君!因此,对半夜杀死汲桑的田兰,自然要拍手称快,奉为英雄,进行热情歌颂了。作品爱憎分明,忠于历史,善于运用典型事例,具有史诗的价值。

【集说】晋汲桑力能扛鼎,呼吸闻数里,残忍少恩。六月盛暑,重裘累茵,使人扇之,忽不清凉,便斩扇者。并州大姓田兰、薄盛,斩于平原(今山东平原),士女庆贺,奔走道路而歌之。(《乐府诗集》卷八十五引《乐府广题》)

一首只有五句的歌谣,具有极大的容量,反映了一个重要的历史事件。对比强烈,态度鲜明,是一首优秀的歌谣。(安笈《汉魏晋南北朝隋诗鉴赏词典·并州歌》)

这首歌谣揭露西晋汲桑杀人取乐的残暴罪行。……后来并州有个叫田兰的英雄好汉,为民除害把汲桑杀掉了。当时百姓奔走相告,又歌又舞,庆贺这一除暴安民的胜利。(陈鼎如、赖征海《古代民谣注析·并州歌解题》)

(张秀贞)

陇上歌⁽¹⁾

陇上壮士有陈安⁽²⁾,躯干虽小腹中宽⁽³⁾。爱养将士同心肝,骢骢父马铁镂鞍⁽⁴⁾。七尺大刀奋如湍⁽⁵⁾,丈八蛇矛左右盘⁽⁶⁾,十荡十决无当前⁽⁷⁾。战始三交失蛇矛⁽⁸⁾,弃我骢骢窜岩幽⁽⁹⁾,为我外援而悬头⁽¹⁰⁾。西流之水东流河⁽¹¹⁾,一去不还奈子何!

魏晋部分

【注释】（1）本篇辑自《晋书·刘曜载记》，属《杂歌谣辞》。 （2）陇：指陇西郡，在今甘肃西南一带。陈安：自号秦州刺史，曾向匈奴主刘曜称藩，善于抚接将士，能够与众同甘共苦，后叛变刘曜而战死。 （3）腹中宽：胸怀宽广，肚量很大。 （4）骎（niè）：马善疾奔。骢（cōng）：白毛与青毛相间，则为浅青，称青骢马。父马：公马。铁镂鞍：用铁雕镂的马鞍。 （5）湍（tuān）：急流。 （6）蛇矛：状如蛇的长矛。 （7）荡：冲杀。决：溃散。当：抵挡。 （8）三交：三次交锋。 （9）窜：隐藏。岩幽：深山。 （10）外援：向外求援，搬取救兵。悬头：被杀。 （11）西流之水：从西方流过来的水。东流河：向东流入黄河。

【今译】陇西一英雄，名字叫陈安。身材虽矮小，肚量却极宽。爱护众将士，如自己的心肝。驰骋青骢马，上配铁雕鞍。大刀七尺长，挥动似浪翻。长矛一丈八，左右任飞旋。十次去冲锋，无人敢阻拦。此回才三合，不幸失长矛。舍弃坐下骑，忙向深山逃。谁知被俘获，竟把热血抛。流水自西来，向东汇入河，一去不复返，我们该如何！

【点评】这是一篇真人真事的赞歌。第一句就点出英雄陈安的名字，第二、三句"躯干虽小腹中宽，爱养将士同心肝"，不仅刻画了他的形象，更重要的是揭示他那宽宏大量、爱护将士的优秀品质。第四至第七句具体描绘他的所向披靡的高超武艺，既会挥动大刀，又会舞弄长矛，十荡十决，简直天下无敌。第八至第十句写英雄末路，但因为"我"而死，是为群众的安危而牺牲的，就比泰山还重。最后两句是借东逝流水、一去不返作比拟，寄托群众的哀思。全诗感情充沛，富有节奏，在流畅中寓变化，能给人留下深刻的印象，从而真的为陈安竖起了口碑，达到了预期的目的。

【集说】《晋书·载记》曰：刘曜围陈安于陇城，安败，南走陕中。曜使将军平先、丘中伯率劲骑追安。安与壮士十余骑于陕中格战，安左手奋七尺大刀，右手执丈八蛇矛，近交则刀矛俱发，辄害五六，远则双带鞬服，左右驰射而走。平先亦壮健绝人，与安搏战，三交，夺其蛇矛而退，遂追斩于涧曲。安善于抚接，吉凶夷险，与众同之。及其死，陇上为之歌。曜闻而嘉伤，命乐府

歌之。(郭茂倩《乐府诗集》卷八十五《解题》)

中极状其勇。一结悠然,余哀不尽。(沈德潜《古诗源》卷九)

这是百姓为歌颂和悼念抗敌英雄陈安而作的哀歌。……东晋初大兴元年(318)陈安被刘曜包围在陇上,他突围南走陕中,刘曜又派猛将率劲骑追安。安率壮士十余骑奋力苦战,……但终因寡不敌众,被俘遇害。他死后,陇上百姓作此歌谣纪念他。篇中用简练的笔墨,描绘了浩气凛然的抗敌英雄形象。(陈鼎如、赖征海《古代民谣注析·陇上为陈安歌解题》)

(赵光勇)

魏晋部分

南朝部分

伍辑之

伍辑之,生活于晋末宋初,入宋为奉朝请。原有《从征记》若干卷、集十二卷,今已散失。

劳 歌

女萝依附松⁽¹⁾,终已冠高枝。浮萍生托水⁽²⁾,至死不枯萎。伤哉抱关士⁽³⁾,独无松与期。月色似冬草⁽⁴⁾,居身苦且危。幽生重泉下⁽⁵⁾,穷年冰与渐⁽⁶⁾。多谢负郭生⁽⁷⁾,无所事六奇⁽⁸⁾。劳为社下宰⁽⁹⁾,时无魏无知⁽¹⁰⁾。

女萝依附松[1],终已冠高枝。浮萍生托水[2],至死不枯萎。伤哉抱关士[3],独无松与期。月色似冬草[4],居身苦且危。幽生重泉下[5],穷年冰与渐[6]。多谢负郭生[7],无所事六奇[8]。劳为社下宰[9],时无魏无知[10]。

【注释】(1)女萝:也叫松萝,地衣类的植物,其基部多依附在松树或其他树木的树皮上。 (2)浮萍:一年生草本植物,浮生在河渠、池塘中。(3)抱关:守关。此处比喻地位低微的人。 (4)月:疑误,或是"颜"字。(5)重泉:水极深的地方。 (6)渐:象声词,指雨、雪落下声。 (7)多谢:告诉。负郭生:据《史记·陈丞相世家》,陈平未发迹前,"家乃负郭穷巷,以

261

南朝部分

弊席为门。"负郭，背依城墙。这里泛指家境贫苦之士。　　（8）六奇：陈平在辅助刘邦创建和巩固汉王朝的过程中，曾六出奇计，建立了大功。　　（9）社下宰：陈平少时，在里中举行的祭祀土神的活动中主持切肉，分肉甚匀，受到父老称赞，陈平说："嗟乎！使平得宰天下，亦如是肉矣！"　　（10）魏无知：汉初人，陈平去楚归汉，因魏无知的推荐见到汉王刘邦，深受信用。

【今译】女萝依附着松树，终于爬上了高高的枝头。浮萍托生在水上，到死也不会干枯。可怜那守关的战士，孤独得连松树也不能依附。脸色好像冬天里的衰草，住处也既危险又清苦。生活在昏暗的水深之处，长年累月与冰雪为伍。告诉着那些有志的寒士，没有地方可以贡献他的睿智奇谋。即便有陈平那样主宰天下的才能，此时也没有魏无知这样的人来推举相助。

【点评】伍辑之有《劳歌》两首，属《杂歌谣辞》，此为第二首。诗歌反映了封建社会埋没人才、英雄无用武之地的不合理现象，抒发了作者对这种不公平现象的强烈愤慨和不平。诗的首四句以"比"开端，实际是托物言志。女萝附着松树而冠高枝，浮萍托生于水而永不枯萎，一方面暗喻无耻小人攀龙附凤、趋炎附势而飞黄腾达，另一方面又有力反衬出有志之士无依无靠，怀才不遇的悲哀。后四句借典抒怀，以古讽今，一种英才遭弃，壮志难酬的悲愤之情溢于字里行间。

【集说】《庄子》曰："劳我以生，佚我以老，息我以死。"《韩诗》曰："饥者歌食，劳者歌事。"若伍辑之云"迍遭已穷极"，又云"居身苦且危"，则劳生可知矣。（宋郭茂倩《乐府诗集》第八十六卷）

　　这一首通过对现实人世的描写，抒发了一种对人生易逝、岁月如流的感伤心情。充满着一种忧时伤世的心理，表现了生当战乱年头的知识分子面对混乱现实，理想不能实现的消极、颓废情感。……此诗通篇阐述人生的道理，可谓宋代广泛流行哲理诗的先声。但可贵的是，议论较为精辟，亦未全然抛开形象思维。写人生的经历、遭际，多次使用比喻象征手法，使诗中的议论既形象又生动，富有说服力，含有一种耐人寻味的哲理性。（王增斌《汉魏晋南北朝隋诗鉴赏词典·劳歌二首》）　　　　　　　　　　（俞樟华）

谢灵运

谢灵运(385—433),陈郡阳夏(今河南太康)人,世居会稽。东晋宰相大士族谢玄之孙,袭康乐公,因称谢康乐。宋高祖刘裕代晋后,降公爵为侯。先后出任永嘉太守及临川内史等职。元嘉十年,因谋反罪被杀。他大力创作山水诗,扭转了东晋以来的玄言文风,对诗歌的发展有一定的影响。有《谢康乐集》。

苦寒行⁽¹⁾

岁岁层冰合⁽²⁾,纷纷霰雪落。浮阳减清晖⁽³⁾,寒禽叫悲壑。饥爨烟不兴⁽⁴⁾,渴汲水枯涸。

【注释】(1)《苦寒行》属《乐府诗集·相和歌辞·清调曲》。为谢灵运仿作的乐府诗,主要写苦寒的生活环境。 (2)层冰:一层一层的积冰。 (3)浮阳:寒风中的太阳像飘浮一样。 (4)饥爨(cuàn):意谓由饥饿而做饭。爨,做饭。

南朝部分

【今译】年年水结冰，一层摞一层。霰雪纷纷下，一刻也不停。浮云飘白日，阳光减光明。寒鸟声凄切，悲啼山谷冷。饥饿着去烧饭，炊烟难上升。口渴去打水，水却干涸无踪影。

【点评】谢灵运的这篇诗，主要写"苦寒"的生活环境。它的思想内容，有些简单"概念化"，和曹操的《苦寒行》比较，就可明显地看出。这是因为，曹操的《苦寒行》是从实际生活中来的，谢灵运的《苦寒行》是从作品中来的。他二人的生活经历就是证明。

这篇思想内容虽有些单薄，但它的艺术技巧，却具有特色。有鲜明的形象语言，优美的意境，词句也很简练，也很注意对偶和韵律。这和当时追求"形式美"的文风有关。

【集说】《古今乐禄》曰："王僧虔《技录》：'清调有六曲，一《苦寒行》，二《豫章行》……《荀氏录》所载九曲，传者五曲，晋、宋、齐所歌，今不歌。武帝《北上苦寒行》《上谒董逃行》《蒲生上行》《晨上愿登》并《秋胡行》是也。"（《乐府诗集·清调曲》）

晋乐奏魏武帝《北上篇》，备言冰雪豁谷之苦。其后或谓之《北上行》，盖因武帝辞而拟之也。（《乐府题解》）

（焦 滔）

燕歌行⁽¹⁾

孟冬初寒节气成⁽²⁾，悲风入闺霜依庭⁽³⁾。秋蝉噪柳燕辞楹⁽⁴⁾，念君行役怨边城。君何崎岖久徂征⁽⁵⁾？岂无膏沐感鹳鸣⁽⁶⁾？对君不乐泪沾缨⁽⁷⁾，辟窗开帻弄秦筝⁽⁸⁾。调弦促柱多哀声⁽⁹⁾，遥夜明月鉴帷屏⁽¹⁰⁾。谁知河汉浅且清⁽¹¹⁾，展转思服悲明星⁽¹²⁾。

【注释】(1)燕歌行：属乐府《相和歌辞·平调曲》。乐府诗题目上冠以地名，是表示乐曲的地方特点，如《齐讴行》《吴趋行》都是。后来音乐失传，于是便用来歌咏风土人情。燕地在今河北省北部一带,因与北方民族接壤,时常发生战争,所以凡反映战争徭役之苦的多用燕为背景,称《燕歌行》。这首是写妇女思念久久行役在外的丈夫的诗。　(2)孟冬:即初冬。阴历十月曰孟冬,即冬季的第一个月。成:茂盛。《吕氏春秋·先己》:"松柏成而途之人已荫矣。"　(3)悲风:凄厉的风声。闺:内室,闺阁,女子居住的房子。庭,院落。　(4)秋蝉噪柳:蝉在柳树上发出刺耳的声音。燕辞楹:燕子是候鸟,春天北来,秋时南飞。楹,房柱子。　(5)崎岖:倾侧不平。徂:往。征:征役。徂征,前往从军守边。　(6)膏沐:洗发膏脂,古时女子美容用品。《诗·卫风·伯兮》:"自伯之东,首如飞蓬,岂无膏沐,谁适为容。"鹳:鹳雀,形状像鹤又像鹭,栖于湖泊边的高树上。《诗·豳风》:"鹳鸣于垤,妇叹于室。"(7)缨:系帽子的带子。《说文段注》:"冠系,……以二组系于冠,卷结颐下,是谓缨。"　(8)辟:打开。幌:帐幔,帘帷。弄:抚拨。　(9)促柱:柱是乐器上系弦的小木。调弦促柱,是扭转柱子调整弦音。　(10)遥夜:漫长的夜晚。鉴:照入。帐屏:帐幕和屏风。　(11)河汉:银河。　(12)"展转"句:《诗·周南·关雎》:"辗转反侧"疏:"辗转而复反侧,思念之极深也"。思服,《诗·关雎》:"寤寐思服。"思服,是复合词,有加重语气的作用。

【今译】初冬时节寒意已浓,悲风吹进闺阁霜满庭。蝉鸣于柳树上而燕子已离巢南行,思念夫君心中怨边城。你为什么迢迢千里长期去出征?岂是没有膏脂美容而愁叹声声?思君的泪水洒湿了帽缨,只有打开窗幔去拨弄秦筝。弹出的曲子多哀声,漫漫长夜明月照帷屏。天上的银河又浅又清,一夜夜辗转反侧真伤情,双眼直望着天上亮晶晶的明星。

【点评】本诗写妇人怀念在燕地征戍的丈夫。全诗分三层。第一层四句。前三句写景:孟冬季节,满院华霜,蝉噪燕离,一片凄凉景色,这能不勾起妇人想念在外戍守的丈夫吗?所以第四句顺承道出妇人内心的思绪。第二层承上写"岂无膏沐感鹳鸣,对君不乐泪沾缨"。妇人从丈夫走后即无心修饰打扮,且整天以泪洗面。这是生动的细节描写,真切地表现了思妇情意之深挚。然而,思念之余,她也意识到丈夫不会因为自己的苦苦思念而归来,只得另寻宽慰,这就引出了第八句的"弄秦筝",想要借乐曲而解愁。第

南朝部分卷

三层,本想解愁,但那一曲曲凄切的哀声,伴着那清冷的月光照入帷屏,反而更增添了一份悲凉。无奈,抬头遥望晴空银河,但又看到了牛郎织女隔河相望,更勾起了无限惆怅,越是不能解脱,越是不能入眠,直到明星已稀的凌晨时节。

全诗层次分明,层层紧扣,景中含情,情中有景,情景交融。

【集说】谢诗有极易入目者而引之益无尽,有极不易寻取者而径遂正自显然。顾非其人,弗与察尔。言情则于往来动止、缥缈有无之中,得灵蚤而执之有象;取景则于击目经心、丝分缕合之际,貌固有而言之不欺。而且情不虚情,情皆可景;景非滞景,景总含情。神理流于两间,天地供其一目,大无外而细无垠;落笔之先,匠意之始,有不可知者存焉,岂徒"兴会标举"如沈约之所云者哉!(王夫之《古诗评选》卷五)

(张采薇)

谢惠连

谢惠连(407—433),陈郡阳夏(今河南太康)人。南朝宋文学家,与族兄谢灵运并称"大小谢"。曾为彭城王刘义康法曹参军。作品文辞清绮,内容则较贫弱。有《谢法曹集》。

猛虎行[1]

　　猛虎潜深山,长啸自生风。人谓客行乐,客行苦心伤。

【注释】(1)本篇属《相和歌辞》。

【今译】猛虎潜藏深山大岭,长啸一声八面威风。人人都说客行快乐,客行之苦难以言明。

【点评】这首诗,前两句是比喻,中心在后两句。猛虎生活在深山老林,虽独往独来,倒也自在得意;一声长啸,也有自己的气派、自己的威风。而人却身不由己,被迫远离他乡,不知道的人以为客行在外,其乐无比,其实出门

人在外所遭受的种种痛苦,真是天知道! 诗人以人比虎,颇有人不如虎的味道。

俗话说,在家千日好,出门一时难。古人或因读书求学,或因追求功名,或因经商赚钱,往往不免抛家离子,长年奔波在外。而长年在外,又哪能事事如意,件件称心? 所以"客行虽云乐,不如早旋归",更何况"客行苦心伤"呢? 言简意赅,道出了寄旅的心声。

【集说】幼而聪敏,年十岁,能属文,族兄灵运深相知赏,……元嘉七年,方为司徒彭城王义康法曹参军。是时义康治东府城,城堑中得古冢,为之改葬,使惠连为祭文,留信待成,其文甚美。又为《雪赋》,亦以高丽见奇。文章并传于世。十年,卒,时年二十七。既早亡,且轻薄多尤累,故官位不显。(沈约《宋书·谢方明传附》)

（俞樟华）

刘铄

刘铄(431—453),字休玄,京口(今江苏镇江)人。宋文帝第四子,封南平王。刘劭弑立,以之为开府仪同三司,宋孝武帝刘骏定乱后,赐药死。其诗清丽,铺陈宛转,长于五言。原有集五卷。今已散佚。

白纻曲[1]

仙仙徐动何盈盈[2],玉腕俱凝若云行[3]。佳人举袖辉青蛾[4],掺掺擢手映鲜罗[5]。状似明月泛云河,体如轻风动流波。

【注释】(1)白纻曲:乐府《舞曲歌辞》名。 (2)仙仙:轻松自如的样子。(3)凝:凝脂,比喻皮肤洁白柔滑。 (4)青蛾:黑色的眉毛。 (5)掺掺:即纤纤,柔长貌,形容素手。擢,摆动。

【今译】翩跹起舞步履多么轻盈,洁白柔滑的手臂好似飘动的浮云。美人挥舞彩袖映衬乌黑发亮的眼睛,纤纤素手在鲜艳的罗衣映照下历历分明。

舞姿仿佛一团明月在云河中飘浮,既轻又快如风催流波前行。

【点评】诗写一个欢快的歌舞场面,表现的是王公贵族的享乐生活,在思想上实无多少可取之处,但在审美方面却能给人以某种艺术上的满足。翩翩起舞的佳人,服色艳丽,肌肤洁白,步履轻盈,姿态优美,诗人精心描写的这幅色彩斑斓的美人歌舞图,场面非常集中、逼真,形象也姣好多情,说明作者有很好的语言表达能力。在美人左右腾挪、前后旋回的舞姿中,观赏者的赏心悦目之情,也在字里行间自然流露,并引起读者的深深共鸣。

【集说】《白纻舞》,按舞词有巾袍之言;纻本吴地所出,宜是吴舞也。(沈约《宋书·乐志一》)

刘铄的《白纻曲》则以工细的描绘,琢炼的用字,极写舞姿之美,纤秀秾丽的意味洋溢在文字之外。……奇思异想,层波叠浪,文字婉娈多姿。"仙仙""盈盈""掺掺"联绵字的选用使诗句和谐,整齐,语言也较多委曲深挚。七言六句,率为上四下三的句法特点。仄声叠韵,音节峭劲;平声叠韵,音节悠扬的韵律规则,堪称完整的七言诗雏形。(范立群《汉魏晋南北朝隋诗鉴赏词典·白纻曲》)

(俞樟华)

刘骏

刘骏(430—464),字休龙,宋文帝刘义隆第三子。元嘉十二年封为武陵王,三十年五月即位,在位十一年。大明八年卒,年三十五岁,谥号孝武皇帝。有集三十一卷。

自君之出矣⁽¹⁾

自君之出矣⁽²⁾,金翠暗无精⁽³⁾。思君如日月,回还昼夜生⁽⁴⁾。

【注释】(1)这篇乐府诗,属于《乐府诗集·杂曲歌辞》。又名《拟室思》《思君去时行》。为妻子怀念丈夫的诗歌。 (2)出:离家出走。 (3)"金翠"句:意谓丈夫离开后,金翠艳丽的花朵,也显得暗淡无色。 (4)回还:循环不止。

【今译】自从夫君一离开,金翠花朵蒙尘埃。思君念君如日月,回还不断昼夜来。

南朝部分

【点评】这篇思妇诗，把妻子思念丈夫的挚情，表现得很生动、深刻。丈夫刚离开时，她是心神恍惚，失魂落魄，无精打采，不愿梳妆打扮，使艳丽的金翠花朵搁置一边，蒙上灰尘，显得暗淡无色。这种思念之情，天长日久了怎么样？作者用了一个比喻"思君如日月，回还昼夜生"，把这种天天如此，夜夜如此，循环不已，永不停止的思念之情，充分地表现了出来。

这篇诗也很凝练，含蕴丰富，全诗只有四句，就把思妇的深长情意告诉了大家，而且，思念之情的变化，也可使人看出。另外，这篇诗的比喻也用得贴切、精彩。

【集说】汉徐干有《室思》诗五章，其第三章曰："自君之出矣，明镜暗不治。思君如流水，无有穷已时"。《自君之出矣》盖起于此。（郭茂倩《乐府诗集》卷六十九）

（焦　滔）

汤惠休

汤惠休,字茂远,南朝宋诗人。原为僧,孝武帝命其还俗,官至扬州从事史。其善为诗文,与鲍照并称"休鲍",原有集四卷,已散佚,今存诗十一首。

杨花曲⁽¹⁾

深堤下生草,高城上入云。春人心生思⁽²⁾,思心长为君。

【注释】(1)《杨花曲》共三首,均写春天相思之情,此为第三首。(2)春人:春天中的人。

【今译】长堤生满春草,高城耸入云霄。春色催人相思,思君令人心老。

【点评】诗的前二句是写景,后二句是写情,而这情完全由景而生。诗中的主人公或是一位已有心上人的妙龄少女,或是一位已婚的美貌少妇,在杂花生树,群莺乱飞,春色撩人的大好日子里,本该双双对对、欢欢喜喜地踏青

南朝部分

赏花，尽情游玩。然而，由于心爱的人不在身边，面对宜人的春色，却提不起任何兴致，反而触景生情，陡增一段相思之苦。诗的语言朴素明白，感情直露无隐，颇有民歌风味。

【集说】"深堤下生草，高城上入云"，是以写景起兴，景是少女俯仰之间所见，又是少女心理的写照。……后二句点明主题，……是少女不可抑制的内心独白。由于这二句直率点情思，使上二句字字含情，字字是思。（谢浩范《汉魏晋南北朝隋诗鉴赏词典·杨花曲三首》）

（俞樟华）

鲍照

鲍照（约414—466），字明远，东海（今山东南部郯城一带）人。出身贫寒。临川王刘义庆任命他为国侍郎，宋武帝迁为中书舍人。后临海王子顼镇荆州，鲍照为前军参军。临海王作乱，鲍照死于乱军之中。有《鲍参军集》。他的乐府诗和七言诗，对唐人影响很大。

代东门行⁽¹⁾

伤禽恶弦惊⁽²⁾，倦客恶离声。离声断客情，宾御皆涕零⁽³⁾。涕零心断绝，将去复还诀。一息不相知，何况异乡别。遥遥征驾远，杳杳白日晚⁽⁴⁾。居人掩闺卧，行子夜中饭。野风吹草木，行子心断肠。食梅常苦酸，衣葛常苦寒⁽⁵⁾。丝竹徒满坐⁽⁶⁾，忧人不解颜⁽⁷⁾。长歌欲自慰，弥起长恨端。

【注释】（1）这是一首拟古乐府之作。"东门行"：古乐府《相和歌辞》。

南朝部分

代:拟。　（2）伤禽:被箭所伤的飞禽。这是用《战国策·楚策》更羸射雁的故事。更羸用无箭的空弓射下一只大雁。他说他发现那只大雁飞得慢是因为受伤,久已失群,所以悲鸣,此时它一听见弓弦声就惊慌高飞,于是伤口就剧痛,所以立刻掉了下来。　（3）宾:宾客,指送行者。御:侍者。　（4）杳杳（yǎo）:深远幽暗的样子。　（5）这两句比喻客中的忧苦,意思是说食梅苦于味酸,衣葛难以御寒,犹如客居他乡的愁苦一样。　（6）丝竹:弦乐器和管乐器,指音乐。　（7）解颜:开颜,欢笑。

【今译】受伤飞禽见弓惊,倦游之人恶离声。离歌声声伤客心,宾客侍者皆涕零。别时号哭心肠断,将行又还话别情。片刻分离已难捱,何况别居他乡间。征车远去路遥遥,白日幽暗天将晚。深闺思妇掩门卧,游子半夜才用饭。野风阵阵吹草木,行人心悲欲肠断。食梅常常嫌味酸,穿上葛布难御寒。满坐音乐徒奏鸣,难使愁士笑开颜。本欲高歌聊自慰,反使愁绪更增添。

【点评】这是一首抒写游子远离思家的诗,前半部分追叙离别时难分难舍的痛苦情景,后半部分抒发自己的思乡愁苦之情。

诗歌开篇,先用受伤的飞雁恶弦声比喻倦游之人怕离别的情景。继而由离声勾起离别时的情景,然后过渡到写自己别后的思家愁况。以食梅、衣葛形象地写出了别后的辛酸和凄凉。其次,诗歌通过细腻的细节刻画来表情达意,如写将要离别时又回头话别的场景,把分别时的绵绵之情尽含其中。篇末以音乐难解忧,长歌本想排遣忧愁,反倒更增愁绪的细节,惟妙惟肖地表现出作者的离情别绪。

全诗语言自然,表情贴切,表现出鲍诗"俊逸"的风格。

【集说】味至末句,则凡中有忧者,虽合乐也而愈悲,虽长歌也而愈怨,不特离别也。（钱仲联《鲍参军集注》集方虚谷语）

明远久倦客游,将复行役,而为是曲。其言日落昏暮,家人已卧,而行者夜中方饭,所谓不相知者如此。且以食梅食葛为喻,则其忧苦自知,有非声乐所得而慰者。（刘坦之语,录于《鲍参军集注》）

离声者,即别亲友时所奏之丝竹,丝竹满座,乃游所所奏者。惟途中无丝竹,则用"野风吹秋木"五字补之。风吹秋木,本是无心,入离人之耳,则以为离声耳。前连用两"恶"字,写乍别。后两"苦"字,写久别。中间行路,连呼"行子",真令人应声落泪。"食梅"二语,是以缓语承急调,与古乐府"枯桑"二句同法。(吴伯其语,转录于《鲍参军集注》)

空中布意,不堕一解,而往复萦回兴比,宾主历历不昧。虽声情爽艳,疑于豪宕,乃以视"青青河畔草",亦相去无三十里矣。(王夫之《古诗评选》卷一)

(高益荣)

代放歌行⁽¹⁾

蓼虫避葵堇⁽²⁾,习苦不言非。小人自龌龊⁽³⁾,安知旷士怀?鸡鸣洛城里⁽⁴⁾,禁门平旦开。冠盖纵横至⁽⁵⁾,车骑四方来。素带曳长飙⁽⁶⁾,华缨结远埃⁽⁷⁾。日中安能止?钟鸣犹未归⁽⁸⁾。夷世不可逢⁽⁹⁾,贤君信爱才。明虑自天断⁽¹⁰⁾,不受外嫌猜。一言分珪爵⁽¹¹⁾,片善辞草莱⁽¹²⁾。岂伊白璧赐⁽¹³⁾,将起黄金台⁽¹⁴⁾。今君有何疾⁽¹⁵⁾,临路独迟回⁽¹⁶⁾?

277

【注释】(1)本篇属拟古乐府《相和歌辞·放歌行》而作的。 (2)蓼虫:蓼草上生长的小虫。蓼草叶味苦辣。葵堇(jǐn):一种野菜,味甜。这两句用蓼虫生来不知甘味比喻小人不知旷士的高尚。 (3)龌龊(wò chuò):局限于狭隘的境地。 (4)洛城:洛阳城,这里泛指京城。 (5)冠盖:冠冕和车盖。这里指仕宦之人。 (6)素带:古时士大夫所用的衣带。曳:引、拉动。长飙:暴风。 (7)华缨:用彩色线织成的冠缨。 (8)钟鸣:夜深漏尽的时候。

(9)夷世:太平之世。从这两句以下,都是"小人"说的话。 (10)天:君王。(11)珪(guī):一种上圆下方的玉板,古代封官时赐珪作为符信。 (12)草莱:田野。 (13)岂伊:哪里。 (14)黄金台:台名。燕昭王筑之,上置千金

南朝部分

以招聘天下贤士。　　(15)君:旷士。　　(16)迟回:迟疑不前。末二句是小人诘问旷士之词。

【今译】蓼虫不食甜葵菫,习惯蓼草苦辣味。小人局限狭隘地,哪知旷达人心扉? 京都洛城鸡声鸣,宫门天晓始打开。冠盖之士纷纷至,乘车骑马四面来。素带随风空中飘,华缨上面满尘埃。日已正中怎能停? 夜残漏尽未归来。太平盛世难遇到,贤君诚然最爱才。英明谋虑君自断,不因他人生疑猜。一言可取便赐爵,片善辞田官帽戴。君王岂但赐白璧,还为造起黄金台。今日旷士有何虑,迈步仕途独徘徊?

【点评】全诗二十二句,可分为上下两篇。前十二句为上篇。描绘出小人们追逐利禄的丑态。起首二句,比类起兴,以蓼虫习惯蓼叶的苦味比喻小人好名利,接着便采用漫画般描写,勾画出小人们逐物追利的种种丑态。后十句自"夷世不可逢"以下,摹拟小人的语言,进一步揭露其谄媚行径。

全诗采用比喻方法,以旷士自喻,用小人暗喻那些争名夺利的达官贵人,又通过对比,使旷士的狂放性格和小人的奔竞利禄之态都表现得极为明显,从而讽刺了当时社会文人志士遭受打击、壮志难酬的丑恶社会现象。

【集说】此殆明远自中书舍人以后退归,当孝武之时,重于仕进,故作是曲以见志欤? 首言蓼虫避葵菫而集于蓼,由其惯于食苦,不言非甘,以喻己之谢禄仕而穷居,安于处困,自以为高也。然众人所见者小,乃为之不堪其忧。亦知旷士之怀,随时出处,视穷达为一致哉? 下文历言京城达官,四方远集,而朝夕不止,况乎时不可失,而贤君爱才,进用如此其易。今尔有何所病,独迟回而不进耶? 盖明远之所不进,有难以语人者。故特设为他人之词以语之,此即所谓不知旷士者也。(《鲍参军集注》集刘坦之语)

此诗极言富贵,斥讥蓼虫,盖愤懑反言,故曰放歌。(《鲍参军集注》集方植之语)

起四句直说,有倜傥恢奇之势。末无答语,竟住,所以妙。(《鲍参军集注》集王壬秋语)

浑成高朗,故自有尺度,不仅以"俊逸"标胜,如杜子美所云。(王夫之《古诗评选》卷一)

(高益荣)

代东武吟(1)

主人且勿喧，贱子歌一言：仆本寒乡士(2)，出身蒙汉恩。始随张校尉(3)，召募到河源(4)；后逐李轻车(5)，追虏出寒垣。密途亘万里(6)，宁岁犹七奔(7)。肌力尽鞍甲，心思历凉温(8)。将军既下世，部曲亦罕存(9)。时事一朝异，孤绩谁复论(10)？少壮辞家去，穷老还入门。腰镰刈葵藿，倚杖牧鸡豚(11)。昔如韝上鹰(12)，今似槛中猿(13)。徒结千载恨，空负百年怨。弃席思君幄(14)，疲马恋君轩(15)。愿垂晋主惠(16)，不愧田子魂(17)。

【注释】(1)《代东武吟》：《乐府诗集》作《东武吟行》，属《相和歌辞》。李善注说："左思《齐都赋》注曰：'《东武》《太山》皆齐之土风，弦歌讴吟之曲名也。'"。张铣说："东武，太山下小山名"。（见六臣注《文选》）本篇以老军人自述的口吻，写其少壮驰骋疆场而暮年归家的困难境遇以及他的怨恨和希望。 （2）仆：自谦之称。寒：贫寒。 （3）张校尉：指张骞，西汉成固（今陕西城固县）人，曾为校尉，随卫青击匈奴。 （4）河源：黄河发源地。(5)李轻车：指李蔡，汉名将李广的堂弟。武帝曾封其为轻车将军，与匈奴作战有功。 （6）密：近。密途，近路。 （7）宁岁：安宁的年岁。七奔：《左传·成公七年》："吴始伐楚……子重、子反于是乎一岁七奔命。" （8）心思历凉温：精神上经受了冷暖炎凉。 （9）部曲：汉代军队编制的名称，这里指同一部曲中的士兵。 （10）孤绩：卓著独有的战绩。 （11）豚：小猪。(12)韝：皮制的臂套，打猎时套上以停立猎鹰。韝上鹰，喻其昔日的英勇。(13)槛：关兽类的栅栏。 （14）弃席：据《韩非子·外储说》：晋文公流亡多年回国时到了黄河边，下令把原来使用的食器、卧席统统扔掉，让那些面目黧黑的随行人员走在最后。其功臣咎犯批评他不该丢掉困境中曾使用过的东西，不该慢待那些面目黧黑的有功者。晋文公听后即收回了原来的命令。(15)疲马：《韩诗外传》说：战国时魏国人"田子方（外）出，见老马于道，喟然有志焉，以问于御者曰：'此何马也？'御曰：'故公家畜也。罢（疲）而不为

用,故出放也。'田子方曰:'少尽其力而老去其身,仁者不为也。'束帛而赎之。" （16）晋主:晋文公。 （17）魂:胡绍英说:"案;魂,云也。谓不愧田子所云也。古云、魂通。"

【今译】叫声主人莫喧哗,且听鄙人歌一曲:我本长在穷乡地,出生蒙受汉家恩。有幸追随张校尉,从军河源展雄姿。又随李蔡将军战,穷追匈奴到塞北。遥遥万里是近路,七战算作太平年。鞍马征战筋力尽,心神饱经炎凉摧。将军百年离人世,伙伴伤亡存者稀。时移事易非从前,卓绝功绩有谁记?少壮离家参军去,到老穷愁还家门。回乡操镰勤农事,年衰挂杖放鸡豚。当年曾比雄鹰猛,而今却像笼中猿。回首往事千载恨,空留百年悲怨心。"弃席"常思回君手,老马犹望再腾踊。渴思君王垂恩惠,不负田子一片心。

【点评】全诗以自叙口吻代老兵陈言。"主人"两句有如开场白。"仆本"六句概括叙述了这位老兵平生的军旅生涯:随军出战,远至黄河源头;追击匈奴,驱驰长城之外。可见其勇猛,可见其功绩卓著。更可贵者,他把这不避生死、为国效力的机会看作是蒙受"汉恩",其对汉家的忠心耿耿卓然自见。"密途"四句进而抒写其军旅生涯的艰辛:以绵亘万里为近路,以七次赴战为"宁岁",可谓结语巧妙,别出心裁,那真正的远路和"战岁"就可想而知了。而平生征战唯一得到的只是筋力耗尽,心神憔悴,备受之磨难、备历之艰辛于此全然可见。"时事"两句既写了所谓"君恩"之冷酷,也是全诗结构及主人公命运的转关,随着主将去世,时势变易,主人公的赫赫战功还有谁人记起? 于是穷老之年只好归乡,"少壮"八句就着重写其归乡之后的艰苦生活及幽怨痛苦之情。一生征战可想而知是家无积蓄,晚年还得为生计而竭其余力,甚至拄着拐杖还得养鸡喂猪。今昔对比,不胜感慨:当年猛如雄鹰,而今却如槛中老猿。怎不使他结恨千载,负怨百年,悲痛彻骨呢?"徒结""空负"也道尽其无可奈何之情。

即使如此,这位饱经沧桑的老兵还是渴望着为国效力、驰骋疆场的辉煌岁月。末四句巧妙用典,表达了他的这一渴望,也坦露了他图报君恩、为国建功的誓愿。其烈烈雄心,湛湛忠诚,良足感人。这正是作者情志胸怀的表现。

这首作品在主人公的自叙之中,突出今昔对比、揭露了当权者的冷酷,也抒发了他满腹的怨恨,沉郁动人。结尾却陡转高亢,使全诗显得更悲壮刚健。诗中用曲巧妙,意蕴丰厚,耐人咀嚼。描写生动而语多峻健。这些都是该诗显著的特色。

【集说】鲍明远才健,其诗乃《选》之变体,李太白专学之。如"腰镰刈葵藿,倚仗牧鸡豚",分明说出个倔强不肯甘心之意。(朱熹《朱子语类》)

明远乐府自是七言至极,顾于五言歌行,亦以七言手笔行之,句疏气迫,未免失五言风轨。但其谋篇不杂,若《门有车马》《东武》《结客》诸作,一气内含,自踞此体肠要,当从大段着眼,乃知其体度。(王夫之《古诗评选》卷一)

刘坦之曰:明远此篇殆亦有所为而作欤?观其首言主人勿喧而后歌者,欲其听之审而感之速也。故下文历叙征役远塞之劳,穷老还家之苦。至篇末复怀恋主之情,而犹有望于垂惠。然不知其为谁而发也。(钱仲联《鲍参军集注》卷三)

方植之曰:此劳辛怨恩薄之诗。《小雅·杕杜》先王劳旋役之什,所以为忠厚也。后世恩薄,不能念此,故诗人咏之,亦所以为讽谏。(同上)

(吕培成)

代出自蓟北门行

羽檄起边亭[1],烽火入咸阳[2]。征骑屯广武[3],分兵救朔方[4]。严秋筋竿劲[5],虏阵精且强。[6]天子按剑怒,使者遥相望[7]。雁行缘石径[8],鱼贯渡飞梁[9]。萧鼓流汉思[10],旌甲被胡霜[11]。疾风冲塞起,沙砾自飘扬[12]。马毛缩如猬[13],角弓不可张[14]。时危见臣节[15],世乱识忠良。投躯报明主[16],身死为国殇[17]。

【注释】(1)檄:古代征兵文书。羽檄:檄上插有羽毛表示紧急,所以叫羽

橄。亭:古代用来驻兵防守敌寇的建筑物。边亭,边境上的驻兵亭。
(2)烽火:古代在边防线上筑高台,敌至即燃烟火报警,称烽火。咸阳:秦故都,在长安西北,此处泛指京都。　(3)骑:骑兵。屯:驻防。广武:今山西代县西北。　(4)朔方:今内蒙古鄂尔多斯市一带。　(5)严秋:深秋。筋竿:筋指弓弦,竿指箭杆。劲:强劲有力。　(6)虏阵:敌人的阵营。　(7)使者遥相望:指使者不绝于路,形容其多。　(8)雁行:形容军队行列整齐,像雁的行列一样。缘:沿着。石径:石路。　(9)鱼贯:指兵士行进时一个接着一个,如贯串着的鱼。飞梁:高架在两座山之间的桥,就像凌空飞起一样。(10)萧鼓:指军乐。思:思念情绪。　(11)旌甲:旌旗和铠甲。被:同"披"。胡霜:北方的寒霜。　(12)砾(lì):小石,碎石。　(13)猬:刺猬。　(14)角弓:用角器装饰的弓。这是说天气严寒,双手冻得拉不开弓。　(15)时危:时局危急。节:气节。　(16)躯:身。　(17)国殇:为国捐躯的人。

【今译】边关上传来战斗的警报,烽火把战讯传到咸阳。征调兵骑在广武屯守,又派兵去援救北方。深秋肃杀弓弩格外有力,敌兵阵营精锐而且刚强。天子闻报不禁按剑大怒,派出的使者不绝于道上。将士们排开雁阵般的队列,飞快开往御敌的疆场。军乐声中流露出思乡之情,旌甲上沾满了胡地的寒霜。凛冽的狂风在边塞呼啸,卷起细碎沙石满天飞扬。战马缩成一团皮毛参起,冻僵的双手难使箭发弓张。危急之中才显出臣下气节,时势混乱方能辨明忠良。不辞伤身劳心报效贤明君主,甘愿捐躯为了国家强盛。

【点评】本篇写的是北方边境上反侵略战争的情景和战士们誓死卫国的决心,表现了诗人报国的热情和对这种战斗生活的向往。

开篇四句交代了北方发生边警,情报传入京师,朝廷分兵抵御的情况。

接下来"严秋"二句写出敌方兵力的精强。强兵压境,反衬出边关的危急。

"萧鼓流汉思"以下六句,通过对军乐、旗甲、风、沙、马、弓六种事物及场景的描绘,全面而精当地勾画出边关上御敌将士的艰苦生活和战斗情景,仅仅三十字,就把这一切写得活灵活现,淋漓尽致。最后四句,表达壮士们誓死卫国的热情和决心,句句铿锵有力,字字掷地有声。

【集说】魏曹植《艳歌行》曰："出自蓟北门，遥望胡地桑。枝枝自相值，叶叶自相当。"《乐府解题》曰：《出自蓟北门行》，其致与《从军行》同，而兼言燕蓟风物，及突骑勇悍之状。若鲍照云"羽檄起边亭"，备叙征战苦辛之意。（郭茂倩《乐府诗集》卷六十一《出自蓟北门行·解题》）

此拟立功边塞之作。前八，用逆笔先就边境征兵、胡强主怒叙起，为壮士立功之会写一排场。中八，落出从军，铺写途路劳苦，朔方早寒，故多在寒上设色。后四，收到立节效忠，偏以不吉祥语，显出无退悔心，悲壮淋漓。（张玉毅《古诗赏析》卷十七）

吴伯其曰：是当时政令躁急，臣下有不任者，故借此以寓意。言平日无谋虑，边隙一启，曰征骑，曰分兵，皆临时周章，以敌阵之精强故也。天子之怒，因是怒敌，亦是怒将士之不灭此朝食。故从战之士，相望于道。当斯时也，虽有李牧辈为将，亦不暇谋矣。死为国殇，何益于国哉？（钱钟联《鲍参军集注》卷三）

沈确士曰：明远能为抗壮之音，颇似孟德。（同上）

（李立炜）

代结客少年场行[(1)]

骢马金络头[(2)]，锦带佩吴钩[(3)]。失意杯酒间[(4)]，白刃起相仇。追兵一旦至[(5)]，负剑远行游。去乡三十载[(6)]，复得还旧丘[(7)]。升高临四关[(8)]，表里望皇州。九涂平若水[(9)]，双阙似云浮[(10)]。扶宫罗将相[(11)]，夹道列王侯。日中市朝满[(12)]，车马若川流。击钟陈鼎食[(13)]，方驾自相求[(14)]。今我独何为？坎壈怀百忧[(15)]。

【注释】(1)本篇为乐府诗，在《乐府诗集》中属《杂曲歌辞》。郭茂倩说："《结客少年场》，言少年时结任侠之客，为游乐之场，终而无成，故作此曲也。"这说法是对的，但诗中还有讽刺当时官场蝇营狗苟的意思。代，拟、仿作。　(2)骢(cōng)：青白色马。金络头：金色马笼头。　(3)吴钩：吴地所产的宝刀，似剑而曲。　(4)"失意"二句：意谓杯酒中间，稍不如意，即拔剑

相斗而成为仇敌。失意:不如意。 (5)追兵:指闯祸后追捕少年的兵。
(6)去:离开。 (7)旧丘:即故乡。 (8)"升高"二句:意谓回到国都后,登
高远望。临:从高处往下看。陆机《洛阳记》说:"洛阳有四关,东为成皋,南
伊阙,北孟津,西函谷。"表里:即内外。皇州:国都。 (9)九涂(tú):谓京城
中的交通要道。涂:同途,道路,一作衢。 (10)"双阙"句:意谓两座高耸有
飞檐的宫阙,像云朵飘浮。阙,宫门外建二台,上有楼观,中留空缺(阙)作过
道,所以叫阙。也叫象阙,是古代颁布法令的地方。 (11)"扶宫"二句:意
谓宫阙、大道两旁皆王侯将相之宅。扶,夹也。罗,列也。 (12)"日中"句:
意谓京城中求名求利的人很活跃,含有讽刺意味。《易·系辞》:"日中为市,
致天下之民,聚天下之货。"《周礼·地官·乡师》孙诒让《正义》:"市朝,众
之聚所。"一说市朝是官府在市中治事的地方。 (13)"击钟"句:古代权贵
之家,列鼎而食,食则击钟。 (14)"方驾"句:这里形容车马拥挤,写官场中
人忙于交往、干求。 (15)坎壈(lǎn):穷困不得志。

【今译】青色大马金笼头,腰间锦带挂吴钩。杯酒之间不如意,拔刀而起
相格斗。一旦追兵来逮捕,背剑远走天下游。一去故里三十年,最后回到家
门口。登高远望四座关,京城里外眼底收。交通大道平若水,宫阙高耸似云
浮。皇宫左右住将相,大道两旁住王侯。日中为市人拥挤,车马奔驰似水
流。钟鸣鼎食权贵家,并驾齐驱忙奔走。今我孤独独为何? 坎坷一生怀
百忧。

【点评】这篇乐府诗,诚如郭茂倩所说,"言少年时结任侠之客,为游乐之
场,终而无成,故作此曲。"但诗中还有讽刺官场蝇营狗苟的意思。这个思
想,也是作者的思想,但没有直说,而是借"少年"的观感表现了出来。同时,
作者一生不得志,坎坷"怀百忧"的愤懑,也当包含在诗中。像这样思想内容
丰富,反映现实深刻,很有社会意义的作品,再联系他的其他作品来看,鲍照
确是杰出的作家。

这篇诗的艺术技巧也很高,语言精练、自然,形象鲜明,音韵和谐、优美,
富有韵味,给人印象深刻。看不出当时"绮丽"文风对他的影响,这也是可贵
之处。

【集说】汉长安少年杀吏,受财报仇,相与探丸为弹,探得赤丸斫武吏,探得黑丸杀文吏。尹赏为长安令,尽捕之。长安中为之歌曰:"何处求子死,桓东少年场。生时谅不谨,枯骨复何葬。"(郭茂倩《乐府诗集·结客少年场行》序)

结客少年场行,言轻生重义慷慨以立功名也。(《乐府题解》)

"升高临四关"以下至末,全模古诗《青青陵上柏》。(钱仲联《鲍参军集注》)

满篇讥诃,一痕不露。(王夫之《古诗评选》卷一)

凡炼对语不难,单语难;奇语不难,常语难。此特以单语、常语,妙!(《昭明文选集评》卷七引孙月峰语)

(焦　滔)

拟行路难五首[(1)]

其一

　　奉君金卮之美酒[(2)],玳瑁玉匣之雕琴[(3)],七彩芙蓉之羽帐[(4)],九华蒲萄之锦衾[(5)]。红颜零落岁将暮[(6)],寒光宛转时欲沉[(7)]。愿君裁悲且减思[(8)],听我抵节《行路吟》[(9)]。不见柏梁铜雀上[(10)],宁闻古时清吹音[(11)]?

【注释】(1)《行路难》为汉乐府曲调名,见宋郭茂倩《乐府诗集·杂曲歌辞》。郭茂倩《乐府题解》:"《行路难》,备言世路艰难及离别悲伤之意,多以君不见为首。"鲍照《拟行路难》共十八首,一说十九首,是模拟旧题写的新辞。从第一首序诗和最后一首提到"对酒叙长篇"看来,这十八首诗当是一组诗。这组诗不是一时一地专咏一事之作,思想内容丰富深刻,艺术表现生动多彩,是鲍照的代表作。诗中表达了诗人对门阀制度和社会不平的愤慨,抒发了他对人世忧患的感伤心情。　(2)奉:奉送、献给。君:泛指听者。卮(zhī):酒器。　(3)玳瑁(dài mào):一种和龟相似的海中爬行动物,其甲壳黄褐色起黑花,有光泽,用做装饰品。玉匣:用玉石和玳瑁嵌饰的琴匣。(4)七彩芙蓉:多种颜色的芙蓉花图案。羽帐:用翠鸟的羽毛装饰的帐子。

(5)九华蒲萄：以许多蒲萄组成花纹的图案。九：许多。华：同"花"。蒲萄：即葡萄。　　(6)红颜零落：容颜变得衰老。红颜：指青春时期的容貌，也指青春时代。　　(7)寒光：寒冷的气候。宛转：指时序的变化。时欲沉：时将晚。沉，这里指时光的消逝。　　(8)裁悲：制止悲伤。裁，减。减思(sì)：减少愁思。　　(9)抵(zhǐ)节：击节，即打拍子。抵，侧击。节，乐器名，又叫"拊"。《行路》吟：吟唱《行路难》这支歌。　　(10)柏梁：台名，汉武帝元鼎二年(前115)建于长安。铜雀：台名，曹操于建安十五年(210)建，在邺城(今河北临漳)西北。柏梁台和铜雀台都是封建帝王贵族歌咏宴游的场所。　　(11)宁：岂能。清吹：清悠的管乐。

【今译】献给你金杯盛着的美酒，镶嵌玳瑁玉匣装着的雕琴，绣着七彩芙蓉图案的羽帐，饰有九花葡萄纹样的锦衾。青春凋零人生就面临迟暮，寒冷的气候预示一年的时光将尽。请你暂且减少悲伤和忧思，听我打着拍子唱一曲《行路吟》。不见那柏梁台或者铜雀台上，难道还能听到古时清新的弦歌音？

【点评】本篇原列第一首，属于序曲性质，具有提纲挈领、画龙点睛作用。感慨世路艰难，时光易逝，徒悲无益，不如排遣忧愁，高歌行乐，寄寓着岁月蹉跎、壮志未遂的悲愤之情。

开首四句连写"美酒""雕琴""羽帐""锦衾"四样消愁解忧之物，词采华美流丽，极尽铺陈之能事，且又突如其来，骤然而至，令人目不暇接。"红颜"二句笔锋一转，点明题旨，叹息时光易逝，红颜难留。紧接二句作劝人之言，将忧思悲愤强自压抑，且听一曲人生不平之歌，益显忧愤之深广。末二句从上面听歌行乐之事引出人所熟知的柏梁、铜雀歌台典故，以反诘作结，简洁冷峭，使人"思接千载"，浮想联翩，百感丛生。

【集说】明远《行路难》，壮丽豪放，若决江河，诗中不可比拟，大似贾谊《过秦论》。(许凯《许彦周诗话》)

《行路难》诸篇，一以天才天韵，吹宕而成。独唱千秋，更无和者。太白得其一桃，大者仙，小者豪矣。盖七言长句，迅发如临济禅，更不通人拟议。

又如铸大象，一泻便成，相好即须具足。杜陵以下，字镂句刻，人巧绝伦，已不相浃洽，况许浑一流生气尽绝者哉！

看明远乐府别是一味，急切觅佳处，早已失之。吟咏往来，觉蓬勃如春烟，弥漫如秋水，溢目盈心，斯得之矣。岑嘉州、李供奉正从此入。特不许石曼卿一流，横豪非理，借马租衣，装五陵叱咤耳。（王夫之《古诗评选》卷一）

参军五言擅长。乐府诸章，更超忽变化，生面独开，固当与陈思王角雄争胜。杜少陵第以俊逸目之，窃恐不足以尽其美也。（张玉毂《古诗赏析》卷十七）

《拟行路难十八首》，淋漓豪迈，不可多得。但议论太快，遂为后世粗豪一流人借口矣。（成书倬《古诗选》）

（牛生乔）

其二

洛阳名工铸为金博山⁽¹⁾，千斫复万镂⁽²⁾，上刻秦女携手仙⁽³⁾。承君清夜之欢娱，列置帏里明烛前⁽⁴⁾。外发龙鳞之丹彩，内含麝芬之紫烟⁽⁵⁾。如今君心一朝异，对此长叹终百年⁽⁶⁾。

【注释】(1)金博山：铜香炉。博山，香炉名，形状像传说中海上的博山。(2)斫(zhuó)：削。镂(lòu)：雕刻。　(3)秦女携手仙：指弄玉和萧史。据《列仙传》记载，弄玉是春秋时秦穆公的女儿，嫁给萧史，向他学吹箫，能作凤鸣，其后双双成仙，骑龙凤飞升而去。这里有意以仙侣携手和情人变心相比照。　(4)帏：帐。　(5)麝芬：麝香。麝的形状像鹿而小。雄麝腹部有香腺，它的分泌物极香，是珍贵的药材。这句是说炉内烧着极为名贵的香料，不一定实指麝香。　(6)此：指香炉。百年：指老年。

【今译】洛阳能工巧匠铸就的铜香炉，形如金色的海上博山，再加上精心地雕琢镂刻，上边有跨凤乘龙携手飞升的秦女神仙。新婚后两相欢好的清幽夜晚，它安放在帏帐里的明烛前。外面闪烁着龙鳞般美丽的光彩，里面散发出麝香那样芬芳的紫烟。如今你一旦变心弃我而去，面对香炉不由叫人长叹百年。

【点评】本篇原列第二首,属于古代所谓闺怨诗或弃妇诗。通过一位被遗弃的上层社会妇女的凄凉独白,围绕一尊名贵的博山香炉写夫妇关系的变化,以香炉上所刻恩爱幸福的仙家故事比照自己不幸遭遇,反映了古代妇女的可悲命运,寄寓了作者对遭受封建压迫的妇女的深切同情。

首句从产地、工匠、质料、形制四方面写香炉身价之不凡。"千斫"句再写香炉工艺之精细。"上刻"句复写香炉图案之美好,为后面的变心离异比照张目。"承君"二句写香炉之用,欢娱之夜,安置帷帐之内,明烛之前,原是爱情信物。"外发"二句写香炉之效,光彩绚丽,紫烟芬芳,无比神奇美妙。以上七句全写香炉,工笔重彩,极尽夸张描写之能事,蓄势已足。末二句笔锋陡转,写出被弃之人与被弃之炉相伴的悲凉结局,出人意表,酸人肺腑。全诗以小见大,以物代人,避实就虚,侧面详写昔日两相欢爱之情,正面略写今日爱情毁灭之恨,手法颇可借鉴。语言瑰丽而通俗,唯用一典,亦属常见,通篇明白如话,读来朗朗上口,而形象鲜明生动,绚烂多彩。情调舒缓飘逸,娓娓谈来,徐徐道出,怨而不怒,哀而动人,切合女主人公温婉善良的性格和上层阶级的身份。

【集说】但一物事,说得恁相经纬。立体益孤,含情益博也。(王夫之《古诗评选》卷一)

设为闺怨,叹人心易变,用携手仙比照,有意。(张玉毂《古诗赏析》卷十七)

(牛生乔)

其三

泻水置平地⁽¹⁾,各自东西南北流。人生亦有命,安能行叹复坐愁⁽²⁾?酌酒以自宽⁽³⁾,举杯断绝歌《路难》⁽⁴⁾!心非木石岂无感⁽⁵⁾?吞声踯躅不敢言⁽⁶⁾!

【注释】(1)泻水:倒水。 (2)安能:哪能。 (3)宽:宽慰,宽解。(4)断绝:停止。《路难》:《行路难》的歌曲。 (5)无感:无动于衷。(6)吞声:想说出来又忍住。踯躅(zhí zhú):犹豫、徘徊。

【今译】将水倾泻在平地,水向东西南北四面流。人生一切也由上天安排,怎能走路叹息坐下又忧愁!姑且饮酒自宽慰,举杯断绝高歌《行路难》!人心并非木石岂能无所感?却又忍气吞声踟蹰再三不敢言!

【点评】本篇原列第四首,以浑朴的笔调写出一段难言的激愤与痛苦,字里行间激荡着作者因备受压抑而产生的强烈愤懑之情。

开首四句,以泻水漫流起兴作比,唯人生各自有命,借以从现实生活中无奈的痛苦里解脱出来;巧用反嘲笔法,失意之人故作旷达超脱之语,愈言人生命运天定,愈显现实荒谬悖理。“酌酒”二句再起波澜,写出悲愤难抑、借酒浇愁、长歌当哭的悲烈景况。“心非”句文势一转,如疾雷震霆滚滚而来,冲决自我克制的堤防,慷慨不平,大声疾呼,反诘中颇带抗争意味,情感达到高潮。末句文势再转,陡然直下,以反语收束全篇,如千钧铁闸截住万丈狂澜,激荡澎湃,撼人心魄。短短八句之章,将深藏心事,强作平静;慷慨悲歌,愤然陈词;忽而惊语,把忍气吞声这样复杂的心理历程写得曲折婉转,跌宕有致。此诗立意巧妙,本写愁情,偏说不应愁叹,益显愁之难言;既言“岂无感”,却始终不曾点破所感为何,更显愁之无涯。语言质朴,不以文辞取胜,而以真情动人,以平易浅近之语表达含蓄诗意和深沉感情,具有浑朴莽苍的格调。五、七言交错运用,形成跌宕起伏的节奏。前四句隔句押韵,旋律舒缓平稳;中间骤然换韵,变为一韵到底,旋律如狂飙直下,激越奔放。韵律变化与感情进程相协调,使得诗人起伏跳动的情感似乎触手可及。

289

【集说】先破除,次申理,一俯一仰,神情无限。……言愁不及所事,正自古今凄断。(王夫之《古诗评选》卷一)

妙在不曾说破,读之自然生愁。起手无端而下,如黄河落天走东海也,若移在中间,犹是恒调。(沈德潜《古诗源》卷十一)

所怀藏的被压抑之情多么深重,而其表现又这样曲折婉转,这种曲折婉转的表现过程,正表现了他的衷情之反复激荡而无可奈何的状态。(胡国瑞《魏晋南北朝文学史》)

(牛生乔)

南朝部分

其四

对案不能食⁽¹⁾，拔剑击柱长叹息！丈夫生世会几时⁽²⁾，安能蹀躞垂羽翼⁽³⁾？弃置罢官去，还家自休息⁽⁴⁾。朝出与亲辞，暮还在亲侧。弄儿床前戏⁽⁵⁾，看妇机中织。自古圣贤尽贫贱，何况我辈孤且直⁽⁶⁾！

【注释】(1)案：古代放食具的小几，形如有脚的托盘。又，案即古"椀"（碗）字。又通"盌"。　(2)丈夫：指有所作为的男子。生世：活在世上。会：能有。　(3)安能：怎能、哪能。蹀躞(dié xiè)：小步走路的样子。垂羽翼：形容失意颓丧的情状。　(4)还：归家。　(5)弄儿：逗小孩。戏：玩耍。(6)孤：指出身低微，势单力薄。直：指禀性正直。

【今译】面对满桌饭菜难以进食，霍然拔出长剑砍向身旁的屋柱，从心底发出一声深长的叹息！大丈夫生于人世能有几时？怎能像垂下翅膀徘徊不前的鸟儿？抛弃掉一切毅然辞官而去，回到家中且作长久的休息。清晨出门与亲人告辞，晚上归来和亲人相聚。逗弄可爱的孩子尽情游戏，看勤劳的妻子在机中纺织。自古以来圣贤也都贫穷低微，何况我等孤贱又耿直！

【点评】本篇原列第六首。以直抒胸臆的方式写怀才不遇、壮志难伸的感慨，淋漓尽致地倾吐出了心中的苦闷和忧愤。

开首两句起势不凡，如凄风急雨骤然袭来，造成紧迫压抑的气氛。通过外形动作的描述，精确传神地刻画出壮士失意的神态和内心痛苦。"拔剑""击柱""长叹息"三个连贯动作，写由勃然而愤然而怅然的心理变化。"丈夫"二句直写志存高远的主观愿望和位处卑微的客观现实的尖锐冲突，"抗音吐怀"，激愤苍凉。"弃置"二句笔势一转，写出愤然拂衣，高迈而去的神态，全诗情调亦随之转折，如峡谷急流注入平湖。"朝出"四句以亲切淳朴类乎民歌的语言，描绘出一幅弃官归隐后的天伦之乐图，或出于虚拟悬想，而亲情之温暖与世情之冷酷对照鲜明强烈。末二句笔势又一转折，由古代圣贤之厄运，联想到自己之不幸，不禁愤然浩叹。点破归隐后貌似平和实则忧愤的真实心情，且与开首呼应，使人深感备受门阀制度压抑的有志才士，无论出仕,抑或归隐,均难以平牢骚,舒愤懑。激愤而无奈,又是何等痛苦。此诗亦以真情动人,语言率真自然,毫无雕琢,纯然发自肺腑。情绪起伏跌宕,富于变化,悲哀而不颓唐,失望而不消沉,沉郁中有着洒脱,悠闲中透出不平,自有一种雄逸豪放之气在,恰是诗人不甘屈辱、自尊而孤傲的精神状态之写照。全诗一韵到底,长气贯注,如黄河之水直走东海,每句韵脚像一个个浪头,造成贯穿全诗的节奏感。又采用杂言句式,使得音节变化,错落有致,与情绪起伏交错为补,交迭成趣,如同多声部的乐曲,气势雄浑,韵味深厚。

【集说】土木形骸,而龙章凤质固在。(王夫之《古诗评选》卷一)

"朝出"四句,写得真可乐。(陈祚明《采菽堂古诗选》卷十八)

写出罢官归家,正多乐事,乃凭空想象,莫作赋景观。(张玉毂《古诗赏析》卷十七)

前章言叹,言愁,言宽,言感,而不一言所宽所愁所感何事,第一语结之曰不敢言而已。夫不敢言者,必非寻常感遇之言也。次章至于对案不食,拔剑击柱,其感尤几于五岳起臆,瞋发指冠,而亦不一言,但云弃官愿归而已。无论明远二十之年一命未沾,无官可罢,即使预设之词,亦必语出有为。岂非未涉太行,先闻折坂,未伤高鸟,已堕惊弦者乎?朝暮亲侧,妇子欢聚,岂有傅、谢夷灭之惨,鲸鲵失水之吟。故知世路屯艰,是以望风气沮耳。(陈沆《诗比兴笺》卷二)

家庭之乐,岂宦游可比,明远乃亦不免俗见耶?江淹《恨赋》,亦以左对孺人顾弄稚子为恨,功名中人,怀抱尔尔。(沈德潜《古诗源》卷十一)

(牛生乔)

其五

君不见少壮从军去,白首流离不得还。故乡窅窅日夜隔[(1)],音尘断绝阻河关[(2)]。朔风萧条白云飞,胡笳哀极边气寒[(3)]。听此愁人兮奈何,登山远望得留颜[(4)]。将死胡马迹,能见妻子难。男儿生世坎轲欲何道[(5)],绵忧摧抑起长叹[(6)]!

291

南朝部分

【注释】(1)窅窅(yǎo yǎo 咬咬)：形容遥远。隔：远隔。　(2)音尘：音讯。阻河关：被关山、河水所阻隔。　(3)胡笳：我国古代北方民族的一种乐器，类似笛子。　(4)得留颜：希望留住日益衰老的容颜。　(5)坎轲：原指行车不顺利，这里指人生不得意。欲何道：有什么可说的。　(6)绵忧：绵绵不断的忧思。摧抑：使人压抑到心碎的地步。

【今译】你没看见那少壮从军而去的人，白了头仍颠沛流离不得回家园。故乡遥远日夜相隔，长河关山把音信阻断。北风萧瑟白云飞扬，胡笳声哀边气严寒，听到呜咽的笳声使人愁肠百结，登山远望故乡许能留住衰老的容颜。将要随着胡马足迹而死，再见妻子儿女难上加难。男子汉一生坎坷还有什么可说，无穷的幽恨郁积在胸不禁仰天长叹！

【点评】本篇原列第十四首。写征夫戍卒流离边塞思乡难归的愁苦。寄寓着作者自己对现实的愤懑和不平。

开首两句平平而起，总写征夫悲惨身世，语气朴质深沉，隐含无限辛酸悲苦。"故乡"二句从时空两方面写远离故土之悲，化抽象思乡之情为可见可触之物。"朔风"二句抓住主要特征，调动多种感觉，极写边庭境况之凄恻。"听此"二句以登高留颜写思见故乡之切，愈见其悲苦无奈。"将死"二句写前途命运之惨，引人无穷惆怅。末二句以征夫直吐悲愤作结，写还乡绝望之哀，如见泪血，如闻长叹，使人不禁要为之一洒同情之泪。全诗两句一转，一气呵成，上下钩联，结构紧凑。继承乐府民歌精神，略带文人诗歌色彩，语言平直朴质，形象极为鲜明，句句实写，真情自显，"为情造文"，感人弥深。诗以七言为主，参以五、八、九言，音节错综多变，铿锵有声。

【集说】全以声情生色。宋人论诗以意为主，如此类直用意相标榜，则与村黄冠盲女子所弹唱亦何异哉？（王夫之《古诗评选》卷一）

（牛生乔）

梅花落

中庭⁽¹⁾杂树多，偏为梅咨嗟⁽²⁾。"问君何独然？""念

其霜中能作花,露中能作实,摇荡春风媚春日。念尔零落
逐寒风[3],徒有霜华无霜质。"

【注释】(1)中庭:此指古时四合院围住的院子。 (2)咨嗟:赞叹声。
(3)寒风:原作"风飙"。

【今译】院中杂树多茂盛,偏偏喜爱赞梅花。"问君如此情何在?""我看
梅花经霜傲雪满枝丫。雨露滋润结梅子,春风春日舞姿美。杂树凋零随寒
风,只能借助白霜闪光华,没有忍耐霜雪的好品质。"

【点评】这首诗语言质朴自然,几近白描,然一问一答之间,却暗携风雷,
字字千斤。诗人愤世嫉俗的满腔悲愤和耿耿不平,诗人对于丧德辱节、追香
逐臭的时俗的鄙弃和蔑视,以及诗人对于自己高洁超凡的节操的自信、自持
和自豪,无不蕴含其中。一"偏"一"独"像两面明镜,既昭示着诗人超群脱
俗、横空出世的冷峻和高洁,同时,又折射出了群小的惊愕和迷茫;而"徒有
霜华无霜质"一句,更是惊天霹雳,划破长空,让人一下子便洞见群小虚伪而
又做作,卑微而又低下的灵魂深处,真是入木三分!

此诗气骨劲健,情感深沉而又强烈,意象鲜明而富于动感,无论在思想
上还是在艺术上,都是一首足以千古师法的好诗。

【集说】鲍照材力标举,凌厉当年,如五丁凿山,开人世之所未有。(陆时
雍《诗镜总论》)

朱秬堂曰:梅花落,春和之候,军士感物怀归,故以为歌。唐段安节《乐
府杂录》曰:"笛,羌乐也,古有《梅花落》曲。"此诗虽佳,无涉于军乐。(钱钟
联《鲍参军集注》卷四)

张荫嘉曰:花实叠句,而用韵却收上领下。格法比汉乐府《有所思》篇更
为奇横。(同上)

沈确士曰:以花字联上嗟字成韵,以实字联下日字成韵,格法甚奇。(同
上)

(潘世东　喻　斌)

293

南朝部分卷

鲍令晖

鲍令晖,南北朝时著名文学家鲍照的妹妹,以才名见称。现存诗七首,数量虽不多,却颇具其风格特色。钟嵘《诗品》赞之曰:"令晖歌诗,往往断绝清巧。"

自君之出矣⁽¹⁾

自君之出矣,临轩不解颜⁽²⁾。砧杵夜不发⁽³⁾,高门昼常关。帐中留熠耀⁽⁴⁾,庭前华紫兰⁽⁵⁾。物枯识节异⁽⁶⁾,鸿来知客寒⁽⁷⁾。游用暮冬尽,除春待君还⁽⁸⁾。

【注释】(1)本篇《乐府诗集》属《杂曲歌辞》。本篇《玉台新咏》题为《题书后寄行人》,据此题可知,这是作者写给远行的丈夫的书信后面的题诗。(2)临轩:临窗。 (3)砧杵:捣衣的石板和木棒。 (4)熠耀:光亮闪烁的样子,这里指萤光。 (5)华:即花,这里作动词用。紫兰:紫兰花。 (6)物枯:草木叶子凋落。 (7)鸿:鸿雁,大雁。 (8)除春:指旧岁过后,新春来临。

【今译】自君外出到远方，临窗远望面忧伤。夜夜不闻捣衣声，日日闭门守空房。红罗斗帐萤光飞，庭前紫兰默默放。秋叶凋零悟时变，北雁南飞知客寒。远游延宕暮冬尽，岁尽春来等君还。

【点评】从《题书后寄行人》之题目来看，这是表达作者自己情感的一首怀人之作。首两句即云，自对方远行之后，自己就每每临窗远望、面罩愁云，可谓相思情切。三、四两句写因愁思而百无聊赖，以至于连捣衣之事也无心去干，终日空守闺阁、高门长闭。写尽其孤寂落寞之态。五、六两句又以帐中流萤、庭前幽花再作环境之渲染、物事之象征，进一步状其孤独、染其意绪，幽姿可怜而深情动人。七、八两句又深入一步，写其对行人的关心体贴，极微妙地展示出女子细腻之心态。而"游用暮冬尽"，道其终年苦苦期盼的失望，"除春待君还"又写其步入新岁之后期盼行人回归的殷切。使读者感受到她那挚情犹如久经发酵的陈酿，愈久愈醇，也似熊熊燃烧的火焰，愈燃愈烈。

该诗语言清雅而情蕴深挚。一首短诗之中却能极有层次地从其举动、表情、心理、环境及节令变易等诸多方面来烘染自己的内心世界，的确是一首细腻清和、纯情感人的好诗。

【集说】令晖歌诗，往往断绝清巧。（钟嵘《诗品》）

汉徐干有《室思诗》五章，其第三章曰："自君之出矣，明镜暗不治。思君如流水，无有穷已时。"《自君之出矣》，盖起于此。齐虞羲亦谓之《思君去时行》。（郭茂倩《乐府诗集》）

平写六句，不复及情；此媛犹有风规，不入流俗。（王夫之《古诗评选》卷五）

《小名录》曰："鲍照妹，字令晖，有才思，亚于明远，著《香茗赋集》行世。"（陈延杰《诗品注》引）

（吕培成）

南朝部分

吴迈远

吴迈远(？—474)，南朝宋诗人，籍贯不详。曾为江州从事、奉朝请。元徽二年(474)，江州刺史桂阳王刘休范举兵反叛，迈远为其草拟书檄，失败后被诛。原有集八卷，已佚，今仅存诗十首。语意缠绵，文辞清丽，钟嵘《诗品》称其"善于风人答赠"。

胡笳曲

　　轻命重意气，古来岂但今[1]。缓颊献一说[2]，扬眉受千金。边风落寒草[3]，鸣笳坠飞禽[4]。越情结楚思，汉耳听胡音。既怀离俗伤[5]，复悲朝光侵[6]。日当故乡没，遥见浮云阴[7]。

【注释】(1)岂但今：不仅今天如此。　(2)缓颊：为人求情。此指从容出谋献计。　(3)边风：边地的秋风。　(4)"鸣笳"句：胡笳声凄凉悲切，使飞禽都感动地坠了下来。　(5)离俗伤：久居异域，故乡的风俗渐已淡忘，因此感伤。　(6)朝光侵:指时间在侵蚀着自己的生命。　(7)"日当"二句:太阳应当沉没在自己的故乡,却被浮云所阻。喻征人归家不得。

【今译】男儿自古重意气,轻身为国直到今。从容献计建军功,昂首扬眉受千金。秋风瑟瑟落寒草,胡茄声声坠飞禽。越客至楚思亲友,汉人入胡听异音。心忧家乡风俗疏,又悲时光生命侵。太阳有心归故乡,浮云无情阻要津。

【点评】诗写征夫流离异域时的思亲怀乡之情。全诗十二句,可分三层意思:前四句点明征夫远离家乡流落异地的原因,在于保疆守边,建功立业。中间四句抒发因边地秋景萧瑟而引起的思乡之情。后四句反映了征人欲归不能,无可奈何的伤感情绪。诗的格调既慷慨昂扬,奋发向上,又哀婉缠绵,悲切动人,两者融为一体,把一个既有凌云壮志,又有儿女情怀的有血有肉的壮士形象,展现在读者面前。此曲一出,梁代陶弘景、江洪,唐代的郑愔、王昌龄、王贞白等人都有仿作,可见影响之大。

【集说】迈迈好自夸而訾鄙他人,每作诗,得称意语,辄掷地呼曰:"曹子建何足数哉!"(《南史》卷七十二本传)

吴善于风人答赠。(钟嵘《诗品》卷下)

"日当故乡没",大警句。(陈祚明《采菽堂古诗选补遗》卷二)

(俞樟华)

南朝部分

王融

　　王融(468—493),字元长,琅琊临沂(今属山东)人,初举秀才,累迁太子舍人,曾上书齐武帝求自试,迁秘书丞。官至中书郎、宁朔将军,后下狱赐死。融文藻富丽,才思敏捷,又精通声律,与沈约、谢朓等一起创造了一种讲究声韵格律的新体诗,同为"永明体"代表作家。有《王宁朔集》。

巫山高[1]

　　想象巫山高,薄暮阳台曲[2]。烟霞乍舒卷,蘅芳时断续[3]。彼美如可期[4],寤言纷在属[5]。怃然坐相思,秋风下庭绿。

【注释】(1)巫山高:乐府鼓吹曲汉铙歌名。巫山:在四川省巫山县东南,因山形如"巫"而得名。 (2)阳台:宋玉《高唐赋序》:"昔者先王尝游高唐,怠而昼寝。梦见一妇人,曰:'妾巫山之女也,为高唐之客。闻君游高唐,愿荐枕席。'王因幸之。去而辞曰:'妾在巫山之阳,高丘之阻,旦为朝云,暮为行雨,朝朝暮暮,阳台之下'。"后因称男女合欢的处所为"阳台"。曲:偏僻深隐之意。 （3）薌芳:指香草。 （4）如可期:仿佛可见。 （5）"寤言"句:指醒后,神女的音容笑貌依然历历在目。

【今译】想起巫山高处,阳台笼罩薄暮。烟云舒展自如,芳香若有若无。神女可望可见,梦醒依然在目。独坐相思无限,绿叶秋风吹枯。

【点评】在汉乐府中,《巫山高》的内容是写游子思乡、欲归不能的痛苦心情的。王融这首拟作,却不袭古辞临水思归之意,而是从"巫山"二字上生发联想,借巫山神女的神话传说,寄托其政治上的某种执着追求以及这种追求终归幻灭的惆怅失意心情。摹拟中自创新意,此种做法影响甚大,齐梁以迄中唐,竟有近20人学作此调。

全诗创造了一个充满神秘色彩、虚无缥缈的幽美幻境,在巫山阳台云烟变幻、芳香若断若续的美丽想象中,神女的形象恍然如见,诗人可望而不可即的思慕之情和怃然相思之苦,都流露得历历分明。最后以"秋风下庭绿"结句,颇有"曲终人不见"的含蓄不尽的韵致。诗情景交融、虚实相间,诗人真实的感情寄托则没明言,给人留下了充足的回味余地。

【集说】其词大略言江淮水深,无梁可渡,临水远望,思归而已,若齐王融"想象巫山高",梁范云"巫山高不极",杂以阳台神女之事,无复远望思归之意。（吴兢《乐府古题要解》）

脱意别构,与谢朓《铜雀诗》同一杼柚。王维《婕妤怨》等作亦从此出。元长落颖亦贵,惜多娇涩,此篇几乎浑成矣。（王夫之《古诗评选》卷一）

《乐府解题》:"古辞言江淮水深而无梁可渡,临水远望,思归而已。若齐王融'想象巫山高',梁范云'巫山高不极',杂以阳台神女之事,无复远望思归之意也。又有《演巫山高》,不详所起。"按:鼓吹曲辞汉铙歌,古辞一首,融乃拟之。（吴兆宜《玉台新咏笺注》）

此实赋巫山神女事也。前四,想象山景,薄暮阳台,已含神女在内。后四,怀念其人,妙在怃然相思下,忽写一句秋堂冷景,陡然收住,最有余味。（张玉毂《古诗赏析》卷十八）

（俞樟华）

南朝部分

孔稚珪

孔稚珪(447—501)，字德璋，会稽山阴(今浙江绍兴)人。齐明帝萧鸾建武年间，任冠军将军，迁太子詹事，加散骑常侍。喜文咏，爱山水，以《北山移文》最著名。有《孔詹事集》。

白马篇[1]

骥子局且鸣[2]，铁阵与云平。汉家嫖姚将[3]，驰突匈奴庭。少年斗猛气[4]，怒发为君征[5]。雄戟摩白日[6]，长剑断流星[7]。早出飞狐塞[8]，晚泊楼烦城[9]。虏骑四山合[10]，胡尘千里惊[11]。嘶笳振地响[12]，吹角沸天声[13]。左碎呼韩阵[14]，右破休屠兵[15]。横行绝漠表[16]，饮马瀚海清[17]。陇树枯无色[18]，沙草不常青。勒石燕然道[19]，凯归长安亭。县官知我健[20]，四海谁不倾[21]。但使强胡灭，何须甲第成[22]。当令丈夫志[23]，独为上古英。

【注释】(1)本篇属《杂曲歌辞》。　(2)骥子:骏马。局:翘足。　(3)嫖姚:同"剽姚",劲疾貌。汉大司马骠骑将军冠军侯霍去病(前140—前117)曾六次出兵塞外,打败匈奴的多次入侵,死时年仅二十四岁,最初便封为剽姚校尉。　(4)斗:竞赛。　(5)怒发:忿怒使得头发直立。　(6)雄戟:武器名。摩:高触。　(7)断:斩。　(8)飞狐塞:边塞要地,亦名飞狐口,在今河北涞源县境。　(9)泊:住宿。楼烦:部族名,分布在今内蒙古鄂尔多斯草原一带。　(10)虏骑:指匈奴骑兵。合:聚集。　(11)惊:扬起。　(12)嘶:悲。笳:乐器名,初卷芦叶为之,后改竹子制作。　(13)角:号角。沸:喧闹。

(14)呼韩:即呼韩邪(yé),匈奴单于名号,曾谒见过汉宣帝,汉元帝时,遣后宫王昭君嫁之,号宁胡阏氏。此指代匈奴。　(15)休屠:匈奴休屠王都,在今甘肃武威市北。此亦指代匈奴。　(16)绝:直度。表:外。　(17)瀚海:指今内蒙呼伦湖、贝尔湖。　(18)陇:陇山,今六盘山南段的别称,在陕西陇县至甘肃平凉一带。此指代边地。　(19)勒石:刻立碑石。燕然:山名,即今蒙古国境内的抗爱山。后汉和帝永元元年(89),车骑将军窦宪大破北单于,登燕然山,中护军班固撰《封燕然山铭》,刻石勒功,纪汉威德。　(20)县官:天子。　(21)倾:钦佩。　(22)甲第:头等豪华住宅。《史记·卫将军骠骑列传》称:霍去病屡立大功,天子特地给他建造住宅,令其视之,对曰:"匈奴未灭,无以家为也。"由此上益重爱之。"但使"二句本此。　(23)丈夫:成年男子的通称。

301

【今译】骏马奋蹄仰天鸣,铁骑列队如云行。汉朝盛世矫捷将,奔驰突袭胡人境。青春年少比勇气,发愤卫国去远征。高举雄戟触红日,挥舞长剑斩流星。清早起程飞狐塞,夜晚驻扎楼烦城。虏骑闻讯四面聚,弥漫千里黄尘升。凄凉胡笳动地响,进攻号角达天庭。左边打破呼韩阵,右边击溃休屠兵。横行直度大漠外,饮马瀚海海水清。陇地树木枯无色,沙中小草难得青。立石燕然记盛事,班师凯旋返西京。天子知我勇无比,四海到处赞美声。只愿早把强敌除,何须追求华屋成。当令男儿立鸿志,超越前世人中英。

南朝部分

【点评】作者以西汉著名青年将领霍去病为模特,杂取以后战胜匈奴的历史事实,塑造出一个报效国君、公而忘私、敢于深入敌后、敢于取得胜利的英雄人物形象。在南北朝对峙、战乱频仍的时代,在统一祖国的神圣事业中,颇具激励人心的作用,尤其是朝野上下,一味追求靡靡之音的歌曲声中,他能远绍建安,奏出时代的最强音,的确难能可贵。孔稚珪原来也是主和派,他在建武初曾上和虏表说:"汉武藉五世之资,承六合之富,骄心奢志,大事匈奴。遂连兵积岁,转战千里,长驱瀚海,饮马龙城,虽斩获名王,屠走凶羯,而汉之卒甲十亡其九。故卫、霍出关,千队不反,贰师入漠,百旅顿降,李广败于前锋,李陵没于后阵,其余奔北,不可胜数。遂使国储空悬,户口减半,好战之功,其利安在? 战不及和,相去何若?"此表对汉武帝、卫青、霍去病等主战派都持批评态度,可是在《白马篇》中却一反常态,宣扬"当令丈夫志,独为上古英",即是要让男子汉大丈夫坚定意志,为统一大业立功,并要超越历史上像霍去病这样的常胜将军,从而可以看出作者对和与战的态度上已有了显著的变化。

【集说】稚珪风韵清疏,好文咏,饮酒七八斗。(《南齐书》本传)

白马者,见乘白马而为此曲。言人当立功立事,尽力为国,不可念私也。《乐府解题》曰:"鲍照云:'白马骍角弓。'沈约云:'白马紫金鞍。'皆言边塞征战之事。"(郭茂倩《乐府诗集》卷六十三曹植《白马篇·解题》)

(张秀贞)

张融

张融(444—497),字思光,吴郡(今苏州市)人,出仕宋、齐,官至司徒兼右长史。青年时代曾面对屠刀,神色不变,深受世人赞誉。齐太祖也奇爱融,并说:"此人不可无一,也不可有二。"诗文清新、朴实,诗以五言居多,节奏缓慢,寓意丰厚。有《玉海集》等。

忧且吟⁽¹⁾

鸣琴当春夜⁽²⁾,春夜当鸣琴;羁人不及乐⁽³⁾,何似千里心⁽⁴⁾。

【注释】(1)忧且吟:《杂曲歌辞》。忧:忧愁;吟:吟唱。忧且吟意谓人在忧愁的时候要以吟唱来慰藉自己。 (2)鸣琴:弹琴。 (3)羁(jī)人:在外作客的人。及:趁着。如及时、及早。乐(lè):喜悦、快乐。 (4)千里心:千里思乡之心。

【今译】弹琴应当在春夜里弹,春夜是弹琴的好时光;旅居在外的人不及

时寻乐,如何慰籍千里思乡的愁肠。

【点评】这首诗只有四句,类似后来的五言绝句。句式简练,寓意丰富,启人遐想。作者写一个漂泊在外的人,春夜里用鸣琴及时寻乐,表达自己思乡的忧愁。春夜鸣琴,貌似旷达,内心却隐藏着难以排解的思乡之苦。一二两句是同义反复,表面上是写春夜鸣琴的乐趣,实际上是写"忧",用"乐"来反衬"忧"。后两句点明"春夜鸣琴"的原因,突出了"忧"的主题,使人更加感受到漂泊者的孤独和内心的痛苦。

【集说】吾文体英绝,变而屡奇,既不能远至汉魏,故无取嗟晋宋。(张融《诫子书》,载《南齐书》本传)

思光纤缓诞放,纵有乖文体,然亦捷疾丰饶,差不局促。(钟嵘《诗品》卷下)

(赵素菊)

徐孝嗣

徐孝嗣(453—499),字始昌,东海郯(今山东郯城)人。父遇害后孝嗣出生,小字遗奴,幼年坚强而自立。历仕宋、齐,官至尚书令、中书令、右军将军。他为人器量弘雅,不以权势自居,深受世人称赞。永元元年被诛,年四十六。诗文含蓄、清雅。

白雪歌(1)

风闺晚翻霭(2),月殿夜凝明(3)。愿君早流眄(4),无令春草生(5)。

【注释】(1)白雪歌:乐府《琴曲歌辞》。 (2)风闺:风吹进女子的闺房。霭:云气。 (3)殿:泛指高大的堂屋。后专指帝王所居或供奉神佛之所。(4)流眄(miǎn):指流转目光观看。战国楚宋玉《登徒子好色赋》:"含喜微笑,窃视流眄。"曹子建《洛神赋》:"客与乎阳林,流眄乎洛川。" (5)春草生:在这里指无穷无尽的思念和担忧。《楚辞·招隐士》:"王孙游兮不归,春草生兮萋萋。"

南朝部分

【今译】风吹闺房里，夜晚常有云气翻滚，只有神佛的殿堂才有宁静的月光相随。愿君及早流转目光，审时度势，不要步"王孙"长游不归的后尘。

【点评】这首短诗，以风月喻政治，劝朋友看清政治风云的变化，及早退隐，含蓄深蕴是这首诗的特点。

首句以"风闺"喻官场，以"晚翻霭"喻官场斗争，环境险恶，政治风云变幻无常。次句采用同样的手法，以月殿喻隐居，以"夜凝明"喻隐者生活的平和、宁静。这两句对仗工稳，"风闺"对"月殿"，"晚翻霭"对"夜凝明"，对比鲜明，意在开导朋友，为后两句做铺垫。接着写对朋友的劝慰。"流眄"一句显然不是字面意义上的"流转目光观看"，而是政治意义上的审时度势。末句从《楚辞·招隐士》中的名句"王孙游兮不归，春草生兮萋萋"脱胎而来。劝朋友不要长游不归，以免造成友人无穷无尽的思念和担忧。

【集说】谢希逸《琴论》曰："刘涓子善鼓琴，制《阳春》《白雪》曲。"……高宗显庆二年，太常言《白雪》琴曲本宜合歌，今依琴中旧曲，以御制《雪诗》为《白雪》歌辞。又古今乐府奏正曲之后，皆别有送声，乃取侍臣许敬宗等和诗以为送声，各十六节。六年二月，吕才造琴歌《白雪》等曲，帝亦制歌辞十六章，皆著于乐府。（郭茂倩《乐府诗集》卷五十七）

（赵素菊）

谢朓

谢朓(tiǎo)(464—499)，字玄晖，陈郡阳夏(今河南太康)人。与谢灵运前后齐名，世称"小谢"，曾任宣城太守，故又称为"谢宣城"。齐东昏侯永元元年受诬陷，下狱死。其诗风格清逸秀丽，流转含蓄。他和沈约等开创了"永明体"，讲求声律，对近体诗的建立有所贡献。有《谢宣城集》五卷。

江上曲⁽¹⁾

易阳春草出⁽²⁾，踟蹰日已暮。莲叶尚田田⁽³⁾，淇水不可渡⁽⁴⁾。愿子淹桂舟⁽⁵⁾，时同千里路⁽⁶⁾。千里既相许⁽⁷⁾，桂舟复容与⁽⁸⁾。江上可采菱，清歌共南楚⁽⁹⁾。

【注释】(1)"江上曲"，乃乐府《杂曲歌辞》名。本篇模仿民间情歌，描写一对青年男女的相爱过程。　(2)易阳：地名，约在今河北省邯郸市西南。枚乘《菟园赋》里说：邯郸、易阳等地的男女青年，每到暮春初夏，都要共往菟园游玩，遂相爱恋。　(3)田田：形容莲叶的挺拔秀茂。　(4)淇水：发源于河南林县。《诗经·卫风》中的恋歌多说到淇水。如《卫风·氓》《卫风·竹

竿》等诗里均写到女子渡过淇水嫁给意中人。在六朝诗中,淇水与巫山都成为爱情的象征。这里的"不可渡"乃暗喻爱情的曲折。 (5)淹:停留、迟延。 (6)时同:同时的意思。 (7)相许:指结伴同行。 (8)容与:从容自得。 (9)南楚:指南方楚歌。《尔雅翼》:"吴、楚之风俗,当菱熟时,士女子相与采之,故有采菱之歌以相和,为繁华流荡之极。"

【今译】易阳春光好,嫩草气象新;并肩漫步游,日暮不忍分。初夏相欢会,莲叶多茂密;相亲复相嗔,波涛生淇水。但愿君有情,桂舟作停留;同行千里路,比肩共携手。既许同路游,迢迢结伴侣;桂舟轻荡漾,胸怀无不抒。江上香菱熟,与君共采撷;情歌相唱和,永打同心结。

【点评】谢朓诗以风格清丽流转著名。这首《江上曲》便使我们欣赏了一幕清逸和美、委婉含蓄的爱情轻喜剧。

钟嵘的《诗品》评谢诗"善自发诗端",陈祚明也评谢诗"发端结响,每获骊珠"。这首《江上曲》正显示了这一特点。诗的开端,便指出一幅春风和煦、阳光明媚的美丽景色,交代了青年男女相会的背景,并隐用典故,象征爱情萌生。"淇水不可渡"一句,表达了爱情路上的曲折波澜,谢朓在此细致地刻画了人物的微妙心理。结句形象生动,饱含韵味,好似国画中的空白,使读者在品味之余,不禁报之会心的微笑。

【集说】谢朓之作,如西山清晓,霏蓝翁黛之中,时有爽气。(《竹林诗评》)

名句络绎,清丽居宗。(施补华《岘佣说诗》)。

玄晖灵心秀口。每诵名句,渊然泠然,觉笔墨之中笔墨之外,别有一段深情妙理。(沈德潜《古诗源》卷十二)

《南齐书》曰:"朓长五言诗,沈约常云:'二百年来,无此诗也。'"按梁武帝绝重朓诗,云:"三日不读,即觉口臭。"刘孝绰服谢朓,常以谢诗置几案间,动静辄讽味。其为后进仰慕有如此者。(陈延杰《诗品·谢朓注》)

(文时珍)

汉魏六朝乐府观止

同王主簿有所思⁽¹⁾

佳期期未归⁽²⁾，望望下鸣机⁽³⁾。徘徊东陌上，月出行人稀。

【注释】(1)同：和(hè)的意思。王主簿：王融，南齐人，文藻富丽，名重一时。 (2)佳期：指游子归来的日子。期未归：期(jī)，周年或满一定时期。(3)望望：《礼记·问丧》：“其往送也，望望然，汲汲然。”注：“望望，瞻望之貌。”又《孟子·公孙丑》：“望望然去之。”注：“望望然，惭愧之貌也。”这里引申为无聊、心神不宁的样子。

【今译】相约的日子已到人却未归，她心神不安地走下织布机。独自徘徊在田间的小路上，直到月上东山行人绝迹。

【点评】诗意很明显是妻子思念行人。起笔直言，曰“佳期”，是他们临别时已有约在先。然而，天天盼，月月盼，盼到约定的时间，行人却未归来，这能不引起思妇的焦虑吗？次句“望望”二字，正写出这种心神不宁的焦虑之情，极其准确巧妙。于是她“下鸣机”，无心再织了，这一动作，更为传神。“下鸣机”后，更独自一人徘徊在田间小道上，等待归人。然而，直徘徊到月出东山，行人绝迹，自己的丈夫还没有归来，她的愿望终成泡影。此时此刻，女主人公的心情如何，全留给读者去想象，所以《古诗源》评此诗曰：“即景含情，怨在言外。”

【集说】吏部信才杰，文峰振奇响。调与金石谐，思逐风云上。岂言凌霜质，忽随人事往。尺璧尔何冤，一日同丘壤。（沈约《伤谢朓》）

奇章秀句，往往警道。（钟嵘《诗品》卷中）

即景含情，怨在言外。（沈德潜《古诗源》卷十二）

先写情，后写景，则景中无非情矣！诗境超甚。（张玉毅《古诗赏析》卷十八）

（张采薇）

309

南朝部分卷

玉阶怨⁽¹⁾

夕殿下珠帘⁽²⁾，流萤飞复息⁽³⁾。长夜缝罗衣，思君此何极⁽⁴⁾。

【注释】（1）玉阶怨：属乐府《相和歌辞·楚调曲》。"玉阶"乃从汉代班婕妤之《自悼赋》"华殿尘兮玉阶苔"句而来。谢朓以此制题，作成这首美丽凄婉的宫怨诗。　（2）夕殿：即夜殿。　（3）流萤：飞动的萤火虫。（4）极：尽，达到顶点。

【今译】静殿夜深落珠帘，流萤飞舞光闪闪。坐缝罗衣度长夜，思君不至眼欲穿。

【点评】纵观封建社会史，妇女乃是没有独立人格和地位的不幸者。而历代后宫禁闱之中，后妃、宫嫔们虽是锦衣玉食，但在人生命运和爱情方面，仍是从属于男性。多少女子被锁闭在深重似海的宫墙中，凄清寂寞地度过一生。所以盼望帝王垂爱、恐遭冷弃的宫怨诗便成为历代吟诵不绝的题目。

谢朓的这首诗，以清新工丽、简淡细致的笔调，描画了一幅美丽凄婉的宫怨图：

在静静的夜里，宫人独坐殿内，隔着珠帘注目殿外的流萤忽明忽灭，默默盼望君王降临。夜已渐深，忧思无眠，缝制罗衣以作排遣，心中却犹在企盼。久思不至，深怀忧怨……

此诗落笔委婉平静，内蕴情致，明写景，暗写人。于细微处烘托人物，末句情感自然发露。令人千年之后读之，仍对这位孤独凄凉的宫人抱着深深的同情。

【集说】陶潜、谢朓诗皆平淡有思致。（葛立方《韵语阳秋》）

虚实迭用以为章法，太白之所得于玄晖者亦惟此许，有法可步故也。如"茹溪发春水"等篇，亦未之有得。（王夫之《古诗评选》卷三）

汉魏六朝乐府观止

竟是唐人绝句。在唐人中为最上者。（沈德潜《古诗源》卷十二）

此宫怨诗。能于景中含情,故言情一句便醒。（张玉穀《古诗赏析》卷十八）

（文时珍）

王孙游⁽¹⁾

绿草蔓如丝⁽²⁾,杂树红英发⁽³⁾。无论君不归⁽⁴⁾,君归芳已歇⁽⁵⁾。

【注释】(1)《乐府诗集》收入《杂曲歌辞》。《楚辞·招隐士》曰:"王孙游兮不归,春草生兮萋萋。"《王孙游》盖出于此。 (2)蔓:植物之茎细而延长者。 (3)英:花。 (4)无论:莫说。 (5)歇:尽。

【今译】遍地青草绿如茵,千树红花春意深。莫说此时君不归,归来春花何处寻。

【点评】这首诗是写一个女子在春光明媚的时刻对离家未归的男子的思念。

诗开头两句写花红草绿的盎然春意,描绘出一幅令人赏心悦目的风景画。但是这位女子并没有为这明媚春光所迷恋,她从自然界的花开花落中悟到人的青春也会随着岁月的推移而流逝,自然而然地把人和自然的关系融为一体。接着两句写人物的心理状态。现在自己正当如花盛年,却没有得到应有的赏识,自己思念着的男子离家远游,滞留他乡,空负了花容月貌。虽然自己情意殷殷,盼望他莫辜负这大好春光,能同自己一道共度华年,但是他是不可能回来的,就是他回来,春花也早已凋零。这里显然包含着这位女子淡淡的哀愁,有一种美人迟暮的感慨。

【集说】其源出于谢混。微伤细密,颇在不伦。一章之中,自有玉石。然奇章秀句,往往警遒。足使叔源失步,明远变色。善自发诗端,而末篇多踬,

南朝部分

此意锐而才弱也。至为后进士子之所嗟慕。朓极与余论诗,感激顿挫过其文。(钟嵘《诗品》卷中)

谢朓每篇堪讽诵。(杜甫《寄岑嘉州》)

亦可谓艳而不靡,轻而不佻,近情而不俗。(王夫之《古诗评选》卷三)

上二,写春景,以见急当归也。下二,从不归兜转一笔,醒出即归已晚,而不归之感愈深,真乃意新笔曲。(张玉毂《古诗赏析》卷十八)

(景常春)

汉魏六朝乐府观止

虞炎

虞炎，生卒年不详，会稽（今浙江绍兴）人。齐武帝时，以文学与沈约俱为文惠太子所宠幸，历任散骑侍郎、骁骑将军等职。曾收集鲍照遗文，编次成集，并撰《鲍照集序》，为研究鲍照生平的重要材料。

玉阶怨[1]

紫藤拂花树[2]，黄鸟度青枝[3]。思君一叹息，苦泪应言垂[4]。

【注释】（1）本篇属《相和歌辞》。《玉台新咏笺注》卷十作《有所思》。（2）紫藤：又称"朱藤""藤萝"。高大木质藤本植物。叶细长，茎如竹根，坚实。其茎截置烟炱中，经时成紫香。春季开花，花形似蝶。拂：拂拭。此有"抚摸""依附"之意。　（3）黄鸟：黄雀。此用《诗经·黄鸟》诗意。朱熹《诗集传》："秦穆公卒，以子车氏之三子为殉，皆秦之良也。国人哀之，为之赋《黄鸟》。"　（4）应：随。

【今译】紫藤啊，亲切地抚摸、依附着花树，有无限依恋之情。黄鸟啊，在绿枝间飞跃，不住地唱着挽歌。一想到您啊，我就不住地叹息，悲苦的眼泪，随着话语不停地下落。

【点评】这首《玉阶怨》前两句是以物起兴，借物言情，以紫藤与花树的亲密关系作比，借《黄鸟》诗寓意，透露出所思之君，不仅与作者的关系密切，而且还可能是因某种不幸的原因而死去了。后两句是自己的相思之状，从"叹息""垂泪"中，可见作者伤心到何种程度，这与前两句所透露出的消息正好相呼应。

（王魁田）

陆厥

陆厥（472—499），字韩卿。吴郡（今江苏苏州）人。齐武帝永明九年（491）举秀才，是当时反对沈约"声病说"的主要人物。东昏侯永元元年（499）始安王萧遥光叛乱，他的父亲陆闲牵连被杀，他遇赦出狱，伤痛而死。其诗今存十一首，十首是乐府。诗体颇有新意。

临江王节士歌⁽¹⁾

木叶下⁽²⁾，江波连，秋月照浦云歇山⁽³⁾。秋思不可裁，复带秋风来。秋风来已寒，白露惊罗纨⁽⁴⁾。节士慷慨发冲冠⁽⁵⁾，弯弓挂若木⁽⁶⁾，长剑竦云端⁽⁷⁾！

【注释】（1）本篇乃乐府《杂歌谣辞》。"临江"，地名。汉朝设置县，约在今四川忠县；南朝刘宋设置郡，故治在今安徽和县东北。"节士"：有壮志高节的人。　（2）木：指树木。　（3）浦：水边或河流入海的地方。　（4）罗纨：质地轻薄的丝织品。　（5）发冲冠：冠乃帽子。发冲冠指人愤怒或激昂时头发竖立而顶起了帽子。见《史记·荆轲传》："士皆瞋目，发尽上指冠。"

这里借以形容节士的慷慨。　　（6）若木：即扶桑，神话中日出之处的树木。（7）竦（sǒng）：同"耸"。高高地直立。

【今译】树叶飘飘落下，江水波涛相连。秋月映照水滨，白云缭绕山边。秋日愁思不可减，如今又带秋风来。秋风来时天地寒，白露惊悟夏衣单。节士遇秋自慷慨，怒发冲冠气宇轩。弯弓遥挂扶桑树，长剑高耸入云天！

【点评】本诗的曲题见于《汉书·艺文志》所载之《临江王》及《节士愁思歌》。作者误将两首诗题合而为一，成为《临江王节士歌》。诗的内容乃作者依照题意并结合秋思而作。

开端几句，未写节士而大块勾勒秋景，通过树、江、月、云等景物的描写，展现出天地之间一派秋气萧条的景象，为塑造挺立寒秋、豪气干云的节士形象涂抹了浓烈的衬托底色。

"秋思"等四句，述写了世人遇秋往往易生惆怅忧思、悲戚伤感。秋天该是结果的季节，也是年岁将终之时，然功业难立，华发速染，焉能不使人触景生悲？

然而节士在秋风萧瑟席卷而来时，却怒激而发壮志豪情，奋身欲与天公搏击！这一壮举多么惊世骇俗，这一气概真使天地惊、鬼神泣。使人生出无限景仰。

诗作形象鲜明，情调激扬，音韵清朗上口。确是一篇富有新意的艺术佳作。

【集说】观厥文纬，具识丈夫之情状。自制未优，非言之失也。（钟嵘《诗品》卷下）

史称厥少有风概，善属文，五言诗体甚新奇。而文纬乃言理者，或即指厥与沈约论宫商书。约云："自灵均以来，此秘未睹。"厥则谓"辞既美矣，理又善焉，但观历代众贤，似不都暗此处。而云'此秘未睹'，近于诬乎。"亦言之成理，是具识丈夫之情状者。（陈延杰《诗品注》卷下）

歌赋节士之慷慨也，然节士最善悲秋。秋令肃杀，增人壮气，故前路以秋引入。首三，先泛写秋景。中四，点明秋思，已伏节士，却仍顶秋风，连转

作遍。后三,始突接节士慷慨,随用整笔,摹写其慷慨之形,截然竟住,音节铿锵入古。(张玉毂《古诗赏析》卷十八)

(文时珍)

南朝部分

刘绘

刘绘(458—502),字士章,彭城(今江苏徐州市)人,初为齐高帝萧道成行参军,以后历任中书郎、大司马从事中郎等职。中兴二年卒,年四十四岁。有集十卷。

有所思⁽¹⁾

別离安可再,而我更重之。佳人不相见,明月空在帷⁽²⁾。共衔满堂酌⁽³⁾,独敛向隅眉。中心乱如雪,宁知有所思⁽⁴⁾。

【注释】(1)这篇乐府为文人仿作,属于《乐府诗集·鼓吹曲辞》。主要写怀念"佳人"的相思之苦。 (2)帷:床帷。 (3)"共衔"句:意谓全家共饮团圆酒。 (4)宁:岂,难道,哪里。

【今译】离别之苦不可再,而我却又加一回。佳人分别不相见,明月空空照床帷。人家共饮团圆酒,我独空房锁愁眉。心乱纷纷麻如雪,哪里还知思念谁？

【点评】这篇相思诗写得很深刻，也很有特色。它把相思之苦，从不同侧面，不同层次反映了出来。再三离别，怎能不苦！"佳人不相见"，怎能不苦！人家团圆，自己孤独，怎能不苦！相思之苦，超过了承受限度，就会模糊地不知愁苦，不知"有所思"了。

这篇相思诗构思很奇特，给人留下了难忘的印象。还有"中心乱如雪"的比喻，也新鲜、别致，不落"心乱如麻"的俗套。

【集说】《古今乐录》曰："汉《鼓吹铙歌》十八曲，字多讹误，一曰《朱鹭》，二曰《思悲翁》……十二曰《有所思》……。"（郭茂倩《乐府诗集·汉铙歌》序）

闲缓非乐府本色。而详略初终之际，风期自古。（王夫之《古诗评选》卷一）

（焦　滔）

319

南朝部分

檀约

檀约,又作檀秀才,齐人,与谢朓同时。生平事迹不详。

阳春歌[1]

青春献初岁[2],白云映雕梁。兰萌犹自短[3],柳叶未能长。已见红花发,复闻绿草香。乘此试游衍[4],谁知心独伤。

【注释】(1)阳春:缘自《阳春白雪》,古乐曲名,后题为《阳春曲》或《阳春歌》。《乐府解题》曰"《阳春》,伤也。"故《阳春歌》大多因阳春而动情,继之以伤感。 (2)献初岁:一年之始谓之献岁。献初岁,即初献岁。 (3)兰萌:兰,兰草;萌,发芽。 (4)衍:平而美之地。

【今译】正月初春好时节,白云悠悠映画梁。兰草抽芽一点点,柳叶鹅黄犹不长。红花含苞吐芳蕊,绿草油油散清香。良辰美景好郊游,谁知心下却悲伤。

【点评】檀约这首诗,描写了江南初春的美丽景色,以及游春时的伤感情绪。

开首二句,为全诗勾勒了一个大环境,即时间环境和空间环境。"青春献初岁"一句,点明了时间是在一年之初的阳春时节。鲍照《代春日行》诗云:"献岁发,吾将行。春山茂,春日明。"正道出了"青春献初岁"的丰富意蕴。全诗即是在这样一个时间环境中展开的。"白云映雕梁"从空间大环境中勾勒了一幅异常鲜明的春和景明的图画。春天来临,人间到处充满着青春的气息。天气是那样晴和,白云随着微风缓缓飘荡。它和地面上色彩绚丽的雕梁画栋相互映衬,相得益彰。描绘出具有鲜明的色彩美和浓郁诗意的空间环境。

中间四句,纯系写景:兰草抽出了短短的幼芽;柳枝吐出了茸茸的嫩叶;红花含苞开放,遍地的绿草正散发着泥土的清香。诗人借这些景物的描写,极力构筑色彩斑斓的春景。让读者多方领略春的气息。运用了鲜明的色彩对比,表现春色的绚烂,兰草之绿,柳枝之鹅黄,花之红艳,加之天上飘动的白云。五颜六色,清丽鲜明的春天特有的色彩感被描绘出来,而且相互映衬。在色感之外,诗人还调动味觉,力图使人们有身临其境之感,兰草、红花、柳芽,都散发着特有的香气,万物生机勃勃。春和景明,花草诱人,实在令人陶醉。

末两句,诗人以叙述的口吻,由景过渡到情。"谁知心独伤"突然一转,将诗意推进一步。自古以来,良辰美景最易触动心扉,甚至产生难以抑制的伤感。感从何来?慨叹人生易老,年华易逝?或是花开花落,冬去春来,而夙愿难偿,空怀抱负?在春游的人群中,诗人的伤感谁能知道呢?一个"独"字,蕴含了无限情思。

(陈敏直)

321

南朝部分

魏

释宝月，生卒年不详。南朝齐武帝时的和尚，善解音律，姓庾，一说姓康。《玉台新咏》存其《行路难》一首。《诗品》说该诗是东阳柴廓所作，宝月窃而有之，廓子欲告发，乃厚赂止之。《乐府诗集》除录其《行路难》外，还录其《估客乐》四首。

行路难[(1)]

君不见孤雁关外发，酸嘶度扬越[(2)]。空城客子心肠断[(3)]，幽闺思妇气欲绝[(4)]。凝霜夜下拂罗衣[(5)]，浮云中断开明月[(6)]。夜夜遥遥徒相思[(7)]，年年望望情不歇[(8)]。寄我匣中青铜镜，倩人为君除白发[(9)]。行路难，行路难，夜闻南城汉使度[(10)]，使我流泪忆长安[(11)]。

【注释】(1)本篇属《杂曲歌辞》。《乐府诗集》："《乐府解题》曰：'《行路难》，备言世路艰难及离别悲伤之意，多以"君不见"为首。'按《陈武别传》

曰：'武常牧羊，诸家牧竖有知歌谣者，武遂学《行路难》。'则所起亦远矣。唐王昌龄又有《变行路难》。" （2）酸嘶：因劳累而嗓音发哑。扬越：又作"扬粤"，为我国古代越族的一支，以居住在古扬州一带而得名。因也称其所居住的地方为扬越。《汉书·晁错传》："南攻扬粤"注曰："张晏曰：扬州之南越也。" （3）空城：形容城内景象冷落萧条，给人一种空旷的感觉，故称。 （4）幽闺：深闺。 （5）拂：拂拭，抖动。 （6）中断：此指浮云间的空隙。 （7）遥遥：久远。 （8）望望：望了又望的样子；急切盼望貌。歇：尽；停息。 （9）倩（qìng）：请求。黄庭坚《即席》："不当爱一醉，倒倩路人扶。" （10）南城：城之南门。《吴越春秋·勾践伐吴外传》："欲入胥门，来至六七里，望吴南城，见伍子胥头。" （11）长安：代指京都。

【今译】您没见到过吗，孤雁从关外出发飞过扬越时，叫声是多么疲劳而又沙哑！这叫声使空城中的游子肝肠寸断，这叫声使深闺中的思妇气息将绝！夜雾凝成寒霜使罗衣变白，要不停地拂拭，明月从云隙中不断露出笑脸，好像晒笑我的呆痴。每天每夜长久地相思，虽然无用，可年年还是望了又望痴情永无尽时。寄去我匣中的青铜镜，请人替您除去鬓间的白发吧，只要红颜不老，就有相思之期。行路难，行路难，世路艰难难尽言！夜晚听说汉家使节过南城，我泪流不止，又想起了久别的故园。

【点评】这篇《行路难》在当时是一篇较有影响的作品，钟嵘在《诗品》中提到它的著作权问题就是证明。诗中的抒情主人公"我"，似是一个流落在吴越之间的游子，他备尝了孤独之苦和行走世路的艰辛，并要把这一切吐露给他的朋友。诗中孤雁的"酸嘶"，其实就是游子的心声，他的哀鸣使人动容。三、四两句中的"客子"和"思妇"都是泛指，是告诉他的朋友，他的哀鸣足以使客子断肠、思妇气绝。五至八句是写自己对朋友的思念之情。九、十两句是以己度人，推想他朋友也会像自己一样苦苦思念。"寄我匣中青铜镜，倩人为君除白发"是寄寓要朋友以身体为重，不要因思念而损害健康。这是劝人，其实也是自劝；作者是从自己的角度劝说朋友，也是从朋友的角度劝说自己，这里足见诗人文笔的灵活。最后四句，带有深沉的感叹情调，感叹世路艰难，感叹有家难回，有一唱三叹、感慨良深的韵味。

南朝部分

【集说】庾、白二胡，亦有清句。《行路难》，是东阳柴廓所造。宝月尝憩其家，会廓亡，因窃而有之。廓子赍手本出都，欲讼此事，乃厚赂止之。（钟嵘《诗品》卷下）按陈延杰注云："权德舆《送清沇上人诗》：'佳句已齐康宝月。'则宝月非姓庾也。'康''庾'以形近而讹。"（陈延杰《诗品注》卷下）

（王魁田）

萧衍

萧衍(464—549),字叔达,南兰陵(今江苏常州)人。其博学多通,南齐时为雍州刺史,以兄萧懿被齐主所杀,乃起兵废杀齐帝萧宝卷,另奉萧融为帝,自为大司马,不久即取齐自立,是为梁武帝。他著作宏富,涉及经史释道各科,也善写乐府诗歌。

白纻辞(1)

朱丝玉柱罗象筵(2),飞管促节舞少年(3)。短歌流目未肯前(4),含笑一转私自怜(5)。

【注释】(1)本诗录自《文苑英华》,属《舞曲歌辞》。《乐府解题》说:"《白纻歌》有白纻舞,吴人之歌舞也。吴地出纻,故因所见以寓意。始则田野所作,后则大乐用焉。"白纻,是细而洁白的夏布。 (2)朱丝:琴瑟等弦乐器上红色的丝弦。玉柱:琴瑟等乐器上卷丝弦所用的玉质之柱,是极为考究的。象筵:极为高档的宴席。 (3)飞管:音调急促的箫、笛等管乐器之声。促节:音节迫促的曲调。 (4)短歌:激昂热情的乐歌。流目:目转动貌,犹

眼光扫见。 （5）怜：爱。

【今译】琴瑟玉柱卷朱弦，山珍海味摆盛宴。箫笛合奏节拍促，少年风流舞飞旋。热情吟唱眼传神，若即若离不肯前。喜上眉梢知自爱，一转不见受熬煎。

【点评】这篇歌辞细致地刻画了少女在歌舞场中爱恋少男，却又不敢公开表示的心理状态。"朱丝"句在一开始就把人引入了一个豪华的场所：乐器质地高贵，宴席的丰盛也非普通人之所能有。在这种场合下的歌舞，"飞管促节"，又是快节奏的，随之起舞的少年，自然是奔放而热烈的。这时女主人公出场了，她随着快节奏的音乐，唱着情调激昂的"短歌"，当瞥见那个风流少年时，一下给迷住了，可是又有点羞涩，不肯到少年身边去吐露心态。最后一句"含笑一转私自怜"，进一步表现了女主人公那复杂的心态。一方面对少年是眉飞色舞，面带笑容，称心如意；另一方面又自尊自爱，故作矜持，不愿轻率行事。可是在歌舞场中，身如旋风，眨眼背转过去，就像丧魂失魄，倍受煎熬，真正写得百般风情，入木三分。至于古人将这恋爱心态比作君臣关系，也可聊备一格。

【集说】梁武帝作《白纻舞词》四句，令沈约改其词为《四时白纻之歌》。帝词云："朱弦玉柱罗象筵，飞管促节舞少年。短歌留目未肯前，含笑一转私自怜。"嗟呼丽矣！古今当为第一也。（许颛《彦周诗话》）

"朱丝玉柱罗象筵，飞管促节舞少年。短歌流目未肯前，含笑一转私自怜。"此喻君臣朋友相知不尽者也。《楚辞》"私自怜兮何极"，三字极有意。人君之聘臣，宰相之荐贤，相知必深，相信必素，而后可出。"曰黄昏以为期兮，羌中道而改路。""交不终兮怨长，期不信兮告予以不闲。"屈子所以三致意而怨叹也。还观古今炯戒多矣，有相知相信之深，一出而成功者，伊尹、傅说也；有相知相信未深，确乎不拔者，严子陵、苏云卿也。……宋人诗话，以此诗为古今第一，良有深见，而不著其说，余特为衍之。（杨慎《升庵诗话》）

（赵光勇）

子夜春歌⁽¹⁾

　　阶上香入怀,庭中花照眼,春心一如此,情来不可限。

　　兰叶始满地,梅花已落枝,持此可怜意⁽²⁾,摘以寄心知。

【注释】(1)《子夜歌》属《清商曲辞·吴声歌曲》,谓晋有女子名子夜,造此声。《子夜四时歌》内容主要写女子四季的情思和感受。　(2)可怜意:谓可爱之意。

【今译】清香扑上台阶扑入衣襟,庭中鲜花照亮了人的眼睛;无边春色是这样的浓郁,我怎能压得住激荡的情思。　幽兰刚刚染绿了原野,腊梅悄然飘落在地上;拾取一枝系上我的怜爱,寄与那远方的情郎。

【点评】前一首以明媚春光为背景,用鲜花的馨香和艳丽来烘托少女的情思。自然界的无限生机激发了少女对美好生活的热烈向往。迷人的春色,恼人的春思,不可遏止的春情,谱写成一曲赞美生活、赞美爱情的颂歌。此诗既保持了民歌的活泼明快,又融入了文人诗的典雅,显得流丽而又清新。

　　后半句借物托情,写女主人公的一个特定动作和心态,表现了她对情人的一片深情。这位感情细腻的少女摘取一枝寒梅寄与知心人,梅花傲霜凌雪的特征,正是这位少女对心上人的企盼。寥寥数语,意浓情长。

(喻　斌　潘世东)

子夜夏歌

　　江南莲花开,红光覆碧水。色同心复同,藕异心无异⁽¹⁾。　　闺中花如绣,帘上露如珠。欲知有所思,停织复踟蹰⁽²⁾。

327

南朝部分

【注释】(1)藕异:谐音双关为"偶异",为因离异不能成双。 (2)踟蹰:原地来回徘徊。

【今译】江南的莲花绽开了笑脸,一片红光笼罩着碧绿的水面。浓郁的色彩如同浓郁的情思,恋人分离心儿却紧紧相连。 香闺中花开得锦绣团团,帘栊上清露珍珠串串。相思情撩得人梦绕魂牵,皱双眉下织机徘徊辗转。

【点评】前两句借莲花起兴,"色同心复同"一语双关,既用花色浓郁比喻感情浓郁,又暗示自己表里如一。"藕异心无异"则用谐音的手法表示自己的坚贞。短短四句,实际上是发自内心的誓言,情真意真,景美境美。

后两句重在环境描写,在繁花似锦却又透着一丝凄清的环境里,衬托出闺中人的孤寂,相思的痛苦在心中煎熬。"停织复踟蹰"一句,通过外部动作揭出内心的情思。结尾余音袅袅,韵味深长。

(喻 斌 潘世东)

子夜秋歌

绣带合欢结,锦衣连理文。怀情入夜月,含笑出朝云。
当信抱梁期⁽¹⁾,莫听回风音⁽²⁾。镜中两入鬓,分明无
两心。

【注释】(1)抱梁期:《庄子·盗跖篇》说,尾生与女子约好在桥上相会,女子未来,大水忽至,尾生不愿失信,抱着桥柱被水淹死。此句说要像尾生那样守信。 (2)回风音:《楚辞·悲回风》:"悲回风之摇蕙兮,心冤结而内伤。"这里指悲哀的音调。

【今译】飘飘罗带绾成了合欢彩结,灿灿锦衣绣出了连理花纹。月色和柔情酿造了良宵春梦,晨风与欢笑唤出了满天彩云。 请相信当初的抱

柱誓言,别倾听恼人的回风哀音,看镜中呈现出双双鬓影,分明是表露了毫无异心。

【点评】前两句情绪热烈而欢快,直写绣带锦衣,暗点月夜中的柔情蜜意。一"入"一"出",不仅仅是时间上的推移,更表现了感情的发展和升华。

后两句当是对情人倾诉衷肠,诗中戏谑的口吻,充满情趣。"镜中两人鬓"一句,历历如画,使读者清楚看到镜中一双倩影耳鬓厮磨时的信誓旦旦。

(喻　斌　潘世东)

子夜冬歌

别时鸟啼户,今晨雪满墀⁽¹⁾。过此君不返,但恐绿鬓衰。　果欲结金兰⁽²⁾,但看松柏林。经霜不堕地,岁寒无异心。

【注释】(1)墀:台阶。　(2)结金兰:指极亲密的交情,金喻其坚,兰喻其香。

【今译】分别时春鸟在窗户上鸣叫,今晨已是大雪铺满了台阶。时光过了这么久你还不回来,只恐怕我的鬓发将要脱谢。　你果真要和我结金兰之交,请先看看那苍翠的松柏林。寒霜铺地可叶子仍不凋落,再寒冷的季节也不会变心。

【点评】前两句表现少妇独守空闺的忧愁,从"鸟啼户"到"雪满墀"是整整一年,有了这一时间上的铺垫,接着顺理成章地推出"但恐绿鬓衰"的哀叹。这一声哀叹,蕴藏着深切思念和苦闷幽怨,言少意多,语浅情深。

后两句写女子定情时对情人的叮嘱。"岁寒无异心",道出了她的担忧和希望,正因为这一愿望表达了封建时代人们追求美满爱情的共同心声,所以此诗独具魅力,千秋传诵,获得了永恒的生命。

南朝部分

【集说】梁武帝《春歌》云:"阶上香入怀,庭中花照眼,春心一如此,情来不自限",乃悟杜子美"花枝照眼"句,"还成"之句。(宋·吴开《优古堂诗话》)

梁氏帝王,武帝、简文为胜,湘东次之。(王世贞《艺苑卮言》)

他的诗,以新乐府辞最为娇艳可爱。(郑振铎《中国文学史》)

(喻 斌 潘世东)

襄阳蹋铜蹄歌三首⁽¹⁾

㈠陌头征人去,闺中女下机。含情不能言,送别沾罗衣。㈡草树非一香,花叶百种色⁽²⁾。寄语故情人,知我心相忆。㈢龙马紫金鞍,翠毦白玉羁⁽³⁾。照耀双阙下,知是襄阳儿⁽⁴⁾。

【注释】(1)《襄阳蹋铜蹄歌》:据《古今乐录》载:《襄阳蹋铜蹄》这个乐曲,是萧衍在南朝齐为官西下雍州(治所在今湖北襄阳)任刺史时所制。后萧衍乘齐之乱出兵取而代之即位为梁武帝时,此曲盛行不衰,常以舞者十六人伴之。当时之名士沈约多有应和之作。"蹋"即"踏",是指歌舞时以足踏地作节拍的动作;"铜蹄",指萧衍发兵襄阳东进建康(今南京市)与南齐争夺帝位时,部队所乘之马蹄尽裹以铜或铁的意思。可见该诗乐曲与词均为作者所首创,且多与战事活动相关。 (2)"草树非一香"二句:这是一组比喻句,字面之意为,自然界里的花草树木千姿百态、争芳吐艳,香味有各种各样,颜色五彩璀璨;借以比喻世上的女子也是如此,美丽动人的姑娘到处都有。 (3)"龙马紫金鞍"二句:这二句意为,一匹高头骏马配着灿烂夺目的紫金马鞍,翠绿色的毛饰映衬着白玉装饰的马笼头。毦(ěr):以毛作饰物。羁:马笼头。 (4)"照耀双阙下"二句:意为,骑马人在宫殿门前矗立的双柱下顾盼生春,神采飞扬,一看就知道他是来自襄阳。

【今译】㈠征人离家路上去,闺中少女下织机。含情脉脉不能言,挥泪送别湿罗衣。㈡树木花草千种香,红花绿叶万般色。殷切寄语故情人,应知我心永相忆。㈢骏马配上紫金鞍,翠毛络头白玉嵌。飞扬神采照宫阙,襄阳健儿喜凯旋。

【点评】第一首写少女送情人出征,抒发了离情之苦。首二句,点出送别的缘由、人物及场面。征人是去参战,吉凶未可先卜,此时之场面自比一般的离别更为悲伤。末二句,侧重写送行少女的神态。"不能言"三字,内容极为丰富,既表达了在这种悲壮的送行场面,儿女私情难以启齿,也流露了本想留住征人,无奈军令难违,更体现了少女的纯洁、天真、腼腆、情意绵绵,起到了刻画心理活动的妙用。

第二首,写闺中少女对远方征人的怀念,寄语情人切勿变心。首二句是一组比喻句,道出了闺中恋人的内心忧虑:世上的女子,如同自然界里的花草树木一样千姿百态,争芳吐艳,香味各种各样,颜色五彩缤纷,璀璨夺目。但是,"寄语故情人,知我心相忆",要知道,我的心里没有别人,始终在苦苦地盼你归来,也只有我在苦苦地思念着你。"寄语"是心灵的呼唤,而"寄语"的内容,则又流露了她内心由于长时间难以排解的思念而产生的"勿忘我"之苦。就意境来论,比仅仅停留在抒发相思之情上,显然又进了一层。

第三首,是对战事告捷后的征人——襄阳健儿威武雄姿的写照。首二句,一匹高头骏马配着灿烂夺目的紫金马鞍,翠毛编织的马络头映衬着白玉的装饰。这里是以物写人,战马如此神骏,那么,它的主人也必然是卓越的良将了。后二句,便由以物衬人转为专门写人。骑马人在宫殿门前矗立的双柱下顾盼生春,神采飞扬,这里是来自襄阳的英雄。结尾一句"知是襄阳儿"尤为含蓄、自豪,极似梁武帝发兵襄阳东下攻进建康,夺取皇帝宝位之后的精神面貌的写照!

【集说】《隋书·乐志》曰:"梁武帝之在雍镇,有童谣云:'襄阳白铜蹄,反缚扬州儿'。识者言:'白铜蹄,谓金蹄,为马也。白,金色也。'及义师之兴,实以铁骑。扬州之士皆面缚,果如谣言。故即位之后,更造新声,帝自为之词三曲。又令沈约为三曲,以被管弦。"……天监初,舞十六人,后八人。(《乐府诗集》卷四十八《襄阳蹋铜蹄·解题》)

(池万兴)

331

南朝部分

范云

范云(451—503),字彦龙,南乡舞(今河南沁阳)人。齐时,官至广州刺史,入梁为吏部尚书等官。有集十一卷,钟嵘《诗品》称范诗"清便宛转,如流风回雪。"

自君之出矣(1)

自君之出矣,罗帐咽秋风(2)。思君如蔓草,连延不可穷。

【注释】(1)《自君之出矣》是一篇文人乐府诗,在《乐府诗集》中,属于《杂曲歌辞》。本篇写思妇之情。 (2)罗帐句:意谓,罗帐里有像秋风呜咽之泣声。罗帐:丝绸做的床帐。

【今译】自君离别去远行,罗帐咽声似秋风。思君念君如蔓草,连绵不断相思情。

【点评】这篇乐府诗，写思妇恋念之情。在《乐府诗集》中，同类题目的乐府诗，也都只写思妇恋念之情。本篇只有四句，并且连用巧妙的比喻来表达情思。如"咽秋风""如蔓草"，都用得很巧妙。同类题目中，还有如"思君若风影，来去不曾停""思君如夜烛，垂泪著鸡鸣""思君如百草，撩乱逐春生"等等，都富有表现力，像颗颗明珠，光彩照人。

【集说】汉徐干有《室思诗》五章，其第三章曰："自君之出矣，明镜暗不治。思君如流水，无有穷已时。"《自君之出矣》盖起于此。齐虞羲亦谓之《思君去时行》。(《乐府诗集·自君之出矣》解题)

(焦　滔)

南朝部分

宗夬

宗夬(455—504),字明敫(扬),南阳涅阳(今河南邓州市)人,世居江陵。齐时官至御史中丞。入梁,官至五兵尚书。今存诗五首。

遥夜吟⁽¹⁾

遥夜复遥夜⁽²⁾,遥夜忧未歇⁽³⁾。坐对风动帷⁽⁴⁾,卧见云间月⁽⁵⁾。

【注释】(1)本篇属《杂曲歌辞》。 (2)遥夜:长夜。复:还是。(3)歇:尽。 (4)帷:帐幕。 (5)卧:睡下。

【今译】长夜何漫漫,似乎无尽头;辗转不能寐,心中怀隐忧。起坐对床帷,风吹床帷动;卧见云间月,双眼望长空。

【点评】这首诗写得极其含蓄。诗人并没有明确地告诉读者使其整夜忧思不寐的原因是什么,也没有确定抒情主人公的身份。唯其如此,读者才可以根据各人的经历、经验，做出各自不同的推测和联想。所以，含蓄比确指的容量要大得多。

读这样的诗，容易使我们想起阮籍的《咏怀》诗。诗人当时也许是有感而发，而"百代之下"，则"难以猜测"，所以只能"粗明大意"，而"略其幽旨"了。尽管如此，《梁书·宗夬传》的记载，还是给我们透露出一些理解该诗的信息。《传》中说：

武帝嫡孙南郡王居西州，以夬管书记，夬既以笔札被知，亦以贞正见许，故任焉。俄而文惠太子薨，王为皇太孙，夬仍管书记。及太孙即位，多失德，夬颇自疏，得为秣陵令，迁尚书都官郎。隆昌末，少帝见诛，宠旧多罹其祸，惟夬及傅昭以清正免。

从这样的记载所透露出的信息中，可以使我们了解到：作者忧思不寐的原因是害怕"罹其祸"，而夜不能寐、坐卧不安的表现，则正是进退难定的矛盾和苦闷心情的体现。

【集说】《夜坐吟》，鲍照所作也。其辞曰："冬夜沉沉夜坐吟"，言听歌逐音，因音托意也。宗夬又有《遥夜吟》，则言永夜独吟，忧思未歇，与此不同。（郭茂倩《乐夜诗集》卷七十六《夜坐吟·解题》）

（王魁田）

南朝部分

卷

　　江淹(444—505),字文通,济阳考城(今河南兰考)人,经历了宋、齐、梁三代,曾为宣城太守、金紫光禄大夫等。少时以文章显名,晚年才思减退,世谓"江郎才尽"。在宋、齐时以五言诗著称,善于拟古,风格幽深奇丽。他又长于抒情小赋。著有《江文通集》。

古离别[1]

　　远与君别者,乃至雁门关。黄云蔽千里[2],游子何时还?送君如昨日,檐前露已团[3]。不惜蕙草晚[4],所悲道里寒。君在天一涯,妾身长别离。愿一见颜色,不异琼树枝[5]。兔丝及水萍[6],所寄终不移。

【注释】(1)江淹有《杂体诗三十首》,拟汉、魏、晋、宋诸家五言诗,《古离别》是其中之一。这篇拟《古诗十九首·行行重行行》,写思妇怀念征夫,又名《古别离》。"拟",就是摹仿。　(2)黄云:指风沙尘埃漫天。谢灵运《拟邺中集》诗云:"河洲多沙尘,风悲黄云起。"这句写塞外景象。　(3)团:露多貌。 (4)"不惜"二句:意谓所悲不为感时,而是怀远。句法从《古诗十九首》"不惜歌者苦,但伤知音稀"二句来。蕙草,香草。 (5)"愿一"两句:琼,美玉。玉树枝是传说中仙山上的树。二句意谓,想得玉树枝来治疗相思之"病"。与《苏李赠答诗》"思得琼树枝,以解长饥渴"相同。 (6)"兔丝"二句:兔丝寄树,浮萍寄水,所寄虽不同,而终不移则同。比喻人的忠贞。

【今译】远远与您别离,竟到边塞雁门关。黄沙漫天遮千里,游子漂泊何时还?送您就像在昨日,如今室外露珠圆。不怜香草处境苦,愁你路途受风寒。您在遥遥天那边,你我长期隔两地。我欲一见您的面,犹似大旱望甘霖。兔丝浮萍难自立,一心靠你誓不移!

【点评】江淹一生写了许多拟古诗,如《学魏文帝》《效阮公诗十五首》《杂体诗三十首》等。本篇就是《杂体诗三十首》之一。他为什么这样偏爱古人,偏爱古诗?这恐怕与他不满当时追求形式的"绮丽"文风有关。他在《杂体诗·序》上说:"至于世之诸贤,各滞所迷,莫不论甘而忌辛,好丹而非素,岂所谓通方广恕好远兼爱者哉?"

江淹晚年高官厚禄,笃信佛老,完全脱离了社会生活,自然写不出什么有价值的作品。至于说什么他梦见郭璞向他索还五彩笔,以至"江郎才尽",那是无稽之谈,不可信。

本篇就是《古诗十九首·行行重行行》的仿作,虽没什么创新,但也寄寓一片深情。

【集说】然五言之兴,谅非复古。但关西、邺下既已罕同,河外、江南颇为异法。故玄黄经纬之辨,金碧浮沉之殊,仆以为亦各具美兼善而已。今作三十首诗敩其文体,虽不足品藻渊流,亦无乖商榷云尔。(《古诗笺·杂体》序)

此拟《行行重行行》之作,雕琢胜矣。而情叙自佳,不妨以别致各见也。(《文选·孙评》)

晚节才思微退,时人谓之才尽。(《梁书》本传)

调最古,语最淡,而色最浓,味最厚。讽诵数十过,乃更觉意趣长。(《昭明文选集评》卷七引孙月峰语)

(焦 泊)

采菱曲⁽¹⁾

秋日心容与⁽²⁾,涉水望碧莲。紫菱亦可采,试以缓愁年。参差万叶下,泛漾百流前。高彩隘通塍⁽³⁾,香氛丽广川⁽⁴⁾。歌出棹女曲⁽⁵⁾,舞入江南弦。乘鼋非逐俗⁽⁶⁾,驾鲤乃怀仙。众美信如此,无恨在清泉。

【注释】(1)本篇属《乐府诗集·清商曲辞》,为文人乐府。又名《采菱诗》。 (2)容与:闲适貌。 (3)高彩:指高挺的荷花。 (4)丽:施也,散布。 (5)棹(zhào):指划船。 (6)"乘鼋"(yuán)两句:意谓乘驾鼋形、鱼形之舟。鼋,鳖。

【今译】秋天心情多闲散,涉水去看绿色莲。紫色菱角随心采,可以解愁心安然。无边参差绿叶下,百流荡漾在眼前。荷花高擎看不远,香气四射广无边。妙歌出自船家女,舞曲音调似江南。乘驾鱼形鳖形舟,不为随俗为怀仙。景色众多美如此,永无憾恨在清泉。

【点评】《采菱曲》《采菱歌》本为南方民歌,采菱时所唱,以后文人也来仿作,本篇就是仿作之一。

诗中描绘了江南水乡生动迷人的生活画面。作者身临其中,轻舟飘荡,随意采菱,景色无限,歌舞醉人,心情舒畅,乐以忘忧。很自然地发出:"众美信如此,无恨在清泉"的赞叹。但是,作者也清醒地提出,他追求的是神仙境界,而不是世俗生活。

本篇作为歌辞,韵律和谐,意境优美,语言整齐对偶,若配上乐曲,将更是感人。

【集说】《古今乐录》曰:"《采菱曲》,和云:菱歌女,解佩戏江阳"。(《乐府诗集·采菱曲解题》)

《古今乐录》曰:"梁天监十一年冬,武帝改西曲制江南上云乐十四曲,江南弄七曲,一曰江南弄,二曰龙笛曲,三曰采莲曲,四曰凤笛曲,五曰采菱曲。六曰游女曲,七曰朝云曲……(《乐府诗集·江南弄解题》)

（焦　滔）

南朝部分

丘迟

丘迟(464—508),字希范,南朝梁文学家,吴兴乌程(今浙江湖州)人,历仕齐、梁两朝,官至司空从事中郎。其诗文以抒情写景见长,辞采丽逸。钟嵘《诗品》评其诗"点缀映媚,似落花依草"。所作《与陈伯之书》,劝陈伯之自魏归梁,情深文美,是当时骈文中的优秀之作。有《丘司空集》。

芳树诗⁽¹⁾

芳叶已漠漠⁽²⁾,嘉实复离离⁽³⁾。发景傍云屋⁽⁴⁾,凝晖覆华池⁽⁵⁾。轻蜂掇浮颖⁽⁶⁾,弱鸟隐深枝。一朝容色茂,千春长不移⁽⁷⁾。

【注释】(1)芳树诗:属《汉饶歌十八曲》之一的旧题。是一首赞美春天树木的诗。 (2)芳叶:春天树上的叶子。漠漠:弥漫貌,即茂盛的样子。(3)嘉实:指生长得很好的果实。离离:在此指繁茂貌。张衡《西京赋》云:"神木灵草,朱实离离。" (4)发景:射出的日光。景:日光。张载《七哀》诗:"朱光驰北陆,浮景忽西沉。"云屋:即云房,僧道或隐者所居之室。

（5）凝晖：凝聚的日光。华池：传说在昆仑山上的仙池。这里指树林中房前的水池。　（6）浮颖：飘动的树梢。　（7）千春：即千年。

【今译】春天树上的叶子翠绿稠密，到秋天更有累累的果实。日光从隐者住所旁照射过来，光华笼照着房前的仙池。在飘荡的树梢上轻蜂采摘花粉，在密集的树丛里小鸟筑窝藏身。有一天幼树长成大树，姿容繁茂，千载也不会移居他地。

【点评】这是一首隐喻诗，借芳树以喻自己，表达作者扎根故土，"千春不移"的坚定信念和志向。诗中的芳树只是一棵小树，作者想象它"芳叶已漠漠，嘉实复离离。"接下来描写芳树周围的景致，表现芳树生长的环境非常美好，如同仙境，轻蜂、弱鸟也都自由自在，各得其所。最后两句——"一朝容色茂，千春长不移"，画龙点睛，表达作者对养育自己的故土、故国忠贞不渝的感情和坚定的政治信念。我们把这首诗与作者的散文名篇《与陈伯之书》联系起来看，不难发现，二者的主旨一脉相承，可谓有异曲同工之妙。以景抒情、借景喻事是本诗主要的艺术特色。此外，对仗工稳（几乎句句对仗）也是该诗的显著特点。

（赵素菊）

341

南朝部分

虞羲

虞羲生卒不详,字子阳,一说字士光,会稽余姚(今属浙江余姚)人。齐时,为始安王侍郎,后兼建安征虏府主簿功曹,又兼记室参军。曾以文学游于竟陵王萧子良门下。入梁,任晋安王侍郎。其诗今存十余首,善写景抒情,文辞清丽,格调秀拔。原有集十一卷,已佚。

自君之出矣⁽¹⁾

自君之出矣,杨柳正依依⁽²⁾。君去无消息,唯见黄鹤飞。关山多险阻,士马少光辉⁽³⁾。流年无止极,君去何时归?

【注释】(1)《自君之出矣》是一种具有固定形式的民歌风格的诗,很多诗人都写过这种诗。它的首句都是"自君之出矣",这种形式大约来源于汉代的徐干,徐干有《室思诗》五章,其第三章如后:"自君之出矣,明镜暗不治,思君如流水,无有穷已时。" (2)杨柳正依依:此句化用《诗经》句意,《诗经·小雅·采薇》写征夫离乡时情景,有"昔我往矣,杨柳依依"的名句,是征夫的回忆。这首诗化用诗经名句，写思妇的回忆。　（3）士马少光辉：形容征夫及战马的疲困憔悴。

【今译】丽春郎君别我去，杨柳含情正依依。君去边关无信息，孤寂唯见黄鹤飞。边关生活多险阻，战马征夫少光辉。时光易逝无边际，青春易老何时归？

【点评】这首诗写对长期外出远行之人的思念。从诗的内容、语气基本可以断定，它是思妇对征夫的思念。

首二句，化用《诗经》中的名句，写思妇的回忆："自君之出矣，杨柳正依依"。杨柳依依，既点明当初离别时正是春天，又仿佛象征着这对夫妻依依惜别的深情。三四句，写思妇对征人的苦苦思念。"唯见黄鹤飞"一句，语似平静，却把思妇一天天、一年年的盼望、等待、渴思之情和孤寂、单调、凄凉生活，用一个简练的形象表达出来了。五六句，思妇并未抱怨自己独居的困顿、孤寂，而是想象、关心征夫的处境，关切之情，溢于言表。末两句，以发问的句式表达思妇盼夫的迫切心情和征夫归期杳无音信，并与首句对照呼应，收束自然。全诗语言浅显流畅，感情诚挚深厚，用来表现思妇的心理，恰到好处。

【集说】汉徐干有《室思诗》五章，其第三章曰："自君之出矣，明镜暗不治。思君如流水，无有穷已时。"《自君之出矣》，盖起于此。齐虞羲亦谓之《思君去时行》。(《乐府诗集》卷六十九宋孝武帝《自君之出矣·解题》)

(池万兴)

343

南朝部分

沈约

　　沈约(441—513),字休文,吴兴武康(今浙江德清)人。幼孤贫,笃志好学,博览群书。历仕宋、齐、梁三朝,官至尚书令,封建昌县侯,谥为"隐"。他和谢朓等讲求音律,提倡"四声八病"之说,对以后律诗绝句的确立有很大影响。有《沈隐侯集》。

夜白纻⁽¹⁾

　　秦筝齐瑟燕赵女,一朝得意心相许。明月如规方袭予⁽²⁾,夜长未央歌《白纻》⁽³⁾。翡翠群飞飞不息⁽⁴⁾,愿在云间长比翼⁽⁵⁾。佩服瑶草驻容色⁽⁶⁾,舜日尧天欢无极⁽⁷⁾。

　　【注释】(1)本篇属《舞曲歌辞》,是《四时白纻歌》组诗之一。《古今乐录》说:"沈约云:'《白纻》五章,敕臣约造。武帝造后两句'。"所谓后两句是指"翡翠"等两个整句,即后面的四句。沈约《四时白纻歌》共五篇,即《春白纻》《夏白纻》《秋白纻》《冬白纻》《夜白纻》,各篇的后四句完全相同,应是梁武帝萧衍所撰写。　(2)规:正圆的工具。"明月如规":意为圆圆的月亮。

袭:照射。　(3)未央:未尽。　(4)翡翠:珍禽名,亦叫翠鸟。　(5)比翼:翅靠翅双双相并飞行,这里形容形影不离的爱情。　(6)瑶草:香草名。传说生于仙人住地,佩带可以永葆青春。　(7)舜日尧天:喻太平盛世。

【今译】秦筝齐瑟奏乐音,燕赵女儿皆佳人。男女伴舞互爱慕,一见倾心心相印。天上明月圆又圆,柔光万里照我心。长夜漫漫情依依,唱和《白纻》寓意深。翠鸟雌雄成双对,群飞起舞不知疲。比翼直向云间去,但愿永世不分离。身佩瑶草香四溢,青春长在容色丽。尧舜盛世无忧虑,齐颂升平心欢喜。

【点评】沈约和皇帝萧衍合作写成的这篇流行舞辞,运用绮丽的语言、和谐的音律,表达了青年男女自由聚会在十五的月光下,不受父母之命、媒妁之言的束缚,通过歌舞而一见倾心。互相钟情的欢快心声,既严肃,又活泼,还颇有一点反对封建包办婚姻的客观效果。

开篇二句直接提供了一个男女交往的特定场合。“明月”二句,勾画他们不顾夜深人静,在月光爱抚下,以《白纻》歌作媒介,你唱我和,感情逐渐加深而升华。梁武帝补写的最后四句,水到渠成,天衣无缝。“翡翠”二句,以象征手法,给青年男女的爱情插上了理想的翅膀,祝愿他们比翼齐飞。“佩服瑶草”二句,进一步祝愿他们青春长在,永远幸福。

【集说】梁武帝作《白纻舞词》四句,令沈约改其词为《四时白纻之歌》。(许颢《彦周诗话》)

沈约《白纻歌》五章,舞用五女,中间起舞,四角各奏一曲;至“翡翠群飞”以下,则合声奏之,梁尘俱动。舞已,则舞者独歌末曲以进酒。(龙辅《女红余志》)

晋《白纻辞》,绮艳之极,而古意犹存。自后作者相沿,梁武之外,明远、休文、辞各美丽。然明远“池中赤鲤”一章,语意不类。梁武仅作小言。休文虽创四时之体,至后半篇五首尽同,亦七言绝耳。若晋人形容舞态宛转,妙绝诸家,似未窥也。(胡应麟《诗薮·内编》卷三)

(赵光勇)

南朝部分

夜夜曲[1]

河汉纵且横[2]，北斗横复直。星汉空如此，宁知心有忆[3]？孤灯暖不明[4]，寒机晓犹织。零泪向谁道[5]？鸡鸣徒叹息！

【注释】(1)《夜夜曲》属乐府《杂曲歌辞》。此篇描写独处空闺的思妇彻夜不眠、想念丈夫的忧思之情。　(2)河汉：银河。　(3)宁(nìng)：岂、难道。　(4)暖(ài)：光色昏暗。　(5)零：落。

【今译】银河由纵变成横，北斗由横转为直。时光无情空流逝，岂知我心常怀思？孤零零的灯盏昏暗暗，冰寒寒的织布机在天明时仍不停歇。泪落如珠，谁听我倾诉？雄鸡已唱，徒然自叹息！

【点评】沈约的这首《夜夜曲》，以朴实无华的语言，凝练高超的艺术技巧，描写了独处闺中的思妇，因思念丈夫而彻夜不寐的怅怨之情。

开篇二句，给人们眼前展现了星移斗转的寒空夜景，形象地说明了时光在不停地流逝。接下来又由思妇发问：无情推移时间的星汉，为何不了解我对丈夫的思盼？盼之不得，长夜无眠。在昏暗的闺房中坐在织机上的思妇滴滴悲泪不住地垂落腮边。

全诗动静结合，有景有情，二者如水乳交融，使作品显示了充分的艺术魅力。

【集说】沈约、范云之作，如闾阎疏钟，建章清漏，不疾不舒，有节有度。(《竹林诗评》)

佳处斫削，清瘦可爱，自拘声病，气骨蔺然。唐诸家声律，皆出此。(陈绎曾《诗谱》)。

（文时珍）

何逊

何逊(？—518)，字仲言，东海郯(今山东郯城)人。曾做过尚书水部郎、庐陵王记室等官职，和吴均曾同受梁武帝的信任，但后来被疏远，不再任用。他八岁能赋诗，二十岁举秀才，范云对之非常赏识，与他结为忘年交。沈约也很欣赏他的诗作，曾对他说："吾每读卿诗，一日三复，犹不能已"。他长于写景抒情。有辑本《何记室集》。

门有车马客⁽¹⁾

门有车马客，言是故乡来。故乡有书信，纵横印检开⁽²⁾。开书看未极⁽³⁾，行客屡相识。借问故乡来，潺湲泪不息⁽⁴⁾。上言离别久，下言望应归。寸心将夜鹊⁽⁵⁾，相逐向南飞。

【注释】(1)陆机有《门有车马客行》，写久客在外的人对故乡的深厚感情。何逊此篇也是此意。　(2)纵横：恣肆之意。写急忙拆书信的样子。印，印章。检，书署、标签。　(3)极：穷尽。《吕氏春秋·制乐》："众人焉知

其极。"注:"犹终也。" （4）潺湲:涕流的样子。《楚辞·九辩》:"涕潺湲兮下沾轼。" （5）将:连词"和"。

【今译】客人乘车到门前,自言他是故乡来。捎有故乡亲人信,缄封牢固忙拆开。开书未看完,客人屡表是相识。借问故乡事,泪水潺湲流不止。信前写着久别情,信后写着盼早归。我心已欲伴夜鹊,相随相逐向南飞。

【点评】本诗从故乡来人捎有故乡信写起,接着是拆看书信,询问乡情,从而引起强烈的感情动荡以至潺湲泪下,进而幻想自己插翅南飞,回到家乡。一气呵成,把一个久居异地思念故乡的游子之情写得极有层次而真切。全诗明白如话,但又生动传神。如用"纵横"二字写游子接到家书急于拆看的心情即颇有韵味,最后两句幻想立即能和夜鹊一起相随相逐飞向家乡与家人团聚,把这人之常情更是形神兼备地表现了出来。

【集说】何逊诗实为清巧,多形似之言。(颜之推《颜氏家训》)

何逊诗语语实际,了无滞色。其探景每入幽微,语气悠柔,读之殊不尽缠绵之致。(陆时雍《诗镜总论》)

仲言诗,虽乏风骨,而情词婉转,浅语俱深,宜为沈、范心折。(沈德潜《古诗源》卷十三)

（张采薇）

汉魏六朝乐府观止

柳恽

柳恽(465—517),字文畅,河东解(今山西运城)人。齐时,为法曹参军、太子洗马等官。梁时,为吴兴太守、左民尚书、秘书监等官。工诗,有集十二卷。

江南曲[1]

汀洲采白苹,日暖江南春。洞庭有归客[2],潇湘逢故人。故人何不返[3]?春花复应晚。不道新知乐[4],只言行路远。

【注释】(1)《江南曲》是一篇文人乐府诗,属于《乐府诗集·相和歌辞》。这篇主要描写乡思之情。 (2)"洞庭"二句:意谓,从洞庭湖边来了一位归客,他说在潇湘岸旁,遇到了一位故人。 (3)"故人"二句:是诗中主人公问归客之辞。春花复应晚:言春花又该到凋谢的时节。应:一作将。 (4)"不道"二句:是归客答辞。

【今译】汀江洲上采白苹，风和日暖江南春。洞庭湖边有归客，曾说潇湘逢故人。我问故人何不返？百花凋谢春已晚。故人不提新知乐，只说归程路途远。

【点评】本诗主要写思乡之情。这种情感是通过诗中主人公和归客问答而表现出来。主客问答的主要问题，就是归客在他乡遇见了故人，故人讲，他不是为了"新知"而不还故乡，而是因为路途遥远，不能回来。由此可见，诗内之情和言外之意，都是在谈"思乡"。有人却认为这是一篇闺怨诗，不甚恰当。

这篇诗，主要用问答形式来表现主题。这样，就增强了诗的表现力，有"如见其人，如闻其声"的真实感。

【集说】《江南》古辞，盖美芳晨丽景，嬉游得时，若梁简文"桂楫晚应旋"，唯歌游戏也。(《乐府题解》)

按梁武帝作《江南弄》以代《西曲》，有《采莲》《采菱》，盖出于此。(《乐府诗集·江南》)

诗中所咏的洞庭、潇湘，都曾是他的羁旅所经。所云"潇湘逢故人"，恐也是实事。只是诗的本事已无从查考。其实也毋庸查考。诗意是劝那位故人早回，但那人眷恋于"新知乐"，推说"行路远"而不肯归去，诗人吟出了他的怅惋之情。至于是否另有寄托，读者可以不必管它，这种怅惋之情本身就有人生中动人的诗意在。(何满子《汉魏晋南北朝隋诗鉴赏词典·江南曲》)

(焦 滔)

王训

王训(492—518)，字怀范，幼聪警，有识量。梁武帝天监六年(507)，补国子生。除秘书郎，累迁秘书丞。转宣城王文学友，太子中庶子。掌书记，迁侍中。今存诗六首，《南史》有传。

度关山⁽¹⁾

边庭多警急⁽²⁾，羽檄未曾闲⁽³⁾。从军出陇坂⁽⁴⁾，驱马度关山⁽⁵⁾。关山恒晻霭⁽⁶⁾，高峰白云外。遥望秦川水⁽⁷⁾，千里长如带。好勇自秦中⁽⁸⁾，意气本豪雄。少年便习战，十四已从戎。昔年经上郡⁽⁹⁾，今岁出云中⁽¹⁰⁾。辽水深难渡⁽¹¹⁾，榆关断未通⁽¹²⁾。折冲凌绝域⁽¹³⁾，流蓬警未息⁽¹⁴⁾。胡风朝夜起⁽¹⁵⁾，平沙不相识⁽¹⁶⁾。兵法贵先声⁽¹⁷⁾，军中自有程⁽¹⁸⁾。逗留皆赎罪⁽¹⁹⁾，先登尽一城⁽²⁰⁾。都护疲诏吏⁽²¹⁾，将军擅发兵⁽²²⁾。平卢疑纵火⁽²³⁾，飞鸱畏犯营⁽²⁴⁾。辎重一为卤⁽²⁵⁾，金刀何用盟⁽²⁶⁾。谁知出塞外，独有汉

飞名(27)。

【注释】（1）本篇属《相和歌辞》。《乐府诗集》："《乐府解题》曰：'魏乐奏武帝辞，言人君当自勤苦，省方黜陟，省刑薄赋也。若梁戴暠云："昔听陇头吟，平居已流涕"，但叙征人行役之思焉。'"　（2）边庭：边塞上的官府。庭，通"廷"。古代除"朝廷"外，地方官理事的地方也称"廷"，如"郡廷"。警急：警报紧急。　（3）羽檄：插有羽毛的征调军队的文书，表示紧急，必须速递。　（4）出陇坂：出于陇山之中。坂，同"阪"，山坡。这里泛指西部边塞的山地。　（5）关山：泛指关隘山川。　（6）晻霭：荫蔽貌；也指昏暗的云气。（7）秦川水：流经秦川的河流。秦川：地名。泛指今陕西、甘肃秦岭以北的平原地带。　（8）秦中：与"秦川"同，因古秦国兴起建都于此，故称。　（9）上郡：郡名。秦、汉时置，地在今陕西延安、榆林一带。　（10）云中：郡名。治所在今内蒙古托克托县。辖境相当今内蒙古默特右旗以东、大青山以南、卓资县以西、黄河南岸及长城以北。　（11）辽水：即辽河。在今辽宁省。（12）榆关：即山海关。　（13）折冲：折退敌人的战车。也指抵御敌人。冲，战车。绝域：极远的地区。　（14）流蓬：流转的飞蓬。　（15）胡风：指北部沙漠的风暴。因此地为胡人所居，故称。　（16）平沙：广漠的沙原。（17）先声："先声夺人"的略称。用兵先大张声威，以挫伤敌人的士气。（18）程：法式、规章。　（19）赎罪：以钱物或功劳折赎刑罚。赎，抵销或弥补罪过。　（20）尽：死亡。　（21）都护：官名。汉置西域都护，统辖边远诸国。疲诏吏：疲于诏告各地官吏。诏，告。多用于上对下。　（22）擅：任意，随便。　（23）平卢：卢，疑为"庐"之误。平庐，即平常的庐帐。西域用毡帐作的居室。　（24）飞鸥：飞着的鸥鹰。此泛指飞鸟。　（25）辎重：军用物资的总称。卤：通"掳"，掠夺。　（26）金刀：钱币。　（27）汉飞名：汉代"飞将军"李广的名声。李广，汉陇西成纪人。善骑射，文帝时击匈奴有功，为武骑常侍。武帝时为右北平太守，匈奴不敢犯境，号曰"飞将军"。广为将，与士卒共饮食，家无余财，众乐为用。

【今译】边塞为屏障，警报多紧急；羽檄传递频，未曾暂停息。从军到陇坂，陇山陡且直；关隘山川险，驱马飞度之。山川暗无光，常为云气蔽；高峰蠹云外,望之如剑立。登山望秦川,川水渺天际;蜿蜒向东流,如带长千里。秦中好男儿,本性爱勇武;意气常在胸,豪雄天下慕。少年便习战,练就好功夫;十四便从军,沙场建奇功。去年行军远,路过上郡城;今岁又征战,追敌到云中。辽水急且深,欲渡少舟楫;险峻山海关,路阻难通骑。跋涉到边陲,抵御入侵敌;转战如飞蓬,惊心从未息。胡地多风沙,日夜卷地起;沙起蔽天日,对面不相识。先声易夺人,兵法贵如此;军中有规章,他人不能预。逗留不前者,都需去赎罪;奋勇先登者,死于一城地。都护疲奔命,诏告各地吏;将军勇无谋,擅自发兵去。毡帐冒炊烟,疑为纵火敌;飞鸟头上飞,惧为敌偷袭。望风尽逃散,辎重全掠去;钱币为敌有,何用盟后给。谁知出塞外,所见竟如此;将帅一何多,李广名独奇。

【点评】诗中的战士,以自己的亲身经历,为我们讲述了这样一个故事:他出生在秦中尚武之地,自幼练就一身好本领,在边疆告急的关头,他满怀报国杀敌的理想,十四岁就参军到了边防前线。他不怕艰苦,跋山涉水,转战边疆各地,打退敌人多次的入侵。可是在一次战斗中,由于天气恶劣,加之主帅不按兵法办事,又赏罚不公,致使伤亡惨重。在这种情况下,都护惊慌失措,将军有勇无谋,擅自发兵,结果临战惊慌,草木皆兵,造成重大损失。目睹这样的现实,这位战士于是想起爱兵如子、身先士卒的汉代"飞将军"李广。

这首诗没有用任何华丽的辞藻进行雕饰,全是按事情发展的经过,有条不紊地述来,质朴、通俗、畅晓,使人明快。战士的拳拳爱国之心与将军的昏庸无能,形成鲜明对照。这继承了汉乐府"缘事而发"的传统,这在崇尚藻饰的齐梁时代,是难能可贵的。可惜作者英年早逝,仅享年26岁。

(王魁田)

353

南朝部分

吴均

吴均(469—520),字叔庠,吴兴故鄣(今浙江安吉)人。他的诗文风格清新挺拔,有古气,在当时颇有影响,时人效仿其文体,号称"吴均体"。他历任柳恽吴兴郡主簿,建安王伟记室、国侍郎、奉朝请。他曾因私撰《齐春秋》被免官;后又奉诏撰通史,未成而卒,年五十二。今传有明人辑《吴朝请集》一卷,《续齐谐记》一卷。

战城南⁽¹⁾

蹀躞青骊马⁽²⁾,往战城南畿⁽³⁾。五历鱼丽阵⁽⁴⁾,三入九重围⁽⁵⁾。名慑武安将⁽⁶⁾,血污秦王衣⁽⁷⁾。为君意气重⁽⁸⁾,无功终不归!

【注释】(1)本篇属乐府《鼓吹曲辞》。 (2)蹀躞(dié xiè):善向前奔走。青骊马:黑色的马。 (3)畿(jì):京城所管辖的千里之地。 (4)鱼丽阵:古战阵名。 (5)九重围:多层包围。 (6)慑(shè):以武力威胁使对方害怕。武安将:秦将白起。 (7)血污(wū):血染。秦王:指秦始皇,此乃借荆轲刺秦王的典故。 (8)意气:情谊、恩义。

【今译】骑上骏逸青骊马,奔赴城南服战役。五次出入鱼丽阵,三次杀出故重围。白起闻名心胆寒,敢叫血染秦王衣。为报君王恩义重,不立功勋永不回。

【点评】本篇用极其夸张、生动的语言,描绘出了一个冲锋陷阵、出生入死、所向披靡,为报君恩,决心建立功勋的英雄形象。这一形象并非纯客观的描述,而是寄托着诗人的雄心壮志,所以颇有含而不露之妙。

开头两句点出了人和事:身骑战马,奔赴城南大战场。三、四两句写其冲锋陷阵、所向披靡,英武善战。五、六两句是对其英武进一步加以渲染,使其英武形象更加丰满突出。最后两句写他效命于沙场,不立功勋誓死不归的信心和决心。全篇忠勇可鉴,意气动人。与作者的《胡无人行》所塑造的"男儿不惜死,破胆与君尝",属于共一类型的英雄形象,很富有现实性与战斗性。

【集说】叔庠与何仲言同事梁武,赋诗失旨。诏曰:"吴均不均,何逊不逊。"遂永疏隔。文人一身,吐词辄病,仰观长卿凌云,何独无天子缘也。诗什累累,乐府尤高。(张溥《汉魏六朝百三家集题辞·吴朝请集》)

(杜蔚蓝)

胡无人行[1]

剑头利如芒[2],恒持照眼光。铁骑追骁虏,金羁讨黠羌[3]。高秋八九月,胡地早风霜。男儿不惜死,破胆与君尝[4]。

【注释】(1)本篇为乐府诗,在《乐府诗集》中,属于《相和歌辞》。这是一首军歌,歌颂健儿快马,英勇杀敌,不惜牺牲,报效君王。 (2)芒:芒刺,比喻剑头锋利。 (3)金羁(jī):黄金色马笼头。 (4)"破胆"句:意谓不惜为

南朝部分

君而死。

【今译】剑头尖尖利如芒,长久保持耀眼光。铁骑勇于追强虏,金鞍用来讨胡羌。秋高气爽八九月,胡地寒冷早风霜。男儿报国不惜死,甘心破胆与君尝。

【点评】这篇乐府诗不长,但也描绘并颂扬了一位忠心报国,不惧牺牲的男儿。他喜爱利剑、宝马,正好用于杀敌;他不怕狡黠的强敌,不怕胡地的寒冷,不怕牺牲性命,一片忠诚,只为报效君王。这正是他可贵的品质和值得歌颂之处。这篇诗,由于受乐府诗体所限,细节似有不足,但概貌仍很鲜明。这也是作者清新挺拔的风格表现。

【集说】王僧虔《技录》有《胡无人行》,今不歌。(释智匠《古今乐录》)

(焦 淯)

采莲曲(1)

锦带杂花钿(2),罗衣垂绿川(3)。问子今何去?出采江南莲。辽西三千里(4),欲寄无因缘(5)。愿君早旋返,及此荷花鲜。

【注释】(1)《采莲曲》:梁武帝制乐府《江南弄》七曲,其三曰《采莲曲》。(2)锦带:有彩色、花纹的锦缎做的带子。花钿(diàn):妇女首饰。多以金、银制作成的各种花形,插在发上,故称花钿。俗称之谓"花钗"。 (3)绿川:绿水。 (4)辽西:在今辽宁、河北一带,此泛指遥远的边塞或地方。(5)因缘:即缘分。因缘,在此似有双关意,即姻缘。

【今译】满头花钗锦绣带,罗衣低垂绿水间。请问您到何处去?我要去采江南莲。辽西遥远三千里,想寄莲花怕没缘。望您早早快返回,趁这莲花还鲜艳。

【点评】诗人以素描的笔法,描绘出了采莲女与其情郎分别时的情景,从而表现了采莲姑娘对爱情真挚、热烈、执着的追求与渴望。她美丽、纯洁、善良,性格明快,分别时叮嘱情郎哥要早早回来娶她,丝毫不受封建礼教的约束与忸怩作态,颇含男女婚姻自由之意。

开头两句写采莲姑娘衣着的美,反衬其人之美,并交代其活动的地点是采莲湖畔。三、四两句是她与情郎分别时的对话。后四句是采莲姑娘对其情郎的叮嘱,要他一定早早回来娶她,切莫错过良机,也就是"莫待无花空折枝"之意。可见她对幸福爱情的追求是何等的渴望与热烈。

【集说】这首诗清新,自然,风味淳朴。诗虽然不长,却写出诗中主人公的形象和心理活动。诗人还善于描写富有浓郁生活气息的场面,使人有身历其境之感。(章乃基《汉魏晋南北朝隋诗鉴赏词典·采莲曲》)

(杜蔚蓝)

357

南朝部分

刘峻

刘峻(460—521),字孝标,平原(今山东平原一带)人。年八岁,与母陷于魏,并出家为尼僧,后还俗,奔江南,更名峻。其好学不倦,齐明帝时,为豫州府刑狱参军。梁初,受召典校秘书,后任荆州户曹参军。谥号玄靖先生。著有《世说新语注》十卷、集六卷。

出　塞[1]

蓟门秋气清[2],飞将出长城[3]。绝漠冲风急[4],交河夜月明[5]。陷敌扨金鼓[6],摧锋扬斾旌[7]。去去无终极[8],日暮动边声[9]。

【注释】(1)《出塞》属《乐府诗集·横吹曲辞》。《横吹曲辞序》云:"横吹曲其始亦谓之鼓吹,马上奏之,盖军中之乐也。"本篇即塞外之军歌、战歌。(2)蓟(jì):古地名,燕国首都,在今北京西南角。　(3)飞将:矫捷如飞之战将。　(4)绝漠:极大的沙漠。冲风:狂风,猛烈的大风。　(5)交河:河名,源出山西武宁县,经朔县入桑干河。　(6)陷敌:攻入敌阵。扨(chuāng):

通撞,击也。金鼓:击打锣鼓。 (7)摧锋:指短兵相接,交手战。斾(pèi)旌(jīng):指战旗、军旗。 (8)无终极:无止境、无止日。 (9)边声:指边塞之声,风声、马声、号角声。

【今译】蓟门秋高天气清,飞将远征出长城。沙漠无边狂风急,交河夜月耀眼明。攻入敌阵击金鼓,短兵相接扬旗旌。征战追击无止日,黄昏马嘶号角鸣。

【点评】这篇乐府诗,很短,但内容十分丰富。它是一首军歌、战歌,只用了八句,即把征战的始末,征战的目前和长远,征战的白天和夜晚,战将的英勇善战,战场的凄凉广阔,都描绘了出来。不仅使人看到了征战的长卷画面,而且还引起人们对许多征战的遐想。比如,诗的最后两句"去去无终极,日暮动边声",怎能不令人感慨和深思? 这篇诗,很精练,而且诗意、诗味也很深长。

【集说】《出塞》《入塞》曲,李延年造。(《晋书·乐志》)

《西京杂记》曰:"戚夫人善歌《出塞》《入塞》《望归》之曲。则高帝时已有之,疑不起于延年也。"(《乐府诗集·出塞》解题)

《晋书》曰:"刘畴尝避乱坞壁,贾胡百数欲害之。畴无惧色,援箝而吹之,为《出塞》《入塞》之声,以动其游客之思。于是群胡皆垂泣而去。"(《乐府诗集·出塞》解题)

（焦　滔）

359

南朝部分

徐悱

徐悱(？—524)，字敬业。梁武帝时任太子舍人、掌书记、洗马、中舍人、晋安王内史等官。以足疾出为湘东王友。

白马篇⁽¹⁾

妍蹄饰镂鞍⁽²⁾，飞鞚度河干⁽³⁾。少年本上郡⁽⁴⁾，遨游入露寒。剑琢荆山玉⁽⁵⁾，弹把随珠丸⁽⁶⁾。闻有边烽急，飞候至长安⁽⁷⁾。然诺窃自许，捐躯谅不难。占兵出细柳⁽⁸⁾，转战向楼兰⁽⁹⁾。雄名盛李霍⁽¹⁰⁾，壮气勇彭韩⁽¹¹⁾。能令石饮羽⁽¹²⁾，复使发冲冠⁽¹³⁾。要功非汗马⁽¹⁴⁾，报效乃锋端。日没塞云起，风悲胡地寒。西征醎小月⁽¹⁵⁾，北去脑乌丸⁽¹⁶⁾。归报明天子，燕然石复刊⁽¹⁷⁾。

【注释】(1)《白马篇》在《乐府诗集》中属《杂曲歌辞》。本诗言征战边塞，为国立功。 (2)妍(yán)：美好。妍蹄：指好马。 (3)鞚(kòng)：马笼头。飞鞚:指快马。干:通涧。 (4)上郡:古郡名,治所在肤施(今陕西榆林东南),辖区相当今之无定河流域及内蒙古鄂托克旗。 (5)荆山:在湖北西部武当山东南,汉江西岸。西周时,楚立国于此一带。那里有抱玉岩,相传春秋战国卞和得玉于此。 (6)随珠丸:以随侯珠作弹丸。随珠:古代传说之明珠。《淮南·览冥训》:"譬如隋侯之珠,和氏之璧,得之者富,失之者贫。"高诱注:"隋侯,汉东之国,王姓诸侯也。隋侯见大蛇伤断,以药傅之。后蛇于江中衔大珠以报之,因曰隋侯之珠,盖月明珠也。"亦作随珠。 (7)"飞候"句:意谓飞奔应征至长安。 (8)细柳:古地名,在今陕西咸阳西南。汉文帝时,周亚夫驻军细柳以备胡。这里泛指军营。 (9)楼兰:汉西域诸国之一。 (10)李霍:指李广、霍去病,均汉名将,善骑射,击匈奴有功。盛李霍:即超过李广、霍去病。 (11)彭韩:指彭越、韩信,均汉名将,为建立汉王朝,曾立奇功。勇彭韩:谓勇武胜过彭越、韩信。 (12)石饮羽:指善射,意谓射箭能射入石头。《史记·李广列传》:"广出猎,见草中石,以为虎而射之,中石没镞,视之石也。" (13)发冲冠:即"怒发冲冠"。 (14)"要功"句:意谓要求立功边疆,不是为了获得汗血宝马。《史记·大宛列传》:大宛出产汗血宝马。 (15)"西征"句:意谓西征小月氏以立功。馘(guó):古代战争中,割取俘虏左耳以报功。小月:即小月(ròu)氏(zhī),汉西域诸国之一。 (16)"北去"句:意谓北征破灭乌桓。乌丸:即乌桓,为东胡别种,汉末为曹操所破。脑:这里作动词用,破灭之意。 (17)燕然:山名,即今之杭爱山。汉窦宪北破匈奴,登燕然山,刻石纪功而还。这里指北征再刻石纪功。

【今译】宝马配着雕镂鞍,奔腾飞越小河涧。少年家住上郡地,遨游四方任风寒。宝剑镶嵌荆山玉,随侯宝珠作弹丸。听闻外患来告急,飞奔应征到长安。许身报国下决心,献身战场诚不难。远征出兵细柳营,转战各地向楼兰。名过李广霍去病,勇在彭越韩信前。射箭能使箭入石,英勇杀敌发冲冠。立功不是为宝马,报效国家有利剑。黄昏边塞乌云起,胡地悲风刺骨寒。西征立功小月氏,北征胜利破乌桓。归来上报明天子,又去刻石燕然山。

南朝部分

【点评】这篇文人乐府诗,集中描写了一个少年英雄,忠于王室,反击外患,以身许国,不惜捐躯的故事。他英勇善战,超过"李、霍、彭、韩"。西征、北伐,连年作战,屡建奇功凯旋。这样的"少年",当然有些虚构、夸张,但由此也可看出作者崇拜的理想人物,以及颂扬理想人物的情感。同时,也反映了作者反对外族入侵,忠于"明天子",以身许国的雄心壮志。这篇诗的主题思想表现得很集中突出,这说明了作者很好地继承了乐府旧题《白马篇》的优秀传统,而且也表现了作者的艺术功力。

【集说】白马者,见乘白马而为此曲,言人当立功立事,尽力为国,不可念私也。(《乐府诗集·白马篇》解题)

(焦　滔)

张率

张率(475—527),字士简,吴郡(今江苏苏州)人。在齐朝曾任著作佐郎、太子舍人、尚书殿中郎等官。在梁朝曾为相国主簿、中书侍郎、太子家令、新安太守等官。有《文衡》十五卷,集三十八卷。

远　期⁽¹⁾

远期终不归,节物坐将变⁽²⁾。白露怆单衣,秋风息团扇。谁能久别离,他乡且异县。浮云蔽重山,相望何时见⁽³⁾?寄言远行者⁽⁴⁾,空闺泪如霰。

【注释】(1)本诗为一篇文人乐府诗,在《乐府诗集》中,属于《鼓吹曲辞·汉饶歌》。写离别相思之情。远期:指长期不归。　(2)节物:指节令景物。物,一作华。　(3)何时:一作不可。　(4)远行:一作远期。

【今译】长年累月不回乡,节令物华多变迁。白露又降单衣凉,秋风飒飒离团扇。谁能长年久别离,远行他乡且异县。浮云层层遮重山,遥遥相望何

南朝部分

时见？思念遥寄远行客，空闺深情泪如霰。

【点评】这篇文人乐府诗，主要写离愁别绪。丈夫长期离家不归，妻子长年累月地盼望、思念。盼望总是连着失望，相见总是落空。万般无奈，只能空闺悲伤，眼泪相伴。这种"思妇""伤别"的思想情感，在乱世时期，普遍存在。南北朝时期，是我国历史上著名的乱世。因此，这篇诗具有真实性和社会意义。此外，这篇诗与《古诗十九首·行行重行行》，在时代背景和主题思想上，也都有些类似。

这篇诗在描写思想感情的发展变化上，层次清晰，给人印象很深。由于时令变化，而引起思妇的思念之情，由思念而盼望相见，相见不可得，就自然空闺伤悲了。

【集说】一曰《远期》……沈约言旧史云："诂不可解"，疑是汉《远期》曲也。（《乐府诗集·远如期》解题）

汉太乐食举曲有《远期》，至魏省之。（《古今乐录》）

作者以细腻委婉的笔触和清丽的语言，叙写了一位女子对远方的丈夫的深沉思念，感情真实纯正，缠绵悱恻；同时，从另一个侧面描绘了在南北朝时期的动乱给妇女造成的孤寂、愁闷的生活。深沉的眷恋，难以排遣的忧伤，殷切的盼望，痛苦的怨望，期待丈夫归来的心情跃然纸上。全诗以形象化的语言，借景生情，托物咏怀，反复咏叹，揭示了这一时期妇女的复杂心理活动。（张国宁《汉魏晋南北朝隋诗鉴赏词典·远期》）

（焦　滔）

萧统

萧统(501—531),字德施,南兰陵(今江苏武进)人。他是梁武帝的长子,自幼聪敏过人,五岁遍读《五经》,为文下笔立就。天监元年(502)立为太子,未继帝位即于中大通三年(531)病死。谥昭明,世称昭明太子。现存《昭明太子集》,他所编的《文选》三十卷,对后世颇有影响。

饮马长城窟行⁽¹⁾

亭亭山上柏⁽²⁾,悠悠远行客。行客行路遥,故乡日迢迢⁽³⁾。迢迢不可见,长望涕如霰⁽⁴⁾。如霰独留连,长路邈绵绵⁽⁵⁾。胡马爱北风⁽⁶⁾,越燕见日喜⁽⁷⁾。蕴此望乡情⁽⁸⁾,沉忧不能止⁽⁹⁾。有朋西南来⁽¹⁰⁾,投我用木李⁽¹¹⁾。并有一札书⁽¹²⁾,行止风云起⁽¹³⁾。扣封披书札⁽¹⁴⁾,书札竟何有?前言节所爱⁽¹⁵⁾,后言别离久。

【注释】(1)本篇是乐府古题,属《相和歌辞·瑟调曲》。 (2)亭亭:挺

南朝部分

拔耸立。　(3)迢迢:遥远。　(4)涕:眼泪。霰(xiàn):下雪之前下的小冰粒。此处是形容泪水如霰。　(5)邈(miǎo)绵绵:路途长远。　(6)胡马:产于北方边塞的马。　(7)越燕:南方越地的燕子。　(8)蕴(yùn):怀藏心中。

(9)沉(chén)忧:深忧。　(10)朋:旧注:"同门曰朋。"此泛指友人、朋友。(11)木李:李子。以此表达情谊。　(12)一札书:一封信。札:古无纸,用小木简来书写,叫作札。　(13)行止:举止、动静。风云:此喻才高卓识,才气豪迈。　(14)扣封:去掉书札上的封泥,即把书信拆开。古人书信,是用绳子把小木简穿连起来书写,写完后再把绳的两端打结系住,在打结处用泥封闭,泥上再盖上印章,以防他人偷拆。披:此指把书信展开。　(15)节:此指情感专一。

【今译】山上松柏挺拔矗立,旅客匆匆不停息。不停奔走千百里,越走越离故乡远。路远故乡望不见,久望故乡泪涟涟。眼泪涟涟不想走,前面路远难停留。北方胡马爱北风,南方燕子喜海日。内心怀着故乡情,多愁深忧怎能停。有个朋友西南来,送我李子表深情。并且带来一封信,举止风度超群英。拆开书信仔细看,看看信中何所有。开头说是只爱您,最后说是离别久。

【点评】本篇用乐府旧题,以顶针的语句,比兴的艺术手法,抒发了一个久别故乡,漂泊在外的人对故乡的留恋、对亲人的思念的哀愁情怀。

开头二句,以见物起兴,引出出门远行人的事端。三至六句写日日向前奔走,越走越离故乡遥远,心里也越加悲伤,泪流不止。七至十句写对故乡虽留恋难舍,但还得踏上遥远的征途。因而对故乡更加怀念。所以,以胡马爱北风,越燕喜见海日为比,更形象、更生动地表述了怀乡思亲之情。从十一句起到末尾,抒发了思念亲人的哀愁。友人虽给他带来了家信,但未能使他喜悦,反而更增添了他的愁肠百转,哀思难收。

(杜蔚蓝)

陶弘景

陶弘景(456—536),字通明,号华阳隐居,丹阳秣陵(今南京)人。宋末曾为奉朝请,齐时官至左卫殿中将军,后隐居句容曲山(茅山)。梁武帝即位后,礼聘不出,但朝廷每有大事,辄就咨询,时称"山中宰相"。卒谥贞白先生。其好道术、爱山水、善琴棋、工书法,并精通医学。明人辑有《陶隐居集》。

寒夜怨⁽¹⁾

夜云生⁽²⁾,夜鸿惊,凄切嘹唳伤夜情⁽³⁾。空山霜满高烟平⁽⁴⁾,铅华沉照帐孤明⁽⁵⁾。寒月微⁽⁶⁾,寒风紧。愁心绝⁽⁷⁾,愁泪尽。情人不胜怨⁽⁸⁾,思来谁能忍⁽⁹⁾?

【注释】(1)本篇属《杂曲歌辞》。《乐府诗集》:"《乐府解题》曰:'晋陆机《独寒吟》云:"雪夜远思君,寒窗独不寐",但叙相思之意尔。'陶弘景有《寒夜怨》,梁简文帝有《独处愁》,亦皆类此。" (2)云:此指夜雾。 (3)嘹唳:响亮凄清的声音。 (4)空山:渺无人迹的山。 (5)铅华:搽脸的粉。

此代指佳人。　(6)微:微弱。　(7)绝:断,断绝。　(8)情人:此指有情之人,多情之人。不胜:受不住。　(9)思来:想来。

【今译】夜雾起,夜鸿惊,鸣声凄唳伤夜情。空山尽被寒霜染,雾气高漫与山平。沉沉孤灯照佳人,寂寥帐中一处明。寒月吐微光,寒风渐凄紧。愁心令肠断,愁泪抛欲尽。多情之人自生怨,怨多自古易伤情。想来天地间,谁能忍此景?

【点评】这首诗表面看来似是一首闺怨诗,写佳人空床独守,夜不能寐的相思之情,实则是身处乱世的知识分子,在险恶的环境中,惊心不定,悲从中来而又徒悲无益的真实心理写照。夜雾弥漫,惊鸿哀鸣,严霜满山,寒风凄紧,作者以景衬情,写出了他对严峻而又险恶环境的感受。再以惊鸿的哀鸣反衬佳人的怨情,将无声的哀怨,变成有声的啼泣。最后,诗人用自怨自艾的口吻指出:"情人不胜怨,思来谁能忍。"体现出一种无可奈何的哀怨之情。很明显,这首诗深受阮籍的《咏怀·夜中不能寐》的影响。

【集说】始从东阳孙游岳受符图经法,遍历名山,寻访仙药。身既轻捷,性爱山水,每经涧谷,必坐卧其间,吟咏盘桓,不能已已。谓门人曰:"吾见朱门广厦,虽识其华乐,而无欲往之心。望高岩,瞰大泽,知此难立止,自恒欲就之。且永明中求禄,得辄差舛;若不尔,岂得为今日之事。岂唯身有仙相,亦缘势使之然。"(《南史·隐逸传》下《陶弘景传》)

魏晋以来,置君如奕,志士高尚,流涕无从,不得不托志仙灵,遗世独妙,中散之于孙登,犹是也。而昏宦累形,蝉蜕寡术,通明乃后出而居上矣。(张溥《汉魏六朝百三家集题辞·陶隐居集》)

音节近词。"空山"七字却高。(沈德潜《古诗源》)

其诗以《诏问山中何所有赋诗以答》《寒夜怨》较著名,后者杂用三、五、七言,形式活泼,沈德潜称其"音节近词。"(《中国文学家辞典》)

(王魁田)

刘孝绰

刘孝绰(481—539),南朝梁文学家,原名冉,小字阿士,彭城(今江苏徐川)人,曾任尚书水部郎和秘书丞。其诗格清新自然,但写生活琐事居多。为昭明太子萧统所重用,曾为《昭明太子集》作序。原有集,已散佚,明人辑有《刘秘书集》。

班婕妤怨[(1)]

应门寂已闭[(2)],非复后庭时。[(3)]况在青春日[(4)],萋萋绿草滋[(5)]。妾身似秋扇[(6)],君恩绝履綦[(7)]。讵忆游轻辇[(8)],从今贱妾辞。

【注释】(1)班婕妤怨:属《相和歌辞·楚调曲》。班婕妤是汉雁门郡楼烦班况之女,班固之祖姑母,成帝时选入宫为婕妤。后为赵飞燕所谮,退处东宫,作赋、诗自伤。所作《怨歌行》,辞极哀婉,表达了自己失宠后的悲苦处境和心情。本诗作者以班婕妤的上述遭遇为内容写了这首诗。 (2)应门:古代王宫的正门。 (3)后庭:后宫。指姬妾或妃嫔的住处。 (4)青春:此

指春季。况:通"贶",赐予、光宠、光顾之意。 （5）萋萋:草茂盛貌。《汉书·班婕妤传》:"中庭萋兮绿草生"。滋:繁殖。 （6）秋扇:秋天的扇子。班婕妤《怨歌行》:"常恐秋节至,凉风夺炎热,弃捐箧笥中,恩情中道绝。"谓秋凉后,扇即弃置不用。班以此喻自己失宠后的境况。 （7）履綦(lǚ qí):指履迹,即足迹。《汉书·外戚传班婕妤·自悼赋》:"俯视兮丹墀,思君兮履綦。"颜师古注:"视殿上之地,则想君履綦之迹也。" （8）讵(jù):岂、何。辇(niǎn):天子所乘的车。

【今译】皇宫的正门对我已紧紧关闭,不似在后宫做妃嫔时可以随意往来。圣上的光宠是在春季那美好的日子,青青的绿草生长得繁茂、惹人喜爱。现在的我如同秋天的扇子,被弃置一旁,皇帝的恩爱已绝,他的足迹永远消失,难以再见。何必再回忆起那乘车出游的日月,从今以后我的话谁也不会理睬。

【点评】刘孝绰这首诗通过班婕妤诉说她失宠后的悲苦境遇和凄凉心情,反映了封建社会妇女的悲惨命运,控诉了统治者对妇女的残酷迫害。

诗的前四句从班婕妤失宠后的不自由开始而后回忆了皇帝光宠的欢乐日月。"妾身"两句运用班婕妤诗中的典故,形象地描绘出她被统治者抛弃后可悲的命运。最后两句表达了她无可奈何的怨恨。这首诗在一定程度上也概括了封建时代文人类似的政治遭遇,因而带有一定的普遍性。朴实无华,平易自然是该诗艺术表现上的显著特点。

【集说】蔡墨攸陈,有草有菌。梁荆世楩,或魏或秦。积善余庆,时推俊民。孝乎惟孝,其德有邻。曰风曰雅,文章动神。鹤开阮瑀,鹏骞杨循(修)。身兹惟屈,扶摇未中。人冈石火,山有楸椿。佳城无曙,寒野方春。(梁元帝《黄门侍郎刘孝绰墓志铭》)

孝绰辞藻为后进所宗,时重其文,每作一篇,朝成暮遍,好事者咸讽诵传写,流闻绝域。(《梁书·刘孝绰传》)

(赵素菊)

刘缓

刘缓(？—540)，字含度，平原高唐(今山东禹城)人，仕梁，任镇南湘东王中录事。《南史·列传》中评论刘缓"性虚远，有气调，风流迭宕，名高一府。"他自己也常说："不须名位，所须衣食。不用身后之誉，唯重目前知见。"有集四卷。

江南可采莲(1)

古辞曰："江南可采莲"，因以为题云。

春初北岸涸(2)，夏月南湖通。卷荷舒欲倚，芙蓉生即红(3)。楫小宜回径(4)，船轻好入丛。钗光逐影乱(5)，衣香随逆风。江南少许地，年年情不穷。

【注释】(1)江南可采莲：属《相和歌辞·相和曲》。　(2)涸(hé)：水干竭。　(3)芙蓉：荷花，古称芙蕖。　(4)楫(jí)：船桨。　(5)钗(chāi)：两股笄。首饰的一种。

南朝部分

【今译】早春时河流北岸干枯见底,夏日里南湖水波光融融。卷曲的荷叶舒展开来能使人靠它而憩,荷花在绿叶丛中长得艳丽、鲜红。船桨虽小正宜于在水中迁回,船儿轻轻更便于在荷丛中穿行。金钗的闪光追逐水中的倒影,令人眼花缭乱,阵阵衣香随风飘来,更使人心醉神迷,如入仙境。江南啊,这片少有的好地方,年年都有采莲女无尽的欢快与风情。

【点评】刘缓这首乐府诗采用民歌的手法,以明朗隽永的语言生动地描写了江南女子夏日里在荷丛中乘舟采莲的欢快场景,表现出劳动妇女积极、乐观的精神风貌。

前四句写荷塘的自然景象。春初河北岸还是一片干涸,夏日里由于注入了南湖水,于是荷塘里一片生机。肥硕的荷叶舒展开来,芙蓉红艳艳的,格外引人注目。接下来四句写采莲的情景。采莲女乘小舟在荷丛中迁回穿行,钗光逐影,衣香清风。这四句文辞优美且富有动态感,把劳动过程诗意化,洋溢着一片欢快的气氛。最后两句是对全诗的概括总结。采莲无疑是辛苦的,但对热爱家乡,热爱生活,美丽而富有青春活力的采莲女来说,却有着无穷无尽的乐趣。

【集说】全诗仅十句,对仗工巧的就有六句三组,每组对仗又不只文字工稳,内容也自然天成,能抓住客观事物间的本质特征,具有一定的内在联系,而没有生硬拼凑之嫌,对突出主题有积极作用。(王安庭《汉魏晋南北朝隋诗鉴赏词典·江南可采莲》)

(赵素菊)

刘孺

刘孺(483—541），字孝稚，彭城（江苏徐州）人。幼年聪慧，七岁能文。始为中军法曹参军，沈约引为主簿，常与宴游赋诗，后仕梁，官至吏部尚书。诗文新雅自然，深受沈约、梁武帝赞赏，与堂弟刘孝绰齐名。

相逢狭路间⁽¹⁾

送君追遐路⁽²⁾，路狭暧朝雾。⁽³⁾三危上蔽日⁽⁴⁾，九折杳连云⁽⁵⁾。枝交幰不见⁽⁶⁾，听静吹才闻⁽⁷⁾。岂伊叹道远⁽⁸⁾，亦乃泣途分。况兹别亲爱⁽⁹⁾，情念切离群⁽¹⁰⁾！

【注释】(1)本篇属《相和歌辞·清调曲》，是一首送别诗。 (2)遐：远。遐路犹远路。 (3)暧：昏暗貌。 (4)三危：神话中的仙山。《山海经·西山经》："又西二百二十里曰三危之山，三青鸟居之。"此泛指山势高峻。(5)九折：指山路逶迤，盘旋曲折。杳(yǎo)：幽暗，深远，见不到踪影。此句意谓山路盘旋曲折，逶迤而上，消失在远方的云端。 (6)幰(xiǎn)：车幔。(7)吹：指送别的笙笙乐器吹奏声。 (8)伊：人称代词，这里作第二人称，即

南朝部分

你。　（9）兹:现在。　（10）切:贴近。可引申为亲密,深厚。离群:离开同伴。

【今译】我送你去那遥远的地方,朝雾迷漫在昏暗狭窄的道路上。高耸的三危山遮天蔽日,山路盘旋曲折消逝在云遮雾障的远方。路旁露出的树枝把车上的帷幔挡住,倾耳静听才隐隐约约闻得鼓吹的声响。岂止是你为道路遥远而叹息,我也因为分离,眼泪不住地流淌。何况现在是至亲好友的离别,这种深情厚谊更与一般的离情别绪两样!

【点评】此诗是一首送朋友到远方赴任的诗。这类题材在中国古典诗歌中屡见不鲜,但刘孺的这首诗仍有自己的特点。

在艺术构思上,诗的前半部分(前六句)侧重于写景。所写景物——朝雾、狭路、高山、树木等都带有幽深、昏暗的特点。作者用沿途这些富有寂寥险恶特征的景物,表现出旅途的遥远,道路的曲折,不仅映衬出送行人与被送行人抑郁的心境,同时也隐含世路险狭、仕途艰辛的意味。后四句侧重于写离情。诗句朴素自然,感情真挚、细腻,既写了送行人,也写了被送行人。作者用"岂伊""亦乃""况兹"这些带有转换和递进意义的词,强调了老朋友之间的深情厚谊;同时语言上也显得平和、朴实,情意绵绵,使人倍感亲切。

【集说】此亦赋别之诗。(冯惟讷《诗纪》)

小诗煞句,故作违反人情的感叹,含意绵逝,其味隽永,较好地体现了诗歌委婉含蓄的艺术特色。(范立群《汉魏晋南北朝隋诗鉴赏词典·相逢狭路间》)

(赵素菊)

褚翔

褚翔(505—548)，字世举，河南阳翟(今河南禹州)人。仕梁武帝时代，历有善政，累迁至吏部尚书。太清二年(548)，丁母忧，哀伤过度而卒。

雁门太守行⁽¹⁾

三月杨花合⁽²⁾，四月麦秋初⁽³⁾。幽州寒食罢⁽⁴⁾，郑国采桑疏⁽⁵⁾。便闻雁门守⁽⁶⁾，结束事戎车⁽⁷⁾。去岁无霜雪，今年有闰余⁽⁸⁾。月如弦上弩⁽⁹⁾，星类水中鱼⁽¹⁰⁾。戎车攻日逐⁽¹¹⁾，燕骑荡康居⁽¹²⁾。大宛归善马⁽¹³⁾，小月送降书⁽¹⁴⁾。寄语闺中妾，勿怨寒床虚。

【注释】(1)本篇收在《乐府诗集》卷三十九，属《相和歌辞》。　(2)杨花：柳絮。合：聚合。　(3)麦秋：指四月，乃麦子开始成熟的季节。　(4)幽州：在今河北北部及辽宁一带。寒食：节令名，在清明节前后，禁火三日。(5)郑国：西周时在今陕西华县，东周时迁至今河南新郑，皆在黄河流域。

(6)雁门:在今山西北部。守:太守,最高军政长官。 (7)结束:整装。戎车:兵车。 (8)闰余:意为闰月。中国传统使用的夏历,是以月亮绕地球定历法,一年较地球公转之期少十天多一点,所以每过三年加一个闰月,五年有两个闰月,十九年就有七个闰月。 (9)弦上弩:意为半圆形。弩是带机的弓,有一直臂,拉上弦,则弦成半圆。 (10)星:指流星,倏来倏往,捉摸不定。 (11)日逐:匈奴王号的一种,位次于左贤王,领西域诸国。 (12)燕:即幽州。燕骑:意为剽悍的骑兵。荡:扫荡。康居:古西域国名,东临乌孙、大宛,南接大月氏、安息。最盛时有今中亚细亚锡尔河北方吉尔吉斯草原一带之地。 (13)大宛(yuān):西域国名,盛产骏马。 (14)小月:即小月氏(zhī),亦古西域国名。

【今译】三月柳絮成团舞,四月麦子初黄熟。幽州偏远过寒食,郑地蚕老桑叶疏。闻道雁门名太守,整顿军备驱兵车。去年冬天无霜雪,今逢闰月春来迟。月亮半圆如弩弦,流星类似水中鱼。兵车直攻日逐王,骠骑一鼓平康居。大宛归顺献骏马,月氏震慑送降书。寄信安慰闺中妾,不要埋怨受孤独。

【点评】《雁门太守行》的本事,文学史上难以考证,唯褚翔此作,始切合题意;但也无雁门太守其人的姓名籍贯,其行事也属子虚乌有,在我国历史上从来没有出现过类似的情况。作者生长于南朝,对北国的风土人情自然若明若暗。不过,他能凭借想象,运用艺术手法,塑造一个不顾儿女情长和安逸生活、披星戴月、长驱万里、不畏艰险、一鼓作气荡平强大匈奴在西域的根据地、开疆拓土、颇富传奇色彩的英雄人物,这在上层社会中还是凤毛麟角,弥觉可珍。虽然处于文恬武嬉、腐化堕落、不思进取、得过且过的南朝,但是作者为官清正、廉洁自守,能够一反潮流,不啻鹤立鸡群,深受百姓爱戴,诗中"寄语闺中妾,勿怨寒床虚",可能就是夫子自道。他所歌颂的雁门太守的丰功伟绩,他所描绘的"燕骑荡康居""小月送降书"的胜利果实,实际上也是作者崇高的理想。这篇作品,对促进朝野排除万难,为统一南北而斗争,在主客观上都有着积极意义。

【集说】《古今乐录》曰："王僧虔《伎录》云：《雁门太守行》歌古洛阳令一篇。"《后汉书》曰："王涣，字稚子，……少好侠，尚气力。晚改节敦儒学，习书读律，略通大义。后举茂才，除温令，讨击奸猾，境内清夷，商人露宿于道。其有放牛者，辄云'以属稚子'，终无侵犯。在温三年，迁兖州刺史。绳正部郡，威风大行，后坐考妖言不实论，岁余征拜侍御史。永元十五年（公元103年），还为洛阳令。政平讼理，发擿奸伏，京师称叹，以为有神算。元兴元年（公元105年）病卒。百姓咨嗟……。"《乐府解题》曰："按古歌词，历述涣本末，与传合。而曰《雁门太守行》，所未详。若梁简文帝'轻霜中夜下'，备言边城征战之思，皇甫规雁门之问，盖据题为之也。"（郭茂倩《乐府诗集》卷三十九《雁门太守行·题解》）

诗的格调是淡淡的，但正在这平淡之中，表现了主人公不畏苦寒、不怕流血牺牲的献身精神，也表现了对敌人的蔑视和对自己祖国的挚爱。（姚军《汉魏晋南北朝隋诗鉴赏词典·雁门太守行》）

（赵光勇）

377

南朝部分

卷

刘孝威(约490—549），南朝梁代诗人，彭城（今江苏徐州）人。官至中庶子兼通事舍人。侯景作乱，孝威从围城中逃出，西上至安陆病故。以作乐府诗著名，内容多写景咏事，格调爽逸，今存诗近六十首，明人辑有《刘庶子集》。

骢马驱(1)

十五宦期门(2)，二十屯边徼(3)。犀羁玉镂鞍(4)，宝刀金错鞘(5)。一随骢马驱，分受青蝇吊(6)。且令都护知(7)，愿被将军照。誓使毡衣乡(8)，扫地无遗噍(9)！

【注释】(1)骢马驱：也称《骢马曲》，汉横吹曲名，以关塞征役之事为主题。骢马：指青白色的马。　(2)期门：主管朝廷手执武器扈从人员。(3)屯：驻防。徼(jiào)：边界。《史记·司马相如传》："南至牂柯为徼。"(4)犀(xī)：犀牛。此指犀牛皮。羁(jī)：马笼头。镂(lòu)：雕刻。　(5)错：涂饰。　(6)分受：分享。青蝇吊：即青蝇吊客。本指人生前没有知己，死后只有苍蝇来做吊客。语本《三国志·吴志·虞翻传》裴松之注引《虞翻别传》："自恨疏节，骨体不媚，犯上获罪。当长没海隅，生无可与语，死以青蝇为吊客。"此处指长期驻守边塞，条件艰苦，战死也只有苍蝇作客来相吊。

(7)都护：官名，汉置西域都护，督护诸国以并护南北道，故号都护。本为加官，晋宋以后，公府则有参军都护、东曹都护等，广州亦别置西江都护，虽管军事，而职权颇卑，与汉制异。　(8)毡衣乡：泛指我国西北少数民族地区。此地少数民族以毡为服。毡衣即毡裘，用毛制成的衣服。本文指边关。

(9)噍（jiào）：犹言噍类。特指活着的人。《汉书·高帝纪》上：（项羽）"尝攻襄城，襄城无噍类，所过无不残灭。"此句意谓把敌人一个不剩地扫地出门，消灭干净。

【今译】十五岁就在官府做保卫，二十岁驻守边关志气豪。犀饰的马笼头，玉雕的鞍，宝刀配着金灿灿的鞘。《骢马曲》的乐歌伴随我生杀征战，死后只有青蝇作客来相吊。壮士的心愿，都护知晓，愿将军与我心心相照。誓叫祖国边关大地，没有一个活着的敌人敢来骚扰！

【点评】这首诗以明快的语言为我们描绘了一个具有乐观精神、崇高志向、誓死戍边的壮士形象，表现了戍边战士为国捐躯无所求的爱国情感和高尚情操。明快、豪放是这首诗艺术风格的主要特点。

起首两句以简练的诗句，轻快的笔调叙述诗中主人公"十五岁应征、二十岁戍边"的经历；接着两句通过对马、鞍、刀精美装饰的描写，衬托出壮士守边的愉快心情。"一随"两句形象地勾画出壮士豪迈乐观、视死如归的高贵品质和英雄气概。"一随""分受"与后面的词配搭，不仅恰到好处，而且很有气势。"且令"两句进一步表达了壮士为国守边一无所求的心愿。结尾两句是壮士的决心。这两句铿锵有力、掷地有声，不仅使壮士形象在我们面前巍然屹立，并且把壮士炽热的爱国感情推向高潮。

【集说】孝绰品藻群弟，尝云三笔六诗，三谓孝仪，六谓孝威也。……就所披涉，则孝仪笔胜，孝威诗胜，伯兄之言，良不谬也。（张溥《汉魏六朝百三家集·刘孝仪孝威集·题辞》）

（赵素菊）

南朝部分

江从简

江从简，梁朝洛阳考城（今河南兰考）人，位至司徒从事中郎。侯景作乱时，被其心腹将领任约所害。从简之子江兼，叩头流血，求代父死，以身阻挡屠刀，一并遇害，天下之人皆为哀痛。

采荷调[1]

欲持荷作柱[2]，荷弱不胜梁。欲持荷作镜[3]，荷暗本无光。

【注释】（1）录自郭茂倩《乐府诗集》卷七十五，一作《采莲调》。（2）荷：指荷茎。　（3）荷：指荷叶。

【今译】荷茎当栋梁，只能是妄想；荷茎太柔弱，难以派用场。荷叶作镜子，怎么都不行；荷叶面暗黑，从来无光明。

【点评】这篇乐府不是无病呻吟、空发议论，而是有所指而发，富有明确的针对性。作者的父亲江革，在梁朝为官，清廉耿直，敢于弹奏权豪，一无所避，朝宴之时，也常褒贬人物，因此为权贵所不满，乃辞职归里。何敬容当宰相，举用多非其人。从简亦有父风，只十七岁，便写了这篇乐府诗进行讽谏。据《乐府广题》说，何敬容看了后还非常赞赏。

《采荷调》通篇用比，虽没直抒其事，但却毫不隐晦，令人一看就知道其意图所在。作者把荷茎比作柔弱无能、不堪重任的人才，把荷叶比作品格低下，不宜赏识的庸人，用举例说明宰相何敬容不是一个伯乐，他提拔重用的官员都和荷茎、荷叶一样，应该慎重加以鉴别，不宜滥用权力。作品语言质朴，通俗易懂，内容健康，态度积极，以一个十七岁的少年，能够把乐府诗作为批判的武器，继承了现实主义的传统，在当时也算是别开生面。

【集说】德藻弟从简，少有文情，年十七，作《采荷调》以刺何敬容，为当时所赏。（李延寿《南史》卷六十《江革传》附）

《乐府广题》曰：梁太尉从事中郎江从简，年十七，有才思。为《采荷调》以刺何敬容。敬容览之，不觉嗟赏，爱其巧丽。（郭茂倩《乐府诗集》卷七十五《采荷调·解题》）

（赵光勇）

南朝部分

徐摛

徐摛(474—551)，字士秀，一字士缋，东海郯(今山东郯城)人，南朝梁文学家。幼好学，博览经史，才艺出众。天监中为晋安王(皇太子)侍读，累官太子左卫率。为宫体诗代表作家之一。与庾信父庾肩吾齐名，世称"徐庾"。

胡无人行[1]

列楹登鲁殿[2]，拥絮拭胡妆[3]。犹将汉闺曲[4]，谁忍奏毡房[5]！遥忆甘泉夜[6]，暗泪断人肠！

【注释】(1)胡无人行：《相和歌辞·瑟调曲》。"行"为乐府诗中专用诗题之一，是"乐府歌行体"的一种。　(2)列楹：堂前排列的木柱。鲁殿：指鲁灵光殿。汉景帝子鲁恭王馀所建。故址在今山东曲阜。东汉王延寿有《鲁灵光殿赋》。　(3)絮：粗丝棉。拭：擦去。胡妆：胡人的妆饰。　(4)犹：还，仍，依然。将：取、拿。汉闺曲：指汉人的乐曲。　(5)忍：忍心，容忍。毡房：即毡帐。古代游牧民族所用的毡制帐篷。这里指北朝胡人居住的地方。(6)甘泉：秦汉时的宫殿。秦朝始建林光宫，汉武帝增筑扩建，改名甘泉宫。

故址在今陕西淳化西北甘泉山。扬雄著有《甘泉赋》。

【今译】穿过走廊上排列整齐的支柱，登上鲁灵光殿堂；拿一块粗丝棉巾，拭去胡人的妆饰。依然清晰地记得，汉时闺曲那动人的乐章；这等美妙的乐曲啊，谁忍得在毡房奏唱！遥想起甘泉宫里，那欢乐的夜晚，灯火辉煌；比照眼前的情景，使人黯然泪下，心生悲伤！

【点评】这是一首别具一格的宫体诗。诗中假借一位胡人统治下的宫女的内心活动，抒发了作者渴望恢复祖国统一的愿望。

诗的前两句写宫女走进建于汉代的鲁灵光殿，那体现汉民族文化的辉煌建筑，使她惊异，激起她强烈的民族情感，于是愤然拭去胡人的妆饰。"拭胡妆"作为关键词，在这里起着画龙点睛的作用。三四句进一步写宫女的内心活动。作为一名宫廷歌女她必须为胡人演唱，而演唱的却是汉人的乐曲，这种不协调使她感到十分痛苦。"谁忍"一词既揭示了宫女内心的矛盾、痛苦，同时也表现了她强烈的民族意识。五六句仍写宫女的内心活动。甘泉系汉代的宫殿，这里作为汉代的象征。"遥忆"是指回想起汉代国力强盛，胡人不敢来犯，甘泉宫夜晚灯火通明，欢乐无穷，对照眼前胡人统治下北朝的现实，怎能不使人黯然泪下、心中悲伤。与徐摛其他宫体诗不同，作者在这里实际上为我们塑造了一个有着强烈民族意识、民族感情乃至民族气节的宫女的形象。

383

【集说】此诗写作上的一个重要特色是运用了强烈的对比映衬手法，首二句以巍峨高耸的汉地宫阙与苦寒寂寞的边地生活形成对照，写出了胡地荒凉难耐的景象，女主人公对家乡的思念亦显得合情合理。第二、三句以汉闺之曲勾起对往事的怀念，以往日之欢乐衬托今日之悲哀，较好地体现了女主人公的心理活动。结尾两句亦以温馨如春、欢乐愉悦的宫中之夜的回忆，与身处异地、欲归无路的悲痛欲绝心情形成鲜明对比，较深刻地刻画了身处异地流落他乡的女性那种细腻复杂的心理活动。（王增斌《汉魏晋南北朝诗鉴赏词典·胡无人行》）

（赵素菊）

南朝部分卷

萧纲

萧纲(503—551)，即梁简文帝，字世缵，南兰陵(今江苏武进)人，梁武帝的第三子。天监六年，封晋安王，后历任南兖州刺史、丹阳尹、荆州刺史、江州刺史、南徐州刺史、扬州刺史。中大通三年五月，立为皇太子，常与徐摛、庾肩吾等写轻靡绮艳的宫体诗，在社会中很具影响。太清三年五月即位。第二年，改元大宝。大宝二年为侯景所弑。年四十九。后人辑有《梁简文帝集》。

陇西行⁽¹⁾

悠悠悬旆旌⁽²⁾，知向陇西行⁽³⁾。减灶驱前马⁽⁴⁾，衔枚进后兵⁽⁵⁾。沙飞朝似幕，云起夜疑城。回山时阻路，绝水亟稽程⁽⁶⁾。往年郅支服⁽⁷⁾，今岁单于平。方欢凯乐盛，飞盖⁽⁸⁾满西京。

【注释】(1)陇西行：乐府瑟调曲名，一曰步出夏门行。据《后汉书·百官志》载：洛阳城十二门，有夏门。因此此题当始作于东汉。 (2)悠悠：旌旗下垂的样子。《诗·小雅·车攻》"悠悠旆旌"。 （3）陇西：甘肃省之东南部，是通往西域的要道。 （4）减灶：《史记·孙武传》：膑将兵入魏地，初为十万灶，明日为五万灶，又明日为三万灶。庞涓行三日大喜曰："我固知齐军怯，入吾地三日，士卒亡者过半矣"，乃弃其步军急迫之，至马陵，中伏大败，涓自刎死。所以，减灶是战争中一方示弱之计。 （5）衔枚：古时行军偷袭敌人时，为了禁止喧哗，让士兵衔枚，枚如箸，横衔口中。《汉书·高帝纪》："章邯夜衔枚击项梁。" （6）绝水：渡水。亟（qì）：屡次。稽程：留误行程。（7）郅支：汉匈奴呼韩邪单于之兄。 （8）盖：车盖。这里指代车。

【今译】远望着飘扬的战旗，战士们出发向陇西。前边部队边行边减灶，后边衔枚急走去远袭。早晨沙土飞扬像帐幕，夜晚乌云忽起似城池。山峦曲折不时挡去路，渡过急流屡使行程延期。往年曾使郅支降服，今岁平定单于不得再为敌。欢歌笑语凯旋，京城车马纵横喜胜利。

【点评】简文帝长于宫体，但这首乐府诗却一反常调，描写了国家对外征战的大事，而且语言刚健、境界雄阔，写得颇有气势。开头两句，点明出征，气象已自不凡。中间六句，尤为精彩，"减灶"二句，一方面前锋骑兵"减灶"前进，一方面步兵随后衔枚疾走，在这用兵方略的描写中，一个指挥若定的主帅形象，亦隐约可见。以下四句，极写塞上环境之奇险、道路之艰难，对末四句所写的胜利欢乐场面，具有蓄势与衬托作用，显示出它乃是克服了上述种种困难才取得的。

385

南朝部分

【集说】诗至萧梁，君臣上下，惟以艳情为娱，失温柔敦厚之旨。汉魏遗轨，荡然扫地矣。（沈德潜《古诗源》卷十二）

简文为宫体渠帅，谈艺者莫不置之，卑不足数。乃取此等诗置初唐近体中，高华雄浑，又在沈、宋之上。（王夫之《古诗选评》卷六《长安道》评语）

（张采薇）

折杨柳(1)

杨柳乱成丝，攀折上春时(2)。叶密鸟飞碍，风轻花落

迟。城高短箫发，林空画角悲[3]。曲中无别意，并是为相思。

【注释】(1)折杨柳：乐府汉《横吹曲》名。古辞已佚。后人拟作大都为五言八句，《乐府诗集》所收，多为伤春悲离之辞。萧纲此首也是如此。(2)上春：即孟春，指阴历正月。《初学记》卷三引梁元帝《纂要》："正月，孟春，亦曰孟阳、孟陬、上春。"　(3)画角：古管乐器。出自西羌。形为竹筒，本细末大。以竹木或皮革制成，因外加彩绘，故名。发声哀厉高亢。古时军中多用之，以警昏晓。

【今译】杨柳柔枝婀娜飘动，正月送别攀折相赠。树叶茂密鸟儿已难穿越，微风吹拂花儿缓缓飘零。高高的城上箫声悠扬，空寂的林中画角悲鸣。乐曲中没有别的含意，都是为了表达相思的愁情。

【点评】这首短诗是写相思之情的。首两句追忆往昔：早春时节，杨柳依依，折柳送别。三、四句写目前已是叶密花落的季节。经过这样长的时间，行人还是没有归来，于是相思之情遂使主人公登上城垣，吹起短箫，一直吹到画角悲鸣的时候。第六句在点明空间的同时，又点出了季节。树叶落尽，只有枝干，所以说"林空"。也正因为离别时间越来越长，才使思人如此难熬，不得不借箫管以寄思念之情。全诗仅八句，却写得回环往复，情景逼真。

【集说】"风轻花落迟"五字隽绝。（沈德潜《古诗源》卷十二）

（张采薇）

雁门太守行[1]

陇暮风恒急，关寒霜自浓[2]。枥马夜方思[3]，边衣秋未重。潜师夜接战，略地晓摧锋。悲笳动胡塞[4]，高旗出汉墉[5]。勤劳谢功业[6]，清白报迎逢。非须主人赏，宁期定远封[7]。单于如未系[8]，终夜慕前踪。

【注释】(1)雁门太守行:《乐府诗集》收入《相和歌辞·瑟调曲》。本题二首,此选其二。 (2)关寒:一作寒关。 (3)枥马:伏于槽中的战马。枥:马槽。

(4)筎:胡筎,古代北方民族的一种乐器,类似笛子。胡塞:一作明塞。

(5)墉:城墙。 (6)勤劳:功劳。谢:辞别,推辞。 (7)这句话的意思是希望边境得到安定、安宁。定远:城名,东汉班超封地。《后汉书·班超传》云:"其封超为定远侯,邑千户。" (8)单:汉时匈奴称其君主为单于。

【今译】暮色中的陇地持续刮着疾风,凄凉中的边关霜色正浓。伏于槽中的战马在悲思着什么? 秋气侵袭的单衣分外寒冷。夜间潜行同敌人短兵相接,拂晓时摧垮敌锋占领敌营。悲壮的筎声震动胡地边塞,旌旗高扬将士们跃出城墉。建功立业不是为个人前程,丹心报答父老接迎的深情。看淡功名不需要主人重赏,宁可像班超那样封守边庭。进犯的匈奴如果没被擒缚,夜夜思慕前人守边的伟功。

【点评】这首诗歌颂边关将士保家卫国的事迹,属政治题材,与宫体诗大相径庭。起首二句用"急""浓"二字,着意渲染陇地自然环境的恶劣,暗寓边关战事频繁、斗争异常激烈。"枥马"二句耐人咀嚼,将士在艰苦卓绝的环境里"思"什么? 是渴望战斗? 还是思念远方的亲人?"潜师"二句写战事。"悲筎"二句写军威,以"悲"冠之,其悲壮色彩油然而起。"勤劳"二句写将军凯旋,一"谢"一"报",亮出将军的情操。最后四句直接抒发将军的情志,"如未系""慕前踪",其豪情壮志油然而生。由此可见,即令对宫体诗的代表人物,也该别具只眼。

【集说】史言梁简文帝文集一百卷,杂著六百余卷,自古皇家撰论,未有若是其多者。盖朱邸日久,会逢清宴,兼以昭明为兄,湘东为弟,文辞竞美,增荣棠棣。储极既正,宫体盛行,但务绮博,不避轻华,人挟曹丕之资,而风非黄初之旧,亦时势使然乎! ……昭明称帝佳作,止云"首尾裁净",一字之评,从来论六朝者所未逮。诚当阳书:"立身须谨重,文章须放荡",是则其生平所处也。(张溥《汉魏六朝百三家集·题辞》)。

(张 强)

南朝部分

萧绎

萧绎(508—555),字世诚,梁武帝第七子。天监十三年,封湘东王,为会稽太守、荆州刺史等官。侯景陷建康后,进位相国。大宝三年即位于江陵,改元承圣。承圣三年,为西魏所害,是为梁元帝。著有《金楼子》十卷、集五十二卷、小集十卷。有乐府诗和五、七言诗一百多首。

折杨柳[1]

山高巫峡长,垂柳复垂杨。同心且同折[2],故人怀故乡。山似莲花艳,流如明月光。寒夜猿声彻[3],游子泪沾裳。

【注释】(1)折杨柳:乐府题名,属《乐府诗集·横吹曲辞》,本为"军中之乐"。这篇为文人仿作,主要写思乡之情。 (2)同折:意谓互相离别。折,即折柳赠别。 (3)彻:意谓连续不断。

【今译】巫山山高巫峡长,满眼垂柳和垂杨。往年亲人相离别,今日故人思故乡。山景鲜艳似莲花,江水流潋如月光。寒夜猿声声不断,游子思乡泪沾裳。

【点评】这篇为文人仿作的乐府诗,也是帝王所写的诗歌。诗中写了锦绣江山,写了最容易引起人思乡的巫山、巫峡、寒夜和猿声。这种描绘祖国美好江山的思想令人赞赏,游子思乡的情感也和历代人民的情感相一致。因此,这篇诗的思想情感是健康的。

这篇诗和民歌很相似,显然是受了民歌的影响。诗的意境也很优美,抒情和写景结合得很好,能引起人丰富的遐想。

【集说】梁《乐府》有《胡吹歌》云:"上马不捉鞭,反拗杨柳枝。下马吹横笛,愁杀行客儿。"此歌辞原出北国,即《鼓角横吹曲·折杨柳》是也。(郭茂倩《乐府诗集》引《唐书·乐志》)

太康末,京洛始为《折杨柳》之歌,其曲始有兵革苦辛之词。(《宋书·五行志》)

汉《横吹曲二十八解》,李延年造,魏晋已来,唯传十曲,一曰《黄鹄》……七曰《折扬柳》……(郭茂倩《乐府诗集》引《乐府题解》)

帝不好声色,颇有高名,独为诗赋,婉丽多情,妾怨回文,君思出塞,非好色者不能言。(张溥《汉魏六朝百三家集·题辞》)。

(焦 滔)

南朝部分

王筠

　　王筠(481—549),字元礼,一字德柔,琅琊临沂(今山东)人,南朝梁文学家。幼年清静好学,七岁能文,少有才名。仕梁,官至尚书吏部郎、临海太守。他善用强韵,诗格妍美。自辑其文,以一官为一集,每集十卷,末集三十卷,共一百卷。文人以官职为集名,自王筠始。

行路难⁽¹⁾

　　千门皆闭夜何央⁽²⁾,百忧俱集断人肠。探揣箱中取刀尺,拂拭机上断流黄⁽³⁾。情人逐情虽可恨⁽⁴⁾,复畏边远乏衣裳。已缲一茧催衣缕⁽⁵⁾,复捣百和裛衣香⁽⁶⁾。犹忆去时腰大小,不知今日身短长。裲裆双心共一袜⁽⁷⁾,袙复两边作八襊⁽⁸⁾。襻带虽安不忍缝⁽⁹⁾,开孔裁穿犹未达⁽¹⁰⁾。胸前却月两相连⁽¹¹⁾,本照君心不照天。愿君分明得此意,勿复流荡不如先。含悲含怨判不死⁽¹²⁾,封情忍思待明年。

【注释】（1）《行路难》：《杂曲歌辞》。《乐府题解》记："《行路难》,备言世路艰难及离别悲伤之意。"原为民间歌谣,后经文人拟作,采入乐府。王筠这首七言乐府诗即其一。 （2）央：尽。 （3）流黄：指黄色的绢。 （4）情人逐情：情人即有情人,指女主人公。逐：追逐,这里当"追怀"讲。情：指追怀的对象,这里指女主人公的丈夫。这句是女主人公自责的话,意思是说有情人追怀无情汉这件事虽教人可恼可恨。 （5）缲（sāo）：抽茧出丝。催：催促、赶制。衣缕：缕是线,衣缕是做衣用的丝线。这句是说用缲好的丝线,赶制衣衫。 （6）百和：香名。把多种香料合在一起制成的香,故名"百和"。裛：通浥,沾湿。这句意思是将百和香捣碎,喷洒在丝衣上,使丝衣带上清香。 （7）裲裆：即马甲、坎肩或背心。双心：指前心与后背。袜：衣身,衣服中部之布。共一袜：即共用一块布。 （8）袙复：即裲裆。襰（cuì）：衣褶。（9）襻带：系衣裙的带子。不忍：这里指不舍得。 （10）未达：没有完成。（11）却月：半圆形的月亮。 （12）判：分离。这里是说两人虽然分离两地,但愿都能好好地活着。

【今译】家家都把门扉闭,漫漫长夜何时尽? 无限忧愁聚在心,使人肝肠欲断夜难寐。从箱底翻出久已不用的刀和尺,在落满尘埃的织机上截下丝绢一匹匹。追怀无情汉这事虽教人可恼可恨,可又怕他身在远方缺少衣服穿。缲好丝线急匆匆赶制衣衫,再捣碎百和香熏得香味永远留在衣服上面。记得他离家时的腰身大和小,但不知如今他的高矮。做一件坎肩能护前心与后背,背心两边共有八条褶。系衣的带子虽已裁好却不忍缝牢,开孔的地方也已裁开仍没有缝好。胸前两半片月亮合在一起,它贴着你的心并不为普照天地。愿你能理解我的一番苦心,不要忘记了我们先前的情意。我含着悲凄和哀怨盼望分离的你我彼此平安,强忍住深深的思念等待明年相会的那一天。

【点评】《行路难》这首诗通过一位妻子为在远方的丈夫制作寒衣的具体描写,表达了主人公对丈夫思念、关切、盼归等复杂的思想感情,从一个侧面揭示出当时社会中妇女痛苦的心灵。

注重细节描写和心理刻画是这首诗艺术上显著的特点。起首两句写对

南朝部分

丈夫的思念。接下来很快转入写因思念丈夫而想到为他制作新衣。"探揣"，表明刀尺久已不用，藏在箱底；"拂拭"，表明织机也早已闲置，因而上面落满灰尘。这两句暗示出丈夫离家已久，妻子则"百忧俱集"无心于女红。"情人"两句表达了一种复杂的心理状态：一方面是主人公对自己"自作多情"的行为感到可恼、可恨；一方面又割不断对丈夫深深的思念，担心他在边远的地方缺少衣服穿。以下八句分别写缲线、持洗、裁剪、缝制等过程，描写不厌其详。通过这一系列细致而具体的描写，表达了主人公对丈夫的一片痴心、爱心、无微不至的关切和思念之情。其中像这样的句子："犹忆去时腰大小，不知今日身短长""胸前却月两相连，本照君心不照天"，尤为生动感人。最后四句写主人公盼丈夫早日归来的心情，更是感人肺腑，每个字都像是含着泪水迸发出来的。

【集说】《行路难》善叙缝妇，抑《诗》所谓"掺掺女手"也。（张溥《汉魏六朝百三家集·王詹事集·题辞》）。

这是一首抒情性的叙事诗。诗中主要写了一位妇女与丈夫分别后孤苦难熬，日夜思念丈夫的精神境界。……读了全诗，一位孤苦伶仃而又安分守己、心灵手巧而又朴实多情的中国封建社会良家妇女的典型形象栩栩如生地展现在我们的面前，使我们情不自禁地在感情上与女主人公产生了共鸣。（李素花《汉魏晋南北朝隋诗鉴赏词典·行路难》）

（赵素菊）

江洪

江洪,济阳(今山东定陶西北)人。工属文。梁初曾任建阳令,今存诗十八首。

胡笳曲二首⁽¹⁾

一

藏器欲逢时⁽²⁾,年来不相让⁽³⁾。红颜征戍儿,白首边城将。

二

落日惨无光,临河独饮马。飑飗夕风高⁽⁴⁾,联翩飞雁下⁽⁵⁾。

【注释】(1)本篇属《琴曲歌辞》。《乐府诗集》:"唐刘商《胡笳曲序》曰:'蔡文姬善琴,能为《离鸾别鹤之操》。胡虏犯中原,为胡人所掠,入番为王后,王甚重之。武帝与邕有旧,敕大将军赎以归汉。胡人思慕文姬,乃卷芦叶为吹笳,奏哀怨之音。后董生以琴写胡笳声为十八拍,今之《胡笳弄》是

也。"　　(2)"藏器"句:是从"藏器待时"化来。《易·系辞》下:"君子藏器于身,待时而动。"器,引申为才能,比喻怀才而等待施展的时机。　　(3)年来:有年以来,从来。让:退让、谦让、辞让。　　(4)飋飓(sè jù):风吹貌。高:大。　　(5)联翩:鸟飞貌。此形容连续不断。

【今译】

一

　　身怀济世才,欲逢好时光。从来铭在心,为国不退让。少年即从军,征戍在边疆。今成白头翁,已为边城将。

二

　　落日入平沙,惨淡天无霞。河边饮战马,孤影何处家?黄昏风渐大,劲吹走黄沙。飞雁欲觅宿,联翩下水涯。

【点评】这两首《胡笳曲》实际是联章体,两首写了一个人的一生遭际。第一首写一个怀有济世之才的少年,在边疆积极奋斗一生,不敢有丝毫懈怠,到发白成翁时,终于成了一员边城的将领。第二首写黄昏时节独自一个人在河边饮马,这时风沙渐起,他看到大雁联翩飞下水涯寻找自己的归宿地。诗到此处虽然戛然而止,但"鸟倦飞而知还"的寓意已孕育其中,老将军思归的含意也就自在言外了。

【集说】子阳(虞義,字子阳)诗奇句清拔,谢朓常嗟颂之。洪虽无多,亦能自迥出。(钟嵘《诗品》卷下)

(王魁田)

王台卿

王台卿,生卒年月和籍贯均不详。在梁代,曾为雍州刺史南平王世子萧恪的宾客,与江仲举等颇受宠幸,亦曾与梁简文帝有过多次唱和。官至刑狱参军。

陌上桑四首⁽¹⁾

㈠郁郁陌上桑⁽²⁾,盈盈道傍女⁽³⁾。送君上河梁⁽⁴⁾,拭泪不能语。㈡郁郁陌上桑,遥遥山下蹊⁽⁵⁾。君去戍万里⁽⁶⁾,妾来守空闺⁽⁷⁾。㈢郁郁陌上桑,皎皎云间月⁽⁸⁾。非无巧笑姿,皓齿为谁发⁽⁹⁾?㈣郁郁陌上桑,袅袅机头丝⁽¹⁰⁾。君行亦宜返,今夕是何时?

【注释】(1)王台卿《陌上桑》四首转录自逯钦立《先秦汉魏晋南北朝诗》。《陌上桑》乃《相和歌辞》。 (2)郁郁:茂盛。陌:田间小道。 (3)盈盈:美好。 (4)梁:桥。 (5)蹊:步行小路。 (6)戍:守卫边防。(7)闺:妇女居室。 (8)皎皎:明洁。 (9)皓齿:极其洁白的牙齿,是美的

象征。　(10)袅袅:绵长不绝。机:织机。

【今译】㈠这是一个大好的春光,田间小道上的桑叶正茂密成长。路旁站着美丽的采桑姑娘,她们都好奇地向我俩端详。我把你送了一程又一程,一直把你送到大河桥上。我哽咽着一句话也说不出来,擦不干的泪水总在流淌。㈡这是一个大好的春光,田间小道上的桑叶正茂密成长。我把你送了一程又一程,一直把你送到山下的羊肠小道上。你要去那遥远的地方,需长期地驻守在边疆。留下我一个人冷冷清清,迫使我一个人独守空房。㈢这是一个大好的春光,田间小道上的桑叶正茂密成长。天空本来阴沉沉布满乌云,月亮一钻出来分外觉得亮堂。你走以后我总是忧心忡忡,在我的身上再也找不到高兴的模样。我不是没有欢乐的天性,可是我那美丽的笑容叫谁欣赏?㈣这是一个大好的春光,田间小道上的桑叶正茂密成长。绵绵不断的织机上的丝线,正像我对你刻骨相思那样的绵长。如果仔细算算你的服役期限,现在你也该期满返回家乡。你知道今天晚上是个什么日子?你和我都会牢牢记在心上!

【点评】作者运用《诗经》中常见的复沓艺术形式,每首都以"郁郁陌上桑"开头,不仅切了题,且有前后呼应、穿针引线、一气呵成的功能。四首诗的内容不断在发展变化,女主人公对情郎的真挚感情也在不断地丰富和深化,但仍然给人以浑然天成的感受。"非无巧笑姿,皓齿为谁发"两句,蕴含着无尽的相思,颇是耐人寻味。尤其最后两句:"君行亦宜返,今夕是何时?"从女主人公口中说出,让局外人听起来好像哑谜,似乎只有天知地知,你知我知,不过一提"今夕是何时",必对情郎有一种勾魂摄魄的作用,才会引出"君行亦宜返"的强烈效应。以此结尾,颇具匠心。

【集说】世子恪字敬则,弘雅有风则,姿容端丽。位雍州刺史。年少未闲庶务,委之群下,百姓每通一辞,数处输钱,方得闻彻。宾客有江仲举、蔡薳、王台卿、庾仲容四人,俱被接遇,并有蓄积。故人间歌曰:"江千万,蔡五百,王新车,庾大宅。"遂达(梁)武帝。帝接之曰:"主人愦愦不如客。"寻以庐陵王代为刺史。(李延寿《南史》卷五十二)

（赵光勇）

戴暠

戴暠,南朝梁代人,生平事迹不详。逯钦立《先秦汉魏晋南北朝诗》载其诗十首。

度关山

昔听《陇头吟》(1),平居已流涕。今上关山望(2),长安树如荠。千里非乡邑,四海皆兄弟。军中大体自相褒,其间得意各分曹(3)。博陵轻侠皆无位(4),幽州重气本多豪(5)。马衔苜蓿叶(6),剑莹鸊鹈膏(7)。初征心未习,复值雁飞入。山头看月近,草上知风急。笛喝曲难成(8),笳繁响还涩(9)。武帝初承平(10),东伐复西征。蓟门海作堑(11),榆塞冰为城(12)。催令四校出(13),倚望三边平。箭服朝来动(14),刀环临阵鸣。将军一百战,都护五千兵(15)。且决雄雌眼前利,谁道功名身后事。丈夫意气本自然,来时辞第已闻天(16)。但令此身与命在(17),不持烽火照甘泉(18)。

【注释】(1)陇头吟:又叫《陇头流水歌》或《陇头歌》,乐府《鼓角横吹曲》名。写征人行经曲折高峻的陇坂,征途辛苦,发为悲歌。 (2)关山:山名,在陕西陇县西八十里,陡峭高峻。 (3)分曹:即分成若干对。古时两人一对为曹。 (4)博陵:汉郡名,治所在今河北蠡县南。 (5)幽州:古九州之一,指战国燕地,即今河北北部及辽宁一带。古称燕赵多慷慨之士。
(6)苜蓿:植物名,是一种重要的牧草和绿肥作物。 (7)鹧鸪:水鸟。
(8)笛喝:大声吹奏笛子。 (9)笳:胡笳。 (10)武帝:即汉武帝刘彻,公元前141年至公元前87年在位。其统治期间,号称西汉盛世,曾先后多次派兵征伐四夷,开发周边。 (11)蓟:古地名,在今北京城西南角。 (12)榆塞:古代北方边塞种榆,故称边塞为榆塞。 (13)四校:古代军队编制单位。
 (14)箭服:又叫箭衣,古代射士穿的衣服。朝,早晨。 (15)都护:官名,都护意即总监。 (16)天:天子。 (17)命:名籍。指未因死而被军中除名。
(18)烽火:古时边防报警点的烟火。甘泉:宫名,本秦林光宫,汉武帝增筑扩建,名甘泉宫。

【今译】从前听唱《陇头吟》,平安在家已流泪。如今登上关山回头望,长安城中树如荠。千里远征离故乡,四海之内有兄弟。军中人人怀大志,其中得意是少数。博陵人轻视侠义皆默默无名,幽州人重视意气多豪迈之士。马吃着苜蓿叶,剑涂着鹧鸪油。刚入边关水土不服,又碰上大雁由北向南纷飞时节。站在山顶看月亮很近,草的起伏可知风吹是否急。用力吹笛也不成曲调,胡笳声声响得也不流利。武帝时天下刚刚太平,又开始穷年累月东征西讨。蓟门用海作堑壕,榆塞全是以冰筑的城。频频命令四校出击,殷殷希望三边平静。清早穿起箭衣远射敌,冲锋陷阵战刀鸣。将军身经百战,都护拥有五千兵。先决出眼前的输赢,且莫管身后的功名。大丈夫意气风发本自然,出征前就已让君王闻见。只要性命和名籍还在,就决不让战争的烽火照到甘泉。

【点评】这是戴暠用乐府旧题写的一首边塞诗。全诗境界阔大、感慨深沉,反映了征人丰富复杂的思想感情。征人是带着戍边御敌、保家卫国的豪迈壮志来到边关的。初离故乡热土,不免依依不舍;刚到边关,面对风急天高、大雁高飞的苍凉环境,耳听充满异域情调的羌笛、胡笳,又难免感到有些凄苦,有些不习惯,从而增添了强烈的怀乡思亲的感情。但是边患未除,尚不能尽息甲兵、回家安居,因此征人并没有忘记自己肩负的重大责任,所以时刻枕戈待旦,准备出击。一旦命令下来,立即穿起箭服,拿起战刀,奋勇杀敌,视死如归。诗最后说"但令此身与命在,不持烽火照甘泉",字字铿锵顿挫,掷地有声,表达了征人"不教胡马度阴山"的气魄和"不破楼兰终不还"的坚强决心。全诗尽管写了戍边的艰苦和思乡的挚情,但整个形象给人的实际感受不是低沉伤感的,而是雄壮有力、奋发向上的。

【集说】《乐府解题》曰:"魏乐奏武帝辞,言人君当自勤苦,省方黜陟,省刑薄赋也。若梁戴暠云'昔听陇头吟,平居已流涕',但叙征人行役之思焉。"(郭茂倩《乐府诗集》第二十七卷)

本诗歌六次换韵:涕、荠、弟、曹、豪、膏,入、急、涩,征、城、平、鸣、兵、利、事,天、泉。韵随意转,平仄韵交替使用,起伏跌宕,激扬慷慨,为突出表现诗人的深湛思想和爱国精神起到了推波助澜的作用。(李安纲《汉魏晋南北朝隋诗鉴赏词典·度关山》)

(俞樟华)

南朝部分

阴铿

阴铿(约511—563),字子坚,武威姑臧(今甘肃武威)人。在梁朝做过湘东王法曹参军,入陈,做过始兴王中录事参军,后迁晋陵太守、员外散骑常侍。他博览史传,擅长新体诗,以描写山水见长,与何逊并称,对唐代诗人如李白杜甫都有影响。原有集,已失传。

新成安乐宫[1]

新宫实壮哉[2],云里望楼台[3]。迢递翔鹍仰[4],连翩贺燕来。重檐寒雾宿[5],丹井夏莲开[6]。砌石披新锦,梁花画早梅[7]。欲知安乐盛,歌管杂尘埃。

【注释】(1)新成安乐宫:《太平寰宇记》:"安乐宫在武昌县西北,水路二百四十里,吴黄武二年筑宫于此。赤乌十三年,取武昌材瓦缮修建业,遂停废。"王僧虔《技录》:《相和歌瑟调》二十八曲中有《新成安乐宫行》。(2)新宫:指安乐宫。 (3)"云里"两句:极言宫中楼台之高。 (4)迢递:同迢遥。 (5)重檐:有两重屋顶的建筑物。 (6)丹井:红色的天花板。

(7)梁花:栋梁上画的花。

【今译】新建的安乐宫实在壮丽,亭台楼阁高耸云霄。飞檐像高翔在空中的鹍鹏,引来群飞的燕子似联翩来朝。重檐下是山间寒雾的宿处,天花板上莲花出水正妖娆。石阶上披着锦绣新装,栋梁上雕画着早梅含苞。想知道朝廷的盛况,只须听那管乐歌声随风荡飘。

【点评】《陈书·阮卓传》:阴铿"及长,博涉史传,尤善五言诗,为当时所重。……世祖尝宴群臣赋诗,徐陵言之于世祖,即日召铿预宴,使赋新成安乐宫,铿援笔便就,世祖甚叹赏之。"可知此诗原是阴铿歌颂"盛世"的应命之作。但从这样的篇章中亦可看出阴铿"穷态极妍"的特点。

诗一开始总赞宫之雄伟壮观。以下进入精细描绘。首言其高:宫中楼台高耸入云。次写其形,像鹍鹏展翅一般。下边更多层次地描绘建筑之华美:招来了联翩的燕子穿梭其间;重檐之深,似成为寒雾夜宿之地;天花板上荷花盛开;台阶上锦绣满眼;栋梁上早梅含苞,总之,极尽其夸饰之能事。

全诗重在写物,但最后两句由物及人,于"备言雕饰刻镂之美"后,以颂圣语结韵。

【集说】阴子坚诗声调既亮,无齐、梁晦涩之习,而琢句抽思,务极新隽;寻常景物,亦必摇曳出之,务使穷态极妍,不肯直率。此种清思,更能运以亮笔,一洗玉台之陋,顿开沈(佺期)、宋(之问)之风;且觉比玉台则特妍,较沈、宋则尤媚。六朝不沦于晚唐者,全赖有此大雅君子,振起而维挽之;宜乎太白仰赞,少陵推许,榛涂之辟,此功不小也。(陈祚明《采菽堂古诗选》卷二十九)

诗至于陈,专攻琢句,古诗一线绝矣。少陵绝句云:"颇学阴、何苦用心。"又赠太白云:"李侯有佳句,往往似阴铿。"此特赏其句,非取其格也。(沈德潜《古诗源》卷十四)。

(张采薇)

南朝部分卷

顾野王(519—581),字希冯,吴郡吴县(今江苏苏州)人。梁时任太学博士、王府记室参军,入陈,主修梁史,累迁黄门侍郎、光禄卿。通经史,精天文地理,工书画,对文字、训诂之学造诣尤深,今有《玉篇》传世,为我国文字训诂学的重要著作。

有所思⁽¹⁾

贱妾有所思⁽²⁾,良人久征戍⁽³⁾。笳鸣塞表城⁽⁴⁾,花开落芳树⁽⁵⁾。白登澄月色⁽⁶⁾,黄龙起烟雾⁽⁷⁾。还闻《雉子斑》⁽⁸⁾,非复长征赋⁽⁹⁾。

【注释】(1)本篇属《鼓吹曲辞》。《乐府诗集》:"《乐府解题》曰:古词言'有所思,乃在大海南。何用问遗君?双珠玳瑁簪。闻君有他心,烧之当风扬其灰。从今已往,勿复相思而与君绝'也。按《古今乐录》汉太乐食举第七曲亦用之,不知与此同否?若齐王融'如何有所思',梁刘绘'别离安可再',但言离思而已。宋何承天《有所思篇》曰:'有所思,思昔人,曾、闵二子善养亲。'则言生罹荼苦,哀慈亲之不得见也。" (2)贱妾:思妇的自谦之称。

(3)良人:对丈夫的尊称。 (4)笳:古代管乐的一种。汉时流行于塞北和西域一带,魏鼓吹乐中常用之。也称"胡笳"。表:外。 (5)芳树:花木。

(6)白登:山名。在今山西大同市东,山上有白登台。汉高祖七年(前200)匈奴曾围刘邦于此,七日乃解。澄:明净。此形容月光净如水。 (7)黄龙:城名。故地在今辽宁朝阳。东晋列国后燕主慕容宝以此为都;又冯跋称天王于黄龙,年号太平,晋义熙五年(409)建北燕,南朝宋称之为黄龙国。

(8)还闻:突然听到。还:(xuán 旋),立刻,突然。《雉子斑》:汉铙歌名,属《鼓吹曲辞》。《乐府诗集》:"《乐府解题》曰:'古词云"雉子高飞止,黄鹄飞之以千里,雄来飞,从雌视。"若梁简文帝"妒场时向陇",但咏雉而已。'宋何承天有《雉子游原泽篇》,则言避世之士,抗志清霄,视卿相功名犹冰炭之不相入也。"诗暗用诸意。 (9)非复:不再。赋:不歌而诵。此可解作"谈论"。

【今译】我独守空房,日夜有所想。丈夫久从军,戍边不还乡。胡笳起悲声,响彻塞外城。花木凋谢早,随风任飘零。大地溶月色,白登何明净。滚滚硝烟里,酣战黄龙城。突闻《雉子斑》,丈夫返家园。夫妻永相守,不再谈征战。

【点评】这首思妇诗,开头两句就点明了有所思的主题,即思念长期驻守在边关不归的丈夫。中间四句是对丈夫边塞生活的想象:胡笳悲鸣,花木早谢;夜晚在山中露营,月光明净如水;白日攻城激战,滚滚硝烟浓似雾。最后两句,是说主人公想得出神,似乎突然之间听到演奏《雉子斑》的音乐声,丈夫凯旋。诗人借《雉子斑》的传统内容,表达了自己的理想,"不复长征赋",则是对和平生活的向往和呼唤。

(王魁田)

南朝部分

卷

张正见

张正见(约527—581),字见赜,清河东武城(今山东武城)人。梁元帝时,官通直散骑侍郎、彭泽令,因战乱避于匡俗山。陈时,官至通直散骑侍郎。所作多游宴诗与拟古乐府,讲究声律对仗,辞藻华艳,近于"近体诗"。今存《张散骑集》。

战城南[1]

蓟北驰胡骑[2],城南接短兵[3]。云屯两阵合[4],剑聚七星明[5]。旗交无复影[6],角愤有余声[7]。战罢披军策[8],还嗟李少卿[9]。

【注释】(1)《战城南》是汉乐府旧题。汉古辞是一首哀悼阵亡战士,诅咒战争、徭役的民歌。它通过暴尸原野、乌鸦啄食的悲惨场面,揭示出战争的残酷性,进而发出民不聊生、"愿为忠臣安可得"的怨怒和警告。 (2)蓟北:古蓟县之北,治所在今北京市西南。这里是泛指北部边疆。胡骑:胡人骑兵。 (3)城南:城的南郊。接短兵:即短兵相接。 (4)云屯两阵合:这句意为,两阵交锋,尘嚣滚滚,战云凝聚在天空。屯:聚集。 (5)剑聚七星明:这句意为,两军刀枪剑戟,上下翻舞,有若七星交耀。聚:交合。 (6)旗交无复影:这句意为,旌旗遍野,遮天蔽日,相交处不见天日。交:交织。
(7)角:号角。愤:积,郁积而怒懑。 (8)战罢:战争结束。披:翻阅。
(9)还:依旧,依然。嗟:长叹。李少卿:即李陵,字少卿。汉武帝时投降匈奴。

【今译】蓟北边陲起战端,边城南郊接短兵。两阵相交战云凝,刀飞剑舞若星明。旌旗遍野蔽日光,角声怒懑漫长空。激战过后阅军册,长叹李陵丧名声。

【点评】张正见的这首《战城南》,借古题以抒情,淋漓尽致而又极为凝练浓缩地表现了战争的异常激烈残酷,以及对皇帝不惜苦战的愤懑不平之情。全诗结构谨严,形象生动,气势悲壮,语言简洁凝练。
开篇两句首先点出战场及战争的性质。诗行之中,虽无"侵略""抵抗"之类的字眼,但从战场之位置,及一个极富情感色彩的"驰"字,便可看出这是一场抵御异族入侵的正义战争。中间四句,即写两军之激战。诗人选用了云、剑、旗、角等具有代表性的事物,来描绘战场情景,造成一个宏大的战斗场面。并以屯、聚、交、愤等字眼形容之,便将激烈残酷的搏杀场面有声有色地描绘出来了。作者极力渲染这个战斗场面的声势,意在突出将士的奋勇及战争的惨烈。最后两句,借李陵战败投降匈奴的故事,表达自己的大无畏精神,为读者留下了深入思考的空间,含义颇深。

【集说】此诗以战争为题材,这在梁陈间宫体诗风靡诗坛的情况下,已属不易。其描绘的诗境,境界比较开阔,有一定的气势,还能注意变换描写的角度,从不同方面写出战争的激烈和悲壮,这一些,都是值得肯定的。(吴小平《汉魏晋南北朝隋诗鉴赏词典·战城南》)

(池万兴)

405

南朝部分

有所思⁽¹⁾

深闺久离别⁽²⁾，积怨转生愁⁽³⁾。徒思裂帛雁⁽⁴⁾，空上望归楼⁽⁵⁾。看花忆塞草⁽⁶⁾，对月想边秋⁽⁷⁾。相思日日度，泪脸年年流。

【注释】(1)本篇汉铙歌名，属乐府《鼓吹曲辞》。　(2)深闺：深深的闺房，此指代住在闺房里的妇女。　(3)积怨：心中充满了怨情。生愁：产生忧愁。　(4)徒思：空想。裂帛雁：带有绢书的大雁。　(5)空上：白白地上。(6)塞草：边塞的春草。　(7)边秋：边塞的秋天、边塞的仲秋。

【今译】少妇与夫分别久，满怀哀怨生新愁。空想飞来带信雁，白白登上望归楼。看见春花思塞草，对着明月思边秋。日日相思度时光，年年脸上泪水流。

【点评】本篇以委婉、缠绵、哀怨的语言，触景生情的意境，抒发了诗中女主人公相思的痛苦心情，塑造出了一个典型的思妇形象。

开头两句点明事由：因思妇与丈夫离别日久而产生哀怨，由哀怨又产生了新的忧愁。三、四两句是盼望丈夫的归来，所以她希望能够收到丈夫的来信，看丈夫什么时候才能回来。盼望来信落空了，她就天天登楼眺望，希望能看到他的归来，但还是落空了。五、六句是写她触景生情对丈夫的思念。看见春花，就想起塞边的春草，望月就想起边塞的仲秋。边塞，自然是丈夫的所在地，想起边塞的景物，自然是对丈夫的思念。最后两句是写她年年、月月相思的悲哀与痛苦。

【集说】东海徐隐忍在陈太建时，与名士十余人游宴赋诗，勒成卷轴，……其最多者，则推清河张见赜，然本集十四卷，诗赋间存，赋三首，又语致萧条，则散骑著作得称集者，恃有诗耳。史云，见赜诗尤善五言，篇中"蜀郡随金马，天津应玉衡""天路横秋水，星桥转夜流"，其著者也。夫陈隋诗格，风气开唐,五言声响,尤为近之,祖孙登《莲调》,刘删《泛宫亭湖》,全首唐律,固不足道。即阴、徐、江、沈,陈朝大手,其诗亦有类唐者。见赜年才适相兄弟,尧风鼓吹,或假途辙,憎者病其虽多奚为,喜者谓其声骨雄整,女以悦容,岂能自言美恶哉? 梁陈显晦,随俗善持,当时文士能若此者,即云寡过矣。
(张溥《汉魏六朝百三家集·张散骑集·题辞》)

(杜蔚蓝)

南朝部分

陈叔宝

陈叔宝(553—604),字元秀,世称陈后主,江陵(今湖北)人,陈宣帝嫡长子。太建十四年即位,在位八年,不理政事,日与妃嫔佞臣宴饮赋诗行乐。隋开皇九年灭陈,执至长安。今存诗不足百首,有《陈后主集》。

饮马长城窟行[1]

征马入他乡,山花此夜光[2]。离群嘶向影[3],因风屡动香[4]。月色含城暗[5],秋声杂塞长[6]。何以酬天子,马革报疆场[7]。

【注释】(1)郭茂倩《乐府诗集》"解题"说:"一曰《饮马行》。长城……下有泉窟,可以饮马。古辞云:'青青河畔草,绵绵思远道。'言征戍之客,至于长城而饮其马,妇人思念其勤劳,故作是曲也。"南朝诗人以此题专写长征征戍之苦。 (2)此句言山花在月光下依稀可见。 (3)嘶向影:即"向影嘶",倒置以协韵。 (4)因:凭。此句主语应是"山花"。 (5)含:犹言笼罩。 (6)杂:通"匝",绕。塞:边界,险要之处。 (7)马革:意谓马革裹尸,战死沙场。报:报效。

【今译】赶着战马进入边地他乡,山花儿在月夜泛着清光。失群孤马对着影子惊鸣,山花随风传来阵阵幽香。月色笼罩边城朦胧灰暗,秋风劲吹边塞声音凄凉。凭什么来酬答天子使命,不怕马革裹尸拼命疆场。

【点评】自汉乐府标帜于前,继之建安三曹、七子的借题歌咏,感伤羁戍的哀思便成为重要内容。倡导宫体文学的萧纲也以为诗歌应写些"胡雾连天,征旗拂日,时闻坞笛,遥听塞笳,或乡思凄然,或雄心喷薄"(《答张缵谢示集书》)。陈后主尤重音乐,君臣以绮艳轻薄之辞,歌咏"景阳宫井中物"(王世贞语,指张、孔二贵妃),又"遣宫女习北方箫鼓,谓之《代北》,酒酣则奏之"(《隋书·音乐志上》)。此诗即深宫歌酒、绮罗丛中模拟塞北的"流连哀思"。诗中描绘塞外秋夜,凄冷的月光吞噬了黝黑的边城,悄寂的关塞被不歇止的秋风围裹袭来。山花颤抖摇曳着清凉的月光,风吹草动夹杂着阵阵花香,不时地惊动失群的战马长鸣,划破漠漠寒空。从"离群"推测,这位单人匹马的军人离开部队,大概要独自完成什么军命。边城夜行,秋声塞耳,没有任何其他情绪,只想着马革裹尸,报效天子。这比起有实地感受的王褒同题诗中的"秋风鸣马首,薄暮欲如何",想象就显得有些轻松了。山花"动香"的点缀,清绮发越,文过其意,未脱江左旧习。"杂"是他喜用的动词,但往往流于费解。"嘶向影"较之作者的"惊风起嘶马"(《陇头》),露出别扭之态。全诗清劲疏越,以叙事单句领起,次句事、景双涉,过接自然。末二句以议论收束,中四句布景,已开唐人五律规模。有趣的是,萧纲、陈后主乐府拟想塞风塞笳的哀音,而北朝贵族、文士亦喜奏绮靡柔丽之调,南北诗风相互"辍彼清音,简兹累句"(《隋书·文学传论》),呈现自然而又必然的融合趋势,此诗本身就是其中一个信息。

【集说】陈后主五言,声尽入律,语尽绮靡。(许学夷《诗源辩体》)

(魏耕原)

409

南朝部分

雨雪曲⁽¹⁾

长城飞雪下,边关地籁吟⁽²⁾。濛濛九天暗⁽³⁾,霏霏千里深⁽⁴⁾。树冷月恒少,山雾日偏沉⁽⁵⁾。况听南归雁,切思胡笳音⁽⁶⁾。

【注释】(1)本篇是乐府《横吹曲辞》。 (2)地籁(lài):风吹孔穴发出的声音,此指风声。 (3)濛濛:迷茫、模糊不清。九天:极高的天空。 (4)霏霏:此处指雪下得很大的样子。 (5)日偏沉(chén):太阳偏西下落。(6)胡笳:古代北方民族管乐器,其音悲凉。

【今译】长城大雪飞,边关寒风吹。蒙蒙天空暗,大地积雪深。树木凋零月少见,雾罩群山日西沉。况且又听南归雁,入耳胡笳声声悲。

【点评】本篇通过对长城边塞大雪纷飞,寒风疾吹,天昏地暗,千里雪深,大雁南飞,树冻月冷,凄凉惨淡的景物的描写,抒发了诗人对边塞的怀念。

本篇凡八句,前六句全是写景。开头两句点明地点是长城,季节是大雪纷飞的严冬。三、四两句写天昏地暗,千里雪深。五、六两句写天寒地冻,树冻月冷,雾罩群山,日已西沉,惨淡凄凉的严冬景色。最后两句由听到南归的雁声与边地胡笳的强烈反差,更觉身处他乡、有家难归的凄凉和痛苦。

作者身为一国之主,沦为亡国之君,平时不思进取,热衷于腐化堕落的生活,如今能够掉转笔头,稍微顾及一下征人的苦乐,虽然缺乏激励人心的情志,也算是难能可贵了。

【集说】《采薇》诗曰:"昔我往矣,杨柳依依。今我来思,雨雪霏霏。"《穆天子传》曰:"天子游于黄室之丘,篷猎苹泽,天子乃休。日中大寒,北风雨雪,有冻人,天子作诗三章以哀之,曰:'我徂黄竹'是也。"《雨雪曲》盖取诸此。(《乐府诗集》卷二十四《雨雪·解题》)

汉武《李夫人歌》与《落叶哀蝉曲》，忧伤过于后代，而四夷威服。陈主词非绝淫，亡且忽焉，哀而不起者，在声音之间乎？非独篇章已也。诏命书铭，秋冬气多，即作者亦不自知日暮矣。（张溥《汉魏六朝百三家集·陈后主集·题辞》）

（杜蔚蓝）

长相思二首⁽¹⁾

(一)长相思，久相忆，关山征戍何时极⁽²⁾。望风云，绝音息。上林书不归⁽³⁾，回纹徒自织⁽⁴⁾。羞将别后面，还似初相识。(二)长相思，怨成悲。蝶萦草，树连丝，庭花飘散飞入帷。帷中看只影，对镜敛双眉。两见同望月⁽⁵⁾，两别共春时。

【注释】(1)长相思：乐府《杂曲歌辞》曲名。内容多写男女或友朋久别思念之情，故名。南朝和唐代诗人写此题者甚多，常以"长相思"三字开头，句式长短错落不一。 (2)关山：在宁夏南部。有大关山、小关山，大关山为六盘山高峰，小关山平行于六盘山之东，南延为崆峒山。又泛指关陇山川。如《木兰诗》："万里赴戎机，关山度若飞。"极：尽。 (3)上林书：上林：苑名。秦汉为皇帝狩猎的场所。《汉书·苏武传》："汉求武等。匈奴诡言武死。……教使者谓单于，言天子射上林中，得雁，足有系帛书，言武等在某泽中。"这里以上林书代指征夫的书信。 (4)回纹：即织锦回文。《晋书·窦滔妻苏氏传》："窦滔妻苏氏……善属文。滔，符坚时为秦州刺史，被徙流沙。苏氏思之，织锦为回文旋图诗以赠滔，宛转循环以读之，词甚凄婉。" (5)望月：即满月、圆月。

【今译】(一)长期地相思，久久地相念，远戍关山何时才回还。远望长空的风云，音信早已断。收不到征夫的家书，自织回文也枉然。羞于将别后憔悴的面容，当成初次相见的玉颜。(二)长期地思念，埋怨积成悲伤。草上的蝴蝶双双飞舞，柳条的新绿连绵不绝，庭院的落花飞入帷帐。帐里形只影单，镜

中愁锁眉头上。两人异地共望一圆月，面对春光离别生惆怅。

【点评】《长相思》写空闺念远，诗题与诗意完全一致。

第一首开头两句明写妇人思念丈夫，其情，时间既长，又是须臾排除不了的。为什么？原是丈夫被征戍边久久不归所致。四五两句谓不但久久不归，而且音信全无。下二句再进一层，既然征夫"绝音息"，那么即令自己织锦回文，但也无寄处，这就从而更深化了女主人公的思念之情，使人从中体会到思妇为"久别离"所煎熬的情态。最后两句从思妇的"朱颜改"进一步抒写相思之苦、相思之悲，用笔曲折而情更沉痛。

第二首，看似又隔了长长一段时间，所以相思之情由怨而悲，发展了一步。加之眼前又是一个春暖花开季节，到处蝴蝶翩翩，芳草青青，树木抽出嫩绿的新枝，庭院到处飘着花香。这几句景物描写，反衬有力，愈使思妇感到形单影只，愁眉难展。最后两句"两见同望月，两别共春时"以景语结韵，笔意婉曲。现在两人异地相隔，能够共同看到的，只有一轮圆月，能够共同体味的只有春日离别之情。这里不但表达了思妇的心理，而且兼及丈夫的情态，更显其情笃意深。望月，即圆月、满月，月圆花好这是夫妻团聚的象征，诗中说"两见""同望月"，当然也还有希望很快团聚的意思，所以这个结尾，确是含义丰富，耐人寻味。

两首诗有三言、五言、七言，句式长短差参，错落变化，既便于抒情，又易于上口。

（张采薇）

徐陵

徐陵（507—583），字孝穆，东海郯（今山东郯城）人。梁时官至东宫学士，入陈，历任尚书左仆射、太子少傅等职，朝廷重要文书皆出其手。诗文为当代所宗，与庾信齐名，时称"徐庾体"，为当时"宫体诗"重要作家。曾编辑《玉台新咏》十卷。明人辑有《徐孝穆集》。

出自蓟北门行⁽¹⁾

蓟北聊长望，黄昏心独愁。燕山对古刹⁽²⁾，代郡隐城楼⁽³⁾。屡战桥恒断⁽⁴⁾，长冰堑不流⁽⁵⁾。天云如蛇阵，汉月带胡愁。渍土泥函谷⁽⁶⁾，按绳缚凉州⁽⁷⁾。平生燕颔相⁽⁸⁾，会自得封侯。

【注释】（1）本篇属《杂曲歌辞》。《乐府诗集》："魏曹植《艳歌行》曰：'出自蓟北门，遥望胡地桑。枝枝自相值，叶叶自相当。'《乐府解题》曰：'《出自蓟北门行》，其致与《从军行》同，而兼言燕蓟风物，及突骑勇悍之状。若鲍照云《羽檄起边亭》，备叙征战苦辛之意。'《通典》曰：'燕本秦上谷郡，

蓟即渔阳郡,皆在辽西。'《汉书》曰:'蓟,故燕国也。'"蓟:古地名,在今北京城西南角。周封尧后于此,后为燕国国都。　(2)燕山:山名。自河北蓟县东南蜿蜒而东,直至海滨,绵延数百里。　(3)代郡:郡名。我国古代先后有两个代郡:一为秦汉时置,治所先在代县(今蔚县西南),后移至高柳(今高阳西南),辖境相当今河北怀安、蔚县以西,山西高阳、浑源以东内、外长城间地,和长城外的东洋河流城。西晋末废。一为北魏置,治所在平城(今大同北),辖地相当今山西外长城以南的大同市、左云县地。北齐废。此当指前者。　(4)恒:长久,经常。　(5)堑:护城河,壕沟。　(6)渍(zì):浸泡。(7)挼(ruó):"挪"的异体字。两手相搓。凉州:西汉置,辖境相当今甘肃、宁夏和青海湟水流域、内蒙古纳林河、穆林河流域。治所东汉时在陇县(今甘肃清水县北),三国魏时移至姑臧(今甘肃武威)。　(8)燕颔相:"燕颔虎颈"的略称。古代形容王侯的贵相。《后汉书·班超传》:"相者指曰:'生燕颔虎颈,飞而食肉,此万里侯相也。'"

【今译】面向蓟北地,久望心潮涌。黄昏笼四野,内心忧无穷。莽莽燕山巅,独对古刹烟。代郡城楼影,隐蔽不得见。连年争战苦,桥断久不修。塞北冰封地,城河水不流。天际云如阵,蜿蜒如蛇游。夜空汉时月,尚带胡地愁。恨不浸山土,固封函谷关。搓绳缚凉州,牢牢作屏藩。燕颔虎颈相,壮志平生酬。一朝功业建,自当封王侯。

【点评】诗从眼前风土写起,地下天上,历史现在,自然景观和战争创伤,次第分明、错落有致,最后收以封疆固土,壮志定酬的向往,体现了诗人不平凡的抱负和品格,读来令人感佩。对作者世人多以宫体诗人赞之,而忽略了其描写北方边塞的诗篇,读了此篇,当可帮助我们了解徐陵诗作的另一面。

【集说】自有陈创业,文檄军书及禅授诏策,皆陵所制,而《九锡》尤美。为一代文宗,亦不以此矜物,未尝诋诃作者。其于后进之徒,接引无倦。世祖、高宗之世,国家有大手笔,皆陵草之。其文颇变旧体,缉裁巧密,多有新意。每一文出手,好事者已传写成诵,遂被之华夷,家藏其本。后逢丧乱,多散失,存者三十卷。(姚思廉《陈书·徐陵传》)

徐陵之作,如鱼油龙鬣,列壤明霞,辉耀丰茸之采溢目,非顿载之室,讵得见此。(《竹林诗评》)

评徐诗者云,如鱼油龙鬣,列壤明霞,比拟文字,形象亦然。乃余读其劝进元帝表,与代贞阳侯数书,感慨兴亡,声泪并发,至羁旅篇牍,亲朋报章。苏李悲歌,犹见遗则,代马越鸟,能不凄然。……历观骈体,前有江任,后有庾徐,皆以生气见高,遂称俊物,他家学步寿陵,菁华先竭,犹责细腰以善舞,余窃忧其饿死也。(张溥《汉魏六朝百三家集题辞·徐仆射集》)

其诗淫靡绮艳,为"宫体诗"的重要作者。较好的是描写边塞的《关山月》《出自蓟北门行》等数首,语言简洁,颇近唐人作品。(《中国文学家辞典》)

他是著名的宫体诗人,但也写过一些具有北方边塞情调的诗篇;他的诗语言简洁,近于唐人的律诗,在推动诗体的发展上有一定作用。(北京大学《魏晋南北朝文学史参考资料》)

《出自蓟北门行》写征人建功立业的愿望。(同上)

全诗以慷慨悲凉起,以慷慨激昂终,在齐梁时期众多的须眉气少、脂粉味多的篇什中,此诗可算难得的一首佳作。(《先秦两汉魏晋南北朝诗歌鉴赏辞典》鲁同群《出自蓟北门行》)

（王魁田）

关山月[1]

关山三五月[2],客子忆秦川[3]。思妇高楼上[4],当窗应未眠[5]。星旗映疏勒[6],云阵上祁连[7]。战气今如此[8],从军复几年?

【注释】(1)本篇属《汉横吹曲》。《乐府诗集》:"《乐府解题》曰:'《关山月》,伤离别也。古《木兰诗》曰:万里赴戎机,关山度若飞。朔气传金柝,寒光照铁衣。'按《相合曲》有《度关山》,亦类此也。" (2)关山:本泛指关隘和山川,这里指征人居住的边塞之地。三五月:即每月十五的月亮。 (3)客子:此指从军在外的征人。秦川:泛指今陕西、甘肃秦岭以北的平原地带,号

称八百里秦川。　　(4)思妇:此指征人家中的妻子。　　(5)当:对着;向着。 (6)星旗:即"旗星",星名。《史记·天官书》:"东宫苍龙,……东北曲十二星曰旗。"古人认为此星是象征战争的。疏勒:西域古国名。在今新疆维吾尔自治区喀什地区。　　(7)云阵:即"阵云"。指战地的烟云。祁连:山名。此指今新疆境内的天山。　　(8)战气:战争的气氛。

【今译】关山重迭嶂,十五月儿圆。遥忆秦川家,征人心如煎。思妇年正少,望月上高楼。对窗思夫婿,不眠梦难留。旗星出天边,映照疏勒川。兵阵如烟云,蜿蜒上祁连。战火迫在眉睫,一触而即燃。名字在军籍,尚得几年还?

【点评】此诗以边塞十五的圆月为衬托,写出征人思念妻子,月圆而人难圆的痛苦心境。自己思念妻子,是通过想象妻子正在思念自己来体现的。团聚是理想,而一触即发的战事又是不可逆转的现实。理想与现实的强烈反差,构成尖锐矛盾,这种矛盾目前是无法解决的,所以只能寄希望于未来。"从军复几年"就隐约地透露出这种希望,希望是强烈的,但同时又是渺茫和遥远的。该诗耐人咀嚼和令人回味无穷的力量也许正在于此!

【集说】本篇写关山客子的室家之思。(余冠英《汉魏六朝诗选》)

这首诗是用汉代乐府古题吟咏汉代故事,从征夫的角度表达征夫与思妇的思念之情。完全是一种模拟之作,内容没什么可取,但在改变宫体诗方面有些作用。(邓魁英等《汉魏南北朝诗选注》)

他的五言诗,在形式上都清丽整密,更接近唐人五律所要求的艺术风格;他的《关山月二首》和李白的《关山月》,在取材和用意上颇有类似之处。(胡国瑞《魏晋南北朝文学史》)

(王魁田)

江总

江总(519—594),字总持,济阳考城(今河南兰考)人。在梁朝任尚书右仆射。在陈为尚书令,但不理政务,每天与后主及其他侍臣游玩宴饮,制作艳诗,号称"狎客"。入隋后,官至上开府。开皇中卒。有辑本《江令君集》。

闺怨篇

寂寂青楼大道边,纷纷白雪绮窗前[1]。池上鸳鸯不独自,帐中苏合还空然[2]。屏风有意障明月,灯火无情照独眠。辽西水冻春应少,蓟北鸿来路几千[3]。愿君关山及早度,照妾桃李片时妍[4]。

【注释】(1)青楼:原指贵妇所居,这里是泛指闺房。绮窗:即结绮窗,用绮罗编制为连线形状的窗子。这两句是写少妇站在青楼上的绮窗前,顺着行人大道向外瞻望,只见纷纷白雪,不见行人到来。 (2)苏合:苏合香。然:同"燃"。这两句是说,池上的鸳鸯是不分离的,而我却在帐中焚香独坐。

南朝部分

(3)辽西：秦置郡名，郡治在今辽宁省锦州市西北，辖境包括今辽宁西部和河北东北部一带地区。蓟：郡名，郡治在今北京市附近。鸿：雁，指信息。这两句是写少妇想象丈夫身在辽西蓟北一带，气候寒冷，道路遥远，音信传送很不容易到达。　　(4)桃李：指容色，青春。这两句是说，希望你早一点度过关山回到家里，和我共度这短暂的青春。

【今译】闺房寂寥静无息，濒临大道冷凄凄；少妇倚窗望大道，不见行人白雪飞。池中鸳鸯双嬉水，两两成对不孤栖；帐中苏合空自燃，思妇独自守空闺。屏风犹能解人意，遮月闭光减愁思；无情孤灯自闪烁，火光炎炎照孤息。辽西战场冰雪封，严冬漫长春应迟；蓟北路遥几千里，音讯通达谈何易。盼君早将关山归，风驰电掣回家里；美人青春如桃李，与君度此艳丽时。

【点评】这是一首写闺中少妇思念远征丈夫的诗，表现了一种离别独处的哀怨之情。前六句是对少妇生活的环境和周围自然景物的描写。一二句点明环境、气氛、景物、季节。"寂寂"统摄全篇，渲染出环境的冷落、气氛的孤凄。这六句诗由远及近地描写了青楼、白雪、鸳鸯、苏合、屏风、灯火等少妇生活的环境及一系列景物，并通过这些景物的描写来烘托环境气氛，而对少妇伤离念远的愁绪并不着墨，但少妇孤居独处的凄凉，思夫的迫切之情，则不言自明。诗能引景入情，情从景生，于无墨处见深情。"辽西"二句，是少妇的悬想之辞。结尾二句是少妇的盼归之情。末句"照妾桃李片时妍"是写盼望丈夫早归之因，亦是诗的主旨所在。

诗全用七言，出于自然，属对工稳，律体齐整，开唐代七律之先河。

【集说】前六，点地点时，先就闺人摹写其冬夜空房独宿，触物伤心苦景。中二，则念彼边应亦苦寒，音信何偏稀少。后二，以早归慰我，就彼边收合己边。"片时妍"说得危辣。友人卞近村云：此种七言，专工对仗，已开唐人排律之体。良然。（张玉毂《古诗赏析》）

竟似唐律。稍降则为填词矣。（沈德潜《古诗源》卷十四）

（池万兴）

杂　曲⁽¹⁾

行行春径蘼芜绿⁽²⁾，织素那复解琴心⁽³⁾。乍惬南阶悲绿草⁽⁴⁾，谁堪东陌怨黄金⁽⁵⁾。红颜素月俱三五⁽⁶⁾，夫婿何在今追虏⁽⁷⁾。关山陇月春雪冰⁽⁸⁾，谁见人啼花照户⁽⁹⁾。

【注释】(1)本篇属《杂曲歌辞》。《乐府诗集》："杂曲者，历代有之，或心志之所存，或情思之所感，或宴游欢乐之所发，或忧愁愤怨之所兴，或叙离别悲伤之怀，或言征战行役之苦，或缘于佛老，或出自夷虏。兼收备载，故总谓之杂曲。"《乐府诗集》录江总《杂曲》三首，此是第一首。　(2)行行：暗用《古诗十九首》"行行重行行，与君生别离"之意，指丈夫从军远行，与丈夫别离的时节。春径：春天的小路。径：小路。蘼芜：草名。亦名"蕲茝""江蓠"。这里借指春草。　(3)织素：织白绢。古诗《上山采蘼芜》云："上山采蘼芜，下山逢故夫……新人工织缣，故人工织素。"思妇借此以"织素"的"故人"自比。琴心：以琴声传情达意。《史记·司马相如列传》说卓文君新寡，司马相如以琴挑之，卓文君解其意而与之私奔。"那复解琴心"，即不会接受别人挑逗之意，曲折地表达了对丈夫忠贞不移的爱情。　(4)乍惬(qiè)：刚舒畅些。悲绿草：见草绿而悲伤。因草变绿是丈夫走的时节。　(5)谁堪：谁能忍受。黄金：借指初春杨柳新叶的淡黄色，又称"鹅黄"。　(6)俱三五：此指人在十五正年少，月在十五亮又圆。都在最美好的时节。　(7)追虏：追杀敌人。虏，对敌人的蔑称。　(8)关山：泛指关隘山川，此借指边塞。陇月：陇山上空的月亮。陇山，在今陕西陇县至甘肃平凉一带。　(9)花照户：春花盛开，映照门户。

【今译】走时芳草天涯路，与君相别泪直倾。糟糠之妻恋夫婿，哪解他人挑逗情。愁绪刚消心稍畅，草绿南阶引悲伤。谁堪杨柳舞鹅黄，怨煞东陌又春光。人当十五年正少，月当十五圆又亮。望月思夫夫何在？边疆追敌惩豺狼。夫在边关望陇月，冰雪相伴少春光。春花映户夫不见，谁知终日泪沾裳。

南朝部分

【点评】这首思妇春怨诗,全从丈夫设想的角度写来。丈夫在边关思念妻子,而设想家中的妻子思念自己时的情景。诗因景生情,由情及景,感月伤己,由己及夫,又由夫而思己,写得情深意曲,极尽委婉含蓄之致。但伤于用典,文人雕琢之迹甚明,已失乐府通俗畅晓之旨。

【集说】总笃行义,宽和温裕。好学,能属文,于五言、七言尤善,然伤于浮艳,故为后主所爱幸。多有侧篇,好事者相传讽玩,于今不绝。后主之世,总当权宰,不持政务,但日与后主游宴后庭,共陈暄、孔范、王瑳等十余人,当时谓之狎客。由是国政日颓,纲纪不立,有言之者辄以罪斥之,君臣昏乱,以至于灭。(姚思廉《陈书·江总传》)

总持、孝穆并以浮艳称,而徐之公忠謇谔,正色立朝,视江不啻薰莸矣。(胡应麟《诗薮》)

齐梁以来,华虚成风,士大夫轻君臣而工文墨,高谈法王,脱略名节,鸡足鹜头,适为朝秦暮楚者地耳。梁有江总,隋有裴矩,后唐有冯道,三人皆醮妇所羞也。(张溥《汉魏六朝百三家集题辞》)

本篇写思妇春愁。(北京大学《魏晋南北朝文学史参考资料》)

江总以执政大臣,不恤国事,一味以诗文为统治者宫廷淫乐助兴,终致国家灭亡,实是文人最卑鄙的典型。他的诗文都轻艳无实,惟七言歌行较多,其中《宛转歌》篇幅之长,更是前所未有,显示了七言歌行体的进一步发展兴盛。(胡国瑞《魏晋南北朝文学史》)

(王魁田)

谢燮

谢燮,生卒年不详。南朝陈人。陈宣帝太建十二年(580),所司荐为吏部侍郎。今存诗五首。

明月子[1]

杪秋之遥夜[2],明月照高楼。登楼一回望[3],望见东陌头[4]。故人眇千里[5],言别历九秋[6]。相思不相见,望望空离忧[7]。

【注释】(1)本篇属《杂曲歌辞》。 (2)杪(miǎo):树的末梢。引申为年月季节的末尾。遥夜:长夜。 (3)回望:回头远眺。 (4)陌头:小路上。(5)眇:通"渺"。辽远;高远。 (6)九秋:指秋季的九十天。 (7)望望:望了又望。离忧:遭受忧伤。离:通"罹",遭受。

【今译】秋末天高秋夜长,月照高楼晚风凉。登楼回首一相望,望到东边小路上。老友一别千里遥,整个秋天日夜想。相思不能就相见,望了又望空

忧伤。

【点评】这首思念故友的诗，以秋末的月夜为背景，以望字为诗眼，构成一幅秋夜月下望友图。月下登楼远望，望见昔日送别朋友的小路，想起远在千里之外的朋友，算来与老友已分别了整整一个秋季——九十天，没有一天不想念的。因思念而登高远望，明知望不见还要望了又望，真是情真意切，活画出思念友人的九曲回肠。

（王魁田）

苏子卿

苏子卿,生卒行事不详,南朝陈代人。《乐府诗集》卷十六《朱鹭》同题中,把他编在陈后主、张正见后面。今存诗五首。

朱 鹭[1]

玉山一朱鹭[2],容与入王畿[3]。欲向天池饮[4],还绕上林飞[5]。金堤晒羽翮[6],丹水浴毛衣[7]。非贪荥下食[8],怀恩自远归。

【注释】(1)朱鹭:鸟名,长嘴短足,羽毛白,略带淡红,故又名红鹤。《乐府诗集》列入《汉铙歌》。传说战国楚威王时曾有朱鹭合沓飞舞。杨慎《升庵诗话》卷六十一说:"古乐府有《朱鹭曲》,解云:'因饰鼓以鹭而名曲焉。'又云:'朱鹭咒鼓,飞于云末。'徐陵诗有'枭钟鹭鼓'之句……用此事。盖鹭色本白,汉初有朱鹭之瑞,故以鹭形饰鼓,又以朱鹭名《鼓吹曲》也。"乐府古辞即写装饰朱鹭衔鱼的图案的鼓,这种鼓直到隋朝还有(《隋书·乐志》)。(2)玉山:《山海经·西山经》:"玉山,是西王母所居也。"有人说在昆仑山的西

麓。 (3)容与:安逸自得的样子。畿(jī):京城管辖的地区。 (4)天池:寓言中所说的南海。《庄子·逍遥游》:"南冥者,天池也。" (5)上林:南朝宋大明三年筑,初名西苑,梁改为上林。地在南京以南江宁县鸡笼山东。 (6)金堤:言堤坚固如金。翮(hé):鸟的翅膀。 (7)丹水:与"金堤"为对文,非实指。朱鹭浴水,红羽映水,故称丹水。毛衣:鸟的羽毛。 (8)葭(jiā):芦苇。

【今译】玉山上有个鸟儿叫朱鹭,翩翩翱翔飞入京都辖地。将到遥远的天池去饮水,暂且旋绕王家的苑林飞翔。坚固的池堤上晾晒羽翅,红色的池水里浮游浴洗。不贪恋芦苇之下的食物,抱恩怀思将从远方来归。

【点评】汉乐府里有好几首寓言体歌辞,生动别致的题材,极为活泼的想象,具有出人意料的新颖。如《蜨蝶行》以蝶的视觉、口吻说自己被燕子捉去将作为食物而挟入深宫斗拱中,看到小燕子"摇头鼓翼"。《枯鱼过河泣》写离开河而枯死的鱼写信告诫伙伴不要轻离所居。民间文学跳脱新鲜的生命力,给文人创作开辟了一片绿洲。《乐府诗集》收录的南朝文人的几首《朱鹭》,就是其中一个例子。苏子卿这首说朱鹭栖于神仙居住的"玉山",原本非为凡鸟,千里"容与",志在南海。"天池"指明意趣高远,不是汲汲于谋求稻粱者所可比拟。路经王畿,暂绕飞皇家苑林,浴晒于金堤、丹水之间,并不是贪图池边芦苇丛下的食物,而是对皇帝恩德心怀不忘,而自远方来归。汉初以朱鹭为祥瑞之鸟,曾给"礼遇",故此处说"怀恩"。这首咏物诗,用第三者赞美口气,托物言志,以鹭自比。说自己志存远大,不孜孜于一官半职,非猎求"上林""葭下食"。其所以仍复出入于王都魏阙,那是王恩浩荡,施泽广远,感动不能自已,因而从故居来归,效命王室。全诗通体为喻,与朱鹭相关的几个地方,也指喻显明。作者以朱鹭自比,表明了具有与一般士人有别的超凡脱俗的襟度。究其实质是六朝人身居其位而又不以事功为念的流行观念的反映,无多新鲜。不过写来无一闲笔、懈笔,丝丝入扣,把认为所谓超脱的意识,借着鸟儿,说得委曲从心,不即不离,物我两得,相映生趣,所以读来颇有点意味。

【集说】以鸟喻人,从《诗经·豳风·鸱鸮》等诗以后,是诗人们常用的表现手法。这一首写朱鹭,竟辞去了神仙所居的玉山,来到王畿。本在天池饮水,却绕上林而飞;本在丹水里洗浴,却到上林的金堤上晒羽毛。说它不为贪食,而是怀念君恩而来的。思君爱国,一片丹心。侯景乱后,陈朝划江而守,国力单薄,但是它的臣子,仍愿归向王家。诗也写得很简洁动人。(孙玄常《汉魏晋南北朝隋诗鉴赏词典·朱鹭》)

(魏耕原)

南朝部分

伏知道

伏知道,平昌安丘(今山东安丘)人,生卒年不详,系梁武康令伏挺的侄子。在陈朝任南徐州镇北将军长史。除写《从军五更转》五首乐府诗外,还有两首五言诗和为人代笔的一封书信传世。

从军五更转五首

㈠一更刁斗鸣⁽¹⁾,校尉逻连城⁽²⁾。遥闻射雕骑⁽³⁾,悬悒将军名⁽⁴⁾。㈡二更愁未央⁽⁵⁾,高城寒夜长。试将弓学月⁽⁶⁾,聊持剑比霜⁽⁷⁾。㈢三更夜警新⁽⁸⁾,横吹独吟春⁽⁹⁾。强听梅花落,⁽¹⁰⁾误忆柳园人⁽¹¹⁾。㈣四更星汉低⁽¹²⁾,落月与云齐。依稀北风里⁽¹³⁾,胡笳杂马嘶⁽¹⁴⁾。㈤五更催送筹⁽¹⁵⁾,晓色映山头⁽¹⁶⁾。城乌初起堞⁽¹⁷⁾,更人悄下楼⁽¹⁸⁾。

【注释】(1)一更:古代以今天的 19～21 时为一更,为夜禁的开始。刁斗:行军用具,可盛一斗,以铜为之;白天做饭,晚上敲击以惊众报时。

（2）校尉:武官职务名称。逴(chuō):远。连城:地名,北魏置,在今安徽灵璧西南。　(3)射雕:指善射的人。骑:骑手。　(4)悬惮:提心吊胆地害怕。将军名:暗用汉武帝时飞将军李广的故事。《史记·李将军列传》称:李广遇匈奴射雕者三人,射死两个,活捉一个。后来李广任右北平(郡治在今辽宁凌源市西南)太守,匈奴闻之,号曰汉之飞将军,避之数岁,不敢入右北平地界。　(5)未央:未尽,未已。古代以今天的21~23点为二更。　(6)弓学月:把弓拉成圆月形,暗示时令在月之十五日。　(7)剑比霜:意谓剑锋犀利,泛着白光,如霜之色。　(8)三更:为今之23~1点。夜警新:用新的办法报警。

（9）横吹:亦谓之鼓吹,是一种军中之乐。吟:唱。　(10)梅花落:横吹曲名。顾名思义,梅花飘落时,乃是春天的象征。　(11)柳园:或为作者故里的景色。梁简文帝《伤离诗》有"柳影长横路,槐枝深隐人"之句,柳园人可能亦是反映一种离情别绪。　(12)四更:今之1~3时。星汉:天河。　(13)依稀:隐隐约约。　(14)胡笳:乐器名,胡人所用。嘶:叫声。　(15)五更:今之3~5时。筹:记事清单。　(16)晓色:清晨景色。　(17)堞(dié):城上如齿状的矮墙,亦称女墙。　(18)更人:指值夜班打更的人。

【今译】㈠一更里来要戒严,敲击刁斗声震天。校尉率兵去远征,夜晚驻扎到连城。早闻胡人善骑射,射雕技艺尤卓越。后听汉朝飞将军,立被英名吓掉魂。㈡二更里来月当空,愁思郁结闷心中。巡逻放哨高城上,寒气袭人夜正长。试把弯弓拉成圆,月圆人却不团圆。抽出利剑白光闪,白光闪闪如霜寒。㈢三更里来刁斗停,变换花样算报警。《横吹》之曲唱春暖,曲曲要人忘酷寒。梅花落啊是春天,扭曲现实心中烦。听着听着走了神,忽忆柳园多情人。㈣四更里来云涌起,天河横斜已低垂。团团明月向西沉,落月行将钻入云。北风凛冽阵阵吹,仿佛传来胡笳音。夹杂战马嘶叫声,显示不远有敌情。㈤五更里来天将亮,催送簿记查情况。拂晓色调自不同,遥看山头少朦胧。城上乌鸦初展翅,离开女墙高飞去。熬夜打更喜平安,走下城楼去交班。

【点评】作者运用旧曲,谱上新词,声韵流转,内涵丰富,不仅没有沉溺于

歌舞声色之中,反而还有着金戈铁马的余响。虽然还说不上是时代的最强音,也称得上是凤之毛、麟之角了。

南朝文人创作的乐府诗,着眼于情呀爱呀的居多,往往不大顾念天下分崩离析的严峻现实。《从军五更转》却一反统治阶级苟且偷安的心态,落笔伊始就别开生面,歌唱进军,歌唱民族英雄李广。"遥闻射雕骑,悬惮将军名",确能大长自己的军威民气,鼓舞人们战无不胜、攻无不克的顽强斗志。到了四更天,又特别指出:"依稀北风里,胡笳杂马嘶",是要人们时刻提高警惕,知道天下并不太平,统一大业尚未实现,绝不可高枕无忧,而应该警钟长鸣。

作者虽然也写战士的离愁别绪,但是含而不露,颇有分寸。如"试将弓学月"一语,当然是战备的需要,可是也表明正是农历十五的月圆时刻,否则就没有必要拉弓去学了。正因打更的战士由月圆联想到自己不能与家人团圆的分离之苦,才隐伏了下节听《梅花落》所汇成的意境,激发出"误忆柳园人"这层似乎不应有的波澜。"误忆"二字,就含有批评和自责的成分。大敌当前,重任在肩,是不容让感情的野马恣意奔腾。非常值得品味!

伏知道的《五更转》语言清新,立意优美,对后人曾产生过一定的影响。如唐代诗人王维《从军行》中的"笳鸣马嘶乱",李白《从军行》中的"笛奏梅花曲,刀开明月环",我们不难找出他们之间的承传关系。

【集说】《乐苑》曰:"《五更转》,商调曲。"按伏知道已有《从军辞》,则《五更转》盖陈以前曲也。(郭茂倩《乐府诗集》卷三十三《从军五更转·解题》)

陈伏知道《从军五更转》,隋炀帝效之,作《龙舟五更转》。(梅鼎祚《古乐苑衍录》卷三引《升庵集》)

(张秀贞)

江晖

江晖，陈朝人，生平事迹无考。今存诗二首。

雨雪曲⁽¹⁾

边城风雪至，客子自心悲⁽²⁾！风哀笳弄断⁽³⁾，雪暗马行迟⁽⁴⁾！轻生本为国⁽⁵⁾，重气不关私⁽⁶⁾。恐君犹不信，抚剑一扬眉⁽⁷⁾！

【注释】(1)本篇属《横吹曲辞》，载《乐府诗集》卷二十四。 (2)自：始。(3)笳弄断：吹笳的声音中止了。笳：古管乐器名。流行于西域一带。弄：吹弄。 (4)迟：慢。 (5)轻生：不重视生命。此可解作"不怕牺牲"。(6)重气：重视义气。 (7)扬眉：得意的神色。

【今译】风雪飞扬来到边城，旅居异乡的人见此啊，心中始发悲声！风声呼啸似在哭泣，它掩盖了胡笳声。雪大风急，天昏地暗，马在雪中跋涉，行步迟迟！不惧牺牲从军本为报国，重视义气不关私情。我的话语君如不信，那

南朝部分

么,请看我按剑扬眉的神色,它会告诉你我的精诚!

【点评】这首《雨雪曲》的格调高亢、昂扬,表现了一个不怕牺牲、不为私利而决心报国的志士的内心世界和精神风采。将这类诗与同时代上层统治者的"宫体诗"对照起来读,可以使我们认识到,真正的民族精神,往往蕴藏在下层民众之中。

【集说】《采薇》诗曰:"昔我往矣,杨柳依依;今我来思,雨雪霏霏。"《穆天子传》曰:"天子游于黄室之丘,筮猎苹泽,天子乃休。日中大寒,北风雨雪,有冻人,天子作诗三章以哀之,曰:'我徂黄竹'是也。"《雨雪曲》盖取诸此。(《乐府诗集》卷二十四陈后主《雨雪·解题》)

(王魁田)

南朝乐府民歌

子夜歌[(1)]

落日出前门[(2)]，瞻瞩见子度[(3)]。冶容多姿鬓[(4)]，芳香已盈路。　　芳是香所为[(5)]，冶容不敢当。天不夺人愿，故使侬见郎[(6)]！

【注释】(1)《子夜歌》,《乐府诗集》卷四十四收入《清商曲辞·吴声歌曲》,原四十二首。《唐书·乐志》曰:"《子夜歌》者,晋曲也。晋有女子名子夜,造此声,声过哀苦。"今按《子夜歌》多写男女幽会之词。取名《子夜》者,子居十二地支之首,在时间上正值夜半。《子夜歌》是南朝时流行在长江下游的民歌,多是以女性口吻歌唱的恋歌。　(2)落日出前门,一作"落日出门前"。　(3)瞻瞩:相看、打量的意思;子:你,此男称女之词;度:同踱,过路。(4)冶容:《易·系辞》:"冶容诲淫。"意为过于修饰自己的容貌。此处谓对方妩媚多姿,褒而无贬。　(5)芳,指香气;香,指香料。此句言香气由香料散播,非我自生,故未足挂齿。　(6)侬,第一人称代名词,吴人自称为"侬"。后二句是女方向所欢致意。

【今译】太阳落山出前门,见你走过堪景仰。仪容漂亮有风度,路上满处是芳香。　　芬芳那是香料味,仪容漂亮不敢当。苍天成全人心意,才使我遇多情郎。

【点评】在《子夜歌》中,"落日出前门",与"芳是香所为"为二首,但仔细读起来,这二首是一组男女赠答的歌诗。

"落日出前门"为男赠之辞。开篇二句交代了男女相见的特定环境。在日落傍晚的门前路上,男子见到一位妩媚多姿的女子,便倾心钟情,赠歌赞美。"芳是香所为"为女答之辞。女子羞怯地以歌自谦,并向男子表示获得爱情的荣幸。天赐良缘,"使侬见郎",使人感到感情的真纯笃挚。这种男女赠答的风气,在南方地区广泛出现,充分反映了民间乐歌的特点。

> 始欲识郎时,两心望如一⁽¹⁾。理丝入残机⁽²⁾,何悟不成匹⁽³⁾!

【注释】(1)这句话指希望爱情专一,两颗心像一颗心一样。　(2)丝:和"思"谐音。这里"理丝",也指"相思",意思双关。残机:残破的织机。(3)悟:明白。匹:除了"匹段"的意思外,还有"匹配"的意思。

【今译】开始认识情郎时,希望两心合为一。丝线理好织机坏,怎能料到不成匹。

【点评】这首民歌表达的是一个女子失恋后的内心痛苦。前二句采用直叙方法,述说她们开始相爱时,希望两颗心像一颗心一样。后二句采用双关隐语,用"把理好的丝放在残破的织机上,哪里想到这是不能织成布匹的"这句话,来隐喻两人相爱却难以成为配偶。双关语中又运用双关词,末句"匹"字双关"布匹"和"匹配"。这种双关语的采用,使诗歌富于想象,而且形象生动。

> 夜长不得眠,明月何灼灼⁽¹⁾。想闻散⁽²⁾唤声,虚应空中诺⁽³⁾。

【注释】灼（zhuó）灼：明亮的样子。　（2）想闻：想象中仿佛听到。"散"：疑是"欢"字形误。　（3）虚应：空答应（因为没有人呼唤她）。诺：答应的声音。

【今译】长夜漫漫眼未合，满屋明月放光华。想听情郎唤我声，心迷竟然空应答。

【点评】一个少女因思念情人，辗转反侧而无法入眠。在苦苦思念爱人的长夜里，相思深久而着了迷，似乎听了情人的呼唤，便不由自主地对空自应。不仅写出了少女对爱情的诚笃，而且读起来也感到情真意切。特别是后二句，非常传神，并给人以真切悲凉之感。

高山种芙蓉(1)，复经黄檗坞(2)。果得一莲时(3)，流离婴辛苦(4)。

【注释】(1)芙蓉：荷。　(2)黄檗坞：黄檗（bò），落叶乔木，高三四丈。夏天黄色小花，秋结实如黄豆，可入药。茎内皮色黄，可作染料，亦可入药。坞，四面高中央凹下的地方。　(3)莲：双关语，谐"怜"（怜爱）。　(4)流离，此犹言辗转。婴：加。

【今译】高山顶上种莲藕，往来经过黄檗坞。莲子可爱果能收，还须反复受辛苦。

【点评】这首诗歌以黄檗（落叶乔木）心苦隐喻自己"辛苦"，要在高山上种荷（荷本不应种在高山上），就得从心苦的黄檗坞经过，即使真的能得到莲子（隐"怜子"），也不知费了多少周折，受了多少辛苦。意味得到情人的怜爱实在不易，其本意写得非常含蓄。

欢愁侬亦惨(1)，郎笑我便喜。不见连理树(2)，异根同条起。

【注释】(1)侬,第一人称代名词,吴人自称为"侬"。 (2)连理树,指两棵树的枝条连生在一起。比喻恩爱的夫妻。白居易《长恨歌》:"在天愿作比翼鸟,在地愿为连理枝。"

【今译】情郎忧愁我忧愁,情郎欢笑我欢笑。不见世上连理树,树根不同同枝条。

【点评】诗中的女主人公对"郎"是那样的诚挚、深情:"郎愁",她"亦惨";"郎笑",她"便喜"。用语很朴素,但抒情却极真挚细腻。特别是开头两句,充分体现了似质而实文,似浅而实深,似淡而实浓的特点。

【集说】《晋书·乐志》曰:吴歌杂曲,并出江南;东晋以来,稍有增广。其始皆徒歌,既而被之管弦。盖自永嘉渡江之后,下及梁陈,咸都建业,吴声歌曲,起于此也。(郭茂倩《乐志诗集》)

《子夜歌》者,女子名子夜造此声。孝武太元中,琅玡王轲之家,有鬼歌《子夜》,则子夜是此时以前人也。(房玄龄《晋书·乐志》)

《子夜》,晋曲也。晋有女子夜造此声,声过哀苦,晋日常有鬼歌之。(刘昀《旧唐书·乐志》)

若《子夜》《前溪》《欢闻》《团扇》等作,虽语极淫靡,而调存古质。至其用意之工,传情之婉,有唐人竭精殚力不能追步者。(胡应麟《诗薮·内编》卷六)

五言绝句始于二京,魏人间作,而极盛于晋宋间。如《子夜》《前溪》之类,纵横妙境,唐人模仿甚繁。然皆乐府体,非唐绝也。(同上)

五言绝发源《子夜歌》,别无谬巧,取其天然,二十字如弹丸脱手为妙。李白、王维、崔国辅各擅其胜,工者俱吻合乎此。(李玉洲《贞一斋诗说·诗谈杂录》七)

(杨生枝)

子夜四时歌⁽¹⁾

春　歌⁽²⁾

春林花多媚,春鸟意多哀⁽³⁾。春风复多情,吹我罗裳
开。　　自从别欢后⁽⁴⁾,叹音不绝响⁽⁵⁾。黄檗向春生⁽⁶⁾,
苦心随日长⁽⁷⁾。

【注释】(1)《子夜四时歌》是《子夜歌》的变曲。《乐府诗集》收《子夜四时歌》晋、宋辞七十五首。　　(2)《春歌》,见于《乐府诗集》的二十首。(3)多哀:动人的意思。　　(4)欢:爱人。　　(5)叹音,指叹息的声音。(6)黄檗(bò):俗称黄柏,一种药用植物,味道很苦。　　(7)长(zhǎng):增长。

【今译】春天林花多美丽,春鸟鸣声多动人;春风温暖多有情,吹开我的绮罗裙。　　自和情郎分别后,叹息声音不绝响。黄檗春天已萌生,苦心日日跟着长。

【点评】这两首歌表面上写的是春景,但却是借景寓情,都是表现男女诚挚爱情。前一首写的是男女热恋,用春风的多情比喻男子的多情,用"吹我罗裳开"的隐语暗喻女子的动心。后一首用黄檗向着春天生长,它的苦心一天一天生长,比喻人的苦心也日日增长。这里的"苦心"表面上是指黄檗(黄檗是苦味的树,树的本株叫作心),其实指人心,是说想念爱人的苦痛心情也同样与日俱增。这两首诗的第三句成为第四句的比喻,末句是双关隐语。这不仅增加了语言的活泼,而且富有显著的艺术性。

夏　歌⁽¹⁾

田蚕事已毕⁽²⁾,思妇犹苦身⁽³⁾。当暑理絺服⁽⁴⁾,持寄
与行人⁽⁵⁾。　　春桃初发红⁽⁶⁾,惜色恐侬摘⁽⁷⁾。朱夏花落
去⁽⁸⁾,谁复相寻觅⁽⁹⁾。

【注释】(1)《夏歌》,见于《乐府诗集》的二十首。　(2)田蚕:耕田和养蚕。　(3)苦身:身体劳累。　(4)理:料理。绨(chī):细葛布。　(5)行人:指作客在外的人,这里指她的丈夫。　(6)春桃:指春天的桃花。　(7)侬(nóng):那人。　(8)朱夏:《尔雅·释天》:"夏为朱明。"后因称夏为朱夏。(9)寻觅:寻找。

【今译】耕田养蚕事已毕,妻子仍然在辛苦。冒暑缝治细葛衣,拿去远远寄丈夫。　春天桃花初发红,珍惜美色恐人摘。时至炎夏花已落,还有哪个来寻觅?

【点评】这两首歌都是通过夏天之事,表现男女之情思。前一首写的是农妇思夫。一个劳动妇女在耕田养蚕的农事刚一结束,想到已是夏天,就赶忙料理葛衣(比较细密的葛布织成的衣服),为出门在外的丈夫寄去。思妇与丈夫,一个"苦身",一个远行,都是一根藤上的苦瓜,彼此关怀,情爱至深。后一首表面上写的是春天的桃花夏天落去,无处寻觅,但实际上是借春桃花落,表现了少女恐失去青春之忧思。歌诗的思想与夏日之情景融为一体,情感颇为感人。

秋　歌(1)

　　掘作九州池,尽是大宅里。处处种芙蓉(2),婉转得莲子(3)。　秋风入窗里,罗帐起飘扬(4)。仰头看明月,寄情千里光(5)。

【注释】(1)《秋歌》,见于《乐府诗集》的十八首。　(2)芙蓉:《尔雅·释草》:"荷,芙蕖。"注:"别名芙蓉。"　(3)婉转,似当为"宛转",有"随意所之"的意思。莲子,亦"怜子"的双关隐语。　(4)飘扬:飘动。　(5)这句说:愿借月光把自己的思念传递到千里外的爱人身边。

【今译】挖个九州大的池,仍然还在院子里。处处种上芙蓉花,随着心意收莲子。　秋风吹进窗子里,床上罗帐在飘扬。举起头来看明月,一片情思寄远方。

【点评】这两首诗歌的设想都非常奇特。前一首境界恢弘,因为想多种荷花,所以要把九州之广都掘为莲池。后一首遥托明月光辉,寄情千里之外,喻想奇妙,感情真挚,比起唐代诗人李白的"举头望明月,低头思故乡"来,其遣辞造意更深一层。这两首诗都发挥了丰富的想象,有着浓厚的浪漫主义气息。

冬 歌(1)

渊冰厚三尺(2),素雪覆千里(3)。我心如松柏(4),君情复何似(5)?　　途涩无人行(6),冒寒往相觅。若不信侬时,但看雪上迹(7)。

【注释】(1)《冬歌》,《乐府诗集》收十七首。　(2)渊冰:深水潭里的冰。(3)素雪:白雪。覆:掩盖。　(4)这句是说,我的心坚贞如岁寒不凋的松柏。(5)君:您,指她的爱人。　(6)途涩:道路阻塞。　(7)雪上迹:有两种寓意:一是一步一脚印;二是空谷足音。

【今译】深渊冰冻厚三尺,皑皑白雪覆千里。我心坚定如松柏,你的情感何所似?　　道路阻塞无人行,我冒酷寒来寻你。倘若怀疑我情深,只看雪迹心自知。

437

【点评】这两首诗歌都通过冬景的描写,来抒发作者的深沉情思。前一首先写冬景:在冰厚三尺、雪盖千里的寒冬中,松柏仍然苍翠碧绿;接着便用岁寒不凋的松柏以喻女子对爱人的坚贞之心。情景交融,比喻生动。后一首也先写冬景:"途涩"二字极富于表现力,抓住了雪地难行的具体特点;接着写到即使在这种情况下,一对恋人仍然冒寒相寻,在这"万径人踪灭"的情况下,空谷足音,更觉其难能可贵。这两首诗歌语浅而意深,志洁而情浓,最是抒情胜境。

【集说】后人更为四时行乐之词,谓之《子夜四时歌》。(郭茂倩《乐府诗集》卷四十四引《乐府解题》)

南朝部分

自齐梁以来诗人作乐府《子夜四时歌》之类,每以前句比兴引喻,而后句实言以证之。(洪近《容斋随笔》)

从景得情,不衺不稚,犹自有诗人之旨。(王夫之《古诗评选》卷三)

《子夜四时歌》,简称《四时歌》,谓其为《子夜歌》的变曲,是指曲调上的变化。(杨生枝《乐府诗史》)

(杨生枝)

大子夜歌[1]

歌谣数百种,《子夜》最可怜[2]。慷慨吐清音[3],明转出天然[4]。　　丝竹发歌声[5],假器扬清音[6]。不知歌谣妙,声势出口心[7]。

【注释】(1)《大子夜歌》,乐府《吴声曲辞》名,也是《子夜歌》的变曲,现存二首。　(2)可怜:可爱。　(3)慷慨:感情激动。清音:清新的调子。(4)明转:明快宛转。出天然:出于自然,不故意做作。　(5)丝竹:弦乐器和管乐器。　(6)假:借。器:乐器。这两句说:丝竹要假借乐器才能发出清新的声音。　(7)声势:声音韵味。势:指余韵。这句说:哪里赶得上《子夜》歌声音韵味直接出于口心的美妙呢!

【今译】歌谣不下几百种,《子夜》歌声最动听。饱含激情有韵味,宛转清新自天成。　　丝弦竹管齐演奏,借助器物声清新。不知歌谣最美妙,亲口唱出自己心。

【点评】这两首诗歌都是赞颂《子夜》诸歌的,是说用丝竹演奏歌曲,借助乐器发出清新的声音,还不如唱《子夜》这类歌谣的美妙,"出天然""出口心",正道出了《子夜》的妙处。《子夜歌》,"其始皆徒歌","出天然",出之自然,没有矫揉造作之气;"出口心",出之心口,声出口而心出势。这种以口歌唱的歌诗比乐器演奏更为宛转美妙。《晋书·孟嘉传》记载这样一段故事:"(桓)温问曰:'听妓,丝不如竹,竹不如肉(歌唱),何谓也?'嘉答曰:'渐近

438

自然。'"孟嘉的这种理论,正好道出了这两首诗歌的深刻思想。

【集说】(《大子夜歌》)不是引子而是送声。(王运熙《六朝乐府与民歌》)

《大子夜歌》似即《子夜》诸歌的总引子。(郑振铎《中国俗文学史》)

《大子夜歌》与一般《子夜歌》有显著不同之点,它并不抒情,而是对《子夜歌》表示赞颂,它似乎是《子夜歌》总的解题。它的所以称《大子夜歌》,可能就"大"在这里。(王汝弼《乐府散论》)

《大子夜歌》的"大",正与"大弦""小弦"和"大胡笳""小胡笳"的"大"字相近,意味与《子夜歌》所用的乐器形制不同。……其用法,很可能是在演唱《子夜》诸曲时,乐人另唱《大子夜歌》,不在歌数,作为对演唱的《子夜歌》的赞美,这完全是可能的事。(杨生枝《乐府诗史》)

(杨生枝)

上声歌(1)

郎作《上声曲》(2),柱促使弦哀(3)。譬如秋风急,触遇伤侬怀。　　初歌《子夜》曲,改调促鸣筝(4)。四座暂寂静,听我歌《上声》。

【注释】(1)《上声歌》又作《上声曲》,因上声柱促得名,属吴声歌曲。《乐府诗集》收八首,晋、宋、梁辞。　　(2)上:是乐谱表示音调的名称。(3)柱促:指琴瑟等乐器上系丝弦的木柱被拧紧。　　(4)筝(zhēng):拨弦乐器。我国时已流行秦地,故又名"秦筝"。

【今译】情郎弹奏《上声曲》,拧紧弦柱音悲哀。好像秋风送凄凉,闻此使我伤心怀。　　起初是弹《子夜曲》,改调紧弦拨鸣筝。四周坐客暂肃静,用心听我歌《上声》。

【点评】这两首诗歌都是赞颂《上声歌》的。《上声歌》是一种什么乐歌

呢？从前一首的"柱促使弦哀"可知，是哀思之曲。所以当"郎"歌唱《上声曲》时，就触动了"女"的伤思之情。《上声歌》与《子夜歌》不同，从后一首的初歌《子夜》然后"改调""歌《上声》"来看，其曲调和《子夜》不同，而且歌辞有些文雅，颇有文士气息。

【集说】《上声歌》者，此因上声促柱得名。或用一调，或用无调名，如古歌辞所言，谓哀思之音，不及中和。（郭茂倩《乐府诗集》引《古今乐录》）

从庾信《咏舞》诗中的"低鬟逐《上声》"看来，《上声曲》又是一种舞曲。从其辞"郎作《上声曲》"来看，这首歌并非是《上声歌》的本辞，而是后人之另作。（杨生枝《乐府诗史》）

（杨生枝）

欢闻变歌(1)

锲臂饮清血(2)，牛羊持祭天(3)。没命成灰土，终不罢相怜(4)。

【注释】(1)《欢闻变歌》属吴声歌曲，《乐府诗集》载六首。据记载，《阿子歌》《欢闻歌》《欢闻变歌》三曲同源。《欢闻变歌》是《欢闻歌》的变曲。(2)锲(qiè)：刻。 (3)持：握；执。 (4)罢：停止。

【今译】割臂共饮清血酒，宰杀牛羊祭苍天。立誓老死化尘土，始终相爱永不变。

【点评】这首歌诗是男女爱情的盟誓之辞。男女双双刻臂歃血、杀牲祭天，对神盟誓："没命成灰土，终不罢相怜"，表明男女相爱，死不变心。在表现爱情誓言上，这首诗和汉铙歌的《上邪》口吻相似，但《上邪》只是女子自己发出的誓言，而这篇则是男女双双的誓语。这篇诗既写了盟誓的行为，又写了盟誓的誓词，行为逼真，誓词质朴，在表现男女爱情的歌诗中，独树一格，别有风致。

汉魏六朝乐府观止

【集说】《欢闻变歌》者,晋穆帝升平中,童子忽歌于道曰"阿子闻"。曲终辄云:"阿子汝闻不?"无几,而穆帝崩,褚太后哭"阿子汝闻不?"声既凄苦,因以名之。(《古今乐录》)

《欢闻变歌》虽说原为民间所唱,但现存的歌辞,曲终用"阿子汝闻不?"作送声,并不那么协调,与歌中内容很不相称,而且又无"凄苦"之意。所以说《欢闻变歌》的曲名,是从《欢闻歌》演变而称作《变歌》的,是《欢闻歌》的变曲,犹如《子夜变歌》为《子夜歌》的变曲一样。大概《欢闻歌》原在民间传唱,后进入宫廷,被演为新的乐曲,因此称之为《欢闻变歌》。(杨生枝《乐府诗史》)

这首民歌前两句写女主人公与男子约婚盟誓,场面庄重而热烈,后两句直书誓词,情感淳朴而深厚,显示出民歌健朗、质朴的风格特点。(王昌猷《先秦汉魏六朝诗鉴赏辞曲·欢闻变歌》)

他们的誓言是:即使生命终结,化成了灰土,也始终不能停止相互爱恋。这一超乎逻辑常理的誓愿,将质朴强烈的爱情表现得更为坚贞,令发誓的情景更为生动。因此这貌似荒谬无理的誓词,也就变得更加真切而有力,更能感人,使人领略到二人相爱的永恒和盟誓时的激情。(梁荫众《汉魏晋南北朝隋诗鉴赏词典·欢闻变歌》)

(杨生枝)

441

七日夜女歌⁽¹⁾

春离隔寒暑⁽²⁾,明秋暂一会⁽³⁾。两叹别日长,双情若饥渴。

【注释】(1)《七日夜女歌》,亦称《七日夜女郎歌》,属吴声歌曲,《乐府诗集》共载九首。 (2)春离:春天过去;寒暑:指冬天和夏天。 (3)明秋暂一会:指七夕节相会之事。古代神话,夏历七月初七的晚上,牛郎织女在天河相会。

【今译】越过漫长冬春夏，七夕才得见一面。两人共叹分别久，情若饥渴限河汉。

【点评】《七日夜女歌》，顾名思义，乃是七夕节夜女郎所咏之歌。此诗歌借牛郎、织女一年一会的故事，悲叹自己和爱人别离之长、相会又短之情。诗歌虽写旧事，但借事抒发己情，情调缠绵哀怨，别有情趣。

【集说】七月七日为牵牛织女聚会之夜。是夕，人家妇女结彩缕，穿七孔针，或以金银输石为针，陈瓜果于庭中以乞巧。（宗懔《荆楚岁时记》）

七月七日，牵牛织女会天河。（傅玄《拟天问》）

牵牛出河西，织女处其东。万古永相望，七夕谁见同？（杜甫《牵牛织女》）

《七日夜女歌》……歌辞似乎经过文人之手。……除有几首与题目无涉外，大都借牛郎织女相会的故事，悲叹男女远离之情。（杨生枝《乐府诗史》）

（杨生枝）

黄鹄曲(1)

黄鹄参天飞(2)，半道还哀鸣。三年失群侣(3)，生离伤人情。

【注释】(1)《黄鹄曲》属吴声歌曲，但《乐府诗集》卷四十五题解说："按《黄鹄》，本汉横吹曲名。"现存四首，每首的第一句都是"黄鹄参天飞"，曲名取之诗句。　(2)黄鹄：鸟名。《楚辞·惜誓》："黄鹄之一举兮，知山川之纡曲；再举兮，睹天地之圆方。"朱骏声《说文通训定声·孚部》："形似鹤，色苍黄，亦有白者，其翔极高，一名天鹅。"　(3)侣：同伴，伴侣。

【今译】黄鹄孤飞入云天，半道还转鸣声哀。丧失伴侣已三年，生离最为伤情怀。

【点评】这首诗歌借黄鹄丧失伴侣的哀鸣,表现了作者的生离之痛。人生在世,悲痛莫大于生离死别。在表现"生离"这一悲痛情感中,此诗歌却别有新意。它不是直抒生离之苦,而是通过参天高飞的黄鹄,失掉伴侣的哀鸣,来表达作者的生离哀痛和孤独之情。此诗在写法上颇有特色,前三句写黄鹄失侣,后一句抒发己意,情调宛转,强烈感人,富有民歌色彩。

【集说】按《黄鹄》,本汉横吹曲名。(郭茂倩《乐府诗集》卷四十五题解)

然汉横吹曲《黄鹄》(也叫《黄鹤》)早已无考,不知此曲与汉横吹《黄鹄》是何关系?但在民间,用黄鹄作歌者早已有之。据西汉刘向《列女传》记载:鲁人陶婴,是陶明之女,年轻时就守寡,无有兄弟,养育着一个幼儿,只靠纺织过活。当地有人闻其义,准备求娶。陶婴听说后,恐不得免,乃作歌以明己心,表示不愿再改嫁于人。其歌曰:

悲夫黄鹄之早寡兮,七年不双。宛颈独宿兮,不与众同。夜半悲鸣兮,想其故雄,天命早寡兮,独宿何伤!寡妇念此兮,泣下数行。呜呼哀哉兮,死者不可忘。飞鸣尚然兮,况于其良;虽有贤雄兮,终不重行。

这可算是流传下来最早的"黄鹄"歌曲了,现存的《黄鹄曲》与此格调全然不同。由此推之,现存的《黄鹄曲》大概是南方民间流传的用黄鹄为题所作的新曲。(杨生枝《乐府诗史》)

此节点明黄鹄的哀痛乃在于失群缺侣,孤飞独行已逾三载。此情此景不仅黄鹄自身不胜悲恸,而且连人们都感到伤心。这里特意运用一个"人"字,既是以人的伤情衬托鸟的悲痛,也暗示黄鹄的孤茕乃是人间失偶者的象征。(张厚余《汉魏晋南北朝隋诗鉴赏词典·黄鹄曲》)

(杨生枝)

丁督护歌⁽¹⁾

督护初征时⁽²⁾,侬亦恶闻许⁽³⁾。愿作石尤风⁽⁴⁾,四面

断行旅。　　闻欢去北征,相送直渎浦⁽⁵⁾。只有泪可出,
无复情可吐。

【注释】(1)《丁督护歌》,属吴声歌曲,《乐府诗集》共五首。　(2)督护:
官名,丞相僚属,掌兵权,亦名都护。　(3)恶闻许:许,作助语。是说听到了
这个可怕的消息。　(4)石尤风:相传石氏女嫁给尤郎后,情好甚笃。尤郎
经商远行,妻阻止,不从。尤郎远出无归,石氏女思念病亡。临终前她悲悔
地说:只恨自己不能阻其行,以至于此。今凡有商旅远行,我将变作大风,为
天下妇人阻之。自后,商旅发船时遇打头逆风,则曰此为"石尤风",遂止不
行。　(5)渎浦:渎,大川;浦,水滨。渎浦非具体地名,这里是指河川。

【今译】督护初次去远征,消息也使我厌恶。我想变成顶头风,四面行旅
全受阻。　　闻说情郎去北征,一直送到大渡口。只有眼泪如泉涌,千言万
语闷心头。

【点评】《丁督护歌》五首,都是写女子送情人出征之事。第一首写督护
出征,女子哀怨,通过"愿作石尤风"的心理描写,表现了女子对远征丈夫的
深情和对征战的反对。第二首写情人北征,女子恋恋不舍,一直送到河川之
滨,"只有泪可出"二句,描写心理,入木三分,与有些送别诗相比,大有天籁
人籁之别。这两首短诗都是通过心理描写来表现作者情感的,但写法却不
同。第一首是直写,用传说的"石尤风"来表现主人公的心理状态;第二首则
是间写,用"有泪"无话来表现主人公心理状态。这两首诗歌声调哀切,情真
意切,生动感人,可谓是古代绝妙的出征送行诗。

【集说】《督护歌》者,彭城内史徐逵之为鲁轨所杀,宋高祖使府内直督护
丁旿收敛殡埋之。逵之妻,高祖长女也。呼旿至阁下,自问敛送之事。每
问,辄叹息曰:"丁督护!"其声哀切,后人因其声广其曲焉。(沈约《宋书·乐
志》)

《丁督护歌》凡五首,《宋志》不著作者。《唐书·乐志》:"丁督护,晋宋
间曲也。今歌是宋武帝所制云。"按《玉台新咏》以此所录前一首为宋武帝

作,当即《唐志》所本。然其词殊不类,从《宋志》为允。(萧涤非《汉魏六朝乐府文学史》)

我认为,在《丁督护歌》之前,原来就有一个《督护歌》。《宋书·乐志》一开始就说是《督护歌》,并没有说是《丁督护歌》。如果《宋书·乐志》在这里说的《督护歌》,指的是《丁督护歌》的话,"后人因其声广其曲"就不好理解。因为"因其声",指的是利用其声调,就是说利用痛呼"丁督护"这一哀切声调来"广其曲"。"广"是推衍扩充的意思,如果说原来没有乐曲,那么,利用这一声调来"广"哪个曲呢?"后人因其声广其曲",并不是后人因其声制其曲,而是利用其声调来扩充、改造原来的歌曲。可见,"后人因其声"的"其",指的是痛呼"丁督护"这个声,而"广其曲"的"其",绝不是指这个声,而是指前面所说的《督护歌》。也就是说,因为遝之妻呼"丁督护"的声音哀切,后人便利用这一哀切之声来扩充和改造原来的《督护歌》。经过这一改造,原来的《督护歌》曲调却变得非常哀切。正由于后人把这一凄苦哀切之声,演成为一种和送声,用在《督护歌》曲中,增强了歌曲音调上的强烈性,这就成了我们现在所说的《丁督护歌》。《丁督护歌》的"丁督护"名,并不是取之收尸人的丁旿,而是取自歌曲的和送声"丁督护"。可见,《督护歌》和《丁督护歌》的区别在于有无和送声"丁督护"。后来这两种乐曲的界限十分混淆,不易分清,所以人们就把这二曲看成是一回事。(杨生枝《乐府诗史》)

这里选的两首,都用女子的口吻描述,表现她对督护的热恋和幻想。……南朝乐府吴声歌曲、西曲歌中的许多篇章,常常通过女子口吻来诉说青年男女的爱情,写得感情热烈,语言活泼生动,风格清新明朗,富有民歌风味。这两首诗也是如此。(王运熙《先秦汉魏六朝诗鉴赏辞典·丁督护歌》)

(杨生枝)

懊侬歌⁽¹⁾

江陵去扬州⁽²⁾,三千三百里。已行一千三,所有二千在。

【注释】(1)《懊侬歌》,属"吴声歌曲",《乐府诗集》共十四首。 (2)江

陵:今属湖北省。去:距离。扬州,当时州名,治所在建康,故城在今江苏省南京市南。

【今译】江陵距离扬州城,共有三千三百里。如今已走一千三,不过只剩二千地。

【点评】从江陵到扬州三千三百里的长途中,还只走了一小半,旅人们却说:"已经走了一千三,剩下的只不过二千里了。"这里既无情之抒发,也无景之描绘,只是通过里程的计算,把旅客归心似箭和轻松愉快的心情,却表现得生动真切,这是古代一首罕见的旅行歌。

【集说】《懊侬歌》者,晋石崇绿珠所作,唯"丝布涩难缝"一曲而已,后皆隆安(东晋安帝)初民间讹谣之曲。(《古今乐录》)

晋安帝隆安中,民间忽作《懊恼歌》,其曲中有"草生可揽结,女儿可揽抱"之言。桓玄既篡居天位,义旗以三月二日扫定京师,玄之宫女及逆党之家,子女妓妾,悉为军赏。……时则草可结,事则女可抱,信矣。(郭茂倩《乐府诗集》引《宋书·五行志》)

王渔洋《古夫于亭杂录》云:"徐巨源云,江陵去扬州……此有何情何景?而古雅隽永,味之不尽。凡作六朝乐府,当识此意,故录其语。"又其《分甘余话》云:"乐府'江陵去扬州'一首,愈俚愈妙,然读之未有不失笑者。余因忆再使西蜀时,北归次新都,夜宿,闻诸仆偶语曰:'今日归家,所余道里无几矣,当酤酒相贺也。'一人问'所余几何?'答曰:'已行四十里,所余不过五千九百六十里耳。'余不觉失笑,而复怅然有越乡之悲。此语虽谑,乃得乐府之意。"(见萧涤非《汉魏六朝乐府文学史》引)

(杨生枝)

华山畿[(1)]

华山畿[(2)]!君既为侬死,独生为谁施[(3)]?欢若见怜时,棺木为侬开! 懊恼不堪止[(4)],上床解要绳[(5)],自经

屏风里⁽⁶⁾。

【注释】(1)《华山畿》属"吴声歌曲"。据《古今乐录》的记载,它最早是写华山附近一对男女情死的故事。《乐府诗集》载二十五首,大都写男女间的相思之情和爱情不能如愿的苦痛心情。 (2)华山:在今江苏省句容县北。畿:垠,山边。 (3)施:施行,实施。 (4)懊恼:悔恨。堪:能。(5)要:同"腰"。要绳:腰带之类。 (6)自经:自己吊死。

【今译】在这华山脚下!君既深情为我死,我独活着还为谁?你若仍然爱我时,请把棺木为我开!悔恨复悔恨,悔恨无法止。上床解下裤腰带,自己吊死在屏风里。

【点评】《华山畿》多是写爱情的痛苦的,这两首都是写为爱情而死之事。第一首写南徐一士子,在华山附近的客舍见到了一个妙龄少女,遂生情爱,回到家后因思念过度而气绝身亡。葬车从华山路过女门时,牛不肯前。于是客舍少女妆点沐浴,出而歌曰(即第一首)。棺应声开,女透入棺,后合葬。这个故事虽然神怪、荒诞,但却反映了封建社会人民对于爱情自由的强烈愿望。第二首也是写为爱情而死,但却不是与情人同死,而是因爱情的痛苦上吊自缢。她们为了追求爱情,甚至因为爱情的痛苦,付出了生命的代价,这是当时社会病态的一种反映。因此,这些宛转动人的歌唱,正是对这种不合理社会制度的揭露控诉。

(杨生枝)

啼著曙⁽¹⁾

泪落枕将浮,身沉被流去⁽²⁾。 隔津叹⁽³⁾,牵牛语织女,离泪溢河汉⁽⁴⁾。 啼相忆,泪如漏刻水⁽⁵⁾,昼夜流不息。 相送劳劳渚⁽⁶⁾,长江不应满,是侬泪成许⁽⁷⁾!

【注释】(1)啼:哭。著:到。曙:天亮。 (2)这两句说:泪水多得把枕

头浮起来,身子沉下去,被子却冲走了。 （3）津:指天河。 （4）溢:泛滥。河汉:天河,天汉。 （5）漏刻水:古时夜间用的一种计时器叫漏,有刻度。使水漏刻而下,以计算时间。 （6）劳劳渚(zhǔ):据《舆地纪胜》卷十七江南东路、建康府、景物下:"临沧观,在劳山,山上有亭七间,名曰新亭,中间名临沧观,晋周颛、王导等登之。颛曰:'风景不殊,举目有山河之异'即此也。今名劳劳亭。"按:劳劳渚,即劳劳亭所在地。故址在今南京市南,古代为著名送别之所。 （7）成许:使它成为这样。此句呼应上句"长江不应满"说的,言外之意,而现在居然满了。

【今译】哭到大天亮,泪水几乎能把枕头浮。身子沉在泪海底,被子却被漂流去。 遥隔天河同悲叹。牛郎、织女诉离情,泪水竟使河泛滥。痛哭流涕病相思。泪珠就像计时的漏刻水,白天黑夜不停止。 送郎送到劳劳渚。长江本来不应满,但我用泪水添满它。

【点评】这几首诗都是写爱情的痛苦。第一首写因失去爱情伤心痛哭;第二首写因别日之长而相会痛哭;第三首写因思念情人而感伤痛哭;第四首写和爱人分手难舍痛哭。这些诗歌感情强烈,设想新奇,都是用"泪"做比喻。在这些眼泪中,有胶漆般的热爱,也有"莫作瓶落井,一去无消息"的忧虑。歌中以各种流水形容别泪之多,进行了极度的夸张,但并不使人感到荒谬,反倒获得了艺术的满足。后来,南唐李煜的"问君能有几多愁? 恰似一江春水向东流",常为人们所叹赏,但并不如这几首民歌的亲切自然。

【集说】《华山畿》者,宋少帝(422—424 在位)时《懊恼》一曲,亦变曲也。少帝时,南徐一士子,从华山畿往云阳,见客舍有女子,年十八九,悦之无因,遂感心疾。母问其故,具以启母。母为至华山寻访,见女具说。闻感之,因脱蔽膝,令母密置席下,卧之当已。少日果差,忽举席见蔽膝而抱持,遂吞食而死。气欲绝,谓母曰:"葬时车载从华山度。"母从其意。比至女门,牛不肯前,打拍不动。女曰:'且待须史。'妆点沐浴,既而出,歌曰:"华山畿,君既为侬死,独活为谁施? 欢若见怜时,棺木为侬开!"棺应声开,女透入棺。家人叩打,无如之何,乃合葬。呼曰神女冢。（郭茂倩《乐府诗集》引《古今乐

录》）

南徐州，刘宋时淮南地也。云阳，曲阿也。华山当是丰县之小华山。《乐录》之说甚诞，未足信！（朱乾《乐府正义》）

按《华山畿》，《乐府诗集》所载共二十五首。细检其内容，与《古今乐录》所载的故事有关者，只限于第一首，其余二十四首则绝大多数是独立成篇，彼此很少关联。且据《古今乐录》"《华山畿》者，宋少帝《懊恼》一曲，亦变曲也"之言，疑《懊恼》是曲的总称，而《华山畿》则是其中具有变格意味的一曲。（王汝弼《乐府散论》）

（杨生枝）

读曲歌⁽¹⁾

怜欢敢唤名⁽²⁾，念欢不呼字。连唤欢复欢，两誓不相弃！　　暂出白门前⁽³⁾，杨柳可藏乌。欢作沉水香⁽⁴⁾，侬作博山炉⁽⁵⁾。

【注释】（1）《读曲歌》，属"吴声歌曲"。"读曲"一作"独曲"，意即徒歌，歌唱时不配合音乐。《乐府诗集》共载八十九首。　（2）怜：即爱。敢唤名：岂敢叫你的名字。　（3）白门：城门。　（4）沉水香：香木名。木心与节坚黑，沉水者为沉香，与水高平者为鸡骨香。　（5）博山炉：香炉名。上广下狭，削成而四方，貌像华山，但不说华山而曰博山者，因秦昭王曾令工匠施钩梯上华山，以节柏之心，为博箭，长八尺，棋长八寸，而记之曰："昭王尝与天神博于是。"因此就叫作博山。

【今译】我爱情郎不愿叫他的名，思念情郎也不想喊他的字。我只连呼情郎啊情郎，咱俩立誓谁也不要把谁抛！　　我俩偶然走出城门外，青青杨柳已能藏雀乌。我愿情郎能做沉香木，我就变成博山香炉得熏陶。

【点评】这两首都写的是男女情爱，但手法不同。前一首写钟情的女子对她的情侣既不呼名，又不呼字，而只是连连叫"欢"，把女子相思的心情写

南朝部分

得惟妙惟肖,把那种痴情和喜悦描写得真切动人。而后一首则借藏乌的杨柳、燃香的香炉,以喻夫妇的恩爱。

　　　　登店卖三葛⁽¹⁾,郎来买丈余。合匹与郎去⁽²⁾,谁解断粗疏⁽³⁾。　　罢去四五年,相见论故情。杀荷不断藕⁽⁴⁾,莲心已复生⁽⁵⁾。

【注释】(1)三葛:三种粗细不同的葛布。用葛的纤维织布,周初已出现,见《诗·周南·葛覃》。　(2)合匹:意为整匹。古代布帛,四丈为匹。(3)解:晓得,引申为打算。断:断绝关系。粗疏:以葛布的粗疏,双关男性比较粗疏。　(4)藕:双关"偶"字,比喻夫妇相匹配。　(5)莲心:双关"怜心",意即爱情。

【今译】开店卖葛布,葛布有三类。小伙来购买,只要一丈儿。我对小伙有好感,整匹叫他拿了去。谁知他是粗心人,不懂整匹啥含意。　　离婚已经四五年,相见重叙昔日情。摧折荷花藕尚在,而今莲心又萌生。

【点评】这两首也写男女情爱,但内容新颖。前一首写女子对男子的爱慕,尽管男子的性格有些粗枝大叶,但女子仍然一片痴心,并不打算因此而割断关系。后一首写一对情人由热恋而离异四五年之后,又有机缘相遇,见面论旧情,前嫌尽释,言归于好。这两首诗歌都写爱情的波折,但却委婉曲折,以物喻情。前首借葛布的粗疏以喻男子的粗心,用"合匹与郎去"表明女子仍愿嫁给男子的一片痴心。后首借荷断藕连以喻夫妇离异之后但爱心未断,用"莲心已复生"双关男女的爱情又如初恋。这两首内容新奇,情感逼真,在爱情诗歌中令人有别开生面之感。

　　　　打杀长鸣鸡⁽¹⁾,弹去乌白鸟⁽²⁾。愿得连冥不复曙⁽³⁾,一年都一晓。　　折杨柳,百鸟园林啼,道欢不离口。
　　闻欢得新侬⁽⁴⁾,四支懊如垂⁽⁵⁾。乌散放行路井中,百翅不能飞。

【注释】(1)长鸣鸡:长声啼叫的鸡。 (2)弹:用弹弓射击。乌臼鸟:一种候鸟,又名鸦舅。形状像乌鸦而较小,天亮时啼叫。 (3)连冥:黑夜接着黑夜。曙:天亮。 (4)这句是说:听到心上的人另有新欢的消息。 (5)四支:即四肢。垂:低下、挂下。

【今译】杀死那不住啼叫的大公鸡,用弹弓打跑吵人的乌臼鸟。希望黑夜连着黑夜不再明,一年只有一天有清早。 我去折杨柳,打算送到情郎手。园中百鸟齐欢唱,情郎、情郎不离口。 听说情郎有新欢,把我气得四肢瘫。就像鸟儿囚在路旁井里边,翅膀再多也是不能飞上天。

【点评】这三首都是杂言作情歌。第一首写的是相乐相得的一对情侣,希望一年只天亮一次,准备打杀司晨之鸡和弹去黎明啼唤的候鸟,这看起来似乎荒唐可笑,但却真切地写出了欢娱恨短的爱情心理。第二首中的女主人公,无时无刻不在想着自己的情侣,一听到园林鸟啼,便觉得林中百鸟都仿佛在叫着情侣。第三首,则用突然掉到井中的飞鸟,来比方一个刚听到对方变心的女郎,把从欢情骤然转为悲愁的思想感情,刻画得非常贴切。这三首歌诗语言清新,描写新巧,都富有浪漫主义的情调。

【集说】《读曲歌》者,民间为彭城王义康所作也。其歌云"死罪刘领军,误杀刘第四"是也。(《宋书·乐志》)

《读曲歌》者,元嘉十七年(440年)袁后崩,百官不敢作声歌,或因酒宴,止窃声读曲细吟而已。以此为名。(《古今乐录》)

"读曲"是一种吟诵方式,"读曲"所用的歌,是徒歌,而徒歌也可以叫作曲。如《玉台新咏》卷十著录"柳树得春风"一首,题作"独曲",据吴昌莹《经词衍释》卷六说:"徒与独声近,而义亦相通",所以"徒歌"的意义也可以是"独歌","读"徒歌,即是"读独曲",也就是"读曲"。(杨生枝《乐府诗史》)

《吴声歌曲》,大体如上。虽复千篇一律,然每若光景常新,使人不厌其复。沈德潜曰:"晋人《子夜歌》,齐梁人《读曲》等歌,俚语俱趣,拙语俱巧。"范大士曰:"若《吴声歌曲》,晋《子夜》《欢闻》《懊侬》等歌,宋《碧玉》《读曲》

诸作,则机趣横生,音响流丽,故所存不嫌其多。"其为后人爱好,诚非无故也。(萧涤非《汉魏六朝乐府文学史》)

(杨生枝)

青溪小姑曲⁽¹⁾

开门白水⁽²⁾,侧近桥梁。小姑所居,独处无郎。

【注释】(1)《青溪小姑曲》,属《神弦歌》。《神弦歌》,即"祭祀神祇,弦歌以娱神仙之曲",它的性质和《楚辞·九歌》相类,是南方流行的巫歌。《乐府诗集》共存十八首。 (2)白水:即青溪。青溪是建业的著名水道。《寰宇记》中载:青溪在县东六里,阔五丈,深八尺,以泄真武湖水。《舆地志》说:青溪发源钟山,入于淮(秦淮),连绵十余里。溪口有埭,埭侧有神祠曰青溪姑。

【今译】开门见清溪,近傍有桥梁。清溪姑所居,独身尚无郎。

【点评】青溪小姑神在江南很著名,人们传说她是蒋侯神的三妹。据《搜神记》载,蒋侯名子文,汉末为秣陵尉,一次追赶"贼人"至钟山下,伤额而死,孙吴时显神。孙权封蒋子文为中都侯,并为他立了庙堂。蒋子文封了神,他的妹妹也被神化了。也有的说蒋子文遇难,其妹挟两女投溪中死,遂建"青溪小姑祠"。在传说中,青溪小姑神多与民间情郎发生恋爱。而这首歌辞却与传说故事不同,用"开门白水,侧近桥梁"的清幽环境来暗示女神的贞洁,后二句则写出女神的孤独。这首歌并不是什么"咏叹人神恋爱之作",实际上是对女神小姑的赞颂。

【集说】青溪小姑庙,云是蒋侯第三妹。庙中有大谷扶疏,鸟尝产育其上,晋太元中,陈郡谢庆执弹乘马,微杀数头,即觉体中慄然。至夜,梦一女子,衣裳楚楚,怒云:"此鸟是我所养,何故见侵?"经日,谢卒。(《异苑》)

晋太康中,谢家沙门竺昙遂,年二十余,白皙端正,流俗沙门常行经青溪庙前过,因入庙中看。暮归,梦一妇人来语云:"君当来作我庙中神,不复

久。"昙遂梦问妇人是谁？妇人云："我是清溪庙中姑。"如此一日许，便病临死。（《搜神后记》）

会稽赵文韶，宋元嘉中为东扶持，廨在青溪中桥，秋夜步月，怅然思归，乃倚门唱《乌飞曲》。忽有青衣年可十五六许，诣门曰："女郎闻歌声有悦人者，逐日游戏，故遣相问。"文韶都不之疑，遂邀暂过。须臾，女郎至，年可十八九许，容色绝妙。谓文韶曰："闻君善歌，能为作一曲否？"文韶即为歌："草生磐石下"，声甚清美。女郎顾青衣取箜篌鼓之，泠泠似楚曲，又令侍婢歌《繁霜》，自脱金簪扣箜篌和之，婢乃歌云云。留连宴寝。将旦，别去，以金簪遗文韶，文韶亦赠以银碗及琉璃匕。明日，于青溪庙中得之。乃知昨所见，青溪女神也。《采菽堂古诗选》引（《续齐谐记》）

（杨生枝）

石城乐[1]

布帆百余幅，环环在江津[2]。执手双泪落，何时见欢还？　　闻欢远行去，相送方山亭[3]。风吹黄檗藩[4]，恶闻苦离声。

【注释】（1）《石城乐》，属"西曲歌"。《乐府诗集》云："《西曲歌》出于荆、郢、樊、邓之间。而其声节送和，与《吴歌》亦异，故因其方俗而谓之《西曲》"。《西曲歌》凡三十四曲一百四十多首，主要分为"舞曲""倚歌"，《石城乐》属"舞曲歌"，共五首。　　（2）江津：一指江津县，在湖北省江陵县；一是泛指江河码头。笔者认为这里应指第二种说法。　　（3）方山亭：大概位于南京市南的方山。　　（4）黄檗藩：指用苦木黄檗作的藩篱。

【今译】百余船只扬风帆，层层叠叠在江畔。握手难舍泪双流，何时能见郎回还。　　听说情郎要远行，一送送到方山亭。黄檗篱笆风吹响，讨厌耳边苦离声。

【点评】这两首歌，都是送别诗歌，道出了别离之情。第一首没有直写送

别,而是通过场景的描写来表现离别之情:江津码头布帆层叠,远行船只即将启程,这时一对情侣执手难舍,洒泪而别,此情此景,若在眼前。第二首则直写送别,但却用双关语来表现别离之情:闻情侣远行,一直相送到山顶。"黄檗"是苦木,"黄檗"作"藩"(即篱),可称苦篱,苦篱和"苦离"同音相关。用"恶闻"风吹黄檗藩之声,引出主人公痛惜"苦离"之情,写得委婉有致。

【集说】《石城》,宋臧质所作也。石城在竟陵,质尝为竟陵郡,于城上眺瞩,见群少年歌谣通畅,因作此曲。(刘昫《唐书·乐志》)

《古今乐录》曰:"《石城乐》,旧舞十六人。"大概《石城乐》在民间传唱时,就配有舞蹈动作。如其二:"阳春百花生,摘插环髻前。捥指蹑忘愁,相与及盛年。"写的就是一群少年的踏足歌舞。(杨生枝《乐府诗史》)

从歌中头两句所唱出的"闻欢远行去,相送方山亭。"我们可以看出女主人公所送的是她的情人而不是合法的丈夫。因"闻"而"相送"表明了他们是不住在一起的,来往是不公开的,但也正由此表现了他们之间爱情的笃深。女子闻讯情人要远行,敢于依依惜别地相送到方山亭才分手,描绘出了她为了两人的爱情已不顾忌也不畏惧一切,这在当时也就是对追求爱情自由的大胆讴歌,是对封建礼法的强烈挑战。这两句以白话式的陈述,体现了民歌质朴、泼辣的风格。(梁荫众《汉魏晋南北朝隋诗鉴赏词典·石城乐五曲》)

运用双关、隐语是南朝民歌的一个显著特点,诗歌的后两句"风吹黄檗藩,恶闻苦篱声"充分地体现着这个特点。而这两句的双关隐语在南朝民歌中也是较复杂难解的。歌中以苦味的"黄檗"隐"苦"于其中,以"藩"与"篱"同义而代之,"风吹",有声而隐"声"字,这样上句中就隐含着"苦篱声"三字。然后以"苦篱声"谐"苦离声"之音,表其意;再在下句点明,使诗歌产生反复歌咏的韵味,给诗歌更添一层幽深、蕴藉的情趣和波折,令人细细品味,方能领略其艺术的魅力。(同上)

(杨生枝)

莫愁乐⁽¹⁾

莫愁在何处⁽²⁾?莫愁石城西⁽³⁾。艇子打两桨,催送莫愁来⁽⁴⁾。

【注释】（1）本篇属清商曲辞中的西曲歌。 （2）莫愁：女子名。
（3）石城：在今湖北钟祥市西。 （4）催送：表明有急事。联系下面一曲"闻
欢下扬州，相送楚山头"来看，应是与情郎送别。

【今译】莫愁姑娘何地人氏？莫愁家住在石城西边。恳请船夫快打双
桨，赶紧送我到楚山下面。

【点评】这首民歌的叙事、抒情，完全通过人物的问答显示出来。莫愁姑
娘为了能够及时与情郎送别，不怕抛头露面，而且恳求船夫加快速度，毫无
忸怩之态，这一行动本身，就很好地说明了莫愁姑娘对情郎的感情是多么真
挚和热烈，莫愁泼辣大胆的性格也由此而得到了体现。

（张秀贞）

闻欢下扬州⁽¹⁾，相送楚山头⁽²⁾。探手抱腰看，江水断
不流。

【注释】（1）扬州：当时扬州的治所在建业，故城在今南京市南。
（2）楚山：泛指楚地的山，是"欢"动身启程的地点。

【今译】听说情郎去扬州，一直送到楚山头。伸手抱腰难割舍，江水知情
应不流。

【点评】在这首歌中，一女子送别爱人之后，孤零零地站在楚山顶上，顺
江而望，爱人乘坐的船虽然早已走得无影无踪，但她还恋恋不舍地在那里
"探手抱腰看"。关于"江水断不流"，有人说离别在即，十分悲伤，"江水也
好像受了感动，为之不流"；也有人说是女子"希望江水不流"。实际上，这只
不过是当时情景的真实描写：站在很高的楚山顶上，俯视江水，看起来就像
不流似的。

455

南朝部分

【集说】《莫愁乐》出于《石城乐》。石城有女子名莫愁,善歌谣。《石城乐》和中复有"莫愁"声,故歌云。(刘昫《旧唐书·音乐志》)

莫愁者,郢州石城人,今郢有莫愁村,画工传其貌,好事者多写寄四远。……善歌谣古词,曰"莫愁在何处?……"是也。(洪迈《容斋随笔·两莫愁》)

《旧唐书·乐志》说:"《莫愁乐》,出于《石城乐》。"这有两种意思:一是说"石城有女子名莫愁,善歌谣",因名《莫愁乐》。至于"莫愁",说法很多。《古今乐录》说,在石城西面,有一位善于歌唱的乐妓叫莫愁。洪迈《容斋随笔》卷十一说,莫愁是郢州石城人,郢有莫愁村。梁武帝《河中之歌》中又说:"洛阳女儿名莫愁",十五岁曾远嫁金陵卢家为妇。总之,"莫愁"的故事越衍越多。另有一种意思是说"《石城乐》和中复有'忘愁'声,因有此歌。"从《石城乐》第二首中的"抗指踏忘愁"看,大概《石城乐》的和声中有"忘愁"或"莫愁"二字,后因此演成《莫愁乐》。(杨生枝《乐府诗史》)

"探手抱腰看,江水断不流。"姑娘的一片痴情,流露无遗。表现了双方爱情的深厚,离别的哀怨。他们的真挚爱情感天动地,使江水为之不流。这里运用了拟人手法,江水也懂得人的意思,为之停止不流,好让他们多相聚一会。……画面生动,想象超拔,是南朝民歌中上乘之作。(胡懿安《汉魏晋南北朝隋诗鉴赏词典·莫愁乐二曲》)

(杨生枝)

三洲歌⁽¹⁾

送欢板桥湾⁽²⁾,相待三山头⁽³⁾。遥见千幅帆,知是逐风流⁽⁴⁾。　　风流不暂停,三山隐行舟。愿作比目鱼⁽⁵⁾,随欢千里游。

【注释】(1)《三洲歌》属"西曲歌"。据《古今乐录》的记载,它是商人的作品。《乐府诗集》载三首,都是歌唱男女的恋歌。　(2)板桥湾:地名,即拱桥。《景定建康志》卷十六《桥航篇》:"板桥,石城南三十里。"　(3)三山:山名,在今南京市西南,山上有三峰。　(4)风流:双关语。表面是指风和流水,实即暗示"风流乐事"的风流。　(5)比目鱼:鲽形目鱼类的总称,包括鳒、鲆、鲽、鳎、舌鳎各科鱼类。清李渔作《比目鱼》传奇剧本,写男女相爱的故事。

【今译】送郎送到板桥湾,目送又登三山头。遥见帆影有千个,知是顺着风波走。　　乘风破浪不暂停,三山无情遮行舟。我愿变成比目鱼,紧随情郎千里游。

【点评】《三洲歌》虽说是"商人之歌",但从这两首来看,都是女子歌唱的恋歌。第一首直写"送欢"。女子将恋人送走之后,却"相待"山头,遥望商船,希望能一帆风顺,抓住了相爱男女的具体特点。第二首间写"送欢"。女子相送恋人,直到行舟被"三山"隐去仍不肯离去,并通过"愿作比目鱼,随欢千里游"的心理描写,表现了一对恋人的一往情深。这两首诗歌虽写得通俗流畅,富有民歌色彩,但都含蓄委婉,语浅意深,具有很深的意味。

【集说】《三洲歌》者,商客数游巴陵、三江口往还,因共作此歌。其旧辞云:"啼将别共来。"梁天监十一年,武帝于乐寿殿道义竟留十大德法师,设乐,敕人人有问,引经奉答。次问法云:"闻法师善解音律,此歌何如?"法云奉答:"天乐绝妙,非肤浅所闻。愚谓古辞过质,未审可改以不?"敕云:"如法师语音。"法云曰:"应欢会而有别离,'啼将别'可改为'欢将乐',故歌。"歌和云:"三洲断江口,水从窈窕河傍流。欢将乐,共来长相思。"旧舞十六人,梁八人。(《古今乐录》)

《三洲歌》的和声特别曲折,这与法云所改有关。我怀疑,原来商人的《三洲》歌曲,入梁宫廷后,可能又受佛曲的影响。因为梁时佛教盛行,梁"正乐"亦佛曲;法云又用法师语音。因此《三洲歌》的曲调就不同于一般"西曲",和声则显得很为别致。(杨生枝《乐府诗史》)

这两首歌都以女子的口吻来叙说。"欢"指男方。第一首说女子在板桥湾送别欢郎乘舟远去,自己还在三山上伫立目送。欢郎当是商旅,他所乘的船混杂在江中众多的帆船中,随着风波流水远去了。第二首接着说,风波激

457

南朝部分

荡,舟行迅速,不久,欢郎所乘的船却被三山所挡住而看不见了。想到如果自己与欢郎能成为比目鱼,不相分离,跟着欢郎作千里之游,那该多好啊!两诗以天真活泼的笔调,诉说年轻女郎对情人的深情与痴心,口吻毕肖,婉转动人。"吴声歌曲""西曲歌"中的许多歌词,在修辞手段上经常运用双关语。这里的"风流"可能也是双关语,表面是说风波流水,实际暗喻男女情爱。(王运熙《汉魏晋南北朝隋诗鉴赏词典·三洲歌三首》)

(杨生枝)

采桑度⁽¹⁾

蚕生春三月,春桑正含绿。女儿采春桑,歌吹当初曲⁽²⁾。　　采桑盛阳月⁽³⁾,绿叶何翩翩!攀条上树表⁽⁴⁾,牵坏紫罗裙。　　伪蚕化作茧⁽⁵⁾,烂熳不成丝⁽⁶⁾。徒劳无所获,养蚕持底为⁽⁷⁾?

【注释】(1)《采桑度》,一作《采桑》,属"西曲歌"。据《水经注》记载,"采桑度"是地名,当为"采桑津","河水过屈县西南为采桑津"。梁简文帝的《乌栖曲》中也有"采桑渡头碍黄河,郎今欲渡畏风波"。由此推之,此曲很可能是采桑度这个地区的民间乐歌。　(2)"歌吹当初曲"句:"歌吹",指歌唱与吹奏。"初",一作"春"。　(3)盛阳月:犹艳阳天,谓春天。　(4)树表:树梢。　(5)伪蚕:坏蚕。　(6)烂熳:当作"烂漫",乱散貌。"丝":双关语,谐"思"。　(7)持底为:拿来作什么用。

【今译】阳春三月春蚕长,欣欣向荣桑叶绿。女郎春天采春桑,歌声高唱春日曲。　　采桑采在艳阳天,风吹绿叶舞婆娑。手攀桑条爬上树,挂得紫罗裙子破。　　坏蚕勉强变成茧,乱七八糟不成丝。白白劳动没收获,养蚕到底为何事!

【点评】这几首歌诗,全与民间采桑劳动有关。第一首写阳春三月,春桑含绿,正是养蚕的大好时光。于是姑娘们一边采桑劳动,一边歌唱吹奏。

"歌吹当初曲",指采桑劳动开始时的乐歌,像是《采桑度》曲的引子。第二首通过"攀条上树表,牵坏紫罗裙"的生动描写,反映了采桑姑娘的辛苦劳动。第三首通过"徒劳无所获,养蚕持底为?"的心理刻画,表现了采桑姑娘劳而无获的愤慨之情。南朝乐府民歌多描写城市生活,很少描写农业生产劳动,而《采桑度》却是少有的几首。

【集说】《采桑》,因《三洲曲》而生此声也。(《旧唐书·音乐志》)

《古今乐录》曰:"《采桑度》,旧舞十六人,梁八人"。即非梁时作矣。(《乐府诗集》引)

《采桑度》,《三洲曲》所出也。与《罗敷》《秋胡行》所谓采桑者异矣。(《通志》)

所谓南朝民间乐府,稍具乡村意味者,惟此数曲而已。(萧涤非《汉魏六朝乐府文学史》)

(杨生枝)

安东平⁽¹⁾

吴中细布⁽²⁾,阔幅长度。我有一端⁽³⁾,与郎作裤。　微物虽轻,拙手所作。余有三丈,为郎别厝⁽⁴⁾。　制为轻巾,以奉故人。不持作好⁽⁵⁾,与郎拭尘。

【注释】(1)《安东平》,属"西曲歌",《乐府诗集》只收五曲。　(2)吴中:今江苏吴县。　(3)一端:普通以二丈为一端,又有丈八、丈六、六丈诸说。这里说"我有一端",后面又说"余有三丈",是以六丈为一端。《魏书·食货志》云:"旧制:民间所织绢布皆幅广二尺二寸,长四十尺为一匹,六十尺为一端。"可为佐证。　(4)厝:同"措"。"别厝",就是另作措置。　(5)不持作好:这句说不是用来当作好礼物。

【今译】吴中产细布,匹长幅又宽。我有整六丈,给郎作裤穿。　虽说礼物轻,是我拙手缝。还剩三丈长,为郎做他用。　制件裹头巾,奉献给

故人。不为作礼物,给郎擦灰尘。

【点评】《安东平》中的这三曲,意相联贯。这三首都写女子用吴中细布,精心制作各种衣物,以奉郎君,表现了女子对郎的一片真挚感情。"与郎作裤""与郎别厝""与郎拭尘",都表现了女子的用心良苦。"微物虽轻,拙手所作",充满着女子对郎的爱悦心情。《安东平》皆四言四句,在"西曲歌"中别具一格。

【集说】《安东平》,《乐府诗集》共载五首。最后一首云:"东平刘生,复感人情。与郎相知,当解千龄。"从歌中的"东平刘生"一句看,汉横吹曲有《刘生》一曲。《乐府解题》曰:"刘生不知何代人,齐梁已来为《刘生》辞者,皆称其任侠豪放,周游五陵三秦之地,或云抱剑专征为符节官,所未详也"。此外,"梁鼓角横吹曲"又有《东平刘生歌》一曲,其歌有"东平刘生安东子",大概《安东平》之曲名就是从此歌而来。(杨生枝《乐府诗史》)

诗人用白描的手法,着重于人物的行为和语言、心理的描写,朴素地写出了一位心地善良、多情多义、多才多艺,心灵美好的妇女形象,而不对她的外貌进行描写,这样的描写是成功的。(乐秀拔《汉魏晋南北朝隋诗鉴赏词典·安东平五曲》)

(杨生枝)

那呵滩[1]

闻欢下扬州[2],相送江津湾[3]。愿得篙橹折[4],交郎到头还[5]。　　篙折当更觅[6],橹折当更安[7]。各自是官人[8],那得到头还?

【注释】(1)《那(nuó)呵滩》,属"西曲歌",《乐府诗集》共收六首。(2)扬州:当时州名,治所在建康(今江苏省南京市)。　(3)江津:在今湖北省江陵县南。　(4)篙:撑船的竹篙。橹:装在船上的撑船工具。　(5)交:这里作"教"字用。到头:倒转船头。到,这里作"倒"字用。　(6)觅:寻找。

(7)安：安装、安置。　　(8)官人：这里指为官家服役的人。

【今译】听说情郎去扬州，亲自送到江津湾。愿那篙橹都折断，叫郎掉转船头还。　　竹篙折断当再寻，大橹折断当再安。我们都是为官差，哪能掉转船头还。

【点评】这首歌用对唱的形式，表现了封建社会的徭役给劳动人民带来的痛苦。前一首是女子歌唱：希望篙橹折断，爱人倒头而还。后一首是驾船离去的爱人的回答：我们是官差之人，即使篙橹都折，也不得倒头转回！男女互相唱和，一问一答，情深意长。

【集说】《那呵滩》，旧舞十六人，梁八人。其和云："郎去何当还？"多叙江陵及扬州事。那呵，盖滩名也。（郭茂倩《乐府诗集》引《古今乐录》）

"那呵"与"奈何"声同，当即是"奈何"。歌词有云："愿得篙橹折，交郎倒头还。"因滩很凶险，故名。（王运熙《六朝乐府与民歌》）

"那呵"二字，与"奈何"同音，实际上也就是"奈何"的谐声词。所谓的"那呵滩"，指的就是诗中提到的江津湾，故址在今湖北省江陵县南，是当时的一个十分重要的港湾。这里是远行的人儿与送别的亲友洒泪分手的地方。别情依依，无可奈何，虽执手之留恋，竟挥桨而离去。所以，就把这个地方叫作了"那呵滩"。歌曲以此为题，且和以"郎去何当还"一句如泣如诉，令人肝肠寸断的歌辞，我们就不难想象它所表达的感情是多么悲苦欲绝，惊心动魄了。（夏连保《汉魏晋南北朝隋诗鉴赏词典·那呵滩六曲》）

（杨生枝）

461

南朝部分

拔　蒲⁽¹⁾

青蒲衔紫茸⁽²⁾，长叶复从风。与君同舟去，拔蒲五湖中⁽³⁾。　　朝发桂兰渚⁽⁴⁾，昼息桑榆下。与君同拔蒲，竟日不成把⁽⁵⁾。

【注释】(1)《拔蒲》属"西曲歌",《乐府诗集》共收二首。 (2)蒲:水草,亦名香蒲。嫩茎可食,叶可作席、扇等,夏抽花梗于丛叶中,花与絮丛生梗端,形如蜡烛,俗称蒲槌。成熟则有紫色绒毛,称为蒲茸(róng)。 (3)五湖:泛指湖泊。 (4)桂兰渚(zhǔ):生长桂树兰草等芳香植物的水中小洲。(5)竟日:终日。

【今译】碧绿的蒲草已经长出紫绒,长长的叶子随着风儿起舞。我和心上人划着扁舟,计划一同到幽静的湖泊拔蒲。 清晨从长着桂树兰草的小洲出发,大白天就休息在桑树榆树底下。我和心上人同拔蒲草,整整一天也没有拔够一把。

【点评】《拔蒲》二首,都是写劳动人民的爱情生活的。这两首似为一曲之两章,前一首写一对情侣同作,后一首写一对情侣同息。尤其是第二首的最后两句"与君同拔蒲,竟日不成把",令人不禁想起《诗经》中的"采采卷耳,不盈顷筐",可谓异曲同工。但这两首比起《诗经》中的《卷耳》更为生动活泼,而且把劳动生活和恋爱之情的描写结合了起来。

【集说】《拔蒲》,倚歌也。(《古今乐录》)

凡倚歌,悉用铃鼓,无弦有吹。(《古今乐录》)

"与君"二句:余冠英说:"拔蒲终日,所得不足一把,可见心不在拔蒲。《诗经·卷耳》:'采采卷耳,不盈顷筐',情形正相似。但这是写欢乐,那是写相思。"(《古诗精选》)

《拔蒲》一共两首,是男女共同拔蒲时,女子唱给她情人听的。……最后两句以整日拔蒲不满一把来反衬他们爱情生活的无比融洽与幸福。这一手法无疑是吸取了《诗经·周南·卷耳》"采采卷耳,不盈顷筐"的艺术经验的。不过《卷耳》是为了反衬思念之苦,《拔蒲》则是为了反衬愉悦之情的。作者将这样两句置于诗歌的末尾,使全诗显得余味无穷。(曹大中《先秦汉魏六朝诗鉴赏辞典·拔蒲》)

(杨生枝)

汉魏六朝乐府观止

462

作蚕丝⁽¹⁾

春蚕不应老,昼夜常怀丝⁽²⁾。何惜微躯尽⁽³⁾,缠绵自有时⁽⁴⁾。

【注释】(1)《作蚕丝》属"西曲歌",《乐府诗集》收四首。 (2)怀丝:双关语,谐"怀思"。 (3)"何惜"句:蚕吐丝后即化为蛹,此借以喻自己为爱情不惜性命。"微躯尽",谓身死。 (4)缠绵:双关语,喻爱情。

【今译】春蚕不应该衰老,白天黑夜都吐丝。从来不惜献身躯,连绵倾吐见意志。

【点评】这首诗借春蚕吐丝化为蛹,比喻女子为爱情而不惜自己的性命。这里以"怀丝"隐"怀思";以蚕丝的"缠绵"喻情爱的"缠绵",比喻巧妙,寓意深刻。这种对爱情的执着追求,颇具感人的魅力。

【集说】《作蚕丝》,倚歌也。(《古今乐录》)

唐代诗人李商隐的《无题》诗中有两个至今尚为人传诵的名句:"春蚕到死丝方尽,蜡炬成灰泪始干。"前一句在构思上无疑是受到过这首《蚕丝歌》的启发。但是,李诗与这首诗对爱的前景所抱的态度是不一样的。前者写的是爱的绝望,读后使人眼中流血,心底成灰。后者尽管也写出了生的挣扎,爱的磨劫,却不乏期待和希望。……她坚信:"缠绵自有时",只要自己生得顽强,爱得执着,总有实现爱情理想的时候。所以,这首诗不只是要读者随女主人公愁肠的蠕动悲鸣,它还要我们为主人公的乐观自信祈祷,祝她如愿以偿。(李生龙《先秦汉魏六朝诗鉴赏辞典·作蚕丝》)

一"尽"一"有"对称使用,在二曲背反中写尽兰妇的理想、追求、相思、痴情与苦意。足见诗人运笔风流燕婉,用情执着专一,用心精诚良苦。(王巧凤《汉魏晋南北朝隋诗鉴赏词典·作蚕丝四曲》)

(杨生枝)

南朝部分

西乌夜飞⁽¹⁾

日从东方出，团团鸡子黄⁽²⁾。夫妇恩情重，怜欢故在傍⁽³⁾。

【注释】(1)《西乌夜飞》属"西曲歌"，《乐府诗集》收五首。 (2)团团：圆圆的。鸡子黄：鸡蛋黄。 (3)欢：指丈夫，乃爱称。

【今译】一轮旭日出东方，状貌酷似鸡蛋黄。夫妇恩爱情义重，我像蛋清围郎旁。

【点评】这首歌诗以"日"比丈夫，以"鸡子黄"比初出的太阳，夫妇恩爱，互不相离。歌诗不仅比喻新鲜，而且写得清新可爱。

【集说】《西乌夜飞》者，宋元徽（废帝年号）五年（477），荆州刺史沈攸之所作也。攸之举兵发荆州，东下，未败之前，思归京师，所以歌。和云："白日落西山，还去来。"送声云："折翅乌，飞何处，被弹归。"（《乐府诗集》引《古今乐录》）

（杨生枝）

月节折杨柳歌⁽¹⁾

织女游河边⁽²⁾，牵牛顾自叹，一会复周年。折杨柳，揽结长命草⁽³⁾，同心不相负。 素雪任风流⁽⁴⁾，树木转枯悴，松柏无所忧。折杨柳，寒衣履薄冰，欢讵知侬否⁽⁵⁾？

【注释】(1)《月节折杨柳》，属"西曲歌"，共十三首，是按十二个月，每月一歌，又加闰月一歌。这十三首歌，体式相同，都是五言五句，中间加有"折杨柳"（是南方表达情感的一种方式），很可能是源于民间的一套组歌。

（2）"织女"三句：是指神话传说中，七夕牛郎、织女在天河相会之事。"游河边"，即指天河。　（3）揽：采集。长命草：马齿苋，太阳晒不死，又可入药，延年益寿。　（4）素雪：白雪。　（5）讵：岂，岂能。

【今译】织女游在天河边，牛郎遥见自悲叹，会面一次等一年。折枝杨柳表情意，采摘编织长命草，愿结同心永相依。白雪飘扬任寒风，树木花草变凋枯，苍松翠柏抗严冬。折枝杨柳表心事，身穿棉衣走薄冰，情郎岂知我深意？

【点评】这首歌诗在内容上都写的是男女情思，在写法上也有一个共同特点，都是借每月景之特点来抒相思之情。第一首借夏历七月初七晚，织女、牛郎二星的传说故事，表达了男女同心相守、互不相负的心情，表示出对爱情的忠诚如一。第二首借寒冬十一月，树木枯凋而松柏常青，表达了对爱情的坚贞不二。这两首歌借景抒情，寓情于景，情景交融，富有鲜明的民歌特色。

【集说】此歌格调甚为别致。普通皆首二句或第二句与第四句相押，此则首句用韵。体似变化，而律极谨严，自有乐府以来，尚无此种。即如南朝歌曲，以五言五句成章者虽间亦有之（如《前溪歌》），然皆一韵到底，用法亦一如常式，与此绝不类。惟《读曲歌》有"折杨柳。百鸟园中啼，道欢不离口。"全合于此歌之后半，疑融合吴声歌而成者。陈胤倩列此歌于晋，恐不足信。折杨柳三字无意义，为曲中之和声，如古乐府"贺贺贺""何何何"之类。（萧涤非《汉魏六朝乐府文学史》）

（杨生枝）

长干曲(1)

逆浪故相邀(2)，菱舟不怕摇(3)。妾家扬子住(4)，便弄广陵潮(5)。

【注释】(1)《长干曲》录自《乐府诗集》卷七十二,属《杂曲歌辞》。长干本为古建康(南京市)一个巷名。 (2)逆浪:迎面而至的波浪。邀:遮。(3)菱舟:采菱驾驶的小船。 (4)妾:女子自己谦称。扬子:渡口名称,在今江苏江都市南,是古代长江的一个著名口岸。 (5)便:习惯。弄:戏耍。广陵:今江苏扬州市,紧靠长江。

【今译】迎面扑来巨浪,好像故意阻挡;稳住采菱小舟,不怕摇摇晃晃。我家住在江岸,习惯潮来潮往;戏耍广陵波涛,那是极其平常。

【点评】《长干曲》刻画了一个巾帼不让须眉的水乡泽国劳动妇女的典型形象。她是扬子江上的弄潮女,不怕风急浪高,独自驾着一叶采菱小舟逆流而上,虽然摇摇晃晃,但是凭着娴熟的技术,根本无所畏惧。"便弄广陵潮"一语,说得多么轻松愉快,其中又蕴涵着多么强烈的自信心和自豪感啊!尤其歌辞是用第一人称唱出,更觉泼辣大胆,英气袭人。在南朝乐府民歌中别开生面,一扫常见的柔弱缠绵的女性情态。这个人物形象,与北朝乐府民歌《木兰辞》所塑造的女英雄花木兰虽属另一种类型,但却有着异曲同工之妙。

【集说】"杂曲歌辞"里有一首《长干行》,描写扬子江的弄潮女,这是风土诗中的动人之作。……读者不但看到生动逼真的水乡生活和风景的描绘,而且眼前仿佛出现了一个风里来浪里去,勇敢无畏的劳动妇女的形象。这个形象和"吴歌""西曲"里的某些柔情弱态的女性显然是不同了。(中国科学院文学研究所中国文学史编写组《中国文学史》第256页)

这首小诗描写一位江南水乡的渔家女子:她生长在扬子江边,依水为生,常常迎着扬子江中的浪潮行舟,小船随着风涛出没飘摇,而她却全无畏惧,已经习以为常了。全诗以明快的语言,自豪的口吻,描绘了这样一个豪迈泼辣、刚强矫健的女子的形象,表现了一种崭新的审美情趣,使读者的耳目为之一新。(高海夫《南北朝民歌和〈木兰诗〉》,载《中国古典文学》第十一讲)

诗人将那么险恶的风浪,那么豪迈充满艰难的生活写得那么活泼,那么富于生活情趣,于朴素自然的语句中流露出一种内在力量的美,读来确实使人有耳目一新之感。(姚力芸《汉魏晋南北朝隋诗鉴赏词典·长干曲》)

这首歌虽然产生于吴地的都市,形式也同于"吴歌",但所表现的女主人公的形象却和"吴歌"中那些柔情弱态的女性不同,这大概因为它是"吴歌"的晚期产品。(杨生枝《乐府诗史》第四章)

(张秀贞)

西洲曲⁽¹⁾

忆梅下西洲⁽²⁾,折梅寄江北⁽³⁾。单衫杏子红,双鬓鸦雏色⁽⁴⁾。西洲在何处?两桨桥头渡⁽⁵⁾。日暮伯劳飞⁽⁶⁾,风吹乌臼树⁽⁷⁾。树下即门前,门中露翠钿⁽⁸⁾。开门郎不至,出门采红莲。采莲南塘秋,莲花过人头。低头弄莲子,莲子清如水。置莲怀袖中,莲心彻底红⁽⁹⁾。忆郎郎不至,仰首望飞鸿⁽¹⁰⁾。鸿飞满西洲,望郎上青楼⁽¹¹⁾。楼高望不见,尽日栏干头⁽¹²⁾。栏干十二曲⁽¹³⁾,垂手明如玉⁽¹⁴⁾。卷帘天自高⁽¹⁵⁾,海水摇空绿⁽¹⁶⁾。海水梦悠悠⁽¹⁷⁾,君愁我亦愁⁽¹⁸⁾。南风知我意,吹梦到西洲。

【注释】(1)《西洲曲》,属《杂曲歌辞》,说是"古辞"。西洲:诗中女子过去和爱人相会的地方,可能在今湖北省武汉市附近。 (2)下:去。 (3)江北:爱人的所在地。 (4)鸦雏色:形容头发乌黑。鸦雏,小鸦。这两句从整衣衫和理鬓发的描写中点出女主角。 (5)这两句和上下两句都有关联:为了想到西洲去,所以要整衣衫、理鬓发;但天已晚了,只听到一片风吹乌臼树的声音,所以不去了。 (6)伯劳:四五月里开始鸣叫的一种鸟,它习惯于单栖独宿。 (7)乌臼树:即乌桕树,落叶乔木,夏天开黄色小花。 (8)翠钿:用翠玉镶成的首饰。 (9)莲心:与"怜心"双关。怜心,爱他的心。(10)望飞鸿:古代有鸿雁传书的说法,这里指盼望书信的到来。 (11)青楼:指女子居住的地方。 (12)尽日:整天。这句是说她从早到晚倚着栏杆在盼望他。 (13)十二曲:形容转折很多。 (14)垂手:把手搭在栏杆上。明如玉:形容手很洁白。 (15)这句是说卷起帘子望爱人时,只看到天特别高远。 (16)海水:形容水天相接,浩渺无际,看上去像海一样。摇空绿:绿

波摇荡，一片清空。　　(17)悠悠：无穷无尽的样子。　　(18)君：您。指她的爱人。

【今译】想起梅花去西洲，折梅寄往江北岸。杏红衣衫穿身上，两鬓漆黑雏鸦般。借问西洲在何处？桥头渡口坐小船。日暮伯劳好单栖，风吹乌臼思绪添。乌臼树下是门外，门里女郎戴翠钿。开门不见郎君至，无奈出门采红莲。南塘秋色采莲时，莲花盛开过人头。低头采莲更怜子，莲子青青如水流。把莲放置怀袖中，莲心似火红彤彤。思念郎君郎不至，仰起头来望飞鸿。飞鸿落满西洲上，登上青楼望郎还。楼高远眺不见郎，整整一天倚栏杆。栏杆弯弯又曲曲，手扶栏杆白如玉。卷起帘来碧天高，犹如海水摇碧霄。悠悠梦幻似海水，你忧我愁两不堪。祈望南风知我心，吹我入梦西洲见。

【点评】这是一首"依亦吐芳词"的闺情歌，写一个少女对所欢的思和忆。她曾和忆念的情郎在梅花盛开的时节欢晤幽会，但自那以后却杳无音信，于是少女折梅寄去，想借此来唤起他相同的思念。谁知从早春到仲夏，从仲夏到深秋，值逢梅花又开，仍不见情郎返回。因此，她只好希望能"吹梦到西洲"了。诗歌把少女的相思之情写得深挚动人。歌中在表现少女的相思之情时，并不是一般的缠绵倾吐，而是将少女的相思之情寓于四季变化之景。但是诗中并没有明确表示季节的变化，而是通过带有季节特征的人物活动，如"折梅"表早春，"采红莲"表六月，"望飞鸿"表深秋等，这就把时序的变迁与少女的服饰、举止、心情结合了起来。由于女子的心理写得很细腻曲折，加上色彩鲜明的景物烘托，更显得生活气息的浓厚和抒情的含蓄。这首诗音节和谐流畅，语言婉转动人，呈现出成熟的艺术技巧。

【集说】《西洲曲》，乐府作一篇，实绝句八章也。每章首尾相衔，贯串为一，体制甚新，语亦工绝。如"鸿飞满西洲，望郎上青楼。楼高望不见，尽日阑干头。海水绿悠悠，君愁我亦愁。南风知我意，吹梦到西洲"，全类唐人。（胡应麟《诗薮·内编》卷六）

续续相生，连蹁接萼，摇曳无穷，情味愈出。（沈德潜《古诗源》卷十二）

似绝句数首,攒簇而成,乐府中又生一体。初唐张若虚、刘希夷七言古,发源于此。(同上)

《乐府诗集》将本篇收入"杂曲歌辞"类,说是古辞。《玉台新咏》以为江淹作,但宋本不载。明、清人的古诗选本或以为晋辞,或以为梁武帝作。当是经过文人加工的南朝民歌,可能产生于梁代。(《魏晋南北朝文学史参考资料》)

这首诗写一个女子对所欢的思和忆。开头说她忆起梅落西洲那可纪念的情景,便寄一枝梅花给现在江北的所欢,来唤起他相同的记忆。以下便写她从春到秋,从早到晚的相思。诗中有许多辞句表明季节,如"折梅"表早春,"单衫"表春夏之交,"采红莲"应在六月,"南塘秋"该是早秋(因为还有"莲花过人头"),"弄莲子"已到八月,"鸿飞满西洲"便是深秋景象。这篇诗《乐府诗集》列于杂曲,作古辞,原来该是长江流域的民歌,字句当已经过文人的修饰。音节之美是本诗的特色,代表《吴歌》《西曲》最成熟最精致阶段的作品。(余冠英《汉魏六朝诗选》)

本篇"续续相生,连跗接萼,摇曳无穷,情味愈出"(见《古诗源》),意思却不很明显。或以为自始至"海水摇空绿"句是男人口气,写他正在忆梅花而想到情人住处西洲时,恰逢她寄来一枝梅花到其住处江北来,因而忆及她的仪容、家门、服饰、生活和心情;末四句改作女子口气,自道其心事,希望"向南的风"将他的梦吹到西洲。或以为全诗都是女子口吻,她所忆念的情郎住在西洲,……而诗中说:"西洲在何处?两桨桥头渡。"似去女子住处不远,当仍在江南。如此则女子应是想起了过去曾与情人在西洲赏梅,这时又想到西洲折一枝梅花寄往江北去。而作了一个梦,所以篇末说:"南风知我意,吹梦到西洲。"(《魏晋南北朝文学史参考资料》)

(杨生枝　高益荣)

南朝部分

南朝歌谣

时人为刘劭刘骏语⁽¹⁾

遥望建康城⁽²⁾,小江逆流萦⁽³⁾。前见子杀父⁽⁴⁾,后见弟杀兄⁽⁵⁾。

【注释】(1)本篇辑自《魏书》卷九十七《岛夷刘裕》附《刘义隆·刘逡传》。 (2)建康:南朝刘宋京城,在今南京市。 (3)逆流:泛滥。萦(yíng):环绕。 (4)子杀父:指刘劭杀其父宋文帝刘义隆。刘劭本为太子,却命女巫咒诅其父速死,自己好早登帝位。事发,文帝欲废太子,劭闻讯,先将其父杀死。 (5)弟杀兄:指宋武帝刘骏杀死其兄刘劭事。劭弟刘骏为江州刺史,闻父文帝被杀,即称帝于新亭(在今江苏江宁南),擒杀刘劭,暴尸于市,经月坏烂,投入水中,男女妃妾,一皆从戮。

【今译】远远瞭望建康城,江水围绕浪涛涌。前头目睹子杀父,后面又见弟杀兄。

【点评】这首歌谣,旨在揭露刘宋宗室为争夺皇位而展开的一场骨肉相残的搏杀。"江水逆流萦"一语，形象地显示出建康城险象环生，气氛紧张而恶劣。接着是"前见子杀父，后见弟杀兄"，点明一波未平，一波又起，虽然没有评论谁是谁非，但已告诉了读者当时政治之所以动荡的原因。在历史上，宋文帝刘义隆要算整个南朝中的一个最突出的皇帝，他不喜奢侈，重视文教，勤于政事，却被太子刘劭为抢班夺权而杀死，不论国法人情都是不允许的。接着，刘骏也自行称帝，杀掉刘劭，并大事株连，手段过于残忍，也引起了群众的不满，于是歌谣把刘劭、刘骏平列一起，还是有其倾向性的。

【集说】帝聪明仁厚，雅重文儒，躬勤政事，孜孜无怠，加以在位日久，惟简靖为心。于时政平讼理，朝野悦睦，自江左之政，所未有也。又性存俭约，不好奢侈。车府令尝以辇篷故，请改易之；又辇席旧以乌皮缘故，欲代以紫皮，上以竹篷未至于坏，紫色贵，并不听改，其率素如此云。（李延寿《南史》卷二《宋本纪·文帝义隆》）

（刘）骏乃僭即大位于新亭。于是擒（刘）劭、（始兴王刘）休明，并枭首大桁，暴尸于市。经月坏烂，投之水中。男女妃妾，一皆从戮，时人为之语曰云云。（魏收《魏书》卷九十七《刘骏传》）

《魏书·岛夷刘义隆传》：义隆太子劭及始兴王休明令女巫严道育咒诅义隆。事发，乃议黜劭。劭知己当废，遂夜召张超之。明晨，超之等率十余人走入云龙门。拔刃，径登含章殿，斩义隆。劭弟骏时为江州刺史，讨之。劭众奔溃。骏乃僭即大位于新亭。于是擒劭，休明，并枭首大桁，暴尸于市。经月坏烂，投之水中。男女妃妾，一皆从戮。时人为之语曰云云。（杜文澜《古谣谚》卷十《解题》）

（赵光勇）

绵州巴歌⁽¹⁾

豆子山⁽²⁾，打瓦鼓⁽³⁾；扬平山⁽⁴⁾，撒白雨⁽⁵⁾。下白雨，取龙女。织得绢，二丈五⁽⁶⁾。一半属罗江⁽⁷⁾，一半属玄武⁽⁸⁾。

【注释】(1)《绵州巴歌》,属《杂歌谣辞》。绵州,今四川省绵阳市。巴歌,四川的民歌。 (2)豆子山:在今四川省绵阳市。 (3)这两句说瀑布落在豆子山溪涧中时,水声清脆,好像敲打着瓦鼓。 (4)扬平山:在四川省,地点不详。 (5)这两句说瀑布流到扬平山时,冲击山石,水珠四溅,好像飞散的白雨。 (6)这里把瀑布想象成龙女织的一匹白绢。二丈五:这里兼指绢的长度和瀑布的高度。 (7)罗江:今属四川省。 (8)玄武:今四川省中江县。这两句写瀑布的水分别流到罗江县和中江县。

【今译】豆子山涧水势猛,水声轰轰如打鼓。途经扬平山中遇陡岩,变成瀑布撒白雨。白雨茫茫从天降,遂娶龙女来落户。龙女日夜勤织绢,绢宽足有二丈五。一半给了罗江,一半给了玄武。

【点评】这是一首专咏瀑布的歌谣。开头两句"豆子山,打瓦鼓",意在说明瀑布之水源自豆子山,水势浩大,汹涌澎湃,犹如鼓鸣。"扬平山,撒白雨"两句,直说水到扬平山,飞流而下,犹如天降白雨,煞是壮观。以下诗人则浮想联翩,不仅从鼓声联想到娶亲的热闹场面,还从"下白雨"联想出"娶龙女"的神话故事,形象生动,意趣盎然。"织得绢,二丈五"二句,把世俗准备嫁妆之举附会到龙女身上,却又把龙女视作劳动人民的化身,不仅赋予瀑布以形象,还把自然造化的瀑布看成龙女的杰作,更显得丰富多彩。最后两句"一半属罗江,一半属玄武",表面上是说白绢的归属,实则是指出了瀑布的去处。这首歌谣富有想象力,生动活泼,不落俗套,能够引人入胜。

【集说】这是歌唱绵州瀑布的民歌。它不仅交代了瀑布的来龙去脉,也描绘了瀑布的声音和形态,使人感到祖国河山的壮丽。诗人的想象非常奇妙。(商礼群《古代民歌一百首》)

这里所咏的是一条瀑布,先说在豆子山听到溪涧里的流水声像打鼓似的,到扬平山就见到流水冲击石头,溅起水点,像下雨似的。这是瀑布的来路。由鼓声联想到娶新妇,由下雨联想到龙女,由龙女引出织绢,绢就是指瀑布的本身。最后还交代瀑布的去路,就是一半流到罗江县,一半流到玄武县。歌谣里专写景物的本来就不多,这一首形象鲜明,想象活泼,尤其难得。

（中国科学院文学研究所中国文学史编写组《中国文学史》第五章）

（杨生枝）

三峡谣⁽¹⁾

朝发黄牛⁽²⁾，暮宿黄牛，三朝三暮，黄牛如故。

【注释】（1）本篇载于郦道元《水经注·江水》。三峡：指长江流经四川奉节至湖北宜昌之间的瞿塘峡、巫峡、西陵峡。 （2）黄牛：即黄牛峡，一名黄牛山，在湖北宜昌西。《水经注·江水》云："江水又东，径黄牛山下，有滩名曰黄牛滩。南岸重岭叠起，最外高崖间有石，色如人负刀牵牛。人黑牛黄，成就分明。既人迹所绝，莫得究焉。此岩既高，加以江湍纡回，虽途经信宿，犹望见此物。故行者谣曰：'朝发黄牛，暮宿黄牛，三朝三暮，黄牛如故'，言水路纡深，回望如一矣。"

【今译】早晨出发见黄牛，晚上住宿见黄牛，经过三天又三夜，依然能够见黄牛。

【点评】黄牛是高山石壁上的图像。本篇以黄牛为典型景物进行咏叹，热烈赞美山环水绕的自然风光。作品运用写实手法，展示黄牛之大、之高，连走三天三夜都可以看得见，否则，视线将被挡住，便不会出现这种景观；同时，也说明江水总是纡曲缭绕，也才能使黄牛总是呈现在眼前，不然经过三天三夜，必然会从地平线上消失。全篇共十六个字，黄牛就占了六个；四句之中，有三句都有"黄牛"字样，老是黄牛、黄牛，可是并不使人觉得重复，反而使黄牛这个形象更加显豁，还增加了韵味。

【集说】四语中写尽纡回沿溯之苦。（沈德潜《古诗源》卷九）

黄牛峡，州西九十里，亦曰黄牛山。下有黄牛滩，其峭壁间有石，如人牵牛状，人黑而牛黄。山岩既高，加以江湍纡回，虽途经信宿，犹望见之。行者谣曰："朝发黄牛……"，言水路阻长也。（顾祖禹《读史方舆纪要·湖广·荆

473

南朝部分

州府·彝陵州》)

　　这是古代溯长江西上的旅人为黄牛峡而唱的歌谣。它刻画了黄牛峡山高水曲、客船迂回前进的情景,和《湘中渔歌》的"帆随湘转,望衡九面"的意境极为相似。(商礼群《古代民歌一百首》)

　　这是写三峡风光的民谣,描述了山重水复的奇异景色。(陈鼎如、赖征海《古代民谣注析·三峡望题解》)

(赵光勇)

北朝部分

赵整

赵整，字文业，一名正，略阳清水（今属甘肃）人，或说是济阴（治所在今山东定陶）人。其有才学，喜直言，无所回避。年十八，任前秦著作郎，后迁黄门侍郎，武威太守。秦主苻坚败殁，削发为僧，更名道整，终于襄阳。

琴歌二首⁽¹⁾

㊀昔闻孟津河⁽²⁾，千里作一曲⁽³⁾。此水本自清⁽⁴⁾，是谁搅令浊。㊁北园有一枣⁽⁵⁾，布叶垂重阴⁽⁶⁾。外虽饶棘刺⁽⁷⁾，内实有赤心⁽⁸⁾。

【注释】(1)这两首《琴歌》，辑自《乐府诗集》卷六十，属《琴曲歌辞》。(2)孟津河：指代黄河。孟津在今河南孟州市之南，系黄河流经之地。 (3)千里作一曲：传闻"河水九曲，长九千里"（见《河图》），故云一曲千里。(4)本：源头。相传黄河一千年清一次，清则意味政治清明。 (5)枣：树名。(6)布叶：树叶铺展伸张。重阴：浓荫。 (7)饶：多。棘刺：芒刺。 (8)赤心：双关语，既说枣树心是红的，亦喻自己也是赤胆忠心。

【今译】㊀早已听人说，黄河九道弯；一弯一千里，总长共九千。源头本自清，下游浊不堪。是谁胡乱搅，竟使成这般？㊁北园一棵枣，叶茂垂浓荫。外虽多芒刺，里边是赤心！

【点评】赵整在前秦苻坚朝中做官。苻坚小事聪明，大事糊涂，比如对自己饮酒过量、与夫人同辇而游等不关国家命运的琐事，倒能从谏如流。但是，关系到国家命运前途的战略决策，则刚愎自用，我行我素。特别是像大兴百万之师进攻东晋，就不听诸大臣劝止，弄得一败涂地，忽喇喇如大厦倾，终于导致国破家亡，自己也被羌人叛将姚苌缢死的可悲下场。赵整对苻坚把可信赖的豪族移往远地，把外族归附者大量内移深表不满，早就唱出了"远徙种人留鲜卑，一旦缓急语阿谁？"可是苻坚却"笑而不纳"（《晋书·载记》），真正是自己搬起石头砸了自己的脚。在《琴歌》二首中，赵整又以黄河为喻，直接揭示了"此水本自清，是谁搅令浊？"仍是把矛头对准了苻坚，说是苻坚把国家大事搅得乱七八糟。这两首《琴歌》，通篇用比，不但把河水的清浊比作政治的好坏，还把枣树的重阴比作自己的作为，枣树的棘刺比作自己的讽谏，枣树的赤心比作自己的忠诚，一个关心政治，正直无私，敢于犯颜直谏的作者的高大形象已跃然纸上。

【集说】性好讥谏，无所回避。苻坚末年，宠惑鲜卑，惰于治政。正因歌谏曰："昔闻孟津河……"，坚动容曰："是朕也。"又歌曰："北园有一枣……"，坚笑曰："将非赵文业邪？"（《高僧传》卷一）

(赵光勇)

温子升

温子升(495—547),字鹏举,祖籍太原(今山西),世居江南,祖父恭之,避难归魏,在济阴冤句(今山东菏泽)安家落户。他的才华出众,是北魏著名文学家,二十二岁即任御史,以后屡居要职。齐文襄帝疑其参与叛乱,将其迫害而死。撰《永安记》,又有《文笔》35卷。

凉州乐歌二首⁽¹⁾

(一)远游武威郡⁽²⁾,遥望姑臧城⁽³⁾。车马相交错⁽⁴⁾,歌吹日纵横⁽⁵⁾。(二)路出玉门关⁽⁶⁾,城接龙城坂⁽⁷⁾。但事弦歌乐⁽⁸⁾,谁道山川远。

【注释】(1)凉州乐歌二首,录自《初学记》卷八。凉州:古地名,管辖今甘肃省境。 (2)武威郡:为今甘肃武威市辖区。 (3)姑臧城:为武威郡首府,在今武威市。 (4)交错:东西为交,斜行为错,意即交互往来。 (5)吹:吹奏乐器。日:充满。纵横:纵其心意,任其自由。 (6)玉门关:在武威西北千余里,是古代通西域的重要关口。 (7)龙门坂:地名,即称作龙

北朝部分
卷

门的山坡。　　(8)事:专意从事。弦歌:弹琴唱歌。

【今译】㈠远游武威郡,首府在望中。姑臧城渐近,景象迥不同。车马交互驰,往来似游龙。乐器能伴奏,歌声满激情。㈡路出玉门关,前接龙城坂。心乐弹唱事,不觉道路远。

【点评】这两首乐歌,是作者亲身经历的感受。温子升所走的道路,正是古代与西域交往的大道,武威郡、姑臧城、玉门关,都是必经之路。在作者的笔下,姑臧城车马交错,歌吹纵横,充满着欢乐与繁荣,根本没有一点凄怆荒凉的影子,真可新人耳目。其所以能够成为这样一颗光芒四射的明珠,大概是由于匈奴休屠王、前凉张轨、后凉吕光、北凉沮渠蒙逊皆在此建都并且长期经营的结果。当我们看到乐歌中"歌吹日纵横""但事弦歌乐"之句,那城中的喧闹与旅途的歌声,仿佛呈在眼前,其中一定会有很多宝贵的乐曲和歌词值得我们鉴赏,可惜都已自生自灭,没有保留下来,不能不令人感到惋惜和遗憾。否则,今天北朝乐府的数量将大大增加,使我国文化遗产的宝库愈益得到充实,这是不言而可知的。

【集说】温生是大才士。(李延寿《北史·文苑传》引常景评语)

梁使张皋写子升文笔传于江外,梁武称之曰:"曹植、陆机复生于北土,恨我辞人,数穷百六(按:即命遭厄运)。"阳夏守傅标使吐谷浑,见其国主床头有书数卷,乃是子升文也。济阴王晖业尝云:"江左文人,宋有颜延之、谢灵运,梁有沈约、任昉,我子升足以陵颜轹谢,含任吐沈。"杨遵彦作《文德论》,以为古今辞人皆负才遗行,浇薄险忌,唯邢子才、王元景、温子升彬彬有德素。(李延寿《北史》卷八十三本传)

吐谷小国,蓄书床头,梁武知文,叹穷百六,济阴寒士,何以得此?表碑具在,颇少绝作,陵颜轹谢,含任吐沈,亦硗确自雄,北方语耳。"桐华引仙露,槐影丽卿烟",鹏举逸句尚佳,世以其诗少,即云不长于诗,寒山片石,当不其然!(张溥《汉魏六朝百三家集题辞·温侍读集》)

北人谓温子升凌颜轹谢,含沈吐任,虽自相夸诩语,然子升文笔艳发,自当为彼中第一人。生江左,故不在四君下,惟诗传者绝少,恐非所长。(胡应

汉魏六朝乐府观止

480

麟《诗薮·外编》卷二)

上二句(指"路出玉门关,城接龙城坂")与下二句有何交涉？一直之中,思肠九曲,小诗绝顶技也。(王夫之《古诗评选》卷三)

温子升的诗歌今存十一首,……他的《凉州乐歌》二首,更有新意。如第二首:"路出玉门关,城接龙城坂。但事弦歌乐,谁道山川远。"把远行看作乐事,在文学史上并不多见,不能不说是北朝诗特有的内容。(金汉祥《南北朝的诗和散文·北朝诗人》)

(张秀贞)

北朝部分

邢邵(496—?),字子才,小字吉,河间鄚(今河北任丘)人。仕魏,任中书侍郎,入北齐,官至太常卿,兼中书监,摄国子祭酒,后授特进。其文章之美,独步当时,每成一文,竞相传抄,京都为之纸贵。与温子升齐名,时称"温邢",又与魏收并称"邢魏"。明人辑有《邢特进集》。

思公子[1]

绮罗日减带[2],桃李无颜色[3]。思君君未归,归来岂相识。

【注释】(1)本篇属《杂曲歌辞》,《乐府诗集》:"《楚辞·九歌》曰:'雷填填兮雨冥冥,猿啾啾兮狖夜鸣。风飒飒兮木萧萧,思公子兮徒离忧。'《思公子》盖出于此。" (2)绮罗:指思妇穿的用绮罗等华贵衣料做的衣服。日减带:由于身体日益消瘦,衣带要一天比一天减短。 (3)桃李:指思妇桃李般的容颜。

【今译】身穿绮罗衣,消瘦减腰围。脸若桃李花,而今竟憔悴。日夜思公子,公子却不归。即令今日归,归来岂相识!

【点评】这首诗虽只有四句,却写出了思妇复杂的内心活动。女为悦己者容,因此她每天穿上鲜艳的罗绮衣裙等待丈夫归来。可是在不知不觉中发现衣带在不断地减短,于是在镜中看到自己桃李般的容颜不见了。这时她才意识到:我这般苦苦的等待,在丈夫回来的那一天,还能认识我这憔悴的模样吗?感情真挚而浓烈,心理复杂而凄怆,语言质朴而清新,结构短小而奇巧。虽然只有四句,但很能经得起咀嚼而余味无穷。

【集说】自孝明之后,文雅大盛,邵雕虫之美,独步当时,每一文初出,京师为之纸贵,读诵俄遍远近。

邵率情简素,内行修谨,兄弟亲姻之间,称为雍睦。博览坟籍,无不通晓。晚年尤以《五经》章句为意,穷其指要。吉凶礼仪,公私谘禀,质疑去惑,为世指南。每公卿会议,事关典故,邵援笔立成,证引该洽。帝命朝章,取定俄顷,词致宏远,独步当时。与济阴温子升为文士之冠,世论谓之温、邢。钜鹿魏收虽天才艳发,而年事在二人之后,故子升死后,方称邢、魏焉。(李延寿《北史·邢邵传》)

杨遵彦作《文德论》,以为古今辞人皆负才遗行,浇薄险忌,唯邢子才、王元景、温子升彬彬有德素。(李延寿《北史·温子升传》)

济阴温鹏举,钜鹿魏伯起,河间邢子才,为北朝文人称首。杨遵彦《文德论》云:“古今词人皆负才遗行,惟邢子才王元景温子升彬彬有德素。”然则温邢在当日,兼以行显,非伯起惊蛱蝶比也。(张溥《汉魏六朝百三家集题辞·邢特进集》)

(王魁田)

北朝部分卷

魏收

魏收（506—572），字伯起，小字佛助，巨鹿下曲阳（今河北晋州市）人。少善属文，以才名称于当世。仕魏，典起居注，俄兼中书舍人。与温子升、邢邵齐名，世号"三才"。齐天保初，除中书令，兼著作郎。后除光禄大夫、尚书右仆射。武平三年卒。有《魏书》一百一十四卷，集七十卷。

挟瑟歌[1]

春风宛转入曲房[2]，兼送小苑百花香。白马金鞍去未返，红妆玉箸下成行[3]。

【注释】(1)魏收这首诗收入《乐府诗集》，附在《杂歌谣辞》四之后。(2)曲房：密室。　(3)红妆：一指妇女的红色装饰，泛指妇女的艳丽装束；一指青年妇女。玉箸：美人的眼泪。

【今译】春风习习暖洋洋，辗转飘洒入密房。多情女子寄情思，忽闻小园百花香。郎骑白马跨金鞍，日久征战恋沙场。盛妆艳服空闺阁，红颜玉泪下成行。

【点评】这是一首闺怨诗。描写了一位青年女子在春天来临，忽觉空闺独守，春色虚度而生旷怨、感伤的情绪，与南朝乐府民歌相仿佛。

开首二句，重在描绘春天景色。以春风带起，勾勒春景：温和暖融的春风，送来春的气息，吹遍大地，吹暖人间，也飘进密室，温暖着这位女子。她或许正在轻弹低吟，忽然闻到花的芳香，触动了她春的情思，也撞击着她青春的心扉。诗人字斟句酌，一个"入"字，巧妙地带出女子所处的特定环境"曲房"，对女子的身份也有所交代。一个"兼"字飘来花香，也使读者仿佛看到窗外小苑百花盛开的春色。

后二句写怨情。美好春景令人陶醉，但这位女子的郎君却"白马金鞍"去征战，留下空闺独守，春色虚度。一切怨恨、伤感都化作成行的玉泪。此处无声胜有声，万种怨情尽在无言中。诗人巧妙地运用借代和比喻，"白马金鞍""红妆玉箸"，耐人寻味，增添了诗的韵味，显得含蓄。

这首诗构思精巧，语言颇见功力，有浑成自然之感。由乐到哀，以乐衬哀。自然深刻，有较强的表现力。与唐人王昌龄的《闺怨》有异曲同工之妙。

【集说】北齐文士，著者三人：邢邵、魏收、祖珽凶恶污贱，为古今词人之冠，收亦亚焉。其才实有可观，《挟瑟歌》云："春风宛转入曲房，兼送小苑百花香。白马金鞍去未返，银装玉箸下成行。"无论格调为唐七言绝开山祖，其风致亦不减太白、龙标。但音节未尽谐，盖时代然也。（胡应麟《诗薮·杂编》卷三）

若魏收所作，则字矜句练，语艳情靡，尤逼肖梁简文帝。（萧涤非《汉魏六朝乐府文学史》）

（陈敏直）

棹歌行[1]

雪溜添春浦[2]，花水足新流。桃发武陵岸[3]，柳拂武

昌楼(4)。

【注释】(1)《棹歌行》录自郭茂倩《乐府诗集》卷四十。 (2)雪溜:雪溶水流。浦:岸。春浦:春天的水滨。 (3)发:花开。武陵:本为山名,在江西省。此为武陵桃源故事,源于陶渊明《桃花源记》:"晋太元中,武陵人捕鱼为业,缘溪行,忘路之远近,忽逢桃花林,夹岸数百步,中无杂树,芳草鲜美,落英缤纷……"云云,即传为世外桃源。 (4)拂:遮蔽。武昌楼:指今湖北武汉市的黄鹤楼,相传仙人子安曾乘黄鹤于此憩息;一说蜀人费文祎于此乘黄鹤仙去。

【今译】阳春积雪消,浦岸涨春潮。花开遍四野,新流逐浪高。幽深武陵溪,桃花分外娇。武昌黄鹤楼,长空遮柳梢。

【点评】《棹歌行》顾名思义,当与在江河湖泊撑船歌唱有关。据传魏明帝曹睿创作此曲,是欲渡江平吴,乃有"棹歌悲且凉"之句,隐喻前途的艰辛。援用此曲者,如梁简文帝、刘孝绰、阮研等人,主题尽管不同,但谁都离不开船和水这些自然环境。魏收身居北国,难以陆地行舟,很难有此感受,但他曾出使过梁朝,对江南水乡怀有深刻的印象和由衷的赞赏,于是在路上就写了《聘游赋》以抒发自己的情感,辞采甚为华美。他的《棹歌行》也是写的南国风光,不论是积雪融化后的春水,武陵源里盛开的桃花,武昌黄鹤楼边一望无际的翠柳,无不洋溢着江南的春天的气息。如果没有亲身体味过,那是很难凭空编造出来的。他所用的两个典故,一是桃花源,一是黄鹤楼,也都发生在南方,但他却能熟练地运用到自己的创作中,借以表达对南方春天的歌颂,这不仅对促进南北文化交流,而且对促进民族团结和融合也都起着积极作用。

【集说】《古今乐录》曰:"王僧虔《伎录》云:《棹歌行》歌明帝'王者布大化'一篇,或云左延年作,今不歌。梁简文帝在东宫更制歌,少异此也。"《乐府解题》曰:"晋乐,奏魏明帝辞云'王者布大化',备言平吴之勋。若晋陆机'迟迟春欲暮',梁简文帝'妾住在湘川',但言乘舟鼓棹而已。"(郭茂倩《乐

府诗集》卷四十魏明帝《棹歌行五解·解题》)

始收比温子升、邢邵稍为后进,邵既被疏出,子升以罪幽死,收遂大被任用,独步一时。议论更相訾毁,各有朋党。收每议陋邢邵文。邵又云:"江南任昉,文体本疏,魏收非直模拟,亦大偷窃。"收闻乃曰:"伊常于《沈约集》中作贼,何意道我偷任昉!"任、沈俱有重名,邢、魏各有所好。(李百药《北齐书》卷三十七《魏收传》)

论邢、魏者,以魏仿任乐安,邢仿沈隐侯,余谓伯起生平文体,得之乐安固多,若问史才,隐侯《宋书》亦其兄事也。(张溥《汉魏六朝百三家集题辞·魏特进集》)

邢子才、魏收,俱有重名,时俗准的,以为师匠。邢赏服沈约而轻任昉,魏爱慕任昉而毁沈约,每于谈宴,辞色以之,邺下纷纭,各为朋党。祖孝征尝谓吾曰:"任、沈之是非,乃邢、魏之优劣也。"(颜之推《颜氏家训·文章》)

(张秀贞)

北朝部分

裴让之

裴让之(？—555),字士礼,东魏河东闻喜(今山西闻喜)人。少好学,有文才,清明俊辩,早年知名,时称"能赋诗,裴让之"。梁朝使者至,常令他为主客郎。官至中书侍郎,领舍人。入北齐,任清河太守。因杀地方贪官豪吏而招祸,权贵谗其眷恋魏朝,赐死于家。

有所思⁽¹⁾

梦中虽暂见,及觉始知非。展转不能寐,徙倚独披衣⁽²⁾。凄凄晓风急⁽³⁾,暗暗月光微⁽⁴⁾。室空常达旦,所思终不归。

【注释】(1)本篇属《鼓吹曲辞》。 (2)徙倚:徘徊,流连不去。 (3)凄凄:寒凉貌。 (4)暗暗:日光渐暗貌。此指月光。

【今译】梦中虽然暂相见,醒来才知不是真。辗转反侧睡不着,独自披衣起徘徊。晓风寒凉阵阵急,月影昏暗光线微。独守空房常达旦,所思之人终不归。

【点评】这首诗以含蓄委婉的笔调,写了梦醒后的感受。"始知非"的失望;辗转不寐的痛苦;披衣徘徊的惆怅;以及对"晓风急"和"月光微"的感受,都是那样历历在目,真切动人。在朴素无华的文字下,我们已感受到一颗被思念折磨得几乎要破碎的心,是那样在熬煎中跳动。最后两句,似是画外音在补充地告诉读者:这位主人公受"有所思"的折磨,已非一日,使诗增添了不尽的余味。那么,是什么人思念什么人呢?诗中并没有明言。我们可以理解成妻子思念丈夫,也可以理解成是诗人对贤良之士的思念。总之,读者可以根据自己的理解,做多方面的探求。

【集说】此人风流警拔。(《北齐书》本传引杨愔语)

(王魁田)

北朝部分

王褒

　　王褒(约513—576),字子渊,琅玡临沂(今山东临沂)人。梁武帝欣赏其才艺,以侄女嫁之,赐南昌县侯。元帝时,官至吏部尚书、左仆射。江陵失陷,被西魏虏至长安,受到西魏、北周优待。授太子少保,迁小司空,出为宜州刺史。他原是南朝宫体诗人,到北方后,诗风有所改变。有《王司空集》。

高句丽[1]

　　萧萧易水生波[2],燕赵佳人自多[3]。倾杯覆碗滟滟,垂手奋袖娑娑[4]。不惜黄金散尽,只畏白日蹉跎[6]!

【注释】(1)本篇属《杂曲歌辞》。《乐府诗集》:"《通典》曰:'高句丽,东夷之国也。其先曰朱蒙,本出于夫馀。朱蒙善射,国人欲杀之,遂弃夫馀,东南走,渡普述水,至纥升骨城居焉,号曰句丽,以高为氏。'按,唐亦有《高丽曲》,李勣破高丽所进,后改《夷宾引》者是也。" (2)萧萧:象声词。此指风声。易水:水名。在今河北省西部,源出易县,流入拒马河。《史记·刺客列传》:"太子及宾客知其事者,皆白衣冠以送之。至易水之上,既祖,取道,高渐离击筑,荆轲和而歌,……歌曰:'风萧萧兮易水寒,壮士一去兮不复还!'" (3)燕赵:古燕国、赵国的合称。燕:周封召公之后所建之国,故地在今河北。赵:战国时,晋卿赵、魏、韩三家分晋所建之国。因燕、赵两国为邻,故常合称"燕赵"。 (4)倾杯覆碗:酒醉后杯碗均被推倒打翻的样子。潸潸:涕泪齐下貌。 (5)垂手奋袖:起舞貌。垂手:舞乐名。《乐府诗集》七六《杂曲歌辞》《大垂手》:"《乐府解题》曰:'大垂手,小垂手,皆言舞而垂其手也。'"故又可解作"奋袖舞垂手"。娑娑:轻扬貌。 (6)蹉跎:时间白白过去;光阴虚度。

【今译】风声萧萧,易水生波。燕赵佳人,本来就多。倾杯覆碗,酒摧泪落。奋袖起舞,舞姿婀娜。不惜黄金,散尽尚可;只畏时日,虚掷奈何!

【点评】这首《高句丽》反映了作者羁旅异域,家国难投,只好苦中作乐时的痛苦心情。"不惜黄金散尽,只畏白日蹉跎",实是岳武穆"莫等闲,白了少年头,空悲切"思想意境的另一种表现方式。由此看来,古往今来的一些非凡人物,在思想感情上往往有某些相通之处。另外,本诗六字句的表现形式,在乐府诗中也是别开生面的。

【集说】梁元帝嗣位,褒有旧,召拜吏部尚书右仆射,仍迁左丞,兼参掌。褒既名家,文学优赡,当时咸共推挹,故位望隆重,宠遇日甚,而愈自谦损,不以位地矜物,时论称之。……明帝(北周明帝宇文毓)即位,笃好文学,时褒与庾信,才名最高,特加亲待。帝每游宴,命褒赋诗谈论,恒在左右。(李延寿《北史·王褒传》)

王子渊羁迹宇文,宠班朝右,及周汝南自陈来聘,赠诗致书,汉节楚冠,凄凉在念。又言览九仙,怀五岳,有飘遥遗世之感。盖外縻周爵,而情切土风,流离寄叹,亦徐孝穆之报尹义尚,庾子山之哀江南也。……周朝著作,王庾齐称,其丽密相近,而子渊微弱,平日作《燕歌行》能尽塞北苦寒,梁朝君臣竞和其词,竟成符谶。今观子渊诗文,多《燕歌》类也。建章楼阁,长安陵树,伤心久矣。(张溥《汉魏六朝百三家集题辞》)

北朝部分

他原是梁宫廷文人，西魏陷江陵，梁元帝出降，他到长安，被留，终身未能南返。他到北方以后，诗风有所改变。（北京大学《魏晋南北朝文学史参考资料》）

第五、六句直抒胸臆，显示作者的生活态度和见解。……这里既有人生苦短，行乐须及时的感叹，也隐含着"少壮不努力，老大徒伤悲"的悔恨。"不惜"一句是故作旷达语，"只畏"一句则掩饰不住自己内心的寂寞。（叶元章《汉魏晋南北朝隋诗鉴赏词典·高句丽》）

（王魁田）

燕歌行⁽¹⁾

初春丽日莺欲娇⁽²⁾，桃花流水没河桥⁽³⁾。蔷薇花开百重叶，杨柳拂地散千条。陇西将军号都护⁽⁴⁾，楼兰校尉称嫖姚⁽⁵⁾。自从昔别春燕分⁽⁶⁾，经年一去不相闻⁽⁷⁾。无复汉地长安月⁽⁸⁾，唯有漠北蓟城云⁽⁹⁾。淮南桂中明月影⁽¹⁰⁾，流黄机上织成文⁽¹¹⁾。充国行军屡筑营⁽¹²⁾，阳史讨虏陷平城⁽¹³⁾。城下风多能却阵⁽¹⁴⁾，沙中雪浅讵停兵⁽¹⁵⁾。属国少妇犹年少⁽¹⁶⁾，羽林轻骑数征行⁽¹⁷⁾。遥闻陌头采桑曲⁽¹⁸⁾，犹胜边地胡笳声⁽¹⁹⁾。胡笳向暮使人泣⁽²⁰⁾，还使闺中空伫立⁽²¹⁾。桃花落，杏花舒⁽²²⁾，桐生井底寒叶疏⁽²³⁾。试为来看上林雁⁽²⁴⁾，必有遥寄陇头书⁽²⁵⁾！

【注释】(1)本篇属《相和歌辞》。《乐府诗集》："《乐府解题》曰：'晋乐奏魏文帝《秋风》《别日》二曲，言时序迁换，行役不归，妇人怨旷无所诉也。'《广题》曰：'燕，地名也，言良人从役于燕，而为此曲。'"　(2)莺欲娇：莺儿的啼叫声将要更加妖媚可爱了。　(3)桃花流水：即"桃花水"，也称"桃花汛"。《汉书·沟洫志》："如使不及今冬成，来春桃华水盛，必羡溢，有填淤反壤之害。"《注》："盖桃方华时，既有雨水，川谷冰泮，众流猥集，波澜盛长，故谓之桃华水耳。"　(4)陇西：郡名。秦置，汉晋因之，隋废。地在今甘肃东南部一带。都护：汉置西域都护，督护诸国，以并护南北道，故号都护。

(5)楼兰:汉西域之国。在今新疆罗布泊西,地处西域通道上,今尚存古城遗址。校尉:武职名。秦已有此职。汉武帝初置八校尉。掌管少数民族地区的长官,亦有称校尉的。如汉在西域置戊己校尉,在西羌、乌桓分别置护羌校尉、乌桓校尉。嫖姚:劲疾貌。汉霍去病为嫖姚校尉。 (6)春燕分:像春天燕子一样地飞走了。 (7)经年:已经过了一年了。 (8)长安:古都城。汉建都于此。故城在今陕西西安市西北。 (9)蓟城:古地名。周武王封尧之后于此。其后燕并蓟,为燕国的都城。因城西北有蓟丘而得名。故地在今北京市西南。 (10)淮南:泛指淮水以南的地区,大致为今江苏、安徽两省长江以北、淮河以南的地方。桂中明月影:即明月中的桂树影,代指淮南美丽的景色。 (11)流黄机上:织流黄绢的织机上。流黄,这里特指黄色的绢子。古乐府《相逢行》:"大妇织绮罗,中妇织流黄。" (12)充国:指汉将赵充国。赵为陇西上邽人,字翁孙,善骑射,通兵法,为人沉勇有方略。武帝时,因破匈奴有功,拜中郎将。宣帝时,以定册功封营平侯。西羌起事,充国年七十余,犹驰马金城,招降罕开,击破先零,罢兵屯田,振旅而还。其言屯田十二便,寓兵于农,颇有利于地方的安定和开发。"屡筑营"当指此。

(13)阳史:《文苑英华》作"杨史",指谁不详,待考。陷平城:汉高祖七年,韩王信造反,高祖亲自率兵讨伐。兵到晋阳,听说韩王和匈奴合谋攻击汉朝。高祖大怒,派人到匈奴侦察动静。匈奴将精兵和肥壮的牲畜都藏起来,只见到一些老弱之人和瘦弱的牲畜。后又派刘敬去探听虚实。刘敬回来说这是假象,不可攻打,刘邦不听,结果高祖被匈奴围困在白登(属平城),七天七夜才解围。 (14)能却阵:能使兵士退阵。 (15)讵停兵:曾停兵。讵,曾。

(16)属国:指苏武。汉昭帝始元六年(前81年)苏武归国,被任命为典属国,掌管少数民族的事务。少妇犹年少:是说苏武被匈奴扣留在北国时,妻子还很年轻。《汉书·苏武传》:李陵对苏武说:"子卿妇年少,闻已更嫁矣。"这里代指羁留在敌国的人。 (17)羽林:皇帝禁卫军的名称。汉武帝太初元年置建章营骑,掌宿卫侍从。后改名羽骑。宣帝命中郎将骑都尉监羽林,率郎百人,称羽林郎。 (18)采桑曲:即《采桑度》,一名《采桑》,乐府西曲歌名。《乐府诗集》四八《采桑度·序》引梁简文帝《乌栖曲》:"采桑渡头碍黄河,郎今欲渡畏风波。" (19)胡笳声:吹奏胡笳的声音。胡笳,我国古代北方少数民族的管乐器。其音悲凉。亦可解作演奏胡笳曲的声音。胡笳曲,乐府歌

北朝部分

曲名。　（20）向暮：傍晚。向：将近；接近。　（21）伫立：久立而等待。（22）舒：舒展，此是"开放"之意。　（23）井底：井下。寒叶：在寒风中的树叶。　（24）上林雁：此用《汉书·苏武传》的典故。昭帝时汉与匈奴和亲，汉请求将苏武等人放归，匈奴诡称苏武已死。后来在汉的使者再到匈奴时，与苏武同时被扣留在匈奴的常惠见到了使者。"教使者谓单于，言天子射上林中，得雁，足有系帛书，言武等在某泽中。"苏武等才得回归汉朝。　（25）陇头书：此言在雁足上可能系有从陇山前线寄回来的信。陇头，即陇山，在今甘肃境内。

【今译】初春的太阳多么明媚，黄莺的啼叫多么婉转娇美。桃花水下来了将河桥淹没！蔷薇花开了绿叶是多么茂密，千条杨柳啊轻轻在东风中拂地。驻守在陇西的将军号称都护，驻守在楼兰的校尉又以嫖姚赞美！自从他们别离，像春燕一样纷飞，时过一年再听不到任何消息。他们驻守在边塞，见不到故国的明月，跟他们相伴的，只有大漠以北蓟城的战云。淮南明月下，桂树影的美景，已成为织机上黄绢的花纹。赵充国的军队，多次筑宫屯田，阳史征伐敌人被围困在平城。城下的风沙可使敌兵退阵，沙漠中雪浅曾驻扎过兵营。羁留在敌国的俘虏，家中的妻子还年轻，就是皇家禁卫军的轻骑，也多次出征。从远处谛听那小路上的采桑曲，也胜过这边塞悲愁的胡笳声。胡笳在傍晚响起，使征人落泪，也使闺中的妻子，漫漫长夜空相思！桃花落了，杏花开了，井下桐树上的叶子在寒风中又变得稀疏了；春去秋来一年又将过去了；请为我看看上林苑归雁的脚上，一定有从遥远的陇山寄回来征人的信息！

【点评】这首《燕歌行》是作者在南朝梁居官时所作，当时影响很大。在社会上风行宫体诗之际，的确别开生面。但以今观之，似有"少年不识愁滋味，为赋新词强说愁"的味道。《燕歌行》除在艺术上体现了七言歌行体，在王褒手里变得韵味和谐，对仗工整、辞藻华赡，又有了长足的长进外，在内容上确有堆砌故事，而缺少真切感受的毛病。苦寒之状尽管罗列不少，但有点为苦寒而苦寒，里边缺少一些对于苦寒的真切感受。

【集说】褒曾作《燕歌》,妙尽塞北寒苦之状,元帝及诸文士并和之,而竞为凄切之辞。(李延寿《北史·王褒传》)。

（王魁田）

北朝部分

庾信

庾信(513—581),字子山,南阳新野(今河南新野)人。南北朝著名文学家。初仕梁,为右卫将军,奉使西魏,正值西魏灭梁,被留。历仕西魏、西周,官至骠骑大将军,开府仪同三司。在梁时的作品风格绮丽,与徐陵齐名,时称"徐庾体"。后期由于对乡土的怀念和身世的感伤,诗赋风格变得沉郁苍凉。有《庾开府集》。

怨歌行⁽¹⁾

家住金陵县前⁽²⁾,嫁得长安少年⁽³⁾。回头望乡泪落,不知何处天边！胡尘几日应尽,汉月何时更圆？为君能歌此曲,不觉心随断弦！

【注释】(1)怨歌行:乐府楚调曲名。旧传春秋楚卞和献玉遭刑,作怨歌行;或以汉班婕妤失宠,托辞于纨扇而作。但都已无可考。本诗是作者到北朝后为思念南朝家乡而作。 (2)金陵:古邑名。战国楚威王七年(前333)灭越后置。在今江苏南京市。 (3)长安:我国古都之一。汉高祖五年(前

202）置县，七年定都于此。此后西汉、新、东汉献帝初、西晋、前赵、前秦、后秦、西魏、北周、隋、唐都定都于此。

【今译】我的家住在遥远的金陵县那一边，命运把我嫁给了长安一位陌生的少年。远望家乡不知流了多少泪，家乡啊，好像在渺茫的天边！胡人的铁蹄几时才能消尽，汉家儿女何日才得团圆？当我为君献上这首悲凉歌曲的时候，心儿啊，随着琴弦的断裂已破碎难言！

【点评】这是一首哀怨悲凉的思乡之作。诗中作者假托一位金陵女子之口，倾诉了自己羁留北朝后思念故乡、故土，盼望祖国早日重新统一的强烈思想感情。诗中金陵女子的遭遇、思想感情也正是作者的遭遇和思想情感。由于庾信有类似的遭遇和切身体验，所以这首诗感情真挚，读起来使人倍感真切，没有丝毫矫揉造作之感。此外，语言清丽晓畅也是这首诗的一个显著特点。作者采用主人自述的写法，语言切合人物身份，所以显得极为晓畅自然，但又不失庾开府清新、沉郁的风采。

【集说】北朝词人，时流清响。庾子山才华富有，悲感之篇，常见风骨，所长不专在造句也。徐、庾并名，恐孝穆华词，瞠乎其后。（沈德潜《古诗源·例言》）

《怨歌行》者，自喻信本吴人，羁旅长安，同于女子伤嫁，如乌孙马上之曲，明妃出塞之词也。（倪璠《庾子山集注》卷五《解题》）

（赵素菊）

乌夜啼[1]

促柱繁弦非《子夜》，歌声舞态异《前溪》[2]。御史府中何处宿，洛阳城头那得栖[3]。弹琴蜀郡卓家女，织锦秦川窦氏妻[4]。讵不自惊长泪落，到头啼乌恒夜啼[5]？

【注释】（1）乌夜啼：乐府《西曲歌》名。相传南朝宋临川王刘义庆作。

义庆因事触怒文帝,被囚于家。其妾夜闻乌啼,以为吉兆,后获释,遂作此曲。现存歌词八首,多写男女恋情,与本事不合。庾信这首诗,借用乐府旧题和乌鸦的典故,抒写自己的身世遭际和乡国之思。也有的认为是一首闺怨诗。 (2)促柱繁弦:高亢急促的乐声。《子夜》:晋曲名。《前溪》:晋舞曲名。二者都是南朝乐舞曲,与作者在北朝听到看到的迥然相异。 (3)御史:汉时御史府,府中有柏树,常有野鸟栖宿其上。洛阳城头:后汉童谣有"城上乌,尾毕逋"之句。这两句用乌鸦的典故暗示作者自己流落北朝后不得其所的处境。 (4)卓家女:即卓文君。卓王孙之女。西汉临邛(qióng)人,今属四川邛崃,所以称蜀郡。善鼓琴,丧夫后与司马相如恋而私奔。窦氏妻:前秦川刺史窦滔之妻苏蕙。善属文。传说窦滔携宠姬赵阳台出镇襄阳,苏蕙不肯同行,滔意欲弃蕙,蕙因绢锦为回文诗以寄,滔感动,迎她至襄阳,而归阳台于关中。作者在这里引用卓文君和苏蕙的故事表明自己与她们有相似的命运。 (5)讵(jù):何、岂。乌:乌鸦。恒:长久。啼:鸣叫。

【今译】急促的乐声听起来不像是《子夜》歌,歌声、舞态也同《前溪》曲迥然相异。御史府中哪有我的住所,洛阳城头也没有我的栖息之地。那弹得一手好琴的是蜀郡寡妇卓文君,善于织回文诗锦的苏蕙曾被丈夫窦滔所嫌弃。她们怎能不闻声惶恐不安长落泪?到头来只好任喜欢啼叫的乌鸦常常夜夜啼!

【点评】庾信的《乌夜啼》这首诗同他后期的许多诗一样,也是写故国之思和感叹自身处境遭际的,不过在艺术表现上却要隐晦得多。

开头两句写他在北国所听到的音乐,看到的舞蹈,都同南朝故乡的迥然相异,由此引起他对自身处境的慨叹。三、四句写自己不得其所,虽然朝廷重用,"位望通显",但总感到不是自己的归宿和愿望所在。接下来作者联想起古代有才能的女子卓文君一度丧夫,窦滔的妻子苏蕙也曾遭嫌弃,听到这种歌声她们自然会感伤落泪,但乌鸦总是不分日夜地啼叫,因而只能长久地沉溺于悲痛之中,无法摆脱。暗示自己也具有同样悲苦的命运。

这首诗侧重于写作者内心的痛苦,情感表现较为曲折、隐晦;形式上接近七律,"开唐七律"之先河,在诗歌形式发展上有重要意义。

汉魏六朝乐府观止

【集说】庾子山《燕歌行》开唐初七古，《乌夜啼》开唐七律，其他体为唐五绝、五律、五排所本者，尤不可胜举。（刘熙载《艺概》卷二）

这是用乐府旧题写的一首闺怨诗。由"乌夜啼"的歌曲而想到乌鸦夜啼的故事，又由乌鸦夜啼而写到卓文君、窦氏妻之惊心落泪。……这诗的思想内容无甚可取，但在诗歌形式的发展上值得注意。（邓魁英《汉魏南北朝诗选注》）

（赵素菊）

燕歌行⁽¹⁾

代北云气昼昏昏⁽²⁾，千里飞蓬无复根⁽³⁾。寒雁嗈嗈渡辽水⁽⁴⁾，桑叶纷纷落蓟门⁽⁵⁾。晋阳山头无箭竹⁽⁶⁾，疏勒城中乏水源⁽⁷⁾。属国征戍久离居⁽⁸⁾，阳关音信绝能疏⁽⁹⁾。愿得鲁连飞一箭⁽¹⁰⁾，持寄思归燕将书。渡辽本自有将军⁽¹¹⁾，寒风萧萧生水纹⁽¹²⁾。妾惊甘泉足烽火⁽¹³⁾，君讶渔阳少阵云⁽¹⁴⁾。自从将军出细柳⁽¹⁵⁾，荡子空床难独守⁽¹⁶⁾。盘龙明镜饷秦嘉⁽¹⁷⁾，辟恶生香寄韩寿⁽¹⁸⁾。春分燕来能几日⁽¹⁹⁾，二月蚕眠不复久⁽²⁰⁾。洛阳游丝百丈连⁽²¹⁾，黄河春冰千片穿⁽²²⁾。桃花颜色好如马⁽²³⁾，榆荚新开巧似钱⁽²⁴⁾。蒲桃一杯千日醉⁽²⁵⁾，无事九转学神仙⁽²⁶⁾。定取金丹作几服⁽²⁷⁾，能令华表得千年⁽²⁸⁾。

【注释】(1)燕歌行:乐府平调曲名,《乐府诗集》:"《广题》曰:'燕,地名也,言良人从役于燕而为此曲。'"　(2)代:古国名,今山西东北部。晋时鲜卑拓跋氏所建之国。　(3)飞蓬:即蓬草,因遇风常拔根而飞起,故曰飞蓬。(4)嗈嗈:雁鸣声。　(5)蓟门:今河北北部。一曰北京德胜门西北。(6)"晋阳"句:晋阳,今山西太原。战国时,智伯率韩魏攻赵,赵襄子为保卫晋阳,曾利用晋阳宫垣四周的荻蒿备足箭头,后果打退智伯。　(7)"疏勒"句:疏勒,今新疆疏勒县。东汉大将耿恭曾被匈奴围于疏勒城中,被壅绝水源,遂于城中打井得水。以上两句用典说明现在前线情况不似当年,而是处

北朝部分

于"无箭竹""乏水源"的困境。　　(8)属国:即附属国,此处代指边境。

(9)阳关:古关名,今甘肃敦煌市西南。　　(10)"愿得"二句:鲁连,即鲁仲连,战国齐人。史书记载战国时,燕将攻下齐国的聊城,有人进谗言于燕王,燕将惧诛,遂坚守聊城,不敢回燕。齐将田单攻不下聊城,且伤亡惨重。鲁仲连遂修书系箭上,射入城中,燕将得书,犹豫不决,欲归燕,恐诛;欲降齐,恐被辱,遂喟然而叹:"与人刃我,宁自刃。"乃自杀。聊城始收复。作者用此典说明希望有像鲁仲连一样的人,为其射书边城召回征人。　　(11)"渡辽"句:汉昭帝元凤元年(前80),辽东乌桓反,令中郎将范明友为度辽将军,往击乌桓。　　(12)萧萧:秋风声。　　(13)"妾惊"句:汉文帝时,匈奴十四万骑兵侵入萧关,使骑兵入烧回中宫,烽火及甘泉宫。甘泉,宫名,在陕西淳化县西北。　　(14)"君讶"句:渔阳,郡名,今河北密云县西南。少,一作多。阵云,阵势排列如云。　　(15)"自从"句:汉文帝时,周亚夫为将军,屯兵细柳,以备胡人入侵。细柳,在陕西咸阳西南。　　(16)荡子:远行在外游荡忘返之人。

(17)"盘龙"句:秦嘉,汉陇西人,寄镜与其妻徐淑,并附书信曰:"顷得此镜,既明且好,世所希有,意甚爱之,故以相与。"其妻复信曰:"今君征未旋,镜将何施行?明镜鉴形,当待君至。"盘龙明镜,即饰以盘龙的明镜。饷,赐送。这里作赐送给自己解。　　(18)"辟恶"句:辟恶即麝香,因麝香能辟除恶气。秦始皇时有辟恶车。韩寿,晋人,与贾充的女儿贾午私通,当时西域贡奇香,一着人,经月不脱,武帝将此奇香赐给充,午偷着将此奇香送给韩寿,充的下属闻到香味,告于充,充秘而不宣,遂许午为寿的妻子。以上用典说明征人原来赠的东西尚在眼前,睹物思人,更为伤心。　　(19)春分:阳历三月二十一日或二十二日(阴历二月中)。　　(20)蚕眠:蚕蜕皮前不动不食的状态。蚕自幼到老,蜕皮数次,第一次曰初眠,第二次曰二眠,第三次曰三眠,第四次曰大眠,经四眠始作茧。四眠不过一个多月。

(21)"游丝"句:春天昆虫吐的丝,在室中飘荡叫游丝。百丈连,指游丝之长,连绵不断。　　(22)穿:破。千片穿,即春冰全部化解。　　(23)"桃花"句:马:即桃花马,因它的毛黄白夹杂,形似桃花。好如,一作如好。　　(24)榆荚:即榆钱。榆树未生叶时,枝条间先生榆荚,形似铜钱,故曰榆钱。　　(25)"蒲桃"句:蒲桃即葡萄酒。据《博物志》云,西域有葡萄酒,喝了醉一月才醒。又一说,中山有酒,饮者千日醉。这里是说醉得时间长,并非实数。　　(26)

九转:谓炼丹。 (27)金丹:道士炼金丹石为药,据说服之可以成仙。几服,服食几次。 (28)华表:墓上的石柱,也叫望柱。

【今译】代北云起白昼昏黑,千里断蓬风飘满地。寒雁鸣叫向南飞渡辽水,蓟门的桑叶纷纷落地。晋阳宫垣已无荻篙可作箭竹,疏勒城中的水泉也难寻觅。良人长久戍守在边防,阳关一去无信息。但望能借鲁连一支箭,家书射往边城亲人回。边塞自有渡辽将军去镇守,寒风萧萧吹动河水生波纹。我恐烽火照耀甘泉宫,你怕渔阳无人靖妖氛。自从你跟随将军离细柳,我孤孤单单心自苦。你送的盘龙明镜空在旁,寄我的辟邪奇香惹人愁。燕子北来春光已无多,二月蚕眠良时也不长久。洛阳的游丝缠绵不断,黄河的春冰片片消散。桃花的颜色多么美好,榆钱片片刚才开绽。葡萄美酒图一醉,闲来炼丹学神仙。不知要服食几次金丹,就可以像华表永存千年。

【点评】《乐府解题》曰:"晋乐奏魏文帝秋风、别日二曲,言时序迁换,行役不归,妇人怨旷,无所诉也。"庾信的《燕歌行》虽仍表现了与魏文帝诗的相同主题,但从内容上有所开拓。他的笔触已伸向征役之人所在的边塞战地。这里是"云气昼昏昏""飞蓬无复根"的一个昏天黑地的绝域;这战地又是处于"无箭竹""乏水源"的极端困境。正是在这样的典型环境中,思妇才展开了想象的双翅,思前想后,希望能有像鲁仲连这样的人,用一支箭带上书信,说服敌军,结束战斗,使自己的亲人归来。这就把"妇人怨旷"的主题扩充、深化,强烈地表现了人民对战争的厌怨,盼望及早结束战争的意愿。随着内容的拓宽深化,其诗体也就有所发展,成为长篇巨什,以便于夹叙夹议,开合纵横,淋漓尽致地写出思妇的丰神情态。

【集说】陈隋间人,但欲得名句耳。子山于琢句中,复饶清气,故能拔出于流俗中,所谓轩鹤立鸡群者耶。(《古诗源》)

庾子山燕歌行开唐初七古……(《艺概》)

信北迁以后,阅历既久,学问弥深,所作皆华实相扶,情文兼至,抽黄对白之中,灏气舒卷,变化自如,则非陵(徐陵)所能及矣。(《四库全书总目提要》)

(张采薇)

北朝部分

杨柳歌

　　河边杨柳百丈枝,别有长条踠地垂[1]。河水冲激根株危,倏忽河中风浪吹[2]。可怜巢里凤凰儿,无故当年生别离[3]。流槎一去上天池,织女支机当见随[4]。谁言从来荫数国,直用东南一小枝[5]。昔日公子出南皮,何处相寻玄武陂[6]。骏马翩翩西北驰,左右弯弧仰月支[7]。连钱障泥渡水骑[8],白玉手板落盘螭[9]。君言丈夫无意气,试问燕山那得碑[10]。凤凰新管萧史吹[11],朱鸟春窗玉女窥[12]。衔云酒杯赤玛瑙,照日食螺紫琉璃[13]。百年霜露奄离披[14],一旦功名不可为。定是怀王作计误,无事翻复用张仪[15]。不如饮酒高阳池,日暮归时倒接篱[16]。武昌城下谁见移,官渡营前那可知[17]。独忆飞絮鹅毛下,非复青丝马尾垂[18]。欲与梅花留一曲,共将长笛管中吹[19]。

【注释】(1)踠地垂:踠,屈也。踠地垂,即柳枝垂到地上成屈曲状。(2)"河水"二句:以杨柳根被河水波浪摧危,比喻梁室倾覆。　(3)"可怜"二句:慨叹梁室摧危而臣民流散。即国破家亡之意。刘向《九叹》:"哀枯杨之冤雏。"王逸注:"悲哀飞鸟生雏,其身烦冤而不得出,在于枯杨之树,居危殆也。"　(4)"流槎"二句:槎,同楂,水中浮木。晋张华《博物志》载古代传说:天河与海相通。海边有一居民,见每年八月,海上有浮槎来去,不失期。这人便准备好干粮乘槎而去。久之,茫茫不辨昼夜,到了一个地方,有城郭屋宇。遥望宫中有一女子织布,又见一男子牵牛饮水河边。牵牛人惊问从哪里来,这人说明原委,并问:"这是什么地方?"牵牛人答曰:"君还,至蜀郡访严君平则知之。"这人随槎而返。至严君平处,严君平说:"某年月日,有客星犯牵牛宿。"计算年月,正是这人到天河的时间。这是一个传说故事,后来附会到张骞身上,说汉武帝令张骞出使大夏,寻找黄河源头,河源与天河相通,张骞曾泛槎天河,经月而至一处,见一女织。织女取支机石与骞而还。

（见胡仔《苕溪渔隐丛话》前集卷十一引《荆楚岁时记》）天池，即天河。隐指西魏朝廷。支机石，《集林》："有人寻河源，见妇人浣纱，问之曰：'此天河也。'乃与一石而归，问严君平，君平曰：'此织女支机石也。'"引此传说说明自己不能像张骞一样持支机石而返回故国。　（5）"谁言"二句：《山海经》："灰野之山，有树青叶赤华，名曰若木，日所入处。"齐王宪碑云："若木一枝，旁荫数国。"二句似引此传说，说明梁武帝时之盛况。　（6）"昔日"二句：公子，指曹丕兄弟，这里借指梁简文帝及元帝。南皮，地名，今河北沧县西南。曹丕《与朝歌令吴质书》："每念昔日南皮之游，诚不可忘。既妙思六经，逍遥百氏，弹棋间设，终以六博，高谈娱心，哀筝顺耳，驰骋北场，旅食南馆。"玄武陂，即玄武池，在邺城西南（今河北临漳县）。曹丕《於玄武陂作》："兄弟共行游，驱车出西城。……柳垂重阴绿，向我池边生。"　（7）弯弧：弯弓。仰：仰射。月支：箭靶名。　（8）连钱：马名，亦马饰，这里作马饰为妥。障泥：马鞯，因其下垂两旁，用障尘土，所以叫障泥。《世说新语·术解》："王武子（济）善解马性，尝乘一马著连钱障泥，前有水，终日不肯渡。王云：'此必是惜障泥'，使人解去，便径渡。"障泥亦称蔽泥。　（9）"白玉"句：手板，笏板，朝见时所执。以玉、象牙或木做成，有事则书其上，以备遗忘。晋明帝司马绍为太子时曾以玉手板弄铜盘螭口中，板溜入铜螭腹内，不能出。（见《太平御览》）　（10）"试问"句：燕山，指燕然山，东汉窦宪大破匈奴北单于，登燕然山刻石纪功而归。（见《后汉书》本传）　（11）萧史：周时人。初无名，周宣王以为史官，时人遂以史名之。善吹箫，秦穆公以女弄玉妻之，日教弄玉吹箫作凤鸣，数年而似，有凤来止，公为筑凤台。后萧史乘龙，弄玉乘凤飞升去。　（12）朱鸟：亦即朱雀，南方七宿总称。《书·尧典》："日中星鸟"传："鸟，南方朱鸟七宿。"玉女：传说中的仙女，即太华神女。　（13）"衔云"二句：衔云酒杯、照日食螺皆酒食宝器，以此体现盛宴的豪华，说明国势的昌盛。螺，以螺所制的酒卮。庾信《园庭诗》："香螺酌美酒，枯蚌藉兰肴。"（14）"百年"句：宋玉《九辩》："白露既下百草兮，奄离披此梧楸。"此句化用其意。奄：忽也。离披：分散零落的样子，比喻梁室衰亡。　（15）"定是"二句：借用楚怀王用张仪主张的事以指梁武帝受侯景之降，终受其害。《史记·屈原贾生列传》："秦欲伐齐，齐与楚从亲，惠王患之，乃令张仪佯去秦，厚币委质事楚曰：'……诚能绝齐，秦愿献商於之地六百里。'楚怀王贪而信

张仪。遂绝齐，使使如秦受地。张仪诈之曰：'仪与王约六里，不闻六百里。'楚使怒去，归告怀王，怀王怒，大兴师伐秦。秦发兵击之，大破楚师……取楚之汉中地……而齐竟怒，不救楚，楚大困。"　(16)"不如"二句：用晋山简事。晋朝山简镇守襄阳，终日优游好酒，常游醉于池上，名之高阳池。当时有儿歌曰："山公出何许？往至高阳池。日夕倒载归，酩酊无所知。时时能骑马，倒着白接䍦。……"高阳池在襄阳。接䍦，头巾。　(17)"武昌"二句：《晋阳秋》：陶侃"尝课营种柳，都尉夏施盗拔武昌郡西门所种，侃后自出驻车施门，问：'此是武昌西门柳，何以盗之？'施惶怖首伏。"曹丕《柳赋序》曰："昔建安五年上与袁绍战於官渡，时余从行，始植斯柳，自彼迄今十五载矣，感物伤怀乃作斯赋。"官渡在今河南中牟东北。二句扣合杨柳，杨柳见移，比喻山河变移，怀念官渡杨柳，寄寓故国之思。　(18)"独忆"二句：飞絮鹅毛即如鹅毛的柳絮，青丝马尾即如马尾的柳条。意谓天长日久，山河变移，昔人所植之杨柳都不复存在了。　(19)"欲与"二句：梅花即《梅花落》曲。意为仅留一支哀曲，和梅花曲共吹。

【今译】河边的杨柳高百丈，长长的柳丝盘屈垂地上。河水不停冲刷柳树根，冲走的柳树在水中飘荡。栖息在树上的凤凰雏儿，无缘无故被迫早分离。乘着水上浮木飘上天池，归来时尚带有织女的支机石。谁说若木从来都能旁荫数国，但现在却仅仅存有东南一小枝。回忆往昔和公子共游南皮，如今到何处去寻找玄武陂同游的痕迹。骏马少年纵横奔驰在林苑，弯弓左右仰射中了箭的。披着障泥的骏马飞渡河水，白玉笏板溜入铜盘螭腹里。你曾说男儿缺乏刚健意气，试问勒功燕然的有几块碑。萧史吹着箫管像凤凰鸣叫，吸引天仙玉女也在窗棂窥视。红玛瑙的衔云酒杯精致华美，紫琉璃的照日食螺光采流溢。百年不遇的霜露忽然降临大地，霎时间所有功名抱负实现无期。这一定因为怀王筹谋失误，错用了张仪反复无常的奸计。不如且学山简终日醉游高阳池上，日暮归来随他倒着接䍦。武昌城下当年种植的杨柳让谁盗去？官渡营地的柳树荣枯又有谁知。恐已是鹅毛般柳絮随风乱舞，不复见万条青绿如马尾低垂。空留下一支哀曲《折杨柳》，与《梅花落》同笛共管吹。

【点评】从这首诗的内容看，它当是作者出使西魏、屈仕北朝后所作。

唐崔涂《读庾信集》诗曰："唯有一篇《杨柳》曲，江南江北为君愁。"这篇诗之所以影响如此之广之深，如此之动人，正是由于作者写出了他的真情实感。作者一生身经数朝，出仕数国，官职显赫，然而他还是忘怀不了自己的祖国。这一曲《杨柳歌》正是借歌咏杨柳来抒发他的"乡关之思""亡国之恨""烦冤郁纡之情"的。全篇分为三个段落。开头十句以景物的变化，比喻梁朝由盛而衰，致使自己出使西魏而不返，委曲婉转地道出了羁留北国的原因及其郁纡的心情。接着的十八句，着重回忆昔日"出入禁闼"与昭明太子兄弟一起读书、下棋、听音乐、射箭、骑马以及在殿前游戏等丰富多彩的娱乐生活。这回忆，固然有眷恋宫廷赏心乐事的一面，然而由于作者身居异邦，似也不无怀念旧国故土的内容。接下来写萧绎（元帝）即位前后的盛况。那萧史吹奏着如凤鸣的箫管，那赤玛瑙的酒杯，紫琉璃的食螺，多么富丽豪华。然而这一切，现在都已是昔日黄花，不复存在，自己原有的抱负、理想当然也随之而成为泡影。这是为什么呢？是由于楚怀王似的元帝刚愎自用，谋略失误所致。面对如此形势，作者能有什么办法呢？只有"不如饮酒高阳池，日暮归时倒接䍦"，借酒浇愁，虚度日月而已。前一段把"共游乐土""国势昌盛"景象写得淋漓尽致，正因有此铺垫，末六句作者的"悲亡国""怨羁留""思故土"的强烈的怨与恨才能表达得充分酣畅。

作者身居异国高位，而又要表达"故土之思""危苦之辞"，也只有借助于神话典故，采取婉曲手法，如"流槎一去上天池"四句，借用张骞出使西夏的传说，表现自己出使西魏被留的痛苦。"昔日公子出南皮"六句，借用曹氏兄弟共游乐的情景来述作者与萧氏兄弟往日的逸乐生活。作者用典虽多，但都能与自己要抒发的情感融合一起，贴切自然，做到了"使事无迹"（李调元《雨村诗话》），达到炉火纯青的地步，从而更使其诗作内容丰富，启迪人们更多的联想与想象。

【集说】四朝十帝尽风流，建业长安两醉游。唯有一篇《杨柳》曲，江南江北为君愁。（崔涂《读庾信集》诗）

比绪不清，文旨杂出，稍令难解，以避猜嫌，亦是烦冤郁纡，言不差次也。（陈祚明《采菽堂古诗选》）

北朝部分

子山惊才盖代,身堕殊方,恨恨如忘,忽忽自失。生平歌咏,要皆激楚之音,悲凉之调,情纷纠而繁会,意杂集以无端,兼且学擅多闻,思心委折;使事则古今奔赴,述感则方比抽新。又缘为隐为彰,时不一格,屡出屡变。汇彼多方;河汉汪洋,云霞蒸荡,大气所举,浮动毫端。(同上)。

(张采薇)

北朝乐府民歌

企喻歌[1]

男儿欲作健[2]，结伴不须多。鹞子经天飞，群雀两向波[3]！

【注释】(1)《企喻歌》，属《梁鼓角横吹曲》，《乐府诗集》收四首。"企喻"二字费解，当是鲜卑话的音译。　(2)作健：做健儿。　(3)"两向波"：言左右飞逃，像波涌。这里也可能以"波"为"播"，同声通假。播：逃散。

【今译】要想当个男子汉，伙伴不必那么多。试看鹞子飞过处，成群麻雀两边躲！

【点评】歌中把自己比作猛禽"鹞子"，把敌方比作小小"群雀"，描绘出了健儿那种"以刚为猛强"的本色。特别是"鹞子经天飞，群雀两向波"两句，使人仿佛看见健儿那种轻骑蹈阵、所向披靡的英勇形象。

放马大泽中[1]，草好马著膘[2]。牌子铁裲裆[3]，钰鉾鸐

尾条⁽⁴⁾。

【注释】(1)泽：水所聚之处，此指有水草的地方。 (2)膘：马肥。(3)牌子：未详，可能指盾。铁裲裆：铁甲的一部分。"裲裆"，本作"两当"，状如今之背心 (4)钜铧(máo)：疑是头盔之类。鸐(dí)：长尾山雉。鸐尾条：指插在钜铧上作装饰的雉尾。

【今译】牧马牧在大泽中，水草丰美马儿肥。穿上护心铁坎肩，头盔之上插雉尾。

【点评】诗反映了游牧民族的生活与习惯。前两句写生活：古代游牧民族，逐水草而居，以放牧为生。后两句写习性：他们头带铁盔，身穿铠甲，并用雉尾插在头盔上作装饰，反映了游牧民族强悍好武的威武形象。

前行看后行，齐著铁裲裆⁽¹⁾。前头看后头，齐著铁钜铧⁽²⁾。

【注释】(1)著：穿。 (2)著：戴。

【今译】前行看后行，齐穿铁背心。前头看后头，齐戴铁头盔。

【点评】这首乐歌描写部队的阵容，极其整齐划一，威武雄壮，体现出了北朝所固有的尚武精神。两组排比句式，文意互见。"齐著铁裲裆"，"齐著铁钜铧"，前后两个"齐"字，特别强调了无一例外。战士们无不穿着铁铠甲，无不戴着铁头盔；加上第二曲中他们骑的是骏马，头盔上还有野鸡翎迎风摆动，这就把第一曲中的勇士形象更加突现出来。从而也使得整个军威大振，成为一支所向披靡、凛然不可侵犯的队伍。

男儿可怜虫，出门怀死忧⁽¹⁾。尸丧狭谷中，白骨无人收⁽²⁾。

【注释】（1）上二句是说男儿如果出门就怕死，那真是可怜虫了。（2）这两句一作"深山解谷口，把骨无人收"。

【今译】男人是个可怜虫，出征打仗心担忧：尸首丢到狭谷中，变成白骨无人收！

【点评】《古今乐录》说："最后'男儿可怜虫'一曲是苻融诗，本云'深山解谷口，把骨无人收。'"苻融乃前秦君主苻坚之弟，在淝水战役中马倒被杀。此歌并不像苻融口气，而形象地反映了战争的残酷，是当时人民大量死于战争时的真实写照，很可能是氐族人所唱之歌。

【集说】《古今乐录》曰：……《企喻》本北歌。《唐书·乐志》曰：北狄乐其可知者鲜卑、吐谷浑、部落稽三国，皆马上乐也。后魏乐府始有北歌，……此歌是燕、魏之际鲜卑歌也。（郭茂倩《乐府诗集》引）

《企喻歌》四首，六代时北人歌谣，……此则元魏先世风谣也。其词刚猛激烈，如云"男儿欲作健，结伴不须多。鹞子经天飞，群雀两向波"等语，真《秦风·小戎》之遗。其后卒雄踞中华，几一宇内，即数歌词可征。举六代、江左之音，率《子夜》《前溪》之类，了无一语丈夫风骨，恶能衡抗北人！……文章关系气运，昭灼如此。（胡应麟《诗薮·杂编》卷三）

有同袍同泽之风。（沈德潜《古诗源》卷十三）

（杨生枝）

琅琊王歌[1]

新买五尺刀，悬著中梁柱[2]。一日三摩娑，剧于十五女[3]。

【注释】（1）《琅琊王歌》，属《梁鼓角横吹曲》，《乐府诗集》载八首。（2）著：一作"着"。 （3）剧于：甚于，超过。

【今译】新近买把五尺刀，挂在室内梁柱上。一天摩挲它三次，爱恋超过大姑娘。

【点评】爱大刀胜过爱美丽的姑娘，这正是北方尚武之风的表现。以畜牧为业，善于骑射，长期的行伍生活和艰苦的生活环境，使他们锻炼出了一种豪勇之情。

　　东山看西水，水流磐石间⁽¹⁾。公死姥更嫁⁽²⁾，孤儿甚可怜。

【注释】(1)磐石：大石。　(2)公：父亲。姥(mǔ)：老母。

【今译】站在东山上，看水向西流。水绕磐石去，一去不回头。爹爹死得早，妈妈又嫁走。孤儿真可怜，实实叫人愁！

【点评】作者的宗旨，是揭示和同情孤儿的悲惨命运。前两句为比兴，似乎和主题没有直接关联，但却暗示了孤儿由于"公死姥又嫁"，原来的幸福生活就像"东山看西水，水流磐石间"那样，经过一番不平凡的波折，竟一去不复返了，于是更增加了艺术感染力。孤儿本来不孤，因为死了父亲，还有母亲经管；可是母亲竟弃子不顾，自行改嫁，以致人为地制造出来这个社会问题，也是人伦道德所不容，自然应该受到舆论的谴责。作品不仅在当时，而且在今天，仍然具有现实意义。

【集说】《琅琊王歌》八曲，其音较《企喻》稍啴缓，盖在南北之间。（胡应麟《诗薮·杂编·遗逸下》）

　　第一首，不独情豪，抑亦语妙。（萧涤非《汉魏六朝乐府文学史》）

　　此曲可能是氐族的歌，其中有些歌辞有可能经过南人修改。如其六：琅玡复琅玡，女郎大道王。孟阳三四月，移铺逐阴凉。（杨生枝《乐府诗史》）

第二曲写孤儿可怜。……这首诗是通过"公死姥更嫁"来反映社会的困苦，民生凋敝，是具有现实意义的。全诗言简意赅，诗人之良知跃然纸上。（乐秀拔《汉魏晋南北朝隋诗鉴赏词典·琅玡王歌辞八曲》）

（杨生枝）

紫骝马歌⁽¹⁾

　　烧火烧野田，野鸭飞上天。童男娶寡妇，壮女笑杀人。

　　高高山头树，风吹叶落去。一去数千里，何当还故处⁽²⁾。

　　【注释】(1)《紫骝马歌》，属《梁鼓角横吹曲》，《乐府诗集》共收六首，从第三首《十五从军征》以下，是用汉乐府古辞作歌。　(2)何当：何时。

　　【今译】燎原大火烧了田野，野鸭急忙飞上天去。少年娶个老寡妇，不禁笑死我这大闺女！　大树屹立在高高的山头上，狂风硬把树叶吹落飘荡。这一飘荡就是好几千里，不知何时才能回到老地方。

　　【点评】这两首歌都从不同的角度反映了当时社会生活的一个侧面。前一首所写的生活现实"童男娶寡妇，壮女笑杀人"，虽然也唱的是女子的爱情，但却给人一种豪迈爽朗之感，"壮女"那种大胆泼辣的性格跃然纸上。后一首是背井离乡的游子，怀念故土旧居的歌诗，以风吹叶落比喻流浪他乡的人不能重返家园的痛苦。

　　【集说】北俗对寡妇甚不重视，如齐神武帝"请释芒山停枉桎，配以人间寡妇"。（见《北史·神武纪》）又崔亮"受晖旨，鞭挞三寡妇，令其自诬，称寿兴压己为婢。"（见《北史·寿兴传》）读此歌亦略可见。（萧涤非《汉魏六朝乐府文学史》）

北朝部分卷

（杨生枝）

雀劳利歌⁽¹⁾

雨雪霏霏雀劳利⁽²⁾，长嘴饱满短嘴饥。

【注释】(1)《雀劳利歌》，属《梁鼓角横吹曲》，《乐府诗集》只载此首。
(2)霏霏：形容雨雪之密。劳利：疑谓鸟雀的喧叫声。

【今译】大雪纷纷降，鸟雀乱叫嚷。长嘴尽饱满，短嘴饿肚肠。

【点评】这首歌反映了人民的饥寒和贫困。歌诗中并没作直接地揭露，而是用"长嘴"的饱满和"短嘴"的饥饿做比喻，形象地暴露了肠肥脑满和饿瘪肚皮的社会对立。虽然只有两句，却具有丰富的内涵，颇可耐人寻味。

【集说】有些民歌还反映了人民饥寒交迫的悲惨生活，接触到阶级社会贫富对立的根本问题。如《雀劳利歌》……这里的"长嘴"和"短嘴"便是剥削阶级和被剥削的劳动人民的象征性的概括。（游国恩等《中国文学史》第一册《北朝乐府民歌》）

（杨生枝）

地驱乐歌⁽¹⁾

驱羊入谷，白羊在前⁽²⁾。老女不嫁，蹋地呼天⁽³⁾。

【注释】(1)《地驱乐歌》为《梁鼓角横吹曲》之一，《乐府诗集》载四首。
(2)白：原作"自"，据丁福保《全梁诗》校改。 （3）蹋：同"踏"。蹋地呼天，犹顿足痛哭的意思。

【今译】赶着羊群进山沟，白羊走在最前头。老女不嫁只放牧，恨得跺脚对天吼！

【点评】在深山峡谷放牧羊群的"老女",由于不能出嫁,凄楚孤独,踏地唤天,无比悲痛。"老女不嫁"是北朝社会很突出的一个问题,当时战争不断,壮丁稀少,女子找丈夫不甚容易;或家无壮男,女儿成为一家所靠。此歌正反映了北方民间的这一疾苦。"老女不嫁,踏地唤天"八个字,也充分体现出北方女性直率豪放的特色,使人如闻其声,如见其形,有着强烈的艺术感染力。

【集说】"白羊在前":元刊本、汲古阁本"白"字并作"自",无义,肯定是"白"字形误。在畜牧业中,一般称绵羊为白羊,此种羊行动较迟缓;称山羊为黑羊,此种羊行动较敏捷,与白羊群牧时,往往走在前面,这似乎是众所周知的常情。而今白羊行迟,反而走在前面;黑羊行疾,反而落在后面;这是十分反常现象。以比贫家牧女老大当嫁,而竟没人过问;富室少女未届婚龄,大都早已成亲。人世不平,一至于此!(王汝弼《乐府散论》)

"老女不嫁",乃至"蹋地呼天",更无一点忸怩羞涩之态。真是快人快语,泼辣无比。(萧涤非《汉魏六朝乐府文学史》)

(杨生枝)

陇头歌二首[1]

(一)陇头流水[2],流离山下[3]。念吾一身,飘然旷野[4]。
(二)陇头流水,鸣声幽咽[5]。遥望秦川[6],心肝断绝[7]。

【注释】(1)《陇头歌》为《梁鼓角横吹曲》之一,《乐府诗集》载三首。(2)陇头:即陇山,亦名陇坂、陇坻、陇首,在今陕西陇县西北,绵延到甘肃境内。 (3)流离:山水淋漓四下的样子。 (4)飘然:没有着落的样子。(5)幽咽(yè):低沉断续的声音。 (6)秦川:陇山以东的关中平原。(7)这句形容内心极度痛苦。

【今译】(一)陇山溪水哗啦啦,哗哗啦啦流山下。哀我孤身在荒野,漂泊不

定远离家。㈡陇山流水永不息,如泣如诉鸣声悲。遥望秦川系心魂,肝肠寸断怀故里!

【点评】这两首写的都是陇山,而且都是远行的人在荒寒的西北山野里赶路时所唱的歌。前一首孑然一身的行人,深居陇山旷野,看到陇山流水,不由得想到自己的漂泊不定。后一首写行人攀登艰险的陇坂,遥望秦川故乡,思乡之情难以按捺;想到自己返回故乡难以实现,哪能不"心肝欲绝"?

【集说】陇西郡、陇州……有大坂,名陇坻。(范晔《后汉书·郡国志》)

《三秦记》:"其坂九回,不知高几许,欲上者七日乃越。高处可容百余家,清水四注下。"郭仲彦《秦州记》曰:"陇山东西百八十里,登山岭东望秦川四五百里,极目泯然。山东人行役升此而顾瞻者,莫不悲思。"(《后汉书·郡国志》注引)

真情实景,最足动人。梁陈以还,陇头之作甚多,皆不及此。脚酸舌卷,行役之苦,心肝断绝,思乡之情,然终不以此,嘘唏欲泣,故自尔悲壮。(萧涤非《汉魏六朝乐府文学史》)

(杨生枝)

陇头流水歌[1]

西上陇坂,羊肠九回[2]。山高谷深,不觉脚酸。手攀弱枝,足逾弱泥[3]。

【注释】(1)《陇头流水歌》为《梁鼓角横吹曲》之一。《乐府诗集》作《陇头流水歌》三首,将"手攀弱枝,足逾弱泥"另作一首。但这二句不能独立成曲,附之于后。 (2)回:似当作"旋"。 (3)逾:似当为"蹋"字的形误,可作"踏"讲。

【今译】向西登上陇山坡,羊肠小道九盘旋。山高谷深难上下,不觉两脚已酸软。手攀柔枝拟借力,脚踏泥泞步步难。

【点评】这首诗虽写陇山的艰险,但写法新颖。诗人并没有直写陇头山如何,而是借行人来写陇山:通过行人之眼,看到盘旋曲折的羊肠小道;通过行人的心情,"不觉脚酸",反映了陇坂的山高谷深;通过行路之难,"手攀弱枝,足逾弱泥",表现了陇山之艰。全诗语言通俗,描写真切,将陇山的险峻表现得淋漓尽致。

【集说】陈胤倩曰:"念吾二句(指此曲第一首,与《陇头歌》第一首大体相同),情真似《国风》! 三解二语,尽行路之艰难。"钟伯敬曰:"二弱字,雨雪饥渴之苦,在其中。"按第一曲之末,《古诗源》多出"登高望远,涕零双堕"二句,未详所本。岂惟蛇足,竟是大煞风景。(萧涤非《汉魏六朝乐府文学史》)

"手攀弱枝,足逾弱泥",语意未完,不能独立成曲。当佚两句,始与《乐府诗集》"曲四解"之言相应。(王汝弼《乐府散论》)

(杨生枝)

隔谷歌⁽¹⁾

兄在城中弟在外⁽²⁾。弓无弦,箭无栝⁽³⁾,食粮乏尽若为活⁽⁴⁾? 救我来! 救我来! 兄为俘虏受困辱,骨露力疲食不足。弟为官吏马食粟⁽⁵⁾,何惜钱刀来我赎⁽⁶⁾。

【注释】(1)《隔谷歌》为《梁鼓角横吹曲》之一。《乐府诗集》引《古今乐录》曰:"前云无辞,乐工有辞如此。" (2)兄:一作"儿",误。 (3)"弓无"二句:是说没有完整可用的弓箭。栝(guā):箭的末端。 (4)若为:犹"如何"。 (5)粟:古代粮食的总称。 (6)钱刀:刀是古代一种刀形的钱币,后因用"钱刀"泛指钱或金钱。我赎:赎我。

【今译】我是兄长在城里,弟在城外围攻我。我的弓上没有弦,我的箭上没有栝。粮食已完怎么活? 快快来救我! 快快来救我! 我是兄长被俘

房,受的屈辱难倾吐!忍饥挨饿没力气,浑身瘦成皮包骨。弟弟当官马吃粮,却怕花钱把我赎。

【点评】在南北朝时期,战争频繁,整个北朝历史几乎与战争相始终。这两首诗歌,正是反映了北方的这种战乱气氛,也反映了军民们在战乱中所受的痛苦。前一首写的是围城中军士的困境,后一首写的是俘虏的苦况,都借"兄"的口吻,描写了战争的惨象和沉痛的呼救,是历来的战争歌诗所少见的。

【集说】陈胤倩曰:"必有实事,情哀词促。"(萧涤非《汉魏六朝乐府文学史》)

(杨生枝)

捉搦歌[1]

粟谷难春付石臼[2],敝衣难护付巧妇[3]。男儿千凶饱人手,老女不嫁只生口[4]。　　黄桑柘屐蒲子履[5],中央有丝两头系[6]。小时怜母大怜婿,何不早嫁论家计。

【注释】(1)《捉搦歌》为《梁鼓角横吹曲》之一,《乐府诗集》收四首。捉搦(nuò):犹言捉拿,此当谓男女捉搦相戏。　(2)付:交给、付托的意思。(3)敝衣:敝,元刊本、汲古阁本并作"弊",误;当据《论语·子罕》"衣敝缊袍"作"敝"。　(4)只生口:只,如也。"生口",本指俘虏,这里指与奴隶无异。　(5)"黄桑"句:"柘(zhè)",常绿灌木,叶圆形有尖,可以喂蚕,皮可以染黄色。"黄桑",即柘。"履",鞋。　(6)系:系物的丝绳。

【今译】石臼春米费工夫,破衣也让巧妇补。男人横极难自立,老女不嫁成女奴。　　柘木作木屐,蒲草编成履。要想穿脚上,丝绳两边系。幼年爱父母,长大疼女婿。何不早出嫁,谋划新家计。

【点评】《捉搦歌》四首,皆叙儿女情事。可是这二首却较相类,都是前面打比喻,以兴起下文的情意。第一首开头用粟谷付石臼、敝衣付巧妇做比喻,说明妇女的辛苦,并兴起下文女子生活的辛酸:"男儿千凶饱人手",不仅惨遭男人的毒打,而且"老女不嫁",也失去了婚姻的自由。妇女的生活与奴隶无异,读之令人慨然。第二首说木屐和蒲鞋都有联系两头的带子,以此比母家和婿家,兴起了下文女子要求"早嫁论家计"的情思。

华阴山头百丈井⁽¹⁾,下有流水彻骨冷。可怜女子能照影⁽²⁾,不见其余见斜领⁽³⁾。　谁家女子能行步,反著夹禅后裙露⁽⁴⁾。天生男女共一处,愿得两个成翁姬⁽⁵⁾。

【注释】(1)华阴:县名,故治在今陕西省华阴市东南。　(2)可怜:可爱。　(3)斜领:斜衣领。"斜"同"狭"同音,很可能谓"狭领"之意。　(4)夹(jiá):夹衣。禅(dān):单衣。反著:是指衣衫前后位置互易。　(5)成翁姬:成夫妇,含有白头偕老的意思。姬(yù),老妇的通称。

【今译】华山高又高,峰顶有深井。井下泉水旺,泉水彻骨冷。美女来汲水,可以照身影。不忍看容颜,只能见衣领。　那是谁家女,走路迈大步,反穿单夹衣,裙子后边露。天生有男女,就得成夫妇。愿与心上人,偕老到白头。

【点评】这二首歌诗却另有特色,都是前后相承,情景交融。第一首开头写井深百丈、流水彻冷,以喻女子的清冷,但和下文的"照影"呼应。通过女子汲水时顾影自怜情景的描写,反映了女子生活的孤独。后一首开头用反诘语气,写女子反著夹禅,难以行走,以喻女子独身的困难,和下文的"天生男女共一处"呼应。通过"愿得两个成翁姬"的直接表白,毫不遮掩地将男女相悦之情表现了出来,跟南人缠绵婉转的情歌大不相同。

【集说】《捉搦歌》四曲,……内容是写一个轻薄男人向一个鲜卑族女性调情,而遭到对方以背相向的冷遇的作品。通过作品"男儿千凶饱人手"句

判断,这个"男儿"不是土匪,就是军官;通过作者对女性的服装感到新奇的细节刻画,得知这个男儿肯定和这个女性不属于同一种族。他对这个女性的追求,近于恶作剧,不像是对对方有真正的爱情,颇使人怀疑这里有阶级压迫和种族歧视的意味。(王汝弼《乐府散论》)

"男儿千凶饱人手",读之令人慨然。"生口",本指俘虏,而俘虏多为奴隶,故亦为奴隶之代称。老女不嫁,失去婚姻自由,与奴隶无异,故曰"只生口"。只,只如也。"天生"二句亦即"愿得一心人,白头不相离"意,却说得直截了当。按《艺概》云:"古乐府中至语,本只是常语,一经道出,便成独得。"又元好问《论诗绝句》云:"一语天然万古新,豪华落尽见真淳。""天生男女"句足以当之。(萧涤非《汉魏六朝乐府文学史》)

这四首诗以质朴、直率、风趣的语言,描写男女间的爱情问题,具有民间乐府的特色。(向英、章栓《汉魏晋南北朝隋诗鉴赏词典·捉搦歌四首》)

(杨生枝)

折杨柳歌(1)

腹中愁不乐,愿作郎马鞭。出入擐郎臂(2),蹀座郎膝边(3)。

【注释】(1)《折杨柳歌》为《梁鼓角横吹曲》之一,《乐府诗集》收五首。(2)出入:出门入门。擐(换 huàn):穿,系。 (3)蹀(dié):行。这句说行坐都不离开你的膝盖边。

【今译】心中总是闷闷不乐,愿意变成情郎马鞭;出门进门总挂在情郎臂上,行坐都不离开情郎膝边。

【点评】这首写女子天真的愿望。她愿意像个马鞭一样,出入都挂在郎的臂膀上,行坐都不离开爱人身边。将女子想和爱人形影不离的美好愿望生动而形象地表现了出来。尤其是与北方所特有的生活情趣有机地统一在一起,越发使人觉得比喻奇特,质朴无华,天真可爱,真挚动人。

遥看孟津河⁽¹⁾，杨柳郁婆娑⁽²⁾。我是虏家儿⁽³⁾，不解汉儿歌。

【注释】（1）孟津河：谓孟津边的黄河。"孟津"，黄河渡口名，在河南孟州市南，今亦名河阳渡。　（2）郁婆娑："郁"，树木丛生。"婆娑"，盘旋舞蹈貌。此处用来形容杨柳摇曳的样子。　（3）"我是"二句："虏"，胡虏，古代汉人对北方少数民族的称呼。"虏家儿""汉儿"就是胡人、汉人。

【今译】远看黄河岸的孟津渡口，杨柳茂密，摇曳多姿。我本是北方的少数民族，听不懂汉族人唱的歌曲。

【点评】北方少数民族的"胡人"，虽然到了洛阳附近的黄河渡口，但却"不解汉儿歌"，反映了北方少数民族初入中原，未实现民族融合的状况。从后两句，也可知此篇是"胡歌汉译"。实际上不只这一首，北朝民歌多属此类。

健儿须快马，快马须健儿。跋跋黄尘下⁽¹⁾，然后别雄雌⁽²⁾。

【注释】（1）跋跋（bìbá）：马蹄击地的声音。黄尘下：马快跑时，人马反在扬起的尘埃下面。　（2）别雄雌：决胜负，分高下。

【今译】勇士须得配骏马，骏马须得配勇士。蹄声达达黄尘起，赛后方可分高低。

【点评】这首可能是当时北方人民的赛马歌。健儿骑着快马，飞奔向前冲去，马蹄声响，尘土飞扬，你追我赶，以决胜负。表现了北方人民能骑善射的勇健精神。

【集说】《北史》七十《辛昂传》："巴州万荣郡人反叛，围郡城，昂于是募

通、开二州得三千人，倍道兼行，出其不意，又令其众皆作中国歌，直趋贼垒，谓大军赴救，望风瓦解。"此北周时事。曰作"中国歌"，谓用汉语唱歌也。然则当时北朝军中固尚有一种"虏歌"也。"汉儿歌"，即"中国歌"矣。汉儿一名，为北朝对中原汉族人之通称，意存轻视。如《北史》六《齐神武帝纪》："众曰：'惟有反耳！'神武曰：'尔乡里难制，今以吾为主，当与前异，不得欺汉儿！'"又卷四十《祖珽传》："穆提婆云：孝征汉儿，两眼又不见物，岂合作领军也？"（按陆游《老学庵笔记》卷三云："今人谓贱丈夫曰'汉子'，盖始于五胡乱华时。北齐魏恺自散骑常侍迁青州长史，固辞之。宣帝大怒曰：'何物汉子！与官不就。'此其证也。"）可知当时所谓"汉儿"或"汉子"之真谛。"何物"云者，犹言什么东西也。（萧涤非《汉魏六朝乐府文学史》

（杨生枝）

折杨柳枝歌[1]

　　门前一株枣，岁岁不知老[2]。阿婆不嫁女[3]，那得孙儿抱[4]？

【注释】(1)《折杨柳枝歌》为《梁鼓角横吹曲》之一，《乐府诗集》载四首。(2)这两句说：门前那棵枣树一年年下去，不知道老的到来。（意思是说人是知道要老的）　(3)阿婆：母亲。　(4)孙儿：外孙。

【今译】门前一棵大枣树，年年结枣都稠密。妈妈不愿嫁女儿，哪能抱上外孙子！

【点评】"枣"，似为"早"的双关语。"枣子"年年熟，而"早子"的希望又安在？人，一年老似一年，做母亲的应该是知道的。您不嫁女儿，"那得孙儿抱"？真是心直口快，有啥说啥，反映了女子迫切待嫁的心情，表现了北方妇女直率爽朗的性格。

　　敕敕何力力[1]，女子临窗织。不闻机杼声[2]，只闻女叹息。　　问女何所思⁽³⁾？问女何所忆？"阿婆许嫁女，今年无消息！"

【注释】(1)敕敕：叹息声。何：副词，多么。力力：用力貌。　(2)机杼(zhù)：织机。机是转轴用的；杼是撑住直线用的。　(3)思：悲。

【今译】哼声连连震人耳，女儿本来当窗织；织布机声听不到，只听女儿在叹息。　　我问女儿有何悲？我问女儿想啥子？"妈妈答应我出嫁，可是今年无消息！"

【点评】这二首当为一组唱和之歌。前一首写一个靠双手织布用来养亲的女子，在织布机前发出了叹息之声。后一首则接着对唱，问女子叹息的原因，原来是阿婆不嫁女的内心苦衷。一问一答，生动活泼，充分反映了贫家女老大不嫁的社会愤怨。

【集说】《乐府诗集》载记《折杨柳歌》外，又有《折杨柳枝歌》，我怀疑二歌本为一种。……考这两歌之曲题名，都是取于"反折杨柳枝"一句，折杨柳与折杨柳枝，其意并无大别，所以篇名遂稍有同异，辑乐府者不察，分离为两种，实是一种误解。(杨生枝《乐府诗史》)

　　又"不闻机杼声，只闻女叹息"与"问女何所思，问女何所忆"两句，亦见于《木兰诗》，论者多主《木兰诗》剪裁合并此诗之说；但并不排除另一种可能性的存在，即此诗的上四句，系割裁《木兰诗》而来，因为统观全首，这四句诗在《木兰诗》里，比起在这首诗里，要浑成圆融得多；而《折杨柳枝歌》则多少给人一种集腋补衲的感觉，所以晚出的可能性更要大些。(王汝弼《乐府散论》)

　　全诗简明晓畅，通俗易懂，是北方古代人民习俗的典型描写和反映。(安静、安笈《汉魏晋南北朝隋诗鉴赏词典·折扬柳歌辞五曲》)

(杨生枝)

521

北朝部分

幽州马客吟歌(1)

快马常苦瘦(2),剿儿常苦贫(3)。黄禾起羸马(4),有钱始作人。

【注释】(1)《幽州马客吟歌》为《梁鼓角横吹曲》之一。《乐府诗集》载五首,此为第一首。 (2)快:一作"侩"。 (3)剿儿:谓劳动人民。剿(jiǎo),劳。 (4)黄禾:嘉谷。羸(léi):瘦弱。这句以马需粟粒比喻人需钱。

【今译】骏马飞奔常苦瘦,勤劳人家常苦贫。嘉谷自能肥瘦马,有钱开始才算人!

【点评】终身劳苦的贫民,像吃不着一口黄禾但又不停劳动的瘦马;而唯那有钱的,才过着人的生活。这首歌诗慨叹在贫富不均的社会里,劳动人民无钱难做人的苦况。北朝是如此,南朝何尝不是这样呢?在阶级对立的社会中,可以说莫不皆然,因此具有普遍意义。但用"快马""羸马"做比喻,又带着北方的生活特色。

【集说】"侩":《乐府诗集》汲古阁本下有注:"一作快"。以"快"释"侩"乃浅人望文生义,元刊本无。《广雅·释诂》:"侩,恶也。"故"侩马"意谓恶马或劣马,指难以驯服的马。"剿儿":剿,注家多据《左传》宣十二、昭九年杜注训劳,结合当句下文"常苦贫"三字来理解似乎是可通的。但通观全诗,其所表露的思想感情不像劳动人民;颇疑此处"剿"字是用为"钞"和"抄"的借字,是劫掠的意思。(王汝弼《乐府散论》)

据《艺文类聚》卷十九引《陈武别传》说,陈武曾向北方牧人学唱《太山梁甫吟》《幽州马客吟》及《行路难》。其中《太山梁甫吟》和《行路难》都是魏晋时代传唱的歌曲,所以此曲也当是十六国以前传入的北歌。(杨生枝《乐府诗史》)

纵观全诗,作者运用了比兴手法,以马吟人,有力地鞭挞和抨击了剥削者惨无人道地盘剥劳动人民的社会本质。……"剿儿常苦贫"之中的一个"常"字,一字破的,说出了封建社会的本质,劳动人民永无翻身之日,终年挣扎在贫苦线上,几经营谋,甩不掉贫穷枷锁。这是所有贫苦人的共同心声。这心声是对当时社会的有力控诉,是对剥削阶级的有力抨击。(张继宗《汉魏晋南北朝隋诗鉴赏词典·幽州马客吟歌辞五曲》)

（杨生枝）

高阳乐人歌⁽¹⁾

可怜白鼻䯀⁽²⁾,相将入酒家⁽³⁾。无钱但共饮,画地作交赊⁽⁴⁾。

【注释】(1)《高阳乐人歌》为《梁鼓角横吹曲》之一,《乐府诗集》收二首,引《古今乐录》说:"魏高阳王乐人所作也。又有《白鼻䯀》,盖出於此。"(2)䯀(guā):黑嘴黄身的马。 (3)相将:谓喝酒的人互相扶着。将,扶。(4)"无钱"二句:画地,似是一种记账的方法。交,交现钱。赊,赊账。交赊,是偏义复词,偏用赊意。这二句说无钱共饮,只好赊账。

【今译】可爱的黑嘴黄身白鼻马,大伙儿结伴牵着进酒家。无钱也都喝个够,赊账没人会害怕。

523

【点评】手牵高大骏马的行役之人,三三两两地结伴进入酒店;虽然囊中羞涩,但仍然赊账痛饮,生动而形象地表现了北方人民豪迈的性格。

【集说】无钱但共饮,何等慷慨!陈胤倩曰:"犹有结绳之风,北俗故朴!"按此歌,《古今乐录》云是"魏高阳王乐人所作"。亦足证《鼓角横吹曲》为北朝作品,与梁无涉。(萧涤非《汉魏六朝乐府文学史》)

（杨生枝）

北朝部分卷

敕勒歌⁽¹⁾

敕勒川⁽²⁾，阴山下⁽³⁾。天似穹庐⁽⁴⁾，笼盖四野⁽⁵⁾。天苍苍⁽⁶⁾，野茫茫⁽⁷⁾，风吹草低见牛羊⁽⁸⁾。

【注释】(1)《敕(赤(chì)勒歌》，属《杂歌谣辞》，南北朝时北方敕勒族的民歌。本来是鲜卑(魏晋南北朝时北方民族之一)语，后来才用汉语翻译过来的。敕勒，又叫铁勒，北齐时住在朔州(今山西省北部)附近的一个民族。(2)川：平原。　(3)阴山：起于河套西北，绵亘于内蒙古自治区，和内兴安岭相接。　(4)穹(qióng)庐：用毡布搭成的帐篷，俗称蒙古包。　(5)笼盖：笼罩。　(6)苍苍：青色。　(7)茫茫：无边广阔的样子。　(8)见：同"现"，显现。

【今译】在敕勒川的平原上，在高峻的阴山下，天像一顶宽大无比的蒙古包，笼罩着四面八方辽阔的原野。青天苍苍，大地茫茫，风吹过来草低头，顿时显出成群成群肥硕的牛羊。

【点评】这首歌虽然只有短短的二十七字，但却出色地描绘了当时祖国北方草原的辽阔壮美。歌诗一开始，首先点出了歌唱的地方，接着近取诸身，以人们所熟悉的"穹庐"作比，形象地描绘了草原一望无碍的辽阔景象。字面上虽无辽阔字样，但辽阔之景却收入眼前。下两句"天苍苍，野茫茫"，写天、写野，但从另一角度进一步摹写草原的宽阔壮美。前边重在写"形"，后边重在写"色"，末句"风吹草低见牛羊"，更是写景如画。这里不仅呈现出的是自然风物，而且隐约可见的还有牧民们的活动，真是似静而有动，似动而有静。这首歌读起来音调抑扬顿挫，歌辞语意浑然，真可谓是"千古之绝唱"。

【集说】北齐神武攻周玉壁，士卒死者十四五，神武恚愤，疾发。周王下令曰："高欢鼠子，亲犯玉壁，剑弩一发，元凶自毙。"神武闻之，勉坐以安士众。悉引诸贵，使斛律金唱《敕勒》，神武自和之。(《乐府广题》)

其歌本鲜卑语,易为齐言,故其句长短不齐。(郭茂倩《乐府诗集》卷八十六《解题》)

慷慨歌谣绝不传,穹庐一曲本天然。中州万古英雄气,也到阴山敕勒川。(元遗山《论诗三十首》)

齐、梁后,七言无复古意。独斛律金《敕勒歌》云云,大有汉魏风骨。金武人,目不知书,此歌成于信口,咸谓宿根。不知此歌之妙,正在不能文者以无意发之,所以浑朴莽苍,暗合前古。推之两汉,乐府歌谣,采自闾巷,大率皆然。使当时文士为之,便欲雕绘满眼,况后世操觚者!(胡应麟《诗薮·内编》卷三)

《碧鸡漫志》曰:"斛律金《敕勒歌》曰:'敕勒川,……'"金不知书,同于刘项,能发自然之妙。韩昌黎《琴操》虽古,涉于摹拟,未若金出性情尔。(谢榛《四溟诗话》卷二)

(杨生枝)

木兰诗⁽¹⁾

唧唧复唧唧⁽²⁾,木兰当户织⁽³⁾。不闻机杼声⁽⁴⁾,唯闻女叹息⁽⁵⁾。问女何所思?问女何所忆⁽⁶⁾?女亦无所思,女亦无所忆。昨夜见军帖⁽⁷⁾,可汗大点兵⁽⁸⁾,军书十二卷⁽⁹⁾,卷卷有爷名⁽¹⁰⁾。阿爷无大儿,木兰无长兄,愿为市鞍马⁽¹¹⁾,从此替爷征。东市买骏马,西市买鞍鞯⁽¹²⁾,南市买辔头⁽¹³⁾,北市买长鞭。旦辞爷娘去⁽¹⁴⁾,暮宿黄河边。不闻爷娘唤女声,但闻黄河流水鸣溅溅⁽¹⁵⁾。旦辞黄河去,暮至黑山头⁽¹⁶⁾,不闻爷娘唤女声,但闻燕山胡骑鸣啾啾⁽¹⁷⁾。万里赴戎机⁽¹⁸⁾,关山度若飞。朔气传金柝⁽¹⁹⁾,寒光照铁衣⁽²⁰⁾。将军百战死⁽²¹⁾,壮士十年归。归来见天子,天子坐明堂⁽²²⁾。策勋十二转⁽²³⁾,赏赐百千强⁽²⁴⁾。可汗问所欲,木兰不用尚书郎⁽²⁵⁾,愿驰千里足⁽²⁶⁾,送儿还故乡。爷娘闻女来,出郭相扶将⁽²⁷⁾。阿姊闻妹来,当户理红妆⁽²⁸⁾。小弟闻姊来,磨刀霍霍向猪羊⁽²⁹⁾。开我东阁门,坐我西阁

床⁽³⁰⁾。脱我战时袍,著我旧时裳。当窗理云鬓⁽³¹⁾,对镜帖花黄⁽³²⁾。出门看火伴⁽³³⁾,火伴皆惊惶。同行十二年,不知木兰是女郎！雄兔脚扑朔⁽³⁴⁾,雌兔眼迷离⁽³⁵⁾;双兔傍地走⁽³⁶⁾,安能辨我是雄雌。

【注释】(1)木兰诗:亦称木兰辞,是北朝北魏民歌。木兰其人,过去有很多考证,说法不一。其实,作为民歌中的女主人公,应该作为艺术形象来理解,不必考证是否实有其人。 (2)唧唧:象声词。作叹息声、机杼声或作虫鸣,都可通。 (3)当户:对着门。 (4)机:织布机。杼:织布的梭子。(5)唯闻:只听到。 (6)忆:思念。 (7)军帖:征兵的文书、名单。(8)可汗:古代西北民族对其君主的称呼。大点兵:大规模的征兵。 (9)军书:即军帖。十二卷:即很多,不是实数。 (10)爷:父亲。 (11)市:动词,购买。鞍马:马鞍与马匹。从北魏到唐初,应征者都要自备用物。 (12)鞯(jiān):马鞍下的垫子。 (13)辔头:马嚼子、笼头和缰绳。 (14)旦:亦作"朝",早晨。 (15)溅溅:水流声。 (16)黑山头:黑山或即今之东虎山,又称杀虎山,在今内蒙古呼和浩特东南百里。 (17)燕山:即阴山。胡骑:胡人的战马。啾啾:马鸣声。 (18)戎机:军机、军事,这里指战争。(19)朔气:北方的寒气。金柝:即刁斗,铜制,形状像锅。白天用来煮饭,夜间用来报更。 (20)寒光:寒冷的月光。铁衣:铠甲战袍。 (21)百战:百战与下句十年均举其成数,不是实指。 (22)明堂:古代帝王举行祭祀、听政、选士、献瑞等大典的地方。这本是周代的制度。北朝自西魏、北周以来,都曾有过设置明堂的拟议和事实。 (23)策勋:登记功劳。十二转:古代按军功授爵位,军功每加一等,爵位提高一级,谓之一转。军功爵位共分十二等,十二转即最高的军功爵位。这里不一定是指最高爵位,而是指功勋较高。 (24)强:有余。 (25)尚书郎:官名。尚书机关的侍郎。 (26)愿驰千里足:希望骑上千里马。 (27)郭:城郭,外城。扶将:互相搀扶。(28)理红妆:梳洗打扮。 (29)霍霍:磨刀声。向猪羊:要去杀猪宰羊。(30)阁:古代女子住的小楼。 (31)云鬓:旧指青年女子柔美乌黑发亮的鬓发。 (32)帖花黄:帖,同"贴"。花黄:把金黄色的纸剪成小小的星、月、花、鸟等形状,贴在额头上作为装饰。 (33)火伴:古代兵制以十人为火,故称同火者为火伴。 (34)扑朔:用脚不断的在地上乱爬搔。 (35)迷离:眯缝着眼,安静地待着。　（36）"双兔"句:双兔指雌雄两兔。傍地走:贴着地面跑。说明雌雄兔在静止时是有区别的,但一起活动时,就难以分辨。

【今译】织布机不断地唧唧唧唧,是木兰在屋子里织布。忽然听不到布机的声音,只听得女儿不断地叹息。女儿你为什么难过?女儿你有什么事儿在心里?女儿我没有什么难过,我也没有什么事儿在心里。昨夜见到征兵的文书,可汗要大规模地征兵,征兵文书共有十二卷,卷卷都有阿爹的姓名。阿爹没有大儿,木兰没有长兄,我决心买来战马备上鞍,当即代替阿爹去应征。到东市买了骏马,去西市买了鞍鞯,往南市买了笼头,从北市买回马鞭。清晨告别了爹娘,晚间歇宿在黄河岸边。听不到爹娘呼唤女儿的声音,只听见黄河流水声溅溅。清晨又离开了黄河,晚间来到黑山头,听不到爹娘呼唤女儿的声音,只听见燕山胡马鸣啾啾。迢迢万里奔赴战地,千山万水行军如飞。寒气中传来阵阵金柝的声响,清冷的月光照着我的铁甲战衣。将军身经百战生存无几,木兰戎马十年凯歌而归。胜利归来朝见天子,天子高坐在明堂之上。授予木兰极高的军功爵位,又给她以千百计的金钱赐赏。可汗问她还有什么要求?木兰不愿在朝做那显赫的尚书郎,只愿借给一匹日行千里的骏马,送我返回我那可爱的故乡。爹娘听说女儿要归来,互相搀扶迎接在村边道上。姐姐听到妹妹要归来,急忙在窗前打扮梳妆。小弟听说姐姐要归来,磨刀霍霍忙着杀猪又宰羊。打开自己东边的阁门,坐在自己西边的床上。脱下了戎装战袍,换上旧时的女儿衣裳。对着窗子梳理鬓发,照着铜镜贴上花黄。走出阁门重见火伴,伙伴一见全都惊慌。一起战斗了十二个年头,竟不知木兰原来是女郎!雄兔两脚不住乱动,雌兔眼眯成一条线。两只兔子一起跑动起来,怎能认出谁是女来谁是男。

【点评】木兰诗大约产生于后魏时期。写的是一个女子,在国家需要的时候,毅然代父从军,及至凯旋,脱掉戎装,人们才发现这位英姿飒爽的将士,原来竟是一位年轻的姑娘。这件事的本身是多么的不平凡啊!再加上作者卓越的艺术技巧,高尚理想的激情,遂使木兰这个光彩夺目的形象,几乎家喻户晓、妇孺皆知,木兰这个名字,也成了女中豪杰的代名词。

全诗共分六段,从木兰准备应征到出征途中到战地生活一直到凯旋,写了十多年的整个过程,是一首典型的叙事诗。但它的叙事并不是平铺直叙、

527

北朝部分

平均使用笔力,而是有详有略,详略得当。如对最能表现人物特征、展示人物内心世界的细节——出征前的心理活动、准备出征行装、归家之初的场面情景等就浓墨重抹,其他如十年的戎马生涯、明堂朝见则几笔带过。这样以少总多,使木兰的形象飞动起来,成为一个有血有肉、感情丰富的活生生的人。

木兰这个英雄形象,具有了一般英雄的共性,同时更有其突出的个性。这就表现在以下几个方面。一、她的英姿是和识大体、明大义这一品质交融在一起的。当祖国需要的时候,她毅然代父应征,投身战斗,保卫家邦。二、她的英姿又是和不留恋、企羡高官厚禄,志在家园,志在劳动生活,始终未失去劳动人民的本色这一高尚的情操、淳朴的心灵结合在一起的。三、她的英姿还和她丰富的内心世界交织在一起。她在征途中对爹娘深切怀念,在久别初归时又有作为一个女子的细腻情怀。所以这个英雄形象是丰富的,充实的,高大的,真切的,她既有坚实的现实生活基础,又有耀眼的理想光辉。

【集说】木兰歌是晋人拟古乐府,故高者上逼汉、魏,平者下兆齐、梁。如"南市买辔头,北市买长鞭",尚协东京遗响;至"当窗理云鬓,对镜贴花黄",齐、梁艳语宛然。又"出门见火伴"等句,虽甚朴野,实自六朝声口,非两汉也。(胡应麟《诗薮》)

事奇诗奇,卑靡时得此,如凤皇鸣,庆云见,为之快绝。(沈德潜《古诗源》)

《木兰词》云:"问女何所思?问女何所忆?女亦无所思,女亦无所忆。……北市买长鞭。"此乃信口道出,似不经意者,其古朴自然,繁而不乱。若一言了问答,一市买鞍马,则简而无味,殆非乐府家数。"万里赴戎机,关山度若飞。朔气传金柝,寒光照铁衣。将军百战死,壮士十年归"。绝似太白五言近体,但少结句尔。能于古调中突出几句律调,自不减文姬笔力。"雄兔脚扑朔……"此结最着题,又出奇语,若缺此四句,使六朝诸公补之,未必能道此。(谢榛《四溟诗话》卷三)

(张采薇)

北朝歌谣

苻生时长安民谣[1]

　　百里望空城[2]，郁郁何青青[3]。瞎儿不知法[4]，仰不见天星。

　　【注释】(1)本篇录自《古谣谚》卷八。　(2)空城:指长安城,表示城中死人之多,是夸张之辞。　(3)郁郁:草木茂盛貌,表示人烟稀少。　(4)瞎儿:讽刺秦王苻生。苻生是独眼龙,嗜杀成性,赞颂的、批评的、犯忌讳的,统统杀掉。

　　【今译】站在百里外,远望长安城。草木疯狂长,空寂无人声。瞎子不懂法,恣意杀群生。抬头天上看,暗黑不见星。

　　【点评】前两句运用夸张的语言,环境的渲染,隐喻秦王苻生这个杀人不眨眼的恶魔,竟至弄到京城荒芜,草木蔓长,没有人迹,成为空城,由此即可窥出问题到了多么严重的程度。第三句的"瞎儿"一词,简直是太岁头上动土。苻生自幼瞎了一只眼,最恨人捅他的伤疤,谁若触犯忌讳,或者与这一

缺陷相关联的话语，就要把人处死。民谣敢冒天下之大不韪，偏称之为"瞎儿"，其针对性与斗争性就可想而知！苻生唯我独尊，胡作非为，不知什么叫作"法"，视草菅人命如儿戏。"仰不见天星"，不仅讽刺苻生的生理缺陷，也预示当时人民的处境，犹如一片漆黑，看不到一点光明。多行不义必自毙。苻生在位只两年，就被左右杀死，时年二十二岁。这大概算是恶有恶报吧！

【集说】生少凶暴嗜酒，……及即伪位，残虐滋甚，耽湎于酒，无复昼夜。群臣朔望朝谒，罕有见者，或至暮方出，临朝辄怒，惟行杀戮。动连月昏醉，文奏因之遂寝。纳奸佞之言，赏罚失中。左右或言陛下圣明宰世，天下惟歌太平。生曰："媚于我也。"引而斩之。或言陛下刑罚微过。曰："汝谤我也。"亦斩之。所幸妻妾小有忤旨，便杀之，流其尸于渭水。又遣宫人与男子裸交于殿前。生剥牛羊驴马，活焰鸡豚鹅，三五十为群，放之殿中。或剥死囚面皮，令其歌舞，引群臣观之，以为嬉乐。宗室、勋旧、亲戚、忠良杀害略尽，王公在位者悉以疾告归，人情危骇，道路以目。既自有目疾，其所讳者不足、不具、少、无、缺、伤、残、毁、偏、只之言皆不得道，左右忤旨而死者不可胜计，至于截胫、刳胎、拉胁、锯颈者动有千数。（《晋书·苻生载记》）

（赵光勇）

裴公歌(1)

肥鲜不食(2)，丁庸不取(3)。裴公贞惠(4)，为世规矩(5)。

【注释】(1)《裴公歌》属《杂歌谣辞》。　(2)肥鲜：肥肉和鲜鱼。(3)丁：指成年人能胜任赋役者。庸：同"佣"，指服劳役者。　(4)裴公：指裴侠，字嵩和，河东解（今山西运城）人，北朝西魏文帝元宝炬大统三年（537）任河北郡守，所食唯豆麦盐菜，不动荤腥。又将旧例供劳役者三十人，用以贩卖马匹，使马成群。离职之时，一无所取，受到群众的齐声歌颂。贞惠：正直善良。　(5)规矩：行为准则。

【今译】鱼肉不进口，平时只吃素。役夫被辞退，赋税不贪污。裴公真善美,百姓心赞许。为人作楷模,规矩世仰慕。

【点评】前二句,讲河北郡守裴侠的德行表现;后二句,是对裴侠的正面歌颂。艰苦朴素本是广大劳动人民的本色,可是达官显贵通常无不高高在上,过着养尊处优的生活,大家都司空见惯、习以为常;一遇"肥鲜不食",躬行俭素,爱民如子的父母官,在群众心目中自然觉得这是特立独行,难能可贵,不禁要加以赞扬了。廉洁奉公,本应是一切官员的座右铭,可是真能按此行事的,犹如凤毛麟角,很难碰上一个。裴公敢破陈规陋习,严于律己,非分之物,一无所取。这对那个假公济私、贪赃枉法,鱼肉百姓的污浊社会,的确犹如一股清流,令人耳目一新。"为世规矩"一语,诚非虚言。古往今来,凡是为官一任,造福一方的官员,无不活在群众的心中,受到人们的称颂。裴公就是一个榜样。

【集说】侠躬履俭素,爱民如子,所食唯菽麦盐菜而已,吏人莫不怀之。此郡旧制,有渔猎夫三十人以供郡守。侠曰:"以口腹役人,吾所不为也。"乃悉罢之。又有丁三十人,供郡守役,侠亦不以入私,并收庸为市官马。岁时既积,马遂成群。去职之日,一无所取。(李延寿《北史》卷三十八本传)

《北史》曰:裴侠为河北郡守,躬履俭素,爱民如子。……去职之日,一无所取。民歌之云。(郭茂倩《乐府诗集》卷八十六《解题》)

(赵光勇)

531

玉浆泉谣[1]

我有丹阳[2],山出玉浆[3]。济我民夷[4],神鸟来翔[5]。

【注释】(1)本篇录自《乐府诗集》卷八十七,属《杂歌谣辞》。 (2)丹阳:指北周丹阳郡公豆卢勣。豆卢勣字定东,昌黎徒河(今辽宁凌海市)人,家世贵族。周闵帝受禅,由义安县侯改封丹阳郡公,邑千五百户。周武帝时,任渭州(今甘肃平凉一带)刺史,甚有德政。 (3)山:指鸟鼠同穴山,在今甘肃渭源县西。玉浆:美好的泉水。传说山上无水,豆卢勣马蹄踏过,流出

泉水,造福华夷。　(4)济:救。夷:指羌人。　(5)神鸟:祥瑞之鸟。传说有白鸟落到刺史衙门厅前,哺育幼子而后去。

【今译】仰赖丹阳郡公豆卢勣,骑马踏得山上泉水溢。华族羌人一齐解干渴,神鸟落到厅前哺幼子。

【点评】北周武帝时,渭州地区的烧当羌人,因不堪饥馑,起而造反。豆卢勣去做刺史,掌握军政大权,不是靠镇压,而是采用优抚政策,切切实实解决实际问题,于是获得群众的拥护,使事态得以平息下来。"山出玉浆",虽然说得神乎其神,好像是豆卢勣的马蹄踏出来的,其实不过是兴修水利的象征罢了。"神鸟来翔"一语,也不过是代表着消除了敌对状态后产生的祥和之气而已。不论任何官员,凡是真正为人民谋福利的,人民就会热情地歌颂他。"济我民夷"当是《玉浆泉谣》创作的根本动力。

【集说】《隋书》曰:"豆卢勣,为渭州刺史,甚有惠政,华夷悦服,大致祥瑞。鸟鼠山俗呼为高武陇,其下渭水所出,其山绝壁千寻,由来乏水,诸羌苦之。勣马足所践,忽飞泉涌出。有白鸟翔止厅前,乳子而后去。民为之谣,后因号其泉曰玉浆泉。"(《乐府诗集》卷八十七《解题》)

(张秀贞)

图书在版编目（CIP）数据

汉魏六朝乐府观止/赵光勇本书主编 . -- 西安：陕西
人民教育出版社，2019.1
（中国古典文学观止丛书/尚永亮主编）
ISBN 978 - 7 - 5450 - 6409 - 4

Ⅰ.①汉… Ⅱ.①赵… Ⅲ.①乐府诗 - 诗歌评论 - 中
国 - 汉代②乐府诗 - 诗歌评论 - 中国 - 魏晋南北朝时代
Ⅳ.①I207.226

中国版本图书馆 CIP 数据核字（2019）第 001553 号

中国古典文学观止丛书
汉魏六朝乐府观止
赵光勇　主编

出　　版	陕西新华出版传媒集团	
	陕西人民教育出版社	
发　　行	陕西人民教育出版社	
地　　址	西安市丈八五路 58 号	
责任编辑	杜　薇　董方红	
装帧设计	张　田	
经　　销	各地新华书店	
印　　刷	北京市松源印刷有限公司	
开　　本	787 mm×1092 mm　1/16	
印　　张	34.5	
字　　数	520 千字	
版　　次	2019 年 1 月第 1 版	
印　　次	2019 年 1 月第 1 次印刷	
书　　号	ISBN 978 - 7 - 5450 - 6409 - 4	
定　　价	128.00 元	